双面丽人

薛永浩　著

九州出版社
JIUZHOUPRESS

图书在版编目（CIP）数据

双面丽人 / 薛永浩著. — 北京：九州出版社，
2023.6
ISBN 978-7-5225-1991-3

Ⅰ.①双… Ⅱ.①薛… Ⅲ.①长篇小说—中国—当代
Ⅳ.①I247.5

中国国家版本馆CIP数据核字（2023）第140186号

双面丽人

作　　者	薛永浩　著	
责任编辑	王海燕	
出版发行	九州出版社	
地　　址	北京市西城区阜外大街甲 35 号（100037）	
发行电话	（010）68992190/3/5/6	
网　　址	www.jiuzhoupress.com	
印　　刷	北京兴星伟业印刷有限公司	
开　　本	710 毫米 ×1000 毫米　16 开	
印　　张	37.75	
字　　数	340 千	
版　　次	2023 年 6 月第 1 版	
印　　次	2023 年 6 月第 1 次印刷	
书　　号	ISBN 978-7-5225-1991-3	
定　　价	86.00 元	

序

我时常告诫自己，对社会上存在的一些弊端，一些问题，不要去管它，随它存在泛滥吧，咱一个小百姓，管它又有何用？谁会来理你，独善其身即可，管了也许还会引祸上身。可是那一天的傍晚，我的这个想法被自我否定了，因为我看到了这样的场景——

我们的特警驾驶着铁骑，巡逻在大街小巷，守护一方平安；我们的民警，在小学放学时，维护在学校门口，为低年级学生保驾护航。一辆辆公检法的公务车在马路上向前飞奔，一辆辆110的警车在马路上疾驶而过，还有一辆辆的城管执法车时不时地出现在街头巷尾。他们在干什么，他们不就是在维护社会的和谐稳定，为人民的利益撑起一片蓝天吗！

另外还有中央巡视组进驻一个又一个央企、集团，他们问责任，查腐败，不就是在改良社会风气，为祖国更加繁荣富强做出努力吗！

如果他们全身心地在为人民服务，那我们的社会风气就会越来越好，人民就会越来越幸福。

党的二十大提出反贪永远在路上，对贪腐零容忍，说明我们的社会并不是尽善尽美，还有诸多问题亟待解决。弄虚作假、网络诈骗，一切的一切，都要靠巡视组，靠公检法去督导，去办案处理。他们是人民的栋梁，是人民的靠山，祖国有了他们，才能迈向更加光辉灿烂的明天。

我要为祖国的平安和谐奉献绵薄之力。基于这样的信念，我产生了一个真实的想法，我要创作长篇小说，以警示个别冥顽不化的不守法律的人。

两年前，我的写作正式开始。在日月轮回的家园，我每天抽出近四小时的时间写作，从策划到构思，从情节设定到人物安排，从内容编排到环境描写，我都花费了一定的时间和精力。这是用心交织的写作，这是辛勤耕耘的写作。历时一年，小说终于水到渠成，顺利脱稿。

我多次阅读自己的文稿，多次会被文稿的内容打动得热泪盈眶。文稿中的真实情感，亲人之间的心灵感应，是那样浓郁热烈、清新芬芳而余韵悠长。

《双面丽人》是别出心裁的打官司，是剑走偏锋的民告官，它最终不得不采用"暗箱操作"诱使被告坦白交代自己的罪行。我希望《双面丽人》顺利出版，因为它弘扬中华正能量，全面传播真善美，体现了党中央"江山就是人民，人民就是江山"的执政理念。它必将为淳化社会风气，树立良好风范，起到一定的社会效应。

回望过去的创作之路，无论是宽阔还是狭窄，无论是平坦还是崎岖，我都坦然面对，泰然处之。创作是一项艰辛的劳动，又是一项崇高的劳动，单打独斗的我在写作过程中有时会写不下去，这时我就选择户外活动，把自己融入大自然，而大自然的美景又赋予我写作的灵感和动力，我又能顺理成章地写下去了。

这是一部别开生面的小说，这是一部跌宕起伏的小说。想到我的作品将会为阅读爱好者带来愉悦，拓宽视野，那一点艰辛又算得了什么？

阅读让人神清气爽，阅读让人浸润智慧，阅读让人更好地走向明天。特别是当你阅读小说时，你会深深感到文章的魅力所在，你会深深感到文章拥有的别样精彩。

愿它成为你宅家消闲的佳作，愿它成为你茶余饭后的谈资，愿它拥有和你一样无限美好的锦绣前程。

薛永浩

2023年2月

目 录

楔　子

　　深秋时节，雨后初晴的天空分外明朗。千树万树的红叶愈加红艳，远远看去，就像火焰在流动。时近黄昏，西边那最后一抹红霞，仍在努力展现奇异的光彩。约莫过了半个时辰，夜幕开始笼罩这里的山山水水，分分秒秒流逝的时光，将一轮将圆未圆的明月推向了这户位于村西第一家的农家屋前的柳梢头。

　　这是一个坐落在大山里的、因交通闭塞几乎与世隔绝的名为双岭村的村落。村落的南边百来米处横卧着一条名不见经传的清水河，因为清水河的东边不远处大多是浅滩，所以这条河流一年四季几乎没有船只来往。

　　这户村西第一家的进深二十米，两开间的房屋内，一对年轻夫妇正依偎在床头。丈夫摸着少妇稍稍隆起的肚腹，话语中无不充满了深深的爱意："凤英，咱们终于有了自己的娃娃。记得三个月前我上县城打工，临走那天晚上，咱俩互相搂抱着睡了一夜，应该是那天怀上的吧。"

　　少妇羞答答地推开丈夫的手掌，眉眼间透露出一丝淡淡的忧伤："道成，应该是吧。"

　　丈夫看出她的神态："凤英，看你伤心的样子，我不在家的日子里，有谁欺侮你吗？"

　　"没有，没有谁欺侮我，有你娘护罩着我呢。"少妇说完竟抽泣着哭出了声。

　　"不对，你应该有什么事瞒着我。"丈夫心生狐疑。

　　"道成，我是舍不得你，明天你要上城里打工了，又要去劳累了。"少妇只能把同村的王标一直对她心怀不轨的秘密埋在心底里。她强颜欢笑边说边撒娇地搂住了丈夫的脖子。

　　"凤英，我那个活不算劳累，当个星级大酒店的小小的保安，虽然挣钱不多，却也够咱一家子的开销。"他顺势抱住了她的腰肢。

"你这个高中算是白读了，当个保安亏待你了。"

"我如果不读高中，可能连保安都当不上，城里活难找，咱得慢慢来。"

"家里没有荤菜了，你明天上菜市场买只猪大腿，可吃个十天半月的。"

"凤英，这可不妥当，乡亲们看见我拎着猪大腿，以为我进城打工发大财了，会来沾光的。这样吧，我上山去一趟，或许能打几只野兔野鸭的。"

丈夫从灶间的角落里操起几把匕首样的短刀插在腰间往门外走。少妇叮嘱："一路上注意安全，有了收获回来时绕过村东那户姓王的人家，要不然给他看见了等于进贡给他。"

从小在山里长大的肖道成跟着父亲练就了一手飞刀擒猎的好身手。一个时辰后，他把打来的两只野兔、两只野鸭装在麻袋里急匆匆地往家赶，远远地看见村东王标家的院门已关闭，他不想绕道，绕道要多走半里路，就径直往自家走去。

道成没能逃过王标的眼睛，王标打开了院门："姓肖的，山上不准打猎，政府的规矩你难道不知道？"

"王标哥，我就打了两只野兔两只野鸭，这不在政府的规定里面。"

"你打开麻袋让我看看。"

道成打开麻袋。王标："好肥的野兔野鸭，一半归我。"

王标拎起一只野兔一只野鸭："算是你欠我的，你还欠我一个凤英，这辈子你都还不上。我对凤英上了几年心，做梦都想娶她做老婆，不知咋的，她偏偏嫁给了你。"

"王哥，你家谈悦铃也不错，为你生了个胖小子。"

"那是应该的，你快回家吧，把野味煮了给凤英补补，听说她有孕在身了。"

道成忐忑不安地往自家赶，心里有一肚子怨气。他后悔不该不听凤英的话。

清晨的红霞把庄户人家灶间烟囱的袅袅上升的炊烟染成了金黄色。炊烟升到高处，一阵清风吹来，把炊烟吹散得无影无踪。新的炊烟又在袅袅升起，这时清风不再吹来，一缕又一缕的炊烟在天空自由自在地缭绕、缥缈，久久地不愿消散。

"时凤英，吃早餐了。"婆婆童玉兰把烙好的面饼和稀饭放在客堂间的餐桌上，她说话的语气不阴不阳，八成是为了儿媳腹中的胎儿。

半年前她上山砍柴归来，分明看见王标从媳妇房里跳窗跑了出去。从那以后她对凤英的态度两样了，经常在凤英面前说些讥讽嘲弄的话语。

凤英心里有苦说不出口。腹中的胎儿明明是道成的。她来到餐桌旁勉强咬了两口饼，喝了半碗粥，眼泪却止不住地流了出来。她背转身子不让婆婆看见。以前婆婆"凤凤、凤英"叫得多亲昵，现在叫她的全名了。三个月前的那天晌午，王标乘玉兰上山砍柴蹿进了凤英的房间，她被王标捂住了嘴又喊不出声。威猛无比的王标搂着她，她毫无反抗之力。就在王标快要得手的时候，玉兰回来了，慌不择路的王标跳窗而逃。

老实本分的道成自然捉摸不透娘亲的心里在想什么。他吃好早餐看了凤英一眼，对娘说："娘，凤英有孕在身，全靠你照应了，我才回来两天又要离她而去，下次我带个煤炉回家，咱烧煤球了，你不用三天两头上山砍柴了。"

道成从口袋里掏出手巾擦去了凤英脸上的泪珠："凤英，我过半个月就会回家的，你和娘亲相互照应着点。"

凤英送丈夫出门外，望着丈夫渐行渐远的背影，好想跟上前去和丈夫一起到城里打工。

道成一路小跑，摆渡过河翻过两个小山头，搭上一部公交车向城里赶去。娘亲呼叫的"时凤英"老在他耳边回响，他想，凤英原来就姓时，娘亲叫他"时凤英"未尝不可。

秋天已接近尾声，迎面吹来的西北风夹带着些许冰冷。这座百来户人家的村落，满地的落叶红黄交替，和睦地相融在一起。与之不相称的是庄户之间的相互倾轧和攀比。更让人难以置信的是，这座名号双岭村的支部书记兼村长徐进发独霸一方，与王标时而狼狈为奸，坏事做绝，时而相互防备，排挤打击。

这是个靠种果林生存的村庄，因为交通闭塞，水果经常卖不出去。有时靠村长叫来的直升机把水果销到城里。按村长的说法："水果收获季节，我呼之即来的直升机，可是花了大价钱的，没有直升机，你们背个百来斤的水果得翻过两个山头才有公路收购水果的卡车，不累坏才怪。"

这天刚过午后，王标敲开了村长四合院的大门。

"标弟，我就知道你这个时候会来找我。"

"发哥，眼看着阳历新年就要来到，你看要不要弄架直升机来，咱俩可捞一票。"

"我也正有此意，农户晚熟的水果都埋在地窖里，咱不用村头喇叭，你等会挨家挨户地去传达，明日上午有一架直升机专门来运水果，每户限卖两百斤。"

"怎么还设定限额，往日不设的。"

"这你就不懂了，以往不设限额，托运的农户不见得多，你设了限额，村民们认为占了便宜。"

"价钱怎么算？"

"一担50元，比以往多10元。"

"发哥，你真英明。"

村长唤来了夫人："婉珍你跟爸爸联系一下，明天上午派一架直升机到双岭村。"

婉珍对丈夫的话唯命是从，她马上到卧室打电话去了。

王标压低了嗓音："发哥，有句话不知当讲不当讲？"

"你尽管讲，跟我不用转弯抹角。"

"我就直说了，我看你家婉珍，长相还可以，就是走路一瘸一拐的，你到底看中她哪一点？"

"我看中她爹是个在城里当大老板的，她能给我赚钱，就拿明天直升机来说吧，咱一天就能挣个几千块。"

王标真是被村长将了一军。想到自己为了巴结村长，对夫人谈悦铃与村长的风流韵事睁一只眼闭一只眼，他半晌没有作声。

"标弟，今晚把你的胖小子抱来我家让我仔细瞅瞅，看他长得像你还是像我。"

"发哥，你太会开玩笑了，这可不成，娃儿出生满一百天才能出门，这是咱村的规矩。我的胖儿子当然像我了。"

王标悻悻地离开了村长家，他想到凤英早晚会被他得手，心态稍稍平衡了些。

……

第二天是一个阳光明媚的日子，直升机如时来到，可载重十吨的直升机装得满满的……

村长付给王标三百元的酬劳。

婉珍把一张张的百元大钞分别付给托卖水果的村民……村民们比以往多收了二十元钱，连声对婉珍说"谢谢"。

凤英家的两担水果是王标帮忙运到直升机上的。他把一张百元大钞送到凤英手里，被凤英婆婆夺了去："王标，你给错人了，凤英有孕六个月了，我不让她上集市购物的，钱我帮她保管着。"

王标："婆婆说得是，说得是。"

玉兰："我估算着下个礼拜你儿子出生一百天了，这百日宴兴许要办的吧。"

王标："当然要，这是肯定的。"

玉兰瞟了一眼凤英，对着王标说："你看这份子钱，能不能给我家免了？"

"免份子钱，凭啥免了？"

"你说呢，你说凭啥呢？"玉兰又瞟了一眼凤英，把个凤英瞟得慌忙回到了自己的卧室。

王标："份子钱由我老婆悦铃统一收讫，要是免了你家的，悦铃还不知道会胡思乱想到什么程度。"

玉兰："你家悦铃也是个不甘寂寞的女人，她和村长的关系非同一般，你以为我不知道吗？"

"老人家，你可不能瞎说，会烂舌头的。"王标边说边走出了屋子。

凤英在卧室里坐立不安，她不能断定王标是否已经死了得到她的念头。她的亲哥讨不起媳妇，娘家穷得吃了上顿没下顿。三年前，她被爹娘送到了道成家，道成爹给了爹娘八千元的礼金，从此娘家音信全无。她想八千元够哥哥讨媳妇了。她当起了道成的媳妇，原本以为苦日子熬到头了，她要一心一意跟着道成过日子，谁知道这里的境况比娘家好不了多少，特别是遇到了王标这样的二流子。

她产生了自杀的念头，正欲拿起剪刀刺向自己的脖子，婆婆的敲门声让她中断了这个举动。她把剪刀扔在枕头边，犹犹豫豫地打开了房门。

玉兰见儿媳神色慌张，抬头望了望梁上，梁上没有上吊的绳子，但她看见了枕边的剪刀，便把剪刀抢在手里："凤英，你怎么了，想寻短见？"

"娘，我没有，没有，我头发长了，想修掉一些。"

"你可千万不能有寻短见的念头，你毕竟是我肖家用八千元大票买来的，你死了，对得起道成吗？对得起腹中六个月的胎儿吗？再怎么说也是你的亲骨肉。"

"娘，王标一直对我不怀好意，想得到我。"

"凤英，我的孩儿，我知道自己说话过于刁钻刻薄，从今以后我会守护在你身边，绝不能让王标霸占你。"

王标并没走远。他蹲在凤英卧室的窗台下，窥听着婆媳俩的对话。

玉兰给凤英修剪起了头发，把个凤英梳理得更加标致动人。

玉兰收起了剪刀，再把屋里搜索了一遍，确信再也没有可以让凤英寻短见的物件，便离开了凤英。

凤英在默默地思量："王标，我要找个日子告诉你老婆悦铃，让她来看牢你，让你断了想得到我的狼子野心。"

　　玉兰还是不放心，她搬来了自己的被褥，放在凤英床上，从此以后，道成不在家的日子里，她要寸步不离地守护好儿媳。除了王标，她还要防护其他不怀好意的二流子来侵扰儿媳，特别是村长。

第1章　百日喜宴

王标的儿子王盛的百日喜宴如期举行。一周之前，村头的喇叭就响个不停："双岭村的乡亲们，庄户人家王标的儿子王盛将举办百日喜宴，王标和夫人谈悦铃邀请全体村民参加。为了把喜宴办得喜气洋洋，轰轰烈烈，村长特地邀请了城里现代化的喜庆司仪队和当红歌星。"消息一传十，十传百，传遍了十里八乡。

村民们都串联好了份子钱只送两百，超过两百的寥寥无几。百日喜宴的前夜，悦铃数着份子钱，全村百来户人家总共不过两万。她双眼低垂，对着身旁的王标嘟哝道："盛儿他爹，孩儿的百日宴总共才收到两万礼金，每户来两个人还差不多，要是一家人都来了，有的三五个，有的七八个，咱们亏大了。还有村长请的喜庆司仪队和歌星，都要付工钱的。"

王标："我了解村民们的心理，每户送两百，来就宴的就不会超过两个人。喜庆司仪队的钱村长包了，歌星是村长的小姨子。"

悦铃清点着礼金，发现少了道成家的："道成家怎么没送？"

王标漫不经心地道："许是道成还没赶回家，明天他准会赶到亲自送份子钱。"

"要是道成赶不回来，你去问玉兰要。"

"问玉兰要就免了吧，送份子钱是自愿的，你叫我怎么开口，再说，也许玉兰家不来参加呢。"

悦铃还在清点礼金，又发现没有村长的份额："村长的份子钱呢？"

"村长交给我了，送了五百。"

"王标，我不提村长，你也不向我说明，你想藏私房钱。"

王标从贴身的袋里掏出五张一百元交给悦铃："我从来不藏私房钱的，家里的财政大权全由你掌握呗。"

"这还差不多。"

明媚的阳光给百日喜宴增添了喜庆的色彩。王标家门前和两隔壁乡邻的广场上，五颜六色的彩球串联在彩带上，围护着二十一桌宴席。宴席的中间是一张可坐十五人的主宾宴桌，许是给城里来的达官显贵坐的。宴席的南端则临时搭起了一个小舞台，村长在小舞台不显眼的地方摆放了一台录音机。

上午十一时许，村民纷纷入座，知趣的村民们果然像王标所说的大多数庄户只来两位，超过两位的没有几家。

天空中飞来一架直升机，蓝白相间的漂亮的直升机在双岭村上空盘旋飞舞，白色透明的机翼在阳光的照耀下折射出了一道道银色的光环，把整个宴席映照得分外亮丽。直升机在双岭村上空滑翔了片刻，最后稳稳地降落在村东一片绿茵茵的草地上。村长知道是岳父金文辉一家和喜庆司仪队来到了，连忙前往迎接，王标紧随其后也上去恭候。

这是南岚市城建总公司的一把手金文辉第二次光临双岭村。第一次光临是长女婉珍出嫁的日子。那一次他在村长家住了两天。

村长在村民面前向来叫岳丈为金总。他把金文辉一家人引领到大圆桌旁："金总的到来使我们这个穷山沟蓬荜生辉，欢迎您来参加王标儿子的百日喜宴。"

王标也在一旁附和道："金总您的到来，使我儿子的身价倍增，我们双岭村全体村民热烈欢迎您。"

村长对着已经入座的村民："大家来点掌声。"

村民全都起立，报以热烈的掌声。

村长让金总和夫人姚佩芳朝正南坐在主宾宴桌，姚佩芳是城里星呈大酒店的总经理。坐在他俩身旁的还有姚佩芳的妹妹，嘉美国际娱乐城的董事长姚佩芸，金总的儿子金海涛和小女儿金婉莹。

金海涛是金辉房产的总经理，金婉莹是市里著名的歌唱家。

王标把喜庆司仪队安排在和主宾席相邻的一桌。

金文辉从挎包里掏出两个鼓鼓的红包交给村长："进发，这是我和佩芸的红包，请你转交给王标。"

村长连忙推谢："金总，红包就不收了，多谢您和姨妈的深情厚谊。"

金文辉说："今天是王标儿子的百日喜宴，你怎么能不收呢？"金文辉转而把红包递给王标："王标你一定要收下，你不收下我们会不安心的。"

王标："金总，那我恭敬不如从命了，多谢您的美意。"

王标把红包交给悦铃，悦铃把红包放在挎包里，她看见两个红包上都写有名号，鼓鼓的红包让她一阵欣喜。

肖道成终于在开宴之前赶到了，他是乘了三十站的长途公交，爬了两个山头，摆渡过清水河赶到的。王标连忙把他迎到主宾席，示意他坐下。道成连忙推谢："标兄你抬爱我了，凤英和我娘呢，我坐在她俩身边即可。"

悦铃："凤英和你娘都没来，你不妨先回家把她俩请来。"

道成掏出两百元份子钱塞到悦铃手里："铃姐，礼金你先收下，我去去就来。"

道成一阵风似的回到家中，对着婆媳俩："娘，凤英，百日宴就等咱仨了，咱快去吧，我份子钱都送了。"

"成儿，你咋不先回家和娘商量一下去不去，你送了多少份子钱？"

"两百，有村民给我打手势，他们都送两百。咱们快去吧。"

"你和凤英两个人去吧，我注意到乡邻们大多数都只去两位，咱们三人一起去，会遭人白眼的。再说你爹一个月没回家了，我心里惦记他，没心思去赴喜宴。"

道成挽起凤英的胳膊不紧不慢地来到了喜宴现场，他告诉王标玉兰不来了，王标安排他俩坐在主宾的一桌，他特地把凤英安排在同金文辉相邻的座位上。

凤英把头埋得很低，让头发遮住半个脸面，这样的场面她还是第一次参加，何况身边还坐着一位颇有气派的大老板。

一位穿着银色西装的司仪登上小舞台，手拿麦克风向大家致辞：

"尊敬的各位来宾，各位挚友，女士们，先生们，大家中午好！

"今天是王盛宝宝降生一百天的大喜日子，我们用十分喜悦的心情，诚挚地向他们全家表示衷心的祝贺，同时也向各位在百忙中前来祝贺的所有来宾表示热烈欢迎和衷心的感谢，谢谢大家！

"下面我们进入喜宴的第一个环节，有请盛儿的爸爸妈妈抱着宝宝上场，让大家一起观赏可爱的小宝宝。"

王标抱着盛儿，在悦铃的陪同下，从东边的宴桌走到西边的宴桌，让大家随意观赏。

夫妇俩抱着盛儿走上了小舞台。

司仪："下面进入第二个环节，有请盛儿的爸爸妈妈为宝宝戴上金锁。"

王标和悦铃小心翼翼地把金锁挂在盛儿的脖子上。

夫妇俩走下舞台，把盛儿放在摇篮里，在主宾桌上坐下，把摇篮放在身边。

司仪的嗓音清晰洪亮："百日喜宴进入第三个环节，请美味佳肴上宴席。"

身穿红衣绿衫的跑菜的姑娘小伙子把一道道菜端放在宴桌上，不多会，宴桌上全放满了。

司仪向乐队挥了挥手："请我们的乐队，我们的歌星上台表演文艺节目，来宾们可边吃边观赏。"

舞台中央，五位手拿大提琴、吉他、二胡、架子鼓、贝斯等乐器的乐手端端坐着，奏起了动人心弦的乐曲。

来宾们开始开怀畅饮，频频举杯，互相祝愿。除了主宾宴桌的客人外，其他村民大口吃鱼大块吃肉，啃鸡啃鸭，大有把两百元份子钱吃进肚里的气势。

普通宴席上摆的是山西汾酒、洋河大典，主宾宴席上摆的是贵州茅台、五粮液。双岭村的村民大多数心地善良，憨厚本分，但也有个别的泼皮，在寻岔找刺，看见自己喝的酒比主宾席桌上的酒下了好几个档次，对着王标发起了牢骚来：

"姓王的，你把我们当下等人了，凭啥我们喝的酒和主宾桌上的不一样，你给个说法。"

王标自知理亏，一时哑口无言。村长见状赶紧过来打圆场："这位兄弟，咱山里人喝惯了山西汾酒、洋河大曲，换别的品牌，我怕大家喝不惯。"

这位泼皮还是不买账："村长，你当我们是傻的，人往高处走，酒要喝高档的。"

村长不想把事情闹大，他从主宾桌上拿起半瓶喝剩的茅台酒给这位泼皮："这半瓶酒归你了。"

泼皮把半瓶酒放在随身背的挎包里，心里得到了满足，说了一声："这还差不多。"

另有一位村民对着村长："徐村长，主宾桌上还有酒吗？给我也来半瓶。"

泼皮白了他一眼："你就算了吧，改日我请你一起喝茅台酒。"

这位村民听说请他一起喝茅台酒，便不作声了。

宴会正在进行中，村长招呼舞台上的乐手轮流着上宴桌吃喝。

几个妇女把摇篮拉到身边，对宝宝品头论足，说三道四。一位妇女轻声细语："你看这宝宝长得像谁，怎么一点都不像王标？"

另一位妇女压低了嗓音："细细看像村长。"

又一位声音低得像蚊子嗡嗡叫："我越看越像那个老金总。"

还有一位说："大家不要乱说，不要传到金总耳朵里。"

金文辉兴许听到了人们的议论，他来到了摇篮旁，仔细端详着宝宝，然后说："我看宝宝像悦铃，男孩像妈的多。"

王标的脑海里映现出两年前金文辉大女儿出嫁时的一幕，金文辉在婚礼上看中了悦铃，让村长在当天晚上把悦铃带到了金文辉的房间，对村长唯命是从的王标有苦说不出，眼睁睁地看着村长把夫人带走了。

金文辉回到了宴桌，这位不到五十岁的老总眉开眼笑地向大家举杯："乡亲们，这是我第二次来到双岭村，我看到双岭村有了新的变化，村民的住房大多翻新了，我还看到山上的果树更茂盛了，大家一起举杯，为双岭村的繁荣兴旺祝福。"

二十桌的宾客全都举杯站立，象征性地抿了抿酒杯。

"王标，叫厨师上菜快点，我们餐桌上的菜所剩无几了。"又有村民在叫嚷。

王标："大家先欣赏文艺节目，等会红烧蹄膀端上来了，紧接着还有两道好菜。"

舞台上正在表演大提琴独奏《梁祝》……

司仪："下面有请当红歌星、金总的女儿金婉莹为大家表演女声独唱。"

金婉莹已察觉到爸爸的双眼正贪婪地盯着凤英，与两年前色迷迷地盯着悦铃如出一辙。她登上舞台："今天我演唱的歌曲是《男人不要太花心》。"

音乐声响起，那时而忧伤时而欢快时而抒情的旋律，那时而热情，时而沉稳，时而奔放的音符，伴随着金婉莹的演唱，回响在双岭村上空：

　　天上的彩云悠悠地飘扬
　　地上的繁花绚烂地开放
　　美丽的少女像彩云更像繁花
　　有家室的男人千万不要爱上她
　　脚踏两只船会害了两个家
　　家有贤妻侍奉你
　　请你不要太花心
　　逢场作戏不可取唉

动真感情莫可要

沉迷新欢不可取唉

抛弃贤妻更不该

贤妻真情本无语

只把爱恋埋心底

相识相爱不容易　缘分永珍惜

相识相爱不容易　缘分永珍惜

倾听着女儿委婉的歌声，金太太的眼眶已经潮湿，原来丈夫的花心让她和他的感情已经破碎，两人过着貌合神离的日子。丈夫的拈花惹草让她一忍再忍，却不知该如何来收场。

金文辉起初并没在意女儿的歌声，沉浸在对凤英的爱慕里。忽而他注意到夫人的眼眶湿湿的，正蒙眬地盯着舞台上演唱的女儿，他终于听出端倪，向一旁的儿子海涛摇了摇手，示意海涛把妹妹喊下台。

海涛走近台前对着婉莹说："你这是唱的什么歌，这里的村民淳朴纯洁，哪有听你这么唱的，还不快下来。"

婉莹意犹未尽，村民们在台下齐声嚷嚷：

"金小姐，我们爱听，再来一遍，再来一遍。"

婉莹又满怀深情地唱起——

天上的彩云悠悠地飘扬

地上的繁花绚烂地开放

……

还是司仪有能耐："金小姐，请把舞台让给喜欢唱歌的村民们，你也休息一下吧。"

金婉莹不情不愿地走下了舞台。

司仪："下面有请村民们上舞台即兴表演，展示自己的才艺。"

一位少女兴致勃勃地登上舞台："贵宾们好，村民们好，今天我演唱的歌曲是《城里的小伙请你留下来》。"

少女含情脉脉地舒展起歌喉，乐手们因为不知道少女唱什么歌，除了架子鼓手有节奏地敲打外，其余乐手都用和声来伴奏。

那一天你来到了这里

我的心儿怦怦怦跳个不停

不为谁不为谁就为你

我看见你英俊的脸庞

就想抱住你亲吻你

我看见你宽阔的胸膛

就想靠上去不分离

我盼望依偎着你走遍这里的山山水水

我企求倚靠着你走遍世界的每个角落

今天你又来到了这里

你的到来又撩起了我的爱意

我期待着你不要再离我而去

再没有一个英俊的小伙让我如此惦记

再没有一个英俊的小伙让我这般想念

我要用我的真情融化你

我知道都市里有美丽的姑娘在等着你

倘若你已经有心上的人儿

不知道我能否依然爱上你

城里的小伙请你留下来

城里的小伙请你留下来

……

少女唱着自己编的歌儿，眼睛却不时地盯着金海涛。婉莹看出了少女的心思，打趣地对哥道："哥，这首歌是唱给你听的，要不要我去把她拉在你身旁？"

"妹妹你别乱说，城里来的小伙子不止我一个。"

"可是第二次来的只有你呀！"

"是吗，两年前咱参加姐的婚礼，咋没见到这么漂亮的少女？"

"女大十八变么，少女的歌名应该改一改，改成，'城里的小伙请你带我走'。"

"妹妹你越说越来劲了，我若带少女走，双岭村的小伙子还不把我生吞活剥了。"

少女唱完歌，竟自管自地来到海涛身边，从挎包里掏出一只小酒瓶给海涛斟酒："情哥哥，这是我家自己制作的纯粮的老白酒，喝了它你就离不开我们这个山村了。"

"姑娘，你想把我灌醉吗？我今天已经喝了够多了。"

"灌醉了又怎样，灌醉了你就不走了，你就睡我家的新床。"

少女的妈妈见状赶紧跑过来把女儿拉走："你想让城里小伙子留下来，大白天的你做什么梦。"

有一位耍滑头的村民走上了舞台，接过司仪的话筒："下面有请妇女主任金婉珍也来个女声独唱，大家掌声欢迎。"

村民们零零落落地鼓起了掌声。村长对鼓掌的村民瞪了几眼："鼓什么掌，你们不知道婉珍腿脚不方便吗？竟敢当着金总的面出他女儿的洋相。"村长一把拉住耍滑头的村民，上去就是两个耳光，气势汹汹地道："你竟敢不把我放在眼里，有你苦头吃的。"

耍滑头的村民："村长，我喝多了，请原谅。"

"去跪在金总的面前。"

耍滑头的村民真的跪在了金总的面前。

金文辉铁青着脸："跪什么，快起来，下不为例。"

主宾桌上在金总旁边坐着的凤英，闹腾欢快的场面并没提起她的兴致。入座以来，身旁的金文辉有时乘旁人不注意弯下腰在她小腿上捏一把，有时抓起她的手掌让她用筷子把菜夹。她感觉到被王标下了套，她要赶紧离开这个是非之地。

她站起身对着身旁的丈夫："道成，我上茅厕去方便一下。"

道成已喝得懵里懵懂："凤英，你就在空着的酒瓶里方便，不要去茅厕了。"

凤英不理会他的胡言乱语，径自向清水河畔奔去。在场的乡亲们除了王标都不知道她究竟要去干什么，都以为她真的要去茅厕。

泛泛而美丽的清水河，风平浪静时河水清澈见底，山洪暴发时河水浑浊如泥。她日夜流淌，渐渐消失在山那边的拐弯处。清水河畔水草茂密，安静地铺张着远古的绿色；沿岸毛茸茸的芦苇花随风摇曳，摇曳着这一季的芬芳，却摇曳不去凤英不再留恋尘世的意念。一个王标就够难对付的了，现在又来了个金总。

凤英站在清水河边，眺望了一下身后的村庄，咬了咬牙纵身跳了下去。

正在陪护盛儿的悦铃眨眼间不见了丈夫和凤英的踪影，顿时醋意大发，她顾不得现场四百多位宾客了，大声嚷嚷："一对狗男女又去幽会了，大家快去帮我抓个现着，抓回来我赏你们两百大钞。"

村民们还在等新上的菜肴，都不怎么理她。

有眼尖的村民随即报告："悦铃嫂子，我看见王标抱着凤英上凤英家了，两人身上都湿淋淋的。"

又有村民报告："凤英跳河自杀了，生死未卜。"

宴会现场顿时一片混乱，有掀翻桌子的，有摔碗摔酒瓶的，有把剩菜剩酒往包里装的。

村长跃上一张宴桌镇住了大家："大胆刁民，竟敢胡作非为，都不想过日子了，看我日后怎么收拾你们。"说完他跳下桌子，吩咐婉珍和道成："你们两人上凤英家看看到底怎么回事。"

喝得醉醺醺的道成如梦初醒，凤英自杀了这还了得！他慌忙跟着婉珍往自家赶。

主宾桌旁的金文辉如惊弓之鸟，凤英的自杀和他密切相关，他还是第一次碰到如此刚烈的女子，他故作镇静地向大家上下挥动双手："乡亲们安静，请安静，但愿只是一场误会，一场虚惊，凤英会没事的，一定会没事的。"

又有恶作剧的村民在叫嚷："平安无事喽，平安无事喽。"

村民把几张掀翻的桌子摆正位置。村长："咱们的百日喜宴要有始有终，现在每桌再加两道菜，红烧鲤鱼和烤鸭。"

稍许，两道菜上齐了，胃口特别好的村民们又大吃大喝起来。

稍许，有村民来报告："凤英已被救醒，她是不小心跌落清水河的，现在已无大碍，由玉兰和道成照应着。"

金文辉："大家都听到了吧，我说凤英不会有事的，只是一场误会。"

村长："金总您料事如神，今天的百日喜宴让您见笑了。"

金文辉："区区小事，不值一提，风风雨雨我见得多了。"他抬起左手腕看了看手表，已是午后三点，又面向村长："贤婿，时候不早了，我得回城了。"说毕他从儿子手里接过一只皮包递给村长，声音极低："这皮包里的六万元钱，是我提前给村民发的红包，让他们过个好年。"

村长压低了嗓音："爸，不必了吧，毕竟六万呢。"

"你去积点德，咱俩都要积点德，具体你看着办，反正六万元钱你爱咋用就咋用。"

　　直升机在轰隆隆地做起飞准备，金文辉一行十多人走向直升机的舷梯。歌唱《城里的小伙请你留下来》的少女追上了金海涛："哥哥，我叫李亚敏，留个电话吧，咱日后好联系。"

　　海涛犹豫了一下，从口袋里掏出钢笔，在少女手心里写下了电话号码。村长和部分村民挥手向金总一行告别。

第2章 村头喇叭

村长的办公室坐落在其四合院的东南面。办公室装饰得十分简约。两开间的进深十米的办公室，西间两张写字台，靠里的写字台上左端摆放着一台外接三个喇叭的功放机，右端则摆放着一台夏普收录机，收录机旁是电话座机。靠外的写字台上则是村长和妇女主任办公的地方。办公室东间左右两侧摆放着两张三人沙发，沙发中间两张茶几，茶几上放置着茶盘。茶盘中的八只茶杯上绘画着青蓝的梅花，在白色的底蕴下显得更加素雅。茶几上两只圆盘形的水晶烟缸，简明的外部结构，给人以朴素大方之感，而见缝插针的内部各式花纹则变化多端，令人目不暇接。茶杯和烟缸洗得十分洁净，一尘不染，显示出主人爱清洁的修养。村长虽然有点贪色，却也喜欢干干净净过日子。

办公室东间靠北的窗户外，是一片连绵不断的青青绿树，虽然到了冬季时分，但也有各种野花在绿树间争相盛开，绽放着如云霞般绚丽的色彩。

冬意正浓，时光以它固有的速度，跨进了新的一年。村长和夫人早早地就来到了办公室，按照以往的习惯，他俩要向村民们致祝福词，几天前，村长专门上城里买了一本《祝福语大全》的书。

办公室东间悬挂在墙上的摇摆钟的摆锤有节奏地在摇摆，时针即将指向九点。村长拍了拍妇女主任："婉珍，你先来还是我先来？"

婉珍："老规矩，当然你先来了。"

村长来到了办公室的西间，清了清嗓子，打开功放机，看准了祝福语大全的一段话，加上自己的开头语，对着麦克风爽朗地祝福道：

"村民们，大家元旦快乐，我徐进发给大家送上最诚挚的祝福，首先祝大家身体健康，万事如意，阖家幸福。其次祝大家，大事小事忙活事，事事顺利；亲人友人家里人，人人健康；晴天雨天下雪天，天天开心。"

村长刚说完"天天开心"，婉珍就用右手按住了麦克风："进发，你重复了。"

"看我接下来的祝福语。"村长推开婉珍的手，

"村民们，让烟花的璀璨，闪亮你们的人生；让欢快的颂歌，奏响你们的快乐；让元旦的喜气，温暖你们的心房。再送村民们一声新年好。祝福你们好运多多，幸福绵绵，快乐连连。"

"下面我再祝村民们——幸福召之即来，机遇每时每刻，好运日日月月，快乐年年岁岁。接下来，再请妇女主任为大家送上美丽的祝福。"

婉珍是中文系的大学本科毕业生，有文化底蕴，她不用《祝福语大全》，信口道来——

"村民们，全村的男女老少们，婉珍在这里送上我发自肺腑的祝福。元旦放飞祝愿，展开全新一年，福字喜字照面，平安喜乐都现，吉祥伴你左右，福运陪你向前，开心快乐天天。祝愿村民们新的一年收获新的幸福美满。

"愿我们的生活像五彩缤纷的万花筒，只有平安喜乐，没有纷扰忧愁。"

"愿我们的生活像绚丽多彩的百花丛，只有芬芳馨香，没有烦闷枯燥。"

婉珍说到这里，村长也用右手掌捂住了麦克风："婉珍，你重复的祝福不见得比我少，你这个大学生的文化也不怎么样。"

婉珍不加理会村长的说辞，推开他的手掌："村民们，我和村长的祝福到此为止，下面有请喜欢送祝福的朋友们到办公室来，向你们的亲朋好友送上最美好的祝福。"

村民听了村干部的祝福语，心里都乐滋滋的。

村长和妇女主任面对面坐在办公室前聊开了，竟忘记了关功放机。办公室等于是他俩的第二个家。

婉珍："咱儿子泽天在奶娘家都断奶三个月了，要否把他抱回家了？"

"我想再过个半年抱回来，以往我得罪的村民太多，我不想让儿子有个三长两短。"

"你也要积点德，依我看今年村民们来给咱们的礼金礼品都免了，从此咱安分守己过日子。"

"婉珍，你的想法正合我意，等会你就回家去，村民送礼一律回绝。"

这时，办公室的座机响起了电话铃声，婉珍拿起话筒，原来是金文辉打来的。

"爸爸，元旦快乐，我和进发刚刚给村民们祝过福。"

"应该的，应该的，凤英最近可安好？"

"很好，很好，道成每个礼拜天都回家，凤英由婆婆照应着，再过两个月就要生产了。"

"你有空经常去看望看望凤英，不要出什么意外。"

"爸，我会去看望的，您放心吧。"

"我的外孙抱回家了吗，不是说好元旦的吗？"

"还没呢，进发说再过些日子。"

"你把话筒对准麦克风，我也要给村民们祝福。"

村长："不好了，功放机刚才没关，咱说的话都给村民们听见了。"村长马上把功放机关了。

婉珍："咱刚才也没说什么，不怕村民们笑话，就是咱俩之间的对话，许是会被村民们听见，闲人会借题发挥。"

"几个妇女就会弄事情，咱不怕。"

婉珍重新打开功放机，嘴巴对着麦克风："村民们，金总在新年的第一天想到了咱双岭村，他也要给大家祝福呢。"

婉珍把话筒对准了麦克风，村东村中村西的三个喇叭响起了金文辉的祝福语：

"双岭村的村民们，今天是新年的第一天，我金文辉在这里给大家送上最真诚的祝福。祝福大家，新年新气象，天天好心情，幸福长相守，开心乐无边；福星终身伴，贵人时时见；财源滚滚来，前程似锦绣。最后祝大家吉祥如意！"

金总的祝福简明扼要，亲切随和，村民还是第一次听到。

村长看了看时钟，时钟正指向十点，赶紧对婉珍说："你先回家吧，以往村民等祝福语结束，都会来咱家。"

婉珍赶在回家的路上，果然远远地就看见村民排着队在等她回家。

婉珍来到村民们面前："大家听好了，我和村长商量好了，你们的心意我领了，从今往后一律不许大家再送礼，送礼的事已成为历史。"

村民们中有个别人是新落户的村民，新村民对婉珍道："我是去年年底才落户的新村民，您就收下吧。"

婉珍："不管是新村民还是老村民，我一律不收，大家都请回吧。"

有村民道："您不收我不会安心的，还是收下吧。"

婉珍："大家只管放心，以往村长多有做得不好的地方，还请大家谅解。"

村民陆陆续续地往家走，大家议论纷纷：

"莫非村长变好了？"

"感觉变得太快了，像一百八十度的急转弯。"

"村长的心也是肉做的，你没听到他不敢把亲生儿子抱回家吗？"

……

村长一个人坐在办公室，对着镜子照了照脸，摸了摸左额经过整容后仍留有痕迹的疤痕，开始浮想联翩，回忆往事。小时候的他家里住的是茅草屋，阴雨天漏个不停，吃饭吃的是窝窝头，有时连窝窝头都吃不上。穷山恶水造就了他天不怕地不怕，连死也不怕的性格。三年前他二十五岁，他第一次尝试男人的乐趣，他看中了比他大十岁的童玉兰，那年玉兰三十五岁，少妇的风韵格外撩人，清澈明亮的瞳孔，弯弯的柳眉，长长的睫毛微微颤动着，白皙无瑕的皮肤透出淡淡红粉，薄薄的双唇如玫瑰花瓣娇嫩欲滴，一点也不像生过孩子的妇女。那年那天，他趁玉兰上山砍柴，把玉兰强暴了。还威胁玉兰："从了我你不吃亏的，我还是童男子，不许对外声张，要不然你上中学的儿子道成就没命了。三天后咱老地方碰头。"玉兰唯恐他真的会伤害儿子，只得隔三岔五地与他私通，事情一久，被丈夫肖广连察觉了。不久前的一天广连拿着砍柴刀尾随上山砍柴的玉兰……最终敌不过村长，被村长打昏后扔在悬崖峭壁下。村长威胁玉兰的说辞更加强烈："你看到了吧，是你丈夫想用砍柴刀杀死我，我是迫不得已正当防卫，你若对外声张，外人只会说你趁丈夫经常不在家耐不住寂寞勾引小伙子。"玉兰无处申冤，为了儿子道成，她只得一忍再忍。

村长的脑海里跳出第二个女人的身影，王标的夫人谈悦铃。悦铃比玉兰年轻了十多岁，风韵自然比玉兰胜出一筹。三年前他正式当上了村长。那天他把玉兰叫到了办公室，让玉兰坐在里间的沙发上，他打开了收录机，收录机播放着著名歌星演唱的《浪人情歌》——

　　不要再想你　不要再爱你

　　让时间悄悄地飞逝　抹去我俩的回忆

　　对于你的名字　从今不会再提起

　　不再让悲伤　将我心占据

　　让它随风去　让它无痕迹

　　所有快乐悲伤所有过去通通都抛去

　　心中想的念的盼的望的不会再是你

不愿再承受　要把你忘记

我会擦去我不小心滴下的泪水

还会装作一切都无所谓

将你和我的爱情全部敲碎

再将它通通赶出我受伤的心扉

不愿再承受　我把你忘记

你会看见的　把你忘记

我想到了一个忘记温柔的你的方法

我不要再想你　不要再爱你

不会再提起你　我的生命中不曾有你

……

在歌曲播放到一半的时候，他来到了玉兰身边："玉兰，听到歌曲的内容了吗？这首浪人情歌，是我专门为你播放的，今天是我把你忘记的日子。"

玉兰愣愣地望着他，他从口袋里掏出二十张百元大钞："你收好吧，从了我几年，我从没让你吃过亏。"

玉兰没有接他的钱钞，他把钱钞塞在她的衬衣口袋里吩咐道："你走吧，帮我把谈悦铃叫来这里。"

玉兰的眼神里充满了伤感之情，终于摆脱了。她抬首仰望蓝天，彩云依然在悠悠地飘，她低头俯瞰清水河，河水依然在静静地流。

玉兰来到了谈悦铃的家门口，进也不是，退也不是。

悦铃看见了家门口的玉兰："兰姐，你来我家有事吗？"

玉兰支支吾吾道："村长……村长叫你去他的办公室。"

悦铃知道是怎么回事了，她之前多次看到玉兰走进村长办公室，过了半小时后又走出来。

"玉兰，我知道你从了村长好些年，你跟我说白了，村长待你如何？"

"村长，他……"玉兰说不出口。

悦铃看见玉兰衬衫的口袋里鼓鼓的："你衬衣口袋里装的是什么，掏出来让我看看。"

玉兰把钱掏了出来，悦铃："哇，这么多钱啊，村长慰劳你的，看来村长对你真不赖。"

玉兰把钱装在口袋里，头也不回地朝自己家赶去。

悦铃爽爽快快地来到了办公室，一半是看在钱的份上，另一半是她要报复丈夫的花心。

办公室的收录机正在播放《你知道我正在想你吗》的歌曲——

莫名我就喜欢你　深深地爱上你

没有理由　没有原因

莫名我就喜欢你　深深地爱上你

从见到你的那一天起

你知道我在等你吗

你如果真的在乎我

又怎会让无尽的夜陪我度过

你知道我在等你吗

你如果真的在乎我

又怎会让握花的手在风中颤抖

莫名我就喜欢你　深深地爱上你

……

村长让悦铃坐在里间的沙发上，双眼色眯眯地盯着悦铃："铃铃，这首歌曲是专门为你播放的，你听到我的心意了吗？"

悦铃故作矜持："铃铃也是你叫的？叫我谈悦铃。"

"这不显得亲热吗，怎么，你嫌弃我？"

"你说呢，你要正经点。"悦铃仍保持着严肃的态度。

"那你请回吧。"村长欲擒故纵。

"那我真的走啦。"悦铃边说边站起身，故意把酥胸露出一半。

村长再也把持不住了……

悦铃："慢点，慢点，婉珍不在家吗？"

"她去娃儿的奶娘家了，明天才回来。"

……

一阵激情过后，两人整理好衣裤。

村长从抽屉里拿出五张百元大钞塞进悦铃的衬衣口袋："下次你听到村头喇叭

里刚才播放的歌曲，你就到我办公室来。"

"我知道了。"

村长的回忆被一阵银铃般的声音拉回到了时下，李亚敏在敲门："徐村长，我来给亲友们送祝福语了。"

村长内心一阵狂喜，赶紧开门："亚敏，我正盼着你来送祝福语呢，"他打开功放机，把麦克风递给亚敏，"你祝福吧，给哪个祝福都行。"

"我要给金总祝福，刚才我听到他的祝福了，我要回送给他。"

"原来你是给金总祝福，你在电话里祝福就是了。"

"村长，我把座机话筒对准麦克风，我要让全村人听到。"

"亚敏，你稍等，让我先对金总说两句。"

村长拨通了金文辉家的座机："爸，您听好了，我们的山里妹子李亚敏要给您祝福呢。"

"哪个李亚敏？"

"就是唱《城里的小伙请你留下来》的姑娘。"

"那好，这姑娘有一定文化，我把电话按到外放的位置让我们全家人都听着。"

村长把座机的话筒递给亚敏，亚敏把话筒凑向功放机的麦克风。

村头喇叭响起了李亚敏清脆悦耳的祝福语，祝福语也传到了城里金文辉的家里，今天是元旦，全家人都在家休息——

"敬爱的金总，敬爱的金夫人，哥哥姐姐们，首先我代表双岭村全体村民祝你们全家元旦快乐，幸福美满。

"让我把最真诚的祝福化作清风，吹送到你们的身边，把最诚挚的问候变成雨露，飘落到你们的周围，把最暖心的祝福折成阳光，温暖你们的心房。

"金总，两周前您来到了山村，为了村民们过一个好年，您慷慨解囊，给我们送来了六万元。踏遍心田的每一角，满是对您的敬意，踩遍心灵的每一寸，满是对您的尊崇。

"雁过无痕，只留下天空蔚蓝的色彩，花开无声，只留下绿叶欢快的陪伴。我的祝福有声有色，活灵活现。期盼金总带领全家常来我们山庄教诲指导，常来我们山庄出谋划策，让我们走上脱贫致富的道路。

"最后，我还要献上我在百日喜宴上演唱的歌曲《城里的小伙请你留下来》：

那一天你来到了这里

我的心儿怦怦怦跳个不停

不为谁不为谁就为你

我看见你英俊的脸庞

就想抱住你亲吻你

我看见你宽阔的胸膛

就想靠上去不分离

……

金文辉的家里。金文辉喜滋滋地对着正听入迷的海涛道："这姑娘，天生一副好嗓子，长得又水灵，小伙子见了都会心动，歌声里流露出深深的爱意，海涛，你不会也心动了吧，唉，她要是生长在城里就好了。"

"爸，您说到我心坎里了，我真的心动了，李亚敏打过我几个电话，我还没有明确表态。因为妈给我介绍的几位城里姑娘，我都不好意思回绝。"

"你自己看着办吧，爸不会干涉你的婚姻自由。"

姚佩芳也来到了儿子身边："海涛，山里妹子心眼实在，不像城里姑娘，经不起诱惑，动不动就移情别恋。要是你真的喜欢李亚敏，我给你介绍的城里姑娘，我帮你去回绝。"

"这么说来，爸妈都同意我跟李亚敏交往了？"

金文辉："亚敏还小，也不知道她学历高低，先让她到城里来上两年学，最起码弄个本科，同时让她在城里熏陶两年，看她会不会经受住灯红酒绿、纸醉金迷的诱惑。另外，我要发展她成为共产党员。"

山庄办公室里的村长，听出了亚敏给金总祝福的弦外之音，原来岳丈尽管给他六万元钱时压低了嗓音，但还是给耳朵尖的村民听到了。亚敏八成是受了村民的指点，亚敏向金总祝福是一举两得，提醒她别把六万元钱私吞了。婉珍真不应该让村民到办公室来随意祝福。

村长在李亚敏面前开起了玩笑："亚敏，金总给我的六万元，最初是让我给村民们发个红包，后来又改口了，让我看着办，爱咋用就咋用，这笔钱的支配权在我手里，我想听听你的意见。"

"村长，你就给村民们发个红包呗，让大家喜气洋洋过个春节。"

"亚敏，我准备用五万元来发红包，另外的一万元我准备送给你，让你家改善一下生活。"

村长开始试探李亚敏的态度。

"村长，你这又何必呢，我家生活又不是过不去。"

"我这不是喜欢你吗？除了你，我从来没对别的女子这么好。"

"村长，你看错人了，我李亚敏不会为了一万元出卖自己。"

村长见李亚敏态度坚决，不是见钱眼开水性杨花的女人，赶紧改口："亚敏，和你说着玩呢，这样吧，我把六万元的支配权交给你，你来决定如何用法。"

"村长当真？"

"当然是真的。"

李亚敏打开了功放机，喜出望外地对着麦克风："双岭村的全体村民们，金总捐献给大家的过年红包，村长原本打算在腊月二十八发放的，现在提前发了，请每户人家派一个代表到村委办公室来领取五百元红包，领取的时间是下午四点。"

村民们听得入耳，个个喜上眉梢，大家议论纷纷：

"新年新气象，村长变成新村长了。"

"村长真的进步了，这是我们全村人的福分。"

"愿我们的村长全心全意为村民们办实事。"

午后，村委的办公室，婉珍和亚敏正在把六万元钱分成一百二十份装在红包里。装好后，村长也不回避亚敏，对婉珍说："你去奶妈家看望泽天吧，你从家里的保险箱取出一万元，八千元是最近半年的奶费，两千元是给奶妈过年的红包。"

"下午四点要给村民们发红包，您一个人忙得过来吗？"

"我和亚敏两个人足够了，你不用操心的。"

"明天去不成吗，非要今天？"

"今天是元旦，新年第一天，讨个吉利。"

婉珍走的时候有点心神不定，不时地回头看看村长和亚敏。

待婉珍走远后，亚敏也要离开，被村长拦住了："亚敏，还有半个时辰就要给乡亲们发红包了，你就不要走了。"

"婉珍走了，我有点不自在。"

"有啥不自在的，您就当是自己的办公室。"村长从抽屉里掏出一个红包，"亚敏，这是我单独送给你的两千元红包，你可上城里买两件时髦的衣服。"

"我才不需要呢，我穿上时髦的衣服，庄里的小伙子都围着我不让我脱身了，会欺侮我。"

"有我在谁敢欺侮你，从今以后，我就是你的保护神。另外，金总刚刚关照我，让你写一份入党申请书。"

"我不需要您做我的保护神。加入中国共产党是我的信仰，我热爱中国共产党，我早就想写入党申请书了。"

村长心头一震，这个女孩入世这么早，什么都知道，但他还是不甘心，还在争取。

"亚敏，那你做我的干女儿吧，我会对你好的。"

"村长，您太会开玩笑了，您不过比我大个十岁。"

"那我做你的哥吧，咱俩以哥妹相称。我做你的情哥哥，你做我的情妹妹。"

"谁和你有情了，去你的吧，都说你变好了，可是你还是那么贪色。"亚敏改称"您"为"你"了。

村长心想第一次不能硬来，以后日子多的是，就退了一步："亚敏，我是试探你的，你果然和别的女人不一样，别的女人都巴不得我喜欢她们呢。这样吧，我这里有时一个人忙不过来，婉珍不在的日子里，你来帮我一把，我可以付你一份工资。你在村头喇叭里听到《城里的小伙请你留下来》这首歌，你就到我办公室来，说明我有文字材料请你帮忙。"

"你怎么会有这首歌？"

"那天百日宴我录下来的。"

"乡亲看见了会说闲话的。"

"不会的，乡邻们、少女们都喜欢听这首歌，不会往别处想的，我可以建议你当村委，还可以发展你入党。"

"让我当村委的事当真？"

"按照乡党委的要求，我们的干部要年轻化，另外，我和婉珍夫妻两个，一个当村长，一个当妇女主任非常不妥，乡党委要求我们村委立即改过来，你当了村委，即可升任妇女主任。"

"村长，我可不想当妇女主任，婉珍会有想法的。"

"这个事情你就不要操心了。"

下午四点不到，村民就来到了村委办公室，在办公室门前排起了长长的队伍。村长和亚敏一个发红包，一个记账，忙活到临近傍晚才结束。

"村长，这下我该回家了。"

"记住，亚敏，听到《城里的小伙请你留下来》，你就到办公室来。"

"村长别多说了，我已经记住了，不会让你失望的。"

待李亚敏离开后，村长心头一阵喜悦："这个姑娘，早晚会是我的人。"他悠悠地又打开了功放机，误打误撞地竟把《你知道我在想你吗》的歌曲播放在村头喇叭里。

刚领完红包回到家的谈悦铃，听到这首歌，心想村长一个人在办公室又在呼唤她去了，她心头一阵激动，看了一眼正在厨房炒菜的王标："盛儿他爹，我去一趟村长办公室。"

王标跟着悦铃走到门口，他俩远远地看到村长关好办公室的门，已离开办公室走在回家的路上，村头的喇叭也恢复了宁静。

悦铃知道上当了。这个村长，是否又有了新欢，不把她当回事了？

村长回到家后接到了金文辉的电话："进发，海涛看上亚敏了，你从今以后要守护好亚敏，不要让她与庄里的小伙子走得太近，特别要防备庄里不怀好意的二流子把她给玷污了。"

"爸，我会守护好亚敏的，你就放心吧，不过我要提出自己的看法，亚敏一个乡里妹子，就那么招海涛喜欢吗，城里美丽姑娘多的是。"

"进发，海涛喜欢亚敏我有什么办法呢，我和佩芳是做不了他的主的。"

第3章 凤英生产

进入隆冬的一月中旬，双岭村山坡上的果树似乎已经进入冬眠期。各种鲜花却琳琅满目，那大红的山茶花、腊梅、康乃馨、迎春花、月季花在争奇斗艳，空气中弥漫着沁人心脾的芳香，让人迷醉。

度过了多少辛酸的日子，熬过了多少迷茫的岁月，得到过多少关怀与温暖，最让凤英企盼的小生命终于要出生了。虽然她躺在床上肚子一阵阵地疼痛，眉宇间揪在一起，但她心里却是快活的。

玉兰领着接生婆来到了床前，凤英的眉宇渐渐舒展开来，眼睛里放射出一道喜悦的光，等待着新生命的诞生。

随着一声啼哭，婴儿挣脱了母亲的身体，来到了人间，接生婆告知凤英，是个女娃。凤英端详着女娃，女娃的脸面白里透红，五官匀称分明，一双美丽的丹凤眼时睁时闭，一张可爱的樱桃小嘴，两片薄薄的红嘴唇微微颤动着，整个脸面看来像是一件巧夺天工、活生生水灵灵的艺术品。

凤英把婴儿揽在身旁，回想起自己曾经两次寻短见，像犯了罪似的抓着自己的胸脯扪心自问，我怎么会有自杀的念头，这么可爱的小宝宝，差一点就毁在自己手里了。

道成在床前床后忙忙碌碌，玉兰在灶前灶后转来转去。虽然生了个女娃，但母子俩脸上无不表露出喜悦的心情。生男生女都一样，都是家族血脉的延续。特别是玉兰看到宝宝的脸面像道成时，她心里的阴云顿时散开了。她内心暗暗发誓，一定要帮凤英带好孩子，抚养孩子长大成人。

"娘，咱给宝宝起个名字吧。"道成忙活了一阵来到娘身旁。

"你爹叫广连，咱就给宝宝起名叫肖莲吧，连字上面加个花草头。"

"娘，我看叫肖玉莲更好，把你和爹的名字都占上了，让宝宝长大了时刻会记着爷爷奶奶。"

"道成，你这名字起得真好，咱们小名就叫她莲莲。"

凤英在一旁听了更满意："莲莲，宝宝连着我的心，我和莲莲永远心连心。"

家门口有王标在敲门："玉兰嫂子，王标来给你贺喜了。"

玉兰心头猛地一紧，她听到王标的声音就来气："姓王的，凤英生娃不关你的事，用不着你来贺喜。"

"嫂子，你就让我进来吧，我给凤英送来了两只老母鸡，还有五百元礼金。"

道成不知道王标一直想霸占凤英，就劝娘道："娘，咱让王标进来吧，毕竟他救过母子俩的命。"

王标在门外听到道成的说话声："道成说得对，要不是我，母子俩早就葬身清水河了。"

玉兰不想让儿子多心，就打开屋门，脸上仍余怒未消，对着王标："我们正忙着，你只能待十分钟时间。"

"十分钟就十分钟，"王标把两只老母鸡放在客堂间，又从口袋里掏出五百元礼金，对着玉兰，"这礼金给你还是给道成？"

玉兰说："都一样，你放在桌子上吧。"

王标把礼金放在桌子上："兰嫂，听接生婆说生了个女娃，让我看一眼宝宝吧。"

"宝宝刚出生不到两个时辰，一个礼拜才能让外人见，这是规矩，你不知道吗？"

道成："标哥也不是什么外人，他是凤英的救命恩人。"

"道成你懂什么，这个家娘说了算。"

玉兰又对着王标："十分钟到了，你走吧。"

王标很不情愿地离开了肖家。一回到家，悦铃就咄咄逼人地问他："抽屉里的五百元钱去哪了？还有庭院里的两只老母鸡呢？"

"我去送给凤英了，这也是村长的意思。"王标用村长来做挡箭牌。其实村长根本没有让他去慰劳凤英。他并不理会夫人曾经告诫他的金文辉喜欢凤英的话，仍想方设法讨凤英的喜欢。

村头喇叭里又响起了《你知道我在等你吗》的歌曲。悦铃心头一抖："王标，我倒要去问问村长有没有叫你去慰劳凤英。"

王标平时忙活着山上的果树和家里的牲畜，并不知道喇叭里的歌曲是专门放给悦铃听的，以往他只知道夫人和村长相好只会在村长的四合院，没想到两人换在了办公室，他想村长的脑筋相当灵活，肯定会随机应变："你去吧，我还会骗你不成。"

村长在办公室里远远地看见向他走来的是悦铃，知道自己又放错歌了，他本来是要放《城里的小伙请你留下来》呼唤李亚敏的，办公室里有美女陪伴，心里总是快活的，他可不管海涛喜欢上亚敏，也许海涛的爱情来得快去得也快。眼看着悦铃越走越近，再换歌曲，已经来不及了，他只好静等悦铃的到来。

悦铃来到办公室："村长，好长时间没叫我了，这回又想我了？"

"你说的真是，宝珍又去泽天的奶妈家了，一个人在办公室里闷得慌。"

村长在办公室的东间打开了空调，两人在沙发上并肩坐着，村长把一只手搭在悦铃的大腿上："这空调是特地为你新装的，才装了一个礼拜，花了三千元钱呢。"

"村长看你说的，我一个月不过来个一两次，用不着你为我破费的，是你自己要享受。"

"我享受你享受都一样。"

"村长，你老放这歌，村里人会不会起疑心，要不你帮我家装个电话机。"

"装电话机那可不成，村里就我办公室有电话机，这还是乡党委特批的，家家都没有，不能搞特殊化，喇叭里播放这歌，挺好的，年轻小伙姑娘都爱听，听说凤英生娃子了，男娃还是女娃？"

"生了个女娃，怎么，接生婆没告诉你？"

"接生婆不到我办公室来的，好像我会吃了她。"

"接生婆才四十不到，比玉兰还年轻呢。"

"悦铃，你把我当成什么人了，要是我见一个爱一个，我就不放这首歌了。"

"村长，我正要问你呢，你安排王标去慰劳凤英了？"

村长听悦铃这一问，脑筋一转弯，就料定王标肯定去过凤英家了："是，道成有喜，我安排王标去慰劳一下。"

悦铃这下放心了："村长，咱们……"村长心领神会。

激情过后，两人还在沙发上温情缠绵。片刻后，村长对悦铃说："你先回吧，等会我也要去凤英家一趟。"

"你也要去慰劳凤英？"

"这也是金总的意思。金总在电话里跟我说了，为了改变我在村里的不良影响，从今以后村里每每有人家生娃子，我都要去慰问一下。"

村长一提起金总，悦铃心里美美的，回想起村长和婉珍结婚的当天晚上，在村长四合院的装修颇为讲究的房间里，醉得一塌糊涂的金总单单相中了她。

肖家门口又有人在敲门："玉兰嫂子，进发来向你贺喜了。"

玉兰心头紧得更加厉害了，战战兢兢的她一时不知所措。就在几个月前，丈夫被村长扔下了山崖。她拿不定主意，该让村长进来还是拒之门外。

"娘，村长来了，咱开门迎接吧。"道成在请示玉兰。

玉兰："你去开门吧，毕竟来的是村长。"

道成开了门，把村长迎到客堂间："村长，劳您的大驾，咱小百姓生儿育女，不用您来贺喜的。"

"要的要的，我是奉金总的意思前来贺喜，金总对全村人都关怀备至，对你们一家人更是关爱有加。"

"多谢金总的抬爱，"道成给村长沏上一杯茶，"金总老是忘不了我们村里的百姓，等我到城里上班时，方便的话，也要去拜访金总。"

"道成，这你就免了吧，金总日理万机，拜访他不是一件容易的事。"

"那我到金总家去。"

"到金总家去就更不容易了，金总刚搬了新家，大门口还有保安呢。"

"我本身也是当保安的，保安见保安，好说一点。"

"你在哪家公司当保安？"

"在你小姨子的公司嘉美国际娱乐城。"

"那天姚佩芸来双岭村过百日宴咋没说起你？"

"我是保安公司新调去的，才过去半个月。"

"原来是这样，"村长把两千元红包放在桌上，"这两千元是金总的一点心意，望你收好。"

"村长，金总送的礼太重了，我承受不起。"

"道成，你就大胆收下吧，金总和你家就像是一家人，"村长感觉到自己说漏了嘴，赶紧改口，"金总和全村村民都像是一家人。"

道成并不知道金总喜欢凤英，受宠若惊地说："我就收一千吧，另外的一千元算是我孝敬您村长的。"

"道成，金总的心意不能一分为二，你要把这两千元亲自送到凤英手里，让她开心开心。听说凤英生了个女娃，女娃也蛮好的，长大了就是凤英的贴身小棉袄。

我还听说不久前你爹上山打猎摔到悬崖底下去了，你要担当起养家糊口的责任，经常回家来照顾凤英，多买些上乘的补品给凤英补补。我就不打扰你们了，先告辞了。"

待村长离开后，道成把两千元钱放在凤英的枕边："凤英，这是城里的金总特地委托村长慰问你的。"

听说是金总送的，凤英的心紧得比婆婆还厉害："我不需要金总的礼金，你马上去还给村长。"

玉兰不知道那天百日宴金总对凤英的所作所为，劝凤英道："金总是一片好心，不作兴再退还给他，大老板赚的钱多，两千元对他来说是毛毛雨，咱不收白不收。"

"娘，那天您没参加百日宴，金总他……"凤英真想把那天的事和盘托出，道成在一旁又不方便。

"金总他对你怎么了，那天你跳河他有责任？"

"不是的，娘，"凤英慌忙掩饰，"是我多喝了两口酒上茅厕走错了路，不小心跌入河中的。"

玉兰没再追问下去，让凤英把枕头边的两千元钱收好："凤英，这钱你自己放好，娘收的钱，积蓄的钱，都在娘的梳妆盒下层放着，万一娘有个三长两短，你们把它收好。"

凤英："娘，您说什么呢，您身体棒棒的，老天爷见了都要让您三分。"

"凤英，你不知道娘的苦衷，你公公半个月没有音信，我现在都不知道怎么过日子了。"

临近晚上，家家户户都开起了电灯。玉兰嫌凤英房间里的电灯不够亮，在娃儿的头前和脚后点亮了两支蜡烛，希望能照亮娃儿的人生之路，苗壮成长。

肖家喜添娃儿，前往祝贺的人还真不少。第二天，婉珍从奶妈家回来，早早地就带着礼品，拎了两瓶奶粉来看望凤英。

这还是妇女主任头一遭来肖家。玉兰强颜欢笑地把婉珍迎进凤英的房间，让她把宝宝看个够。宝宝出生一个礼拜后才能让外人见的规矩早已抛到脑后。

送走了婉珍，李亚敏又来探望了。玉兰脸上露出了灿烂的笑容，与迎接婉珍的强颜欢笑形成鲜明的对比。

婉珍啊婉珍，你对村长的所作所为难道一点都不知情，还是睁一只眼闭一只眼任其放荡不羁？因为屈服于村长的恐吓，丈夫半个月前被村长扔下悬崖，玉兰一直不敢声张，更不敢报案。

村头的喇叭里响起了李亚敏的祝福语——

"凤英嫂嫂喜得宝宝，亚敏来把祝福相送，祝愿宝宝茁壮成长，健康快乐幸福一生。宝宝的诞生是我们全村人民开心激动的一刻，吉祥好运的一刻，阖家幸福的一刻。新生的宝宝是肖道成和时凤英相爱的结晶，是爱情的延续，是生命的替代，是人生的希望……"

村长的眼睛一眨不眨地盯着祝福中的李亚敏，恨不得把她抱在怀里："亚敏，你的祝福可以停止了，再祝福都是重复的词语了，凤英会听腻的。"

"祝福来祝福去我也担心会重复，咱们村头的喇叭可不能让它停下来，村长，那我们放年轻人喜欢听的歌《你知道我在等你吗》好吗？"

"不能放这首，不能放这首。"村长生怕又会把谈悦铃招来，"亚敏，还是放你演唱的《城里的小伙请你留下来》的歌曲吧。"

"村长，这是你专门呼唤我的歌，这不我正在你身边吗？"

村长误以为亚敏和他的感情已经提升了一步，他可不管岳丈对他的忠告，伸出手就要去搂抱她。亚敏警觉地脱开了身："村长，你这是干什么，这是在你的办公室。"

"今天是咱俩的好日子。"村长边说边把一叠百元大钞往亚敏口袋里塞。

"什么好日子，你别想得太美，"亚敏把钞票打散在地，指着窗外，"我看见婉珍往办公室来了。"

村长向窗外望去，哪有婉珍的踪影，再回头看亚敏，亚敏已经一阵风似的逃离了办公室。

村长在喇叭里放起了《城里的小伙请你留下来》的歌，还在妄想把亚敏唤回来。

亚敏走在回家的路上，紧几步慢几步，心头浮躁的她诅咒村长仍不思悔改，色性仍那么重。看来村长许诺她的那些不过是噱头罢了，完全是空的。她也不想当什么村委委员了。

这是入冬以来最冷的日子，亚敏的心比天还要冷。喇叭里还在放《城里的小伙请你留下来》的歌曲，想不到这首唱给心上人的歌竟成了村长召唤她做肮脏交易的由头。她越想越来气，从胸袋里掏出村长送给她的金星钢笔，用力一折两段，向村长的办公室扔去。

村长站在窗台边，眺望着亚敏离去的背影，看见她把什么东西扔了过来，他走出办公室，拣回一折两段的钢笔，心里不由得一阵感叹，这样脾气倔、性格烈的少女，他有生以来还是第一次碰到。他琢磨着他和亚敏已经彻底没戏了："我得不到她，任何男人也休想得到她。"

远远地听到办公室的电话铃声在催个不停，他跑回办公室，拿起话筒，话筒里传来金文辉的话音："进发，这两天在忙什么？"

"是爸吗，我不忙什么啊，你给我的六万元钱我在一星期前已经全部发给村民了。"

"是应该全部发给村民，听说乡亲们已经开始对你转变看法了，这是一个好的开端，你要保持下去。"

"你咋知道的，你在双岭村安设了眼线？"

"我对贤婿还能设什么眼线，要说眼线，不就是婉珍么，婉珍打电话给我的。我的宝宝外孙你打算什么时候接回家？"

"快了，过了冬天，等春天天暖和了些，我就去抱回家。"

"村庄里哪些个和你冤家深的你在脑海里排一排，经常给他一点好处，让他不记仇。"

"爸，你放心，其实我也没有什么冤家，那也不碍事。"

"你真有冤家，跟我说说是哪家？"

"说来你会不相信的，就是凤英家……"村长把和肖广连的交战大略说了一下。

"进发，我怎么听着十分恐怖，你还有命案在身？"

"我是正当防卫，是肖广连拼了命和我对着干……"

"你的辩解太牵强了，法律上可不这么认为。从今以后再也不要在我面前提及此事，我听着浑身都出冷汗。"

"爸，从今以后我把这事烂在肚子里。"

"那个唱《城里的小伙请你留下来》的李亚敏近来可好，你要用心保护好她，海涛对她有意思，我想找个机会让她到城里来上大学。"

村长周身一哆嗦，紧张得起了一身鸡皮疙瘩："我会保护好她的，我会派身强力壮的小伙子做她的保镖。"

"身强力壮的小伙子做保镖？那可不行，你只需派婉珍保护好她。"

"爸，我懂了，我会把对亚敏居心不良的小伙子都赶得远远的，不行我让婉珍住到她家去，和她寸步不离，一根毫毛都不让她少。"

"你先不要夸海口。只要有人敢动她的脑筋，我唯你是问。让婉珍住到她家倒不必要，我挂了啊。"

村长彻底慌了，日后亚敏要是到了城里会否说起他想霸占她的事？他细思恐极，他得赶紧找一个两全其美的办法让亚敏改变对他的看法，化解还未来到的危机。

这一天，村长看准了亚敏一个人在家，大门未关拢，便落落大方地走了进去。亚敏回转身，冷不防看见村长走进了屋，爹娘都不在，她推想村长的到来意味着什么，便操起一根木棍就要朝村长头上打去。村长躲开木棍，正正经经地说："亚敏，我来通知你，明天开始，你正式在村里上班了，我已报请乡党委让你担任村委会委员，同时担任支部宣传委员，和婉珍一起上班下班。"

"村长，这是真的，你果然言而有信，"亚敏来了兴致，"村长，刚才我把你当坏人了。"

"没事，没事，那天在办公室我是考验你的，你果然把持住了，村里就需要你这样的女干部。"

"原来你是考验我，那我误会你了。"

村长又把一支新买的金星钢笔交给亚敏："金星钢笔挺贵的，要二十元钱一支，你可不能再折断了。"

"村长我对不起你，那支折断的钢笔你拣到了？把它还给我吧，让我好有个教训。"

村长从口袋里掏出折断的钢笔，"还是由我保管比较好，你与婉珍一起上下班，被她看见了她会瞎想。"

"村长，我不会让婉珍看见的，我藏在我家的抽屉里。"

村长把折断的钢笔放在亚敏的掌心："好吧，就交给你吧，希望这支断笔能让你从中汲取智慧。你要知道，今后你要走的路很长很长，你的性格太过刚烈，太过执着，遇事都不柔软都不退让，不甘吃亏，不加细细思考，那是造成你生活或工作苦恼的来源。希望你心胸要开阔，目光要长远，要甘于吃亏，甘于吃亏是一种境界，要乐于奉献，不求回报。我们的人生就像一支蜡烛，在照亮别人的同时也照亮了自己，同样，你给别人带来欢乐的同时也愉悦了自己。"

"村长，你说的话太有道理了，你等于给我上了一课。"

"亚敏，我还要对你说，我们村干部就像是磨刀石，磨刀石牺牲自己，把锋利留给宝剑，你在为别人磨刀，别人也在为你磨刀。最后我通知你，经乡党委批准，你已经是预备党员，介绍人是我和婉珍。你先当支部的宣传委员，过渡一下再去新的岗位。"

村长对亚敏的说辞是报纸上抄来的，他背了好几遍才说得如此流利，他还在炫耀自己的文采："亚敏，你要树立起自己的信仰，信仰是石擦起星星之火，信仰是火点亮希望之灯，信仰是灯照亮夜行的路，信仰是路，引你走向黎明。另外，不管今后工作顺利也好，挫折也好，你都要平静对待，人总会遇到挫折，会有低潮会有逆境。这些时候恰恰是人生最关键的时候，在这样的时刻，你就不能自暴自弃，你还要学会甘于平庸，如果不能甘于平庸，你就不能走向卓越。就拿你使用的钢笔为例，制作一支钢笔要有好几个流程，是靠许多人付出辛勤劳动而来的，他人用钢笔愉悦了你，你再用钢笔去愉悦他人。工作和生命本身就是一种组合，你用生命为他人工作着，他人也在用生命为你工作着。"

亚敏望着眼前的村长，村长仿佛一下子显得陌生了，慈父般的教诲让她深为感动："村长我一定不辜负你对我的期望，做好支部的宣传工作，我会不断告诫自己争取快快地成长，成为一名出色的村干部。"

"亚敏，具体的我就不多说了，总之你要谦虚谨慎，谦恭谦让。这是走向成功之路的永恒的阶梯。我对你说的都收在办公室里的收录机里了，你可经常放出来听听。"

"村长，你的话我都铭记在心了，不用收录机我都能背出来。"

"亚敏，最后我要说的是，你不能太过自律，太过自律，你会处处受阻；也不能太过开放，太过开放，你会被人算计受人欺侮。我不需要你太执着，而是奉献。还有咱俩分别时你回眸一笑的洒脱，你让我感受到了别样的精彩。"村长本性难移，说着说着又说豁边了。

亚敏终于有点听腻了，村长重复的词儿太多了："村长，你请回吧，马上我爹娘回家来了，还有你在我家这么长时间，村里人会说三道四的。"

第4章 宣传委员

村委办公室的门口新装了一只吊灯，把夜幕中的办公室照耀得如同白昼，月光静静地抛洒在办公室周围。明天将要宣告新的宣传委员诞生，李亚敏的眼眸中无不透露出对新工作的渴望。她在擘画，擘画村庄角角落落的宣传标牌；她在书写，书写山庄农家果林的地块分划；她在计算，计算每户村民一年的收入概况。

村长对她说，宣传委员样样都要干，等于是支书的秘书。对外宣称宣传委员就是村长的秘书，会引来妇女们的闲言碎语。

灯光从不眨眼，亚敏的双眼却眨了无数次；灯光不知疲倦，亚敏不常抬笔的手却甩了许多回。最后，她在办公室的光晕里撰写明日要对乡亲们说的话，她的任职报告——

尊敬的各位领导，村民们，妇女儿童们，大家上午好！

根据组织安排，今天是我李亚敏正式担任村支部宣传委员的第一天。在此我向大家承诺，我一定要恪尽职守，团结协作，努力工作，要迎难而上，有问题群策群力，为打造不断散发正能量的村两委，做出应有的贡献。

我的工作离不开村民们的支持和帮助，今天开始我站到了一个新的别具意义的岗位，我相信有支书、村长和妇女主任的指导，一定不会辜负大家对我的殷切期望，一如既往地做好我宣传委员的本职工作。

乡村宣传委员的工作在很大程度上影响着乡村的社会形象，我深感任重道远，我要不断地加强自我思想建设，创新工作方法，发挥宣传工作的精神激励作用，坚持用正确的舆论导向，坚持正面宣传党的各项方针政策，努力将我们双岭村建设成为先进文化的前沿阵地，为双岭村的建设和发展无私无畏地奉献自己的青春。

最后我要用一段语言完成我的任职报告——

生活是一道彩虹，无比美丽；真情是一条小河，永不停息；友谊是一座青山，永远长青；缘分是一座桥梁，相互珍惜。有阳光就有我为村民的祝福，有月亮就有我为村民的祈祷，有星光就有我为村民的许愿，就是在阴雨连绵、大雪纷飞的日子里，也都会听到我为你祝福祈祷的声音，谢谢大家！

写到这里，亚敏更加心潮澎湃，她回头看到斜靠在沙发里的婉珍已经在轻微地打鼾，原本想请她再润饰一遍，看她这个样子，就不想再叫醒她了。

这两张藏污纳垢的三人沙发，沙发套两天前村长已把它们换成新的，一张是嫩黄的淡雅颜色，另一张是紫红的高贵颜色。婉珍躺在紫红的沙发里，亚敏看她睡得正香，很有睡到明天天亮的气势。

亚敏担心惊扰了婉珍的美梦，又不忍心把她一个人搁在这里，就躺在另一张沙发上。

村长（书记）上乡党委做述职报告去了，要明天回来，办公室就她俩。亚敏心想不能睡着，睡着了万一有好色的二流子闯了进来，那后果不堪设想。她坐也不是，睡也不是，在外间的办公室踱来踱去。见婉珍仍睡得正香，担心她会着凉，就把自己平时经常穿的红色风衣披在了婉珍身上。这时婉珍醒了过来："亚敏，咱俩今晚就睡沙发吧，不回家了，你也快睡吧。"说完头朝里又睡了过去。

办公室里的灯仍开着，办公室门外的吊灯也开着。亚敏相信越是明亮的地方越是不会有不怀好意的人来侵扰。

村长（书记）上乡党委做述职报告对村里人是保密的，生怕村长一走个别人兴风作浪。村里人大都以为村长在加夜班。

亚敏终究抵挡不住睡意的侵袭，就把挂在墙上的村长的军大衣披在自己身上，把村长的护耳帽一并戴在头上，趴在外间的办公室里睡着了。

村长外出的消息终归没能掩人耳目，亚敏相信的明亮的地方不会有人来侵扰的意念也不符合逻辑。村里就有个小名叫阿三，大名叫丁洪伟的混混瞄准了这个机会来到了这里。他用插片打开了办公室的大门，看见办公桌上睡着的亚敏，误以为是婉珍，就从口袋里掏出灌有致人快速昏迷气体的针筒，在亚敏头部喷射了几下，继而又来到里间，看见正睡在沙发里的婉珍，误以为是亚敏，同样向婉珍的头部喷射了几下，随即关灭了办公室和门外的灯，办公室周围顿时漆黑一片。

混混阿三轻手轻脚地宽衣解带，扑向正在酣睡的婉珍，意欲拉她的裤子，谁知阿三喷射的气体对婉珍不管用，也许是过期了。婉珍模模糊糊中感觉到有人拉她的裤子，误以为是村长："进发，你提前回家了？"

阿三顿觉大事不好，故作镇静地学着村长平时的语气："嗯，婉珍，我提前回家了。"

阿三此时欲火正旺，管她婉珍瘸子不瘸子的，能睡到村长的女人说明自己有能耐，量婉珍就是认出了自己是阿三也不会声张。他正要行那苟合之事，冷不防屋里屋外的灯全开了，是王标带着一伙人把他逮了个正着。阿三见王标人多势众，有的手里还拿着砍柴刀，慌忙跪在地上向王标求饶："标哥，我吃酒吃昏头了，你就饶了我这一回吧，日后我心甘情愿给你做牛做马。"

婉珍和亚敏全醒转过来，看见这一幕知道是怎么回事了。婉珍扶着沙发的扶手一脚踢向阿三的屁股："好你个阿三，竟敢霸占老娘的身子，王标先把他给绑了，看村长回来怎么收拾她。"

"绑了，绑了。"众人一齐呐喊。

阿三向众人跪首乞求："各位大伯大哥，放了我吧，阿三还没讨媳妇。"

婉珍："村里没讨媳妇的何止你一个，哪个像你。"

阿三转而向婉珍乞求："大姐，小弟今后再也不敢了，我以为你是亚敏，大姐放过我。"

有村民纷纷出主意，但多数都不靠谱。婉珍问亚敏：阿三是冲着你来的，如何处置阿三，你说了算。

这可把亚敏难住了，还没上任就碰到这么一件棘手的事，这可如何是好？

还有村民出主意："那就罚阿三从亚敏的裤裆里钻过去，触触他的霉头。"

阿三心里也非常难受，好像孙悟空钻在肚子里翻腾。就在幸灾乐祸的人们如同决了堤的洪水，嚷嚷着要惩罚阿三的时候，阿三突然挣脱了王标架住他的双手，一头向茶几的边角撞了上去，鲜血顿时从他的额头冒了出来，阿三的身子软绵绵地倒在了地上。

"不好了，村民们，阿三自杀了，"措手不及的亚敏冲到门外大声呼唤，"快去叫医生，快去。"

婉珍也在一旁呼叫着："快去叫医生。"

村民们对两位女干部的话还是听的，他们分头去找村里的赤脚医生。

一位号称山村神医的名为王维光的医生很快来到。他先让王标把阿三架到沙发上平稳躺着，再示意大家都到外间去，连王标也不例外。往常他帮人看病现场都只有他和病人两个人。

阿三是佯装昏死过去的，他从口袋里掏出五张百元大钞，塞进王维光的口袋里，声音极低："大神医，我还是佯装昏迷，怎么同室外的人交代你看着办吧。"

数分钟后，王维光打开了门："阿三还是昏迷不醒，现在我得扮成巫师来祷告，还要请一位妇女穿上我给的衣服跟着一起祷告。"

王维光重新穿上一件黑色的长袍，头上戴着披在肩上的假发，对着婉珍和亚敏："你俩哪一位跟我来祷告？"

"我来。"亚敏不信邪，对王维光的装神弄鬼早有所闻。

王维光："那你把这件白大褂穿上，记住我做什么动作你也要做什么动作。"

亚敏穿上了王维光给的白大褂。王维光吩咐王标把茶几搬到外间。

王维光化了妆，只见他满脸是血，一滴一滴地往下滴。

王维光开始手舞足蹈，嘴也跟着磨动起来。他的声音古怪刺耳，有点像鬼哭狼嚎一般。

亚敏在装模作样地跟着他做各种动作。

王维光一忽儿对着天花板念咒语，一忽儿对着木地板念经。他一忽儿向东，一忽儿向西，一忽儿向南，一忽儿向北。他的身体时正时歪，时仆时起。人们只看见他做得怪模怪样，听不清他在念些什么。

亚敏可不会时时跟着王维光做各种怪动作，敷衍了几下，她跳起了迪斯科，她摇动腰肢，前后左右地扭起来。她的双臂像燕子般轻巧飞舞的翅膀，双腿像凌空般机灵奔跑的花鹿。她时而扭头时而转颈，最后摇摇摆摆的她端正姿势站立原地，大喊一声："停止。"

原来她看见有两位年轻小伙子跟着她一起在跳迪斯科，同时她眼光的余波分明瞟见阿三眯缝着双眼正在观赏她和王维光的表演。

"阿三，你这个王八羔子，不要再装了，快快起身。"亚敏一声怒吼。

"是我的巫术显灵了，阿三你还真醒了。"维光一声惊叹。

婉珍和王标异口同声："阿三，原来你是装死！"

阿三额上的伤口本来就不碍事，王维光脸上的滴血是阿三额上流下的。亚敏的"快快起身"像是一道命令，他乖巧地站起身，又转为乞求亚敏："好妹妹，你就饶了我这一次吧，保证今后老老实实做人，再也不敢对你有非分之想。"

王维光乘这当儿溜走了。

李亚敏："阿三，你对任何妇女都不能有非分之想，不是对我一个人。"她教育着阿三，又对村民们道："我还是想把阿三交给大家处理，大家说怎么办吧。"

婉珍动了恻隐之心："看阿三可怜兮兮的，念他是初犯，快三十岁了还没讨上老婆，就饶了他吧。"

王标也附和着婉珍："我也是这个意思，量阿三今后再也不敢做这种事了。"

阿三对着婉珍和王标，对着村民们又跪又拜："我阿三今后要是再犯这样的事儿，天打五雷轰，老天爷、巫师都咒我死。"

亚敏："阿三你回家吧，村民们都回家吧。"

待众人都离去后，办公室里又只剩下婉珍和亚敏两人。婉珍揉了揉自己的双眉："看来还是我的困意惹的祸，阿三不来，兴许还有别的男人会来。"

亚敏："我这个宣传委员正是当在火候上了，提高村民们的思想道德素质，树立双岭村的美好形象是当务之急，主任，咱俩还回去不？"

"索性不回家了，不会再有二流子来了，回去我也是一个人，在这里还有你陪伴我。"婉珍把红色风衣披在亚敏身上，"你平时经常穿这件风衣，也可以说是你的红色风衣惹的祸。"

"村民们的素质不提高，黑风衣、白风衣都会惹祸。主任，你再睡吧，我还想写一份材料。"

"写什么材料，这么重要吗？"

"咱收录机里收藏着你妹子《男人不要太花心》的歌曲，我还要写一首《女人不要太贪心》的歌，咱今后在喇叭里可轮流播放，经常敲敲警钟。"

"你编得好吗，要不我同你一起编？"

"不麻烦你了，主任，你还是继续休息吧，我会学着《男人不要太花心》，还有明星们唱的歌词编的。"

……

村长在李亚敏任职第一天的上午八点之前赶回了家，赶到了办公室。阿三昨天半夜到办公室妄图欺辱婉珍的坏事早就传到了他耳朵里。

"这个死不要脸的混账东西，不能便宜了他。王标，你带两个村民到阿三家把他逮来，我要好好地教训他一顿。"村长吩咐早早就来到办公室的王标。

昨晚一夜未睡的亚敏在一旁劝说道："村长，今天是我上任的好日子，过了今天再教训阿三也不迟。"

村长对着王标："你先上阿三家看看他在干什么，说些好听的话，先稳住他。"

村长对着亚敏："你这话我爱听，今天你新上任，就放过阿三一天。"

过了一会，王标回到办公室汇报，阿三人已离去，家中空空。

婉珍："这个狗娘养的，真不是个东西，我真后悔昨晚放了他一马。就该把他绑在办公室，让王标看牢他。"

"看他能逃到哪里去，抓到了他我要让他戴着写有'流氓'的高帽子游遍全村。"村长手握右拳在茶几上狠狠地敲了两下。

原来阿三昨晚回到家后，料定村长回来不会放过他，当夜就收拾行李逃离了双岭村。

村长转而面对亚敏："亚敏看你眼圈都黑了，你的就职演讲报告该写好了吧，拿来我看看。"

亚敏把演讲稿递给村长，村长大略地用眼睛扫了一遍："还行，就照上面的读。"

亚敏："今天我的工作准备分三步走，第一步，朗读就职演讲，第二步播放歌曲，这两步走下来，就到了中午了，午后，我准备再到肖家探望一下凤英。"

"行，凤英生娃，让你上心了，你这个委员就该这样，你准备播放什么歌曲？"

"第一首，金婉莹演唱的《男人不要太花心》，第二首我自编自唱的《女人不要太贪心》。"

村长："你上任第一天就播放这样的歌曲，怕是不妥当。《男人不要太花心》，放放也就算了，金婉莹唱得好听，大家爱听。《女人不要太贪心》，怕是会得罪一些妇女，你把歌词让我润饰一遍。"

亚敏把歌词摊在茶几上，村长颇有耐心地看完，抬头注视着亚敏："歌词必须有一定的改动，歌名也应该换掉，贪心的女人毕竟只是极个别。我认为应该把歌名改为《献给男人的歌》。"

婉珍也极力赞成村长的意见："献给男人的歌，这个歌名改得好，亚敏，你应该按照这个主题来编歌词。"

亚敏另起炉灶地改起了歌词。

上午十点钟，村头的喇叭里，李亚敏的就职演讲充满着憧憬和希望……

李亚敏演讲完毕，接着说："接下来，我为乡亲们播放一首歌唱家金婉莹在王盛的百日宴上演唱的歌曲《男人不要太花心》。"

　　天上的彩云悠悠地飘扬
　　地上的繁花绚烂地开放
　　美丽的少女像彩云更像繁花

有家室的男人千万不要爱上她
……

李亚敏："下面，再为乡亲们献上一首我自己编写自己演唱的歌曲，歌名为《献给男人的歌》。"
李亚敏施展她那美丽的歌喉，深情唱起——

远方的歌声回荡在风里
风儿把歌声送到我心里
欢快的歌声我自然欢喜
请你不要在歌声里再把我唤起
我不会听见歌声就轻易想起你
我知道你生活也挺不容易
假如你再在歌声里把我唤起
你会发现我不是你想象的那么美丽
我也不会再像从前那样迎合你
我和我家人已经融合在一起
请你忽略我们以往达成的默契
我的身姿不会再弥漫你
请你把我留下的脚印抹去
今后的日子里把我只字不提
为了美好的未来果断地分离
断然把我们说好的相会放弃
请你不要再朝三暮四放纵自己
请你彻彻底底把我忘记
哦　清丽隽永　千回百转的情歌
哦　娟秀朴实　耐人寻味的情感
岁月如歌　你我也如歌
你心中的歌越唱越老
我心中的歌越唱越久
经久情歌依然动听

我对你的依恋不再依旧

愿你断然忘记我们的曾经

愿我们的曾经不再出现

愿我们的曾经不再复返

请你不要在歌声里再把我唤起

请你不要在歌声里再把我唤起

……

村民们都在轻松静听着新任宣传委员演唱的这首歌，玉兰听到了，凤英听到了，悦铃听到了……他们感觉李亚敏真有一套，好像能预测到他们心底的秘密，仿佛能感知他们心中的想法。

村长在村头转来转去，他喜欢李亚敏也喜欢她唱的歌。忽然他感觉到这首歌分明是唱给他听的，这个鬼丫头，能耐还真不小。为了她今后不在金文辉面前说自己的坏话，他就只能一忍再忍了。他充耳不闻，权当自己啥也没听见。忍一时风平浪静，退一步海阔天空。他相信这句话。

村里还有追求李亚敏的小伙子也在琢磨这首歌的含义。李亚敏演唱这首歌是否预示着她将在双岭村大干一场，还是她将离开双岭村，奔赴新的岗位？

午后，李亚敏照她说的按时来到肖家。她的真正目的是安慰童玉兰。童玉兰在失去丈夫以来整个人像垮了似的，很少有笑脸儿。

……

"玉兰阿姨，您丈夫虽然走了，但您又新添了孙女，走一个老的，添一个小的，多么可爱的孙女，您应该感到高兴才是。"

"亚敏，你不知道，广连走了后我有多伤心。"

"阿姨，我总感觉到广连叔走得不明不白，他身手这么好，怎么可能摔下悬崖呢？"

玉兰眼里充满了泪花："可能是一时不小心吧，亚敏，你年纪还轻，现在在村长手下工作，经常会面对面、肩并肩坐在一起，村长的贪色可是出了名的，你要时刻提防他。你就是被他欺负了。"

"阿姨，村长说了，我跟着婉珍上班下班，有婉珍罩着我呢。"

"村长这个人平常说一套做一套，但愿婉珍能保护好你，可是她连自身都难保，要不是王标，她就被阿三占有了。"

"阿姨，阿三已经离开了双岭村，您帮我分析一下，双岭村除了村长，还有谁比较贪色？"

"还有王标，王维光也不是好东西。你要记住，人是会变的，今天你看他纯朴善良，明天也许变得像村长一样。"

......

第5章　风雨同舟

　　光阴含笑，岁月凝香。数月之后。时光静静地走到了初夏的季节。夏天是多姿多彩的时节，也是风雨飘摇的时节。临近傍晚，双岭村上空下起了淅淅沥沥的小雨，小雨点夹带着清凉的旋律四处飘洒着。忽然间，天上堆起了乌云，密布的乌云黑沉沉地压下来，雷声滚滚，小雨变中雨，瞬间又转化成倾盆大雨，如箭镞般带着五彩缤纷的色彩，飞快地落在双岭村的山山水水，双岭村变得凉爽如秋。大约过了半个时辰，倾盆大雨开始收敛，又演变为淅淅沥沥的小雨。又过了一刻钟，小雨也停了，这场夏雨来得快去得也快。天空中，明月被无数颗珍珠般的星星包围着，温柔的月光仿佛给双岭村披上了一层银纱。

　　第二天上午，亚敏早早地就带领村民们来到山坡上打理果树。

　　夏天给双岭村披上了赤橙黄绿青蓝紫的光环，那是火红的太阳照耀在屋顶上折射出的红色之光，郁郁葱葱的果林和树木散发出的绿色之光，蜿蜒流淌的清水河展现出的蓝色之光，山坡上的牵牛花和茄子枝上左歪右斜的茄子喷溢出的紫色之光，还有那身着彩裙的姑娘的脸上洋溢出的喜悦之光。

　　双岭村北面的山坡上，村民们在为果树施肥、剪枝、培土、开沟。欢声笑语连成一片，还不时传来姑娘们快乐的歌声——

> 让我轻轻地告诉你
> 天上的星星在等待
> 分享你的寂寞　你的欢乐
> 还有什么不能说
> 让我慢慢地靠近你
> 伸出双手你还有我

给你我的幻想我的祝福

生命阳光最温暖

不要问我太阳有多高

我会告诉你我有多真

不要问我星星有几颗

我会告诉你很多

……

　　凤英也加入了打理果树的队伍，她家分配的八分土地，大多种的是苹果树。玉莲由婆婆在家照应着，五个月的小宝宝，已经会张开小嘴巴对着她乐滋滋地嬉笑，时不时地会笑出声音。这一刻是凤英最快乐的时刻。

　　王标和悦铃同时在照应着自家的果树。他两家的果林就在凤英家果林的旁边。王标的目光经常在凤英身上游移，悦铃看见了可不高兴了："盛儿爹，你的目光经常往凤英身上飘，你还在想着她？"

　　"悦铃，你不知道，城里的金总让我多关心关心凤英一家。"

　　"金总啥时候让你关心凤英了？"

　　王标拍了拍别在腰中的大哥大："前两天金总打电话给我的。"

　　村长、王标和村里数十户有钱的人家都买了大哥大。

　　"大哥大咱花一万元钱买的，这么珍贵的物品，上山干农活你怎舍得别在腰间，摔坏了可不得了。"

　　"这不方便联系吗？村长叫我一天二十四小时都带在身边。"

　　正说之间，大哥大来铃声了，是村长的电话："标弟，上面拨下来一百一十万防汛款，你到办公室来一趟，这事婉珍、亚敏还不知道，你不要对任何人讲。"

　　"村长，我这就来。"王标对悦铃眨了眨眼，"幸亏带在身上，村长叫我有事情了。"

　　"什么私笔夹账的事，说来我听听。"

　　"村长说了，天机不可泄露。"

　　"看你鬼道道的，连我都保密。"

　　王标一路小跑地来到办公室，在沙发上坐下："村长，您真是看得起我，这么大的事，你让我头一个知道。"

　　"说啥呢，只要你好好跟着我干，我是不会亏待你的，这一百一十万防汛款，我准备拿出八十万用于改造加固防洪堤。剩下的嘛，嘿嘿。"村长把三万元推到王标面前，"你收好。"

"村长，兄弟真是感激涕零。"

"先不说感激的话，防洪堤的改造我把它交给你了，你要尽自己最大努力完成。记住，这八十万要实打实地用在防汛上，不能中饱私囊。"

"那当然，购买水泥、石子、砖头的发票我会一张一张地给你过目，村民们的劳力钱，你看一天给多少？"

"男劳力给十五元，女劳力给十元，有资质证书的泥瓦匠二十元。你可召集身强力壮的小伙子和姑娘参与，他们手脚快，干活利落。防汛款我准备让亚敏保管，她现在兼任村委的会计，原先婉珍的会计给亚敏做了，这也是乡党委的意思。还有我已向乡党委提出由你当双岭村的治保主任，同时兼任生产队长。"

"村长，承蒙您抬举我，小弟一定尽心尽力，不负您的重托。"

"婉珍现在在家带泽天，我不在双岭村的时候，你重点帮我爱护好娃儿，千万不能有闪失。"

"村长您放心，您不在双岭村，我什么都不干，专门帮你看护好娃儿。"

"就应该这样，你就是我的左膀右臂。"

王标想了一下："村长，一百一十万的防汛款到了亚敏手里变成了八十万，这里的过节是咋弄的。"

"乡党委下发了拨防汛款的文件，我重新仿造了一份。你不用了解得这么详细，你去把婉珍和亚敏叫来办公室吧，就说要开村委会。"

半个月前村长已经把儿子接回了家。小家伙长得特别可爱，虎头虎脑的，一副天真可爱的模样。王标来到村长家的时候，泽天从柴堆里钻了出来，头上脸上满是灰尘。看见了王标，乌溜溜的黑眼珠左转右转，身子向客堂间跑去："妈妈，妈妈，有坏人来了。"

婉珍从里屋走出来看见是王标："天天，是王盛的爸爸王标，王标不是坏人，你要叫他叔叔。"

"我不叫他叔叔，我看他像个坏人。"

"天天，别乱说，王标叔叔现在是村里的干部，是生产队长。""妈妈，我长大了也要当干部，当生产队长。"

"天天，你上里屋去搭积木吧，妈妈跟标叔有话要说。"

小家伙一蹦一跳地进里屋去了。王标见里屋并无他人："嫂子，村长召集你和亚敏一起去开会，亚敏我已经吩咐村民去山上叫了。"

"进发就是这样，屁大的事就要开会。"

"这次不是屁大的事，是整固防洪堤的大事。"

村委的办公室里，开会的人已经到齐。村长把仿造的乡党委文件摊在茶几上："这是乡党委拨来的八十万防汛款的文件，来款我已锁在保险箱里。另外，乡党委已批准王标担任治保委员和生产队长，我提议由王标全权负责整固防汛堤的工作，明天就上集市采购。水泥钢筋石子咱要用高质量的。"村长把保险箱的钥匙交给亚敏："你是多面人才，宣传工作做得不错，会计也一定能胜任。"

亚敏接过钥匙："有妇女主任帮我呢，再说我三个月的会计速成班也不是白上的。"

村长："明天争取把材料全部弄成，劳动力嘛，咱双岭村有的是精兵强将。妇女的一头，由亚敏召集，男士的一头由我来召集。所有工程争取在半个月完成。我与王标、婉珍先去有待修复的防洪沟、防洪堤考察一下。"

待三人走后，亚敏拨通了乡党委的电话，她对村长以往把公家的钱占为己有早有耳闻，虽说有乡党委的下发文件，她还是留了个心眼。

接电话的是吕乡长："哦，原来是年轻的美女干部，你打我电话有什么事？"

"吕乡长，多谢乡党委给双岭村拨来了防汛款，防汛款是多少数目？"

吕乡长打着哈哈说，这么多村子，我哪能记住，怎么，你怀疑他中饱私囊？亚敏一听乡长这么说，马上回答："不是不是，我只是问问。"

"在防汛这个问题上，谁也不敢有私心。你放心吧，他不敢胡来。"

……

这是一条老旧的两米高的防洪堤，从山顶通到清水河，不过防洪堤在双岭村的西北面拐了个小弯，绕过了肖家的住房再通向清水河。

整固防洪堤的工程正在进行中。山腰上，王标带领的男壮劳力正在用重锤把土层夯实，在较软弱的土层中置入桩身。亚敏带领的妇女则在一旁打下手，用石子、水泥、黄沙和水按一定比例拌和。

村委的办公室里，婉珍带着泽天正在播放《中华民谣》的歌曲。歌声在村头喇叭里回响：

朝花夕拾杯中酒
寂寞的人在风雨后

醉人的笑容你有没有

大雁飞过菊花插满头

……

时光的背影如此悠悠

往日的岁月又上心头

朝来夕去的人海中

远方的人向你挥挥手

……

这几天是艳阳天，防汛堤接连整修了一个星期，修到村西的拐弯处，水泥黄沙等所剩无几。亚敏向村长提出："村长，要不咱再向乡党委申请个二十万？"

村长："我看不必要了，防汛堤上部都修得牢牢固固，下面这一段不修也不碍事，再向乡里开口我也做不出。"

王标："咱用芦苇秆和泥巴凑合着一起搞，往年祖辈们都住的是土坯房，不也几十年住下来了。"

村长："也行，就按你说的做。"

村民们开始用泥土和芦苇秆加上剩下的水泥黄沙搅拌在一起，将防汛堤一直修到清水河。

这天上午吕乡长在村长的陪同下正在检查新修建的防汛堤。查到防洪堤的拐弯处了，王标赶紧瞄准了这个时机打村长的大哥大："村长，你叫来的厨师在你家烧的饭菜快凉了，快安排吕乡长吃午餐吧。"

村长对着吕乡长："乡长，咱们先回家吃午餐吧。"

吕乡长："不急不急，我要从头检查到尾，看防洪堤是如何通向清水河的。"

村长："咱吃好中午饭再回来检查也不迟。"

……

七月的盛夏，瓦蓝瓦蓝的天空中没有一丝云彩，火热的太阳炙烤着大地，知了不停地在枝头发着令人烦躁的叫声，仿佛在替烈日呐喊助威；山坡上的果树都无精打采地懒洋洋地站在那里。这时人们盼望天空下一场及时雨，让萎靡不振的果树重新焕发出勃勃生机。

清水河成为人们避暑的乐园，小伙子们在河中自由自在地挥臂向前，你追我赶。双臂白嫩如莲藕般的姑娘们在河边拍打着河水追逐玩耍，相互嬉戏。河边的芦苇旁，泽天和玉莲分别坐在两个木盆里，由婉珍和凤英推动着玩耍。他俩时而并肩向前移动，时而面对面互相注视着对方。

泽天十分欢喜这个可爱的小妹妹，他想跨到玉莲的木盆里和她在一起，刚要迈开腿，被婉珍拦住了："天天，木盆载不动你和小玉莲，七歪八斜，会翻沉的。"

泽天："妈，我才不管呢，木盆翻了也不怕，有这么多叔叔阿姨在一旁游泳，他们会扶住我和玉莲的。"

泽天最终还是没能上玉莲的木盆。

凤英把玉莲的木盆推向岸边："婉珍姐，孩儿们玩得差不多了，我们该回家了。"

泽天："玉莲回家我也回家，她到哪我跟到哪，我要逗她玩儿。"

忽然间，天边出现了乌云，赶集似的一个劲地向人们头顶上压来。坐在岸上看护孩儿们的玉兰见此情景赶紧向河中的人们招呼："乡亲们，天要下雨了，赶快上岸吧。"

与此同时，村头喇叭里也响起了李亚敏招呼乡亲们的声音："村民们，清水河避暑的伙伴们，要下暴雨了，赶快回家。回家后把门窗关闭，以防不测。"

这场暴雨来头不小，随着轰隆隆的几声响雷，黄豆大的雨点随即向人们的头上脸上砸来。狂风似魔鬼一样咆哮着，河畔的芦苇在乱哄哄地摇摆，有的挡不住狂风的袭击，被折断了腰；村庄里的几棵饱经风霜的老榆树也摇摇晃晃地架不住自己，枝丫扫着屋檐，发出唰啦啦唰啦啦的响声。

村民们回到家中的时候，全都变成了落汤鸡。

暴雨肆虐了半个时辰才停歇，狂风把乌云吹散，天空又出现了蔚蓝色。

村委办公室外的吊灯又开始亮堂堂，办公室内的台灯同样开得亮堂堂，月光星光和灯光交相辉映，把李亚敏辛劳的身影投射在墙壁上。亚敏又在挑灯夜战，为修造防洪堤的村民们结算工资。她把结算好的工资放在信封里，在信封上写上每个人的名字。

翌日清晨，村头喇叭里响起了她召唤大家到办公室领工资的声音。

老天又下雨了。盛夏的雨并不像三周以前初夏的雨会停好几天，而是连续下个不停。时而倾盆大雨，时而毛毛细雨，最后两者合二为一，演绎成连绵不断的中雨。

连绵不断的中雨，在房顶上溅起了一层白蒙蒙的雾气，雾气和炊烟搅和在一起，宛如缥缈的白纱。雨点斜打在路面的积水上，激起了朵朵水花，那水花犹如一个个小喷泉，水花落在地上的时候，又变成了一个个小水泡。如此往返重复，有趣极了。泽天在屋檐下看着美丽的雨景，不时拍手叫好。

"天天快进屋吧，雨点把你的衣服都溅湿了。"婉珍在喊儿子进屋。

"我不，我要看下雨，妈妈，您说玉莲会在看雨珠吗？"

"天天，玉莲还小，才学走路，她才不会像你这样对下雨感兴趣。"

"妈妈，咱把玉莲接到咱家来吧，让她陪着我看雨。"

"天天，这么大的雨，撑了雨伞也不管用，会把玉莲淋湿的，淋湿后会生病的。"

婉珍把儿子拉进了屋，让他玩搭积木，玩骑木马。

婉珍也有了大哥大，是妈送给她的。她正在和妈通电话。等她打完电话，发现泽天已不在家。

泽天八成是去凤英家找玉莲玩了，婉珍撑着伞追了出去，婉珍腿脚不方便，走起路来一瘸一拐地，等赶到凤英家已过去了十分钟。凤英告诉她泽天并未来过。

一股寒气透过了她的全身，她顿觉大事不好，心跳越来越快，就像节奏越来越快的鼓点。她赶紧向村长打电话："进发，你在哪？泽天不见了，失踪了。"

"我在组织村民们巡逻防洪堤，你说什么？泽天失踪了！"

"是的，泽天失踪了！"

听到这个消息，村长内心的恐慌立刻提到了嗓子眼，他浑身颤抖，半张着嘴发出一声嘶哑的惊叫："快快，乡亲们，泽天失踪了！快组织大家帮忙找！"

亚敏："村长，我马上去办公室，向全村人喊话。"

村长："对，对，亚敏，还是喇叭喊的力量大。"

村头喇叭里响起了亚敏迫切的呼喊声："乡亲们，村长的儿子失踪了，估计没走多远，大家快帮忙寻找……"

年轻的小伙姑娘们听到喇叭的喊话立即兵分三路向四面八方寻找。

王标带着王维光等一路人马："最危险的地方是清水河，咱们上清水河。"

王标从清水河畔的芦苇丛旁找到了泽天，泽天是被一阵狂风刮入清水河的。王标和两个小伙子立即跳入芦苇丛把泽天救上岸。王维光把泽天平放在地，使出了浑身解数抢救。他左手压泽天的前额，右手提泽天的下颌，使泽天气道开放。他又俯下身子，嘴对嘴连续吹气，随后进行胸外按压。泽天口中的异物、污泥终于吐了出来，开始正常呼吸了。在场的乡亲们全都松了一口气。

突然间，山洪暴发，肆虐的洪水夹杂着折断的树枝和碎石子从山谷奔泻而下，一部分洪水冲入了防洪堤，另一部分洪水直接冲入波涛汹涌的清水河。轰轰隆隆的声音在拍打着清水河两岸的同时，也极度地震撼着村民们的心，来势汹汹的洪水像一群野兽吞食了整个村庄。

又突然间，双岭村西北防洪堤的拐弯处经受不住洪水的袭击，出现了裂缝，一忽儿裂缝又扩展为碗口大的洞口。已经赶回拐弯处的李亚敏赶紧用身体挡住洞口，不让洞口扩大。紧挨在亚敏身后的是凤英和玉兰。

防洪堤的拐弯处又出现了另一个更大的洞口，许多青壮年用血肉之躯堵了上去。有两位叫江建新和赵春来的青壮年堵在了第一排。咆哮的洪水越过他们的头顶，继续向双岭村的西面侵袭。终于防洪堤的拐弯处全部垮塌，堵洞口的人们在顺着洪水漂游，洪水淹没了半个村庄，有简易的养猪房已经倒塌。

防洪堤的拐弯处刚好建造在村西最后一家——肖家的住房后。亚敏、凤英和玉兰在冲流的过程中抱住了屋后两棵生长百年的粗得像擎天柱一样的老榉树。这两棵榉树如泰山般岿然不动，洪水也奈何它不得，乖乖地绕过榉树冲向清水河。

清水河中央，断了缆绳的摆渡船随风飘摇，半沉半浮。

……

山洪渐渐停歇。为了防止第二次洪峰，村庄的四合院里建立了临时防汛指挥部。李亚敏和王标正在挨家挨户地统计伤亡人数。统计下来，除了有数十位村民身负轻伤外，并没有重伤和伤亡。这使村长紧绷着的心弦一下子放松下来。

双岭村是遭遇洪水最严重的一个村。村长的二十四小时不离身的大哥大，不时传来吕乡长和邻近村长们的问候声。村长神气地告诉他们，我们全村村民上下一条心抗洪，洪水见了我们也不得不低头。

双岭村又迎来了艳阳天。村长接到吕乡长的电话，电话中说乡党委要把双岭村树立为防汛抗洪的典范村，一周后要组织全乡五十多位村干部来取经。

被冲垮的防洪堤亟待修复，村长和村委们商量组织村民募集资金。

防洪堤的拐弯处又是一派轰轰烈烈的劳动景象。这次用的全是真材实料。村长下了死命令，二十四小时轮流干，一定要在吕乡长带领的观摩团来临之前全部完工……

山坡上，亚敏带领着年轻妇女正在把几棵被狂风刮倒的粘连在一起的果树的果枝分离，扶起之后让它们各就各位，用铁锹重新垒土夯实，欢乐的笑声惊飞了觅食的小鸟。

村庄里，青壮年们正在修缮倒塌的简易房，辛劳的汗水洒满了一地。

天空中忽而又刮起了大风，把双岭村刮得灰天灰地，沙尘遍野。

第6章 观摩大军

双岭村蔓延着一阵阵爆竹声声的烟火味。一周后的上午，由吕乡长率领的观摩大军如时来到，更让村民们感到意外的是，城里的金总亦同时来到。他们期待金总的第三次光临能给村民们带来更大的收获，他们已经尝到了金总上一次到来的甜头。

双岭村从未来过这么多带有"长"字的干部，本乡的邻乡的村长加上金总一行人共有五六十号人。领导干部们从东西两边登上双岭村北面的山坡，观摩防洪大堤，欣赏将熟未熟的果树。

金文辉："听说村西凤英屋后的防洪堤出了点状况？"

徐村长："一点小状况无关紧要，我们不消几天就修复了。"

金文辉："出了问题就应该及时修复，俗话说，小洞不补，大洞难堵。"

吕乡长和徐村长同时在一旁附和道："金总说得好，小洞不补，大洞难堵。"

吕乡长做总结式发言："徐村长，你果然办事雷厉风行，不负众望。"他拍了拍堤坝，又对着身后的乡长村长们说："你们都看到了吧，只有这样的防洪堤才能拒洪水于千里之外，大家回去后要很好地检查自家的防洪堤有哪些漏洞，该加固的加固，该改造的改造，迎接第二次洪峰的到来；我们要以这次防洪战役取得的成绩作为新的起点，把我们的乡村建设得更加美好，争取更大的辉煌。"

在一旁围观的村民们全都鼓起了掌声。

徐村长面向观摩大军，语气异常激昂："各位领导，各位乡村的带头人，根据我们村委会的研究决定，今天的中午饭全部安排在村民家中，一共分成十桌，这样能充分体现出干部同老百姓亲如一家的优良作风。"

徐村长午餐的安排博得了村长们的一片掌声。

徐村长："掌声应该送给我们村的村民们，他们在这次防洪救灾中首当其冲，功不可没。"

村长们向围观的老百姓送去更响亮的掌声。

亚敏和婉珍把村长们分别领进数十户村民的客堂间，每家每户的大圆桌上都摆满了鸡鸭鱼肉和时鲜蔬菜，还有自家制作的老白酒。

徐村长把金文辉拉在一旁附在他耳边轻声问道："爸，你上哪家，是我家还是凤英家？"

金文辉说话也很轻："我准备到凤英家就餐，凤英是村西最后一家，那天堤坝缺口正对着她家，按理说防汛堤不应有拐弯，应该直接通向清水河，我注意到村东还有地块空着，应该为凤英家重新在村东建造一间新房，同时把村西凤英家的老房子拆了。"

"爸，村委从没给村民们建过新房，建房款要村民们自己掏腰包。凤英家哪来这么多钱建新房，她们在村西住惯了，屋后的两棵老榉树是防洪抗灾的中流砥柱……"

婉珍回到了自己的家："爸，我们家开了两桌，我怕一个人照应不过来。"

村长："咱不是请了厨师吗？叫厨师一起帮着照应，我就陪爸爸去凤英家就餐了。"

婉珍和村长一起陪着金文辉来到了凤英家，婉珍看到，凤英家客堂间圆桌上的菜肴并不是很丰盛，只有稀稀落落的五六盘，就要村长把自家烧好的盆菜再端几盆过来，被金文辉拦住了："不必要了，不是说好每户安排五个干部吗，还有人呢？"

婉珍附在他耳边轻声道："进发料到你会上凤英家就餐，就不安排别的村长了。"

道成不在家，大圆桌旁就空落落地坐着金文辉、村长和玉兰三人。金总对着玉兰："怎么不见凤英，叫她一起来坐。"

玉兰："凤英在给娃儿喂奶呢，她就不陪你们一起吃了。"

金文辉拍了拍脑袋："我怎么忘了凤英还有个喂奶的女娃儿，玉兰，可否让凤英抱来，让我看看娃儿长得像爹还是像娘。"

玉兰："乡亲们都说娃儿像他爹。"玉兰又对着凤英的卧室："凤英你把娃儿抱来让金总见一面。"

凤英羞怯怯地把娃儿抱到金文辉身边，金文辉看后啧啧夸赞道："这女娃生得俊俏秀丽，都说女娃像爸爸，果然像极了道成。凤英你就坐在我身边，让我多看娃儿几眼。"

玉兰："凤英还没喂完奶呢，等喂完奶再说。"

金文辉注视着凤英回屋的背影，他看到哺乳期的凤英更加光彩迷人，更加让他心动。

玉兰把自家酿的老白酒给金文辉和村长斟上，唯独不斟自己的。

村长："你也给自己的酒杯斟满，陪我们一起喝。"

玉兰："我只喝白开水，喝白酒一喝就醉。"

村长："喝醉了好，喝醉了一切烦心事、忧愁事都忘记了。"

玉兰："我可没有什么烦心事、忧愁事。"

村长："你不是常唠叨，道成关键时刻总是不在家吗？就拿这次发大水，也不见他的人影。"

玉兰："道成关键时刻不在家让我心烦，忧愁事我倒有，广连是被你打昏后扔下悬崖的，你咋那么狠心？"

金文辉："这事不能怪村长，村长是正当防卫。"

村长："玉兰你当时眼睛看花了，是广连自己不小心摔下悬崖的。"

金文辉从挎包里掏出一万元现钞："玉兰，这事都过去快三年了，你就不要再放在心上了，这一万元算是我给你的慰问金，你收好吧。"

玉兰没有接，金文辉硬是把钱塞在她的口袋里。

玉兰后悔自己不该在金文辉面前提起失去广连的事，以免给接下来的行动造成障碍。她赶紧改口："广连是他自己作的孽，不说他了。这样吧，为了表示我对金总莅临双岭村，特别是看得上我肖家的诚意，我就破例和你们一起喝白酒。"

玉兰说完，把自己的酒杯斟满："两位官爷，玉兰先干为敬。"

玉兰手把酒杯一饮而尽，金总和村长也把酒一饮而尽。

玉兰已经听说金总在王盛的百日宴上对凤英有不雅之举，是造成凤英跳河的罪魁祸首，只是苦于找不到证据，凤英也没把跳河的因由说个明白。今天金文辉特意要来做客，她就决意要喝酒装醉，窥探金文辉接下来究竟要演一出什么戏。其实她喝自家酿制的老白酒，喝再多也不会醉。

"金总，村长，咱们斟满了再一起喝。"

玉兰又把三只酒杯斟满，又带头一饮而尽。

金文辉和村长相互对视了一眼，有点喜不自禁的感觉。喝老白酒对他俩来说是小事一桩，他俩也再次一饮而尽。

村长又把三人的酒杯斟满，三人相互碰杯，又一次一饮而尽。

酒过三巡，玉兰装作架不住了，磕在了餐桌上。金文辉对着村长："把她架回自己的卧室，最好让她睡到明天天亮。"

村长和金文辉一起走到门外，村长："我特地带了安眠药，我来给她服两粒。"

村长把安眠药放在玉兰的酒杯里，再倒上半杯酒，安眠药很快融化在酒里。

村长把玉兰摇醒："玉兰，咱再一起来干杯。"

玉兰："我可不行了，这是最后一次干杯了啊。"

三人又把酒杯喝个精光。

村长把玉兰架到她的卧室，看她睡得正香，为她关好房门。

村长呼唤起凤英："凤英妹，你不和我们一起吃饭是怕你婆婆吧，现在好了，她喝醉了，躺得像死人一样，你可以来陪我们吃饭了。"

凤英刚给娃儿喂好奶，哄着娃儿睡着了，肚子也感觉饿了，她明白婆婆的酒醉是装的，就盛了一碗饭，落落大方地坐在金总对面，把着筷子夹着菜往碗里送。

婉珍这时差人送来了几盆鸡、鸭、鱼。

村长："凤英要不你也来几口老白酒？"

凤英："我如果喝了白酒，酒水融合到奶水里，娃儿吃了我的奶会三天三夜不醒，我还是不喝了吧。"

村长："那你坐到金总身边来，坐那么远，难道怕金总把你吃了。"

凤英："村长你说什么呢，金总上次王盛的百日宴送大礼，还有委托你送给我家的慰问金，金总对我家有恩，我感谢还来不及呢。"

村长："你比以前开放多了，跟你直说了吧，金总早就对你宠爱有加，他与夫人早就不和，就差办离婚手续了。你跟了金总，保你有享不尽的荣华富贵，再不用待在这穷山沟拨弄几棵果树了。"

金文辉："村长说到我的心坎里了，凤英，我会一辈子对你好，我会把钱都用在你身上，用在你女儿身上。"

凤英："难不成金总要讨我做老婆？"

村长："先做金总的秘密夫人，等金总正式和老婆离婚了，再做正式的，正式的夫人。"

凤英："这样不好吧，村里闲言碎语的人多，给这些人察觉了会损害金总的名声，我一个生过娃儿的农家妇女倒没有什么，不在乎什么名声不名声。"

村长："她们说什么你不要在意，金总可以用金钱堵住这些人的嘴。"

金文辉："进发你马上把村里喜欢碎嘴的人请来，就说我要慰劳她们。"

三人的对话始终在亦真亦假、寻开心的气氛中进行。

玉兰的卧室里，玉兰已经把安眠药吐掉。

村长真的请来了三位妇女，金文辉让她们围桌而坐。凤英又拿来三副碗筷，给她们斟上老白酒。

金文辉："大家边吃边聊，说说最近家里面的生活状况。"

她们七嘴八舌，有的说老公把修防洪堤的工分钱私吞了，有的说老公一日两顿酒，修防洪堤的劳力钱早就吃光，还有的说老公把一半钱给她，另一半钱怕是到别的村庄去拈花惹草了。

村长开始一本正经起来："各位大姐，金总可不是来叫你们表演舌头功夫的，也不是叫你们来说家人的坏话的，金总是来慰劳你们的，你们几个在抗洪抢险中不顾个人安危，舍小家顾大家，做出了一定贡献，金总特地嘉奖你们每人五百元。"

金文辉从挎包里掏出一叠百元大钞，分给三位每人五百元。

三位你看看我，我看看你，全都明白了金总的意图。

村长继续开始教育她们："管好你们的嘴巴，金总在城里乡里都是个响当当的人物，不作兴你们在背后说坏话。今后你们家中缺钱花只管找我，找金总。"

其中一位代表大家发言："金总，村长，我们今后再也不会乱说话了，要是谁再敢乱说话，你俩把我们的舌头割了。"

村长："你们要达成共识，今后若看见有人说金总和我的坏话，要当面制止，不听谣，不信谣，更不传谣。"

她们异口同声："村长，这是肯定的。"

她们得到了好处，心满意足地离开了凤英家。她们记住了村长的教育，管好自己的舌头，管好自己的嘴巴。

凤英家的客堂间，吃午饭已接近尾声。金文辉正大堂皇地向凤英告辞："凤英，我就告辞了，你照顾好婆婆和玉莲吧，有事找村长打我电话，我会尽心尽力帮助你。对了，过两天我也要派人送你个大哥大，咱俩可方便联系。"

村长陪同金文辉走到门外。金文辉忽然又转回身，从挎包里掏出十张百元大钞："凤英，这是我和村长的用餐费，你收好。"

凤英没有推让，接过钱放在口袋里："金总，其实您不用这么客气的，我凤英记住您的话了，您慢走。"

好一副正人君子的模样，躺在床上侧耳细听客堂间闲话的玉兰，有好几次想推开房门和金文辉论个道理，但她一忍再忍忍住了，她怕一时冲动坏了接下来的事。待两位离去后，她对凤英说："看来金文辉对你的色心还没断，你千万要防着点。"

凤英按着婆婆的肩膀，让她坐在圆桌旁，给她盛上一碗饭："妈，我是试探一下金总的口风，看看他的贪色改了没有，果然没改。妈你放心吧，我会把握好分寸，再说有你罩护着我呢。"

王标家客堂间的圆桌上，坐满了带"长"的领导。

午餐终于结束，每个村长都拿出一百元放在桌子上，算是给主人家的就餐费用。这是按照金文辉的授意办的。

到了告别双岭村的时候了，乡长和村长们全部汇集在村长四合院大门口的广场上。

吕乡长说："各位村长，首先我给大家之前说好的每人放在餐桌上的一百元就餐费，你们忘记了没有，忘记了的立即去放上。"

干部们全都呼应："没有忘记，我们全都放桌上了。"

"我们这次体现了干部清正廉洁的好作风。回去以后，我们要进一步发扬光大，只有同群众关系搞好了，我们工作起来才会更加顺利，更加得心应手。干部和群众的关系，是鱼和水的关系。"

"下面，该重复的我还是要重复，各村村长回去以后，再把自村的防洪堤检查一遍，该整固的整固，该改造的改造。你们要把这次观摩取经写成书面材料，字数不要太多，几百字就可，不要夸夸其谈，不要占用太多的时间。"

"其次我要说的是作风问题，作风包括思想作风、工作作风和生活作风。这项工作应该常抓不懈。我们要不断端正自己的工作态度，对自己从事的工作要有足够的重视。村委一班人，要分工明确，既要任务落实到个人，又要相互协作，密切配合，互相交流。在这里我着重讲一下生活作风，生活作风是党的作风建设的重要内容，是党的形象的重要组成。我们不能经常搞大吃大喝，搞请客送礼。尤其重要的是，我们要对自己的作风自查自律。我听说个别村长聘用的女会计特别漂亮，这是为什么，不说大家心里都清楚。我还听说个别村长搞小三，这就太不应该了，千万不能在群众中损害我们干部的声誉和威望，查出来我非撤了他的职不可……"

吕乡长："最后我要说的是，我们做各项工作都要把自己作为富有朝气的年轻人，让青春和祖国一起闪光，光荣与梦想共同创造。为了不浪费大家的时间，我就不多说了。最后祝大家在工作中不断创造新的成绩，为新时代农村建设不断做出新的贡献。"

徐村长带头鼓起了掌，广场上响起了一片热烈的掌声。村干部们开始陆陆续续返程。

双岭村的村民们放起了爆竹，噼里啪啦的爆竹声象征着观摩的圆满结束。

……

"爸爸，您今天不回城了吧，房间我帮你整理好了，还是我和婉珍结婚时你睡的那间。"村长对金文辉说。

"那好，你可否把王盛抱来让我瞅瞅，那天的百日宴，有人说长得像我。"

"我这就去，听悦铃说，娃儿已经断奶了，用米汤和稀饭喂着。"

"你顺便到办公室放上一首李亚敏唱的《献给男人的歌》。"

王盛很快被抱来了，是村长和悦铃一起抱来的。悦铃把王盛抱到坐在沙发上的金文辉怀里："金总，您今晚住在这里了吧？"

"还没决定呢，你瞧这宝宝长得真像你，眉清目秀的，你得好好把他抚养成人。"

"金总，可我看宝宝长得有三分像你，你看他的耳朵特别像你，耳轮分明，外圈和内圈都很匀称，就像雕出来的工艺品。"

"呵呵，悦铃，耳朵相像的人太多了。宝宝断奶了，我给你些钱，你买点高档的奶粉喂他。宝宝是祖国的未来，不能亏待了。"金文辉从衣袋里掏出五百元钱塞到她的口袋里。

悦铃也不推让："金总，那您今天晚上还回城里住吗？"

"悦铃，你干吗打听我回不回城，你不听到喇叭里正在播放《献给男人的歌》吗？"

村长："悦铃你先回吧，晚上有事我会联系你的，咱说好八点钟，八点钟王标的大哥大响两响，你就上我家来，如果不响，说明没有事。"

悦铃抱着盛儿悻悻而去。

金文辉："进发，你上玉兰家去打探一下，玉兰还躺在床上昏睡不，要是还昏睡，你就把凤英请来，听她的口气，她还真想攀附我。"

此时在童玉兰的家，玉兰看了看正在西下的太阳，对凤英道："凤英，我料定金总今晚会请你到村长家去，你要做好思想准备。"

"娘，那您说我去还是不去？"

"当然要去，咱们等的就是这一天，我要抓个现行。"

玉兰在窗口远远地望见村长正在向自家走来，赶紧躺倒在自己的床上打起了小鼾。

村长轻手轻脚地走进了凤英预先打开的大门，看见凤英正把食指点在唇边，示意他说话轻点，再把食指指了指玉兰的卧室，村长以为玉兰还在昏睡，就轻轻地对凤英说："金总请你到我家去一趟。"

"请我去啥事啊？"凤英声音比村长还低。

"去了你就知道了。"

"村长你先回，等会我自己过来，跟在你后边到你家去，乡邻看见了会说闲话。对了，金总答应送我个大哥大，不知什么时候兑现，有了大哥大你联系我就方便了，省得你来回跑。"

金文辉正斜靠在沙发上闭目养神，听见村长回来的脚步声，睁开眼看到只有村长一个人，忙问道："进发，凤英不肯来？"

"凤英说等会自己一个人过来……这小娘们，想得还真不赖。"

"玉兰醒了吗？"

"还没有，估计真要睡到明天天亮了。"

"今晚你要安排婉珍和亚敏到办公室值班，女儿在身边不方便，让她知道了终归不好。"

"爸，我已经安排她俩去值班了，防汛抗洪的非常时期，她俩很痛快地答应了。"

"进发你想得真全面，你简直就是我的又一个脑袋。"

天色走向黑暗，凤英看了看挂钟："娘，我准备出发了。"

玉兰："你让我先走。"

玉兰从衣柜里拿出一个双人枕头放在被子下，把被子装扮成她熟睡的模样："凤英，我估计村长还会来打探我是否还睡着，咱要做好伪装，不露破绽。"

村长的家里，金文辉远远地看见凤英已经离开家屋往自家走来，就交代村长："进发，你再去凤英家打探一下，玉兰醒了没有，她若醒来发现凤英不在家也许会找来的，咱也要防着点，你要随时向我通报她的活动情况，就算当一回哨兵吧。"

凤英临走前特地把门虚掩着，双岭村村民大多素质较好，很少发生贼偷的事，再说家里也没有值钱的东西。

村长还是轻手轻脚地来到了凤英家，看见玉兰还是躺在床上一动不动，他放心了，就坐在堂屋里的椅子上开始想泽天，三天前泽天吵着要去奶娘家玩，他就让婉珍领了去。他想泽天也许已经睡着了。

"凤英，你真守信誉，"金文辉从沙发里站起身，把凤英揽在怀里，"你女儿呢？"

"女儿由隔壁邻家照应着，我不让她同玉兰睡在一起，担心玉兰一个翻身压着了女儿。"

"听说你在王盛百日宴那天上茅厕摔下了清水河，这是怎么回事？"

"那天宴桌上放着茅台酒，茅台酒是中国最好的酒，我多喝了两口，兴许是喝大了。"

"哦，茅台酒烈得很，我也差点喝醉了。凤英，咱们直接进入正题吧。"

"什么叫直接进入正题呀，你们城里人名词还真多。"

金文辉指了指一旁的双人床："就是直接上床。"

"别急，别急，让我上门外打探一下，我婆婆醒来后发现我不在家，会不会找到这里来。"

"凤英，你婆婆由村长监控着，"金文辉指了指茶几上的大哥大，"大哥大不响，万事平安。"

玉兰其实早已经摸进村长的家里，她起初躲在一个角落里，当下她正在金文辉和凤英待着的房间门前屏息静听里面的动静。

"金总，你先上床，我来把房门关好。"

凤英来到房门口，她其实是打开门锁的保险，让玉兰一推门就可进屋。

金文辉宽衣解带上了床，凤英也脱去了外衣，她穿着内衣内裤假装害羞的样子。

"凤英，快上床吧，被子里暖和，电热毯早就开了。"

凤英假装扭扭怩怩地上了床，躺在金文辉的身旁。

还没等金文辉把手伸向凤英的胸部，房门突然被打开，是玉兰闯了进来，破口大骂："好啊，两个不要脸的东西，村长你色性又发作了？"

凤英钻出了被窝："娘，不是村长，是金总。"

玉兰："是金总吗，爬出来，让我看看，睡我儿媳的究竟是谁？"

浑身冷汗直冒的金文辉无奈之下也钻出了被窝，玉兰从口袋里掏出袖珍照相机咔嚓咔嚓连拍了好几张。

玉兰大声叫嚷："好你个金总，观摩取经取到我儿媳的身上来了，说吧，这事咋处理？"

金文辉毕竟经历的世事多，身上的冷汗快速退去："玉兰，是凤英主动找上门来的，你问凤英咋处理？"

"你把责任推到凤英身上，没门，告诉你吧，三杯老白酒对我来说是小菜一碟，安眠药对我也是无济于事，我根本没醉，你说的话我都听见了，还想叫凤英先做你的秘密夫人。"

金文辉："我和凤英的事交给村长来处理。"他打通了村长的大哥大……

村长很快来到，看见金文辉的卧室里多了一个玉兰，云里雾里地摸不着头脑，莫非玉兰有分身法？

金文辉对着村长大发雷霆："进发，你给我安排的好事，你说咋办吧。"

村长指着凤英："凤英你这个骚娘，骚到我家里来了。"

玉兰："村长你也把责任往凤英身上推，少说废话，一切得听我的，我照相机里有真凭实据，传到网上发出去，可不好收场。"

……

双方很快达成书面协议：

1. 金文辉一次性给凤英的银行卡上打上一百万元，从此不能再动占有凤英的脑筋。

2. 半年之内道成升任保安部经理，月薪三千元，金文辉给道成和凤英一人一只大哥大。

3. 金文辉明日凌晨离开双岭村，不给外人留下话柄。

协议写好，一式两份，金文辉抖抖擞擞地在两份协议书上签写了他的大名。

婆媳俩离开村长家的时候，月亮已爬上树梢，把她俩的身影拉得长长的。村长家里，金文辉把一份协议撕得粉碎："玉兰这个臭婆娘，我与凤英的好事就这么给她搅黄了，竟敢让我签这样的协议，进发，你找个机会把玉兰给做了。"

"爸，我也有此意，这臭婆娘不做掉，始终是你和凤英相会的绊脚石，我要把玉兰和她的照相机一起做掉，可是我已经有命案在身了。"村长其实只是在附和金文辉。

"一个两个都一样，有我帮你担着，你怕什么？"

"爸，我会找机会的。"

村长看了看手表，刚好晚上八点："爸，我把悦铃叫来陪你吧。"

"对对，你还是把悦铃叫来吧。"

　　……

　　悦铃来到了村长家，和金文辉快活了片刻就被打发回家，原来金文辉担心婉珍半道回家，身为父亲做这种事给女儿察觉了终归不光彩。

第7章 新家做客

这座城市的南部，西面是占地三百公顷，一年四季风景如画的湿地公园。湿地公园内，形态各异的小桥遍布东南西北。公园中部，那条迤逦曲折、飘逸如带、宽约三十米、贯通东西十里的河流，里面游船漂荡，有双人脚踏的，四人划桨的，还有电动的。河流两岸松柏林立，绿树成荫。无论是春夏还是秋冬，碧绿的水中经常倒映着依依的倩影，倒映着参差不齐的树木。岸上的真实与水中的虚幻紧密衔接，让游客仿佛沉浸在梦幻般的世界里。南部的东面，则坐落着一座占地两百万平方米的灵秀公园。走进公园大门，正前方是一个两百平米的花坛，花坛两旁是苍翠挺拔、郁郁葱葱的树木。花坛里面百花争艳，姹紫嫣红，尤其引人注目的是花坛中央用人造花卉制成的"灵秀公园"四个大字，常年累月经久不衰，足能以假乱真，招引游客。

这两座公园的中部建造了三十幢名为碧绿天宇的别墅区。别墅区东南部的一幢，便是金文辉的新家。金文辉是半个月之前搬迁到这里的。这幢四层楼，拥有八室三厅、地下停车场、游泳池的豪华别墅，是金文辉花费三千万购买的。别墅里面装饰讲究，各种顶级配套应有尽有。

金文辉的夫人姚佩芳，望着星光灿烂的夜空，知道丈夫上双岭村观摩取经，今晚又不会回家了，丈夫在外过夜意味着什么。哪一位女人又会成为丈夫的床上客，她不忍心失落地想下去。

婉莹来到母亲身边，看见她这个样子，心里一阵酸楚："妈，您还没躺着休息，这么晚了，爸不会再回来了。"

"躺在床上也睡不着，虽然你爸回来后睡在隔壁房间，但现在房间空着，心里总觉得少了一个人。"

"妈，要不您吃粒安眠药吧，您不睡，我也睡不安稳，总会受您的感染。"

"安眠药我还是先不吃吧，经常吃会伤身体。婉莹，今晚和妈一起睡吧，我算了算，咱俩有十五年没睡在一张床上了。"

"妈，我记得五岁的时候，你让我睡在隔壁的单人床上，你一直陪着我，嘴里哼着催眠曲，看着我入睡了才离开。"

婉莹躺在了母亲身边，她注视着母亲日益苍白的脸容，不禁同情起母亲来："妈妈，您也要多多增加营养，多多地打扮自己，您才四十多岁，正是养生打扮的时候，按您的容貌，只要稍加打扮，咱别墅区和您同龄的女士没有哪一位能比得上您。"

"妈可不像你爸，整天油头粉面，西装革履，今夜在双岭村，他是不甘寂寞的。"

"妈，咱打个电话给姐，了解一下爸今晚睡在哪里。"

"现在太晚了，你姐和姐夫早该睡了。"

"我才不管呢。"婉莹随即打通了婉珍的大哥大，"姐，你在家吗，睡了吗？"

"妹，我在办公室和亚敏一起值班呢，你姐夫说了，防汛抗洪非常时期，办公室应有干部轮流值班，有什么状况可以随时用喇叭。"

"你快回家看看，咱爸睡在哪，和谁睡在一起。"

婉珍在亚敏的陪同下来到了家，看见丈夫正准备睡觉，便问道："进发，咱爸呢？"

村长指了指金文辉睡的房间："一吃好晚饭便在那休息了，兴许睡着了。"

婉珍推开爸休息的房门，果真看见被窝里只有爸一个人，睡得正香。

婉珍关好爸的房门，回到村长身边："我是不放心家里，回来关心一下。"

村长："你和亚敏就不要去办公室值班了，已快十点，星月当空，估计不会刮风下雨，最多到村西巡逻两趟，巡逻时当心着凉，披件军大衣。"

婉珍："就是嘛，我和亚敏两个弱女子，要是再碰上个阿三阿四的，还真对付不了他。"

婉珍在卫生间打通了婉莹的电话，告诉婉莹："妹，咱爸白天累了一天，早早地就睡了，正一个人睡在床上，除非响雷才能把他吵醒。"

婉莹把打探到的情况告诉佩芳："妈，爸白天忙活了一天，早就上床休息，没有任何女人陪着他。"

佩芳似信非信地点了点头："要是你爸真像你姐说的那样就好了，咱不说你爸了，明天周六，我们就不休息了，晚上酒店里有两场大型酒宴。"

金文辉在上午九点钟赶回了家，见母女俩正要去上班："佩芳，我一回家你就要离开，怎么也不陪我一会，中午酒店又没有大型酒宴。"

婉莹："爸，晚上有两场大型酒宴，一场三十桌，一场五十桌，我和妈去看看准备得咋样了。"

"这用不着你们操心，餐厅经理会打理好，你们母女俩一个是总经理，一个是财务总监，经常上餐厅转悠，会掉身价的，就是要去，午后三点去还差不多。"

在金文辉的劝说下，母女俩决定上午不去大酒店了。

佩芳："文辉，昨天你下乡忙了一天，我看你一脸疲惫，要不先洗个热水澡，再躺一会，保姆烧好了午餐我再叫醒你。"

"不用了，海涛早就去上班了吧，现在房地产市场形势一片大好，下午你们去大酒店，我去海涛的房产公司。"

婉莹上厨房去帮保姆了。佩芳端上一杯茶放在丈夫坐着的沙发前的茶几上："文辉，我看你心神不定，碰到什么为难的事了？"

金文辉的双眉皱了一下，右手拍了一下自己的大腿："要说为难的事还真有，你那个宝贝女婿摊上事了，昨晚多喝了几口酒，闯到凤英的房间里，误把凤英当婉珍了，这下可好，村长私闯女室的风声传遍了村里，村长又没有碰凤英的身子，可是玉兰不罢休，让进发把我叫到她家，非要进发当着我的面写下两条协议。"

"两条什么协议？"

"玉兰知道我钱来得容易，第一条，要我一次性付给她精神损失费一百万元；第二条，道成在半年之内必须当上保安部经理，还要我给道成和凤英一人配备一只大哥大。"

"大哥大的事咱答应她，两只大哥大不过两万元，我来给移动公司老总打个电话，还能打个七折八折。至于一百万元的精神损失费，玉兰狮子大开口了，换了我也不甘心给她，咱不妨把她邀请到咱家来，和她沟通沟通，联络联络感情。"

"怎么邀请她来？"

"就说送一百万元的银行卡给她。"

"咱叫婉珍陪同她来，也可有个见证人。"

婉莹刚好从厨房里走出来："爸，妈，不能叫姐陪同，应该叫姐夫陪同，咱叫姐在家多照应着点凤英。"

婉莹担心凤英一个人在家会给王标钻空子。有关王标一直想占有凤英的风言风语她略有所知。

佩芳拍了拍女儿的臂膀："还是女儿想得周到，我这个脑子到底不及年轻人。"转而她又说："我觉得不对劲，进发怎么会闯到凤英家呢，是婉珍事先在凤英家吗？"

金文辉："婉珍昨晚在村西巡逻，自然会到玉兰家问个安好，进发也许不放心，也到村西去巡逻，没见到婉珍，就找到玉兰家了。"

佩芳："你这个推理符合逻辑，就这么办了，请进发明天陪玉兰一起进城来咱家。"

下午，佩芳和婉莹上班去了。金文辉打通了村长的电话，把回到家同家人的对话大概地对他说了说，最后恶狠狠地说："你明天陪玉兰来我家，在路上想方设法把她做掉，万一做不掉，你和她来到我家后，说话要随机应变，不能露馅。另外，我不想在家人面前颜面扫地，希望你能把我想占有凤英的事揽下。"

昨夜玉兰和凤英回到家，玉兰就把照相机藏在灶房的地窖里。

"娘，你胃口是不是太大了点，金总会给咱一百万吗？"

"这不过是一百万，是钱重要还是他的名誉重要？我这次主要目的是让他知道咱们不是好欺负的，以后别再招惹咱们！"

"娘，咱俩快睡吧，明天咱还要上山采摘早熟的苹果。"

玉兰忙了一天，很快就进入了梦乡。凤英翻来覆去睡不着，她要防着点。她穿好衣服来到堂屋极目远眺，用目光搜索村东村长家有没有人影走出来。村东静悄悄，冷冷清清，路上空旷无人，只有月亮偶尔露出来的时候，才有零落的云块在默默移动。

她重新回到房间，躺在婆婆身边的玉莲睡得正香，玉兰却醒了："凤英，你还没睡，不会有事的，你把心放踏实点，门窗我关得紧腾腾。要不你去拿两把砍柴刀放在床边，万一有人闯进来，咱有个防备。"

凤英真的从灶房拿了两把砍柴刀放在床边。

婆媳俩提心吊胆地过了两个晚上。到了周日，早早地就有雄鸡报晓，混杂在报晓声中的还有村长的敲门声和喊话声："玉兰，金总打电话给我了，让咱俩今天一起去城里他家拿一百万的银行卡。"

婆媳俩连忙穿好衣服起了身。玉兰打开大门，看见村长整装待发，心存疑虑："村长，协议书上不是写好打在凤英银行卡上的吗？"

"情况有变了，金夫人说一百万不是个小数目，担心凤英的银行卡打不上。"

"村长，还早着呢。"

"咱俩今天要赶回村的，城里乡里一个来回，宜早不宜迟。"

玉兰看了看村长的脸色，没有邪气，满脸真诚，但她还是留了个心眼："就咱俩一起进城，我肯定不会的。叫上婉珍吧，咱们三人进城，村里会少很多闲话。"

村长见玉兰的态度十分坚决，原本岳父让他在翻山越岭的路上把她做掉的计划已经落空，本来他就对做掉玉兰于心不忍，这下他在岳父面前有借口了。

村长昨天就接到了佩芳的电话，转口道："婉珍要在家带娃儿呢，还是叫亚敏陪同吧，咱俩对亚敏说金总请她去做客。"

"我去里屋准备一下，你稍等。"玉兰听说有亚敏陪同，心里踏实了不少。

玉兰来到里屋交代了凤英几句，带了把广连的匕首藏在了腰间。

亚敏听村长说金总请她去做客，那个高兴劲就别提了，她草草地打扮了一下，穿了件时尚的紫红色风衣，跟着他俩就走。

三人很快来到了清水河畔的摆渡口，摆渡的老汉很快把他们送到了对岸。

三人开始翻越两个百米来高的山岭。太阳才刚露出半个笑脸，山岭上仿佛笼罩着一层轻纱，影影绰绰，在缥缈的云烟中，若即若离。翻越第二个山岭的时候，阳光穿透了树叶间的空隙，给弯弯曲曲的山路抹上了一层斑驳陆离的光彩。山野的天空下，三人的心理活动迥然不同。村长在想到了金家怎么应对金文辉一家人和玉兰；玉兰在祈祷金文辉给他的一百万的银行卡是真的；亚敏在期盼金家夫妇能认可她做海涛的女朋友，最终做金家的儿媳妇，她想星期天海涛一定会在家。

三人下了山在等公交车，村长乘这空隙偷偷地给金文辉打了个电话："爸，玉兰不肯跟我两个人一起来咱家，非要三人行，路上无法下手，另一个人是亚敏。"

公交车颠颠簸簸地在向市区前进。村长见亚敏坐在前面一排，生怕讲话给她听见，就写了张纸条交给和自己并排坐的玉兰："金总在夫人面前很要面子，这口黑锅我帮他背了，你只要拿到一百万的银行卡就可以了，到了金家废话少说，闲事少管，我说什么你附和着就是。"

公交车来到了市区，村长招手叫了辆的士，三人很快就来到了金家。

金家正在播放《爱不释手》的歌曲

沉鱼落雁　闭月羞花　美得无处藏
人在身旁　如沐春光　宁死也无憾
国色天香　任由纠缠　哪怕人生短

你情我愿　你来我往　何等有幸配成双啊

让我拱手河山讨你欢　万众齐声高歌千古传

……

　　富丽堂皇的金家别墅，加上热情洋溢的歌曲，让玉兰和亚敏仿佛置身世外桃源。

　　亚敏被婉莹邀请到了自己的房间，两人促膝而坐，相谈甚欢。

　　村长和玉兰被邀请到了客厅，佩芳给他俩端上茶水。

　　金文辉面对坐在沙发上的他俩，不愠不怒地对村长说："进发，你前天晚上到村西巡逻，怎么闯到玉兰家去了，这下可好，我当时不想把事情闹大，就签下了赔偿玉兰一百万精神损失费的协议，现在回想还真后悔。"

　　"爸，我在村西巡逻找不到婉珍，误以为她到玉兰家去了，看见床上躺着的玉兰，身上盖着被单，还有我叫婉珍巡逻时披的军大衣，以为是婉珍，就去掀她的被子，一看是玉兰，方知大事不好，闯祸了。凤英听到玉兰房间里有动静，也来到我俩面前，乘机拍下了几张照片。"

　　佩芳亲密地坐在玉兰身边："玉兰，这是真的吗，你怎么不说话？"

　　玉兰："我当时吓得浑身哆嗦，差点死过去，以往掀我被子的只有我丈夫广连，没想到换了村长。"

　　村长："爸你就依了玉兰吧，协议书上白纸黑字写着，要是凤英把照片传出去，那就不好了。"

　　金文辉："那好吧。"

　　佩芳："玉兰，一百万对我家来说虽不是什么大数目，可是你胃口大了点，毕竟一百万呢，能否打个七八折，让我们老金心里也有个安慰。"

　　玉兰："这事我还真做不了主，还得问凤英，我们家凤英做主，其实赔偿一百万精神损失费都是她出的主意。"

　　文辉："算了算了，进发是因果自造，就当我是体恤你们一家子吧，佩芳，午餐后你陪玉兰上银行，当着面把一百万打在银行卡上，亲手把银行卡交给玉兰，银行柜台都有监控的，不怕玉兰赖账。"

　　玉兰："我怎么会赖账呢，这一百万我给孙女存放着，等她长大了上学用。"

　　文辉："玉兰，我不过是开个玩笑，我的意思是，今后你和凤英再也不要讹诈我家的钱了，就算一次性了断。"

玉兰："还有道成提升保安经理的事和给他和凤英配备大哥大的事呢。"

佩芳："这两桩事你只管放心，大哥大我已经买来。"

佩芳转身从橱柜里拿出两只大哥大交于玉兰："西门子的，好品牌，至于道成提拔保安经理么，半年后要是当不上，你再来找我。"

婉莹卧室前的小客厅。

"婉莹姐，你家的别墅好气派，跟我山里的住房有天壤之别，我真羡慕你。"

"亚敏，我哥不是喜欢你吗？相信没多久，你将成为别墅的又一位女主人。"

"是吗，你哥呢，怎么没见他，星期天也不休息。"

婉莹从橱柜里拿出糖果、巧克力、牛肉干等零食拼成一盒果盘，放在茶几上："亚敏，咱们边吃边聊。去年王盛的百日宴，你自编自唱的那首《城里的小伙请你留下来》，还真没白唱，现在我打算把歌名歌词稍做改动，歌名改为《山里的妹子请你留在城》。"

"婉莹姐，你改可不成，应该由你哥改更贴切，你有男朋友了吗？"

"还没呢，我妈给我介绍了足有一个班，都是城里的花花公子，我一个都相不中，都给回绝了，我喜欢自己相中的。"

亚敏迟疑了一下，想说又难以启口，婉莹："亚敏，你想说什么尽管说，别不好意思。"

"那我就直说了吧，你哥有女朋友了吗？"

"我还真不清楚，按他的人品和地位，追他的女孩肯定不会少，可我从没看见他带女孩回家，也没听说他和哪位女孩好上了，也许他心里保留着你的位置。"

"姐姐，请你多帮我看着他点，不要让他给别的女孩追了去。"

"婉莹，亚敏，看你们聊得像一对亲姐妹似的，吃午饭了。"佩芳在外屋喊他两。

金家大客厅的大圆桌上，摆满了各式各样的菜肴，只是坐的人数连保姆才七人。保姆尤惠芬是金家搬新家后请的，年纪还轻，还没成家，和主人相处得很融洽，经常和主人同桌就餐。

佩芳："海涛呢，文辉你打个电话吧，海涛不在一起吃饭，总觉得心里缺了什么。"

文辉打起了海涛的电话，他把大哥大按了外放，只听见海涛这样回答道："爸，妈，我下午有一个重大的工程项目要签合同，我就不回家吃午饭了。"

保姆在一旁道："金叔叔，让我来叫海涛回家吃午饭，也许他会听我的。"

原来保姆一到金家就倾慕上了海涛，只是碍于自己的卑微身份，没敢向文辉夫妇表白。她误把平日里海涛对她"小尤，小尤"的称呼，对她的尊重，当成喜欢她了。

佩芳："惠芳，没你的事，轮不到你来叫海涛。"

保姆不作声地退在了一旁。佩芳又在差使她了："惠芳，拿几只酒杯来，拿一瓶五粮液来，今天我要好好招待山里来的客人。"

文辉把佩芳拉到了洗手间："今天你怎么了，早餐吃了夹生的稀饭？"

"你平时看不出来吗？惠芬经常对海涛献殷勤。"

圆桌旁原来的七人减少到六人，保姆一个人在厨房闷闷不乐地吃着饭。她感觉到新来的亚敏是她的克星，看亚敏那招人喜爱的模样儿，自知敌不过她。

圆桌旁的文辉脸上堆满了笑容，女婿还真有一套，敢于为我背黑锅，我的目的已经达到。他对大家说："大家随意啊，不过喝酒要量力而行，女士们不喝酒可以喝饮料。"他见保姆不在圆桌旁，就吩咐女儿："你去拿两瓶可乐来。"

婉莹拿来了可乐放在桌子上："爸，今天你和姐夫也不能喝白酒，你俩喝了白酒会发生很多不体面的故事。"

文辉："婉莹你别乱说，我今天就要和你姐夫多喝几杯，练练酒量，酒量是平时练出来的。"说罢他把自己的酒杯和女婿的酒杯斟满，两人对饮起来。

圆桌上的酒杯、饮料杯，觥筹交错，闹了半个时辰。在此期间，佩芳在洗手间同婉珍通了电话，问她前天晚上有没有去村西巡逻，婉珍告诉母亲同亚敏一起巡逻了两次，进发担心她受凉叫她披了军大衣。巡逻了一回她热了，就把军大衣放在了玉兰家，接着又和亚敏一起巡逻了，后来在巡逻期间两人都拉肚子，上了好几次茅厕。

佩芳对女婿的说辞和女儿的回答进行了比对和分析，认定女婿没有在说谎，一切都顺理成章，心情好了不少。

午餐过后，六人分成两组。文辉和夫人、女婿陪同玉兰一起到银行，婉莹陪同亚敏一起到金辉房产公司找海涛。村长和玉兰、亚敏讲好晚上五点在汽车站碰头，一起回乡。

第8章　金辉房产

金辉房产以金文辉的名字命名。这家五层楼的房产公司办公大楼外表颇有气派，造型极为醒目。金碧辉煌的楼顶中部一只傲立的展翅欲飞的石雕雄鹰，张开的双翅仿佛要纵身而跃上天宇一般。

走进公司大门的前厅，三面墙上贴挂着三条横匾。正前方的横匾是"诚信放飞梦想，精艺收获希望"，左边的横匾是"不绷紧质量的弦，弹不了市场的调"，右边的横匾是"用心服务，真情回报"，墙面上五彩斑斓的色彩给人一种仿佛置身幻境的感觉。前厅顶部的三个大型灯饰仿佛从天而降，更给人一种高贵华丽的凝重感。

今天公司大多数人都没有休息。

婉莹拉着亚敏的手，穿过公司前厅，来到二楼公司的办公大厅，抬头又看见了一个"今天工作不努力，明天努力找工作"的励志横匾。占有五百平方米的办公大厅，分为东西两块区域，两块区域各自用高度一米五的分隔板分离而成。总共三十个办公室，东边办公室打印机的噪音和座机铃声不绝于耳，西边办公室则安静多了，这是专门用来绘图设计的场所。

办公区域中间五米宽的通道直通总经理办公室大门。

金海涛赋予这样的设计更便利互相监督，彼此促进，提高公司的工作效率。

婉莹和亚敏跨入办公大厅，东西两边的白领都纷纷站立，对她俩行注目礼。总经理的妹妹，又是城里的著名歌星，难得到此光顾，白领们都表示尊敬，待她俩走远后，又开始窃窃私语：

"哇，真是一对气质高雅，艳压群芳的美女。"

"你看婉莹身边的少女，不用化妆都这么漂亮，把我们都比下去了。"

"那少女像是仙女下凡，温雅秀美，天生丽质，一袭长风衣也遮不住傲人的曲线，既优雅又洋气。"

婉莹和亚敏不时回头对白领们莞尔一笑。

海涛对她俩的到来颇为惊奇："婉莹，你带亚敏来我办公室怎么也不事先打个电话？"

婉莹："哥，我是要给你一个惊喜嘛，事先给你打电话，你工作起来会分心的。"

"咱爸妈呢？"

"爸妈陪姐夫和玉兰到银行去了……"

海涛对姐夫被玉兰讹去一百万的事情很反感，他皱了一下眉头："咱姐夫就是这个样子，肯定多喝了两杯酒把持不住自己才会钻到凤英房间里。一百万等于我十个员工两年的收入。"

婉莹："哥你嘴巴严点，咱姐并不知道姐夫被讹的事。"

亚敏见海涛说起村长的心情不是很好，她一方面想避开这个话题，另一方面她已经从婉莹口中得知海涛有个女秘书叫周萍，有客人来海涛经常会吩咐女秘书给客人倒茶水，她要听海涛是怎样吩咐周萍的。

亚敏对海涛道："金总经理，中午饭我吃的菜多，现在口渴了。"

"周萍，拿两瓶饮料来。"海涛吩咐里间的女秘书。

海涛没有叫"萍萍"。想来两人的关系不是她想象的那样亲密，亚敏松了一口气。

但是周萍把饮料放到婉莹面前的时候，脸上充满了微笑，在放到亚敏面前的时候，瞪了她一眼。

海涛对周萍介绍："这是双岭村的村委委员李亚敏。"

周萍转为笑盈盈的："总经理，我听说过，是唱《城里的小伙请你留下来》情歌的山里妹子，怎么，你没留在双岭村？"

婉莹："周秘书，我打算把歌名歌词改了，歌名改为《山里的小妹请你留在城》，你该不会吃醋吧？"

周萍："那李亚敏今晚要在海涛家过夜了？"

亚敏听了这句话受不住了："姓周的，你外表气质高雅，颇有风采，内心却如此肮脏，说话竟这么伤人，你以为你是谁，不就是个秘书吗？像你这样的秘书马路上一抓一大把。"

周萍也不买账："像你这样的村委也是一抓一大把。"

海涛见两位少女在吵架，就拿出总经理的架势，他拍了下桌子："别争吵了，这是在总经理的办公室，要吵到外面马路上去吵。"

周萍不甘心地回到了里间的办公室，亚敏负气地走出总经理办公室，原本想找个地方和海涛说上两句悄悄话，殊不知被海涛数落了一番，她强忍着泪水往肚里咽。

婉莹从背后拉住亚敏的手："亚敏，我哥是说给周萍听的，你听不出吗，你这样哭丧着脸走出办公大厅，与来时形成鲜明对照，白领们看见你这个样子以为发生了什么怪事，他们会交头接耳，手里的工作就别想做了，会给公司造成损失的。"

亚敏转身回到办公室，一脸怒气："金海涛，这样的女秘书你也会用，趁早辞退她，还不如用我。"

海涛："亚敏，你要我辞退她？周萍的父亲是董事会成员，占有公司百分之二十的股份，我还真没有权力辞退她。"

亚敏一声不响地坐在沙发里，侧转了脸。第一次来到海涛的办公室就发生了这样的事。她再也控制不住自己，眼泪扑簌簌地流下来，婉莹连忙从茶几上的纸巾盒里抽出纸巾帮她擦干净泪水。

海涛走到了里间，面对周萍："你今天的加班到此为止，你可以回家休息了。"

周萍："总经理，等会不是要召开重大工程项目的招标会议吗？"

海涛："我一个人完全能够胜任，你还是回家休息吧。"

亚敏接下来看到，周萍在她的办公室斜挎了一个背包，脸上始终笑盈盈地走出了大厅。

婉莹："亚敏，你看到了吧，其实周萍心里挺难受的，但她在大庭广众之下不露声色，脸上还是笑盈盈的，你要向她学着点。"

海涛把办公室的门关上，转身安慰起亚敏："亚敏，城里跟乡里有点不一样，人与人之间的关系特别重要，人品是我们走在人世间的通行证，好人品走到哪里都会有人喜欢，都会亮起一片天。因为人品好的人，说话认真，办事用心，为人诚恳，以诚待人，不会受到奚落而产生怨恨，立即反击，走到哪里都会被人尊敬。因为懂得体谅和包容，懂得尊重和谦卑，和谁相伴都能长久。好名声是用真情真意换来的，好感情是实心实意得来的。好人品，是一辈子修来的，唯有如此，你的人生之旅才光彩夺目，希望我的这番话你能听得进，你也不必后悔与遗憾，对你来说，人生的道路才刚刚开始。"

"总经理，你的一番话富有诗意，含有哲理，我会铭记在心里。可是周萍奚落我的话我真的受不了，也许她自己会随随便便地和任何一个男人过夜。"

海涛："看来你对周萍的怨恨还未消除，就让时光来消除吧。马上就要召开重大工程项目招标会议，我邀请你列席参加会议。"

亚敏又惊又喜："总经理，我能行吗，会要我发言吗？"

海涛："到时你看着办，就看你的临场发挥，记住，你没有表决权，只有发言权。"

"我今晚要赶回双岭村的，我怕来不及。"

"那就像周萍所说的，今晚不回双岭村了，在我家里过夜。"

海涛的语气是那么坚决而肯定，一点也不像开玩笑的样子。亚敏心里说不出是欢畅还是郁闷，她反而觉得不踏实了。城里花花公子多，如果海涛也是这样的一个人，她对他的追求决定马上终止。

下午一点半，金海涛和周萍的父亲周健明、李亚敏坐上一辆中型轿车，周健明见女儿不在轿车里，不由问道："海涛，这次会议周萍怎么不参加了，以往她逢会必到，更不要说今天这么重要的竞标了。"

"竞标材料全部准备完毕，都在我公文包里，今天是星期天，我让你女儿早点回家休息了。"

"你身旁的这位女士是……"

"她是双岭村的村委李亚敏，临时当我的助手，我让她到招标现场见识见识。"

金海涛驾驶着轿车，向位于市政府北端的招标大厅行进。

金海涛、李亚敏、周健明一起跨入招标大厅。人们看到金海涛的身旁换了一位女士，看到李亚敏的丽质，不禁啧啧赞叹。

今天的招标会场共有八个投标单位。金海涛一行进入会场的时候，七个投标单位已经到场。

招标会议正式开始，主持人的嗓子十分清晰洪亮：

"尊敬的各位领导，各位参标单位，大家下午好。

今天我们在这里举办城南五十万平方米房地产项目的招标会议，在此我代表市房产管理局向各投标单位的到来和对我们房地产建设的支持表示衷心的感谢。今天的招标会议由我主持，坐在我左边的是房产管理局的副局长曾爽，坐在我右边的是房产管理局的党委书记史清正。

接下来，我介绍一下参加本次会议的投标单位，我叫到参标单位的时候，请大家起立举手，互相认识一下。

……

现在我宣布：城南五十万平方米房地产项目开标会议正式开始。

第一项 宣布会场纪律

……

第二项 介绍会议议程

……"

主持人将上述议程说完，接着宣布："下面请各位投标单位递交资格预审申请文件。"

金海涛待七位投标领导递交申请材料后，最后一个走上主席台，把文件摊放在主持人面前，主持人把文件递给右边的房管局党委书记史清正，经三位招标领导稍做评议后，主持人正式招标："最后一项，请各家投标单位报自己出的价位，我们城南五十万平方米的地块拍卖起价是八千万。按照以往的规定，我喊三次无人举牌，就落锤成交。"

金海涛想一下子把七个投标单位压倒，他举起了八千五百万的标牌。

主持人："金辉房产八千五百万。"

"八千五百万第二次。"

"八千五百万第三次。"

马上就有一家名为锦明房产的投标单位举起了八千六百万的标牌。

主持人："锦明房产愿意出价八千六百万。"

"八千六百万第一次。"

"八千六百万第二次。"

"八千六百万第三次。"

主持人见四下无人举牌，刚要落锤，一声清亮的来自李亚敏的女声中断了他的落锤："慢，我们改数字的擦板不怎么灵光，耽误了时间。"

金海涛和李亚敏共同举起了八千八百万的标牌。

主持人手举标锤："金海房产把价值提升到八千八百万。"

"八千八百万第一次。"

"八千八百万第二次。"

"八千八百万第三次。"

就在主持人落槌的同时，又有一家招标单位举起了八千八百万的招牌。主持人收起锤子："你们两家是串通投标，招标作废。"

金海涛极力辩解："主持人，你锤子都敲定了，再要反悔并无先例，招标文件明确规定，报价一致按技术标准打分高低确定中标单位。"

主持人："我宣布，请未中标的单位暂时不要离开，给我们审查商议时间，若中标的两家审查都不理想，第二名八千六百万进入考察范围。"

主持人随即招来了数十名精通房地产项目的工程师，对八家投标单位的文件重新进行审查。

……

主持人："根据我们数十位工程师的重新审查，最后我宣布，金海房产公司以雄厚的经济实力和高端的技术人才中标。请未中标的单位在工作人员陪同下依次去五楼财务部领回投标保证金。"

"最后，再次感谢参加本项目的所有投标单位对我们工作的大力支持，再次谢谢大家。"

金海涛接过主持人的中标合同书，欣然在上面签下"金海涛"三个毛笔字。同时盖上了"金辉房产"的公章。

周健明第一个离开招标大厅，虽然中标了，但他对女儿的缺席闷闷不乐。

金海涛与李亚敏走出招标大厅的时候，见周健明不在身旁并没在意。锦明房产的老总朱胜奇来到他身旁，拍着他的肩膀："金总，幸亏你身边的这位女士反应灵敏，及时终止了主持人的落锤，要不这个项目非我莫属。"

金海涛："我当时正在犹豫不决，又想放弃又想再抬高价位，我身旁的女士看出了我的心思，果断中断了主持人的落锤。"

"可否介绍一下您这位女士的来历？"

"她叫李亚敏，是双岭村的村委。"

"今后她要做你的助手，取代周萍做你的秘书？"

"周萍是周健明的女儿，我暂时还不考虑让李亚敏取代她。"

"金总，我倒是缺少像李亚敏这样聪慧睿智的助手，可否把她介绍于我？"

李亚敏："我山庄里的事情可忙着，等我忙过了这一阵，我听金总的安排，金总安排我到哪就到哪。"

"金总，你可听到了吧，到时你可不要舍不得哟。"

金海涛看了看手表，已临近五点："朱总，咱俩就此告别，以后业务上的事多多联系，说不定我在建造商品房时还要借助你的施工大军呢，到时你也不能舍不得哟。"

"哪里，哪里。我们的施工队伍用工率不到百分之七十，到时你尽管和我联系。"

海涛的大哥大响起了文辉的声音："海涛，房地产项目拿下了没有？"

"拿下了，好悬哪，差点给锦明房产的朱胜奇拿了去，多亏了亚敏。"

"亚敏跟你一起去招标了，那周萍呢？"

"周萍我让她休息了，我与她爸一起去的。"

"多少价位拿下的？"

"八千八百万，比起拍价抬高了八百万，朱胜奇把价位抬到八千六百万。"

"价位并不低，什么悬不悬的，你就让朱胜奇中标呗。"

"爸，商品房需求量只高不低，房价涨势不容置疑，我相信咱纯利润会超过八百万。"

海涛打完电话，发现身边没有了亚敏，四处张望起来。

"我在这儿呢。"亚敏正在一家大哥大专营店观摩。海涛来到她面前："你们村委有几个大哥大？"

"就村长和妇女主任有。"

"那我就给你买一个吧，你看中哪一款？"

"我看中这款女式的蓝颜色的摩托罗拉。"

海涛看了看价目表，上面写着11500元，就掏出一叠百元钞点出115张，就要付给营业员，被亚敏拦住了："这么贵啊，我不想要了。"

"才一万多点，不算贵，有了大哥大咱随时可联系。"

"那我算欠你的，等我赚够了钱还给你。"

"谁要你还我，今天中标你功不可没。"

"我听你爸给你打电话，他并不稀罕中标。"

"我爸缺乏商业头脑，对房地产走势、需求增长率没有足够的认识。咱现在的金辉家苑每平方米销售价为3000元，两年后我预计会涨到5000元。"

海涛付过大哥大的钱款，亚敏把大哥大小心翼翼地放在挎包里。

金文辉的一路人马，在银行办好一百万的银行卡后，玉兰把银行卡藏在贴身的口袋里。她又提出要亲自把手机交给道成。于是他们又驱车来到了道成工作的嘉美国际娱乐城。在门卫的岗亭里，玉兰对道成谆谆告诫："这大哥大一定要妥善保管好，我的大哥大回去以后要交给凤英的。你和凤英有事可及时联系。你在这里要勤恳工作，夜班不要打瞌睡。玉莲在家凤英照顾得很好，别忘了半个月回家一次。"

玉兰见金总和夫人并不在意她的谈话，脸面也朝着娱乐城的大厅，村长也不知去了哪儿，便悄悄地从口袋里掏出银行卡，说话轻得像一张纸儿掉在地上："这上面有一百万，密码是我的出生年月日，你马上到银行去开张新的银行卡，把一百万马上转到新的卡上，密码改为玉莲的出生年月日。"

玉兰见金总和夫人正在向岗亭走来，声音马上转为高八度："道成，保管好大哥大，对进出娱乐城的人员要严格把关，领导半年之内要提升你做保安部经理。"

……

村长说好的今夜赶回双岭村是来不及了，他给海涛通了个电话，让他交代亚敏在金总家过夜。

对玉兰来说，这个星期天够忙的，了却了一件大事，儿子工作的地方也认识了。

金总家有的是空着的房间，晚上玉兰和亚敏睡在同一房间相邻的两张床上，两张床的中间放有一个床头柜。她和亚敏聊得很亲密：

"玉兰阿姨，你说村长夜间巡逻怎么就巡逻到你床上来了，我总觉得不大可能。"

"村长你还不知道，虽然婉珍常在身边，可见了漂亮的女人总是会多看几眼。前天半夜，婉珍和你到村西巡逻，婉珍把村长的军大衣盖在我身上，当时我睡得正香并不知道。等到村长掀我被子我才醒来……"

"这事婉珍知道吗？"

"可能还不知道，就是知道了也不会拿村长怎样。"

"你那一百万，金总真给你了？"

"这还用说，我把银行卡给道成了，让他转到新的银行卡上，我得早做防备。"

"道成在娱乐城干得挺好的，我都好长时间没见到他了。"

"好是好，就是要早中夜三班倒班，我与金总写好协议，半年内让他当上保安经理，指挥一帮人，这样可以上白班了。"

"阿姨，你真行，金总给你的一百万，婉珍怕是不知道吧？"

"管她知道不知道，知道了又怎样，还会上我家来讨回吗？她也是个要面子的人，你看她平时走路尽量不一瘸一拐的。"

金文辉夫妇的卧室里，夫妇俩躺在大床的一头，也在互相聊着。他俩已好久没在一起睡了，家中有客人，他俩要装装样子。

佩芳："今天算是我最倒霉的一天，白白损失了一百万，都是你找的好女婿，按我的本意，当初就不该把婉珍嫁给进发。"

"咱女儿再不嫁人都成了嫁不出去的老姑娘了，都怪她小时候贪玩摔断了腿骨，虽然骨头接好长好了，但走路总跟正常人不一样，一瘸一拐的。城里小伙子怎会喜欢她。"

"佩芳，明天一早你去银行把玉兰的银行卡冻结了让她取不了钱。"

"银行卡冻结只有法院才能办成。"

"这恐怕不成吧。"

"文辉，依我看还是算了吧。玉兰取不到钱，保证会叫凤英把照片传出去，坏了进发的名声，等于坏了我俩的名声。海涛不是说，招标会上，多亏亚敏随机应变才拿到了中标项目，玉兰今天不来咱家，亚敏也不会来咱家。咱把坏事变好事。五十万平方米的地块建造商品房，到手的利润一百万要翻个十倍几十倍。"

海涛和婉莹分别躺在相邻的卧室里，他俩想到一处去了。他俩是看到爸妈共同进了一个房间并关上了房门才回到各自的卧室的。他俩想象并期盼着从今以后爸妈再也不分床睡，重拾过去的甜蜜，再现往日的恩爱，把流逝的激情缠绵重新燃起来。

亚敏已经进入梦乡，玉兰还在翻来覆去不能入睡。她爬过双岭山，知道山有多高；她蹚过清水河，知道水有多深；她和肖广连恩爱相依二十年，知道丈夫对她的关心体贴，可是那一年那一天，爱已跌入山崖。玉兰的双眼又浸满泪水，她喃喃自语："广连，这到手的一百万就算是村长给咱的抚恤金吧，我会十分珍惜它，一分不少地用在咱孙女玉莲身上。"

第 9 章 崖边老树

双岭村北面最高的山岭悬崖边，生长着一排树龄百来年的樟子松，十来棵松树，褐色的树身足有洗脸盆那么粗，笔直得就像高高耸立的擎天柱。满树的松针绿得可爱，就像一把张开的绿绒大伞。夏风吹来，"大伞"轻轻摇曳，给人一种清凉爽快的感觉。松树虽然常年不开绚烂的花朵，但它不管是春夏秋冬总是四季常青，永不褪色。它沉着稳定，静默淡然，自律坚强。

童玉兰静静地伫立在中间一棵最高的松树旁，这棵老松树的灰褐色的树干缀满了岁月的皱纹，树干的上部虬曲苍劲，分散开的枝条柔软而富有弹性，却又不惧风吹雨打，给人一种坚韧秀逸的感觉。老松树树根土的旁边安放着四块被雨水冲刷后磨去棱角的呈鹅蛋形的石头。每逢她想起五年前的这一天，她总会浑身颤抖，双腿发软。

她在崖顶又找到了一颗鹅蛋形的石头，紧挨在四颗石头身旁，这是她放下的第五颗石头，标志着丈夫已经离开她五年整。

她在这棵老树前默默祈祷，祈祷丈夫在天堂里安然无恙，丈夫在她心里从未分离。她的灵魂伴随着他的灵魂紧密相依，融为一体。此时她的心像一片落叶，一会儿被夏风吹入崖底，一会儿又被夏风吹向蓝天，高低起伏，不能平静。

天色已黑暗，她还不想离去。在她看来，这棵老树就是丈夫的化身，她要多陪他一会。蓦然，挥洒不去的五年前的那一幕幕终于层次清晰地再现到她脑海中来——

灶台的窗口传来徐进发瓮声瓮气的声音："玉兰，等会你先上山砍柴，过半个小时我再跟来。"

"村长，今天我不准备上山砍柴了，前天广连晚上回家的，昨天广连砍了一天，家里柴火都堆满了。"

"什么，我的话你竟敢不听，听说道成就要结婚了，我不碰凤英已经是大发慈悲了，你不上山我会做掉你的儿子。"

灶台上甩过来两张五十元的票子："你把它收好，快快上山。"

玉兰被村长的怒喝加威势屈服了，她背起空箩筐，拿起砍柴刀向山顶上走去。

她有气无力地东一把西一把地砍着柴，她不能空着箩筐回家，背个空箩筐回家会招来村里人的闲言碎语。

恍惚之间，似乎有人的身体靠近了她。她回头一看，原来是丈夫肖广连。

"广连，你早晨刚走，怎么又回家了？"

"家里柴火堆满了，你为啥还要上山来？"

"趁天好，多砍一点柴火总是好的，多多益善。"

玉兰甩了甩胳膊，迷茫的眸光对上了广连怀疑的双眼。

"你以为我什么都不知道吗？你和村长给我戴了这么多年的绿帽子。"广连庆幸自己的回马枪杀得正是时候。

"不是的，不是你说的这样的。"

"你还想抵赖，枕头下两张绿票子从哪来的，你就值一百元，一百元就由村长摆布了，快跟我回家。我真不应该在城里捡破烂，就该在家守住你。"

玉兰僵持着未动，广连把她拦腰抱住，扛在他的肩膀上往家赶。

广连的肩膀宽宽的，厚厚的，这是可以一辈子依靠的实实在在的肩膀，玉兰内心充满了温暖。但就在这一刻，广连的身体缓缓地倒了下去，玉兰也从他肩膀上滑落，两人同时跌倒在地——广连的头部被躲在大石头后，窜上前来的村长用木棍重重地击了一下，昏迷过去。

玉兰吓坏了："广连，广连，你快醒醒。"

广连身体素质好，很快就苏醒，他奋力拿起砍柴刀砍向村长，村长早有防备，闪过砍柴刀，又是一棍子打在广连肩上，广连又昏迷过去。

"我跟你拼了！"玉兰一头向村长胸口撞去，村长灵巧地躲过，顺势把她抱住，拖到老松树下，绑在树上，"玉兰，你看到了吧，是广连要置我于死地，今天不是我死，就是他死。"

村长把仍处于昏迷状态的广连拖到悬崖边，这时广连又醒转来，他反抗着挣脱了村长的魔爪，双手紧紧抱住了捆绑玉兰的松树的树身，不让村长把他摔下悬崖。村长又是一棍子打在他的手腕上，他怀抱树身的双手松了开来。"你去死吧。"村长说罢把他拖到崖边扔了下去。

村长解下捆绑玉兰的绳索，把她扛在肩上，边走边威胁："回家后不准乱说，就说是广连打野兔不小心摔下悬崖。村民们要是知道了我俩的关系，我会说是你不甘寂寞，勾引我童男子。"

惊恐至极的玉兰浑浑噩噩地完全失去了自主，在床上躺了三天三夜才恢复了常态。她朦胧地记得在她躺在床上的三天里，除了凤英还有乡邻轮流陪在她身旁。乡邻们有的问她广连什么什么的，还有的问她儿子在城里哪所中学读书，她什么也说不明白，只是呆呆地看着大家。

……

五年过去了，整整五年。苦涩的回忆让她颤抖不已，受伤的心像秋天的落叶随风飘零。玉兰整理了一下情绪，用双臂环抱了一下这棵老树，悄无声息地刚离开几十米，却听到了一阵电话铃声，是躲在大石头后的村长的大哥大响了，后面的说话声她就听不到了。

玉兰装作在砍柴，假装没看到村长。

村长正在接金文辉的电话："进发，你在哪里？"

"爸，你说轻点，我跟踪玉兰到山上，想做了她。"

"进发，先不急着做掉她，你现在把她做了，凤英肯定首先怀疑到你，玉兰照相机里的底片肯定已经弄成照片和凤英共同保管着，在证据未销毁之前千万不要动玉兰，我们得从长计议，赶快回家。"

"我可能已经被玉兰发现。"

"你可装作寻找她，关心她的样子索性跟她见个面。"

"爸，您有什么还要吩咐？"

"还有件事要告诉你，今天上午你们离开后，我打电话叫人把玉兰的银行卡冻结，谁知玉兰早就把卡上的钱转移，这娘们太精明了。"

"爸，咱慢慢来，等我日后有机会想方设法从玉兰或凤英口中打探钱的去向。"

"你要维系好同玉兰、凤英还有李亚敏之间的关系，掌握好她们的动态，同时要开始树立自己在村民心中的良好形象，同过去的自己决裂，不要再做花里胡哨的事情了。"

"爸，您的谆谆教诲我会铭记在心，做好村长的表率作用，请您放心吧。"

"方便的话，你叫婉珍把泽天抱到城里来玩几天，我都好几个月没见到外孙了。"

"一定，一定。"

"我还有事要告诫你，亚敏这个丫头，不管到哪里都是人见人爱的抢手的香饽饽，你帮我看好村里有没小伙子打她的主意，海涛看中她了，她是我未来的儿媳妇。不消几个月我准备把她调到城里工作，在此之前不要让居心不良者欺侮她，你要及时报告她的行踪，我要掌握她的一举一动。"

"爸，这事您两年前就跟我说过，我会重点照应她。"

"不是照应好她，是护佑她。海涛现在正式决定要娶她为妻了。贤婿，关键时刻还是你帮了我一把，玉兰差点让我在家人面前颜面扫地。"

"爸，您客气了，没有您就没有我的今天，这点小事进发应该的。"

"婉珍如果问起你私闯玉兰房间的事，还望你有圆满的答复，该遮掩的还是要遮掩，我挂了啊。"

村长把大哥大别在腰间，正大堂皇地从石头背后走向玉兰，还没走近就大声嚷嚷："玉兰，你上午刚到家，下午就跑到山上来了，我以为你上邻家串门，到东到西地找你，找得好辛苦。"

装得倒像真的，已经离开了老松树的玉兰心里嘀咕，也装作道："刚离开家一天，家里柴火就没了，"她指着背在肩上的箩筐，"这不，刚砍满，你找我啥子事？"

"半小时前我丈人打电话叫我关照你，一百万的银行卡一定要保管好，对外不要泄露，村里穷光蛋多，当心因财招祸。"

"村长，你是担心我会炫富还是怎么的，你对我真关心呢。"

"玉兰，我是为你好，为肖家好。"村长脑筋不坏，看见了不远处的老松树，又算了算今天的日子，"玉兰，你平日里砍柴都在半山腰，今天怎么砍到山顶来了，今天是广连的忌日，你是给他祭祀祈祷来了吧？"

"祭祀又怎样，祈祷又如何，你没给你爹娘祭祀祈祷过？"

"我爹娘死了有十个年头，祭过两次，年年祭祀有什么意思，他们死了又不知道，在世的时候多孝敬他们一点就是了。"

"你真是个不孝的儿子，快离开我，山坡上还有村民在打理果树，看见咱俩在一起又会说闲话。"

"太阳都快下山了，山坡上没村民。"村长的色性又上来了，"玉兰，咱俩都好久没那个了，要不现在来一次？"

"去你的，你不是有谈悦铃了吗？村民们都说你变好了，其实你看见女人还是老样子，你跟你丈人一个样。"

"玉兰，跟你开玩笑呢，别当真。你先回吧，我远远地在你后面跟着保护好你。哪个敢来欺侮你我就砸烂哪个的狗头。"

"谁要你跟着保护，你走东边的山路，我走西边的山路。"玉兰说完头也不回地走向西边的山路。

村长见玉兰态度坚决不领他的情，一脸无奈地走向东边的山路。

玉兰见村长往山下走去，重新回到老松树旁，对着树身发誓："广连，你看到村长了吧，他又想动我的脑筋，我今天一定要给点他厉害瞧瞧。"

玉兰跑到东边的山路上端，扳倒一块一米多高的长石头，奋力将石头推了下去。

"哐当，哐当，咚咚"，石头滚落的声音引起了村长的警觉，他回头一看，一块大石头正在山路上方向他砸来，吓得他接连打了好几个寒噤，慌忙向路旁的果林逃窜。

石头从村长身旁擦身而过，还在向下滚落。

这块石头有灵性，它滚啊滚的竟不偏不倚地滚到了村长家的后门，将后门砸了个大窟窿。

婉珍听见后门被砸的撞击声，连忙从院子里跑向后门，一看后门被石头砸了个大洞，石头仍神气地躺在门槛上，慌忙向乡邻叫喊："不好了，我家后门被大石头砸了。"

好几家村民都跑过来，他们把大石头移开，暗中好笑，窃窃私语：

"这石头长了眼睛，不砸别家的，偏偏砸了村长的门。"

"许是村长作的孽多，老天爷看了不服气了。"

"这块石头有天赋灵感，真是神石。"

不一会，村长也赶到自家后门，看见后门的大洞，又看看一旁的石头，他一下子瘫坐在地。

众人面前不能像孬种，村长拍了拍屁股马上站立起来："乡亲们，这场洪水带来的危害还真不小，看来山上还有石头会滚下来，为了村民们的安全，明天一早我要组织三十个劳动力上山排除险石，每人一张五十元的绿票子。"

村民们纷纷报名响应，有年过半百的老头、年过四十的大嫂们，大部分是年轻人。婉珍在报告单上记录下张三李四王五赵六的名字，完了，村长拿过报名单一看，整整有五十个人报名，他站到石头上："村民们，大家的积极性很高，五十人就五十人，明天上午在我家门前集合，请大家带好撬棒和铁锹。"

报名队伍中自然少不了玉兰。

婉珍惊魂未定，晚饭后给爸打起了电话："爸，家里出了点状况，有大石头从山顶上滚下来，把咱家的后门砸了个大洞。"

文辉听了感到十分意外："婉珍，山顶上滚下来几块石头，有几家人家被砸中？"

"就滚下来一块，就砸中咱一家。"

村长从婉珍手里拿过大哥大："爸，没事，兴许是洪水把山上的石头冲得七零八落才造成的。"

"家中被砸坏东西没有，泽天没事吧？"

"家中就砸坏了一扇后门，泽天在庭院骑木马呢，后门到庭院有几堵墙，泽天一点没事。我明天将组织村民上山排除险石，以防隐患。"

"你这个安排很好，我要动员新闻单位前来采访，在全乡树立起你的威信。"

第二天太阳才刚刚露出笑脸，村头喇叭里就响起了李亚敏清脆悦耳的嗓音："村民们，上山排除险石的乡亲们，请大家带好铁锹和撬棒，有钢缆的带上钢缆，我们争取八点钟在山顶上会合。"

平时人们不经常上山顶，山顶上野草丛生，石头多，树林也多，种不了果树。大家来到了山顶，山顶上危峰兀立，怪石嶙峋。这些石头有大有小，造型别致，千姿百态，妙趣横生，有歪着脑袋的，有吐着舌头的。另有一座隆起的岩石身上长着短树和杂草，变得毛茸茸的。但是它们都静静地规规矩矩地卧在原处，不像被洪水冲动的样子，也不像村长所说的被冲得七零八落，只有几十块拳头大小的石块才被冲得乱七八糟，但他们也不像要滚下山的样子，大多数躺在杂草生长的凹处。

村民们手持工具观望着，像是到山上来游玩一般。玉兰更是心中暗自好笑：村长也有被我要弄的时候。

村长："大家都动起来，把小石头归在凹处，至于那些大石块，咱们可在它旁边挖一个坑，狂风暴雨再厉害，它也只会往坑里爬。"

村民们开始动起来。这时来了新闻记者，有的按快门，有的向村长、向李亚敏采访。

玉兰也做张做势地搬弄着碎石。她抬头眺望着远处的那棵老松树，心里的苦衷被夏日的清风吹去了一半。她又看到村长带领村民们干得很认真，心中的无数隐痛也仿佛已经随风而去："广连，你看到了吧，咱俩的死对头被我要得团团转，这才仅仅是开始，我还要让死对头断子绝孙，生不如死。"

玉兰心里虽然这么念叨，但违法乱纪的事她是绝对不会做的。

收工回家，婉珍把每人五十元的绿票子发给大家。玉兰接过绿票子，笑盈盈地对婉珍说："主任，依我看，你家后门旁要建造个五尺厚、五尺高的钢筋混凝土围墙，这样，再大的石块也不会砸到后门了。"

"玉兰，你这个主意挺不错，明天我就叫进发建造。"

"主任，再依我看，你要把这块石头当老祖宗一样供起来，听村长说他好几个年头没供老祖宗了，咱现实一点，把石头当老祖宗供。"

"玉兰，你这一席话再次提醒了我，待我和进发商量后再做决定。"

翌日，《都市日报》的头版头条用醒目的大标题写着十六个大字："村长组织排除隐患　全体村民热烈响应"。

接下来的文字是：

双岭村村长徐进发昨天组织村民们上山排除被山洪冲垮的石块，杜绝了石块滚落村庄危害乡亲的危险，将事故消除在萌芽状态，此举得到了乡党委的高度赞扬……

又过了半个月，《都市日报》的头版头条再次用醒目的大标题写着十八个大字："双岭村建起铜墙铁壁　村民们无不拍手称快"。

原来村长动用了一定的资金，在双岭村家家户户的后门三米开外建造了一座长达五百米的钢筋混凝土的防护墙，村民们再也不用担心山上滚落的石块会危及自家的安全了。

吕乡长带领着三十多个村长又来观摩取经了，他夸赞道："徐村长，你真是村民的贴心人，山村里的带头人。"

村长："我不过是做了一些力所能及的事，换了别的村长都会像我一样做的。"

"徐村长，你就不要谦虚了，我要在全乡范围树立你为先进典型，让全乡的村长都向你学习。"

"吕乡长，真没这个必要，你要树我为先进典型我实在不敢当，你还是树别的村长吧。"

"徐村长，不要客气嘛，你现在转变了很多，以往你争着要当先进模范，现在你推推让让，好像换了一个人似的。"

……

村长时常会接到金文辉的电话，这一次的电话是这样说的："贤婿，城里的报纸对你的先进事迹大加宣传，还上了电视，你可不要被成绩冲昏了头脑。我反复琢磨，山上滚落下来的石头偏偏砸中了咱家，这里面似乎有一定的疑问。以往你在村里树敌太多，你要把村里的百姓在头脑里过滤一遍，你得罪过哪些人，哪些人和你结怨深。"

"爸爸，要说树敌也没有几个，就说王标吧，你知道的，我给他的好处并不少。还有玉兰，一百万足以打倒她的胃口，她不可能再有和我对着干的想法。"

"这可说不准，总之咱方方面面都要防着点，据可靠消息说，砸坏咱家后门的是块神石，它不砸向后院，不砸向咱泽天那是天大的幸事，你不妨把神石供到山神庙，让它来保佑咱家年年岁岁平平安安。"

"爸，婉珍已跟我说起把神石供起来的事，您和女儿想到一块去了，我今晚就去办理。"

第 *10* 章　庙宇怪音

下半夜的时光，窗外弦月如钩，夏虫早已停止了脆鸣。几许繁星闪烁陪伴冷月。淡淡的微风拂过双岭村，双岭村早已沉浸在安然的氛围，唯有村长和王标还在干着一件大事。这件大事对他俩来说太费力了，他俩要把三百来斤的砸坏村长后门的石头抬到半山腰的山神庙里，此举是瞒着乡亲们不知不觉进行的。

在村长的家里，他俩用两条很结实的粗麻绳把石头捆了个四平八稳。他俩抬起石头，村长在前，王标在后。绕过村庄北面新建的围墙，气喘吁吁地向庙宇抬去。开始上山路了，两人抬了十来步，坐下来喘口气，再抬了十来步，又坐下来喘口气。真是费尽了他俩的九牛二虎之力。

王标坐在石头上用衣袖擦着脸上的汗水说："村长，照这样抬下去，抬到山神庙都天亮了，早起的村民会发现的。"

"咱们得想个办法，王标，村里还有哪个和你要好的，会替咱保密的男子汉，咱叫他来帮帮忙。"

"会帮忙，会替咱保密的也只有王维光了，要不我去叫他？"

"对，我怎么没想到王维光，他家里有独轮手推车，咱给他两百元钱，让他把独轮车推来。"

王标很快来到了王维光家，跟他说明了情况。王维光听说是两百元的一锤子买卖，马上推了独轮车跟着王标来到了石头边。

三人合力把石头抬放在独轮车里。王维光推着，村长和王标一左一右扶着，这样省事多了，不消半个时辰便来到了庙宇。

这座庙宇不算大。抬头望庙顶，令人眼花缭乱，庙顶上铺满了红色的琉璃瓦，在月光的照耀下一派金碧辉煌。庙廊东西两侧被十几棵果树簇拥着，显现出庙宇与村民们相互融合的情愫。大热天上山修理果树，村民们总会在庙里的荫凉处避一会暑。

在常人眼里，这是一座特立于半山腰的佛门净地。逢年过节，福禄寿喜，经常有双岭村和外村的村民们前来进贡，拜佛求神保佑家人平安。另有外乡的富裕人家还特地租了直升机前来进贡跪拜菩萨。只是近些年来进贡的人越来越少了。

三人推着独轮车进了庙宇的小院，小院中的几棵菩提树却硕大无比，绿茵茵的树枝犹如一把把遮风挡雨的巨伞，给人以凉爽的感觉。三人紧接着来到了庙宇中部，村长面对着文殊、观音、菩提、地藏等四位菩萨，问王维光："王维光，你向来有神算子之称，你安排这块石头摆放在什么位置，怎么个摆法，我全听你的。"

王维光："村民们都说这是块神石，既然是神石，它的威力应该在四大菩萨之上。我们应该把它安放在观音菩萨和普贤菩萨的中间，让它统领四大菩萨，保佑四方百姓年年月月安康幸福。"

三人开始把菩萨移动，两个菩萨却像生了根似的纹丝不动。

王维光在香炉里点燃了三支香，三人跪在菩萨面前三叩首，而后双手合十，村长带头说出了自己的愿望，希望菩萨们能开恩，留一个位置给神石。

三人调动起浑身力量再把菩萨移动，菩萨终于一点一点地被移开了。他们把石头抬到两个菩萨的中间，想把它竖立起。这块历经风吹雨打被磨去了棱角的石头却怎么也立不起来。

王维光："咱们把菩萨移得太开了，把两个菩萨挨近一点，让两个菩萨紧挨着石头，石头左右有依靠就能站立了。"

这一招果然有效，石头稳稳地站立在两个菩萨中间了。

他们还不放心，把石头稍稍向后倾斜，背后用一个木棍牢牢撑住。

打理完毕，村长把两百元钱付给王维光："今天你出了大力，我万分感谢，这两百元钱你收好，明天的宣传就靠你了。"

王维光收下钱："村长你用得着我的地方尽管吩咐，天快亮了，趁现在山坡上没人，咱们赶快回家，明天村头的喇叭我要用一下。"

村长满口应允："石头跑到庙宇的事，随你怎么吹，吹得越响越好，越神越好。"

三人推着独轮车下山，边走边把留下的车辙抹掉。

天已经大亮、村头的喇叭里响起了王维光的声音：

"乡亲们，双岭村的男女老少们！大家都尊称我为神医，我深感惭愧，我对双岭村的贡献实在微不足道、不值一提。我王维光从来没有在喇叭里说过话，可是我今天要说的是，我要向大家报告一个天大的喜事，就是从山上跑下来的神石，昨天又神不知鬼不觉地跑到山上去了，它跑到了山神庙，伫立在观音菩萨和普贤菩萨的中间。我的灵感告诉我，是四大菩萨请它去山神庙的，神石仿佛在向我们昭示，从今以后它会护佑双岭村和四面八方的老百姓们消灾消难，平安快乐。人生无常终难料，生老病死命注定。可是山神庙有了神石，只要我们经常去祭祀进贡，神石就会显灵显应。或清除你身上的病痛，或驱逐你心中的忧郁，或摒弃你脑中的杂念。让你健康日日在，幸福天天来；让你飘飘欲仙，过上神仙般的日子。"

双岭村的村民们有在家里听的，有外出干活在半路上停下来听的，有抱着小孩听的，有扶着老人听的，大多数人信以为真。人们相信王维光能把村长儿子救活的本事，另外王维光在双岭村从医十几年来确实也治好一些人的诸如伤风感冒发热拉肚子的病。

有村民已经走在去山神庙的路上一探究竟，有村民已经拿着鸡鸭鹅等贡品去祭祀。

李亚敏对王维光的说辞可不相信，她来到了办公室，王维光还在胡编乱造，她关掉了功放机："王维光，你说石头跑进了山神庙，你什么时候知道的？"

王维光："李委员，昨晚我做了一个奇怪的梦，梦见滚到村长后门的石头变成了一个石头人，石头人正在走向山神庙，它走起路来像小脚娘娘。我从怪梦中醒来后，连夜就赶往山神庙，果然看见神石站在观音菩萨和普贤菩萨中间，口中还念念有词："王维光，王维光，你是神医，我是神石，从今以后我要指引双岭村村民们前行的道路，我要大发慈悲，为村民们造福添寿。"

真是越说越玄乎了，李亚敏又好气又好笑："王维光，看你说得像真的，你还有完没完，双岭村喇叭里没有你宣传迷信的份儿。"

"我是得到村长同意的，村长说了，今天喇叭一天的使用权归我了。"

王维光把村长特批准许他使用一天喇叭的纸条儿从口袋里拉出来："李委员，你看到了吧，上面有村长的签名。"

李亚敏拿过纸条一看，纸条上果然签着"徐进发"三个大字。她相信神石、信菩萨、信耶稣、信上帝都是一种风俗，国家也没有明令禁止。就耐着性子对王维光说："你少说两遍吧，说来说去都是重复的几句话。村民们知道了，你的目的就达到了，多说了村民们反而会不相信。"

王维光："李委员，说的是，我的演说就到此为止吧，我把喇叭的使用权还给你，我先告辞了啊。"

李亚敏打开了功放机，在村头喇叭里播放《天若有情》的情歌。

　　原谅话也不讲半句
　　此刻生命在凝聚
　　过去你曾寻过
　　某段失去了的声音
　　落日远去人祈望
　　留住青春的一刹
　　……

　　接下来的几天，前往山神庙祭祀进贡"神石"的人们还真不少。山神庙供桌的两个供盒里放满了十元、二十元、五十元、一百元的钱票。这些进贡的人群中有双岭村的，有外村的，还有远道慕名而来的。

　　每到深更半夜，村长、王标和王维光都会潜入山神庙，把供盒里的钱票分光。他们按照说定的村长五成、王标三成、王维光两成的份额分成。供盒里的钱票少则五百，多则有三千。

　　王维光打趣地对村长道："村长，以往村民们上你家来进贡，现在进贡给'神石'，换个方式进贡给你了。"

　　村长："神医你可不要乱说，此事只能我们三个人知道，你也喜欢有事没事喝两口老白干，就怕你喝大了走漏风声。"

　　王维光："村长大可放心，我喝大了只会蒙头大睡，一夜醒来，脑筋特别清楚，哪会走漏风声。"

　　王标："山神庙沉寂了几年，几年内没有人进贡；两个和尚都上别的地方谋生活了，只怕和尚听到风声再回来。"

　　村长："我准备贴张告示，告示的内容是山神庙由双岭村村委接管，进贡的钱财一方面用于寺庙的修复，另一方面用来改善双岭村的基础设施。今后进贡的钱财咱要拿出三成交给村办会计，乡里派人来调查咱们可有个交代。"

　　转眼间到了中元节，村头的喇叭里播放着李亚敏的温馨提示：

　　"双岭村的村民们，大家好。阡陌悠长百花盛开，祭奠祖辈源远流长，纸钱飞扬桂花飘香。中元祭祖儿孙不忘。不忘祖训，不忘先辈，保你幸福美满安康。"

　　"中元节是五颜六色的。双岭村的村民家里，箩筐里收获了橙色的橘子，竹匾里堆满了红色的苹果，黄色的纸花随风飞舞，抛洒的白酒深情浓郁。"

"乡亲们，为了您和家人的人身财产安全，为了山林果林的繁荣昌盛，请您尽量不要在树林里坟墓前焚烧纸钱和香烛，祭祀后的烟火要等彻底熄灭才离开，为了防止火灾隐患，也为了保护山林环境，请大家留意周围是否有未熄灭的纸屑和火星。"

"乡亲们，当您在寄托哀思时，别忘了给他人留下安全的空间。恭祝大家，阖家幸福，生活愉快。"

李亚敏重复播放了两遍，然后来到了王兰家，和王兰时别多日，她有满腹的心里话要对王兰讲。

玉莲已经两周岁了，一看见李亚敏就扑到她怀里，"阿姨""阿姨"地叫个不停。

李亚敏坐在椅子上把玉莲抱在腿上："玉兰阿姨，你说山上滚下来的石头，还会自己跑到山神庙，现在天天有人去进贡，真有这样的神石？"

"亚敏，依我看，是村长一伙人搞的鬼名堂。我曾悄悄地去过山神庙多次，时常看到供盒中有零星的钞票，少则五元的，多到一百元，可是到了凌晨再去观看，这钞票却像长了翅膀似的飞走了，山神庙里又没有和尚，你说钞票会到哪里去了，还不是到了村长一伙人的腰包里。以往乡亲们年年会给村长进贡，现在不进贡了，进贡给山神庙，进贡给神石，等于还是进贡给村长。"

"阿姨，村长已誊写了一份接管山神庙的公告，从此山神庙里的进贡归双岭村了，作为双岭村的资本积累，用于改善村里的基本建设和村民的生活，从九月一日起实行。"

"亚敏，村长是做给村民们看的，我分析他会拿出少量的供钱遮人耳目，大部分还是进了他的腰包。"

"阿姨，今天是中元节，上山神庙进贡的老百姓一定会比往日多，供盒里的钱票咱们能否来个先下手为强……"

玉兰用食指按住亚敏的双唇："嘘，小心隔墙有耳，我也萌生了此意，我注意到村长一伙人是在后半夜两点上的山，我们在半夜十二点上山，提前两个小时。这事须绝对保密，连凤英也得瞒着。凤英口风不紧，就怕她会走漏风声。"

"凤英现在不在家？"

"上邻家串门去了，估计要回来了，你快去吧。"

……

临近半夜天空下起了雨，雨声潺潺惹人心烦。

玉兰望着窗外下个不停的雨，雨夜上山路滑，会有风险，她盼望雨快快停下来。

窗外不远处有倩影，是亚敏打着伞儿在等她了。玉兰注意到凤英搂着玉莲睡得正香，就穿了件雨衣，和亚敏会合。

两人绕过混凝土防护墙，互相搀扶着往山神庙爬去。雨越下越大。两人越跑越有劲。特别是玉兰，那是一种诱惑，更是一种对村长的报复。而对于亚敏来说，多半是出于一种好奇心，这是她今年第一次上山神庙，她要洞察这块石头究竟神到什么地步，还要察看贡盒箱里到底有多少钱票，这多半是虔诚的乡亲们付出的辛苦钱。

她俩离山神庙越来越近，越来越近。

老天爷似乎不忍心让两位半夜上山的妇女多受苦难，渐渐地把雨收了。亚敏收起了雨伞，玉兰也脱掉了雨衣，两人把雨伞和雨衣藏在一块大石头后面。这下省力不小，轻装上阵，两人很快来到了山神庙。

亚敏看到，观音菩萨神态庄严雍容，头戴宝冠，身穿天衣，腰束贴身罗裙；普贤菩萨头戴五佛金冠，身披袈裟，手执如意，神态威武。而伫立两位菩萨之间的石头却平淡无奇，与普通的石头并无两样，相比高大的观音菩萨和普贤菩萨显得是那么渺小，那么微乎其微。这就是王维光宣扬的神石？

玉兰打开了供桌上的贡盒，只见里面堆满了钱币：小到五角的金色硬币，大到一百元的红票子。两人迅速抓起钱币往挎包里塞，只留下几十个硬币。亚敏正要捡硬币，忽然石头发出了"咚咚咚"的怪声，声音由轻变响，节奏由慢变快。最后声音越来越响，节奏越来越快。

玉兰和亚敏大吃一惊，莫非石头看见有人抓钱币发怒了。

玉兰赶紧抓起亚敏的手："此地不宜久留，赶快离开。"

两人慌忙离开庙宇向山下疾走。

两人没走多远，远远地看见山脚下有几个模糊的身影正在向山上走来。玉兰一看表，已是下半夜一点半，方知雨天上山耽误了不少时间，两人赶紧躲到藏雨伞和雨衣的大石头背后。

模糊的身影离大石头、离庙宇越来越近，玉兰看到正是村长、王标和王维光三人。

玉兰心中暗自庆幸，应该是石头显灵助自己，要是晚走几步，保准就会被村长撞见，那后果就可想而知了。

远远地看见村长等三人进了庙宇，玉兰和亚敏如释重负，赶紧下山来到村委办公室。两人数着钱票，整整有五千元。

　　亚敏数出三千元递给玉兰："阿姨，这三千元你保管吧，以备不时之需，广连叔不在了，生活会有拮据，凑合着用吧，还有两千元暂时由我来保管。"

　　玉兰："我一定保管得妥妥的，方便的时候我会打到凤英的银行卡上，用于我们双岭村的建设和救济贫困的村民。"

　　半山腰的庙宇内，村长等人同往常一样鬼鬼祟祟地来到供桌前，打开供盒，却看见只有几十个五角、一元的硬币。

　　王维光："不对，已经有人抢先一步把钱钞拿走了。"

　　王标："会是谁把钱偷走了呢，俗话说，偷寺庙功德箱里的钱缺德，是在造孽，会遭报应的。"

　　村长："放你个狗屁，我们遭报应了吗？只有钱攒多了，我们的子孙后代才能丰衣足食，过着快活的日子。"

　　王标："我们三人是神石的奠基者，不算在偷钱范围，我们把神石弄到山神庙，出大力流大汗的。我们既有功劳又有苦劳，拿几个小钱是应该的。我指的是无功无劳，没有出力的偷钱人。"

　　村长拿起供盒把几十个硬币倒在王维光手里："这些小钱归你了，你帮我留个心眼，打听一下是谁抢先一步拿走了功德箱里的香火钱。"

　　王维光："会不会村民们都上坟祭奠老祖宗，来山神庙求神拜佛的本身没几个，供盒里原本就是这么多钱。"

　　村长："很难说，总之你要多留个心眼，抓住了盗窃犯，我要让他在全村游街，让他出尽洋相。"

　　忽然间，石头又"咚咚咚""咚咚冬"地响起来，还是那样从轻到重的声音，还是那样由慢变快的节奏。紧接着，又发出"呱呱""嘎嘎""呀呀"的酷似乌鸦的叫声。

　　又忽然间，石头前后摇晃起来，像是要砸向村长等三人。

　　"快跑，石头要倒了。"村长第一个跑出庙宇，王标和王维光紧随其后。三人跑出没几步，只听见"哐当"一声石头倒地的巨响。村长等三人如同惊弓之鸟狼狈不堪地跑回各自的家。

　　"进发，你半夜三更的跑到哪里去了。"村长刚跑回家就遭到了婉珍的追问。

　　"村东村西转转，巡逻巡逻，天又下雨了，我作为村长心里应该装着全体老百姓，察看一下哪里有安全隐患。"

"我都发现好几次你半夜三更外出了，这不像以前的你，以前的你晚上睡觉都来不及。"

"你爹经常关照我，夜间要多巡逻，要不明后两天夜间你外出巡逻？"

"我看你脸上脏兮兮的，雨早就停了，巡逻脸上会脏吗？你自己做什么事，自己心中有数，就拿石头跑到山神庙一事，我八辈子都不会相信。快睡吧，我都懒得理你了。"

山神庙神石倒地的消息很快传遍了十里八乡。第二天，山神庙里里外外围了百来号村民。有进贡大钱的富豪高喊："上当了，上当了，神石怎么会倒呢。"有的村民嘀咕："幸亏我小贡贡，供个五元、十元，意思意思。"还有的村民嘲笑进贡大钱的："我才不像你们这样傻呢，石头从山上滚下来司空见惯，可是石头从山下跑到山上，跑到山神庙却是几百年来前所未有的。"

好多进贡的村民结伙来到村长的办公室，要村长给个说法。

有关石头爬上山神庙，人们争先朝拜进贡，不久又倒地的消息同样传到金文辉的耳朵里，他拨通了女婿的电话："进发，石头的事咋样了，你给我说个明白。"

村长把责任推在王维光身上："爸，都是王维光出的馊主意，我原先只想把石头在家供着，是王维光非要把它抬到山神庙的。"

"听说你盗窃山神庙功德箱里的钱，你不怕遭报应吗？"

"爸，进发知错了，这些钱我一分未动，村民们如要求，我会一分不少地退还给他们。"

"你看着办吧. 千万别再惹是生非，当好你的村长。"

村长把王维光请到家里，将两千元钱塞到他手里："王维光，乡亲们为石头倒地的事情，到我办公室来闹事，还传到了城里，你得帮我个忙。"

"帮什么忙？"

"你得把石头上山神庙的事扛下来，就说你施展魔法把石头吹进山神庙的。"

"村长您抬举我了，我还真没有这个道法能把石头吹进山神庙，不过我可以宣称是我召集外村的几个二流子一起抬上山神庙的。"

"那就这么办吧，另外你还得上村头喇叭做个检讨，随便你怎么说。"

"看在两千元钱的份上，我听你的就是了。"

"你最后还要在喇叭里说明，你要把盗窃功德箱里的钱款全部退还给村民，这钱由我来出。"

王维光的两道眉毛拧在一起："村长，盗窃两个字太刺耳了，从今以后我这个神医就名声扫地了，我就说私拿吧。"

"不管你怎么说，反正这件事由你来平息，也算给我个台阶下。"

"看来我只能被你牵着鼻子走了。"

村头的喇叭里播放着王维光向村民们的检讨声：

"双岭村的乡亲们，父老百姓们，我王维光做了对不起你们的事情，我在一周前纠集了外村的几个二流子，深更半夜把砸坏村长后门的大石头抬上半山腰的山神庙，号称神石来骗取大家的钱财，我向大家磕头认罪。"

村头喇叭里传来"咚咚咚"像是磕头的声音，王维光是用拳头砸办公桌来造成这个响声的。

"乡亲们，我王维光将从哪里跌倒从哪里爬起来，从今以后踏踏实实地为乡亲们看病。我要把功德箱里私拿的钱财一分不少地退还给大家。不管你是进贡几元还是几百元，请你到办公室来领回家。"

王维光的话音刚落，就有村民来取款。婉珍在一旁做着记录，村长在一旁监督着。

取款的消息很快传到四里八乡，有个别富豪是从外村开着汽车来的，办公室门前排起了一条长龙。

村长、王标和王维光分赃的钱无奈之下都只得拿出来，都被取光了。

李亚敏在一旁道："村长，我和玉兰中元节上半夜到山上巡逻检查有没有没熄灭的火种，后来下起了雨，就到山神庙躲雨，一看功德箱里有钱票，数了数有两千元，我生怕被歹徒盗窃去，就保管在我身边，现在我如数奉还。"

村长和王维光的目光相互对视了一下。

李亚敏奉还的两千元又被取光了。办公室门口取款的村民还有十来位。村长对着婉珍说："有村民冒充了，根本没进供也来取钱，要不怎么钱不够了。"

王维光："村长你就不该出退钱的馊主意，现在的老百姓谁不见钱眼开。"

婉珍："进发，咱把自家的钱先付给乡亲们，不能让他们在外干等着。"

村长从保险箱里取出三千元，付给排队的人们，这十来个都是老实巴交的庄稼人，村长想冒领的村民早已溜之大吉。

待取钱的乡亲们和李亚敏、王维光都离去后，婉珍抱怨道："进发，看你办的好事，偷鸡不成反蚀把米，白白地倒贴了三千元。"

村长："这几个钱算什么。"

第 *11* 章　保安经理

　　嘉美国际娱乐城宽阔向阳的停车场，停满了一辆辆崭新的奔驰、宝马、奥迪等高档轿车。下午五时许，一辆新的红色奔驰轿车从酒店门廊处停下，穿绿色制服的门童彬彬有礼地上前，用左手打开车门，伸直右手臂，五指并拢置于车门框上沿，以防车内的女士下车时头部碰撞车门框。

　　走下轿车的是年龄三十有余的董事长姚佩芸，她不直接走进娱乐城前厅，而是顺着门廊迈开双腿走向停车场。看见一排排整齐划一地几乎占据了整个停车场的轿车，她脸上绽放出甜美的笑容。没想到自己到欧洲考察半个月，娱乐城生意竟然这么兴隆。娱乐城生意好否，看停车场轿车的多少就可知晓。

　　又有一辆崭新的宝马轿车开进停车场，姚佩芸看到，一位身穿保安制服的男青年正在有条不紊地指挥停车，那熟练的手势、沉稳的引导令姚佩芸又快步走到了保安身边："你是保安公司新调来的？"

　　"董事长您好，我是新调来的。"

　　"咱俩好像在哪里见过。我记起来了，是在五年前双岭村的百日喜宴上。你叫什么名字？"

　　"肖道成，小月肖，道路的道，成功的成。"

　　"爸妈给你起的名字很好听，你马上到我办公室来一趟。"

　　"董事长、我在上白班，还有一个小时下班，请恕我不能马上去您办公室，起码要过了六点。"

　　"不管你什么时候来，我在办公室等你。"

　　这家以娱乐为主，住宿餐饮为辅的共有三百个员工的娱乐城，拥有一座一千五百张座位的大剧院、一个可供五百人同时跳舞的大舞厅、二十个使用面积一百平方米的歌厅、两个分别可容纳一百人的咖啡厅，另有可供一千人同时就餐的餐饮大厅和可供五百人同时住宿的客房部。其规模之庞大，装饰之豪华，在这座城市首屈一指，就连坐拥豪华万象、集吃住娱于一体的星呈大酒店也比之不及。

姚佩芸重新走向酒店门廊，有驾驶员已经把她的轿车开到停车场，门童也已经把她的滑轮行李箱从后备厢取出，正等着她，准备送她到五楼的办公室。她接过行李箱的拉杆，对着门童："今天不用你送了，又有客人来了，你去忙吧。"

她走进前厅，前厅的工作人员看到从欧洲考察归来的董事长，全都微笑起立，对她行注目礼。她放下行李箱的拉杆，向他们招手还礼："大家辛苦了，请坐下。"

有一位前厅的工作人员前来帮她拉行李箱："董事长，我送你上楼。"

她推谢道："不用了，今天来宾多，你要热情接待。"

姚佩芸受父亲的熏陶，外表高贵而不奢靡，端庄而不做作，热情而不浮躁。她有研究生的文化底蕴，修养层次和人生阅历都在一般同龄女士之上。

她乘上电梯来到五楼的办公室，把行李箱搁在一旁，坐在装有滑轮的靠背椅上，从办公桌的抽屉里掏出圆镜打量着自己：镜子里的她端庄优雅，脸上的皮肤雪白如玉，尤其是用一束紫红色绸带扎在脑后的齐腰的黑发，宛如幽静的月夜里从山洞中倾泻下来的一壁黑色的瀑布。她觉得用圆镜照还不过瘾，便从办公椅上站起身，站立到身后的落地镜，发着蓝光的落地镜把她亭亭玉立的身材照得更加靓丽，虽然三十有余，但镜子里的她分明宛如一位刚刚踏上尘世的刚满十八岁的美少女。

五年前的她和她父亲姚景昆一样，勤奋刻苦是她的品质，求学好问是她的习惯，与人为善是她的格言。五年前初冬的一个夜晚，担任市人大常委会主任的父亲姚景昆因患心脏病与世长辞，这给她心理上造成了一定的刺激，特别是父亲临终前的一席话："佩芸，赶快把自己给嫁了吧，爸如果能看到你新婚燕尔的那一天，就再也没有遗憾的事了，就是你不要找姐夫金文辉那样的男人，是我不会识别他才把你姐许配给了他。"

原来四十多年前金文辉的养父金兆和在外出办事时，看见一位在路旁被狗咬伤的正在哭泣的当时才三岁的孩儿，从孩儿的口中得知和家人走散了，就马上送孩儿到医院疗伤，疗伤期间向孩儿打听家人的住址和姓名。孩儿当时没说出个所以然，等到伤口痊愈后，才说爸妈平时经常叫他"文文""辉辉"，金兆和就把孩儿取名为金文辉。金兆和早年丧妻，膝下并无儿子，只有一个取名为金钰琼的女儿。寻找金文辉的亲生父母找了几年都没消息，金兆和就把金文辉当亲生儿子一样对待，培养他到大学毕业。金文辉当时办事利索，踏实肯干，与金兆和常有业务来往的姚景昆看在眼里，喜在心里，就把大女儿姚佩芳许配给了他。

父亲溘然而去，抚尸恸哭的她是被姐姐拉开的，那个十分隆重的追悼会，也是被姐姐搀扶着开完的。

如今的她性格在悄悄改变，尘世间不多的尔虞我诈、调墨弄笔、阴阳交战、黑白融会等阴暗面，逐渐造成了她看破红尘、只求实在的性格。

她重新坐在办公椅上，拿起财务总监刚刚送来的日收入报表，从第一行读到最后一行，最后目光停留在右下方的净利润"五十万"上。

半个月净利润五十万，这个数目令她十分满意。她把日报表放在抽屉里，用塑料夹把它同今年以来的报表夹在一起，抬头再看墙上的时钟，已是晚上六点半，她想肖道成怎么还没来？

她嘟了一下双唇，脸上泛起浅浅的酒窝。正在这时，办公桌上的座机铃声响起，她拿起话筒，是姐的："佩芸，你啥时候回来的呀，打你手机一直打不通，我就打你的座机了。"

"姐，我刚回公司一个多小时，心还没静下来呢，我上飞机前把手机关了，下飞机忘了开了。"

"佩芸，文辉邀请你明天到我家吃午餐，我搬了新家，你还没来过呢。"

"明天下午一点公司要开董事会，恐怕时间来不及，下次再约吧。"

"佩芸，刚从国外回来就开董事会，你也太认真了。"

"姐，半个月一次的董事会，从没间断过，你跟姐夫打个招呼吧。"

"那好吧，姐想问你个事，你们保安部新来了一个保安叫肖道成，他老家是双岭村的，姐想提升他到我酒店担任保安部经理好吗？"

"姐，不好意思，恕我不能答应，妹想留他派大用场呢，传闻双岭村的王标也想到城里来弄个工作。王标这个人我见过，曾两次舍身跳入清水河救人，一次救的是凤英，另一次救的是你的宝贝孙儿泽天，这样的好男儿你怎么不用呢！"

"佩芸，王标这个人你只看到他好的一面，其他方面我也不方便多说。"

"姐，跟我说有什么不方便的，妹又不是外人，王标总不会劣迹斑斑吧。"

"有些事电话里很难说清，说来也话长。咱不说王标了，反正姐暂时是不会用他的。既然你不肯放肖道成，那你要确保他在最近当上保安部经理，至于以后再派他什么大用场。随你的便。"

"当保安部经理是一定的，一定。"

"那我挂电话了啊。"

姚佩芸把话筒放回座机，来到窗台朝停车场望去，只见肖道成矫健的身影还在忙忙碌碌，当下正是贵宾们进娱乐城的高峰期，她想道成八成是生怕夜班几个保安忙不过来，帮忙照应停车场了。

　　"董事长，我料想您还没吃晚餐就特地给您送来了。"餐饮部的叶经理把包装在两个盒子里的饭菜放在办公桌上。

　　"好的，今天晚上共有多少桌客人？"

　　"五十桌做寿的，零星的客人也有十几桌。"

　　"你快回吧，宾客是上帝，你要各方面照应好，特别是做寿的五十桌，千万不能出差错。"

　　叶经理刚走到门口，又被姚佩芸喊住了："叶经理，你叫跑菜生再送一份晚餐来，多盛点红烧肉，多加一个鸡腿。"

　　跑菜生很快又送来了一份晚餐。

　　姚佩芸把两份晚餐放到茶几上，她要等肖道成来到后一起享用。

　　过了十分钟，她向停车场望去，已不见他的身影。她想他也许正在上电梯来办公室，也许还会上宿舍清洗一下再上来，也许已经把来办公室的事忘了，如果是忘了，说明他脑筋有问题，那就不值得自己留恋了，更不值得提拔他当保安部经理了，自己就做个好人把他交给佩芳吧。

　　又过了十分钟，办公室的门传来"咚咚咚"的有礼貌的敲门声，门明明开着。姚佩芸一阵欢喜，她看到，肖道成已经装扮一新，保安制服已经换上崭新的西装，显得更加神气。敲门是有礼貌，换上崭新的西装是对自己的尊重，这正是自己需要的男儿。

　　"请进。"姚佩芸连忙招呼他走进办公室，示意他坐在三人沙发上。

　　"还没吃晚饭吧，"她在他身旁坐下，"我特意叫餐饮部多送了一份，咱们先吃完晚餐再谈正事。"

　　"董事长，晚餐和我同住一个宿舍的保安给我留着呢，我琢磨着您这里的事要紧就先上您这儿来了。"

　　"道成，宿舍里的那一份你就当夜宵吧，据说你们保安经常到餐饮大厅找客人剩下的饭菜当夜宵吃。"

　　"董事长，有些饭菜客人根本没动，扔了太可惜了，我们是专拿客人没动过筷子的，我们也注重卫生的。"

　　"哦，是这样，咱们先吃晚餐吧。"

姚佩芸先把道成的一份晚餐打开，道成："董事长您给了我双份的菜？"

"我看你上班辛苦，还多干了一个小时，让你多吃点。"

姚佩芸边说边打开自己的一份晚餐，她看到自己的菜肴品种比道成的还多，就把两份菜肴紧挨在一起："道成，这两份菜肴，你喜欢吃什么只管吃，不分你的我的，吃个痛快。"

道成狼吞虎咽地吃了起来，在姚佩芸眼里，他吃饭的样子真可爱，帅极了。两人吃完了晚餐，餐盒里还剩下些许菜肴。

"道成，你还能吃吗？把剩下的全吃光。"

"董事长，我已经吃不下了，"道成拍了拍肚子，"今天是我在娱乐城享用的最丰富的一顿晚餐，以前从未享用过品种这么多的菜肴。"

"道成，从今以后，你每天都可以享用到这么丰盛的晚餐，不单单是晚餐，是一日三餐。"

道成不知所以："董事长，您此话怎讲？"

"你先不急着要我解释，我先问你，你成家了吗？"她明知故问。

"成家了啊，怎么了？"

"有子女吗？"

"有一个女儿，两周岁了。"

"她叫什么名字？"

"肖玉莲，宝玉的玉，莲花的莲。"

"名字很好听，是你起的？"

"我和媳妇一起起的。"

"你媳妇叫什么名字，你俩感情好吗？"

"叫时凤英，我和她感情当然好了。"

"我从考勤表上看到，你平时都不怎么回家，感情怎会好得起来。"

"董事长，我是工作第一、挣工分第一。"

"什么工分第一呀？"

"按我们山里人的说法，挣工分等于挣钞票，等于赚钱。"

"哦，从今以后你不要起早贪黑地干了，工分相比之下还要挣得多。"

"董事长，此话又怎讲？"

"道成，我就跟你直说了吧，我要你跟我一起生活。"

"我跟娱乐城的全体成员一起生活，同甘苦共命运，这全体成员也包括您董事长呀，我还是听不明白，董事长，还望您讲具体一点。"

"我要嫁给你，我要你做我的丈夫，这下你听明白了吧。"

"我老婆是时凤英啊，董事长您玩笑开大了。"

"我不是开玩笑，我是真心的，时凤英嘛，你可以一步一步冷落她，再提出离婚，相传她已经有了相好，比如说……"

"什么相好？比如说什？请您说下去。"

"比如说王标，他对你老婆特别关心。"

"王标怎么了，他和凤英？"道成脑子里"嗡"的一声，感觉特别难受。回想起前几年有几次回家娘亲对凤英不阴不阳的态度，他半晌没有言语。

"道成，你和凤英的姓氏根本不配，'肖时'等于消失。相信不久，你会从地球上消失。你爸已经从地球上消失了吧，依我看是凤英克的，先克你爸，再克了你。"

"凤英不会这样的，不是这样的，她是相夫教子的好女人。"道成极力为凤英辩解。

"道成，你我两个的姓氏组合在一起那才叫绝配，'肖姚'，等于是'逍遥'，咱俩在一起可以自由自在地逍遥，不仅在中国，还可以逍遥到世界各国。"

道成不知董事长为什么会看上自己，董事长无论是身材还是长相都是百里挑一的。凤英虽然漂亮，但在董事长面前还是差了那么些许。

"董事长，那我先得同凤英离婚，理由是我不在家的时候生活她不检点，和王标暗中勾搭？"

"先不急着办离婚，凤英和王标的事我也是道听途说不作准。咱们可先住在一起，你一个月两个月不回家，慢慢地疏远她，她会有知觉。她自然而然地会想到离婚，让她自己提出来和你离婚更符合我的心意。"

"可是董事长，我女儿玉莲怎么办，我们是血浓于水的父女，我会永远珍惜这一层关系。"

"你可以把女儿带到城里来，让我当她的又一个妈妈。"

"董事长您说得太轻巧了，凤英不会放手，她离不开女儿，女儿更离不开亲妈妈。"

"到那时我会说服凤英让玉莲跟着你的，我帮你办成了城市户口，玉莲只有跟了你，抚养权归你才能办城市户口，到城里读书上学，我想凤英会求之不得呢。城里是彩色的世界，山村是灰色的世界，谁不想让子女走进彩色世界，待在乡村里—

辈子出息不了。"

道成半晌不语。

"道成，你写一份入党申请书，这是进入娱乐城管理岗位的通行证，我和餐饮部的叶经理做你的入党介绍人。"

"董事长，这成吗？我才来娱乐城没多久。"

"你工作勤恳踏实，任劳任怨，娱乐城的全体员工都看在眼里，哪有不成的。"

姚佩芸的身体和道成越靠越近："道成，抱住我，快抱住我。"

肖道成没能抵挡住姚佩云的攻势，他紧紧地抱住了董事长。

"道成，从明天开始，你就是保安部的经理，我会以董事会的名义下发一张聘用书。"

"那原来的邵经理呢？"

"邵经理不过是副的，我姐所在的星呈大酒店也需要一位保安经理，我把他安排到我姐处，我姐刚才打电话给我的。"

……

嘉美国际娱乐城的保安部办公室，新任经理肖道成穿着一身崭新的与娱乐城管理人员一样的黑色西装，从此他告别了身穿保安制服的员工时代，迈向新的生活之旅。他经常走出办公室，巡查各个保安的定点位置，检查各个区域的消防设施。有时个别保安家中有事他还会顶班替上。人们都说他跟老的保安经理不一样，邵副经理从不巡查，从不顶班，高高在上，十足的一副干部架子。

姚佩芸的办公室里又响起了座机的电话铃声，是姚佩芳打来的。

"佩芸，其实我只是想让肖道成当上保安经理，在我处你处当都一样，我只是兑现我对童玉兰的承诺。"

"童玉兰这么厉害，她要让儿子当上保安经理？"

"这话一时很难说清，牵扯到我家的隐私，今后再说于你听。你送给我的保安经理被我辞退了。"

"咋会辞退的？"

"我们星呈大酒店不会养一个吃白食的员工，更何况是一个吃白食的干部，他的月工资是普通保安的两倍。"

"那他还会到娱乐城来找我的，他的老爸是董事会的成员，占有娱乐城百分之十的股份。"

"我可管不了你那里的事，道成在你那里干得如何？"

"他的保安经理干得十分出色。姐，不瞒你说，我和他已经生活在一起了。"

"真的吗？姐还真看不出你相中了他，也好，咱爸若在地下有知，也算心安理得了。"

"姐，我和道成目前只是秘密地生活在一起，道成乡下的老婆凤英并不知道。"

"没事的，凤英就是知道了也不碍事，传说她自己的生活作风也有问题。上次文辉邀请你到我家来聚一聚，你一直没空来，现在我邀请你和道成一起来我家相聚。"

"姐，再过一阵吧，让道成先适应适应当前的生活。来你家相聚的事情，我还得探探他的口风，他不想来，我也只能由着他。我俩双双来，双双去，这事就变得公开了。"

原先娱乐城的保安副经理邵奇果然来到了姚佩芸办公室："董事长，那个星呈大酒店可不是我待的地方，规章制度严得要命，上班刷卡，下班刷卡，干部也不例外，我还是回到这里吧。我会改正自己的缺点，努力上进不懒散，多多巡查除隐患，请看我的实际行动。"

"邵奇，我知道你被星呈大酒店辞退了，我只能先试用你一个月，别以为你老爸是董事会成员，试用期你工作不理想我照样会辞退你。"

"董事长，我在星呈大酒店工作的一段日子里，已经学到了不少知识，我会按照保安经理的职责来做好各项工作，相信我会成为出色的保安经理。"

邵奇依旧当起了保安部副经理。人们看到，邵奇恪尽职守，勤快辛劳，与以前判若两人。这使姚佩芸十分欣喜，她打电话给姚培芳："姐，你们星呈大酒店给邵奇上了一课，他回到娱乐城后，工作大有起色，像个经理的样子了。"

"佩芸，我们不过是照章办事，我现在想正式招一位保安经理了，娱乐场所经常有人闹事，几个小保安又不顶事。"

"姐，依我的看法还是让王标来担任，先让王标到我处来跟着肖道成学习半个月。"

"佩芸，你就这么看好王标，王标跟道成水火不相容的。"

"姐，人是会变的，我的道成厉害着呢，他的飞刀绝技那可不是假的，我们的歌厅、舞厅、咖啡厅如果有青头青婆纠缠挑事，闹事，只要道成一到，他们都会规规矩矩。你让王标来吧，他肯定也害怕道成的飞刀本事，怎会水火不相容呢？"

"我只能把王标招来到你处试试。妹，你总算有稳定的生活，有了理想的男人。可我与文辉，再也回不到从前了，只能过着貌合神离的日子，我俩都分床两年了，连同床异梦都不如。"

"文辉真不是个东西，你也要给他点颜色看看。"

"什么颜色啊，黑的，白的，还是红的，绿的？"

"应该是绿的，让他戴顶绿帽子，说具体点，你也要好色一点，找个年龄比他轻的相好报复他一下。"

"我能去找谁呢？"

"男人多的是，比如说王标。"

"王标，王标，说来说去还是王标，你就不能给我介绍别的男人？"

"别的男人没有，我只有王标，王标比文辉年轻多了。"

"我再考虑考虑吧。"

王标如愿以偿地进了城，他不想在双岭村做村长的帮手了。他在娱乐城跟肖道成实践了半个月，当上了星呈大酒店的保安部经理。他真的变好了，把星呈大酒店的保安工作打理得井然有序。他经常会邀请肖道成到星呈大酒店的歌厅舞厅咖啡厅露上一手飞刀绝技，让那些来消费的青头青婆不敢乱说乱动，更不敢嚣张跋扈，放肆无忌。

在姚佩芸的再三说动下，姚佩芳向王标发出了爱的信号，两人在爱的频率中很快达到了共振。一个是为了报复丈夫，一个是为了报复妻子和妻子的情人，两人心灵的契合和情感的交融，一时达到了最高峰。

第*12*章 妇女主任

金文辉的新家。

"佩芳，你居然瞒着我把王标调到星呈大酒店了，并且还当上了保安部经理？"

"星呈大酒店有我百分之五十的股份，人事安排我说了算。与你无关。"

"可是王标，你知道他的过去吗？"

"王标的过去我不管，我只看他的现在，他把星呈大酒店的保安工作打理得有条不紊。"

"王标和王维光互相勾结串通一气，弄出个石头爬上山神庙的怪事，骗取村民们的钱财。"

"我只听说王维光在喇叭里做了检讨，并没听说王标掺和在一起，王标冒着生命危险救凤英救泽天那是真的。"

文辉感觉佩芳现在跟他说话的态度十分强硬，他不甘下风，用手掌拍了一下茶几："佩芳，你别看王标现在的一时，时间一长，他会暴露出本性，会使我们的工作畏首畏尾，你等于给星呈埋了一颗随时都会爆炸的炸弹。"

佩芳也用手掌拍了一下茶几："文辉，你管得太宽了，当好你的老总吧，你与谈悦铃的那些脏事你以为我不知道，你的下一个目标又是谁？你以为我心中没数，还有你叫进发顶替你的破事，说出来我都替你害臊。"

"好啊，算你狠。"文辉一脸愤怒地离开了佩芳，来到别墅北面的泳池旁，打起了村长的电话，"进发，我与凤英的事佩芳怎么知道了？"

"爸，肯定是玉兰传出去的，这个臭娘们，当面一套，背后一套，得到了一百万还不知足，真该做了她。"

"你把做掉玉兰的念头绝了它，但可以用另一种办法。"

"什么办法？爸，你说给我听。"

"你知道城里有几家大医院？"

"有七家大医院，零星的小医院星罗棋布。"

"小医院咱不管它，我只说大医院，它们是用来干什么的？"

"这还用问，当然是看病、治病的。"

"那病的种类呢？"

"病的种类那就多了，有几十种，上百种，你是说让玉兰去看病？"

"你自己去想吧，有些话说白了就没意思了。"

村长托起腮帮眼珠子转了两转："爸，我明白你的意思了，可是我要进入玉兰家实施实属不易的……"

"难道就没有别的法子了吗？"

"爸，我有办法了，不过咱要花点成本。"

"花不了多少的，吃点小亏才能占大便宜，这事要干得干净利落，不能给任何人知道，还要当心隔墙有眼，隔墙有耳，相信贤婿有办法的。"

"是马上进行？"

"不必这么性急。这次村委换届选举，你要确保李亚敏当上妇女主任。"

"爸，亚敏不就要进城了吗？"

"别问过多，按照我说的办。"

双岭村村委换届选举的前期准备工作在有条不紊地进行。吕乡长亲自带领两位工作人员调查摸底，集中整治，对上届村委成员进行离任经济责任审计，最后公布了审计结果。

"吕乡长，看来这次村委换届选举乡里够重视的。"村长说道。

"进发，不是这一次重视，每次换届都重视的。我们得内定六位候选人，按得票多少选出五个村委，你看哪六位候选人合适？"

"我一个，加李亚敏，江建新，赵春来，还有谁呢？"

"王标吧，你不是任命他当治保主任和生产队长了吗？王标跳入清水河舍己救人的先进事迹人人皆知，咱现在可正式用他。"

"王标进城里工作了。"

"那就王标的夫人谈悦铃吧。"

"可是还差一个呢？"

"你们这里不是有个'神医'王维光吗？王维光伙同外村人把石头搬到山神

庙，骗取老百姓的钱财，但他知错即改，我们内定他没问题。"

"吕乡长，我们就这么决定了，"村长端起酒杯一饮而尽，"金总提议让李亚敏当上妇女主任。"

"李亚敏的能力不可小觑，在乡党委的威望极高，当妇女主任理所应当。"

夜深人静的双岭村。

王标的家里，王盛已经熟睡。涌上谈悦铃心头的唯有空虚和寂寞。王标进城已经半个月了，半个月也没有捎个音信给她，打他的大哥大老是处于关机状态。

谈悦铃是个有野心的女人，当年读书成绩不错，本来是个继续读书的苗子，但因为家里还要供弟弟继续上学，就让她辍学了。不过，她可不甘心当一辈子家庭妇女。看着熟睡的儿子，谈悦铃心里盘算：明天就将进行村委换届选举了，单凭王标两次舍己救人的先进事迹，我应该沾上丈夫的光，当上村委委员应该没有问题。

怎么才能保证自己当上这个妇女主任呢？悦铃思来想去，灵机一动，可以找金文辉金总帮忙啊。她找出一张纸，开始写道：

"金总，过去的我并不多情，枯燥的生活我必须给自己找些快活。然而更多的是我想让自己有个实实在在的依靠，有哪一个女人不想让自己变得更加强大？金总，昨天本想半夜打电话给你，只怕扰乱了你的好梦。今天一早打电话给你，是因为双岭村今天就要举行村委换届选举。王标现在在村庄里声誉极好，村委委员应该有他的位置。既然他已进城工作，我想顶上他的份儿。早就听说你要婉珍把妇女主任卸下，把全部心思放在照顾泽天身上，我想妇女主任由我顶上更合适。"

她写好了上面的话再阅读了两遍，她想这样明天打电话给金文辉照着读读，金文辉听来十分流利，会对她另眼相看。

……

"谈悦铃，你在跟我开玩笑？"金文辉接到电话后哭笑不得。

"我是认真的，不是开玩笑。"

"家里缺钱用了？我给你的银行卡打上两千元。"

"这次我不要钱，如果当不上妇女主任，我真的会冲到你家，或者冲到城建集团。"

"谈悦铃，请你不要再阴魂不散地缠着我，我并没亏待过你，你以为你是谁，你进不了我家的，大门口保安层层把关，我的公司更不用说了，有保安会把你扣留。"

"金总，你小看我的能耐了，我会召集双岭村的一帮妇女，何止是妇女，我还要召集双岭村几十位七八十岁的老年人，保安对老年人敢动手吗？"

……

村头喇叭里响起了李亚敏清亮的噪音："双岭村的父老乡亲们，今天上午八点，双岭村将举行第六届村民委员会换届选举大会，请大家准时到场参加会议……"

村长四合院大门前的广场上，临时搭起了一个选举台，村民们听到广播后已经自觉地坐在选举台下。

上午八时整，大会正式开始，吕乡长首先代表乡里做重要讲话：

"双岭村的乡亲们，全体村民们，在党的十五大精神指引下，双岭村第六届村民大会如期召开，这次大会的主要议程是选举产生新的一届村民委员会，这是双岭村全体选民和广大人民群众政治生活中的一件大喜事，我受乡党委、乡人大、乡政府的委托，向大家表示热烈祝贺！"

"大家知道，村民委员会是国家政权的重要神经末梢，是群众自治组织，由村民依法办理自己的事情，实现村民自治，是我们国家政治体制的一项重大措施，对于加强农村基层政权建设，调动广大干部群众的积极性和创造性，促进农村经济发展和社会的全面进步，落实党的路线、方针和政策都具有十分重要的意义。"

"到会的全体选民，要以当家做主的政治责任感，严肃认真地对待这次选举，要把选什么人，用什么干部在心中掂量一下，不投人情票，不投家族票，杜绝贿赂票，严格按照法律程序办事．投好神圣的一票。"

"预祝选举大会获得圆满成功。"

两位工作人员把一块大黑板悬挂在选举台后方的墙壁上，又把一只大红的投票箱搬上选举台。黑板上写着徐进发、李亚敏、江建新、赵春来、谈悦铃、王维光。

吕乡长走到黑板前，指着六个人的名字，面向大家："这是工作组根据前一阶段全体村民的无记名投票推选出的六个候选人名单，请大家在六个人中间再选出你信赖的五个人，在五个人的名字后面打个钩，你也可以划掉你认为不合适当村委委员的名字，重新写上你信赖的村民的名字。"

两位工作人员把粉红色的选票发给选民们。

选民们选好后陆陆续续地走向选举台，把选票投进投票箱。

吕乡长和两名工作人员商定，提议由童玉兰、时凤英和金婉珍分别为唱票人、计票人和监票人。

童玉兰、时凤英和金婉珍神态庄重地登上选举台。她们当着大家的面从投票箱中拿出选票，逐一清点。

金婉珍："全体选民们，我们共发出三百张选票，实收选票二百五十张，超过半数，选票有效。"

吕乡长："计票开始，今天仍用'正'字计票数。"

六位候选人的"正"字在交替增加，选民们看到黑板上谈悦铃的"正"字最多，排在第一位。

五分钟后，选民们看到谈悦铃的票数少了下去，落到了最少一个，比倒数第二位的王维光还少了五票。

唱票人童玉兰拿起最后的五张选票，发现选票上都只在谈悦铃的名字后面打了勾，她想八成是五个长舌妇被谈悦铃收买了。她问监票人金婉珍咋办，金婉珍把五张选票给吕乡长，让吕乡长做决定。吕乡长因为在开会之前接到了金文辉力保谈悦铃当选妇女主任的电话，正正经经地说："这五张选票有效，选票在六个人的名字后面打钩才算废票。"

计票人时凤英在谈悦铃的名字后面加了一个"正"字。

吕乡长面对全体选民："根据计票结果的依次顺序是，李亚敏，徐进发，江建新，赵春来，祝贺四位候选人成功当选下一届村民委员会委员。王维光和谈悦铃票数相同，下面进行第二轮投票，在王维光和谈悦铃两人中再选出一位，票数胜者为成功当选。"

王维光从座位上站起来，脸上逼出一脸的红色："我弃权。"

原来王维光在开会之前已经接到了金文辉的电话，票数多于谈悦铃或与谈悦铃相同必须弃权。

吕乡长面对王维光："王维光，你确定要弃权，你会后悔吗？"

"我确定弃权，我不会后悔。"

吕乡长当场宣布："祝贺谈悦铃成功当选下一届双岭村的村委，请大家稍事休息，下面由村民选举委员会从五位委员中推选出村委主任即村长，村委副主任、妇女主任等职位。"

选举台下谈悦铃的心情随着选举的进程在起伏。

数分钟后，吕乡长再次登上选举台；按照村委选举法章程，徐进发连任村委主任（村长），江建新成功当选为村委副主任（副村长），李亚敏成功当选为妇女主任，赵春来成功当选为治安委员。"

谈悦铃的心情一下子又陷入低谷，她注视着身旁的李亚敏，李亚敏也注视着她。正当吕乡长要宣布最后结果的时候，李亚敏站立起来："吕乡长，我还是当我的宣传委员，谈悦铃比我年长，对妇女们的情况比较熟悉，我把妇女主任的职位让给她。"

吕乡长："你确定把妇女主任的职位让给谈悦铃？"

李亚敏："我确定。"

吕乡长最后宣布："双岭村新一届的村民委员会诞生了，村委主任、村长是我们熟悉的徐进发，村委副主任、副村长是在抗洪抢险中冲在第一线的江建新，妇女主任是两次舍己救人的王标的夫人谈悦铃，治安委员是大家尊敬的工作兢兢业业的赵春来，宣传委员是为双岭村的村风村貌做出重要贡献的李亚敏。"

吕乡长宣布完毕带头鼓掌，台上台下同时响起了热烈的掌声。

原来吕乡长在开会之前做通王维光的工作后又同时做通了李亚敏的工作，让她把妇女主任让位于谈悦铃。

徐进发代表新一届村委会发表讲话：

"各位选民，各位来我村指导换届选举的领导，我代表新一届村委会对本次换届工作中相信、帮助和支持的同志们表示衷心感谢。我们新当选的村民委员会将时刻遵循党中央的方针政策，坚持加强党的领导，带领全体村民们加强基本建设，迎难而上，把我们双岭村建设得更加美好。"

吕乡长又带头鼓掌，台上台下的人们再次鼓起热烈的掌声。

吕乡长带领工作组向双岭村的全体乡亲们挥手告别。

送走了吕乡长，谈悦铃在第一时间打通了金文辉的电话："金总，我已成功当选双岭村妇女主任，我对之前对你说的话向您表达歉意，请您不要放在心上。"

"悦铃，你凌晨的一番话确实说过头了，太过分了。下次再也不能这样乱说啊，你当了妇女主任，万事开头难，你要多向婉珍学着点，拜婉珍为师，相信你一定能胜任这份工作。"

"金总，我记住您的话了，我会谦虚谨慎跟婉珍学习，保证不辜负您，不辜负双岭村全体村民的期望，努力做好各项工作。"

"悦铃，没什么事，我就挂电话了啊。"

"金总，您有空多上双岭村来玩。"

村长召开了换届后的第一次村委会会议，他首先在会上发言，总结了上一届村委会取得的成绩和存在的问题。接着说："我们双岭村有一部分劳动力在城市打工，还有一部分劳动力打理着果林。我观察到打理果林的村民们，中午回家有的只吃点早上剩下的稀饭，有的只吃两个红薯，这样会影响身体素质，健康是创造财富的本钱，身体垮了，一切都将成为空谈，所有的努力都将没有意义，付诸东流。我提议建立一所村民食堂，食堂就建立在我家四合院。"

马上有人赞成，赵春来："村长的提议很及时，我父母都已去世，我们夫妻两人上午打理果树，中午到家随便吃点剩饭剩菜。村里办了食堂那才叫实实惠惠。"

谈悦铃："我也同意，我的果树承包给邻家了，我可以负责烧饭，烧菜，咱再招两个食堂工作人员一起帮着凑合。"

李亚敏："我也赞成村长的提议，我再把时凤英请来，我和谈主任、时凤英三个人一起负责食堂，保证让村民们吃得满满意意。"

村长："那就这么决定了，赵春来负责上菜市场采购买菜，咱们对外公布，每盒午餐的费用为一元，只供应家中没人做饭的村民和老年人，只供应中午一顿午餐。另外我还想在我家建立托儿所，让娃儿们有个安顿的地方。"

会议结束，村长亲自在村头喇叭里公告："村民们，从下个星期一开始，将在我家建立村民食堂供应午餐，村委拿出一部分资金给予补贴，原价两元一份的午餐，现在每份一元，欢迎家中没人烧饭的村民和不方便烧饭的老人来食堂用餐。还有一件事情，托儿所也在下星期一同时成立，地址也在我家的四合院。"

村民们听到这样的消息，议论纷纷：

"新的一届村委会给我们办了一件大好事。"

"这次村委换届选举真及时。村民食堂解决了我们吃午饭的难事儿，一元一份的午餐太划算了。"

"托儿所建立得也正是时候，娃儿们都长大了，都能满地跑了，待在托儿所也好有个照应。"

第 13 章　村民食堂

村民食堂和托儿所正式开张。托儿所是免费的。

四合院的西间，李亚敏、谈悦铃、时凤英等三人正在淘米洗菜，三人边干边聊。

谈悦铃："我跟大家一起干活也不感到寂寞，要不一个人在家里就守着盛儿。盛儿又不会跟我聊天，这下可好了，和大家在一起可闹猛了。"

时凤英："我家娃儿玉莲在家不知道玩什么，只会东走走西看看，她现在正在玩拼彩虹圈的节目呢。"

李亚敏："托儿所就是儿童们的乐园，你看江建新和赵春来的娃儿，一忽儿骑木马，一会儿搭积木，玩得好快活。"

三人正聊之间，村长又送来了皮球、玩偶、迷宫球等一批新玩具。

泽天是娃儿们中年龄最大的一个，他成了娃儿王。

婉珍临时当起了托儿所所长，她走路一瘸一拐的样子，常招来娃儿们的笑声。

泽天看见娃儿们笑妈妈，喝令他们不许笑，娃儿们笑得更欢了。王盛："天天哥，我们不是笑你妈，我们是玩得开心。"

两个妇女并肩走进了四合院："姚主任，上食堂打杂的事儿，为什么不叫上我俩？"

谈悦铃："你俩不在家烧饭给男人吃吗？"

一个妇女："咱男人跟我说好了，不在家吃，吃食堂了，吃食堂划算。"

李亚敏："我和谈主任都不拿工分的。凤英么，一天只拿十元钱。"

另一个妇女："十元钱一天我们也要干，吃饭总不要自己掏腰包吧，等于十一元，不，等于十二元一天呢。谈主任，让我俩到食堂干吧，你们村干部总不会天天待在食堂里吧，村委总有这事那事要你们忙活的。"

谈悦铃心想她俩投票帮过自己的忙，就爽快地答应道："这个需要村长同意。"她抬头望了望厨房间的村长。

村长从厨房间走了出来："你们的话我听见了，我批准了。"

一个妇女："多谢村长和妇女主任。"两人向村长鞠躬致礼。另一位妇女："我俩回家去拿两个围裙来。"

两个女人走在回家的路上窃窃私语：

"看来谈悦铃人不错。"

两人在家里系上围裙，很快就来到了村长家。一起凑合着洗汰，很快就洗汰完毕。

两人来到娃儿们的身旁，逗娃儿们玩耍。

两人轻轻地又聊开了：

"听说肖道成好长时间没回家了。"

"到城里当大官了，不知啥大官。"

"这官大着呢，说起来吓你一跳。"

"难不成当上区长了？"

"区长倒没有，总之这官大着，叫什么国际娱乐城当常务副总经理，已经和大老板吃住在一起了。"

"你别乱说，人家道成规规矩矩的，玉兰在家夸都来不及呢。"

到了中午，上果林打理的村民们陆陆续续地来到了食堂，食堂原本是三十多平方米的客厅。他们有秩序地排着队，有的手拿一枚硬币，有的手拿两元的票子，拿着饭盒儿取饭菜。

村长亲自给他们打菜，一人一个鸡大腿，一块红烧肉，一个荷包蛋，还有青菜和绿豆芽，谈悦铃帮他们盛饭，李亚敏专管收饭钱，时凤英则在一旁帮村长打菜。另有菜汤是放在一只大盆里，由村民们自己打。

第一天开张，来食堂就餐的村民特别多，村长早有准备，多做了许多饭菜。

村长看见玉兰也排在队伍里，就快排到窗口了，就让时凤英先打菜。他走到厨房间又端出来一盆洗脸盆大小的红烧肉。

村长亲自给玉兰打红烧肉，打鸡腿和荷包蛋。

村长看到玉兰坐在桌子旁吃得正香，眼间露出一丝得意的笑容。

过了一个小时后，村民们有的回家小憩，有的回山上打理果树，有的陪娃儿在托儿所一起玩耍。

凤英洗汰完毕，向玉莲身边走去。

泽天和王盛正在陪玉莲玩儿，看见凤英走过来了。泽天："玉莲，你妈妈来了，快叫妈妈。"

玉莲不喜欢听泽天的指挥，三岁的她已经有了自己的主张，她学着泽天说话："泽天，你妈妈来了，快叫妈妈。"

泽天回头一看，并没有妈妈的身影，嘟着嘴儿："玉莲，你使坏。"

玉莲："我怎么使坏了，你妈妈不来了吗？"

婉珍正好走了过来："你们俩在较劲，较什么劲呀？"

玉莲："泽天说我使坏，冤枉我。"

泽天红着脸："你就是使坏嘛，就是使坏嘛。"

凤英："小朋友们吃过午饭要睡午觉，不要再玩儿了。"

谈悦铃也走了过来，两位母亲把娃儿领回自己的家，让他们躺在床上休息。

双岭村办食堂的消息传到了乡党委，吕乡长打通了村长的电话："徐村长，双岭村办起了食堂，这么惠民的事儿为什么不给我说一下？"

"吕乡长，区区小事，不想来打扰您，我只是为村民们考虑，为大家办点实事。"

"这是件大好事，在咱们乡办村民食堂的仅你双岭村一家。明天我要上你们村观摩体验，向其他村推广。"

"吕乡长，你来体验可以，推广的事就没必要了。"

"很有必要，办村民食堂可以让村民们腾出更多的时间扑在生产上。只有全力扑在生产上，才能赢得好丰收。"

"吕乡长，我这个食堂是临时的，如果来用餐的村民少了，我就不办了。"

"不能临时的，要长久办下去，现在有多少村民来用餐？"

"有七八十人。"

"七八十人很不错了，既方便了村民，又增加了村委的收入，一举两得。"

"吕乡长，我们的午餐按成本价要两元钱一份，现在一份只收一元钱，村委补贴一元的。"

"什么什么，哪有这么便宜的午餐，村委哪里来的钱补贴，我们乡镇有好几个小饭店，一客饭起码收个五元。你发菩萨心肠了，我倒要看看你的客饭吃点什么。"

又到了吃中午饭的时候，食堂里还是那么村民盈门。吕乡长按时来到，他看到客饭有三荤两素，米饭不够还可添，菜不够还可添素菜。

待村民们吃了差不多后，吕乡长把村长拉到一边："徐村长，食堂办得不错，就是桌子椅子少了点，村民们有的蹲着有的站着吃饭。你要再添几张桌子椅子，把四周墙面再粉刷一下，隔一道栏板，开两个窗口，还要在大门口上方挂上'村民食堂'的牌子。把价位提高到五元一客。我要召集村干部来观摩取经，树立双岭村的食堂为先进典型。"

"吕乡长，切莫来取经．也不要树先进典型。"

"徐村长你过谦了，双岭村始终是我引以为骄傲的一块牌子。我给你五天的时间把食堂重新打造整理，五天以后我将带领二十位村长来取经。整理期间不要影响村民们正常用餐，可选在用餐完后。"

吕乡长是真心实意的。村长心想先照着办吧，添加桌椅刷刷墙壁，弄个隔板开两个窗口，外加一个标牌也花不了几个钱，他吩咐赵春来买来了一些木板和石灰，叫来了本村的泥瓦匠和木工，不到五天就把食堂粉饰一新。隔板上新开的两个窗口上方还写上1号2号的字样，大门口上方的横标牌"村民食堂"四个字是雕镂后用金水涂漆的。食堂的东西两面墙壁还写上了"文明礼貌，秩序井然""倒下的是剩饭，流走的是血汗""尊重劳动成果，珍惜幸福生活"等提示语。村长还把自家卧室里的电视机搬来放在食堂里，食堂两边的长桌上还各放了一台收音机。新添的两张圆桌和二十把椅子熠熠发光。村长要让吕乡长和其他村长们看到，食堂是一流的示范食堂，我徐进发是先进典型的代表。

村长打电话向吕乡长汇报："吕乡长，按照您的指示，食堂已整修完毕，您随时可以带村长们光临。"

"进发，整修得好，我明天就带村长们到你村。"

吕乡长和村长一行二十余人上午十点来到双岭村，看到修缮一新的食堂，看着崭新的桌椅和收音机，吕乡长啧啧称赞："村长们，你们都看到了吧，这崭新的食堂就是徐进发的家，徐进发把它腾出来作食堂用，体现了他的大公无私，这崭新的桌椅和收放机，是徐村长用村委会多年积余的资金购买的，乡里没出一分钱。村民食堂的建立，体现了双岭村委和党支部全心全意为村民办实事的宗旨。你们回去后要借鉴照办，花钱就要花在村民们最需要的地方，让村民们信任我们，尊敬我们。只有这样，我们党的威望在群众中才会越来越高，我们党的事业才能更加兴旺发达，大家来点掌声。"

村长们一齐对着吕乡长鼓起掌来。吕乡长："不要对着我，要对着徐村长。"

村长们一齐转身，对着徐村长鼓起更加热烈的掌声。

午餐的时间到了，吕乡长指令村长们退出了食堂，他自己则视察村民们的用餐情况。他看到村民们有秩序地排队，取回一份午餐后各自坐在圆桌旁吃得好香；他还看到村民们用完餐的盒子里没有一粒米饭，不剩一丝菜肴。待村民吃得差不多了，他招呼村长们进食堂。

徐村长："吕乡长，新添的两张圆桌和二十把椅子是为村民们安排的，也是为你带队的二十位村长安排的，我叫厨师多准备了一些菜，我还准备了四瓶茅台酒，每桌两瓶……"

还没等村长说完，吕乡长就打断他的话："徐村长，今天我们按照村民们的三荤两素吃午餐，每人付五元，大家依次排队取盒饭，茅台酒请你收好。"

徐村长："吕乡长您同村民同甘共苦，为大家做出了榜样。"

吕乡长："我们每一个当干部的就该这样，不搞特殊化。"

村长们排在两个窗口，每人手里拿着一张事先准备好的五元的票子，吕乡长也排在队伍中。

用过午餐，吕乡长再次对徐村长进行鼓励："徐村长，希望你们的村民食堂越办越兴旺，我会时常来光顾的，我注意到村民们还是只付一元钱，怎么不加到五元？"

"双岭村的村民们精得很，我担心加到五元来就餐的会越来越少。"

"不会的，不会的，这么好的饭菜质量，你只管把价格抬上去，毕竟只是五元。对了，今天托儿所怎么没见小朋友？"

"今天你们来的人多，我担心小朋友们会带来麻烦，所以今天托儿所没开。"

"下次我会特地来光顾你的托儿所，希望你的托儿所像乡里正规托儿所一样，有正规的老师，正规地上课。"

"吕乡长，我们托儿所目前只有七八个小朋友，年龄都还小，最大的不过五岁。"

"小朋友们会长大长高的，你要早做准备，早做安排。托儿所的设施也要进一步跟上去……"

吕长和村长们刚走，村长就打通了金文辉的电话。叹起了苦经："爸，吕乡长把村民食堂和打掩护的托儿所当真的了，上午带领二十个村长来取经效仿，还要树双岭村的村民食堂为先进典型；我花了不少本钱……"

"进发，吕乡长就让他当真的吧，咱不管他。玉兰怎样了，见分晓了吧？"

"我很难找到机会，只使了两次药，玉兰精神状态看来还不错。"

"这个娘们精神上的抵抗力真强，许是与她的经历有关。你要继续使上去，不怕她不中邪。"

这一天的午餐，村长又按照原来的做法给玉兰下了药，并加大了药量。

这一天的傍晚，玉兰的家里。凤英坐在玉兰身边；"娘，这两天你夜里经常有喊声，你做梦了吧？"

"我有喊声了吗，喊的是什么？"

"具体我也没听清楚，反正挺刺耳的，怕是这两天您累了，您就不要上山打理果树了，咱把果树承包给有壮劳力的乡邻吧。"

"趁娘还做得动，能做上一阵是一阵，把果树承包给人家我算了算总有点不划算。凤英你这两天也消瘦了，是不是想道成想到睡不好觉了？"

"娘，这倒没有什么，道成在城里当了官，他是工作太忙了，可以理解。"

"你打他电话了吗？"

"打过几次，不是关机就是无人接听。"

"你找个日子，到城里去看看他，究竟忙得怎样。"

"娘，好吧，我会去的。"

玉兰终究架不住村长的多次下药，精神终于崩溃了。凤英忙完食堂工作，回到家看到玉兰半裸着上身，穿着凤英出嫁时的一件红色外套，站在床上手舞足蹈。嘴里重复喊着："我要结婚啦，我又要结婚啦。"看见凤英，玉兰跳到地上："我的新郎官，你来接我啦，快把我抱上花轿。"

凤英大惊一声，不知所措。稍许，她跑到大门外大声呼喊："我娘不对啦，快叫医官，快叫医官。"

乡邻们听到喊声，很快叫来了王维光。玉兰看见王维光。大声骂道："你是个什么东西，你上我家来干什么，快滚开。"

王维光招呼一同来的几位乡邻；"快把玉兰按在床上，玉兰八成是中邪了，而且中得还挺深。"

两位大嫂把玉兰按在床上，玉兰拼命挣扎，挣扎得没有力气了，浑身酥软。王维光趁机掰开她的嘴巴，给她服下一粒安眠药。

一粒安眠药并不管用，玉兰只迷糊了片刻，马上又站立起嚷嚷："我的新郎官呢，我的肖广连呢，你们把他藏起来了，藏哪儿了？"

王维光："快按下她，看来我只得使用法术了。"

王维光身穿带来的黑大褂，带上飘到肩膀上的黄色假发，脸上涂上一层绿粉，从屋外的柳树上掰下一根枝叶半青半黄的柳条，右手拿着柳条先把玉兰从头到脚弹几遍，口中念念有词："青青柳条，黄黄柳条，陪伴我们一辈子的柳条，请你驱除玉兰身上的邪气，还她清白的身子。"

王维光一忽儿跳到玉兰的左边，一忽儿跳到玉兰的右边，身体前俯后仰，摇摇摆摆，歪歪斜斜，嘴里念着人们听不懂的咒语。

玉兰被按在床上不能动弹，嘴里"扑扑扑"地吐着气。王维光对着一旁的李亚敏："你跟在我后边，照着我的样子施展魔法，看看玉兰真疯还是假疯。"

李亚敏："玉兰的样子不像混混阿三，咱不用施展魔法了。"

"咱试试吧，或许玉兰也会像混混阿三一样，看见你跟在我后面的模样，看见你跳迪斯科偷偷地笑呢。"

凤英："咱赶快送医院吧，这几天她晚上睡觉经常发怪声。"

一位妇女说："看我的，我来跟在神医后面施展魔法。"说完她也从屋外的柳树上掰下一根枝条。"

王维光在前，那女人在后，两人围着玉兰，两根柳条同时从玉兰的脸上掸到脚后跟，又从脚后跟掸到脸上。王维光边掸边念："两根柳条，威力无比，邪气再深，瞬间除去。"两人时而把柳条伸向屋顶，时而把柳条探到地上。王维光仍在念念有词："柳条啊柳条，聚天地之灵气，承日月之精华，让依附在玉兰身上的妖魔鬼怪统统退避三舍，敬而远之。"

王维光和那妇人的身体伴随着咒语前后晃动，肚皮前凸，屁股后翘……如此重复地做了几遍，却见玉兰并无任何反应，还是"扑扑扑"地吐着气。

李亚敏："大家别按住玉兰了，看她有没有新的反应。"

两位大嫂松开了玉兰，玉兰又从床上站立起，从枕头下摸出一把剪刀，脱下红色外套，把外套剪成一条条，撒向屋顶。边撒边唱："风儿把我的外套吹向崖边，崖边有我心上人的影子。"

凤英夺下她的剪刀，玉兰大喊大叫："你们都在骗我，我的广连在哪儿，到底在哪儿。"

王维光："广连都走了好几年了，玉兰在精神崩溃前还念念不忘她的广连，可见两人感情有多深。"

李亚敏："别磨磨蹭蹭了，还是快送医院吧，早一点治疗好得快。"

李亚敏直接打起了金文辉的电话："金总，童玉兰突然精神失常，赶快派人来接她到城里的大医院治疗吧，越快越好。"

金文辉心中窃喜，回答道："李亚敏，你们要看牢她，不要让她乱说乱动，我马上派直升机来。"

一小时后，一架玉白色的直升机缓缓地降落在村长家门前的广场上。王维光、李亚敏、凤英等抬着一路挣扎的玉兰跑向直升机。凤英和亚敏将一起陪同前往城里的第七人民医院。

"妈妈，妈妈，我要乘大飞机，我也要陪奶奶到医院去。"玉莲追上了他们。

凤英："莲莲乖，你在婉珍阿姨家等着妈回家，下回妈带你一起乘大飞机。"

一位大嫂把玉莲拉走了。

半山腰的山神庙闪现出一位神仙般的身影，把玉兰被抬进直升机的一幕尽收眼底。

村长看着缓缓起飞的直升机，马上打电话给金文辉："爸，直升机已起飞，接下来的事情就靠您安排了。"

"贤婿，我早就盼着这一天了，咱的村民食堂总算没有白建。你找个理由，找个适当的日子把村民食堂和托儿所同时给撤了，不要再办下去了，亏本的买卖咱不做。"

又到了午餐的时间，村民们看到村民食堂的墙壁上贴着告示：

因村民食堂成本增加，管理欠缺，经营不善，村委补贴的经费又将用完，原价一元一客的午餐调整为五元一客。

欢迎有经营管理能力的人才承包食堂，一次性转让费三千元，租金每月五百元。

村委会即日

村民们见此告示个个望而却步，五元钱一客饭跟大饭店的相差无几，还不如自家烧饭吃了。

村民食堂从此开始门可罗雀，几乎无人来就餐，也无人来承包。

村民食堂与托儿所同时关闭。

第 *14* 章　同床异踪

位于这座城市中南部的市民广场，金文辉和一行陪同人员正在视察已经开工一周的博物院，这是一座作为市十大地标建筑的博物院。金文辉向工程总指挥白益轩谆谆告诫："白总，博物馆是我市的标志之一，你在质量上要处处把关，从每根钢筋，每块钢板到每块玉石，都要认真检查测试；从前期的夯基垒台、立柱架梁等都要严格审核检查。相信在一年后，一座新颖别致宏伟的博物院将会矗立在市民活动中心，吸引五湖四海的中外游客参观游览。"

白益轩："请金总放心，我定将不负您的重托，在工程质量上精益求精，一丝不苟，层层把关，以管理保质量，以质量保进度，以进度求效益，精心组织，科学施工，争创一流的工程。"

白益轩身旁的一位工作人员拍了拍他的肩膀，示意他不要再说下去了。因为这位工作人员发现金文辉并不在听。金文辉的目光正盯住左上方几百米处的一架直升机。

白益轩："金总，直升机可能要停在咱工地前方的空地上，您注意安全。"

金文辉："可能是省领导也要来视察工地。"

白益轩："省领导来视察没事先告诉您？"

金文辉："现在省领导办事廉洁文明，如果事先告诉我，我会组织人力物力热烈欢迎，前呼后拥的，他们就是不想让我这样做，幸亏我今天只带了三位陪同人员。"

直升机越飞越低。金文辉："大家站成两列，做好热烈欢迎的准备。"

直升机缓缓地降落在工地前的空地上，王维光，李亚敏和时凤英小心翼翼地从机舱里抬着玉兰往舱梯下走。

金文辉见此情景："咱快上去搭个手帮个忙。"

金文辉和白益轩等一起跑向舷梯，帮衬着把玉兰抬下舷梯。

李亚敏："金总，童玉兰兴许是魔怔了，赶快上第七人民医院。"

金文辉："用我的中型轿车。"他向不远处轿车里的驾驶员挥了挥手，"快开过来。"

他们一起把玉兰抬进轿车。金文辉关照白益轩："你们忙你们的，注意始终要把质量放在第一位，安全工作也不可忽视，你们要时刻做好接受省领导来视察的准备。"

有两位摄影师记者对着金文辉拍照，金文辉："不要拍我，去拍工地上施工的人们。"

金文辉让驾驶员坐在副驾驶座，自己坐上了正驾驶座，风驰电掣般地向市西面的第七人民医院开去。

白益轩摸了摸自己的脑袋，走到直升机身旁询问飞行员："第七人民医院门口有的是空地，为什么不直接开去，非要在这里过渡一下？"

飞行员并不知道询问他的是总指挥，没好气地说："金总叫我停在哪我就停在哪，你问这么详细干吧，再说第七人民医院门口也许已经停满了车辆呢。"

第七人民医院的停车场，医院院长佟加宣见金文辉亲自驾车送病人来医院治病，知道病人来头不小，连忙招呼两位护士推着车把玉兰送到专家会诊室。

金文辉："佟院长，赶快组织医院一流的专家会诊，让她住最好的病房，用最好的药，争取早日治愈她的病。"

佟加宣唯唯诺诺："金总请放心，一定的，一定的。"

童玉兰第一次坐直升机，有些晕机，加上一路颠簸，浑身酥软无力，最初的几分钟任凭他们摆布。

佟加宣会同专家们对玉兰进行了会诊，最后鉴定为长期抑郁而引发的器质性精神分裂症。

玉兰被抬进了病房大楼五楼的一个设施尤为齐全的单人病房。

玉兰有一瞬间的清醒，她看见了病房里的氧气瓶、床边监护仪、水泵等医用设施，马上对着专家护士大喊大叫："快放我回家，快放我回家，你们都不是好东西，都想害死我。"说完，她又是踢输液泵，又是扔病床上的被子。

佟加宣："把她绑在床上，赶快给她用药，加大剂量。"

病床上有专用绳索，两名护工马上将玉兰的手和脚捆绑在床上，玉兰动弹不得，对着护工大吐口沫。

一名护士给玉兰注射了镇静剂，另一名护士掰开了玉兰的嘴巴，把一把药塞进她的嘴巴，随后硬是给她服下半杯温开水。

"我要大小便，我要上卫生间。"玉兰又大喊大叫。

两名护工害怕玉兰把大小便弄在床上，问佟加宣怎么办。

佟加宣："先解开绳子，送她进卫生间。"

两位护工解开绳子，架着玉兰进卫生间。走到卫生间门口，玉兰两手把她俩推开："不要你们看我大小便。"说罢把门关上后反锁。

这时候玉兰的大脑特别清晰，她知道自己在村民食堂开张的第一天就被人陷害了，她看过日本的电影《追捕》，明白经常服用精神类药品会被药物控制，成为真正的精神病患者。她用中指伸进喉咙深处，硬生生地把服下胃中的药呕吐在洗脸盆里，再用水冲净。

卫生间外面的医生护工打不开门，不知道玉兰在干什么。

玉兰打开了卫生间的门，两名护工仍把她绑在病床上。

卫生间里臭气熏天，医生护士进去看到，洗脸盆里全是粪便，坐便器里却清清爽爽。

医生和护士骂骂咧咧：

"金总送来的病人疯得好可怕。"

"以后有我们忙的了。"

"你们几位乡邻，时间不早了，今晚赶回双岭村恐怕来不及，你们是住我家还是住旅馆？"金文辉目睹玉兰被送进病房后对他们这样说。

凤英："我想在医院陪婆婆。"

金文辉："医院里不准病人家属陪同的，会影响他们对病人的治疗。"

亚敏："我们还是住一夜旅馆吧。"

王维光："住旅馆挺贵的，我可住不起。"

金文辉："住旅馆的费用我来付，你们上车吧，我送你们去。"

亚敏："金总的钞票不是从天上掉下来的，金总家的房间多，我们还是住在金总家吧。"

凤英："玉莲在村长家过夜不知习惯不习惯，我想借金总的大哥大给婉珍打个电话，送婆婆送得急，大哥大忘在家里了。"

金文辉："大家先上车吧，到了家再打电话也不迟。"说罢他又对着驾驶员："你打车回家吧，明天不用来开车接我上班了。"

金文辉先给夫人打了个电话："佩芳，今天的晚餐有双岭村的客人王维光和时凤英来就餐，弄点丰盛的菜肴。"说罢他坐上驾驶室。

金文辉把车开得很快，一路上穿过繁华的闹市，王维光和时凤英进城还是五年前的事。时近傍晚，道路两旁的路灯已亮起，变幻的色彩装扮着街面，把马路两边漂染成了殷红鲜艳的彩色光影，光亮投射在过往的行人中，映照着每一个过客的足迹，五年的光景，城市的变化真是日新月异。

金文辉家的大客厅。

"总经理，双岭村来客人了，我还是回避下吧。"

两个月前来到星呈大酒店担任保安经理的王标时下正在金家，他请示姚佩芳。

"回避干什么，你这个保安经理见了乡亲们害怕不成？"

"总经理，今晚神医王维光和凤英的到来，怕会看出咱俩的隐私。"

"凡是隐私就不会被外人看出来，什么神医都是糊弄人的东西，我可不会相信，更何况咱俩的事没有第三个人知道。你说凤英，凤英怎么了，你和她有事？"

"可是总经理，我今天是第一次上你家来，叫乡邻们看见了不好吧？"

"保安经理到总经理家里做客，太正常了，你不用多想。"

金家的保姆叶惠芬以老家有事为借口重新寻找工作去了，她自知与海涛没有爱情戏，打算离开金家。今日的晚餐都是佩芳一个人操办，她让别墅附近的一家饭店送来了好多种熟菜。星呈大酒店离她家并不远，开车不过半小时，但她认为叫星呈送太张扬了，能收敛的尽量收敛。

晚餐就座的人数刚好八个人，四个老家双岭村的，四个城里人。金文辉的话语中无不充满着热情好客："王维光、王标和时凤英是第一次来我家做客，进了我家门就是一家人，请大家不要拘束。男士们可喝点白酒，女士们不喝白酒的可喝饮料。"他打开一瓶五粮液，为王维光和王标的酒杯斟满，问身旁的儿子："海涛你要来一点吗？"

海涛看了看李亚敏："亚敏，你喝白酒还是饮料，你喝啥我也喝啥。"

亚敏："我喝白酒，这么好的五粮液，不喝白不喝。"

金文辉再给海涛和亚敏的酒杯斟上，面向夫人、女儿和凤英："三位女士，你们喝什么？"

佩芳："今晚我们全都喝白酒，方显出我们是同心同德，步调一致的好朋友。"

金文辉又给三只酒杯斟上。凤英心里惦念着玉莲，心思不在晚餐上，由着金文辉把酒杯斟上。

大家正吃得欢，王标腰中的大哥大响了。王标："金总，你们先慢用，我上阳台接个电话。"

电话是谈悦铃打来的："你这个死鬼，总算接我电话了。你在干吗？"

"我在巡逻呢。"

"当保安经理也要巡逻？"

"那当然了，酒店里客人多事情也多，我当经理的总不能坐在办公室吧。"

"不对，这个点儿你还没下班？"

"现在是客人高峰期，特别是餐饮部，客人酒喝大了往往会闹事。"

"好吧，我信你一次。你好长时间没回家了，盛儿天天吵着要爸爸爸爸，你不想我可以，你连儿子都不想？"

"悦铃，我这不很忙吗？当了保安经理我得更加勤快一点，让领导器重我。要是工作懒散不周到，领导会把我撤职，还得回老家拨弄果树。"

"明天我要带着盛儿来找你，在你酒店住半个月。"

"你说什么，你要住半个月，咱果林咋办？"

"我把果林承包给人家了。"

"那好吧，你就来吧，最多只能住个两三天，到了汽车站下车我来接你。"

王标回到了餐桌旁。佩芳："王经理，悦铃来电话了？"

王标："嗯，她说要带着盛儿来看望我，要在酒店住一阵，她把老家的果林承包给乡邻了。"

婉莹："咱酒店房间多的是，住两个月也没问题。"

佩芳瞥了女儿一眼："房间多是给客人住的，你多什么嘴。"

婉莹："妈，悦铃也是客人嘛，还是王经理的夫人。"

金文辉推了推女儿的胳膊，示意她不要再说了。他面向大家："大家边喝酒边吃菜，多聊开心的事儿，大家再一起举杯吧。"

众人全都举杯，再一次喝下杯中的美酒。

凤英心里时而想着玉兰，时而想着道成，时而想着玉莲。最后她把心思转到玉莲身上："在座的各位，我送婆婆送得急，大哥大忘在家了，你们可否把大哥大借我用一下，我要给婉珍通个电话。"

王标把大哥大送到凤英手里："凤英，我的借给你打。"

凤英拨通了婉珍的电话："婉珍姐，玉莲在你家乖吗？"

"我给她烦死了，天还没黑，她就闹着要妈妈妈妈，到现在还没睡。"

"婉珍姐，你把大哥大给玉莲听着，她听到我的声音就不闹了。"

凤英对着大哥大："莲儿不闹，莲儿乖，妈妈明天就回家了。"

"妈，我没有闹呀，我就说了两声妈妈怎么还不回家，我想妈妈了。"

"莲儿乖，你要听泽天妈妈的话，她叫你怎样你就怎样。"

"妈，我会的，我等你明天回家。"

大家又开始举杯，只有凤英仍把手放在膝盖上。婉莹把她的右手抬到酒杯旁："凤英姐，我妈说了，咱们要步调一致，你这个样子显得与大家格格不入，快和我们一起举杯吧。"

凤英勉强举起酒杯，喝了一口。

亚敏看见凤英还是愁眉不展、满脸颓废沮丧的样子，就想着要活跃气氛："婉莹姐，你是名声显赫的歌星，好久没听你唱歌了，你给大家唱一首，让我们的气氛活跃起来。"

王标和王维光一起呼和："婉莹，唱一首，婉莹，唱一首。"

婉莹："我唱什么好呢？"

亚敏："你自编自唱一首，我们就喜欢听你自编自唱的歌，比如说，男人不要太……"后面的花心两字没有说下去，她知道说漏嘴了，顺便改口道："你就唱'男人不要太贪杯'。"

婉莹："歌词我还没想好呢，让我思考一下。"

片刻工夫，婉莹敞开动听的歌喉，动情地演唱：

相爱太美　不要太认真

美酒好喝　切莫太贪杯

相爱太认真　双眉起皱纹

喝酒无分寸　双脚走不稳

贪杯的男人易摔倒

男人摔倒女人扶呗

女人架不住醉男人

两人都倒地唉无人扶

人生如酒有淡有烈各自品味

唯有适量饮用才能保持清醒

相爱如梦有真有假各自尝试

唯有果断取舍　才能维系轻松

相爱太美　不要太认真

美酒好喝　切莫太贪杯

爱了别家的人　不要太认真

喝上别家的酒　切莫太贪杯

……

婉莹自编自唱这样的歌，自有她的缘由。她已经察觉到母亲同王标的关系非同一般，已经超出了上下级关系。她借男人不要太贪杯的歌曲来奉劝母亲回心转意。父亲已经那么花心了，她不想再有一个效仿的母亲。唱到最后，她的脸上已经挂满了泪水。

亚敏看到婉莹这个样子，为她递上纸巾："婉莹姐，说好了活跃气氛的你怎么哭了？"

婉莹："我太投入了，请大家不要笑话我。"

佩芳正经听出了女儿唱歌的弦外之音："什么乱七八糟的歌，婉莹你在山里人面前献丑了。"

婉莹也不回话。亚敏见现场气氛又不对劲，忙迎上笑脸："大家听我来唱一首，歌名叫《男人如山，女人似水》。"

海涛为她鼓起了掌。亚敏："大家稍等片刻，让我先打个草稿吧。"

海涛给她拿来纸和笔，她把纸摊平在餐桌上写了又改，改了又写。

"我写好了，只是我的谱曲远远不及婉莹的，只能按照山里的民歌。"

亚敏开始演唱起来：

男人像双岭山一样

女人像清水河一样

双岭山虽不高　却让女人感受它的伟岸

清水河虽不深　却让男人感受它的温柔

双岭山依伴着清河水

清河水缠绕着双岭山

山是水的知己　水是山的相思

山山水水不分离　　凤风雨雨在一起

男和女　走到一起不容易

女和男　彼此拥有去珍惜

我们的金总和姚总经理

日日夜夜不分离　　年年岁岁在一起

　　金文辉对着亚敏拍起了手掌："亚敏唱得太美了，海涛和婉莹就是我和佩芳爱情的结晶，我和佩芳会和你唱的一样，日日夜夜不分离，年年岁岁在一起。"

　　金文辉家隔壁的另一个客房的座机响起了来电的铃声，佩芳向大家打个招呼："我去接个电话，你们慢用。"

　　佩芳拿起话筒，来电话的是佩芸："姐，晚上我要到你家来做客，姐夫不是一直邀请我吗？今天我有空了。"

　　"佩芸，我们晚餐都快吃好了，你来得太晚了。"

　　"我也吃好了，做客不一定就是吃饭，来聊聊天么。"

　　"你一个人来？"

　　"我和道成一起来。"

　　"佩芸，凤英在我家呢，你和道成一起来，这不是不打自招了吗？你就不要来了，让道成来吧。"

　　"姐，我知道凤英在你家，我和道成一起来，就是要向凤英道个明白，让凤英提出和道成离婚。"

　　"佩芸，凤英现在心境很差，婆婆刚去了精神病医院，道成又两个月没有音信，你要她和道成离婚，等于是雪上加霜。"

　　"好吧，我就让道成一个人来吧，你帮我看着点，看他俩是否旧情复燃，或者恩爱如初，我等着他回娱乐城。"

　　佩芳挂了电话，来到餐桌旁："凤英，道成马上要来看望你。你打起精神来。"

　　凤英心头一喜，总算有开心的事了。

　　一辆崭新的宝马轿车停在别墅的庭院里，凤英迎来了两个月未见面的丈夫。风度翩翩的丈夫油头粉面，已经完全不是山村里庄稼汉的样子。

　　佩芳把他俩领到另一个空着的房间，并关上房门，让他俩慢慢聊。

　　"道成，你怎么两个月不回家一次，你想我吗？想玉莲吗？咱娘去精神病医院了，病得不轻。"

"凤英你说什么，咱娘精神状态一直好好的，咋就不正常了？我真弄不明白。"

"兴许经常想爹的原因，时间一长就发病了。"

"明天一早我要去看望娘。"

"打你大哥大怎么老是打不通，扔掉算了。"

"我们保安部经常用对讲机的，兴许是受干扰吧。"

"你现在担任什么职务啊。"

"常务副总经理兼保安部经理，挺忙的，什么事都要我管。"

"难怪你两个月不回家一次，我理解你，月收入有多少？"

"月收入有五千元，到了年底还有效益奖，也就是年终奖。"

"月收入挺高的，抵上咱家干一年的果林了，你要好好干，家里的事不用你操劳，就是你要经常去看望妈，我想她一个人在医院里挺难受的。"

"我会经常去看望妈的，今天你咋没带上玉莲到城里来。"

"玉莲想跟我来的，当时管咱娘都来不及，哪有心思带玉莲。道成，今晚你睡在金家吧，金总家空房间多的是，明早我就要回双岭村了。"

"你们聊得差不多了吧？佩芸来电话催道成回娱乐城了。"姚佩芳在门外说了一句。

"凤英，你看我刚来没多久董事长就来电话催我回去了，今夜我就不能陪你了，今后咱有的是时间。"

凤英抓住道成的手，被道成轻轻地挣脱。这一刻，她的眼眶潮湿了："道成，抱我一下吧。"

道成抱了她一下："凤英，照顾好自己，照顾好莲儿. 娱乐城有空闲的时候，我会回家来看望你和莲儿的。"

道成离开凤英走向停在庭院里的轿车。他向大家挥了挥手，熟练地把轿车转了个方向，向别墅的大门外，向嘉美国际娱乐城开去。

到了休息的时刻了，金文辉安排大家住宿："凤英和亚敏，你俩睡一个房间吧，两人一张床。"

亚敏："这两天我睡眠不好，会影响凤英姐睡觉。我还是睡我原来的那个房间吧。"

金文辉又面对王标和王维光："你俩是睡同一房间，还是分开睡？"

王标："我可不敢同神医睡一个房间，他如施起法道来，还不把我施上天。"

王维光："我哪会使什么法道，看样子你是不喜欢同我睡一起，那我俩还是各人一个房间吧。"

金文辉安排好了客人的房间，和佩芳手挽手地走向卧室。

夜半时分，文辉晚餐时在凤英酒杯里下的安眠药并没逃过佩芳的眼睛。佩芳醒来发现身边已没有文辉的身影。她知道他去干什么了，她来到凤英房间，用配备的钥匙试着开了开门，门竟没有上保险，她打开房门，看见文辉正搂着凤英如漆似胶地睡在一起。这个文辉，真是见缝插针，终于把凤英给占有了。

她关好房门，心有不甘，便轻手轻脚地来到王标睡的房间。王标料定她会来，特地把门虚掩着。佩芳进了房间，把门关好上了保险，走到王标床前。王标一把把她抱住，拉进被窝。

半个时辰后，佩芳重又回到她和文辉的卧室。文辉正在呼呼大睡，她若无其事地躺在他身旁，不一会也进入酣睡。

佩芳做梦也想不到，自己被表面现象迷惑了。上午在山神庙闪现出的神仙般的身影，在金家晚餐前已潜入金家，金家地方大，他有的是藏身之处。他对金文辉占有凤英的意图早已有所察觉。他先于金文辉来到凤英的房间，见凤英睡得正香，就没惊动她。在金文辉进入凤英房间，掀开凤英被子的一刹那，他用针筒里的迷药将他迷晕。此时适逢佩芳打开房门，他赶紧隐藏在床底下。当他目睹佩芳进入王标的房间后，赶紧抱起文辉让他躺在自己卧室的床上。这一切都在悄无声息中进行，前后不过五分钟。

金文辉早晨醒来，一脸沾沾自喜，为自己的成功得意。

佩芳责问他："文辉，半夜我上卫生间发现你不在身旁，你上凤英房间了吧？"

"昨晚多喝了几口酒，半夜出来巡查客人是否睡得安稳，回来时走错房间上错床，错把凤英当你了。"

"说得像真的，你不感到害臊？"

"佩芳，咱俩说好了互不干涉对方私生活的，就算我上凤英床又怎样？"

……

金文辉驾驶着轿车来到了自己的办公室，一张当日的都市日报放在他的办公桌上，他看到报纸的头版头条用大标题写着："金文辉总裁亲驾轿车送山村病人上医院 彰显企业家回馈社会宝贵品质。"

下面除了文字，还有他帮扶玉兰的照片。他默默地自言自语："这些个记者真是会拍马奉承，叫他们拍工地上施工人员偏要拍我，还上了报纸的头版头条。"

金文辉最怕接到姐姐电话，这当儿姐姐电话还真来了。

"文辉，报纸上报道了你的先进事迹，做姐的为你高兴，你要做好自己，经常自我检查自我监督。"

"姐，多谢您的经常关照，我会按照您说的去做的。"

第15章　自助渡口

时间静走，岁月叠加，转眼间又过去了半年。双岭村村貌依旧，最大的变化是孩儿们又长高了一截，老人们的脸上又多了一道皱纹，还有那清水河畔的专管摇渡船的老人因病去世了，一时又无人顶替，村长就在渡船中间安装了一个雕成圆洞的木廓，绳子从圆洞中间穿过，两头系在南北河边的老榆树上，这样就不用专门聘用船老大了，村民称之为自助渡船。

凤英到医院探望婆婆归来，翻越第二个山头，站在山顶上，举目远眺。清水河对面暮色中的双岭村闪着亮光，有的房屋已经亮了灯。村头喇叭里的歌声飘过清水河，回落在天涯。离开女儿两天了，凤英从山顶上一路向下，来到了自助渡口，跨上渡船，拉起绳索，没行多远，就听到了河对岸一对童男童女的喊声：

"阿姨，你把渡船拉快一点，我和玉莲等你好久了。"

"妈妈，你快点拉呀，快点拉呀。"

凤英定睛一看，是泽天和女儿在河边等着她，连忙招呼："天天，莲莲，快离河边远点，当心刮大风把你俩吹到河中。"

凤英加快了拉绳的速度，没多久就拉到了对岸。上了岸，玉莲扑向她怀里："妈妈，我从早晨醒来就一直等你回家，你怎么回来得这么晚啊？"

凤英："奶奶生病住院了，我在医院多陪奶奶一会儿，下次不要到河边等妈妈，刮大风很危险的。"

泽天："阿姨，玉莲吵着要我带她到河边等你，我就带她来了。"

玉莲："泽天，是你自己也想到河边来玩，我可没吵着要你带我来。妈妈，爸爸呢，我都好长时间没见到他了。"

"爸爸在城里的一家娱乐城忙着，脱不开身呀。"凤英拉起泽天和玉莲的小手，往村长家赶。玉莲："妈妈，叔叔阿姨都说我长高了，可是我怎么也长不到同泽天一样高。"

"莲儿你长高，泽天也在长高，你当然长不到同泽天一样高了。"

"妈妈，那我往上跳，跳起来就同泽天一样高了。"

玉莲站到泽天对面，真的往上一跳一跳的，边跳边嚷："我同泽天一样高啦，我同泽天一样高啦。"

凤英把玉莲拉到身边："莲儿别跳了，到了家有你跳的。你晚上跟谁一起睡觉的？"

"我跟泽天哥睡一起，睡一张大床上。"

泽天："阿姨，我和玉莲一人一个被窝，玉莲老是往我被窝里钻，我妈偏不让，你和成叔睡一个被窝吗？"

凤英心里一阵伤感，眼眶也潮湿了。

"阿姨，你哭了？"

"阿姨没哭，是风儿把沙子吹进了阿姨的眼睛里，"凤英抬起右手擦了擦双眼，"泽天，成叔叔工作忙，睡在酒店里，我睡在你外婆家里，同你姨妈睡在一个房间里。"

凤英同孩儿们说着说着就来到了村长的家里。婉珍："凤英你总算回来了，玉莲太调皮了，叫她骑木马不骑，也不玩搭积木踢皮球，非要拉着泽天去外头玩，我看也看不住。"

凤英拍了两下玉莲的屁股："莲儿，在家要听阿姨的话，外头有啥好玩的。"

玉莲噘着嘴儿也不哭："天天骑木马，搭积木踢皮球，我都玩烦了。外面多好，可以看山看水看彩云；还有天上飞的鸟儿，我就想到外面玩儿。"

凤英拉起玉莲的手，对着婉珍："婉珍姐，我不在家里的日子里老是麻烦你带玉莲，你真是我的好姐姐，我回家了啊。"

"凤英，说啥呢，你也不容易，摊上生精神病的婆婆，要不你不要回家做饭了，在我家随便吃点什么吧。"

玉莲对着婉珍："我喜欢吃妈妈烧的菜，在你家吃饭，你老把鸡和鱼往泽天碗里送。"

婉珍："我不也把鸡和鱼往你碗里送吗，是你挑菜吃，这也不吃那也不吃。"

玉莲为自己辩护："不是的，不是你说的这样的。"

凤英又拍打了两下玉莲的屁股，这下玉莲憋不住了，"哇哇"地哭出了声。

婉珍："凤英你干吗打玉莲，你都打了她两回了。"

凤英："莲儿还小不懂事，你别把她的话放在心上。"

凤英抱起玉莲就往自家赶，泽天追了上来："玉莲明儿还上我家来玩，我妈从来没打过你。"

玉莲用衣袖擦干了泪水："泽天，明儿我不上你家玩，我要到山上去玩，大人们都说山上有菩萨，有神仙。"

当晚，玉莲躺在凤英的怀里："妈妈，你在泽天家为什么要打我的屁股？"

"莲儿，妈是打给泽天妈看的，妈打你的屁股，妈的心里可疼了。"

"妈妈，下次你到城里看望奶奶，你还是送我上泽天家吧，我保证听阿姨的话。"

"莲儿真乖，昨晚你睡得好吗？"

"不好，老是想你，我还做梦了。"

"你做的什么梦？说来妈听听。"

"我梦见婉珍阿姨好凶好凶，拿着扫把要打我，泽天在一旁保护着我，阿姨一不留心把扫把打在了泽天的屁股上。"

"那后来呢？"

"后来我就醒了，我看了看身旁的泽天，泽天睡得正香。再看了看另一张床上原来睡着的阿姨，可是床上是空的，你说阿姨睡到哪里去了呢？"

"莲儿，咱不管阿姨去哪里睡了，明天妈要上山打理果树，快睡吧。"

"妈妈，明天我跟你一起上山，山上有庙宇，庙里有神仙。"

"快睡吧，跟妈妈一起上山，妈看不住你，你会摔跤的。"

凤英哼起了催眠曲：

> 睡吧　睡吧　我亲爱的宝宝
>
> 妈妈的双手轻轻抚着你
>
> 睡吧　睡吧　我亲爱的莲儿
>
> 妈妈的双眼默默看着你
>
> 躺在妈妈的怀里　温暖的怀里
>
> 宝宝睡吧　宝宝睡吧
>
> 妈妈在身旁陪伴你
>
> ……

天亮没多久，泽天就拉着王盛的手来找玉莲玩。

泽天："玉莲，我爸新做了跷跷板。"

王盛："玉莲，我家后院有新做的荡秋千。"

玉莲要跟凤英一起上山，凤英对玉莲说："今天你和泽天，王盛一起玩儿吧，听妈妈的话。"

玉莲听说有了新的玩意儿，马上就跟着两位小伙伴离开了家。凤英："莲儿，不要玩得太累了，早点回家吃午饭。"

三位小伙伴先在泽天家玩跷跷板，玉莲跟泽天玩一会，再跟王盛玩一会。玩了一刻钟，玉莲没了新鲜感，又来到王盛家玩荡秋千。泽天让玉莲坐在蹬板中间，泽天的双腿最长，他用力蹬着地面，秋千在空中悠悠地前后摆动，三位小伙伴在空中悠悠地晃荡，欢声笑语连成一片。秋千越晃越高，孩儿们的笑声越传越远。荡了一刻钟，玉莲又没了新鲜感："泽天，咱们不玩荡秋千了，时间一长又没劲了。"

三位小伙伴从秋千架上走到地面，泽天："玉莲，上午时间还长呢，咱们上哪去玩儿呢？"

玉莲："我们上清水河玩渡船，渡船就像玩跷跷板，荡秋千一样。"

王盛也完全赞同："玉莲的这个主意真好，我都好长时间没玩渡船了。"

三位小伙伴一起来到了清水河边，可是渡船在对岸。小伙伴们愣愣地看着河对岸的渡船，一筹莫展。

泽天："要是对岸有人要过河就好了，可是现在偏偏没有。"

王盛："我们此岸应该也有一条渡船，泽天，回去叫你爸再买一条。"

泽天："王盛你知道一条渡船要多少钱吗？我爸可买不起，再说平时摆渡的人很少很少，不值得。"

好不容易看见对面山上下来了一位大伯，小伙伴们一齐喊起来："大伯，你要过河吗，把船拉过来，我们要上船玩。"

对岸传来大伯的回声："几个小屁孩想到船上玩，我把船拉过来会害你们的，再说我又不过河，要是双岭村有大人要过河，我会拉过来的。"

小伙伴们眼睁睁地看着大伯顺着河岸向东走去。他们嘀咕："这下玩不成了，真扫兴。"

他们还不甘心，还在等待着对岸有人要过河。

"盛儿，你们几个小孩在河边干什么？"是谈悦铃赶了过来，她扯了一下王盛的耳朵，"叫你不要到河边来玩，还有泽天，你忘了跌到河里了？"

两个男孩任凭悦铃数落。悦铃："快跟我回村庄。"

悦铃让三个孩儿服服帖帖地走在前面，嘴里还在唠唠叨叨："你们都玩疯了，屋里屋外玩还不够，还玩到河边来。"

悦铃先把泽天送回家，再送玉莲回家，见凤英还没回来："玉莲先上我家玩一阵，等你妈回家。"

王盛："玉莲，咱们还是玩荡秋千吧。"

玉莲："你一个人玩吧，我要上山找妈去，我还要玩山神庙。"

悦铃："你这个小丫头怎么没个安分，谁陪你上山去，你妈在山上忙着。"

玉莲："我不要人陪，我一个人上山。"

"你人小心不小，我是不会让你一个人上山的。"

王盛一个人在玩荡秋千，玉莲被关在屋子里，悦铃打开收音机，给她放《小螺号》的儿歌：

> 小螺号　滴滴滴吹
>
> 海鸥听了展翅飞
>
> 小螺号　滴滴滴吹
>
> 浪花听了笑微微
>
> 小螺号　滴滴滴吹
>
> 声声唤船归啰
>
> 小螺号　嘀嘀嘀吹
>
> 阿爸听了快快回啰
>
> ……

玉莲关掉了收音机，悦铃："玉莲，你咋不听了，多好听的儿歌。"

"我想阿爸了，他都好长时间不回来了，他又听不到歌声，又不会回家来。"

"你阿爸会听到的，他会回来的。"

"阿姨，你在骗我，你关紧了门，歌声又飞不出去，你就是打开了门，歌声也飞不到城里去，妈妈说，城里离咱家远着呢。"

悦铃从桌子上拿过大哥大："我来打你阿爸的电话，让他快快回家，同时让你听听阿爸的声音。"

"我不要听，我都不知道阿爸的声音是怎样的了，你会随便叫一个男人来冒名顶替我爸。"

"小丫头，小小年纪就知道冒名顶替，我家盛儿还不懂啥叫冒名顶替呢。"悦铃唤来了王盛，"盛儿，你懂不懂啥叫冒名顶替？"

王盛想了想说道："冒名不就是猫的名字吗，不就是咱家的猫儿花花吗，顶替不就是理发剃头吗？你每个月都要带我去剃头。"

"盛儿你胡说些什么，你比玉莲大好几个月，智商怎么这么低。"

凤英来接玉莲了，她已经在门口听到了悦铃和两个孩子的说话声。

"凤英，你家的丫头不得了，智商比同龄孩儿高出一筹，连冒名顶替都懂了，远比我家盛儿聪明。"

"是吗，玉莲聪明伶俐，不知是遗传了谁的基因。"

"你听盛儿是怎么解释冒名顶替的……"

"盛儿的解释也不错，四岁的男孩，能有这样的解释说明还是很聪明的。"

"凤英，明儿你上山就把玉莲交给我，让盛儿陪她玩，两个孩儿经常在一起，盛儿的智商或许会赶上玉莲呢。"

"悦铃姐，哪好意思麻烦您呢，玉莲在泽天家待惯了，还是让她上泽天家吧。"

"怎么了，你怕玉莲的灵气过给盛儿？今儿你就不要回家了，就在我家吃饭，咱俩好好聊聊。"

"下午我还想上山打理果树呢。"

"我陪你一起上山。"悦铃又面向玉莲，"玉莲，咱们下午一起上山，玩果林，玩山神庙。"

玉莲高兴得拍起了手："哦，哦，下午上山啦，玩山神庙啦。"

位于半山腰的山神庙，自从石头倒地之后，再也没人来朝拜过，生怕一不留心摊上事儿。悦铃和凤英分别拉着王盛和玉莲，瞻前顾后地来到了山神庙。庙宇内，四大菩萨高高站立，神态依旧。比四大菩萨更高的是那块倒地的石头，它居然又站立在观音菩萨和普贤菩萨的中间，身材虽没有四个菩萨那么魁梧，但它明显比菩萨高出了一个头，仿佛它才是这里的老大。原来石头的下部垫了一个石廓，明显是人为垫在下面的。更让悦铃和凤英感到惊奇的是，石头上居然醒目地用红漆写着"自强自信自爱自立自尊自律"十二个大字，这更加说明是人为写上去的。这究竟会是谁呢？

两位少妇想起石头倒地的恐怖场景，不由得一阵惊悸。悦铃："凤英，咱们还是离开吧，石头居高临下，如果再次倒地，后果不堪设想。"

两人各自搂着自己的孩儿往庙外走。

玉莲："妈，我还没看够玩够呢，石头上写的什么字呀？"

凤英："莲儿咱快走，石头有危险，听说上次摔倒差点压向泽天他爸。"

玉莲："妈，石头稳稳地站立着，不像会摔倒的样子。"

"莲儿别多嘴了，咱快下山吧。"凤英也不想打理果树了。

两人搂着两个孩儿急匆匆地往山下赶，走到山脚下，正好碰见村长。

"看你们急匆匆的样子，发生什么事了？"

悦铃："石头复活了，站在四个菩萨中间，个头比菩萨还高出一截，还写着'自强自信自爱自立自尊自律'十二个红字。"

"大白天的说什么梦话。"

"不是梦话，是真的，不信你去看。"

村长不敢一个人上山神庙，心里寻思明天多带几个人一起上山查看。

四人先回到了悦铃的家。悦铃的心还在七上八下，这十二个红字好像是针对她的，那是一种告诫，更是一种教诲。

"悦铃，你同玉莲今晚睡在我家吧，一想起石头，我就害怕，有你陪伴我，我就不怕了。"

"铃姐，好吧，我和玉莲就睡你家了。"

玉莲："我才不怕呢，我喜欢那块石头，它才不会摔倒呢。"

吃过晚饭，悦铃把两个孩儿安顿在一张大床上睡觉，他俩关紧房门，外面上了锁。她和凤英睡在一张大床上，两人肩挨着肩，就像一对亲姐妹。

"凤英，我知道王标一直打你的主意，这个臭男人，一肚子花花肠子。"

"铃姐，我会保护好自己的，我从未让王标得手。咱俩的男人都上城里谋生去了。"

"我觉着不对劲，王标都几个月没回家了，他肯定在城里又有相好的了。你家道成也有一段时间没回家了，我估摸着和王标差不多，都是一个样子。我已经把果林承包给乡邻了，你也把果林承包给乡邻吧。咱们带着娃儿也上城里去，不怕找不到工作，不怕没安身之处。"

"铃姐，我也有这个想法，只是习惯了在乡村，一时还真舍不得离开。"

"凤英，你别犹豫了，咱进了城想老家了，就回来住两天，这不成了吗？明儿我俩一起去找乡邻把你的果林也承包给人家，到了城里，只希望一家人整整齐齐快快乐乐地在一起。"

清澈恬静的清水河，给人一种神往的心态。远眺它是那样的绿，绿得像一条翡翠的绸带，近看它是那样清，清得可以看见河底的沙石和游动的鱼虾。到了夜晚，河水在银色的月光下闪闪发光，月儿倒映在河面上，显得是那样的幽静和温柔，给人一种温馨甜蜜的憧憬和遐想。

为了满足孩儿们玩渡船的好奇心，凤英和悦铃早早地就带他们来了河边。一起来玩的还有泽天，有两个大人陪小孩们一起玩，婉珍大可放心。

孩儿们站在渡船中央，时而把渡船拉到彼岸，时而把渡船拉到此岸，有过河的村民要过河，孩儿们当起了船老大，送他们到彼岸此岸。最后孩儿们把渡船拉到河中央，三个小伙伴一忽儿站在船尾，让船头高高翘起，一忽儿站在船头，让船尾齐着水面，一忽儿站在左侧，一忽儿站在右侧，让船身左右摇摆。

玉莲玩得兴高采烈："玩渡船比玩跷跷板、玩荡秋千过瘾多了，咱玩个一上午。"

"莲儿，等你们玩够了，咱们就要离开双岭村了。"凤英一阵伤感。

"妈，咱离开双岭村到哪去住呢？"

"上城里，和你爸爸在一起。"

"盛儿，咱们明儿也要离开双岭村到城里去找你爸了。"悦铃也是一阵伤感。

泽天："我跟你们一起上城里去。"

悦铃："你爸妈都在双岭村，你去城里住在哪里？"

泽天："我跟外公外婆住在一起。"

凤英："你外公外婆都是大忙人，顾不上管你的，到了城里你会想爸妈的，你还是会回到你老家的四合院。"

孩儿们玩够了，把渡船拴在此岸。玉莲忽然灵机一动："妈，咱们把船拴在这边，对岸有人要过河怎么办？我在电视上看到那种车床的皮带轮，咱们可按照皮带轮的原理来让渡船行驶……这样，我们在这边，渡船在对岸，我们要过河就可以把船拉过来，对岸的人要过河，看见渡船在此岸，也可以把渡船拉过去。"

泽天："玉莲你说的是什么玩意儿，我一句也没听懂。"

玉莲："我现在也说不明白，只需要可通绳子的木墩或铁家伙，另加两条滑动的皮带……"

凤英："莲儿，渡船的事咱不管它了，咱明儿就进城了。"

"妈，我要亲自看到两岸装有皮带滑轮的渡船。"

悦铃："我正经听出门道来了，咱回去就叫村长办。"

……

一条重新油漆过的装上不锈钢防护栏的渡船以崭新的姿态雄赳赳地停驻在清水河此岸，原来雕成圆洞的木廊已换成了两个不锈钢的小铁盘，牢牢地焊接在防护栏的上下。两条定做的皮带分别从上下小铁盘的中间穿过，稳稳地嵌在两岸不锈钢皮带轮的中部，皮带轮中部紧配的不锈钢圆柱的两头，则焊接在用混凝土浇筑的铁架中间。村长按照玉莲的主意亲自监督把关改造，并且动用了一定的资金，这些资金比买一艘新的渡船当然要少很多。

凤英和玉莲登上渡船，把绳带轻轻地拉动，不用费力很快就拉到了对岸。清水河两岸分别站立着数百位观赏的村民，看村长这么卖力，不了解底细的村民还以为是村长出的主意。

村长站在此岸观望着母女俩，心里琢磨：玉莲这个乳臭未干的小丫头还真不简单，小小年纪，我这个当村长的都想不到的办法她居然想到了，这真是一个神童。

渡船又拉了回来，村长邪恶的目光在玉莲身上飘来飘去，被身旁的婉珍发现了："进发，你在看什么？"

"我在看渡船运行的情况，这下可方便了不少村民。"

"我怎么感觉到你在盯着玉莲看？"

"看玉莲又怎么了，渡船的新功能就是她的杰作，两岸这么多村民不都在看嘛。"

夫妻俩的对话，被头戴礼帽、脸戴薄膜假面的夹杂在村民中的男人听了个一清二楚，他皱了一下双眉。

明天就要进城了，凤英和悦铃又犹豫不定了，依依不舍的感觉又袭上心头。在岸边，她们聊开了——

"凤英，咱们再等两天吧，双岭村虽然贫穷，但淳朴的风土人情给我留下了深刻的印象，特别是村头的喇叭，睡梦里都在呼唤我。"

"铃姐，我也是，婆婆要是知道老家没人了，我想她一定会难受的，可是我也把果林承包给乡邻了。"

"承包归承包，落得一身清闲，平时只要带好玉莲就可以了，省得把莲儿托付给婉珍了。"

"铃姐你说的是，我清闲了许多。"

两人的对话又被头戴礼帽、脸戴薄膜假面的男人听到了，他又皱了下双眉。

两位少妇晚上又睡在了一家，这一次是睡在了凤英家。

睡到半夜，一阵"轰隆隆"的巨响把他俩惊醒，是天空的打雷声吗？不像。凤英打开后门一看，混凝土的防护墙已砸开了一条裂缝，再绕过防护墙看到，是被山神庙写有红字的石头砸的。她还看到悦铃家后门的防护墙也被砸开了一条裂缝，是被石头底下的石廓砸的。

石头和石廓联手砸防护墙，在双岭村又引起了一阵轰动，人们都观察自家后门外的防护墙，防护墙安然无恙。

村长还没纠集人们到山神庙看石头，石头又自己滚下山了，而且是两块。这一次没有砸向自家门后的防护墙，他松了一口气。

他看见石头上十二个红字，心里一阵反感。

他吩咐村民把石廓抬到山脚下，把石头抬到清水河边。同时在山神庙的两扇大门前贴上封条，封条上盖着双岭村村民委员会的图章。

乡亲们用绳索绑牢两块石头，四位村民分成两路，抬着石廓和石头"嘿呦，嘿呦"喊着号子，步伐整齐地把两块石头抬向村长指定的地方。

清水河渡口旁挖了一个两米深的坑，村长要把石头埋在清水河此岸。

村民们把石头推下坑底，上面埋上泥土，栽上花草和小树木。

医官王维光披头散发，脸涂绿色，用柳枝拍打着草木，口中念念有词："把牛鬼蛇神埋地下，让妖魔鬼怪不再有。"

李亚敏在一旁注视着这样的场景，哭笑不得，这个双岭村，说多奇就有多奇，发生的怪事真的让人始料不及。

这下凤英和悦铃坚定了上城里谋生的决心，她俩在自家收拾包裹，打理行囊。凤英看了一眼灶头旁埋照相机的地方，很想一起带上，感觉又不安全，就决定不去动它了。

波光粼粼的清水河，迎送着搀着两个孩儿的少妇，两位少妇的泪水涟涟，有几十位乡亲向他们送别：

"悦铃，到了城里不要忘了我们这些穷光蛋，有好的工作叫上我们啊。"

"凤英，城里总归要比穷山村好，和道成好好过日子，替我向你婆婆问个安好。"

"悦铃，王标是个好男儿，到了城里你会跟着他享福的，别哭了啊。"

"凤英别难过，擦干净眼泪，美好的生活会等着你。"

两位少妇哭得更伤心了，婉珍和亚敏把她俩和孩儿们送上渡船。婉珍："两位做娘的别哭了，孩儿们在身旁，要给他们鼓起信心。"

　　村长和王维光也一起来到渡船。村长："今天不用你们拉船，我俩把你们拉到对岸。"

　　渡船载着六个人儿，晃晃悠悠地向对岸驶去，驶到对岸，两位少妇看到，乡亲们还在向他们频频招手。

第16章　村西魔影

肖道成坐在办公椅上微闭着双眼，面孔上有明显被吻过的口红印。他用修长的手指有节奏地轻轻拍打着办公桌，头发也随着拍打的节奏微微晃动着。他忽然想起了什么，走到立地镜前照了照镜子，看见脸上的红印，赶紧用餐巾纸擦了起来，他擦了又擦，擦到不留一丝痕迹。

门口的敲门声一阵紧似一阵，这不是佩芸在敲门。佩芸有钥匙，进他的办公室从不敲门。

他以为是哪个保安："进来吧，门又没上保险。"

门开了，进门的是凤英和玉莲。

他先是一脸惊奇："凤英，你怎么来了？也不事先打个电话，我的大哥大现在二十四小时都开着。"

凤英把玉莲领到他面前："我同莲儿到城里来跟你一起生活了，莲儿快叫爸爸。"

玉莲："你是我爸吗？怎么跟我记忆中的不一样了。"

凤英："你怎么不认识爸了？爸还是原来的爸。"

道成："凤英，你跟莲儿跟我生活在一起会给我的工作带来一定麻烦，我们嘉美国际娱乐城没有哪一个干部带家属一起生活的。我只能在外面租个房子与你和莲儿一起住。"

"租个房子也挺好呀，我离你近了，你可以天天回家住。"

"我应酬繁忙，经常忙到深夜，到了深夜我就随便找个空着的客房住了，哪能天天回家住呢。"

"我不奢望你天天回家住，你只要十天半个月回家住一次就可以了。"

"那我看情况吧。"道成把玉莲抱到怀里，"莲儿，爸爸太忙了，一直没时间回家照顾你，你怎么把爸的模样忘了，你好好看看爸爸。"

玉莲盯着道成的脸看了又看："爸爸，你不像以前的爸爸了，你变了。你在老家头发是粗糙的，现在变光滑了。你看我们的目光也和原来不一样了。"

快到午餐的时间了，道成打通了佩芸的座机："董事长，我身边来了客人，是我老婆和女儿，午餐的事你看咋办？"

"咱今天到佩芳的星呈大酒店就餐，你带凤英和玉莲一起来，我要开诚布公地把咱俩的事向凤英道明。"

"董事长，我女儿还小，让她听到了不好。我和母女俩还是在娱乐城的餐厅吃午饭吧。"

"不，你还是要带母女俩到星呈大酒店去，我正好看看你女儿啥样。"

道成开着轿车，一家人来到了佩芸约定的名为"绿玫瑰"的单桌包厢。他们看到相邻的"红牡丹"单桌包厢内，已经端坐着姚佩芳、谈悦铃、王标和王盛四个人。

道成："董事长，你姐在隔壁呢。"

佩芸："咱不管她，她吃她的，咱吃咱的。"

餐桌上已经摆满了各式菜肴和两瓶饮料。道成向凤英介绍："凤英，这是我的上司姚佩芸董事长，她也是金总的夫人姚佩芳的同胞妹妹。"

凤英向佩芸鞠了一躬："姚董事长，凤英有礼了。"

佩芸："凤英不必行礼，咱们先把肚子填饱再谈正事，听道成说你还比我小两岁，咱就以姐妹相称吧，凤英妹你看好吗？"

凤英："当然好呀，莲儿快叫姨妈。"

玉莲两眼眨巴眨巴地盯着佩芸："我老家有好几个姨妈，她们都是我熟悉的人儿，我跟你不认识，先不叫了吧。"

佩芸有点尴尬，故意一只手搂住道成的脖子："莲儿，你看我与你爸爸是什么关系？"

玉莲说："我爸说你是董事长，那你和我爸就是领导和员工的关系呗！"

佩芸："小丫头，我和你爸的关系可没那么简单哦，都说红花也要绿叶扶持，我这朵红花就要你爸绿叶的扶持。"

凤英听着有点不对劲，正要说什么，被道成打断了，"大家都动筷子吧。菜都凉了。"

大家开始吃午餐，喝饮料的喝饮料，吃饭的吃饭。完后，佩芸对玉莲说：

"丫头，你到隔壁悦铃阿姨的包厢里待一会，我们大人有事要商量。"

玉莲："你们大人商量事情，你得把我的耳朵塞住，我就听不见了。"

佩芸："机灵鬼，把你耳朵塞住，你还有眼睛呢，要不把你的眼睛也蒙起来。"

道成："塞什么耳朵蒙什么眼睛，莲儿听爸的快去隔壁包厢。" 玉莲倔得很；"我就不去，我就要看着你们商量啥事。"

凤英说："佩芸，你当着我女儿的面只管说，我都同意没啥商量的。"

佩芸："我就直说了，我与道成早就生活在一起了，我要你自己提出离婚，我给你的补偿是送你一套全新的两百平方米的五室两厅的商品房，再给你一百万玉莲的抚养费，咱一次性了断。"

凤英没想到这么快就验证了自己的猜测，也没想到对方如此直截了当。她看了看丈夫，只见他低着头不说话。凤英心里一片凄凉。

"我同意。"凤英不假思索地大声回答。

佩芸从挎包里拿出早就准备好的纸和笔，把纸摆在凤英面前："那你写吧。"

"我不同意！"玉莲的嗓音比凤英还大。她抢过桌上的纸张，一把撕得粉碎："妈你不能写。"

佩芸："道成，快把玉莲拉开！"

道成拉开了玉莲。佩芸又从挎包里拿出一张纸重新摊在凤英面前："你快写吧。"

凤英动笔写了，泪水从她脸颊滴落在纸上，有的字被泪水化糊了。佩芸又从挎包里拿出一张纸，同时拿出一块手帕："凤英，离婚协议书上的字不能模糊的，你把眼泪擦干重写。"

"妈妈别写！妈妈别写！"玉莲在一旁呼喊。

凤英一笔一笔，字字如千斤地写好了离婚协议书，甩手交给佩芸："这下你满意了吧。"

佩芸："我是不会让你吃亏的，我知道喜欢你的人很多，就拿我姐夫来说，他把你当掌上明珠，你应该知道的。"她从挎包里拿出一串钥匙，一本房产证，一张银行卡交给凤英："这是新房的钥匙，这是一百万的银行卡，新房在金辉花苑一期，银行卡的密码是你的生日，玉莲从小到大，上大学的费用都有了。"

道成待在了一旁，佩芸："你发什么呆，你开车把母女俩送到新房去安顿好，给你两个小时的时间，不要耽误。"

"我不去！我不去！"玉莲仍在大吵大闹。

道成拿过佩芸早就准备的加了安眠药的饮料，掰开玉莲的嘴巴灌到了玉莲的嘴里。

玉莲服了快速安眠药，不吵不闹了，开始入睡。道成抱起了玉莲，走向电梯口。凤英跟在后面顿手捶胸，心里说不出的难过。董事长得意扬扬地走在最后，一副大获全胜的样子。

到了位于五层楼的新房，凤英看到，里面的装修是一流的，各套设施应有尽有。她把玉莲放到床上，盖上被子，责问道成："玉莲睡得这么沉，你给她吃了什么药吗？"

"一粒安眠药。"

"大人才吃一粒，玉莲这么小，也吃一粒？你还是父亲吗？咱俩结婚快五年了，说散就散，这就是你和佩芸给我的相应回报？"

"凤英，我也没有办法，其实佩芸的良心还是可以的，这么一套大房子外加一百万，我俩干一辈子也攒不到，我终有一天会回到你身边。"

"那现在呢，你不就在我身边吗？你别听佩芸瞎说，我与金总什么事都没有。"

......

"妈妈，我这是在哪里，我们怎么住上了这么舒服的新家？"玉莲刚醒就询问身旁的凤英。

"这是在城里你的一个新家，离你爸上班的地方很近很近。"

玉莲从这个房间走到那个房间，从这个客厅走到那个客厅，最后来到了阳台上。夜已黑，阳台上开着灯，玉莲极目远眺，马路上全是川流不息的车辆和无比耀眼的路灯，让她把乡村的记忆遗忘在了静静流淌的时光里。玉莲抬头观望，天上星月的光辉和马路上霓虹灯的五颜六色的光芒遥相呼应，远处的群山就没有那么鲜亮了，完全被黑漆漆的夜色淹没。

"妈妈，那远处的群山就是我们老家的双岭山吗？"

"莲儿，我们就当它是双岭山吧，望着那远方的群山，就像望到了我们家乡的双岭山。"

"妈妈，我好想到那远处的群山去游玩。我想泽天哥哥、王盛哥哥，要是我们三个小朋友一起去玩就更好了。"

"王盛哥哥也在这座城市生活了，你昨天没看见他在红牡丹包厢吗？"

"我只看见王盛的背影，可我又不敢喊他，那里的大人们都板着脸。妈，咱请王盛来咱家玩吧。"

"等妈安顿了几天咱再请王盛来玩，莲儿，从今以后你要适应一种新的生活，妈要给你报名上学前班，你要做好接受老师教育的准备。"

"妈，我想直接上小学一年级。"

"别人小心大，上学要一步一步来。"

"好吧，妈我听你的，我爸咋不在家呀？"

"莲儿，你睡了七八个小时都睡糊涂了，我和你爸已经离婚了，他已经和那个佩芸董事长一起生活了。"

"我记起来了。妈，你还能把爸追回来吗？"

"妈已经死心了，除非你爸未泯灭良心，自己回到这个家。"

"妈，我就想爸爸天天回家，咱们三个人完完整整的多好。"

"咱不说你爸了，明天我带你到医院去看望奶奶。"

"奶奶生的什么病呀？"

"奶奶生的是大脑病，脑筋不好使。"

"妈，我认为爸跟奶奶一样，脑筋也有病，也该去医院治疗，我们一家三口好好的，非要去跟什么董事长，爸的病比奶奶还重。"

"莲儿，爸爸脑筋正常着，如果他回来你可不能说他脑筋有病啊，他毕竟是你爸，我与他的夫妻关系不存在了，可是你和爸的父女关系一直保持着，那是雷打不动的。"

这家医院五楼的高级单人病房，恍如隔世的玉兰坐在阳台上的躺椅里，躺椅前放着一张小方桌，小方桌上放着四只纸飞机，玉兰正在折第五只。折好了第五只，她放在手心里用力一吹，纸飞机飞出了阳台，玉兰抓住了阳台的防护栏，看纸飞机飞到哪里去，纸飞机晃晃悠悠地在天空飞了几圈，最后越飞越低，掉头摔到了地上。可是在玉兰眼里纸飞机还在高高地飞翔，她禁不住唱起了歌：

> 我的纸飞机就像那飞翔的小鸟
> 飞啊飞啊飞到崖边老树旁
> 崖边老树有我心上人的身影
> 请小鸟带去我对心上人的思念
> 我的心上人快快来到我身旁

> 请小鸟带去我对心上人的思念
>
> 我的心上人快快来到我身旁
>
> ……

玉兰重复唱着这样的歌，不知道唱了多少回。

"妈妈，我和您孙女玉莲来看您了。"凤英领着玉莲来到了玉兰的病房。

"你是谁，玉莲是谁？"玉兰佯装一副茫然不解的模样，她在老家发病的模样也是装的，她自知敌不过村长，与其在老家被村长摆弄，还不如上医院接受"治疗"。

"妈妈，我是您的儿媳妇，玉莲是您的孙女。"

"我没有你这个儿媳妇，我的儿媳妇是个贞烈的女子，她不会听凭男人摆布。"

"妈妈，我没有听任何男人摆布，倒是您的儿子……"

"我儿子怎么了？"

玉莲扑到奶奶怀里："奶奶，爸爸同妈妈离婚了。"

"莲儿，你再说一遍，爸爸咋的了？"

"爸爸同妈妈离婚了。"玉莲哭了起来。

玉兰听说儿子同凤英离婚了，"呸"的一声向凤英吐了口口水："凤英，我就知道你作风不正派，难怪道成要和你离婚，你走吧，我不希望再看到你。"

"妈，您冤枉我了，我向来遵守妇道，从一而终。是您儿子的顶头上司逼着我离婚的，您不要把怨恨集中在我身上。"

凤英心想婆婆毕竟脑筋有病，说再多也没有。正当她准备带着玉莲离开的当儿，她听到玉兰换了一种唱腔：

> 我的金总　来到我卧房
>
> 悄悄挨着我　不声也不响
>
> 哦 我的金总　我的金总
>
> 你我的事　请你不要张扬
>
> 你我的事　请你不要张扬
>
> ……

凤英领会着歌词中的含义，一时说不清婆婆究竟要表达什么？

玉莲："妈妈，金总是谁？"

"金总是佩芸的姐夫。"

"金总和佩芸一样，也是坏人吗？"

"玉莲，你别乱说，金总是正正经经的。"

"不，妈妈，我看见你的眼睛在骗我，我听出来了，奶奶唱的是反歌，佩芸不是说金总喜欢你吗？"

玉莲一席话提醒了凤英，她来到婆婆身边："妈妈，您是要照相机？照相机还在咱老家灶台旁埋藏着。"

玉兰："你的脑筋还不如玉莲，我忘了告诉你了，我买的照相机是新型的'拍立得'照相机，照片长时间埋在地下会潮湿模糊，咱的证据等于废了。"

"婆婆我明白了，我明天就回老家去取。这么说来，你脑筋挺正常，您是被陷害的。"

"依你看呢？"

凤英脸上一阵红一阵白，她找到了佟院长，把探望玉兰的过程做了详细描述，唯独隐去了玉兰唱的第二首歌的歌词。

……

母女俩重新踏上了回到老家的旅程。跋山涉水来到了清水河畔，渡船正在对岸。

玉莲："妈我来拉渡船。"玉莲憋足了劲，渡船纹丝不动。

凤英："渡船起行的时候最重，等我拉动了你再拉。"

凤英把渡船拉动，再把绳带交给玉莲，玉莲拉着船儿唱起了歌：

　　山清水秀太阳高

　　船儿船儿水中漂

　　不怕风雨不怕浪

　　悠然自在乐逍遥

　　船儿船儿快快走

　　我在彼岸把你盼

　　……

母女俩一起拉着绳带，渡船离母女俩越来越近。

"莲儿，你啥时候学会唱歌了，唱得真好听。"

"妈，我跟村头喇叭里学的呀，喇叭里每天都要放好几首歌，我听着听着就掌握了窍门。"

渡船来到了岸边，母女俩乘上船。玉莲一边拉渡船一边还在唱着歌。歌声飘到村东办公室里，正在办公的李亚敏听到歌声，便在村头喇叭里放起了《让我们荡起双桨》的儿歌：

让我们荡起双桨

小船儿推开波浪

海面倒映着美丽的白塔

四周环绕着绿树红墙

小船儿轻轻飘荡在水中

迎面吹来了凉爽的风

……

喇叭里的歌同渡船上的歌相融在一起，引起了小朋友们的一阵欢呼，玉莲看到，泽天和几个小朋友正在向她跑过来。

母女俩上了岸，小朋友们前呼后拥把母女俩迎向村庄。

泽天："玉莲，你不在的日子里我可想你了，你还要去城里吗？"

"去呀，妈妈说回家来拿一些衣物，明天就要出发。"

"明天我跟你一起去，我外公外婆也在城里，他们盼了我好长时间了。"

"你外公外婆是谁啊？"

"我外公是金文辉，大家都叫他金总，外婆是一家大酒店的总经理。"

"那我不同你一起进城了，你同你爸妈一起去吧。"

"玉莲，为什么呀，咱俩同乘一条船，同搭一班车，那多好呀。"

"不为什么，就为你外公。"

"我外公怎么了，你碰到我外公了？他欺负你了？"

"我才没碰到你外公呢，反正明天我和妈两个人进城。"

双岭村南面河边的小路上，时有来来往往的外村人，两位小朋友的对话又被一个头戴礼帽、头发遮住了半个脸面、脸上佩戴假面的壮士听见了，壮士从他俩身旁擦肩而过。玉莲指着他的背影问凤英："妈，他是外村的施魔法的巫师，还是新到咱村的神医？"

"玉莲，咱不管他是外村的巫师还是咱村的神医，都是糊弄人的。"

母女俩来到了自己的家。凤英打开后门，看到防护墙的裂缝已经粉饰过，看不出裂缝了。她又看到悦铃家后门的防护墙也已粉饰一新。

凤英来到灶间，取出埋在地下的照相机，打开机门，取出照片，照片已模糊不清，她黯然心碎，虽然道成已把存有一百万的银行卡交给我保管，但如果金文辉知道我没有了证据，或许随时会反悔而千方百计翻盘。

有两位大嫂来凤英家串门，问长问短：

"凤英，城里怎么样，找到工作了吗？我们也想去城里打工呢。"

"凤英，你和道成生活在一起了吧，你婆婆好点了吧？"

"凤英，你怎么才走两天就又回家了？"

凤英有问必答，最后她回答道："我这次回家是再整理点四季穿的衣服，城里衣服挺贵的，光一件就要少则几十，多则几百。"

静悄悄的夜。凤英照顾玉莲安然入睡，忙碌了一天，她也困了，也躺在了玉莲的身旁。

黑漆漆的夜。双岭村阴风阵阵，月亮怕羞似的躲进云层，夜色像一块宽大无比的幕布，把个双岭村罩得不留缝隙，远处的丘陵，近处的沟壑，都被浓浓的夜色抹平了。

黑漆漆中，一个披头散发、只露出一双眼睛的魔影潜着脚步来到凤英的家门口，用一把薄薄的尖刀伸进大门内，用刀尖挑开了门闩。魔影再潜到母女俩的卧室，再用尖刀挑开门的舌头。继而他从口袋里掏出一个针筒，将针筒对准母女俩的脸部，注射出一道道白色的液体。稍许，魔影推了推母女俩，母女俩毫无反应。魔影抱起玉莲，按原样把卧室和大门关闭。

魔影抱着玉莲，像一阵风似的飘到渡口；他先把掩埋石头处上方的一棵小树推倒，而后迅速地上了渡船，拉动绳索。渡船像被使了魔法似的似离弦的箭向对岸飞去。

魔影抱着玉莲翻过两个山头。天空下起了雨，魔影脱下自己的黑色风衣把玉莲紧紧包住，只露出呼吸的鼻孔。片刻，两人消失在山脚下的马路边。

清晨七点凤英醒来，一看身旁没了女儿，吓得两条腿好像被黏在了床上，站也站不起来。三魂丢了两魂半的她好久才回过神来，她打开房门，来到大门前，一切都是睡觉前的样子，家里出鬼了？她还在抱有侥幸心理，机灵的玉莲是否和她开玩笑躲在大橱里或灶旁的柴火堆里？她打开大橱，里面空空如也，翻起柴火堆，里面一无所有。

她跑到大门外，大声喊叫："玉莲没了！我的玉莲失踪了！"

已经接替悦铃当上妇女主任的李亚敏听到喊声立即跑到办公室，村头喇叭里随即响起了李亚敏的广播："双岭村的乡亲们，凤英的女儿玉莲昨夜离奇失踪，大家快帮忙到周围找找！"

村民们立即四下寻找，两个小时后皆无果而终。

凤英的家里，婉珍叫来了医官王维光。

婉珍："王神医，又要发挥你求神问卜的特长了，你算一下玉莲被什么东西拐走的，拐到了哪里？"

王维光这次没有扮成怪里怪气的巫师，他掐指算道："其一，前几天村长把山神庙的大门贴上了封条，昨天又砌了一堵封墙，恐怕是山神庙发怒，迁怒到玉莲身上，把玉莲打进地狱了；其二，渡口的神石不甘心被埋在地下，神石同时又担心玉莲跟着凤英受苦，把玉莲转移到了天堂。"

婉珍："王神医你算具体点，什么天堂地狱，那都不是我们待的地方。"

王维光："说具体点就难了，世界那么大，城市乡村这么多，只有上帝才知道玉莲去了哪儿。"

村长带领一伙人来到山神庙，果真看见大门已经敞开，封墙已被推倒。

村长带着一伙人又来到渡口，果真看见掩埋石头处上方的一棵小树已被推倒，露出一个窟窿。

"把埋石头的泥土掀开，看看石头还在不在。"村长命令乡亲们。

几个村民用铁锹挖去埋石头的泥土，露出采菱盆大小的坑，已经没有石头的踪影，石头又跑了。

王维光："我算卦算了两道，第一道没算对，菩萨并没有把玉莲打进地狱，第二道百分之百算对了，神石把玉莲转移到了天堂，这是毋庸置疑的。"他又对着一起跟来的凤英："凤英，你也要当心神石把你转移，如果转移到和玉莲在一起，那皆大欢喜，大家拍手称快，可是要是转移到哪个阴暗角落，那你就要遭厄运了。我认为转移到阴暗角落的可能性居上风，你在家不宜久留，说不定还会出什么乱子。"

第 17 章　王家媳妇

谈悦铃带着王盛进城的第一天，被请到了星呈大酒店的红牡丹包厢。

"悦铃，你放着好端端的妇女主任不当，跑到城里来干什么，你倒是说呀！"王标以他低沉的声音重复问了两遍。"

悦铃不马上回答，存心激激他。

"你成哑巴了，怎么不回答？"

悦铃不紧不慢地大声道："怎么了王标，我来城里碍着你哪里了，我就是想跟你生活在一起，我的妇女主任让给李亚敏做了，原本就是她让给我做的，我把咱家的果林也承包给乡邻了。"

"说话轻点，隔壁包厢里待着道成和凤英，你和凤英串通好一起进城的吧。"

"家里出大事了，那块跑到山神庙的神石，把咱家后门和凤英家后门外的防护墙砸了条大裂缝，要是没有防护墙，直接砸向后门，那就危险了。"

"神石神石，我就不相信什么神石，那是人为的，我走后，你和村里哪个王八蛋结了冤家？"

"哪来的什么冤家，我安分守己，照顾着咱们的盛儿。"

王盛在一边应和道："爸爸，妈妈和乡邻关系好着呢，和村长关系特别好。"

"王盛你插什么嘴，到隔壁包厢去找玉莲玩。"悦铃光火了。

"我不去，我听见玉莲在吵闹。"

楼上传来"嗒嗒嗒"的皮鞋走动声，这声音由远及近，听得出在走楼梯了，王标听惯了这样的声音，经验告诉他是姚佩芳来到了。

王标从座位上站立起，他提前紧张起来了。

"王标，干吗这么紧张？"

姚佩芳已经开门走了进来："谁在紧张？大家随便一点。"

王标向夫人介绍："这是星呈大酒店的总经理姚佩芳。"他把椅子拨开一点，让姚佩芳坐下。

"听说过，不就是徐村长的丈母娘吗？"悦铃漠然置之，把头偏在一边也不正眼看她。

姚佩芳："悦铃，我不是来和你吵架，我是来和你做伴的。"

"总经理你抬举我了，你和我做伴会降低你身份的，我有王标做伴呢，我来找王标就是要在城里和王标一起过日子。"

"做伴和身份有关吗？"佩芳把王盛抱到膝盖上，"王盛，我可以成为你的又一个妈妈。"

谈悦玲一点面子不给："你都徐娘半老的人了，做王盛奶奶还差不多！盛儿快下来！"

王盛很乖地从佩芳膝盖上走下来，呆呆地站在一旁一动不动。

"乡里娘们，你别看我徐娘半老，我风韵犹存，别说你老公王标了，二十岁的小伙子还在追我。"

"乡里娘们就是这个样子，我没学过礼节礼貌，你不就是凭着多几个钱吗，没有钱小伙子会追你吗？"悦铃还真跟佩芳较上劲了。

佩芳拍了下桌子："王标，你这个保安经理怎么当的，这样的泼妇也会让她进来，快叫保安，要不我自己叫了。"

"不用你叫，我自己会走。"悦铃拉起王盛就向门外走。

王标："悦铃你跟盛儿还没吃饭呢，一桌的菜都没动。"

"我上二楼的大餐厅去吃饭，那儿不是有三十桌的婚宴吗？"

"你说什么胡话，人家都有请柬的。"

"我坐备用的餐桌，不用你管！"

佩芳一听，怕悦铃影响了婚宴客人，让步说："还是我走吧，包厢让给你们三个人。王标，你和悦铃商量商量，悦铃既然来了，怎么个安排法。"

佩芳边说边离开了包厢。

"悦铃，咱把肚子吃饱再说，这么好的一桌，不多吃一点浪费了多可惜。"

"不会浪费的，吃不了打包回家可吃个好几顿。"

一家三口坐下来。

"悦铃，你哪来的家，难不成要住在宾馆？"

"那当然了，宾馆就是我的家，王标你不能受控在佩芳手里，更不能成为她的驯服工具。"

"悦铃，你可知道我的这份工作多么来之不易，好多保安都虎视眈眈盯着我的位置，要不是我和佩芳这层关系，我会被他们甩个十万八千里，你应该充分理解我。以前我跟着村长向村民们敲诈勒索，村民们对我咬牙切齿，我已经同过去的自己决裂，我的一份工资抵过三个保安员的工资。逢年过节我回到老家后我准备给乡亲们发点红包，挽回自己的不良影响，对你对我对盛儿都有好处。"

"到了城里你变得能说会道了，你还想说什么？"

"咱家后门的防护墙不是给神石砸了吗，为什么不砸人家的，单单砸咱和凤英家的，你没考虑过吗？"

"你刚才还不相信神石，现在怎么又相信了？"

"我是说人为的，人为的使坏，我给乡亲们一点好处，乡亲们就会替咱说话，不会有人再使坏了。"

门外传来一阵踉跄的脚步声，悦铃把门打开一条缝，她看到道成抱着玉莲正向电梯口走去，凤英跟在后面顿足捶胸，像出了什么要紧事似的，走在最后的佩芸却是趾高气扬，得意洋洋。悦铃还看到，走到电梯口的佩芸神气十足地向她瞪了一眼，仿佛在对她说："敢跟我姐作对吗？凤英就是你的下场。"

悦铃打了个寒战，把门关上，半晌没有说话。

"看到了吧，姚家势力太厉害了，悦铃，咱们退一步吧，退一步海阔天空，不要再和佩芳对着干了，最终倒霉的是自己。"

"那么你说怎么个退一步？"

"我在外面给你租个房子，你和王盛一起住。"

"那你呢，你住哪儿？"

"我在酒店有长住房的，我每隔十天半个月回家看望你一次。"

"我不要你租房子，租房子每月还要付租金，我要佩芳给我买一套房子，三室两厅，一百多平方米的，我还要你在酒店给我安排一份工作，餐厅洗碗，客房打扫都行，月工资你叫佩芳看着办，不低于同工种就行，这是我的最低要求，要不然你叫佩芳给金文辉说，我会召集一帮人闹到他们公司。"

"你胡扯什么。"

"你只要让佩芳把我的要求传到金总耳朵里就可以了，别的不用你管，惹怒了我，我就是一个青婆，哄好了我，我就是一个好娘娘。"

"你不要胃口太大，我只能试着跟佩芳说说，如果她不同意，咱就只能租一间房子，工作的事，我倒可以打包票。"

"我说过了，这是我的最低要求，你打电话给佩芳，我要亲自对她说。"

楼上又传来佩芳的脚步声，王标从座位站起来，他又紧张了。

悦铃："你听见楼上的脚步声就这么紧张，是佩芳来了吧，你这个男子汉见了上司这个熊样，塌了天底下男人的台。"

王盛也紧张了，往悦铃怀里钻。

"商量好了吗？"推门而进的佩芳看样子做了充分的准备，"我同意悦铃的要求。"

"总经理，悦铃的要求你咋知道了？"

"当然知道，我是千里眼，顺风耳，还是神算子。另外，你们以为我是孤军作战吗？我的酒店到处都有我的人。"

原来姚佩芳在包厢里临时安放了窃听器，王标和悦铃的对话她在楼上全听到了。

悦铃："总经理你倒说说，我提的啥要求。"

"不就是一套三室两厅的新房和一份工作吗？我答应你。"

"我又有新的要求了，这个要求你做梦都不会想到。"悦铃脑筋一转，存心想考考佩芳神算子的智商。

"我不做梦也会想到，你是要一份月薪不菲的工资。"

"不对，总经理你算错了。"

"你要王标天天回家陪你睡觉。"

"还是不对，总经理你又算错了。"

"你要我给你买个大哥大？"

"买大哥大当然要的，不过你还是没算出我的要求，你这个神算子是吹牛的。"

王标："悦铃，你别胡搅蛮缠了，总经理这么爽快答应你的要求，是我做梦都没想到的，咱应该见好就收。"

"王标，那你算算我还有什么新的要求？"悦铃拍了拍他挂在腰间的轿车钥匙。

这一个动作没能逃过佩芳的眼睛："悦铃，你的要求是给你买一辆轿车，我答应了。"

"总经理，收回你神算子的美称吧，你给我买轿车我照收不误。我的要求是你和金文辉亲自开着轿车轮流接送我上下班。"

"太不像话了，简直得寸进尺，"佩芳连拍两下桌子，"王标，打电话叫保安来把悦铃架出去。"

"王标你敢！"悦铃也连拍两下桌子，不过她拍得很轻，"佩芳，你不如打个电话给金文辉问问他同意不同意，要是他不同意，我立马回老家。"

悦铃又和佩芳对着干了，不过这次她采取的是软调皮，脸上还是笑嘻嘻的，与佩芳勃然大怒的模样形成鲜明的对比。

悦铃见佩芳坐着没动，像泥塑木雕一般，又说道："总经理不想打是吧，我自己来打，王标，把大哥大给我。"

"住手，金总的电话你也配打，"佩芳已经回过神来，拉住了正要打电话的悦铃，"我自己来打。"

佩芳走到门外，找了个僻静的地方打通了金文辉的电话："文辉，悦铃不得了，我已经满足了她两个要求……她又提出了新的要求。"

"什么要求？"

"她要我俩开着轿车轮流接送她上班。"

"我接送她毕竟不合适，这样吧，你委屈一下，你来接送她吧。"

"就这么轻易地答应她？"

"咱用的是《三国演义》中孔明的缓兵之计，不怕日后收拾不了她。"

佩芳回到了包厢："悦铃，金总这段时间实在太忙，我来接送你上下班。"

"这还差不多，"悦铃从椅子上站起身，"总经理，那我就等新房的钥匙了，工作嘛，我听你的安排，不过要等我拿到新房的钥匙，安排好了再来上班。在我拿到钥匙之前，还请你安排一个我与盛儿的客房。我的要求是安排在你办公室上面的626房间。"

"悦铃，你……你……"佩芳想到了文辉的缓兵之计，马上改口道，"我答应你。"

佩芳打通了客房部经理的电话："沈经理，把626房间的钥匙拿给我，我在红牡丹包厢。"

沈经理很快就拿来了626房间的钥匙。

待沈经理离去后，佩芳把钥匙扔给悦铃："拿去吧。"说完头也不回地离开了包厢。

夫妻俩拉着盛儿的手到了626客房。悦铃仰面朝天地躺在床上："我总算享受到五星级宾馆的客房了。"

"悦铃，你知道626房间是给谁住的吗？是给贵宾住的。"

"那就更好了呀，我就是贵宾！"

"你别高兴得太早，今后苦头有你吃的。"

"谁敢给我吃苦头，我有我的杀手锏。"

"你不就是凭着和金文辉的那一层关系吗，哪来的杀手锏，召集人到人家公司也算是杀手锏吗？"

"当然算杀手锏了。"

"你别想得太美，我去忙我的了，你和盛儿安稳地在房间待着，不要到处乱转，咱得处处提防点。房间里有微波炉，晚餐你把打包的菜热一下即可享用，我晚上不一定会回来。"

悦铃是个不甘寂寞的女人，安排好了盛儿午睡，她给自己化了个妆，穿上时髦的外套，来到三楼的娱乐场所转悠起来。

舞厅里优美的背景音乐声把她吸引了，她兴致勃勃来到了舞厅。

星呈大酒店的干部和员工都知道626和628客房是酒店最高档的客房，里面设施齐全，会客厅，书房，衣帽间，光卫生间就有三个。更有那四周装有八个喷泉的豪华浴缸，让人耳目一新，浮想联翩。

舞厅的陈经理已经打听到谈悦铃居住在626房间，见她来到了舞厅，马上站到舞厅中央，手拿麦克风热烈欢迎："各位来宾，各位舞伴，今天我们舞厅迎来了一位最尊敬的贵宾谈悦铃女士，大家鼓掌欢迎。"

舞厅四周的散座、卡座马上站立起数百位舞伴，报谈悦铃以热烈的掌声。

"女士们，先生们，谈女士的光临将会使星呈大酒店的名气蜚声海内外，相信会有更多的国家级别的贵宾、外国元首、国际友人入住星呈大酒店。"

"女士们，先生们，大家把迎宾舞跳起来，再次表示对谈女士的热烈欢迎。"

音乐声起，欢快悦耳的迎宾舞曲有节奏地回响在舞厅。卡座上、散座上的舞伴们走到舞厅中央，纷纷手拉手跳起了迎宾舞。

陈经理彬彬有礼地走到悦铃的左边，欠身致礼，并伸出右手："谈女士，请您跳舞好吗？"

悦铃心中一片迷惘：自己怎么成了最尊贵的客人了，会否是佩芳设的局，王标说得没错，咱要处处提防着点。

她握住陈经理邀请的右手："这位男士，请问您是？"

"我是舞厅的陈经理，整个舞厅归我管理，您长相这么美丽，只有我才配得上邀请您跳舞。"

"可是我对跳舞很生疏呀，我的相貌也一般，"悦铃指了指散座上还没被邀请跳舞的几位女士，"你可以邀请她们呀。"

"谈女士您过谦了，像您既有身份又有美貌的女士，哪一位男士不为您倾倒，您只要跟着我的步伐走就可以了。"

"你不怕我踩您的脚？"

"您踩我的脚我会感到很幸福的，说明咱俩手足相连，充分显现出咱俩的亲密关系。"

悦铃跟着他的舞步跳了起来，两圈走下来，她竟然能熟练地跟着舞曲的节奏走步，明显不像初入舞池的舞伴。

一支舞曲结束，陈经理邀请她进入卡座，拉上帘布，两人相对而坐。

陈经理唤起服务生到相邻的咖啡厅送来两杯咖啡。

"谈女士，请喝咖啡。"

"陈经理，你先喝吧，我等你喝了第一口再喝。"

"不，谈女士，应该我等您喝了第一口我再喝。"

悦铃喝了一口咖啡，她喝不出是苦还是甜，这时候的她又开始迷惘了。

"谈女士，请问您在哪里高就？"

"我是妇女主任，相当于妇联主席。"悦铃极力抬高自己的身份。

"哦，您是新当选的妇联主席，我们姚总把您安排到626房间，真乃实至名归，实属应该。"

"是吗，我也觉得应该。"

"谈主席，今天认识你真是三生有幸，咱俩的关系可以更上一层楼吗？"

"更上一层楼，什么意思？"

"你听不出吗，你是我见到的我们舞厅开业以来最漂亮的女士。我们的舞厅在三楼，三楼以上就是客房了。我们可以更深层次地交往，就是那种超过普通朋友的亲密接触。"

"陈经理，你的咖啡里是不是加了烈酒，你喝大了。"

有服务生在卡座门口喊了一声："陈经理，姚总叫你去。"

陈经理掀开卡帘走出卡座，看到舞厅门口的姚总正睁圆双眼瞪着他。

陈经理步履整齐地来到姚佩芳面前："姚总，您好，我把舞厅最高的礼仪给了谈女士。"

"什么最高礼仪，你知道她是谁吗？"

"她说她相当于妇联主席，我就把她当妇联主席欢迎了。"

"陈经理你搞的哪一出，她原先不过是个山村妇女主任，现在就是个女工。"

"那姚总您不是让她入住在626房间吗？"

"我是让她住在626房间，这只是临时的，临时的懂吗？我随时可以让她滚蛋，不消几天，你会看到她穿着工作服在打扫626房间。"

陈经理重新回到悦铃坐着的卡座，态度明显两样，挥起右手指着卡座外："谈女士，有请。"

"陈经理，请我更上一层楼吗？"

"请你出去，离开舞厅。"

"出去，到哪去，哪有舞厅把舞伴赶走的。"

"请你买票进舞厅，要不你就滚开。"

"我就不买舞票，看你能拿我怎样。"

陈经理叫来了两个保安："把她架出去。"

"谁敢碰我，我马上叫谁丢了饭碗，"悦铃的倔脾气又上来了，"陈经理，我要上报社控告你。"

"你是个什么东西，敢上报社控告我？"

"你骂我是个东西，告诉你吧，金总见了我也要抖三抖。"

"你是说姚总的丈夫金总？"

"当然是姚总的丈夫，你把大哥大给我，我大哥大忘在626房间了，我给金总打个电话。"

陈经理从腰间取出大哥大，递给悦铃："你打吧，我倒要看看你有多大本事。"

悦铃拨通了金文辉的电话："金总吗，我是谈悦铃，我在星呈大酒店舞厅跳舞，舞厅的陈经理要赶我走。"

悦铃把大哥大按到语音外放的位置："陈经理，咱俩一起听。"

电话里传来金文辉的吼声："什么，要赶你出舞厅，你把电话给陈经理，我来对他说。"

悦铃："金总你只管说，我已把大哥大的语音拨到了外放，我俩都听着。"

"陈经理，你怎么搞的，酒店每一个来客都是我们的朋友，你怎么能赶谈女士走，更何况谈女士是我和佩芳最尊贵的来宾，你简直乱弹琴。"

电话啪地被挂断。陈经理一脸迷茫："金总和姚总，夫妻俩究竟在唱一出什么戏，简直让人捉摸不透。"

"陈经理，听清楚了吗，金总怎么对你说的。"

"谈女士，看来我的咖啡里的确加了烈酒，请多多包涵，您请坐。"

"我不坐了，你不是说咱俩可以更上一层楼吗，那就上吧。"悦玲存心想捉弄他，必要的时候还可利用他。

"谈女士，真的吗？"

"当然是真的，走吧，咱俩上哪一层楼，我全听你的。"

陈经理信以为真，领着悦铃来到了他的长住房，两人双双进了房间。

陈经理急不可耐地就要把悦铃按倒在床上，悦铃温情脉脉推开了地："陈经理，你去淋浴房冲洗一下，我喜欢清清爽爽的你。"

"谈女士，咱一同去洗个鸳鸯浴不更好吗？"

"陈经理，我第一次和你在一起，还真有点害羞呢，你去冲洗吧，我中午已经在626房间冲洗过了。"

陈经理一脸惊喜，来到淋浴房上下左右地冲洗起来，等他冲洗好回到房间一看，床上被子下面鼓鼓的，他以为谈女士正等着他呢。他揭开被子，一看被子下面还是一条被子，是折叠成人样的被子，这才知道上当了，这个山村妇女主任还真是惹不起。他穿好衣服，赶紧溜出房间，却见姚佩芳站在门口又睁圆了双眼正瞪着他。

"陈经理，你他妈的不想干了，谈悦铃你也想占有，尽给我添乱。"

陈经理慌得一头跪倒在地："姚总，饶了我这一次吧，是她诓骗我上楼，我上了她当了。"

"快回到舞厅去，做好你的本职工作。"

再说谈悦铃，她快步走出陈经理的长住房后，马上来到626房间，打通了王标的电话："王标，把陈经理带我一起进房间的录像带保管好，以留备用。这个陈经理，我要他俯首帖耳地听咱俩的使唤。"

谈悦铃对星呈大酒店的搅扰简直到了登峰造极的地步。金文辉打通了村长的电话："进发，悦铃头天来到星呈大酒店就搞得乌烟瘴气，你要对她动点脑筋了。"

"爸爸，动动脑筋，还让她回到双岭村，然后在村头喇叭里播放呼唤她的歌，拿钱笼络她？"

"不是的，玉兰不是进医院了吗？我点到为止，你自己看着办吧。"

"爸，我明白了，你放心。"

"我把她在城里的新居告诉你，她将住在金辉家苑一期9号门909室，我安排她住这个门牌号，是为了让你好记一点，你只要记住三个九。"

"爸，我记住了。"

"你再背一遍。"

"全辉家苑9号门909室。"

"你还没记住，是金辉家苑一期，记住是一期，另外，玉兰的照相机藏在哪儿有着落了吗？"

"还没有，一直找不到机会清查。"

"进发，你有点让我失望，我还听说你把山神庙封了，还砌了堵封墙，菩萨发怒推倒了封墙，还有，石头又复活了，拐走了玉莲，真有这样的事吗？"

"爸，我也是觉得挺奇怪的，明明我把石头埋在了清水河边的地下，不知咋的它爬了出来，玉莲是否被石头拐走还真说不清楚。"

"咱宁可信其有，不可信其无，你要全力清查玉莲的去向。"

谈悦铃在大闹星呈大酒店的第三天就拿到了新房的钥匙，当她牵着盛儿的手来到新房的时候，被新房里的设施惊呆了，各项配套应有尽有，她来到用不锈钢栅栏防护的阳台上，俯瞰城市的美景，心儿乐得几乎要跳出来，她生平还是第一次住这么高级的新房。

王盛觉得挺好奇："妈妈，我们就在这新家住下去了吗，不回老家了？"

"盛儿，你还在怀疑吗，人往高处走，这个新家咱要住一辈子，住到妈头发全白了，还要住下去。"

"这样的好事来得太突然了，像做梦一样。"

"这有什么突然呢，从今以后咱做城里人了，明儿我要找附近的苗苗班，让你上学读书。"

"妈妈，玉莲呢，我要跟她一起上学。"

"玉莲被大石头拐走了。"

"什么大石头，大石头是人还是鬼？"

"就是把咱家后门外的防护墙砸了条大裂缝的石头，不是人也不是鬼。"

王盛"呜呜"地哭了："我要找玉莲，我要同玉莲一起上学。"

"盛儿，男子汉不能哭，"悦铃拉着王盛来到阳台上，"你看那马路上奔跑的汽车，开车的大多是男子汉，"她又指着天上的飞机，"你长大了还要学开飞机呢。"

王盛不哭了："妈，你不是说也要学开汽车吗？什么时候我能坐上你开的汽车就好了，坐爸开的汽车老是急刹车，不好受。"

"妈已经找好了驾驶培训学校，不消几个月，你就能坐上妈开的汽车，妈开着汽车送你上学，接你放学。"

谈悦铃接到了星呈大酒店的聘用书，聘用她为客房部六楼的服务员。她觉得要收收心了，安分守己地当起了服务员。

626房间的贵宾退房了，领班吩咐她去打扫。

她来到了这个曾经住了两天的高级客房，耐心地打扫。

姚佩芳领着陈经理来到626房间，指着正在打扫的谈悦铃："陈经理你看到了吧，我说话向来是算数的。"

"你踩着我的皮鞋了，帮我擦干净。"

陈经理顺从地从626房间茶几上的抽屉里抽出两张餐巾纸，把姚佩芳皮鞋上的尘埃擦去。

悦铃看到陈经理在姚佩芳面前的这个熊样子，"扑哧"笑出了声。她想这位经理实在没有可利用的地方，带她进长包房的录像可有可无。

姚佩芳还真是遵守诺言，每天接送谈悦铃上下班。大厅里的白领都看在眼里，他们交头接耳：

"这是哪里来的神圣，总经理亲自接送上下班，可她充其量不过是一个客房服务员呀。"

"世界上稀奇古怪的事真的很多，住过总统套房，现在又去打扫总统套房，真叫人捉摸不透。"

"舞厅陈经理用最高礼仪欢迎她，听说她是妇联主席，应该是来体察民情的吧！"

第18章 姐弟情深

第七人民医院三楼的院长办公室，佟院长听完了凤英探望玉兰后对玉兰的描述，陷入了深深的沉思。他折叠成一个同玉兰折叠的相仿的纸飞机，来到了阳台，把纸飞机放在左手的掌心，右手把它扶正后吹向天空，纸飞机在天空中盘旋飞舞了几下，向地面慢慢滑去。

凋谢的回忆开始复苏，思念的帷幔再次自动被掀起，隐藏在记忆深处的那段往事，竟是那般清晰而又分明，尽管他那年只有四岁。

"姐姐，咱们一起跑上树玩纸飞机吧，在树上玩纸飞机，纸飞机飞得很高很高，可好看了。"

比他年长三岁的玉兰推着他爬上三米高的杨柳树，自己也爬上树，两人坐在树杈上，同时把纸飞机放在左掌心，屏住力气吹了一口气，纸飞机在半空中飘飘悠悠，时而会合时而分离，最后缠缠绵绵再也分不开，两个纸飞机重叠在一起，好久好久才慢慢下落。两人看着看着，他失去了重心，玉兰情急之中抱住了弟弟，姐弟俩一起摔了下去，摔在软绵绵的草地上，他身底下的姐姐身体更软，姐姐有瞬间的昏晕。

"姐姐，姐姐，你快醒醒，快醒醒。"他趴在玉兰肩头呼唤。

玉兰睁开了双眼："弟弟，姐姐吓你的，别当回事。"

"坏姐姐，坏姐姐。"他捶打着姐姐的双肩，和姐姐又拥抱在一起。

玉兰站起身："姐姐不陪你玩了，姐姐要去砍好多好多的柴火，多卖些钱，攒多了供你以后读书。"

"姐姐我陪你一起去，一起去。"

"弟弟回家等着妈妈，妈妈回家问起我就说我上山砍柴去了。"

"姐姐，咱爸爸呢，我好长时间没见着爸爸了。"

"咱爸爸已经离开咱们半年了，他到另一个世界去了。"

"另一个世界是哪里呀，你快告诉我。"

"咱爸已经生病去世了。"

玉兰上山砍柴去了，他在家等着妈妈，不料却来了个人贩子，人贩子带着他辗转几百里，又乘拖拉机，又乘公交车，把他卖给了城里的一位姓佟的先生，佟先生结婚两年了还没生孩子，继而把他当作自己的亲生儿子供养，同时给他另起名为佟加宣。

佟先生供他上最好的学堂，高中毕业后，又送他上加拿大读医科大学，在上大学过程中，他和比他低一届的加拿大国籍的学妹恋爱成婚，两人在加拿大一起生活了十年。在这期间，夫人为他生下一个儿子。他执意要回中国，夫人执意要他留在加拿大，两人感情因此产生了裂缝，最终协议离婚，夫人拿到了儿子的抚养权。他带着满腔热忱回到了祖国，寻找他的养父母，谁知养父母音信全无。后来从社区领导口中得知，他的养父母已患重病不治而双双离世。他开始忙于他的医疗事业，没过几年他被晋升为这家医院的院长。

天空下起了毛毛细雨，细雨无声，洋洋洒洒地飘落在阳台外的街面上。阴雨天最能引发人们的回忆。佟院长回忆的往事如昨天一样真切。"玉兰姐姐，离散了近四十年的我最亲密的姐姐，你就是我的病人吗？听凤英的描述，你不是病人，你是被人陷害的。我听从了金文辉的蛊惑，把你捆绑在病床上，让你服太多的精神药，我就是一个罪人，我的医科大学算是白上了。"

"玉兰，玉兰，你就是我的亲姐姐吗？和你相认了你会原谅我吗，那个送你到医院的金文辉，他为什么要陷害你呢？"

悔恨的情感让他不再优柔寡断，他要迫切向亲姐姐认错，如果姐姐的确是被金文辉陷害的。他要一步一步向姐姐道明金文辉的罪恶。

因为办公室一片灰暗，他开亮了灯，灯光把他悔恨的模样拖成细长而又曲折的怪影，但向姐姐认错的心态始终牢牢地拴着他的情感。他要让玉兰看到他还是从前的他，那个善良正直的他。他希望玉兰能原谅他的愚蠢和软弱。

玉兰看见让下属捆绑她、给她服太多精神药的佟院长来到了病房，躺在病床上用被子遮住脸面，不理会他。

佟院长从病床的床头柜里拿出一张信笺，折叠成纸飞机。他把床头柜的抽屉关得很响，他要惊动玉兰让她看着他玩纸飞机。

这个院长平时在病房不管做什么动作都很轻，很有教养，今天怎么了，明显两样。玉兰把头探出被子，看到佟院长在阳台上玩纸飞机，他把纸飞机放在左手，右手扶着纸飞机，把尖的一头对准护栏外，屏住一口气，"噗"的一声吹向纸飞机，纸飞机在空中飞来飞去，飘忽不定。玉兰不由自主地拍起了手，儿时的记忆被唤醒复苏。这位佟院长，为什么和自己儿时玩纸飞机的动作一模一样，他究竟是谁？

玉兰也来到阳台，她从阳台的小方桌上拿起两只纸飞机，一只放在自己左手心，另一只放在佟院长的左手心，两人都用右手扶着纸飞机，把尖头的一头对准防护栏外的天空，两人同时屏住一口气，把纸飞机吹到半天空。

两只纸飞机在天空飞来飞去时而会合，时而分开，最后缠缠绵绵翩翩飞舞，重叠在一起再也不分开，直直地往地下滑落，就像儿时的姐弟俩在杨柳树上玩纸飞机，弟弟不小心失去重心，姐姐抱着弟弟摔落在草地上一样。

"你是我的姐姐童玉兰？"

"你是我的弟弟童先明？"

佟加宣再也控制不住自己，一头跪倒在玉兰面前："姐姐，我就是一个病人、罪人，我对不起你。"

"我的弟弟，你没有错，你按照医生的职责办事，你怎么会有错呢！"

"可是姐姐，我把你捆绑在病床上，让你吃那么多的药片，我恨我自己，恨自己的愚蠢。"

"明明快起身，不要让医生护士进门撞见。"玉兰把他扶起身，领他来到卫生间，指着坐便器，"你们给我服的药都给我扔在了马桶里，顺着下水道流走了，我总有办法把你们给我吃的药呕出来。这些年你是怎么过来的？"

佟加宣关好房门，把自己三十年前被人贩子拐走后的遭遇以及接下来的人生走向对玉兰做了描述，最后告诉姐姐，他有一个十九岁的儿子，他与加拿大的妻子离婚后，音信全无。

"姐姐，咱妈呢？"

"妈妈回到家找不见你，把我骂了一顿，后来生了一场大病，临死之前把我托付给邻家的大嫂，大嫂带了我几年，就把我送给了我的丈夫，可怜我丈夫几年前被村长摔下了悬崖。"

"姐姐，姐夫太冤枉了，村长真不是个东西。我不明白，金文辉为什么要陷害你，他的这一招可真狠毒。"

"说来话长，我手握他想占有凤英的证据，他的目的很明确，想叫我一辈子翻不了身。"

"姐，你说的是，接下来我们咋办？"

"明明，我想先听听你的意见。"

"姐，我说得不好你再补充，你现在仍装成一个病人，病得很重很重，此事只有你我与凤英知道，因为你若安好，金文辉会不会想别的法子加害你。"

"弟，目前也只能这样了，你就是我的保护伞。"

"我一定会保护好你，就像保护好自己的眼珠一样。"

病房外有人在敲门，佟加宣叫玉兰做好装作，打开了房门。

进门的是一位姓罗的医生："佟院长，您亲自给病人诊察？"

"金总送来的病人，我理当亲自诊察，诊察的结果病人非但没有好转，反而更加严重了。"

玉兰坐在病床上手舞足蹈，继而从抽屉里拿出几张信笺，撕成一条条纸条儿，把纸条儿吹得满屋飘游。

罗医生："玉兰你别吹了，经常吹气容易伤神。"

"我就喜欢吹，我要把纸条儿吹到我的老家双岭村，在双岭村上空飞呀，飞呀。"

"罗医生，你按时给玉兰服药了吗？"

"轮到我值班按时服药一粒不少，其他医生我就不知道了。"

"按玉兰这个状况，很可能三顿药有哪一顿遗漏了，明天通知全院医生护士召开每月一次的会议。"

医院可容纳两百个医生护士的会堂里，佟加宣正在作指示：

"各位同仁，大家下午好，今天会议的主要内容是关于工作纪律的问题。我们对病人的照顾要一丝不苟，特别在用药方面，每一位病人用什么药，用多少剂量，都要有个记录。家属把病人交给我们，我们就要负起全部责任，要像对待自己的父母，对待自己的儿女一样照顾病人，让家属放心。我特别注意到金总送来的病员童玉兰，几个月下来病情丝毫没有好转，反而更加严重。负责给她治疗的床位医生负起责任了吗，按时服药了吗，药的品种配好了吗，多配了还是遗漏了，我最憎恨的就是忘记给她服药，童玉兰的病情加重，影响了我院的声誉。从今以后，由我亲自给童玉兰服一日三顿的药，亲自把关，争取让她早日摆脱病痛的折磨，早日痊愈出院。"

"最后我要说的是，医院要靠全体医务工作人员，我不可能面面俱到。全体医务人员要把童玉兰病情的加重引以为戒，把每一个病员料理好，我们要给市卫生局交上一份满意的答卷。"

这时有一位保安来到了佟院长身旁，轻轻告诉他："佟院长，金总来看望医务人员和病员，还有记者跟着。"

佟加宣："金总来视察医院了，还带着记者，大家各方面注意一点，工作要有条不紊，我们要把医院的光辉形象展现在金总面前，散会。"

佟加宣来到了医院门口，把金文辉和卫生局两位陪同人员迎进门："金总，您工作这么繁忙，还亲自到医院来看望病人，真是有劳您了。"

佟加宣带着金总一伙人来到了开放病区，病员们有的在散步，有的在健身器材上锻炼，还有的在一起聊天。金文辉："佟院长，病员们的精神状态很好，看样子恢复得还不错。今后要多办开放病区，不要让病员整天待在病房里，让他们出来走走，享受阳光的温暖，享受大自然的旖旎风光，对他们的康复大有好处。"

佟加宣："金总，我们正在创建新的开放病区，让更多的病员走出来，融入集体生活的美好氛围。"

金文辉："我还想到你们的厨房看看。"

佟加宣带着金文辉一伙人来到了厨房，他们看到厨师们正在把大盆里的菜打在一个个的餐盒里，餐盒里有两荤两素。金文辉用筷子尝了一下，啧啧称赞："味道还真鲜美，这些病员服了一定的药量，味觉肯定有影响，一定要每顿保持这样鲜美的菜肴。"

佟加宣："我们的荤菜蔬菜都是特供的，经过层层质量把关，我们的厨师都持有一级厨师资格证。"

金文辉满意地点了一下头："佟院长，我上次送来的女病员，现在情况怎么样，我很想去看望她，她叫什么名字？"金文辉佯装不知道病员的名字。

佟加宣："她叫童玉兰，病房不宜人多，你们最多只能去三个人。"

金文辉："我就带两名记者吧。"

他们一起来到了童玉兰的病房，金文辉看到，童玉兰正在把一张床单撕成一条条，病床上地上到处都是。

金文辉："佟院长，看童玉兰这个样子，还得给她加大用药的剂量，雪白的床单被她撕成一条一条的，多可惜，该把她绑起来的还要绑。"

佟加宣吩咐两位护士把玉兰的四肢绑在病床上。

童玉兰："我不要你们绑，雪白的床单铺在地上多美丽，它把地上的阴霾罩住了，我要用照相机拍下来，传到网上，让网友们为我的艺术成果点赞。"

金文辉："你有照相机吗？如果有我帮你取出来。"

童玉兰："我哪来的照相机，你身旁的记者不捧着照相机吗？借我用一下。"

佟加宣请示金文辉："金总，是否把照相机给她。"

"给她吧，给她松绑，让我看看她是怎么拍照的。"

两位护士替玉兰松了绑，玉兰又拿起被单撕了起来，一边撕一边说："我要把地上铺得满满的，像海绵一样我跌倒在地不觉得疼。"

童玉兰接过记者手中的照相机，把照相机的摄像头对准地上，用嘴吹着照相机，边吹边唱：

> 照相机呀照相机
> 快把我的艺术成果拍下来
> 照相机呀照相机
> 请你把我的艺术成果传到网上
> 亲爱的网友请你为我点赞
> 白白长长罩住阴霾的布条儿
> 是我一生一世的依赖
> 白白飘飘无拘无束的布条儿
> 你会像纸飞机一样飞向天空
> 飞到我梦寐以求的双岭村
> 飞到我的心上人肖广连的身旁
> ……

玉兰双手捧着照相机和布条儿来到了阳台，把布条儿抛向天空，布条儿在天空像风筝一样，飘来飘去，飘到了很远很远的地方。

金文辉吩咐佟加宣："还是把她绑在病床上，医院里飘出去这么多白布条，对医院的形象也不好吧。"

佟加宣又让护士把玉兰捆绑在病床上。

另一位记者在对着天空拍布条儿，金文辉马上阻止："别拍了，你们就喜欢拍吸引眼球的照片，要多拍正面的，刚才在开放病区就没见你们拍。"

记者向金文辉解释："金总，那是病员的隐私，病员家属看见了会骂我们的。"

金文辉；"你在阳台上拍来拍去，这算什么呢？"

记者："我们没拍病员，拍的是天空的布条儿，构不成侵犯病员隐私。"

佟加宣向记者使眼色，示意记者不要多嘴了，因为他看见金文辉的脸色很难看。

差不多到吃午餐的时候了，佟加宣准备领金文辉一行人到专门招待贵宾的小餐厅吃午餐，金文辉："我们就在食堂吃病员们的盒饭。"

在医务人员的就餐大厅，餐厅的服务员把几份盒饭端给金文辉一伙人，金文辉吃完后，掏出十元钱放在餐盒下，其他随行人员都仿效金文辉也掏出十元钱放在餐盒下。

临走时金文辉又来看望玉兰，只见玉兰两只捆绑的手已经解开，正在对着盒饭大声叫嚷："我不要自己吃，我要妈妈喂，我不要自己吃，我要妈妈喂。"

金文辉对着佟加宣："院长，看来你用药还太少，要把她的病情压下去，只有加大剂量，必要的时候用电麻仪，你是国外归来的医学博士，拿出你的真才实学，一定要把她的病治好。等我半个月再来探望她的时候，希望她能以正常人的面貌出现在我面前。"

"您说的是，我一定竭尽全力想方设法把童玉兰的病治好。"

佟加宣陪送金文辉等一行人坐上轿车，挥手向他们告别。

金文辉回到家后，马上拨通了村长的电话："进发，今天我去医院看望了玉兰，玉兰的病情并无好转，这在我意料之中，我现在担心的是佟加宣，佟加宣会否从玉兰嘴里打探出玉兰和你我之间的关系，还有假如凤英去探望玉兰，凤英会和佟加宣沟通，我担心玉兰的事会穿帮。所以让谈悦铃也疯掉的事就算了。和我有怨仇的女人一个个地都进了医院，佟加宣又不是糊涂人，他会由着我吗？不会的，要是他知道玉兰是被咱俩陷害的，按照他的职业操守，他会把咱俩告上法庭。所以谈悦铃这个女人，也只能随便她了，我给他这么多好处，就看她会不会良心发现了。"

"爸，你分析得很有道理，我听你的，咱不去动谈悦铃了，谈悦铃在星呈大酒店的做法，让我们脑洞大开，我们可从中吸取经验教训。"

佟加宣回到玉兰的病房，关好房门。

"明明，我在金文辉面前的表现还可吧？"玉兰赶紧问他。

"姐，总体还可以，就是你唱的最后两句'飞到我梦寐以求的双岭村，飞到我的心上人肖广连身旁'让人感觉像是正常人唱的一样。"

"我认为唱这两句歌词精神正常与不正常的人都可以唱，不会露出破绽的，我拍照片用嘴吹照相机，太像病人了吧？"

"姐，太像了，这就是十足的精神病人的样子，金文辉完全信服，你怎么想起用照相机拍照来糊弄金文辉？"

"我要凤英把藏在老家的照相机拿来，照相机拍有金文辉猥亵凤英的照片，可是到现在凤英还没到医院来，我有一种预感，凤英遇到了天大的厄运。"

"姐，咱要往好处想，凤英不会有事的。"

门口有一阵敲门声，玉兰赶紧把头钻到被窝里。

佟加宣打开门，见是一位打扮洋气的帅小伙："请问你到病房来有何贵干？"佟加宣很想把他置之门外。

"爸爸，我是您的亲生儿子佟同。"

佟加宣扶着帅小伙的双肩看了又看："你真的是佟同，十多年不见长成小伙子了。"他和佟同拥抱在一起，好久好久才分开。

"你妈呢，现在还好吧？"他接着问。

佟同一阵伤心："妈……她得抑郁症去世了，临死前叫我到中国来找你。"

"你妈向来性格开朗，怎会得抑郁症？"

"妈和你离婚后，嫁给了一位在加拿大定居的英国人，那英国人其实有老婆的，他经常喝酒，喝了酒就打妈妈。妈忍受不了，想回祖国来找你复婚，可她又碍于面子。"

佟加宣也一阵伤心，他把佟同拉到玉兰身旁："这是你姑母，快叫姑母。"

"姑母。"佟同深情地叫了一声，他又问佟加宣，"爸，姑母怎么了？"

"你姑母是被陷害的，咱先不说姑母了，这些年，你和妈是怎么过来的？"

"妈最终没能来找你，为了我上学，她忍气吞声，把全部精力、全部积蓄放在我读书上，我现在已经是加拿大国家戏剧学院毕业的一名导演。"

"佟同，你现在有工作了吗？"

"还没有，我看到报纸上有一家大酒店招聘驻唱歌手，还有一家娱乐城招聘演艺培训老师，我想去应聘。"

"哪两家，记住名字了吗？"

"一家叫星呈大酒店，一家叫嘉美国际娱乐城，我考虑两家都去应聘。"

"你一个人做两份工作，能行吗？"

"爸，我能行，驻唱歌手晚上上班的居多，我可以白天当培训老师，晚上到大酒店唱歌。"

"同儿，让我先去了解一下这两家单位的具体情况，不要轻易地就去应聘。"

"爸，那您早点去了解啊，越快越好。"

"爸明天就去了解，同儿，你现在住在哪？"

"我住旅馆，一天五十元钱。"

"住旅馆，你身边有钱吗？"

"妈在去世前把加拿大元全部兑换成了人民币，我现在银行卡上有五十万人民币。"

"同儿，你不用住旅馆了，爸把咱家的钥匙给你，咱家的住宅是金辉家苑8号房108室。"

佟同高兴地接过钥匙："爸，那我去退房啦，去咱们的家啦。"

"去吧，同儿，姑母被陷害的事千万不要对外人讲，一定要记住。"

"爸，我记住了。"

待佟同离去后，玉兰探出身子："明明，佟同要去应聘的两家公司你知道是谁开的吗？星呈大酒店是金总的夫人姚佩芳在掌门，嘉美国际娱乐城是金总的小姨子姚佩芸在掌门。"

"真的啊。我全部心思扑在医院的工作上，连这个城市有几家大酒店、几家娱乐城都不知道，姐，这么说来，佟同去两家公司应聘合适吗？"

"我的侄儿长大了，应该有自己的主见，让他去吧，期盼他干成一番事业，大是大非面前有判断，不与金文辉等长辈同流合污，到那个时候，也许佟同能成为我们出色的内线。"

"姐，您对这两家公司的内情有所了解吗？"

"我也只是听说，这两家公司是姐妹俩的父亲姚景昆同几个房地产大亨一起建造的，姚景昆在星呈大酒店拥有百分之五十的股份，在嘉美国际娱乐城拥有百分之七十的股份。他把星呈大酒店的股份给了大女儿，把嘉美国际娱乐城的股份给了小女儿。"

"姐，按理说，嘉美国际娱乐城的股份，应该给姚佩芳，星呈大酒店的股份应该给姚佩芸。"

"明明，你不知道，金文辉当年商务学院博士毕业，在一次商务会议上，姚景坤看金文辉相貌老实，精明能干，就把大女儿许配给了他。"

"姐，你身处山沟，咋知道这些？"

"明明，金文辉的女儿嫁到了双岭村，双岭村的妇人们常拿金家做话题，她们的耳朵特别灵，不知她们是从哪里听来的这些传言，传到了我耳朵里，我细细一想还真有道理，还有更加令人诧异的传言呢。"

"啥子传言啊？"

"传言说金文辉不是金兆和亲生的，是金兆和在马路边捡的乞丐丢掉的弃儿。"

"还有这样的说法，金文辉知道吗？"

"文辉不会不知道，但他知道了也不会承认的。"

第*19*章 昨日晨曦

位于这座城市西北部的棚户区，一间破旧的两开间的房屋内，玉莲睡醒了。她掀开被子坐起身，想拿衣服穿，可是被子旁没有她的衣服。

"妈妈我的衣服呢，我的衣服呢？"

一位三十多岁的少妇走了进来，把衣服拿到床上："玉莲，昨晚你的衣服淋湿了，我帮你烘干了。"

玉莲边穿衣服边问："你是谁，我怎么不认识你，你怎么知道我的名字？"

"委托人告诉我的。"

"阿姨，我哪来的委托人，你骗我，我妈妈呢？昨晚我跟妈睡得好好的。"

"你妈上山砍柴去了。"

"上山砍柴，"玉莲走到窗台望着外面，远处是迷蒙的车流，迷蒙的人影，"阿姨你骗我了，这里哪来的山呀，一点也不像我居住的双岭村，双岭村前面有一条清水河，清水河边有一条渡船，可是这里没有清水河，也没有渡船。"

"玉莲，这就是双岭村呀，你睡了一夜，睡糊涂了。"

"我是迷迷糊糊地睡了一夜，可是醒来后我就清醒了，这儿不是双岭村，阿姨你还在骗我，你跟我说，我妈到底去哪儿了？"

"玉莲，我也不知道你妈去哪儿了，她去哪儿也没对我讲，你妈终归会回来的。"

玉莲嘟着一张小嘴，一脸不开心。少妇把烙好的面饼和稀饭端到她面前："玉莲，吃早餐吧。"

玉莲肚子饿了，很快吃完了早餐。她来到屋门口的屋檐下，望着外面的世界，窗外小雨淅淅沥沥，色彩斑斓的四季，又回到了阴雨连绵的日子。整个城市笼罩在蒙蒙的细雨中，已经落掉树叶的丁香树直愣愣地伸着，光秃秃地微微摇摆；香樟树却仍然高傲地轻轻摇曳着翠绿的叶子。它把零星的较长的树枝伸到丁香树的树枝旁，分明要将自己碧绿的枝叶感染它，让丁香树也焕发出绿色的春意。看天上，黑色的浓云仍然在挤压天空，沉沉的仿佛要坠下来，把这座城市压抑得透不过气来。风凌乱地穿梭着，时而把小雨点刮到玉莲的脸上。玉莲用手掌擦了把脸，她又看到屋门前柔弱的小花、小草早已战栗地折服于地。雨开始下大了，玉莲害怕下大的雨会洒在她身上，往后退了两步。

"玉莲不要站在门口了，进屋吧，阿姨要关门了。"

"我妈妈究竟去哪儿了，你快告诉我。"玉莲伤心地流下了眼泪。

少妇把玉莲拉进屋，关好大门："玉莲听话啊，莫哭莫哭，阿姨放歌给你听。"

屋子里荡漾起《小螺号》的儿歌：

　　　小螺号　滴滴滴吹　海鸥听了展翅飞
　　　小螺号　滴滴滴吹　浪花听了笑微微
　　　小螺号　滴滴滴吹　声声唤船归啰
　　　小螺号　滴滴滴吹　阿爸听了快快回啰
　　　……

玉莲止住了泪水，她感到自己很孤独无助，决定和少妇亲近一点。

"阿姨，这首儿歌我在老家听过，真好听，我要连听三遍。"

"你听一整天都可以，"少妇把玉莲揽在身旁，"真是个可怜的孩儿。"

"阿姨，你说我是个可怜的孩儿，是因为我妈妈吗，我妈妈怎么了？"

"阿姨不是说你妈，你妈是个大人了，她会照顾好自己的。"

"我不是可怜的孩儿，我也会照顾好自己，我还会做家务，阿姨有什么家务可以给我做吗？"

"家务倒没有，你就把堆在墙角的那一堆塑料瓶踩扁吧。"

玉莲来到了墙角："阿姨，这么多空塑料瓶儿哪来的？"

"委托人捡的，还有旧纸板，都是他捡的。"

"阿姨，我真的有委托人，他在哪儿呢？"

"他还在外面捡破烂，他要捡好多好多的破烂，卖了钱攒多了给你上学。"

玉莲似信非信，她拿起一只可口可乐的塑料瓶儿："阿姨，我喝过可口可乐，在城里的一家大酒店，和妈妈一起喝的。"

"你和妈妈上过大酒店？"

"是的，那家大酒店好气派，是城里数一数二的，我在城里还有一个家，里面装修得可体面了……"

"你在城里还有一个家，它在哪，叫什么名字？"

"我只记住了'金辉'两个字，阿姨，我要到新家去，你送我去吧。"

"阿姨不知道你新家在什么地方，怎能送你去，你不是要做家务吗？把塑料瓶踩扁就算做家务吧。"

玉莲开始用脚把塑料瓶一个一个地踩扁，踩了足足有百来个，踩得脸盘子红红的，浑身都冒出了汗水。

"阿姨，这塑料瓶真的可以卖钱吗？"

"当然是真的，一个塑料瓶两分钱，还有旧纸板，一斤可卖两毛钱。"

"阿姨，这些塑料瓶和旧纸板，也有您捡的份吗？"

少妇拍了拍自己的衣服："你看阿姨像捡破烂的吗？"

玉莲细细地打量了少妇一下，这才看到，这位阿姨衣着亮丽，干净利落。

"阿姨，你不像捡破烂的，你是做啥工作的呢？"

"我是商场里的会计，会计就是管钱的，今天礼拜天，我受一位男士的委托，来照顾你一天。"

"阿姨，你照顾我一天要收钱吗？"

"当然要收了，哪有白白付出不收钱的。"

"那要付你多少钱呢？"

少妇伸出两个手指："这么多。"

"两元钱？"

"是二十元，两元钱只够付一个小时，我照顾你十个小时，就是二十元。"

"阿姨，这么多啊，这么多废品全卖了，还不够付你二十元呢。"玉莲看了看墙上的时钟，"阿姨你几点来的？"

"凌晨六点就来了。"

"现在是上午十点，阿姨你走吧，我付你八元钱。"

"小丫头，你哪来的钱？"

"我妈放在我贴身口袋里十元钱。"玉莲从口袋里掏出一张十元的票子给中年妇女，"不用找了，你走吧，我可以自己照顾自己。"

"小丫头，口气不小，竟会赶我动身了，我要把你完整地交给委托人，我走了，你跑到大街上迷了路怎么办，委托人会找我麻烦的。"

"阿姨，我不会跑出去的，我付你十元钱你走吧。"

"把钱放口袋里，听话点，再闹小心我打你。"少妇对玉莲发火了。

玉莲没有再哭，她要学会坚强。她不理少妇了，仍在把塑料瓶一只一只地踩扁。

少妇把门窗全部关紧，上了插销，在煤气炉灶上烧起了午餐。

少妇把一碗放有两只荷包蛋的面条端给玉莲，两人就着桌子吃完了午餐。

"玉莲，你会洗碗和刷锅吗？"

"我会。"玉莲踮着脚尖站在洗碗池边洗刷锅子和碗筷。然后又开始踩塑料瓶。

中年妇女躺在床上："玉莲，你也躺一会，不要踩了。"

玉莲还在踩塑料瓶，直到把塑料瓶全部踩扁，她又开始整理废旧的纸板，把乱七八糟的纸板拆开了折叠好，一排一排地堆在一起。

少妇从自己的口袋里掏出一把糖果给玉莲："玉莲，等会那个男士回家来就说塑料瓶全是我踩扁的，纸板也是我弄整齐的好吗？"

"谁要吃你的糖果，不过我会按照你说的讲。"

"你真是个乖女孩，你妈妈有你这么个女儿，真是前世修来的福。"

玉莲呆呆地望着窗外，窗外还是灰蒙蒙的天，灰蒙蒙的雨，高楼大厦被掩映得只剩下依稀可见的轮廓。那人去人回的大街上，有妈妈的身影吗？雨声潺潺，玉莲的心在哭泣："妈妈您是因为下雨而找不到我回不来吗？讨厌的雨天，怎么不像在双岭村的雨有时说停就停呢！"

玉莲回想起来了，昨天凌晨她是和妈妈一起回老家的。妈妈早早地就把她唤醒："莲儿，今天咱要回双岭村拿一大包四季穿的衣服。"

母女俩奔走在城市的大街小巷，玉莲看到东边的晨曦正在显露出一道道乳白色的光芒，天空中裹着一层薄薄的云雾，空气中弥漫着一股淡淡的清香，和天际缠绕在一起的薄云正在渐渐散去，晨曦展现出无可比拟的活力，衬托着缤纷的朝霞缓缓升起。美丽的彩霞就像那一条条绚烂的丝带，随风轻轻变幻飘舞着自己的红装，映红了远方的山山水水，映红了近处的楼台屋檐。再看那朝霞的云层，就像那一朵朵盛开的红玫瑰。红色的光芒越变越浓，蔓延到了整个天空，东边的红霞还在翻滚、沸腾，绚烂的光芒映红了玉莲的周身，使原本就穿着红色上衣的玉莲更加光彩夺目。

玉莲感到自己的心在破碎，在滴血。她不哭，一定不哭，在这个自以为了不起的阿姨面前，她要变得更加坚强。

少妇午睡了一个小时，醒来后看到玉莲正守在自己身边："玉莲你真好，应该是我看着你睡午觉的，现在倒过来了。"

"阿姨，你要睡再睡一会吧，我不想睡，昨夜已经睡足了。"

"玉莲，我也不想睡了，你知道吗，委托我照顾你的男士，你根本看不清他的脸，只能看到他的两只眼睛，他的脸面被长长的头发遮盖着，他佩戴着假脸，他说他的左脸凹进去了一大块，整张脸疤痕累累。不佩戴假脸我们大人见了都会害怕，甭说你小孩了。"

"他的脸上有疤痕吗？不要紧的呀，可以去美容院整容。我老家的村长脸上也有疤痕，后来去整容了，现在基本上看不清了，只留有那么一点点痕迹。"

"整容那是要花大价钱的，这个钱的数目普通老百姓哪付得起，更何况他左脸的凹陷特别深，花的钱就更大了，还不一定能整成功。"

"阿姨，他是谁呢，他是我的亲人吗？我的亲人脸上从来没有疤的呀。"

"我也不知道他是谁，我只知道他是个整天拾破烂的穷光蛋，他在这间旧房子住了好些年了，捡的破烂可以堆成一座山。他今天拾破烂，明天还是拾破烂，重复着做这样的邋遢事。"

"阿姨，我一定要掀开他的头发看看他究竟长啥样子。"

"你看不到的，他佩戴的假脸严丝合缝地遮住了他的脸，只有他自己才能揭开他的假脸。"

"阿姨，这位委托人太可怕了，他回来了你就走吗，我要你仍陪伴着我。"

"咋的了，刚才还要赶我走，现在又要我陪着你，你这个丫头变得也太快了，等委托人回来我是一定要走的，我家里也有儿子需要我照顾，四点钟我要去接他放学，敦促他做功课，做好了还要预习下一课。"

"上学做功课有这么难吗，我妈妈说我要上小学一年级了。"

"你才屁大的孩儿，上小班还差不多。"

"我老家的叔叔阿姨说我的智商远超同龄小朋友，我现在想直接上二年级呢。"

"小小孩子，你懂什么叫智商？"

"就是大脑的思维能力。"

"那我问你，3的平方是几？"

"3的平方就是2个3相乘，等于9。"

"3的立方呢？"

"3的立方就是3个3相乘，等于27。"

"玉莲，我这个当会计的还真不能小看你，我儿子一年级还没你这个智力，你简直就像是神童转世。"

"我才不是什么神童呢，听妈妈讲，我老家双岭村有个专门糊弄人的神医。"

"双岭村有个神医，你知道他叫什么名字吗？"

"他叫王维光。"

"王维光，他是我的弟弟，我叫王维红，我们姐弟俩都失散几十年了，他从小就喜欢当医生。"少妇显得又意外又激动。

"这么巧啊，那我得叫你王阿姨了。"

"都一样，'阿姨'面前加个'王'字，我听起来反而不顺耳。"

"那我还是叫你阿姨吧，阿姨，你和弟弟是怎么走散的？"

"我老家在东北，我出嫁到这座城市，就与弟弟断了音信。"

下午四点，委托人如时到家。玉莲看到，回来的人戴着雨帽，脸上看不出戴什么假面。

王维红："玉莲，他就是委托我守护你的人。"

玉莲来到委托人身边抬手想摸他的脸面，可是够不到。

委托人从口袋里掏出二十元钱交给王维红，被王维红推让道："我不收了，下次只要我有空，我免费为你守护玉莲，我还要叫上我儿子吴庆荣来跟玉莲玩儿，跟玉莲一起学做功课。"

"此话怎讲？"

"我是双岭村医官王维光的姐姐，都是乡里乡亲的，哪好意思收钱呢。玉莲能说会道，跟她聊天就像跟成年人一样，没有代沟。"王维红又和蔼地对玉莲说，"玉莲，再见了，下回请你到我家做客。"

王维红说完就离开了这个家，她要赶紧去接儿子放学了。

玉莲好奇地看着委托人："你是谁，你能掀开假面让我看看你的长相吗？"

"莲儿，我是谁并不重要，重要的是明天我要送你上学了，你是上小班还是上中班？"

"我要直接上二年级。"

"你能行吗，跟得上课业吗？"

"跟得上，我争取三年学完小学的课程，三年学完中学的课程。"

"莲儿，你不要人小鬼大。"

"你说我人小鬼大，我是鬼吗？你才是鬼呢，要不你把假面撕下来，让我看看你长啥样子。"

"我撕下假面你会吓坏的，吓坏了就上不了学了。"

"那我称呼你什么？称呼你假脸？"

"你就称呼我假脸吧，有好多人都称我假脸的，我听习惯了。"

"好吧，我也称呼你假脸吧，假脸你几岁了？"

"我都年近半百的爷们了。"

"那我称呼你半爷吧，叫你假脸挺别扭，你是长辈，叫你半爷真合适。"

"半爷，这个名字起得好，就这么叫吧。"

"半爷，你咋知道我的名字？"

"我老家也是双岭村的，当然知道了。"

"那咱回老家吧，我要回到妈妈身边，妈妈会守护好我。"

"玉莲，你跟着我比跟着妈安全多了，你妈能管好自己就不错了，跟着你妈，有人会动脑筋欺负你，会把你给毁了。"

"有人会欺负我，怎么个欺负法呢，打我还是骂我？"

"你长得漂亮，他们会把你当成大姑娘一样欺负你，我已经打听到你城里有了新家，你到了新家就更危险了，坏人会无时无刻地动你的脑筋。你跟着我，没有哪个人渣敢欺辱你。半爷有飞刀绝技，坏人都怕我。"

玉莲似懂非懂地看着半爷，过了一会，她对半爷说："半爷，啥子飞刀绝技，你飞给我看看。"

半爷从床底下拿出几把尖刀，对着墙壁甩了过去，直看得玉莲眼花缭乱，目不暇接。

玉莲："半爷，我爸也会甩飞刀呢，我看他甩过。我也要跟你学飞刀，你教我好吗？"

"半爷会教你的，今天不早了，以后我会慢慢教你。你爸现在在哪？"

"他在一家娱乐城当官了，和妈离婚了。"

"玉莲，你咋知道爸妈离婚了？"

"前些天我在城里的一家大酒店经历了爸妈离婚的过程……"

半爷似信非信地摇了摇头，喃喃自语："有钱能使鬼推磨，此话一点不假。"

半爷没有再追问下去。

半爷也有大哥大，他拨通了王维红的电话，再三关照："王维红，你今天照顾玉莲的事不要对任何人说起，包括你的兄弟王维光，你一定要替我保密……"

半爷打好了电话把玉莲拉到身边，认真地对她说："过两天你就要上学了，你得换个名字，我已经帮你起好了。"

"半爷，你帮我起的啥名字，'玉莲'这个名字不是很好吗？"

"玉莲，你进了学校后，打听你下落的人马上可以找到你，我帮你起的新名字是'田慧琴'，换了这个名字，他们就找不到你了。"

"半爷，为啥要起这个名字呢？"

"'田'字，我要你记住，你是农家人出身，不要忘了你的老家双岭村，'慧'字，我要你做一个善良智慧的人，'琴'字，我要你处事处处小心谨慎，今天你的头上始终有两个大王看着你，他们会想方设法掌控你，束缚你，占有你，像牢笼一样囚禁你。等到你长大以后变得足够强大，你可以自己恢复'玉莲'的名字。"

"半爷，你说得太玄乎了，我头上有大王压着吗？"

"有，他们是道德败坏、好色成性的坏男人，还有妒忌吃醋的青婆。"

玉莲又似懂非懂地看着半爷，这一刻，她感觉自己成长了许多。

两天后，这家著名的中心小学的二年级一班来了一位叫田慧琴的插班生。她的实足年龄四岁还不到，她的个头比同学们矮半个头，她坐在第一排，但是不到一个月，她就身兼两职，既是班长，又是少先队中队长。

从此以后，半爷送玉莲上学，接玉莲下学。爷孙俩只要一有空，爷爷就教孙女甩飞刀，日复一日，玉莲的飞刀功夫日趋完美。

半爷还是重复着他的老行当拾破烂，玉莲每每放学回家做好功课后，就把塑料瓶踩扁，一直踩到半爷催她睡觉。

半爷除了拾破烂还是拾破烂——

星期天，玉莲和半爷一起拾破烂，半爷拉着板车在前，她跟在后面帮着推。

炎热的夏季，半爷和她的汗水洒落在被烈日烧烤得发烫的马路边，汗水很快被烤干了，不留痕迹；寒冷的冬天，半爷和她的汗水洒落在一眼望不到边的雪地上，汗水很快被雪融化了，没有印痕；唯一留下的是爷孙俩的一串串笑声。

田慧琴经常和吴庆荣一起做功课，吴庆荣不懂的地方经常向田慧琴请教，两人成了好朋友。

……

中心小学的三年级一班，今天上体育课。外面阴雨绵绵，体育老师安排在室内做游戏活动，他让同学们坐着围成一个大圆圈，让一名同学蒙着眼睛击鼓。他对同学们说："同学们，今天我们玩一个游戏，我手中的这个洋娃娃马上放到一位同学的手上，这位同学把洋娃娃传到身旁的同学，大家挨着顺序传送，等到击鼓声停止，洋娃娃在哪位同学怀里，这位同学就要表演一个节目，或唱歌，或跳舞，或诗歌朗诵，大家听懂了吗？"

"听——懂——了——"同学们齐声应和。

体育老师把洋娃娃放到一位同学的怀里，大家按照老师说的轮流传送，击鼓手"咚咚咚"的击鼓声扣人心弦。

"咚"的一声特别响亮的停止声，洋娃娃刚好传送到田慧琴的怀里。同学们一起呼唤："班长来一个"，"中队长来一个"。

田慧琴自信地站起身，向大家鞠了一躬："同学们，我给大家演唱一首歌，这首歌的歌名叫《昨日晨曦》。"

伴随着击鼓手有节奏的击鼓声，田慧琴满怀深情地演唱——

今天的阴雨默默无语

绵绵的阴雨无边无际

昨日的晨曦明天还会再升起

明天还会再升起昨日的晨曦

哦　昨日晨曦　你是那样光彩夺目

哦　昨日晨曦　你是那样充满希望

你孕育着朝霞　托举着旭日

照亮了展翅高翔的雄鹰

点缀着万物初醒的大地

今天的阴雨终将会休止

金色的阳光终将会展现

昨日晨曦　你靓丽了我生活的四季

昨日晨曦　你丰富了我精彩的人生

昨日晨曦　你明天还会再升起

昨日晨曦　你明天一定会升起

……

第 20 章　玲珑少年

凤英的眼圈红了又淡，淡了又红。她还是住在双岭村，盼望玉莲能回到她的身旁。村长让婉珍和亚敏轮流照看她，生怕她想不开寻短见。

轮到婉珍照看，婉珍安慰她道："凤英，王维光既然说是神石抱走的，相信神石也会抱回来，咱就耐心在家等吧。也许神石担心你们母女俩在家不安全，把玉莲抱走了躲避风险呢。"

"婉珍姐，我也是这么想的，如果石头有灵感，有知觉，它不会对一个无辜的小女孩下手，更何况我的玉莲是那么天真活泼可爱，老天爷见了都会呵护着她。"

"咱不要闷在家里了，到外面转转吧，兴许能碰到什么开心事。"

"你说得也是，我闷在家里三天了。"

凤英把大门留了一条缝，没有关紧，她想也许几个小时转下来，回到家玉莲会"妈妈""妈妈"地扑到她怀里呢。

村头喇叭里，村长正在用嘶哑的噪音招呼大家："乡亲们，都说神石把玉莲拐走了，大家在家闲着也是闲着，我动员大家一起跟我寻找神石，咱不到黄河不死心，不到长城非好汉，不找到神石决不收兵。"

有几十个村民陆陆续续地走出家门，来到村委办公室，王维光也一起来到，他对村长说："村长，我建议咱们先到山神庙寻找。"

村长："神医就听你的，你也算是我们双岭村的半个领路人。"

王维光走在头里，村长和村民跟在后边，向山神庙出发。

凤英和婉珍也跟在队伍的后边。

山神庙的大门敞开着，人们看到，四大菩萨神态依然，威武严肃中夹带着和蔼。令人惊讶的是观音菩萨和普贤菩萨中间原先的石头变成了三个书本模样的长方形的石块，三个石块横着叠在一起，分别用红漆写着"自强，自尊，自律"六个红字。

村长招呼村民："把这三块石头扔了。"

有几位村民走到石块面前准备扔石块，李亚敏赶紧护住石块："村长万万不可扔了，上次咱看到神石上面上书'自强，自信，自爱，自立，自尊，自律'十二个大字，现在减少为六个，变得简明扼要了，这六个红字像是在告诫我们做人的道理、做人的准则和要求，对提高村民们的道德素质，建立模范双岭村具有深刻的现实意义，吕乡长不是口口声声要树立咱双岭村为全乡的先进模范典型吗？"

村长捋了捋头发："李主任分析得有理，从今以后咱们要以石块上的六个红字为座右铭，不断提高自己的道德素质。我们在朝拜菩萨之前，先要把这六个红字读一遍，不，要读十遍二十遍，大家先跟我一起朗读。"

村民们跟着村长齐声朗读，"自强，自尊，自律"的朗读声在山谷中造成了一道道回声。村里有一位爱好摄影的村民接连拍下好几个镜头。

村长拍着这位村民的肩膀："拍得好，我要把照片送给吕乡长，让吕乡长登在城里都市日报的头版头条。"

村民们齐声拍手叫好。村长对着王维光："王神医，接下来我们再到哪里去找神石？"

王维光摸了摸脑袋略略思索了一下："村长，我们再到山顶上去寻找。"

"山神庙离山顶还有百来米，神石会长了翅膀飞到山顶上？"村长害怕到山顶。

"神石既然带有灵光，就是飞到天上去也不是没有可能。"

"我们就跟定你了，总之今天你是我们的领路人。"村长转变了态度。

李亚敏："我们有好长时间没到山顶去了，观望一下那些有安全隐患的石头是否安分守己，按照我们挖的坑待在那里。"

跟在一旁的泽天连连拍手欢呼："哦，哦，我要到山顶玩啦，我要到山顶玩啦。"

凤英拉着婉珍的手，婉珍拉着泽天的手，跟在村民们后面爬向山顶。

云雾缭绕的山顶上，恍若仙境一般。云和雾缠绵在一起，时而浓郁，时而淡雅。那些矗立的石头间或模糊间或清晰。村民们走近石头看到，有些石头乖乖地待在原处，面对身旁为它挖的坑不理不睬，有些石头则滚落到为它挖的坑中。还有一些小石头你挨着我我挨着你挤在一起，像是在抱团取暖御寒，又像是汇聚在一起谈论天地。站在山顶上眺望清水河南面的两个山岭，山岭秋色尽收眼帘。瑰奇绚丽的红叶，娇艳夺目，松林点缀在枫树间，红绿相间，色彩斑斓，风韵无比。漫山遍野的红叶，如火如荼，与骄阳相互辉映，形成一道独特的风景线。

一阵凉风吹来，崖边的一排松树沙沙作响，仿佛在说悄悄话。

村长对着王维光："山顶上与两年前并无两样，并没有神石的踪迹。"

王维光："村长，咱再仔细地侦察，看看有没有神石来过的蛛丝马迹。"

王维光来到了一片绿茵茵的草地："村长快来，这里有人走过的痕迹。"

村长来到草地中央，只见一串脚印一直延伸到崖边的老树身旁。村长不以为然地瞟了王维光一眼："这是人的脚印，石头又不会长脚，我们几十个村民不就是人吗，他们自然会到东到西地转悠，你能管住他们的脚吗？"

泽天捡到了一只可口可乐的瓶盖："爸爸，你快来看，这里有只塑料瓶的盖子呢！"

村长把盖子拿在手里看了又看："泽天，这只瓶盖头不值得你大惊小怪，你捡到的时候瓶盖朝上还是朝下。"

"瓶盖朝下。"

"这就对了，瓶盖朝下，里面装满了泥土和污秽物，说明它在这里躺了好长一段日子了。"

泽天见这只瓶盖没有引起爸爸的重视，不高兴地嘟着嘴巴退在了一旁："爸爸，咱不是找神石的蛛丝马迹吗？我这瓶盖比蛛丝马迹强多了。"

"王神医，这里有妖气。"泽天又指着岩石的洞口呼喊王维光。王维光走近一看，洞口真有一股气息在往外冒。他拿起一块小石头抛进了洞里，洞里马上冒出来一只领头的岩羊，后面又有几只小岩羊跟了出来。王维光："泽天，这是岩羊的家，我们的到来搅乱了它们正常的生活。"

领头的岩羊带领着几只小岩羊，蹦蹦跳跳地跑向崖边老树，眼睛一眨就不见了踪影。

泽天见自己发现的妖气又没有引起王神医的重视，又嘟着嘴巴退在了一旁。

村民们没有寻找到神石的踪影，有的开始往山下走。

泽天不死心，非要弄出点惊天动地的事情来给大人们看。他来到崖边最高的老松树旁，顺着树身爬上了树杈，坐在树杈上俯瞰着对面连绵不断的群山。村长看见泽天爬上了老松树胆战心惊，跑上前去大声吆喝："泽天快下来，你不要命了，摔下悬崖会粉身碎骨。"

泽天不理会，仍坐在树杈上，还学着大人们在家跷二郎腿的模样。

婉珍也惊呼："泽天你待着别动，妈妈爬上树来抱你下来。"

婉珍有毛病的腿是爬不上树的，一位村民把准备爬树的婉珍拉在一旁，自己爬上树把泽天弄了下来。

村长心有余悸地对着泽天："你别给我弄出点事情来，摔下悬崖命就没了，快跟我下山。"

泽天还不甘心马上下山，他还在寻找蛛丝马迹。他发现了老松树树根土上呈半圆弧排着的五颗小石丸："爸爸，这儿有五颗小石丸，它排得怎么像个月牙儿呀？"

村长蹲下身子，注视着小石丸："这是有人摆放的，没有人摆放不可能这么整齐。"

王维光也走上前来："村长，这五颗小石丸的确是有人摆放的，咋会不多不少正好五颗呢，莫非摆石丸的人有难言之隐？"

村长胆战心惊，他把五颗小石丸捧起就要扔下崖底，泽天连忙拦住："爸爸，把石丸给我，好玩，好玩。"

"石头有什么好玩的。"村长又要扔，王维光又把他拉住："村长，恕我斗胆直言，小石丸很可能是神石变幻成的，它们静静地守在山顶上，保佑着双岭村的乡亲们呢，切莫扔掉，扔掉了就大伤双岭村的元气了。这两年双岭村太太平平，再没发生两年前的大洪水，神石功不可没，你还是给泽天保管好吧。你是一村之长，放在你家，既保佑了你家，也保佑了全村的老百姓。"

婉珍："进发，咱要把五颗神石幻化的小石丸和老祖宗的牌位放在一起，天天供着它们。"

村长有口难言："随你们的便吧。"

泽天把五颗小石丸放在口袋里，高兴得手舞足蹈："今天是我上山收获最大的。"

王维光："村长，山上人走得差不多了，我们也下山吧。"

"你这个领路人，带我们到山顶白来一趟。"

"我们不是找到了神石诞生的小神石吗？我们不是白来一趟，是非常值得。"

"什么小神石，还不是普通的小石头，接下来，我们再去哪里寻找，我现在姑且再听你一次。"

"我们还到清水河边，看看神石会否又躺在我们埋它的地方了。"

因为村民们已经走得差不多了，村长和少数村民来到山下后，村长又在村头喇叭里喊起来："乡亲们，烦请大家再到清水河渡口集合，我们的任务还没完成，我们不能半途而废，我们要在清水河两岸沿路寻找，大神石诞生的小神石不足为奇，不能构成我们不寻找大神石的理由。"

乡亲们又三三两两地来到清水河边，先在清水河北面寻找。

村长："把埋神石的坑再挖开来，看看神石是不是又躺在里边了。"

几位村民挥起了铁锹，把原先埋石头的坑挖了个底朝天，坑里空空的，神石没有躺在里边。

泽天没有随大人们来到河边，他在自家的院子里把小石丸踢来踢去，就像踢小皮球一样。

"泽天别踢了，球鞋会踢坏的。"婉珍在劝泽天。

"我就喜欢踢嘛，等会你把小石丸放在老祖宗的牌位上，我知道你和爸是不会拿下来给我玩的。"

"小石丸本来就不是你踢的，是要供起来的。"

"妈，供什么呀，给我玩算了。"

"爸带着村民们到清水河边找神石了，你不怎么不跟了去，要有始有终。"

"我就去，妈，你还陪我去吗？"

凤英："你妈要烧晚饭了，我陪你去。"

凤英拉着泽天的手来到清水河边，村长和村民们正在把埋神石的坑埋上。凤英问村长："石头躺在坑里吗？"

"没有，神石把玉莲拐跑了。"

凤英的眼圈又是一阵红一阵淡。

泽天看到河对岸的一排村民："凤英阿姨，我要上渡船，我要到对岸去玩。"

凤英和泽天乘着渡船一起来到了对岸。

对岸的村民在山脚下东看西瞧，也没找到有神石的踪迹，泽天跟在村民们后头，幻想着神石从天而降。

泽天对着天空在祈祷："老天爷呀，你保佑神石把玉莲带到我身边吧，老天爷呀，你保佑好我的小伙伴玉莲吧。"

凤英和泽天乘上了渡船，向清水河北岸行进。

天空分外晴朗，白云像轻纱一样在蓝天飘荡，清水河在阳光的照耀下跳动起无数耀眼的光斑。一忽儿，天上的云彩汇聚成一床巨大的棉被铺向太阳，把太阳遮得严严实实，阳光收敛起它投射在河面上的斑斓，清水河变得清澈见底。泽天看见在清水河中畅游的鱼儿，恨不得也要跳下河同鱼儿一起游玩。

"凤英阿姨，你看那鱼儿游得多欢，它们像在叫我下河呢。"

"泽天，你学会游泳了吗？"

"早就学会了，王神医教我的，我爸说，王神医教我学游泳有神灵保佑着我，不会出事儿。等玉莲妹妹回来我要教她一起游泳，一起打水仗，这才有劲呢。"

"你玉莲妹妹总有一天会回到咱身边的。"

渡船雄赳赳气昂昂地朝清水河北岸行进，快到岸边的时候，泽天惊呼起来，指着河底："神石，神石，阿姨你快看，神石，它静静地躺在河底呢！"

凤英顺着泽天手指的方向望去，只见神石正安安稳稳地躺在河底，一副悠然自得的样子。

"爸爸，王神医，我找到神石了，我找到神石了。"

泽天欢天喜地的欢呼声把清水河两岸的村民全吸引过来了……

村头喇叭里，李亚敏的"我们的小朋友，我们的小小少年徐泽天在清水河底找到神石"的广播声特别清脆嘹亮。

双岭村的男女老少，全都汇聚在渡口，争先恐后地观看躺在河底的神石。

村长一声令下："不怕冷的小伙子们，把神石给我抬到岸上来。"

四位壮小伙马上脱掉外衣跳入河中，潜入河底把神石抬上了岸。在这过程中，摄影师来不及按快门，在神石抬出水面的一刹那连连对着四位壮小伙："慢点慢点，让我多拍几张。"四位壮小伙倒也听话，连做几个动作让摄影师拍摄。

神石还是那样的神石，只不过石头上的油漆已被河水冲刷浸泡得荡然无存。

村长面对王维光说："维光，你上次算卦算了两道，你说有一道给你算对了，神石和玉莲一起跑了，神石不在这里吗？玉莲呢，这下你还有什么说的？"

王维光愣愣地回答不上来。

村长指着埋石头的坑："把石头推下去，重新埋起来。"

王维光马上阻拦："村长，万万不可，还是应该把石头抬到山神庙，写上'自强、自尊、自律'六个红字，让它矗立在观音菩萨和普贤菩萨中间教导人们。"

村长："山神庙有三块小石头呢，小石头咋办？"

王维光："小石头可放在村委办公室，办公室不要，可放在我家里。"

村长："谁说我不要了，小石头就放在办公室，彰显出我村委一班人的办事风格。"

村长又一声令下："把石头抬到山神庙，再写上'自强、自尊、自律'六个大红字，把垫在石头下的石墩也抬上山神庙。"

马上有村民拿来两根绳索和两根扁担。

四位村民抬着石头和石墩，"嗨哟，嗨哟"地喊着号子，向山神庙出发。

天色已走向黑暗，有村民拿来两盏有护罩的油灯，照亮了上山的道路。

稍许，又有数不清的村民拿来了自家的油灯，前往山神庙的山路上，油灯闪耀，远远望去像一条灯龙。

四面八方的人们还在向山神庙会合，一盏盏油灯最后汇聚在山神庙，把山神庙照耀得如同白昼。

李亚敏在石头上写上"自强、自尊、自律"六个鲜红的大字。

石头又矗立在山神庙四大菩萨中间，更加威武，雄壮。

村长又带领村民们宣誓，"自强，自尊，自律"的宣誓声嘹亮地回响在山神庙上空，震撼着无数四面八方赶来看热闹的村民们。

一张竖幅为"玲珑少年徐泽天首先发现清水河底神秘石头，徐进发山神庙内两次带头宣誓'自强，自尊，自律'"，横幅为"父子两代演绎出彩人生"的都市日报号外撒遍了这个城市的大街小巷，千家万户争相捧阅，传说着这个神奇的故事。

金文辉拿着这张号外看了看上面的大标题和数十张照片，脸上皱起了眉头，连忙打通了报社社长的电话："柯社长，我看到了你们才刚印发的号外，这是宣扬迷信，典型的宣扬迷信。"

柯社长："金总，我是做正面宣传，没什么问题。"

"一共印了多少张？"

"十万张，正准备加印五万张。"

"你这样就不好了。"金文辉"啪"地把电话挂断，又打通了女婿的电话，"进发，你搞什么名堂，一块普通的石头，值得你如此兴师动众吗？我要的是照相机，玉兰的照相机，到今天仍杳无音信，你放在心上没有？"

"爸，我是顺应村民们的心愿才这样做的，还有您未来的儿媳李亚敏也极力赞成我的做法。至于玉兰的照相机，找到了又有何用，也许玉兰早已把照片洗出来藏好了，如果是立得拍照相机那更不用说了。"

"照你这么说，照相机对咱们不重要了？"

"我是这么认为的。"

"你不能放弃，应该从悦玲和凤英口中打探，凤英回老家好些天了，你想法让她进城来，你也尽快进城来。"

凤英住在城里的哪个地方？

"也是金辉花苑一期，5号楼的505室。我之所以把悦玲和凤英安排在同一个小区，是为了便于门卫监控，小区的各个要道都装有监控探头的。"

"爸，我知道了，您消消火气。"

"另外，你把泽天一起带来，他到了上学的年龄了，让他到城里来上学，不要给山村迷信的那一套过来。"

"爸，婉珍一起来吗？"

"应该一起来，我要让她先学驾驶，学会了接送泽天上下学。"

"爸，婉珍的左腿受过伤您是知道的，叫她学驾驶行吗？"

"人家独腿都拿到了驾驶证，驾驶着轿车在马路上溜溜地跑，婉珍不过是走路有点瘸，还不用拐杖，你不相信她？"

"爸，您说得是。"

"你驾驶学得咋样了，驾驶证拿到了吗？"

"我驾驶学会了，驾驶证也拿到了，是在吕乡长分管的驾驶学校学的，吕乡长亲自给我颁发了驾驶证。"

"李亚敏我也要叫她进城了，你让她做好各方面的交接工作。"

第21章　村长住院

　　童玉兰站在病房的阳台上，想念凤英和玉莲。好长时间没有凤英的音信，她越发觉得不对劲。她来到了电话座机旁，准备打电话给凤英，刚拿起话筒，一想不妥，如果打电话总台马上就会知道，自己装病就会暴露。她只能等佟加宣到来。

　　这两天她的病房平安无事，玉兰站在医务人员的角度上思考：童玉兰由佟院长亲自料理，咋的就风平浪静了，佟院长往年往月从没亲自料理过病员，这里面是否暗藏玄机？

　　应该让过程有点曲折，打消医务人员有可能产生的疑点。她把收集在衣柜抽屉里的布条儿扔在了坐便器里，开始大敲病房的房门，边敲边喊："放我出去，我要小便，放我出去，我要小便。"

　　佟加宣特意带了一位女医生同时来到，他打开房门，这位医生对玉兰说："童女士，小便不是有卫生间吗？"

　　玉兰指了指马桶："马桶堵塞了，我总不能在洗脸盆里方便吧。"

　　佟加宣："你怎么把布条儿扔马桶里了？"

　　玉兰："马桶臭气熏天，熏得我心情烦躁，我只能把它塞住了。"

　　佟加宣让女医生陪同玉兰到公共卫生间方便，同时唤来清洁工把坐便器里的布条儿清除干净。

　　女医生待玉兰方便好后把她领到病房，面对佟加宣说："佟院长，童女士在您的料理下病情大有好转，要是以往她会在洗脸盆里大小便。"

　　佟加宣："童女士的病情只能说稍有好转，她应该叫我喊清洁工把马桶弄干净，而不是用布条儿塞住。"

　　女医生："童女士说话条理还是清晰的，总之进步不小。"

　　待女医生离去后，佟加宣把房门关好，来到玉兰身边："姐，你刚才的这一出演得太真切了，让医务人员知道，我佟院长医治病员并不是一帆风顺，同时打消了怀疑我俩之间可能达成的默契。"

"弟，我也是考虑到这一点才故意这样装的，凤英离开咱好些天了，我准备给她打个电话，在座机上打不方便，你的大哥大让我打一下。"

佟加宣从腰间取出大哥大："姐，你说话注意点，倘若凤英身旁没人你尽管打。"

玉莲拨通了凤英的大哥大，压低了嗓音："凤英，我是玉兰，你身旁有人吗？"

"你是谁，你打错号码了。"

玉莲知道凤英身旁有人，把大哥大关掉："明明，凤英身旁的确有人，我估计等会她会回给我，你先去忙吧，等会再来拿大哥大。"

佟加宣走出病房，把门反锁好，这是他和玉兰约定的方式。

没过多久，凤英就来电话了："娘，我在汽车站的卫生间给您打电话，刚才不方便和您通话。我跟村长、婉珍还有泽天正在等长途汽车，我先回新家一趟再来看望你，我不方便多说话，挂了啊。"

玉兰的脸上多了一层喜悦，很快又转为忧愁，凤英怎么没提起玉莲，难道母女俩不在一起，村长一家人同时进城意味着什么，他们是来探望我，还是另有阴谋，我必须做好多种应付的准备。

玉兰打通了佟加宣办公室的座机，告诉他这么个情况，让他来病房把大哥大拿走。

两个小时后，村长一家人来探望玉兰了。病房门打不开，村长叫来了护士开了门。泽天一进门就嚷着要尿尿，村长指了指卫生间，泽天走进卫生间："爸，我尿在哪里？"

"看你疯玩了几天，连尿尿的马桶都不知道了？"

泽天拉着村长的手，指了指坐便器和洗脸盆，洗脸盆里丢满了餐巾纸，坐便器里有一块洗脸的毛巾。村长瞬间明白这是玉兰的所作所为，就吩咐泽天："泽天，你到走廊里找一找有没有公共卫生间。"

婉珍也内急了，领着泽天一起上公共卫生间。

村长来到蒙着脸睡在病床上的玉兰面前："玉兰，我和婉珍一起来看望你了，你在这里过得还好吧？"

玉兰把头探出被子，一下把村长拉到床上："我的广连，你总算回来了，我朝思暮想的人儿总算回来了。"

玉兰抱紧了村长，村长竟一时无法挣脱，赶紧解释："玉兰，我不是广连，我是进发。"

玉兰把村长越抱越紧："你就是我的广连，这么些年你去哪了，你为什么离开我？"

婉珍方便好后回病房看到这一幕，误以为丈夫色性又发作，大声怒喝："进发，你在干什么，玉兰一个疯子你还这么在意，旧情复燃了吧。"

原来婉珍对村长多年前追求玉兰并和玉兰相好的事早就有所耳闻，几个妇女甚至还吹得天花乱坠。

"婉珍，你怎么能这样说我，你听谁说的。"村长连忙辩解。

"妇女们说得头头是道。"

村长还是没能挣脱玉兰的双手，又不能对玉莲施暴力，他侧转脸面向婉珍："妇女们的话你也相信，都是捕风捉影，胡说八道。今天是玉兰把我误当成广连抱住我不放。"

"无风不起浪，无鱼水不深，玉兰抱你抱得这么紧，说明你俩的感情深着，你没和我结婚之前和玉兰好过多少次，你自己心里有数。"

玉兰把村长抱得不能动弹，村长发怒了："玉兰快松开，你的毛病造成了婉珍对我的误会，我与婉珍恩爱的夫妻感情会毁在你手里。"村长边说边挥起拳头就要朝玉兰的头上打去。

婉珍在一旁疾呼："进发你疯了，一个精神病人也是你打的吗？我去叫医生护士。"

婉珍看到佟加宣正在走向玉兰的病房，她不知道他的身份："医生，快进病房，玉兰抱住我丈夫不松手。"

佟加宣进了病房，从腰间取出电击棍向玉兰肩膀上一点，玉兰佯装浑身惊悚，松开了紧抱村长的双手。

这是佟加宣和玉兰达成的默契，佟加宣并没有打开电击棍的电源按钮。

佟加宣佯装不知道淡定地问："这位男士，你和童女士之间有过什么过结，来这里的男医生多了，童女士为什么单单抱住了你？"

村长："她误把我当成她的丈夫了，她丈夫早就去世了。"

"你知道她丈夫怎么去世的？"

"这我可不知道，听说是狩猎掉下悬崖去世的。"

"我丈夫没去世，你就是我丈夫。"玉兰又起身抱住村长。婉珍："电击棍，快用电击棍。"

佟加宣又把电击棍向玉兰肩上一点，玉兰又佯装浑身惊悚，倒在了病床上。

婉珍："医生你这根电击棍真管用，要不然我丈夫会跟童女士旧情复燃了……"

佟加宣："这位男士，你跟童女士有旧情？"

村长："别听我媳妇胡说八道，我媳妇老家妇女们的胡言乱语她就是喜欢听，有事没事就喜欢跟妇女们聊天，我媳妇自己都成了那些人了。"

婉珍发现泽天不在身旁，赶紧离开病房去寻找泽天。

佟加宣面向村长："无风不起浪，那些人不会信口开河乱说一通。"

村长听后，十分反感，马上予以回击："我媳妇如果真成了搬弄是非的人，她会有根有据地在背后说你只要用电击棍往童女士身上一点，童女士被电麻过后往床上一躺，你就乘机对童女士动手动脚。"

佟加宣对村长的恶意中伤勃然大怒，不再佯装不认识他，直呼其名："徐进发，你就是十足的精神病人，你以前对童女士施加淫威，现在又出口伤人，看我怎么来教训你。"他对着门外大喊："医生护士们快来，又来了一个精神病人。"

玉兰这时乘机离开了病床，来到阳台上把纸张撕成一条一条飘向阳台外。

"原来你是认识我的，装得倒像。"他也不甘示弱，夺过佟加宣手中的电击棍向他头上乱点，谁知不管用，佟加宣仍好好的。他想也许忘了开开关，一时又找不到开关，急得不知所措。

几个医生护士听见佟院长的喊声马上来到了病房，佟加宣下命令："把这个男人捆起来，先捆在童女士的病床上。"

村长拼命挣扎，一位医生用电击棍把他击倒，其他医生护士将他的四肢捆在病床的四沿，村长动弹不得。佟加宣又下命令："给他服大量的精神药，首次发作，剂量一定要大，把他的病情压下去。"

一位医生用力掰开村长的嘴巴，把一大把药塞了进去，另一位护士把一杯水往村长嘴巴里灌。村长挨了电击棍后晕了过去，任凭医务人员摆弄。

婉珍找到了四处乱窜的泽天，来到了病房。佟加宣对她说："你丈夫一时精神失常，夺去我的电击棍乱砸乱打，童女士吓得跑到阳台上去了，我已给你丈夫服了一些药，相信不消几天就会痊愈，刚才我们会同专家进行了会诊，初步鉴定为间歇性精神分裂症。"

婉珍："都是给玉兰害的，玉兰把他抱得透不了气，正常人哪受得了，什么是间歇性精神分裂症？他和玉兰不一样？"

"这种病就是在某一场合大脑受了刺激，大脑的细胞出现了异样的变化，情感上出现障碍、焦虑等都可能引发这种病，童女士是器质性的，与你丈夫的病不完全一样。"

"我要找你们佟院长，让我丈夫住最好的病房。"

"我就是佟院长，住最好的病房，你丈夫够资格吗？"

"我是城建集团金文辉的女儿金婉珍，金总的女婿你认为够资格吗？"

"原来你是金总的女儿，失敬，失敬，你怎么不早说呢，"这间童女士住的病房就是医院里最好的病房。佟加宣招呼护士："快给金女士倒杯水。"

婉珍摇了摇手："我哪有心思喝茶水，我要给爸打个电话，他女婿也得精神病了，请他速速到医院来。"

佟加宣："你马上就打电话，越快越好，我等着他。"

婉珍随即打通了金文辉的座机："爸，我与进发一起到医院探望玉兰，没料到他和玉兰旧情复发，乘我上公共卫生间搂抱在一起，幸亏被我及时发现，他还夺过医生的电击棍击向佟院长，佟院长会同专家会诊，诊断为间歇性精神病发作，现在被捆在病床上服了药。"

金文辉听完女儿的电话后惊得目瞪口呆，什么话也说不出来，话筒被搁在一旁。

"爸爸，您怎么了，您怎么不说话？"

金文辉好久才回过神来，他生怕女儿受不了这样的打击也精神失常，赶紧安慰她："婉珍，你别着急，兴许是进发最近一段时间忙于找石头，找玉莲累过头了，石头是找到了，可把自己给病倒了。一块普通的石头，动员几百个村民寻找，传得沸沸扬扬值得吗？我马上赶到医院来。"

"爸，进发躺在玉兰的病床上。"

"玉兰呢，她痊愈出院了？"

"没有，她在阳台上撕着纸条儿，把纸条儿一条一条地往阳台外扔。"

金文辉亲自驾驶着轿车来到医院的大门口，一位副院长把金文辉领到村长待着的病房。

婉珍："爸爸您来得真快，我急死了，说好了来探望玉兰的，没承想进发自己成了病人。"

金文辉来到村长的病床前，玉兰见金文辉来了，又把一张一张的纸条儿扔向金文辉的脸上身上。

佟加宣吩咐医生："把童女士绑在阳台的躺椅上。"

玉兰被绑在躺椅上，嘴里还在哼着歌：

> 我的照相机呀照相机
> 快把空中的纸条儿拍下来
> 白白的飘飘的纸条儿
> 是我一生一世的依赖
> 飞到我梦寐以求的双岭村
> 飞到我心上人肖广连的身旁
> ……

佟加宣："金总，我们已对徐先生进行了会诊，徐先生得的是间歇性精神分裂症，我们给他服用了最好的药物。刚才他情绪太激动太异常，有伤人的危险，暂且把他绑在病床上，等他稳定了，即可松绑。"

金文辉："佟院长，徐先生的病全靠你调理了，我相信你的医术是一流的。可是童女士来医院有一阵了，怎么不见好转？"

"童女士的病在神经科属于最顽固的一种，国际上还没有哪个国家能够攻克，能保持这样的状态就不错了。她喜欢唱歌，我们准备再对她附加采取音乐疗法，相信她的状态还会好转。"

婉珍发现泽天又不见了："爸爸，我去找一下泽天，您先坐着休息一会儿。"

原来泽天又跑到病员的开放区玩儿了，正趴在护栏上看病员的各种姿势，看见婉珍来找他了，指着那些病人："妈，你看那些病员真滑稽，有的走路像小脚娘娘，有的走路一瘸一拐地像你，还有的在唱歌跳舞呢。"

婉珍被儿子的一番话气得拉着他的耳朵："泽天你这个小东西，你骂妈是瘸子是吧，真没良心。你爸也生这样的病了，比他们还严重，他们还在户外活动，你爸被绑在病床上了。"

"妈，你咋学会骗人了，我爸带我一起来还好好的。"

"不信你去看。"

母子俩来到病房，泽天扑在村长身上："爸爸，您怎么了，您的眼睛怎么呆呆的，您看看我，我是谁，我是您的儿子泽天。"

村长一点反应也没有，两只眼睛直直地盯着天花板。

泽天还在叫唤："爸爸，您怎么被绑在床上了，您眼睛对着我看。"

村长还是一点反应也没有。

金文辉："佟院长，咱们不妨也对徐先生采取音乐疗法，他以前经常在办公室放歌曲的。"

"放歌曲，他一个人听吗？"

"他自己听，还放在村头喇叭让村民们一起听。"

佟加宣："金女士，你先唱一首他喜欢的歌让他听，听了也许徐先生的眼睛不会直直地盯着天花板。"

"他才不喜欢听我唱歌呢，再说我平时也不怎么唱歌。"

"那他喜欢听什么歌，放什么歌呢？"

"我记得是一首《你知道我在等你吗》的歌。"

"徐先生这首歌是放给夫人您听的吗？"

"佟院长，他若是放给我听就好了，我俩的感情也不至于像现在这样若即若离，看在儿子泽天的份上，为了治好他的病，我就不怕献丑了，他是放给一位叫谈悦玲的人听的，每当村头喇叭里放这首歌，那少妇就会到他的办公室，在办公室做什么事儿，您可想而知了。"

佟加宣面向金文辉："金总，我们医院的喇叭里也可以放这首歌，每个病房都能听到，我们能否把谈女士请来，坐在徐先生的身旁，让谈女士握着他的手，这样徐先生边听歌边看着心上人，病情会减轻不少。"

金文辉："只要我女儿同意把谈女士请来，我完全赞成。"

婉珍："为了进发的病情能好转，也只能用这个办法了，爸，你去把她请来吧。"

金文辉开着轿车在星呈大酒店大厅的门廊处下了车，吩咐门童把客房部的谈女士请下来。

谈悦玲正在打扫626房间。门童："谈女士，金总有请，在酒店门廊处等你。"

"我正上班呢，你回告他，我不去。"

"谈女士，我只是传达金总的指示，请不到你我会被姚总辞退的，请你别为难我。"

"那好吧，你们门童有个工作也不容易，我这就去。"

谈悦玲向六楼的领班汇报："大领班，金总在酒店的门廊等我，不好意思，626客房还没打扫完，你安排别的服务员打扫吧。"

领班心想："这个服务员，以前上下班董事长亲自接送你，真不知你是什么来头。"

谈悦玲走到轿车前，金文辉为她打开副驾驶的车门，用手护着她的头部让她坐进去，好像是在迎接一位上司，让大厅里的人们看得再次连连惊叹。

轿车经过停车场停了下来，谈悦玲让金文辉不急着开车："金总，你在我工作时间接我外出，你想我了？"

"你说我还会想你吗？"

"当然会，你夫人徐娘半老的人了，哪有我这么青春靓丽。"

"今天没有闲情逸致跟你唠这个。"

"我家王标半个月才回家一个晚上，其他晚上还不是跟你夫人混在一起，你不过是睁一只眼闭一只眼罢了。"

"悦玲，我今天没有心思跟你谈情说爱，我要你去完成一件大事，进发得精神病住进医院了，而且重得很。"

"村长不是和婉珍去探望玉兰了吗？探着探着怎么反倒自己得了这个病，真是天有不测风云，人有旦夕祸福啊。"

"悦玲，我要送你去医院陪护进发，病房里还会播放《你知道我在等你吗》的歌曲。"

"村长现在咋个样子。"

"他被绑在病床上，两眼直愣愣地盯着天花板，眨都不眨，跟个半死人差不多。从今天开始，你天天去医院陪他，他要你咋样你就咋样，等他病好了，我不会亏待你的。"

"怎么个不亏待？"

"给你十万元钱。"

"我不要钱。"

"你想要什么？"

"我要当上星呈大酒店的常务副总经理。"

"你能行吗？"你的胃口越来越大了。"

"不同意我就不去医院了，让我下车。"悦玲开始大敲车门。

"行，行，只要你天天陪着进发，等他的病好了，我答应你。"

"你答应了啊，君子一言驷马难追，要不我还会召集一帮七八十岁的老头老太太，举着标牌集中在你集团大门口。"

"悦玲，你这是得寸进尺，我算服了你了，老是用老头老太太来恫吓我，我金文辉并不是吓大的。"

"那金总你看着办吧，我好像在你面前说过，哄好了我，我就是一个好娘娘，惹怒了我，我就是一个青婆，什么事都做得出。开车吧，我来了兴致，看看徐村长到底啥个熊样。"

……

病房里正在播放《你知道我在等你吗》的歌曲：

莫名地我就喜欢你　深深地爱上你
没有理由　没有理由
莫名地我就喜欢你　深深地爱上你
从见到你的那一天起
你知道我在等你吗

……

谈悦玲来到村长的病床前，握住他的手佯装亲吻。

村长的眼球转了一下，金文辉和婉珍同时惊呼："动了动了，进发的眼球会转动了。"

婉珍抓住悦玲的手："悦玲，真的十分感谢你。"

悦玲推开了婉珍的手："婉珍，为了辅助治疗你丈夫的病，我就顾不得面子不面子了，你看见我和村长亲密的样子，你可不能妒忌吃醋呀。"

婉珍："哪能呢，哪能呢，我也是看在他是泽天爸的份上，就想让他快点好转，要说夫妻情分，我俩只是面上和好着。"

金文辉和婉珍注意着村长的眼睛，村长又愣愣地盯着天花板一动不动了。

婉珍："进发的眼睛又不动了，悦玲，你吻村长的脸吧，看他有什么反应。"

悦玲佯装吻他的脸，村长的眼珠又转了几下。

金文辉："悦玲，从今以后你上班的地方就是医院，你的工作就是陪着村长，我叫佩芳付你双倍的工资。"

悦玲："等到我再去星呈大酒店上班，我就是常务副总经理了，到时你关照佩芳任命啊。"

金文辉："那是肯定的，我说到做到，你的才能和智慧当个副总经理完全能胜任，双岭村出来的女干部，我相信个个都是好样的。"

"妈妈，悦玲阿姨在亲爸爸。"在外面玩了一阵的泽天又回到了病房。

"让悦玲阿姨亲吧。"

"妈妈，您不是说只有您和我才可以亲爸爸吗？"

"泽天，你不懂的，这是非常时期，爸爸的病要靠悦玲阿姨辅助治疗，好得才快。"

泽天一脸不高兴地退在了一旁，他看见了在阳台上被绑着的玉兰："妈妈，你去亲玉兰奶奶吧，让奶奶的病也快点好转。"

"泽天，你去亲奶奶吧。"

"我不，我害怕奶奶会用唾沫吐我。"

"妈妈也害怕奶奶用唾沫吐我。"

婉珍又面对金文辉和佟加宣说："我认为要把咱老家的医官王维光也请来配合治疗，兴许王医官的灵光会传到进发身上，激励进发的病情好转。"

金文辉："进发的病情到了这个地步，也只能让王医官来试试了。"

金文辉正要打电话，被佟加宣拦住了："金总，我们医院有规章制度，一切搞迷信的郎中、神医、巫师都不准进入医院。"

金文辉："这怎么叫迷信？"

"我保留我的意见，既然你把话说到这个份上，我不会配合王医官，不过，一日三顿的药我是一定要给村长服的，不服药，他会病得更加厉害。"说完佟加宣头也不回地离开了病房。

过了一会，佟加宣带着几位医生、护士又来到病房，把玉兰连同椅子一起抬出病房，扔下一句话："金总，我把童女士转移到隔壁病房了，王医官来到后，你只能让他待在村长的病房，别的任何病房不能让他进入。"

婉珍："佟院长我们知道了，只准王医官规规矩矩，不准乱说乱动。"

佟加宣："在村长住的病房里，他可以不规不矩，乱说乱动，出了这个病房，过道里都有电子监控，他闯到别的病房讹钱想都别想。"

一辆银白色的直升机缓缓地降落在村长四合院家大门外的广场上。村民们看见直升机又沸腾起来了，都认为来了城里的大官。

西装笔挺的王维光背着一只大挎包，昂首阔步地向直升机迈去，村民们不知道他要到哪里去，纷纷上前打听：

"王神医，你这是上哪去，给哪位老板看病？"

"维光兄，有人派直升机来接你，你是去干啥？"

"维光贤弟，这是有什么大人物请你？"

王维光："什么也不是，我是进城去给村长看病。"

"村长生啥病了，前两天还带领我们找神石，喊口号，精神满满的。"

"跟童玉兰一样的病。"

村民们听说后个个一脸惊奇。

王维光跨上直升机的舷梯，向村民们挥了两下手："乡亲们，等着我的好消息吧，不消几天，还是这架直升机，我会带着生病痊愈的徐村长走下舷梯，来到大家面前，徐村长还是原来的徐村长。"

医院的病房里金文辉和吕乡长通了电话。吕乡长得知徐村长生病住院，李亚敏又调往市区工作，马上任命江建新为代理村长并全面负责村委工作，还委派了一名工作人员来到双岭村接任李亚敏的工作。

第 22 章　医官看病

市中心钟楼上两声沉闷的钟声，将躺在病床上午睡休息的玉兰唤醒，这钟声传到医院里本身很低，一般人不会被唤醒，但是玉兰心里惦记着凤英和玉莲，似睡非睡地就被钟声唤醒了。她平静地睁开了双眼，只见凤英已经站在她身旁，脸上说不清是喜还是忧。

"凤英，这病房除了佟院长有钥匙可以随意进出，其他人是进不来的，包括医务人员，你是怎么进来的？"

"娘，佟院长为我开的门，我刚才已经在他的办公室待了十多分钟，他把同你相认的过程全对我说了，之前你曾经对我说起的我有一个舅父，现在终于找到了，可喜可贺呀。"

"确实可喜可贺，我现在感觉有了你舅父的依靠，心情轻松多了。玉莲呢，她没同你一起来？"

"玉莲……她正上着学呢。"

"照相机带来了吗？"

"带来了，可是里面的照片已经模糊，不管用了。"

"给我料到了，咱不能声张，把模糊的照片烧掉吧。"

"我在老家已经烧掉了，照相机我放在舅父办公室让他保管了，以作备用吧，虽然已经失去了存在的价值。"

"好吧，凤英，村长住院的事舅父跟你说了吗？"

"说起了，舅父是以其人之道还治其人之身。"

"村长应该是受金文辉指使弄出个村民食堂，肯定是他在我的盒饭里下药了。"

"娘，现在村长在村民们心目中威信提高了不少，带领村民们找神石，带领村民们在神石面前宣誓，'自强，自尊，自律'。"

"神石找到了？"

"找到了，在清水河底找到了，泽天第一个看见，现在村长又把它放到山神庙供起来了，让它保佑村民们平安无事，事事如愿。"

"凤英，神石的事不可相信，你知道它的来历？它是我从山顶上推下去吓唬村长的……"

"娘，真有你的，孩儿还真看不出你有这样的心机。"

"我对村长恨之入骨，要把他砸个缺胳膊少腿才解我心头之恨。玉莲放学后，你接她到我这里来玩，我好些日子没见着她了，挺想她的。"

"娘，玉莲放学回家后，要做作业呢，作业挺多的，经常要做到九点才做完。"

"那就等星期天再带她来吧。"

"娘，那就等星期天吧，我到隔壁病房去看看村长到底咋样。"

"你去吧，多看少说话，说多了会露馅。"

凤英敲开了村长住着的病房，只见村长双眼直愣愣地盯着天花板，悦玲在身边握着他的手，还时而摸摸他的额头，时而摸摸他的下巴，村长一点反应都没有，一双眼睛像是装了两只假眼。婉珍坐在一旁哭哭啼啼，金文辉坐在女儿身旁不停地看手表，他们对凤英的到来不理不睬。

凤英记住了婆婆的话不言也不语，光看。这奇怪的一幕让她好不奇怪，悦玲对村长如此亲密，像极了村长的夫人。

泽天对爸爸的病情也很关心，他从口袋里掏出小石丸："外公，妈妈，看我的，我耍小石丸，我要逗爸爸笑出声来。"

泽天在病床旁玩起了小石丸，三颗小石丸分别从他的两只手上向上抛去，又分别被他的双手接住，像魔术师变戏法似的如此上下往复。

众人全没有反应。过了一会，婉珍发话了："泽天，你怎么把小石丸带到城里来了，咱要放到老祖宗牌位前供着的。"

泽天还在玩，对婉珍的问话不以为然，边玩边观察村长的脸色是否有变化。村长还是毫无反应。

金文辉："泽天，你把小石丸抛得这么熟练，跟谁学的？"

"我跟电视上学的，电视上的人玩小石丸比我熟练多了，他们能玩五枚，我只能玩三枚。"

泽天在病房里踢起了小石丸，小石丸一会儿向东，一会儿向西，一忽儿向南，一忽儿向北。最后他把小石丸全部踢到了阳台上，又在阳台上踢来踢去。

婉珍："泽天别玩了，你爸一点反应都没有。"

泽天把小石丸收进口袋，来到村长身边，边摸他的下巴边呼唤："爸，我是您的儿子泽天，您的眼睛看着我。"

村长还是毫无知觉。泽天好伤心，离开了病房："妈，我到病员开放区玩儿了，看他们像小脚娘娘走路，像您一瘸一拐……"

"臭小子，又想骂你娘了，到了开放区，别太调皮，让保安逮住了把你当病人绑起来。"

"我才不会调皮呢。"泽天欢蹦乱跳地去开放区了。

婉珍现在放心多了，她看到医院的各个路口都有电子监控，不怕泽天迷失。

泽天在病员开放区玩了一会，又没了新鲜感，回到了病房，殊不知他敲的是玉兰住着的病房。

凤英听见有人在敲婆婆的病房门："泽天，你在敲奶奶的病房门？"

"我敲错了房门，哪个奶奶呀？"

"是玉兰奶奶，你爹的病房来了家乡的王医官，正在给你爹施魔法看病呢。"

"我要进去看王医官怎么给爸施魔法看病呢。"

"你外公不会让你进去的，王医官打扮得像个魔鬼会把你吓坏的，你到奶奶的病房里玩吧。"

泽天跟着凤英进入了玉兰的病房，他看见玉兰也被绑在椅子上，好奇地问道："凤英阿姨，奶奶好端端地咋也被绑起来了呢，你看她的眼睛活灵活现的，不像我爸的眼睛像装了两个假眼球。"

"泽天，你不知道奶奶已经进病房有一段日子了，进医院的时候她的眼珠子也像你爸一样直愣愣的。"

"那现在奶奶好多了，为什么还要把她的手和脚捆绑起来呢？"

"奶奶不听话，会跑出病房扮鬼脸吓唬其他病员。"

泽天来到玉兰面前："奶奶，你扮个鬼脸我看看，我不害怕。"

玉兰盯着泽天微笑，还是不说话。

"奶奶你眼珠会转动，怎么不说话？"

凤英："奶奶吃了药喉咙嘶哑了，不能说话了。"

泽天："奶奶，我玩小石丸给您看，很好看的。"

泽天像在爸爸面前一样玩小石丸，看得玉兰眼花缭乱，忽然她发现这小石丸正是她安放在崖边老树旁的石丸，再也忍不住了，她询问泽天："泽天，你玩的小石丸是从哪儿来的？"

　　泽天："我爸带着乡亲们到山顶上找神石，神石没找到，我在悬崖边的一棵最高最粗的松树旁看到了小石丸，就带下山来了，我口袋里还有两颗。"

　　"泽天，你到我身边来，让奶奶看看这五颗小石丸。"

　　泽天把五颗小石丸捧到玉兰面前："奶奶，我帮你把捆绑你的绳索解开吧。"泽天说着就要解。

　　凤英赶紧拦住泽天："不要动，解开了奶奶要打人的。"

　　"奶奶不会打人的，奶奶这么善良，是天底下最好的奶奶。"

　　泽天把捆绑玉兰双手的绳索解开了。玉兰双手捧着这五颗小石丸，泪水再也禁不住流了下来。

　　"奶奶，这五颗小石丸跟您关系很密切吗？"

　　"泽天，这五颗小石丸就像是我的宝贝一样，寄托着我的哀思。"

　　"奶奶，我妈还要把小石丸和老祖宗的牌位放在一起，让我们一家人天天供着它呢。"

　　"泽天，你不要再玩小石丸了，如果你接不住，小石丸摔到地上会碎的，小石丸碎了，奶奶的心也就碎了。"

　　"我不，我就要玩，我还要当小足球踢呢。"

　　泽天把小石丸放在地上，左一脚右一脚地踢了起来。

　　忽然玉兰揭开捆绑双腿的绳索冲到泽天的身边，抓住他的头发乱拉乱扯，泽天的头发被拉下了一小缕，继而又打泽天的屁股。

　　凤英："泽天我叫你不要解开捆绑奶奶的绳索，你偏要解。"

　　坚强的泽天不哭："奶奶您这么善良，咋还会打人啊？"

　　凤英仍把玉兰的四肢绑在躺椅上："泽天，你不要把奶奶打你的事告诉爸和妈，还有外公。"

　　"爸爸跟植物人似的，告诉他要听不进，妈妈的样子跟爸差不多，也像呆了一样，外公一直板着脸，像要吃人的样子，我才不敢告诉他呢，我听阿姨的，谁都不告诉。"

　　凤英在洗手间的洗脸盆上找到了一把木梳，给泽天梳理头发，她梳得那么认真，那么仔细，就像梳玉莲的头发一样。梳着梳着，她的眼圈又红了，眼泪再次失守。

已经来到相邻病房的医官王维光，正在绞尽脑汁变着法子给村长看病。治混混阿三的一套，治玉兰的一套都拿出来使上了，村长置若罔闻，两眼还是直愣愣地盯着天花板。

隔壁玉兰追打泽天的响声提醒了他，数年前村长追玉兰和玉兰相好的过程村民们不知道，他是知道的。他曾跟随村长和玉兰到山顶，目睹村长威胁玉兰成就亲昵欢爱之事。

王维光产生了一个自以为高明的做法，他凑在金文辉的耳边说："金总，咱把玉兰也请到这间病房来，让村长和玉兰四目对视，我再来施法，咱们观察村长的眼珠子会不会发出光彩，不再呆呆地愣愣地一眨都不眨像死鱼的眼睛。"

"什么死鱼的眼睛，"金文辉大为光火，"不过你这个办法倒可以试试。"

两人开始清理病房内的医疗设施，把它们归到阳台上，阳台上放满了，又把剩余的设施归在洗手间。

两人又把村长抬到躺椅上，把他的四肢捆牢在躺椅上以防他摔倒，并把躺椅调成九十度，让他面朝西。

金文辉和王维光一起叫开了玉兰的病房门，王维光向凤英说明了要办的事情，凤英一开始竭力反对，在金文辉和王维光的一再劝说下，最后她应允了。

王维光把玉兰的躺椅也调成九十度，捆绑玉兰的绳索也调节了一下，玉兰仍被牢牢地捆绑在躺椅上。

王维光亲自推着躺椅来到了村长病房，让玉兰的脸面朝东，面对着村长。

两把面对面的椅子，两位面对面的"病员"，跟来的泽天好奇地看着王维光，不知道王维光接下来要玩什么鬼花样。

王维光："我们先把两把椅子逆时针转动三十圈，再顺时针转动三十圈。"

凤英："这样转法子我婆婆要头晕的。"

王维光："头晕了就好，我就是要叫他俩头晕，越晕越好，这样我施展魔法把握更大，物极必反嘛，村长和玉兰保证好得快。"

门口有人在敲门，是佟加宣送药来了。金文辉打开门："佟院长，王医官正在给两位病员施展魔法，等施展完了再服药也不迟。"

"你们怎么把童女士也推进了徐先生的病房？"

"魔法的事你不懂的，这里面学问深着。"

"我交代过，不准王维光到别的病房里讹钱，这是怎么了？"

"这是在徐先生的病房，王维光没有越界，再说得到了凤英亲口同意，你还有什么可说的？"

佟加宣心中五味杂陈，无奈地离开了病房。

金文辉把房门关紧，对着屋里的人们："佟院长脑筋真死板，也不灵活一点，干扰我们了。"

婉珍："佟院长也是为进发好，恪守本职，遵守制度，是难得的好院长。"

金文辉："婉珍你说话护着佟院长，难不成你对他……"

"难不成什么，难不成我还会对佟院长产生感情，爸，你别以为我听不出来，我和你一样精明着。"婉珍心情不好，把金文辉作为发泄的对象。

金文辉："婉珍看你说的，进发要是病上个三年五年，我巴不得你和佟院长好上并嫁给他，做爸的总是心里装着女儿，盼望女儿过上好日子。"

金文辉又面对王维光："王医官，佟院长来了个送药的插曲，该不会影响你的发挥吧？"

王维光："佟院长的送药更坚定了我施展魔法的信心，不碍事，我就是要让佟院长看到有些病人是不用吃药而是靠魔法治愈的。现在我指令，谈悦玲扶着村长的轮椅，时凤英扶着玉兰的轮椅，先逆时针转动三十圈，转的速度要先慢后快，最后一圈在三秒钟之内完成。"

王维光的语气不无充满着严厉肃穆，两位少妇扶着轮椅的后背转动开来，王维光在一旁数着："一圈，两圈，三圈……十圈……二十圈……"

金文辉和婉珍看到，村长和玉兰的眼睛还是呆呆地一动不动。

"停止，三十圈到了，下面顺时针转动三十圈，转的速度跟逆时针一样，先慢后快，最后越来越快。"王维光又指令。

王维光仍在一旁数着……

"停止，三十圈又到了，把村长和玉兰的椅子相对放正，让他俩四目对视。"

两位少妇顺从地把两把椅子相对放正。

婉珍嘀嘀咕咕："看得我头都晕了，哪有这样转的。"

泽天也应和着婉珍："妈，我也头晕了，像是我坐在轮椅里。"

王维光："都别说话，话说多了我的魔法会不灵，还得重新转六十圈。"

现场再也没有人吭声。

王维光走进洗手间，换上一件黑色的长袍，戴上一顶黑色的礼帽，脸上再戴上一副黑色的假脸，只露出两只眼睛。

从头到脚一身黑的王维光手拿一根黑色的长柄，长柄头上扎着一束黑色的拂子，来到了村长和玉兰的身边。

一身黑的王维光和洁白的病房形成了鲜明的对照。病房里开着日光灯，使黑更加黑，白更加白。

王维光手拿拂子，先是逆时针地围着两把椅子走动，边走边把拂子轻轻地在村长和玉兰身上拂动，口中念念有词："神拂，神拂，请拂掉两位佳人身上的邪气，让两位佳人神清气爽，心脑纯洁，仙气萌生。"

王维光逆时针地走完了三圈，又顺时针地走三圈，边走边把拂子逆时针顺时针地轻轻地在村长和玉兰身上拂动，口中仍然念念有词："神拂神拂，请拂掉两位佳人身上的邪气，让两位佳人旧情复燃，重归于好。"

金文辉感觉王维光说话不对劲，但他记住了王维光的"话多了魔法会不灵"的话语，强忍着不作声。泽天则屏不住笑出了声。

只见王维光最后停立在村长和玉兰的北面，手拿拂子在村长和玉兰的胸前，脸部和头上拂动，口中照样念念有词："神拂，神拂，把两位爱人的目光连接起来，让他们四目相视，从此心脑清醒精明，永不糊涂。"

大家看到，村长和玉兰的四目还是愣愣地对视着，没有丝毫反应。

大家的目光都愣愣地盯着王维光。

王维光看出了大家的不悦，连忙解释："大家别急，我的魔法见效需要一个过程，也许要十分钟，也许要一个小时，并不是立竿见影的。"

王维光发现泽天头上少了一缕头发，又来了灵感，指令大家："现在我急需做的是，每人从头上拔下两根头发，我要把头发顺好了绑在拂子的末端，再行施法。"

王维光带头从头上拔下两根头发，大家都不敢违背，分别把扯下的头发递到他面前。

王维光把数十根头发绑在拂子的末端。

泽天："王医官，我还没扯头发呢。"

王维光："你的就不要了，你的大脑还没有发育齐全，跟大人们的不一样。"

王维光照着刚才的样子把拂子逆时针顺时针地在村长和玉兰的周身拂动，口中念念有词："两位爱人的目光连起来，连起来。"

村长被佟加宣第一次服的药物的药性过了几个小时后开始消退，他的眼睛转动了，两只手也不停地抖起来，脚也蹬起来。

"动了动了，村长动了。"大家一齐呼喊。

村长会动了，但由于药物的关系还不能讲话。

王维光："大家都看到了吧，村长不但眼珠子会转动，手和脚也会抖动了。"

金文辉向王维光竖起了大拇指："王神医，关键时刻你派上了大用场，迷信这东西真是不可全信，更不能不可不信啊。"

王维光："我不是搞迷信，我是靠真才实学，我拜师傅学了三年的算卦施法，不是白学的。"

凤英："王医官，你看我妈，我妈的眼珠子还是愣愣的，手和脚一动都不动。"

王维光："你婆婆在医院待的时间长了，一时半会我还真没有这个能耐，你要天天让我给你婆婆施魔法保证能治愈，我今天的主要任务是治村长，你把婆婆推回自己的病房吧。"

"那你明天还来给我婆婆施魔法啊！"

"这要看你给我多少报酬了，施一次一千元，你付得起吗？"王维光接过金文辉给他的三千元钱钞，扬给凤英看，"金总一次就给我三千元，还来回直升机接送，你有这个本事吗？"

凤英屏住笑把玉兰推出了病房。

王维光还在炫耀自己的本事："我把你们的头发绑在拂子头部，在村长和玉兰的胸前、脸上、眼睛上加头上来回拂动，是让你们神清气爽的好脑筋传染给他俩，玉兰虽然好得没有村长那么明显，不过她的脑筋会清爽很多，只是没能马上反应过来。"

婉珍："进发的嘴唇也会动了，他像要说什么话。"

王维光："先喂他两口温开水，让他的喉咙滋润滋润。"

悦玲马上端来茶杯，掰开村长的嘴巴，把温开水喂进他的嘴里。

悦玲："金总，我的任务已经完成，村长的好转不单单是王医官的功劳，是我最初的几个亲密动作挽救了村长，你应该看到，村长的眼珠子曾经转动了几下，这是可贵的转动，可贵的第一步，没有我的第一步，就没有王医官的第二步，是我打下了良好的基础。王医官的施法不过是顺势而为之，你答应我的事该不会食言吧！"

金文辉："答应你的事我从不食言，你这个要求我耳朵已经听出老茧来了，你再安心地陪侍村长几天，等他彻底痊愈，你就是星呈大酒店的常务副总经理。"

"金总，我相信你。"

金文辉把王维光拉到洗手间："王神医，你刚才施展魔法时说到让我的女婿跟玉兰旧情复燃重归于好此话怎讲？"

王维光："这个你就不懂了，男女两人相对而坐就是异性相对而生，我是让他俩先胡思乱想，继而让他们的思想潜移默化，进而矫枉过正，最终起到离奇的效果，只有用这样的法道才能达到治愈病人的目的。"

相邻的病房里，凤英正在问玉兰："娘，你跟村长面对面坐着，受王维光的摆弄，你忍得太辛苦了，换了我早就扑哧大笑了。"

"凤英，我也差点忍不住，特别是坐在椅子里转了六十圈，头还真转晕了，幸亏四肢被捆绑着。要说我忍住了，是我脑子里只想着玉莲，不受王维光的干扰，想到星期天你就要带玉莲来陪我，王维光再诡异的施法我都不足为奇，我全部心思都在玉莲身上呢。"

"娘，王维光最后说到让两位佳人旧情复燃是啥意思啊？"

"王维光是随口编造，胡说八道，口无遮拦，糊弄大家，狗嘴里吐不出象牙。"

第23章　老树小石

　　金文辉的女婿双岭村村长徐进发住进医院的消息不胫而走。前来探望的各方人士络绎不绝，形态大同小异的花篮摆满了病房，病房放不下了，又延伸到病房外的走廊里。凤英点了点，足足有五十多只。

　　除了花篮，还有各式各样的高级礼品，虫草燕窝西洋参，上百包礼盒，悦玲和婉珍一层一层地叠加在一起，一直堆到靠近天花板。

　　婉珍打开一包西洋参礼盒，一看惊呆了，哪里是什么西洋参，是一万元一叠的十叠人民币，上面还留有一张纸条。上面写着"恭祝徐村长早日康复"和落款人的名字。

　　悦玲看见了也好不惊奇："婉珍，咱们得把礼品盒全部打开来查验，看看究竟有多少礼盒换成了人民币。"

　　于是两人一只一只地把礼盒打开，有的礼盒表面是礼品，下面是人民币，共发现三十只夹放人民币的礼盒，有五万元的，八万元的，还有二十万元的。每只礼盒的上面都写有落款人的名字。两人清点了礼金，足足有两百万。

　　婉珍想到了什么："悦玲，我刚才送给凤英两包西洋参礼盒了，会不会里面也是钱？"

　　悦玲："我去隔壁观察一下，礼盒有没有打开。"

　　悦玲敲开了玉兰的病房："凤英，我有两包虫草，打开后看到都过了保质期发霉了，婉珍送你的两盒西洋参让我打开看看，如果过了保质期，我叫婉珍给你换两盒。"

　　"礼盒在食品柜呢，婉珍送来时我一直推谢，婉珍硬要我收下，我还没打开呢。"凤英从食品柜取出礼盒。

　　"我先打开来看看有没有过期发霉。"

"你回村长病房再打开吧，别让霉气污染了我婆婆病房。"

悦玲回到病房打开两包礼盒，里面各夹放着五万元钱钞，高兴地对婉珍说："幸亏你提醒，要不这十万元归凤英了。"

"凤英不是这样贪心的人，她会送还给我的，这些送礼的人都是有目的的，他们是想向我爸要更大的项目，一旦拿到了大项目，等于是吃小亏占大便宜。"

"这帮人，说他们什么好。等村长康复了，我就是星呈大酒店的常务副总经理了。"

"你是用什么方式坐到常务副总经理的？"

"我靠的是恫吓，恫吓你爸。"

"恫吓，我爸会怕你吗？你完全捏在他的手心里，他对付你有的是办法。"

"我才不在乎呢，我有满满的证据和杀手锏。"

"什么证据，哪来的杀手锏？"

"我就是证据，我和你爸环环相扣，我还是杀手锏。"

"你的说法不着边际，毫无道理。"

"婉……婉……珍珍……"两人听见村长在发声。

婉珍来到阳台上躺在躺椅上的村长面前："进发，什么事？"

村长只会说"婉珍"两字，下面的再也说不清了。

婉珍拿来纸和笔，摊在躺椅前的小方桌上，让村长写。村长抖抖擞擞地写下了两行勉强看得清的文字："婉珍，把钱存在我的银行卡里保管好，两百万我得再干三十年村长才攒得回，我这个病生得太划算了，真如你所说的吃小亏占大便宜。"

原来婉珍和悦玲的对话他都听在耳朵里，记在脑海里，两人取钱的动作他都看在眼里，乐在心里。

村长还有话要写："悦玲，找两盒没有夹带人民币的礼盒去送给凤英。"

婉珍打通了金文辉的电话："这两天进发的病情大有好转，思路清晰，除了讲话口齿不清不连贯外，基本上跟正常人差不多了……"

"你叫佟院长马上停止用药，就说是我的指令。"

"爸您忘了，您和王医官离开医院的那天您已经关照过佟院长不要用药了。"

金文辉的家里，海涛和婉莹正在商量去医院探望姐夫买点什么礼品。

"哥，买什么礼品你想好了吗？姐夫生病住院好些天了，听姐说出院在即，咱再不去探望就错过了机会。"

"妹，妈刚才开轿车从医院拉回来一大堆礼品，都在客堂间放着，我实在想不出送什么，要送都是别人送过的西洋参啦，虫草啦，燕窝啦等等，咱们能不能送个新品种？"

"新品种，让我来动动脑筋。"婉莹拖着腮帮想了一下，"有了，泽天玩的五个小石丸在客堂间的长椅上放着呢，泽天不是说他耍小石丸给爸看，姐夫虽然不说话，眼睛直愣愣地盯着天花板，但是姐夫眼睛的余光看着呢。泽天为姐夫病情的好转立了头功，姐夫看见五颗小石丸会好得更快，咱们就送五颗小石丸。"

"你这个新品种真好，打破了送礼的常规，姐夫看见了一定会天天开心，从早晨开心到晚上，养生专家不是说人只要天天保持愉快的心情，病患全无，开心可治百病呢。"

于是，兄妹俩用金纸包了五颗小石丸，来到客堂间拆开了一盒燕窝的礼品盒，取出燕窝，换成了小石丸。

"哥，送一盒礼品显得太单调了，咱再送一盒西洋参吧。"

"这不和别人送过的重复了吗？"

"没事，重复就重复吧，有了小石丸的礼品做基础，别的礼品重复不重复无所谓了。"

婉莹又拿了一盒西洋参的礼品，兄弟俩拿着两盒礼品，正要坐上轿车，婉莹："咱把西洋参的礼盒打开来看看吧，是不是货真价实。"

兄妹俩打开了礼盒，只见礼盒的上部放着两盒西洋参，下部足足放了五万元的百元钱钞。钱钞中间还夹着一张纸条，上面写着落款人的名字。

原来婉珍和悦玲要清查的礼盒实在太多了，查着查着就遗漏了这一盒。

"哥，怎么办，要不就送给姐夫？"

"送就送吧，听说送礼夹送钞票的人挺多的。"

"爸妈要是知道了呢？"

"都是送给自家人，知道了也无妨。"

兄妹俩坐上轿车，由海涛驾驶着奔向医院。

"进发，海涛和婉莹来看望了，你能站立吗？"婉珍把弟、妹迎进屋，对着村长说。

村长还不能站立，只能坐在椅子上，口齿也不清，指着三人沙发："坐……坐。"

"姐夫，我和婉莹早就想来看望你了，只因商务繁忙脱不开身，来晚了。"

"姐夫，都说燕窝和西洋参补心脑，我俩就各买了一盒，一点薄礼不成敬意，只是表表心意，还望笑纳。"

村长还是口齿不清："弟……妹……"他指了指阳台上佩芳没带回家的礼品，又是摇头又是摇手，好像在说："不要不要，阳台上多的是。"

婉莹看出了村长摇头摇手的意思："姐夫，我和哥的两盒礼品别具一格，比阳台上的西洋参和燕窝强多了，你一定会喜欢的。"

文辉先把一盒西洋参递到村长怀里，村长哆哆嗦嗦地打开礼盒，看见除了西洋参外，还有五万元钱钞，欢喜得连连向兄妹俩翘起大拇指，他翘大拇指的动作很特别，因他的双手还是抬不高，他的拇指是对着地下的，他先是用右手翘大拇指，再用左手翘大拇指，引得兄妹俩一阵大笑。

婉珍和悦玲走上前去，婉珍用双手抬起他的右手，悦玲用双手抬起他的左手，两人异口同声："村长，我们来帮你一把，哪有大拇指朝地上翘的。"

在她们两位的帮助下，村长的大拇指对着兄妹俩翘了。兄妹俩又是一阵大笑。

婉莹又打开一盒标画燕窝的礼盒递到村长怀里："姐夫，这盒燕窝你拆开来看到后会更加喜欢，喜欢得把脚都要翘起来呢。"

村长又哆哆嗦嗦地打开燕窝的礼盒，看到用金纸包着的礼品，以为是金元宝，高兴得真想把脚翘起，无奈翘不起，他喜滋滋地拆开金纸，一看是五颗小石丸，脸色马上变成猪肝色，他呆呆地盯着小石丸，脑海里浮现出好些年前在悬崖边的一幕，只见他"哎哟，哎哟"地叫喊了两声，口吐白沫，一头倒在躺椅的后背上，两只眼睛又直愣愣地盯着天花板了。

"不好了，不好了，又复发了。"婉珍大呼，乱了方寸地大呼，"快叫王医官，快叫王医官。"

悦玲："王医官回老家好些天了，还是叫佟院长吧。"

"对，我真健忘，快叫佟院长。"

悦玲打开房门大呼："佟院长，村长又发病了。"

佟加宣有备而来，他带了足够的药物："你们看你们看，金总叫我停药，我又不敢不停，这不又发病了，药还是要服的，你们哪个有金总的电话，只要他一声令下，我马上给村长服药。"

在一旁吓得不知所以的婉莹支支吾吾道："我来打，我来打。"

婉莹很快拨通了金文辉的电话："爸爸，姐夫的毛病又复发了，两眼呆呆的真可怕，四肢……四肢一动不动像个僵尸鬼。"

婉莹语无伦次，脑筋吓糊涂了，竟然说姐夫像个僵尸鬼。

金文辉一听也傻了眼："婉莹，别急，佟……佟院长在病房吗？"

"在……在……他等您的指令才敢下药。"

"你把大哥大给佟院长接。"

佟加宣接过婉莹的大哥大，把声音放到外放的位置，电话里传来金文辉的指令："佟院长，都是我自以为是让你停药，快给村长服药，服大剂量的药。"

佟加宣："大家都听到了吧，金总命令我给村长服大剂量的药物。"

婉珍马上掰开村长的嘴巴，佟加宣把一把药塞进了村长的嘴里，悦玲用温开水让村长服进肚里。

佟加宣指令："把村长抬到病床上。"

海涛托住村长的头，婉莹托着村长的后背，两位少妇一人抬着村长的一只脚，把村长抬到病床，让他脸朝天躺下。

佟加宣："村长几天来病情有好转，咋的今天又复发了？"

海涛："我和婉莹刚才给姐夫送礼品了，海涛先把装有西洋参和五万现金的礼盒给佟院长看，姐夫看见了这盒礼品高兴地向我俩翘大拇指……我姐和谈女士纠正了姐夫的动作，让他把大拇指对着我和婉莹，我妹再把第二盒礼品给姐夫，姐夫打开后一看立马就傻了呆了。"

"第二盒是什么礼品？"

婉莹把装有五颗小石丸的礼盒打开放在佟加宣面前。

"这五颗小石丸是从哪里来的？"

"是村长带领乡亲们上山顶找神石，泽天在悬崖边的一棵老松树下捡到后带回家玩的。"婉珍把一周前上山顶的事宜描述了一遍。

"看来问题就出在这五颗小石丸上，这样的怪事我从医以来还真是第一次碰到。"

金文辉带着放学的泽天来到了病房，看见躺在病床上的村长，连声向佟加宣认错："佟院长，我真不该相信王维光的鬼话，让他来给村长施魔法，还自作聪明地让您给停药，我向您赔个不是了。"说完他深深地向佟加宣鞠了一躬。

佟加宣："金总，科学就是科学，医治病人是按照科学的分析来对症下药的，我早就跟您说过，在我领导的医院里不允许有迷信的现象发生，这下你信服了吧。"

佟加宣又面对大家："你们要好好守护好村长，接下来有什么状态及时来办公室找我。"

"姥爷，姥爷，您看爸爸病床底下……"泽天指着床底下一滩水好奇地对姥爷说。

大家一起聚到村长病床前，俯身低头看到，村长的病床下"滴滴嗒嗒"的水冒个不停。

婉珍："迸发尿床了，快叫佟院长。"

悦玲："尿床的事别叫佟院长了，佟院长那么忙，叫护士即可。"

悦玲叫来了两位护士，一位护士看到村长床底下还在滴水："等徐先生尿完了，我们再换被褥和床单。"

泽天好奇地睁大眼睛看村长尿尿，被婉珍拉到一旁："泽天有什么好看的，一股腥臭味，还不是跟你两年前一样，隔三差五地尿床。"

佟加宣没有回办公室，他来到了玉兰的病房。

"舅父，隔壁村长的病房里时有响声传来，发生了什么事？"刚来到病房的凤英问佟加宣。

"村长毛病又复发了，护士说还尿床，听说是看见五颗小石丸复发的，海涛和婉莹把小石丸当礼品送给村长，这事真神了。"

凤英："我上隔壁去看看村长尿床的鬼样。"

等凤英离开后，玉兰把佟加宣拉到身旁，声音极轻："弟，这五颗小石丸都是我放在山顶上老松树身旁的，在你姐夫遇害五周年的忌日我放了第五颗，等到我再要放第六第七第八颗的时候，又找不到机会了。"

"姐，你和我姐夫受尽了苦难，这都是金家人所害的，我又想到了一个好的方法来耍金文辉，再帮咱出口恶气。王维光一周前给村长看病后临走时特地来到办公室向我告别，还望我提拔他当名誉副院长，给我留了个电话号码，我想利用他，姐夫离世至今第十个年头了，我让王维光在老树身旁再放五颗小石丸，造成老树下蛋的假象，以此来迷惑金文辉……"

"弟，你这个办法十分了不起，泽天取走了五颗小石丸，老树发怒了，把怒吼发在村长身上，可是王维光会否泄露机密，向金文辉告发？"

"我量他肯定不会，他一心想当名誉副院长，当了名誉副院长虽不天天上班，但与在山村当个医官那是天壤之别，另外再给他的银行卡打上两万元，这事百分之百成了。"

佟加宣办事利落，马上就给王维光打电话。

王维光这几天在双岭村是出尽风头，风光无限，直升机接送来接送去，靠施法让村长的怪病好转，这样的事例让他一时成为风流人物。向他求医看病的老百姓越来越多，在征得代理村长江建新的同意后，他把看病的地方设在了村委办公室，还制作了一块标牌放在办公室门口，上书："神医王维光，专治怪病，百病包治。由于看病的人极多，每人限十分钟，每分钟收费两元。"

"百病包治"的四个字特别大。

办公室门前，求医看病的、看热闹的人常常有三五十个，江建新亲自维持秩序，以防混乱。

到了中午吃饭的时间，江建新向村民喊话："王神医中午休息半小时，请大家吃好午饭再来排队。"

村民们生怕吃了午饭再排队会靠后，全都不愿离去。王维光写了几十张标有阿拉伯数字序号的小纸条，上面写有"王维光"的签名，让江建新发给排队的村民，村民们有了排队的序号，都放心地回家吃饭了。

王维光吃饭也在办公室，是江建新让夫人送来的。他刚吃下两口，就接到了金文辉的电话……

王维光听完电话后呆若木鸡，眼神中全都是失望和恐惧。他把标牌的反面写上"因公外出，致歉，王维光"等九个大字对着外面。

有早来的村民看到这样的标牌，直呼今天白排队了。

有看热闹的村民把标牌仍反过来，让"百病包治"仍对着大家。

王维光躲在办公室，大气都不敢出。办公室早就被他关紧了。

半个小时行将过去，还剩最后的五分钟，王维光又接到了佟加宣的电话……

王维光打开了门窗，排队的村民看到他笑容满面，正在翩翩起舞。

"王神医，你在跳舞吗？"

"王神医，你不是因公出差了吗，咋又回来了，从天上飞下来的，办公室屋顶上打洞了？"

王维光仍在跳舞，边跳边笑嘻嘻地对村民们说：

"我在热身，看病前的热身。"

"副院长，副院长，三千元，三千元。"

有村民听不出"副院长"的意思，问王维光：

"王神医，你当上村长四合院的副院长了？"

"你让村长的病情好转，婉珍看上你了，做你的秘密夫人了？"

"金总给了你三千元的报酬？"

王维光跳舞结束，脸色变得极为严肃："别多管老子的闲事。"

……

夜半三更，山神庙内静得出奇，连蝙蝠扑打翅膀的声音都听得见，山顶上更是寂静无声，连岩羊躲在洞内喘气的声音都听得见，这时山路旁的果树林响起了一种奇妙的声音，像是微风与黑云的翻动声，又像是四脚蛇等犬类动物的爬行声。

苍天睁开眼睛看着这个奇异的人种，从头到脚一身与天空相近的暗蓝色。王维光害怕被人发现，特地穿了一身暗蓝色的衣服。他不敢走山路，只敢穿果林。他时而匍匐爬行，时而举步向前。他先来到了山神庙，看到山神庙神态依旧。他在山神庙里休息了两分钟，又重复刚才的动作花了好长时间才来到山顶。

他来到崖边老树旁，从衣袋里掏出五颗小石丸呈弧状地排列在老树的树根土上。

他离开老树了，走了几步又回到老树旁，看小石丸是否依然像他排列的样子。

小石丸一动不动，依旧排列得整整齐齐。

他下山的动作极其迅速，像一阵风更像一道光，与上山形成鲜明的对比。

到了明天，天还没全亮，他就迫不及待拨通了金文辉的电话："金总，我对村长施的法道是前世修来的，更是今生学来的，不会出任何差错。村长的病情复发，是您的外孙拿走了老树生下的五颗小石丸，老树发怒了，它量泽天还小不懂事，就把怒吼转移到了泽天的爹爹身上。"

"王维光，你说老树会下蛋，你怎么会知道？"

"我昨晚做了一个神奇的梦，老天爷刮来一阵风，把我刮到山顶上的老松树身旁，我看到老树身旁又下了五个石蛋，正当我要抚摸五个石蛋时，老天爷又刮来一阵风，把我刮到了我躺的床上。"

"后来呢？"

"后来我就醒了，我寻思着村长的病情是老树发怒引起。金总，你不妨找到泽天拿走的五颗石蛋仍排放在老树的身旁，十颗石蛋要顺着老树的弧形排立，越整齐越好，还要轻轻往泥土中按一按，让神蛋风吹雨打都不怕，永远不会走样。"

……

一架灰褐色的直升机停落在村长房前的广场上，经过乔装打扮的金文辉和两位随行人员走下舷梯，村民们认不出他是金总，以为是其他有钱人。

两位随行人员一左一右扶着金文辉开始爬山，江建新要带领村民们跟着一起上山，被随行人员拦住："江村长，你在这里把守，不准任何人跟上山。"

金文辉喘着粗气，终于爬到了山顶，他看到老树身旁果然静静地躺着五颗小石蛋。

他从挎包里掏出泽天玩耍的五颗小石蛋，按照原来的小石蛋排列的顺序呈弧形地整齐地排立在老树身旁，还不忘轻轻地往下按了按。

他下山的速度也很快，两位随行人员一位在他身前，生怕他跌倒可以把他挡住；一位在他身后，生怕他跌倒可以把他拉住。

这是金文辉来到双岭村停留时间最短的一天。他没有休息半分钟，下山后直接由两位随行人员陪同登上直升机，得到指令的王维光跟在他身后，也登上了直升机。直升机轰隆了几下，抬头飞向天空，向城里的医院飞去。

第 *24* 章　明智姐弟

金文辉和王维光乘坐的直升机降落在医院的楼顶上。

"王医官，村长命悬一线，比第一次发病更为严重，都尿在床上了。我这两天业务繁忙，不能陪你了，村长全拜托给你了。你要和佟院长有商有量，争取转危为安，早日治愈，村里有好多工作等着他去做。"金文辉在离去时再次交代。

王维光来到了病房，婉珍好像遇到了救星："王神医，你刚走几天迸发就旧病复发，我爸与你交代过了吧，你的算卦施法要与佟院长的治疗相结合，相信会收到奇异的效果，我去把佟院长请来。"

村长躺在病床上无声无息，尿尿的床垫和被褥全部换了新的，显得干净利落，床下的尿液护工也已拖洗干净。病房里喷洒了带香味的消毒剂，原先的尿臭味已荡然无存。

佟加宣和王维光坦诚相见，捐弃前嫌，针对村长的两次发病，对症下药。当着婉珍的面，两人无所不谈。

王维光："佟院长您的分析很有见解。老树下蛋在我国古代早就有记载，小蛋丸等于是老树的子孙，崖边几十棵松树，为什么单单老树会下蛋，说明它年纪老了，应该有子孙了。泽天拿走了老树第一次产的神蛋，老树发怒太正常了。我认为村长当下急需补充矿物质，最近营养学家研究出用骆驼奶代替牛奶羊奶，骆驼奶中的矿物质含量丰富，包括铁锌钵硒钙等，这些矿物质的含量平均超过牛羊奶的三倍以上。骆驼奶还富有溶菌酶，这种营养物质是所有奶类中极其珍贵而稀有的。骆驼在沙漠中吃的食物大多是自然生长的植物，例如肉苁蓉、骆驼刺等。骆驼在沙漠中之所以如此强悍，和它体内的溶菌酶也有一定关系，而溶菌酶具有杀菌醒脑的作用，可快速融化于人体内，促进脑细胞生长，骆驼奶还富含维生素A、B、C等各种人体必需的成分，超过牛奶羊奶的几十倍。"

佟加宣："王医官对骆驼奶说来是滔滔不绝，口若悬河。你知道吗，还有一种比骆驼奶更珍贵的神奇良子化栓块，更是补脑养身的神药。经拍片检验查血，村长的血管内垃圾增多，堵塞了心脑大小血管，影响周身血液循环，形成血栓斑块，这是诱发精神疾病的第一元凶。我们从今天开始少量用西药，配以服用神步良子化栓快，骆驼奶、醒脑丸、安神液的辅助，相信一定会收到奇异的效果。"

佟加宣提出减服西药，和王维光一起治疗，是经过深思熟虑并征得玉兰的同意后才做出决定的。给一位思维正常的人长期服用精神药物他于心不忍，医生救死扶伤的职业道德主导着他，再则他为玉兰报仇的目的已经部分达到。更何况村长真正成了精神病人就无法追究他谋害肖广连的刑事责任了。

王维光也收起了装神弄鬼算卦施法的一套，一心一意辅助佟加宣治疗村长的病情。

佟加宣开始对村长逐步减药，因为减得太快反而会使村长精神上吃不消……

村长的病情一天比一天好转，脑筋基本跟正常人一样，走路不用人搀扶，与生病时判若两人。

王维光乘村长基本痊愈，告诉他再次发病的原因："你的孙儿拿用了老松树生产的神蛋，老树发怒，把怒吼转发到你身上，今后，你对老树要加倍爱护，尤其对老树的子孙更要倍加珍爱。"

村长深信不疑，但他在老树旁犯下的罪行还是以为可以瞒天过海：玉兰痴呆了，呆得不轻，就算她清醒时向公安告发，精神病人的说辞公安是不会相信的。

村长痊愈了，性格也有了一定的改变。他反思多年来在双岭村的所作所为，真想回到双岭村后召开村民大会对村民们赔个不是，但只是一瞬间的想法，当下最重要的事是重整旗鼓树立自己的威望。

村长出院了，金文辉又派来了直升机，佩芳、佩芸、海涛、婉莹、亚敏等都到医院来欢送。

佟加宣也加入了欢送的行列。在登上直升机之前，村长对佟加宣深深地鞠了一躬："佟院长，全靠您为我精心治疗和悉心照顾，没有您佟院长，就没有我徐进发的康复出院，就没有我徐进发的今天。"

佟加宣："村长不客气，这是我应该做的。在这里我还要提到山神庙的石头，我们就不说它是神石吧，但石头上写的'自强，自尊，自律'是我们做人的准则，更是我们的座右铭。我的办公室还挂着一块横匾，上面用金字写着'一步不慎步步不稳'。它提示我，要走好走稳脚下的每一步路，作为医务工作者更要小心谨慎，尤为重要的是要按科学办事，每一次给病人看病，每一次给病人用药，都要把病人作为自己的父母和兄弟姐妹来对待。这八个字，使我从名不见经传的实习医生一步一步当上了现在的院长。我现在还是用这八个字来告诫自己，让自己在工作中始终踏踏实实地走好每一步路。"

金文辉亦有一番话对村长讲："进发，你的痊愈是老天爷的恩赐，更离不开佟院长的辛勤付出。你就要回双岭村了，希望双岭村的村民还像以往一样尊重你，不因你生了精神病而歧视你。到了村长的位置上，要把全副精力扑在工作中。村里的工作仍不会一帆风顺，和村民们的交往避免不了会争争吵吵，要多和村民沟通，消除隔阂和误会。做到小事不计较，大事不含糊，坦然地处置各种事情，自在地安排各项工作，一切以人民的利益为出发点，我们的工作会越做越好。"

佟加宣："徐村长，马上就要进入寒冬了，回到双岭村，你要适时添加衣服，愿你的身体健康，愿我们的友谊常在，我们都好好的。"

村长对金文辉和佟加宣的告诫频频地点头，此时此刻的他心情尤为激动："爸，佟院长，你们的话我记住了，看我的实际行动吧。"

王维光更要对村长袒露心声："村长，我还要在医院多待几天，佟院长已聘请我为医院顾问，也就是名义上的副院长，不过我一年大部分时间还是在双岭村为乡亲们看病。寒潮将至，气温将骤降，请村长注意保暖添衣。您虽然已经出院，但回到原来的身强力壮还需要过程，保持一个健康的心理和强壮的身体，只有这样，才能带领村民们走上致富的道路。"

佟加宣又道："村长你有完整的家庭，有夫人有儿子，王医官到现在还孤身一人，我也是，你比上不足比下有余。俗话说知足者常乐，你要天天知足，相信你仍是一位带领村民苦干实干的好村长。"

三位男士的谆谆告诫让村长掉下了眼泪，他再次向佟加宣鞠了一躬，也向金文辉和王维光鞠了一躬："你们的告诫我都听进去了，相信我这是出院的第一次，也是最后一次。"

徐村长跨上直升机的舷梯，在跨进机舱时挥起双手向欢送的人们告别。

佟加宣回到了玉兰的病房。送走了村长，姐弟俩如释重负地松了一口气。

"明明，不管今后村长的思想状况怎样发展，察觉你的做法也好，不察觉也罢，对咱们都是有利的，察觉了让他买个教训，不察觉让他尝尝生病的味道。"

"姐，我总算为咱出了一口气，可是据我的分析，按村长的智商没有这个能力想出这个荒诞的做法让你进医院，背后应该有人指点。"

"有人指点，他会是谁呢，金文辉？"

"真是他，别看他亲自派直升机去双岭村接你，亲自驾车送你上医院，还关照我组织专家会诊，让你住最高级的单人病房，用最好的药，让我全力以赴治疗你的病，争取早日康复，但是根据我的观察，他这一套完全是表面上做给大家看的。这次我总算拿他女婿开刀，假如他日后有所发现，但愿他会反思，害人之心不可有，防人之心不可无。看来我们今后对金文辉一定要处处提防着点。"

"明明，你说得真是。金文辉的夫人姚佩芳和其妹姚佩芸各拥有一家公司，对了，之前佟同说起的到嘉美国际娱乐城和星呈大酒店应聘的事有着落了吗？"

"明天两家公司开始现场招聘，时间定在明天上午九点。两家公司明天是联合招聘，地点定在嘉美国际娱乐城的大剧院。我在一周前已经让佟同改了姓名，他现在的名字是方宁，以免被姚家姐妹认出我和佟同是父子关系。"

"明天佟同，不，我们现在就应该叫方宁。明天方宁去应聘，你会作为旁观者去观摩吗？"

"我很想去观望，又担心会被姐妹俩认出来。据说姐妹俩现场将邀请几百位文艺爱好者观摩，文艺爱好者也有投赞成票和反对票的权利，占比百分之五十。"

"你可化妆一下，化妆成一位拖着长辫子的艺术家，并戴上假胡须，戴上平光的黑边眼镜，保证不会被认出来。"

"姐，你这个主意真不错，明天我一定化妆好后去现场观摩。凤英呢，怎么没在？"

"今天是星期天，下午凤英会带玉莲来我这里玩。"

"姐，我先去忙了，我仍把房门锁好，没有我的允许谁也不许开门，凤英带玉莲来你先让她到我的办公室来拿钥匙。"

医院里病人的晚餐时间很早，五点钟就全部吃好晚餐，玉兰正在翘首以待母女俩的到来。

门被打开了，玉兰看到凤英带着两个男孩，却没有玉莲的身影。

玉兰心里咯噔一下，眼睛一黑，差点晕倒，难道一直担心的事还是发生了？

"凤英，玉莲呢？你不是说星期天带她来的吗？你已经推了两个星期天，今天是第三个星期天了。"

"娘，我不应该再对您隐瞒了，玉莲已经失踪快一个月了。王维光说是神石护佑着呢，还说神石担心玉莲跟着我会受人欺辱，把玉莲藏起来了……"

玉兰平复了一下心情："凤英，我知道这些天来你比我更难过，看你眼角都出皱纹了。我极力忍着不往坏处想，其实我早就有预感。"

凤英带来的两个孩儿是泽天跟王盛，两个孩儿围着坐在躺椅上的玉兰，如出一口："奶奶，我们都是您的孙儿……"

玉兰亲密地把两个孩儿揽在身旁，像是把玉莲揽在身旁一样。

泽天："奶奶，我一点都看不出您在生病，您跟我爸一样也要出院了吧。"

玉兰："奶奶的病与你爸有点两样，您爸的病来得快好得也快，奶奶的病很顽固，表面看不出实际是病着，怕是要一辈子待在医院里了。"

王盛："奶奶，我不让您一辈子待在医院里，我要我爸妈为您找更好的医院。"

"盛儿，奶奶不想再转院了，再说大医院要花好多钱的，奶奶住不起。"

泽天："只要能治好你的病，多花点钱没问题，我爸他有钱。"

凤英："你咋知道你爸有钱？"

"我听爸妈聊天时知道的。"

"你爸还说了些什么？"

"他俩还说起奶奶照相机的事，奶奶照相机里有照片，奶奶把照片藏起来了。"

凤英："泽天，回去你跟爷爷说，凤英阿姨把照片藏得妥妥的，任何人都找不到。"

玉兰又问王盛："盛儿，你爸经常回家吗？"

"不经常回家，十天半月回家一次，为这事，爸妈还经常吵架。"

"盛儿，你城里的家在哪儿？"

"跟凤英阿姨的家只相隔一幢大楼。"

玉兰再问凤英："凤英，怎么没听你说过？"

"娘，我也是前几天才知道，城里人的生活习惯跟乡下人两样的，城里人下了班就关了房门，不怎么跟邻居聊天，不像我们乡下，开着大门到东到西地找乡邻玩儿。"

"道成常回来住吗？"

"跟王标一样，十天半月回来一次。"

凤英说起道成眼睛就红了，玉兰安慰着她："只要道成心里装着玉莲，你可以原谅他，他回家来问起玉莲了吗？"

"问了，问得还真详细，问着问着还会跟我一样流眼泪。"

"说明道成还有父女之情，希望他本质上没有变坏，咱们还是应该对他有所期待。"

"娘，我准备带孩儿们回家了，您在这里当心一点啊。"

"娘没事，有你……有佟院长照应着。"玉兰在孩儿们面前不说"你舅父"，生怕孩儿们回家说给大人听而穿帮。

玉兰带孩儿们走到门口，又被玉兰唤住了："凤英，你是怎么带孩儿们来到的，坐公交车？"

"娘，我已经学会了开车，道成让我学驾驶，还给我买了小轿车。"

"看来道成眼中还是有你的，他能给你买小轿车，说明他还是在乎你的。"

"道成把一百万存款的银行卡也让我保管了。"

"那就说明他跟你离婚是迫不得已，他跟佩芸只是表面奉承，逢场作戏，你暂且先原谅他吧。"

"娘，我记住您的话了。"

村长的家门口，村长红光满面，雄赳赳气昂昂地跨下直升机的舷梯。江建新带领村民们排成两列队伍鼓掌欢迎村长痊愈归来。

江建新："村长，您不在双岭村的日子里，我们可想念您了，盼望您早日康复，这一天终于来到了。"

村长："建新，我走了以后，村里的事务办得还好吧？"

"还好吧，乡党委派来了一位同志协助村委工作，再说还有春来帮衬着呢。"

赵春来："村长您在家再安心地休养一阵子，村委的工作您放心好了。"

村长："我明天就准备上班，病好了就得干，医院里病假条一天都没开给我。"

……

村长刚回到家，就有一位乡邻来串门："村长，您夫人跟儿子呢，没跟你一起回来？"

"我夫人陪儿子在城里上学了，我丈人丈母娘工作都挺忙的，儿子需要婉珍照顾。"

"村长，那您这么大的四合院，您一个人住空荡荡的。您大病初愈，应该有个保姆照顾你吧，要不给您请个保姆，我家小姨年方三十，丈夫在城里打工，过年才回家。儿子由爷爷奶奶带领，在家闲着也是闲着。"

"你小姨是本村还是外村的？"

"外村的，离咱双岭村有二十里路。"

听说乡邻为他请的保姆是个年龄才三十岁的少妇，又是外村的，村长又来了劲："你把她叫来试试，先试用一个月，试用期工资一个月五百，试用期如果我满意，以后工资再往上加。"

"村长，我明天就请她过来。村长，我也算是做了中间介绍人，这中介费您看？"

"好说，好说，中介费不就是一个月的工资吗，我付你八百就是，见了人再说。"

"村长，您要钟点保姆还是住家保姆，八百元只是白天八小时的钟点保姆，住家保姆要两千的。"

村长心想住家保姆会招来妇人们的闲话，就连忙说："我只要白天八小时的保姆，给我烧一日三餐，洗洗衣服做做家务就行了，晚上我睡觉了，也用不着保姆侍候。"

"村长，住家保姆可以给您打洗脚水帮您洗脚，还可以帮您拿尿壶，等于是您的又一个夫人，何乐而不为呢。听说您这次住院人家送礼就送了两百万，你不享用，留它做啥？"

"我留给泽天用呢，泽天上小学中学大学，要的是钱。这样吧，如果保姆做得好，我也的确需要她，我就提升她做住家保姆。"

村委办公室。

介绍保姆的乡邻："村长，我给您请的保姆来到了，在我家歇着呢，等您的招呼。"

村长当着其他村委的面，佯装满不在乎地说："你先让她在你家歇着吧，等我下了班再说。"

午后，村长一个人在办公室。介绍保姆的乡邻又来了："村长，要不我请保姆到你办公室来？"

"不要，等我下了班我到你家来，让我看看她长啥样。"

"村长，您找保姆还要看长相？"

"那当然了，找个丑八怪保姆，看着吃饭都倒胃口。"

"我家小姨比你家婉珍漂亮多了，年纪还比婉珍轻，腿又不瘸，看了包你满意。"

村长早早地就下了班，来到介绍保姆的乡邻的家里，一看保姆果然长得苗条水灵，虽然年方三十却像个没出嫁的黄花闺女，不由得喜上眉梢："姑娘，你叫啥名字，我怎么称呼你？"

"村长您叫我保姆就行。"

"不，叫你保姆是对你的不尊重，你还是给个姓名吧。"

"我姓邵名雨欣。"

"名字蛮好听蛮现代的，我就叫你雨欣吧，你明天就可来我家上班。"村长来到屋外，雨欣跟了出来，村长指了指村东的四合院，"村东的那一家四合院就是我的家。"

"村长，您叫我明天上班，那我今晚住哪儿，我姐夫家地方小，也没有住的地方。"

"那就住我家吧，记住，你只是八个小时的白天保姆。"当着几个围观的村民，村长一本正经地对她说，"我是看你没有住宿，才让你住我家的。"

雨欣很高兴地跟着来到了村长的家，村长把她领到原先专门招待金文辉的卧室："你就住在这一间吧，这一间有空调。"

"村长，您的卧室也有空调吧？"

"有，和你的卧室同时安装的，我的卧室就在你的隔壁。"

"村长，开空调很费钱的，您不必让我单独住，其实我俩同住一间卧室也无所谓。您大病初愈，这样我可以更方便地照顾您。如果晚上您身体不舒服，我就在您身边，这不很方便吗？"

"雨欣，我的卧室与你的卧室中间不过隔了一堵墙，如果我感觉身体不舒服，我就敲几下墙，你过来就是了。"

"那我要是睡得沉，听不见呢？"

"我多敲几下，'咚咚咚'地连续敲，不怕你听不见。"

村长也懂色字头上一把刀，雨欣思想如此前卫，他该提防的还是要提防。

第25章　招聘现场

嘉美国际娱乐城和星呈大酒店的联合招聘大会如期举行。娱乐城的大剧院，坐满了社会各界的艺术人才和知名人士，还有爱好戏剧、唱歌跳舞的人们。

大剧院的舞台就是主席台，主席台摆放着两张长方形的桌子，桌子上放着两个无线的麦克风话筒。姚佩芳和姚佩芸端端地坐在主席台中央，观望着座无虚席的观众席，两人脸上泛起一阵阵喜悦。

金婉莹和李亚敏也坐在主席台两边。

已经当上副总经理的谈悦玲也坐在主席台上，她今天既是主持人，又是招聘组成员。

观众席上还坐着维持场内秩序的王标和肖道成。

时凤英也坐在观众席上。

上午九点整，招聘正式开始，谈悦玲用清丽的嗓音首先发言：

"尊敬的各位领导，各位艺术家，女士们，先生们，大家上午好。我代表嘉美国际娱乐城和星呈大酒店的全体领导，感谢大家，感谢应聘人员对我们两家公司的大力支持。我相信你们今天会有很大的收获，也相信部分应聘成功人员的事业将从这里开始。下面，我向大家介绍招聘组的五位成员，首先介绍的是嘉美国际娱乐城的董事长，姚佩芸女士。"

姚佩芸微笑着从座位上站起，向大家点头示意。

"第二位是星呈大酒店的姚佩芳女士。"

姚佩芳也微笑着从座位上站起，向大家点头示意。

"第三位是我们南岚市的当红歌星，星呈大酒店的娱乐公关部经理金婉莹女士。"

……

"第四位是金辉房地产公司的副总经理兼财务总监李亚敏女士。"

……

"最后一位招聘人员，是星呈大酒店的常务副总经理谈悦玲女士，就是我本人。我代表我们招聘组的五位成员再次谢谢大家。下面有请我们的招聘组组长姚佩芸女士讲话。"

姚佩芸："各位领导，艺术家，女士们、先生们和应聘人员，今天我们两家公司联合举行招聘大会，不仅体现了我们两家公司是亲如姐妹的同胞关系，也更加体现了我们两家公司对招聘的诚心诚意。下面我宣布招聘要求，我们共收到了三百份应聘书，经过层层筛选，我们初步选定了三十名应聘人员。这三十位初选人员中，年龄从五岁到三十岁年龄不等，我们之所以要招聘年龄小的人员，是为了发现新人，发现童星，让我们的事业后继有人。接下来的进程是，这三十名初选成功的应聘人员要在舞台上展现自己的才艺，形式多样，不拘一格，可以表演独唱、小品、舞台剧。请主持人把三十个名额的序号发给初选成功的应聘者。"

谈悦玲走下主席台，把用红色的纸张标示的三十个序号发给三十位青少年男女。

姚佩芸："我们将从三十名人员中正式录取二十名，招聘的方法别具风采，招聘最后用人的决定不单单是我们五位女士，还有台下的你们即将助选的五百位观众。我们五位女士的决定权占百分之五十，台下五百位观众的决定权也占百分之五十。请台下的一千五百名观众推选五百名行使决定权的人员。"

姚佩芸手举正反面标有红五星和黑三角的标牌："大家请看好了，用红五星面向主席台，说明你们赞成，用黑三角面向主席台，说明你们反对，如果弃权，就不举标牌。"

五百位行使权力的观众很快被推选出，谈悦玲和数十位工作人员把标牌发给他们。

姚佩芸："请大家再听好了，如果我们招聘组的五位成员全部赞成某位应聘者入选，台下五百位行使决定权的观众全部反对，在这种情况下，应聘者请不要着急，我们将从没有拿到标牌的一千名观众中推选一名代表，行使一票去留权的权利，下面请大家推选这名代表。"

台下的一千名观众开始交头接耳，四下察看，最后他们的目光汇聚到扎着马尾辫，眼上戴着平光眼镜，留着一把长胡须，身穿一身白色西装，经过严密化妆的佟加宣身上，大家一致认定他是一位大艺术家，一致推选他为一票定去留的代表。

谈悦玲把标牌发给了佟加宣，同时把他邀请到观众席的第一排。

谈悦玲："请问先生尊姓？"

佟加宣："免尊姓杨，名刚。"

谈悦玲又面向观众："请大家听好了，我们推选出了一票定去留的杨刚，我们尊称他为杨先生。"

主席台上的两张长桌被移到了舞台两边，四位招聘人员也坐到了两边。

谈悦玲："有请序号为1的应聘人员上舞台表演。"

序号为1的是一位男小伙，他戴着一副假脸跳上了舞台。

他先向评委向观众们鞠了一躬，尔后对大家说："我今天表演的节目是变脸，请大家看好了。"

小伙子第一个转身，一拍脸变成了唐僧；第二个转身，一拍脸变成了孙悟空；第三个转身，一拍脸变成了猪八戒；第四个转身，一拍脸变成了沙和尚。

台下的观众大多数拍手叫好，四百多个观众把红五星对准了舞台。

台上的五位评委也全部向观众亮出了红五星。

谈悦玲："第一位应聘者用深厚的功底圆满完成了变脸的动作，用时一分三十秒，全票通过。"

姚佩芸向小伙子颁发了招聘成功通知书。

谈悦玲："请序号为2的应聘者上舞台表演。"

序号为2的是一位美少女，她表演的是三节棍，只见她把三节棍的一节把在右手，前后左右甩动，时而点拨，时而扫荡，时而劈杀……

台上的五位评委，有三位亮出了红五星，两位亮出了黑三角，五位工作人员清点台下的表态，约有三百位亮出了黑三角，约有两百位亮出了红五星。

谈悦玲："台上与台下的评判比例相等，有请一票定去留的杨先生表态。"

佟加宣略略思索了一下，手举标牌把红五星面向主席台，尔后又把红五星面向台下的观众。

谈悦玲："恭喜三节棍的表演者应聘成功。"

姚佩芸把招聘成功通知书颁发给美少女。

接下来的应聘者有表演独唱的，表演单人舞的，表演山东快书的，表演哑剧的，他们中有15人被应聘成功。金婉莹、李亚敏、谈悦玲分别给他们颁发了应聘成功通知书。

三十名的应聘人员中，还剩下最后三位。

谈悦玲:"有请第28位应聘者上场。"

第28位应聘者是徐泽天,他一身小西装走上了舞台。他学着前面大人的样子先向大家鞠了一躬。

徐泽天童声朗朗:"我要表演的节目是诗词朗诵《我爱你玉莲》,诗词是我和姨妈共同编写的。"下面请欣赏我的诗词朗诵:

> 双岭村的那个村西头
> 有我一起玩儿的小伙伴玉莲
> 那一天你默默地离开了我
> 不知道你去了什么地方
> 我想你玉莲　我想你玉莲
> 双岭村的那个清水河
> 我和玉莲一起把渡船拉动
> 我们边拉船儿边唱歌
> 歌声飘到了村头喇叭口
> 我想你玉莲　我想你玉莲
> 哦　玉莲　如果你飞到天涯
> 我要驾驶着战机把你追回
> 哦　玉莲　如果你飞到海角
> 我要驾驶着战舰把你拉回
> 我想你玉莲　我想你玉莲
> ……

泽天朗诵到最后已泪流满面,但他坚持朗诵完最后一句。

台上台下的掌声汇合在一起。

台上的五位评委有两位亮起了红五星,三位什么都不亮,弃权的是姐妹俩和金婉莹。

台下有三百位观众亮起了红五星。

谈悦玲:"恭喜我们的小小少年徐泽天招聘成功,有请姚佩芳女士为徐泽天颁发成功通知书。"

姚佩芸看到姚佩芳坐着没动,便为泽天颁发了通知书。

谈悦玲又宣告："接下来有请第29位应聘者上台表演，她的姓名是田慧琴。"

田慧琴穿了一双很高的定制的高跟鞋，头发梳成两个初中生流行的辫子，略显倾斜的刘海，佩戴着薄膜假面登上了舞台。她的打扮像极了矮个子的初中生，舞台上的五个评委和舞台下的观众全都没有认出她是谁。

田慧琴没有向五位评委鞠躬，倒是向观众深深地鞠了一躬："今天我要表演的节目是，女声独唱《我的半爷爷》，这是我自己谱曲，自己编歌词的一首歌曲。"

美丽的歌声回响在大剧院的每一个角落：

拉着二轮板车穿行在大街小巷
板车里装着废塑料瓶和废纸箱
春天的暖阳照在他饱经风霜的脸上
半爷他拉着板车独来独往
夏天的烈日照在他挂满汗水的脸上
半爷他把废塑料瓶废纸箱捡拾在板车上
秋日的雨水打湿了他全身的衣衫
半爷他拉着板车还在四处张望
冬日的寒风吹裂了他的手掌
半爷他拉着板车还在到处流转
哦　废塑料瓶废纸箱
快快来到半爷的身旁
让半爷把板车装满再装满
哦　我的半爷爷　我的半爷爷
你让我吃好的穿好的
您自己却吃着粗粮穿着破衣裳
哦　我的半爷爷　我的半爷爷
您是我的仰仗和靠山
哦　我的半爷爷　我的半爷爷
您是我的靠山和仰仗
……

田慧琴演唱完毕，还是没有向五位评委鞠躬，而是向观众深深地鞠了一躬。

田慧琴走下舞台坐在观众席的第一排，等待大家的评判。

舞台上的评委在窃窃私语：

"这个女孩总体唱得还不错，就是对我们评委太没礼貌了。"

"她自己能编写出这样的歌曲，可见艺术造诣非同一般，虽然歌词的押韵上还不完美，但有这样已经很不错了。"

"真是神童一般的女孩，可她为什么要戴着面具呢？"

"田慧琴对我们不恭不敬，宁可不录用她。"

"是的，不懂礼节礼貌的女孩，不能录用。"

五位评委一起亮起了黑三角。

台下的五百位观众却全都亮起了红五星，一千五百位观众盛情高喊："田慧琴红五星，田慧琴红五星。"

谈悦玲面对观众席："大家请安静，根据招聘的规则，另外的一千名观众没有表决权，声音再高也没用，现在是五比五的比例，还是有请杨先生一票定去留。"

佟加宣自然不知道田慧琴就是肖玉莲，他思虑这个女孩确实不简单，毫不犹豫地举起了红五星。

谈悦玲："请田慧琴上舞台来领取招聘成功通知书。"

大家一齐向原先田慧琴坐着的第一排望去，只见田慧琴已经像长了翅膀似的飞得无影无踪。

台下的观众都议论纷纷：

"田慧琴怎么了，别人巴不得被录取，她怎么不稀罕？"

"也许是找她的半爷去了。"

"她和半爷真是情深似海。"

谈悦玲："请大家安静，田慧琴的离开不会对我们招聘大会产生任何影响，我们的招聘成功通知书可以为她保留三天，相信她三天之内一定会回来拿通知书的。下面有请最后一位应聘者方宁登台表演。"

方宁下身穿的是牛仔裤，上身很随便地穿了一件七成新的黄色夹克衫，左手戴着一款全新的劳力士手表，他从舞台的左边登上舞台，来到舞台中央，手拿麦克风，面向评委和观众鞠了一躬："各位评委和老师，各位观众，大家好，下面我把我编导的舞台剧《回来吧爸爸》献给大家，请评委和老师们多多指教。"

舞台上的屏幕从两边徐徐合上，舞台前沿下乐池中的乐手奏起了背景音乐。

舞台上的屏幕从中间徐徐向两边开启，人们看到舞台上呈现出这样的场景：一间整洁的屋子，背景墙上的挂钟显示出晚上八点，女儿正趴在桌子上做功课。

舞台两侧的显示屏上显示出：

编导、主演：方宁

演员：王维红、田慧琴

爸爸和方副总扮演者：方宁

妈妈和陈总扮演者：王维红

女儿扮演者：田慧琴。

时针从八点指向九点。女儿做完了功课问妈妈："妈妈，爸爸怎么还不回来呀？"

"你爸正忙着工作，也许还没下班呢。"

"妈妈，您老说爸爸工作忙工作忙，可是爸爸都半个月没有回家陪我们了。"女儿说着说着就流下了泪水。

妈妈用纸巾为女儿擦去泪水："慧琴，咱不说你爸爸，睡觉吧哦。"

"妈妈，我要等爸爸回来再睡觉。"

"慧琴，你爸可能今晚又回不来了。"妈妈说着也流下了泪水。

慧琴也用纸巾擦去妈妈的泪水："妈妈，我知道你也想爸爸，可是您以前从不在我面前流泪。"

"妈妈不想念爸爸，妈妈是心疼你，慧琴听话睡觉吧，乖。"

慧琴上了床，她睡不着，泪水流湿了半边枕席。

舞台上的屏幕被渐渐合上，转眼间又徐徐开启。舞台上的场景是一所小学校的门口，小同学们有的被爸爸牵着手送到校门口，有的被妈妈牵着手送到校门口，慧琴的手被妈妈牵着来到校门口。

"妈妈，爸爸老是不送我上学，您不是工作也很忙吗？每天起早摸黑给人家当保姆，妈您都瘦了许多。"慧琴对妈说。

"妈妈不忙，不忙，慧琴，妈放学了来接你啊。"

"不，我要爸爸来接，开学半年了，爸爸只在往日开学的头几天接送我上学。"

"今天我叫爸爸来接你放学哦。"

"妈妈，你说的啊，我等爸爸来接我放学啦。"慧琴喜气洋洋地走进了校门。

课间休息的时候，同学们嘲笑慧琴没有爸爸，只有妈妈，是个野孩子，私生子。

慧琴反驳他们："谁说我没有爸爸，谁说我是野孩子，我爸今天要来接我放学呢。"

放学的时间到了，慧琴左等右等，就是看不见爸爸。同学们又嘲笑她："野孩子，野孩子，私生子，私生子。"

没等到爸爸来接，妈妈也没来接，慧琴孤零零地一个人走在放学的路上，她看到同学们都蹦蹦跳跳地拉着爸爸妈妈的手，一路唱着欢快的歌。

舞台两侧的显示屏上显示出旁白的歌曲，演唱者，方宁。

方宁用小女孩的童声演唱：

　　　　我亲爱的爸爸　　您在哪啊
　　　　我从日出盼到日落
　　　　我的心里梦里全是您爸爸
　　　　爸爸您什么时候才能回家
　　　　我和妈妈天天盼望您
　　　　哦　　爸爸爸爸回来吧
　　　　有了您我们才是完整的一家
　　　　哦　　爸爸爸爸回来吧
　　　　有了您我们才是完整的一家
　　　　爸爸　　我盼您送我上学堂
　　　　爸爸　　我盼您教我背诗歌
　　　　盼您回家给我温暖和坚强
　　　　盼您回家一起把快乐分享
　　　　有了您我们才是和睦的一家
　　　　有了您我们才是温馨的一家
　　　　……

舞台上的屏幕随着旁白歌声的结束慢慢合拢，片刻，又徐徐拉开，舞台上的场景是宽敞明亮的办公室。舞台上的场景是气势豪华的某家大酒店的外场。方宁正坐在带滑轮的靠背椅上接总经理的电话："方副总，你在干什么？"

"是陈总吗，我在思考剧场的布置呢，今晚有省级的歌舞团来演出。"

"今晚演出结束后，咱们老地方休息，记住，老地方。"

"陈总，我记住了。"

方宁坐在躺椅上滑来滑去，一副无所适从的样子。

舞台上的灯光逐渐暗淡，最后暗到一片漆黑，当灯光渐渐亮起的时候，舞台下的人们看到，一间豪华的客房，陈总和方宁正躺在双人床上，一副恩爱有加的模样。

片刻，方宁回转了身，背对着陈总。

"怎么了，想家了？"

"陈总，我都半个月没有回家了，想女儿，也想夫人。"

"想吧，想吧，看你都生相思病了。"

"陈总，我们这个样子，长久下去我总觉得对不起我夫人和女儿。"

"那你对得起我吗？我给你这么高的职位和待遇。"

……

舞台上又回到最初的场景，一间整洁的屋子，屋子后背的背景墙上星月暗淡，左边墙上的挂钟显示出晚上十点，田慧琴做完了功课望着星空等爸爸。

妈妈："慧琴，不要再等爸爸了，都十点了，怎么还不睡？"

"不，妈妈，我要等，一直等到后半夜，等到天亮。"

妈妈把女儿紧紧抱住，母女俩的泪水相融在一起。

舞台两侧的显示屏上再次显示出方宁用小女孩演唱的童声歌词：

爸爸爸爸你在哪儿

你为什么不回到自己的家

我和妈妈日夜盼望您回家

往日的爸爸也曾有过接送我上学

何时您再能回到我往日的爸爸

哦　往日的爸爸

您一串串的脚印留在楼梯上

您雄壮的身影刻在家里的墙壁上

您辛勤的汗水洒在厨房间

您洪亮的声音回响在屋顶上

哦　亲爱的爸爸　我最亲爱的爸爸

回来吧　回来吧　我最亲爱的爸爸

回来吧　回来吧　我最亲爱的爸爸

……

舞台上的银幕再一次慢慢地合拢，片刻间又徐徐地开启，舞台下的观众们看到，舞台上的背景屏幕旭日东升，红霞万丈，红红的太阳映红了山山水水，高楼亭宇。

舞台中央站立着爸爸和妈妈，他们分别用左手和右手拉着站立在中间的女儿的小手。方宁用清朗的嗓音面向大家："舞台剧《回来吧爸爸》演出到此结束，请观众朋友们多加指正。"

三位演员向评委、向观众深深地鞠躬，然后从舞台右侧走下舞台，坐在第一排等待评委和观众们的评定。

金婉莹、李亚敏、谈悦玲先后举起了红五星。

姚佩芳、姚佩芸正在犹豫不决。

"姐，我们还是弃权吧，什么都不亮。"

"妹，这个方宁，竟导演出了这么一出戏，他的矛头分明是对着咱俩的。"

姐妹俩向计票的工作人员："我们俩弃权。"

舞台下观众们的计票结果很快统计出来了，有两百位弃权，三百位亮起了黑三角。

又是五对五的比例，谈悦玲面对佟加宣："杨先生，又到了您一票定去留的时刻了，请您上舞台举牌。"

佟加宣略略迟疑了一下，大步跨上舞台，亮起了红五星。

金婉莹把招聘成功通知书颁发给方宁："我们注意到你应聘了两个岗位，舞台剧导演和驻唱歌手，我们十分看好你的才艺，两个岗位都需要你，什么时候来上班，等公司的电话通知。"

方宁接过通知书，同金婉莹握手道别。他走下舞台，目光向回到第一排的王维红和田慧琴扫去，谁知两人早已走得无影无踪。

谈悦玲把田慧琴的录取通知书递给方宁，让方宁转交给田慧琴，方宁让谈悦玲先存放着。

舞台上，姚佩芸正在做总结报告：

"各位领导，女士们，先生们，首先我代表两家公司对你们的热情参与表示衷心的感谢。我们今天的招聘大会，共有二十名应聘者应聘成功，他们将会收到正式上班的通知书，在我们两家公司工作。

"在应聘人员的表演过程中，我们联合电视台进行了现场拍摄，电视台将挑选优秀的文艺表演上电视，大家可以在今明晚上或以后的电视节目中收看。

"我宣布，今天的招聘大会圆满结束，我们下期再会。"

姚佩芳和姚佩芸走下主席台，有数位记者上前采访："请问两位老总，方宁编导的舞台剧《爸爸回来吧》，主题鲜明，构思新颖，抨击了当今社会的某些不良现象，突显了少年儿童对和睦美满生活的渴望，你俩为什么要弃权？"

姚佩芳："我们有自己的评判准则和要求，这是我们的权利。"

姚佩芸："我们是本着公开、透明、诚信的招聘原则来甄选应聘人员，方宁最后不是应聘成功了吗？"

"请问两位女士，对当今社会的离婚率普遍提高，你们是怎么看待的？"

姚佩芳："对不起，你提出的问题不是我们能回答的，无可奉告，再说你提出的问题与我们的招聘大会没有任何关系，偏离了我们招聘大会的主题。"

姚佩芸："当今社会人们的思想前卫，观念开放，离婚率高是可以理解的，法律上又没有明文规定离婚率超过百分比多少，禁止离婚。你们的问题问得有些可笑。"

第26章　半爷搬家

　　中午时分，半爷拉着满满的一板车废品回到家，见家中没有玉莲的身影，心里开始着急起来。因为是星期天，平时这个时候玉莲会在家里做功课，做好了坐在窗口等他回家。

　　半爷开始打王维红的电话，接电话的却是王维红的儿子吴庆荣。原来王维红带着大哥大演出多有不便，特地把大哥大留在了家里。

　　"庆荣，你妈呢？"

　　"我妈一早就出去了。"

　　"她跟你讲去哪了吗？"

　　"她说去参加星呈大酒店和嘉美国际娱乐城联合举办的招聘大会了，我妈还要参加方宁导演的舞台剧呢。"

　　"庆荣，你怎么没和妈一起去？"

　　"我妈叫我在家温习功课，不让我去。"

　　半爷寻思富有表演天赋的玉莲会否去参加招聘大会表演文艺节目，如果被两家公司的老总认出来，接下来会发生什么，他不敢往下想，心里一阵比一阵着急。

　　果然过了不一会儿，王维红和玉莲一起回来了。王维红："半爷，本来是想打电话给你的，可是玉莲不让我打。"

　　"继红，我打电话给你，你儿子接了，他说你要去参加方宁编导的舞台剧，看来玉莲你也去参加表演了吧？"

　　玉莲："我是去参加了，我怕您不让我去，所以瞒着您了。"

　　王维红："玉莲是今天唯一表演两个文艺节目的应聘人员，也是年龄最小的获得应聘成功通知书的人员，可惜她没有领取。"

　　半爷："你儿子在家等着你呢，你快回家吧。"

待王维红离去后，半爷面带严肃地责问玉莲："玉莲，谁叫你上台表演节目了，你会把自己给暴露了。"

"半爷，我不怕，我是戴上您为我定制的假脸参加的，谁也认不出来。我虽然应聘成功，但我并没有领取应聘成功通知书。"

"玉莲，你知道吗，你应聘成功了，那两家公司如果确实需要你的话，他们会追根寻源，根据你'田慧琴'的名字找到你学校的，你的身份会暴露，你的学校是待不下去了，这个家我们也待不下去了，我们得赶快搬家。"

"我不，我不嘛，我跟同学们都已经熟悉了，跟庆荣也成了好朋友。"玉莲边说边流下了泪水。

半爷把玉莲拉到身边，用手帕擦去她的泪水："玉莲听话，半爷全是为你好，星呈大酒店的总经理姚佩芳，她的丈夫金文辉，一直蠢蠢欲动想占有你。夜长梦多，我们快一起整理东西准备搬家吧。"半爷像是下命令似的对玉莲说。

玉莲终于被说服了。半爷开始整理包袱，玉莲在一旁踩塑料瓶，半个小时下来，把几百只塑料瓶全踩扁了装在几只蛇皮袋里。半爷把包袱整理好，爷孙俩再一起整理废纸板，把废纸板装在板车的下面，上面堆着蛇皮袋和两个大包袱。

车来车往的马路边，半爷拉着满满的板车，玉莲在后面推。半爷先把废品在回收站卖了，然后让玉莲坐在板车上。

半爷拉着玉莲，拉着两个大包袱，向另一个偏远的区域迈去。一路上，他俩还不时地停车捡废品，捡着捡着板车上又满了起来，玉莲就下了车。半爷在前面拉，她在后面推。

天空下起了雨，半爷把两个大包袱放在纸板的下面，脱下身上的外套披在玉莲的身上。

"半爷，我不会淋湿，我把纸板顶在头上。"

玉莲仍把外套给半爷穿上，从板车上抽出两块纸板，一块顶在自己的头上，另一块用手扶着顶在半爷的头上。

两人头上的纸板又被雨淋湿了，玉莲从板车上又换了两块干的，顶在爷俩的头上。

天空收起了雨，玉莲把淋湿的纸板收好放在板车上，在后面帮忙推板车。

爷孙俩走啊走的，不知走了多长时间，太阳快下山的时候，他们来到了一座远离城市的乡镇。半爷先找到了一家废品回收站，把车上的废品全卖了，半爷还是让玉莲坐在板车上，边拉车边找住房。

爷孙俩边走边还在捡废品，爷孙俩相互体贴，密切配合。

半爷找到了一家在一楼的带有院子的两室一厅的廉租房，他就是要找这样带有院子的，便于他堆放废品。

半爷向房东交了半年两千元的房租，并签了合同。房东领着爷孙俩在屋子内转了一圈："这位先生，我这里家具都是现成的，衣柜里还有四季穿的大人小孩的衣服，你只管用。"

半爷："我在这里谢谢你了。"

房东："我看见合同上你的姓名是半爷，这个名字挺奇怪的，我还是第一次听说。"

玉莲："我爷爷是姓半，叫半爷，还是我给起的。"

房东："名字还可以随便起，还是孙女起的，没听说过。"

玉莲："我给半爷起名，半爷给我起名，我俩互相给对方起。"

房东开玩笑道："小丫头，那你给我起个名字好吗？看你起什么。"

玉莲："我不叫小丫头，我有大名呢，你得叫我大名，我才给你起，我大名叫田慧琴。"

房东："好吧，田慧琴，我叫你大名了，你给我起吧。"

玉莲盯着房东的脸面，学着马路边看到的算命先生算命的样子，掐指起名："我看你面相前庭饱满，鼻梁正直，浑身带有阳刚之气，我给你起名包正阳。"

房东："田慧琴，这真是神了，我的名字就叫包正阳，你咋算出来的啊？"

玉莲："我不是看你的模样算出来的吗。"

原来半爷和房东签合同的时候，玉莲看了一眼，就把合同的整张内容刻在脑海里了。

"你真是神童一个，那你再算算我有几个儿女？"

"你有两个儿子，还是双胞胎，没有女儿。"玉莲脱口而出。

"天降仙女，天降仙女，仙女妹妹，你是我在世懂事以来遇到的第一位仙女。我还真有两个双胞胎儿子，没有女儿。"房东又转脸面向半爷，"半爷，我把你的租金全免了，你要住十年二十年都免了，反正房子空着也是空着。只求仙女妹妹保佑我一家平平安安，万事如意。"

原来玉莲一路上捡废品捡到刚才租赁的房子附近，看见有两个脸面相同身高一样的男孩在玩耍，又估算着房东三十多岁的样子，就把双胞胎男孩说成是房东的了。

半爷："包老弟，房租还是要交的，哪有不交房租白住的。你就不要客气了。"

最后双方推来推去，房租减半，租住一年两千元，而且免交水电费。

包正阳："半爷，您有这么个孙女，真是前世修来的福气。"

玉莲："我才不是半爷的孙女呢，半爷只是我的保护神。"

"保护神？你们爷儿俩一个是神，一个是仙，真乃天下奇闻。"

包正阳走到屋门外对着不远处还在玩耍的双胞胎大喊："宣安，宣全，到这边来。"

双胞胎兄弟一路欢蹦乱跳地来到爸爸面前，宣安："爸爸啥事啊？"

包正阳指着半爷和玉莲："给这两位神仙跪下磕头。"

宣全："爸爸，您中午又没喝酒，怎么也会醉，一个邋遢鬼，一个毛丫头，也敢妄称是神仙。"

玉莲："我们没有称自己是神仙，是你爸称的。"

包正阳："快跪下，磕三个响头，两位神仙会保佑你俩读书聪明，长大了建设保卫祖国。"说罢他拉着两个孩儿，一左一右地按住他们的肩膀，三人都双膝跪地。

半爷连忙把他们扶起："包老弟，磕头就免了，哪有房东向租户磕头的，这又会成为天下奇闻的。"

包正阳被半爷拉起。包正阳："半爷，如果您不嫌弃我，那我俩就交个朋友吧，不，不是交朋友，是结拜兄弟，您年龄在我之上，我就尊称您为大哥吧。"

"包老弟，是你不嫌弃我这个邋遢鬼，与你结拜兄弟我求之不得呢，从今以后咱们就以兄弟相称，我叫你阿弟，你叫我大哥。请公证人，点三炷香，一拜天地，互相对拜就免了。"

半爷和包正阳紧紧地拥抱握手。包正阳："我房租真的一分都不能收，兄弟之间再收房租有违天理，我会吃不香睡不稳的，我会叫慧琴帮助辅导我儿子做功课，难不成你会让我交辅导费吗？"

"阿弟，既然你说到这个份上，我就不付你房租了，不过咱俩处着处着你认为要收房租了，随时可以向我收。"

"大哥，看你说的，不收就是不收。难不成咱俩处着处着成仇敌了，仙女妹妹可不答应吧？"

玉莲："大叔，你和半爷咋会成仇人呢，我们半爷从来没有一个仇人，他做人正直，办事正道，有的是朋友。"

宣安："我才不相信呢，有的是朋友，为啥流浪到这儿。"

宣全："我也怀疑，只怕有的是仇敌吧，要不咋会落难到这儿。"

包正阳："小孩儿别乱说，什么流浪落难，玩了一下午，快回家去做功课吧。"

半爷和包正阳接下来像亲兄弟一般聊了很多很多，大有相见恨晚之感。

包正阳请半爷和玉莲到自家吃晚饭。孩儿吃得快，吃完了包正阳请玉莲帮双胞胎儿子辅导功课。

半爷和包正阳还在边喝酒边聊天。

"阿弟，你夫人呢？"

"别提她了，这山望着那山高，跟人家跑了。"

"我的夫人跟你的夫人一样，也跟人家跑了。"半爷心想该瞒的还是要瞒。

"大哥，您说这世道怎么了？"

"阿弟，咱也说不清，咱不说这些令人丧气的话了，来，我给你斟满。"

酒逢知己千杯少，半爷酒喝得多了点，第二天太阳老高还躺在床上，玉莲自己在找小学上学。

一座挂着"天河镇红梅中心小学"标牌的小学吸引了她，她来到教务处报名。

教务主任是位年轻的女士，见玉莲才是个五六岁的孩儿："小丫头，你家大人呢，你还是去报幼儿园的大班吧。"

"主任，我姓名叫全瑜，请您叫我全瑜。"

教务主任也不生气，仍不温不火地说："全瑜，我请你去报不远处的幼儿园大班。"主任向幼儿园的方向指了指。

玉莲赖着不走，教务主任找来了保安，让保安把玉莲拉走。保安拦腰把玉莲扛在肩上往校门外走。

玉莲在保安肩上挣扎："不许抱我，我要打110报警。"保安不吃玉莲这一套："抱你怎么了，看你怎么去打110。"

小学校长看见门卫处发生了状况，忙喝令保安把玉莲放下地。玉莲冲到门卫室拿起座机拨110。

校长和颜悦色地按住了玉莲拨110的右手："小妹妹，先不急着报110，有话跟我说，我是小学的校长。"

玉莲指着保安："他抱我，报110理所应当。"保安："教务主任让我赶她走，我有令照办。"

校长："小妹妹，你到学校来做啥，看我能不能帮你，我说话算数的。"

"我来报名上学，你们的教务主任赶我走，我还要向教育局汇报，让教育局撤了教务主任的职，连同你校长的职一同撤了。"

"小妹妹，你好大的口气。"

"我不是小妹妹，我叫全瑜。"

"全瑜，在我同意你上一年级之前，我先考考你几个问题，5的3次方等于几？"

"等于125。"

"5的5次方等于几？"

"等于3125。"

"我同意你上一年级。"

"我要直接上三年级，我本来就是小学三年级的学生，还担任班长和学习委员，同时还担任少先队的中队长。"

"全瑜，我同意你作为插班生直接上三年级，不过我要考察你一个月，如果你跟不上学习，你还是要退回二年级，你带学费了吗？"

"校长，学费明儿我带来交。"

校长把玉莲领到三年级一班，给班主任交代："这是新来的全瑜同学，你安排一下她的座位吧。"

班主任一脸好奇地盯着这个插班生："校长，您没有搞错吧？"

校长："让全瑜试读一个月，一个月不行退回到二年级。"

玉莲被安排在第一排中间的座位，她回头看到，坐在最后一排的包宣安和包宣全正在向她招手。

课间休息，玉莲把自己在学校里用的是全瑜的名字告诉了两兄弟，并让两兄弟回去后再告诉爸。兄弟俩问为什么，玉莲回答说是半爷让改的，让两兄弟从此以后叫她全瑜。

上午最后一节课是自然课，自然课老师面向同学们提问："同学们，什么是大自然，请举手回答。"

玉莲不急着举手，她回头望了一下同学们，没有一个举手，就举起了右手。

"全瑜，请起立回答。"

"大自然是指狭义的自然界。它是与人类社会相区别的物质世界，即自然科学所研究的无机界和有机界，自然界是客观存在的，它是我们人类即自然界的产物本身赖以生长的基础。回答完毕。"

老师："回答正确，坐下。"

老师再提问："请同学们举手回答什么是自然界的有机界和无机界。"

玉莲回头看到没有同学举手回答，就又举起了右手。

"全瑜，请再次回答。"

"有机自然界就是有生命的有机物和没生命的有机物的整体，无机自然界就是无生命并且非有机物的整体。回答完毕。"

老师："回答正确，坐下。"

午休时刻，同学们都夸赞全瑜懂得的知识真多，超过了同学们的一大截。

放学了，玉莲看到半爷正伫立在板车旁，接她放学。

半爷对她说："我找了半天才知道你进了这个学校，校长把你的报名过程对我说了，下次不要再打110了啊。"

"半爷，我是吓唬校长的，要不我还真进不了这所学校呢。"

玉莲一边帮半爷推车，一边捡废品，宣安、宣全和同学们一起帮忙捡，很快捡满了一大车。

回到了家，半爷问她："玉莲，你报名用的是什么名字？"

"我用的是'全瑜'的名字，您不是说招聘单位的老总会根据'田慧琴'的名字找到我的吗？"

三年级学期期末考试，玉莲以年级总分第一名的成绩升入四年级。

四年级的学期又结束了，玉莲从四年级直接升到六年级。她是六一班的班长，同时担任少先队的大队长。

清明节上烈士墓扫墓，她抢先扛着少先队大队旗帜，走在队伍的最前面。

这天半爷感冒发烧，她上乡镇卫生院配来药片，喂半爷服下。

她代替半爷拉起了板车，上马路边捡废品，宣安、、宣全兄弟俩看见了帮她一起拉板车，一起捡废品。

小学毕业典礼的大会上，她用一首《感恩老师》的歌曲，打动了全校师生的心灵：

　　我们美丽的校园
　　到处盛开着鲜花

辛勤的园丁在浇灌

学生就是那美丽的鲜花

老师就是那辛勤的园丁

老师　我们最敬爱的老师

学校因你而增光

我们因您而添彩

为了我们光辉的理想

为了我们绚丽的前程

您为我们增砖

我们美丽的校园

到处是漂亮的课堂

老师　我们最敬爱的老师

为了我们的知识跨上新台阶

为了我们的学问更上一层楼

您为我们添瓦

课堂见证了老师的辛劳

教室目睹了老师的忙碌

老师　我们最敬爱的老师

我们终将会把丰收的硕果献给您

我们一定会把丰收的硕果献给您

……

第 27 章　姐妹新貌

　　轰隆轰隆的闪电从半空中劈下，黄豆大的雨点滴落在星呈大酒店和嘉美国际娱乐城的屋顶上，老天爷发威的阵势还真不小。往日星月当空，正是客人进场的好时机，今日天气这个样子，进场的客人会少很多。

　　姚佩芳打通了姚佩芸的电话：

　　"佩芸，我准备下班了，下雨天客人不会多，我已交代好各部门的经理，下雨天也不能马虎，不管客人是多是少，都要做好接待工作。"

　　"姐，我也寻思着要下班呢，我们娱乐城一般下雨天只有天好时的一半，几个部门经理管理绰绰有余。"

　　"今晚你睡到我家来吧，咱姐妹俩好久没睡在一起了。"

　　"那好啊，咱说定了，咱到家后叫姐夫他们一起打麻将。"

　　姐妹俩说好了一起下班，佩芳前脚刚跨进家门，佩芸后脚就跟了进来。

　　"妹，这么巧啊，跟得这么紧。"

　　偌大的别墅，姐妹俩经过三楼，看到三楼文辉的房间里正亮着灯，婉莹的房间里也亮着灯，走到四楼，看到文辉的房间里和亚敏的房间里都亮着灯。

　　海涛和亚敏正准备订婚，日子定在五月一日。

　　"姐，看来他们都有事，就不叫他们打麻将了。"

　　姐妹俩来到了与文辉相邻的佩芳的房间。佩芳打开了电视，电视里正在播放新闻联播。

　　"佩芸，电视台台长告诉我，今晚八点的黄金时间将播放我们两家公司昨天在招聘大会上表演的优秀文艺节目，我问他哪些表演属于优秀的，他具体没说，只说打开电视机一看就知道了。"

　　离黄金时间还有半个小时，姐妹俩坐在电视机前的沙发上，回想起昨天招聘结束新闻记者的采访，彼此心里都有一种说不出的尴尬，都想对对方说些什么，一时又无从启口。

佩芳为佩芸泡上一杯咖啡端在她面前："妹，我知道你喜欢边品咖啡边看电视，知你心的莫过于姐。"

佩芸也为佩芳泡上一杯牛奶："姐，我也知道你喜欢边喝牛奶边看电视，知你心的莫过于妹。"

姐妹俩拥抱了一下，她俩已好长时间没有拥抱了。

"姐，你还记得小时候吗，我上小学一年级放学回家，有两个高年级男生看见我一个人，欺侮我，对我拉拉扯扯，我差不多要哭了。你正好赶到，把两个男生赶跑了，我看见你在男生面前好凶好凶，那时咱俩曾拥抱在一起。"

"妹，这些男生只有对他们凶，才能把他们赶跑，从那天开始，我就提前来接你放学了，再没有哪个男生来欺侮你。"

"姐，还有一次拥抱是在五年前，你在我面前诉苦，说姐夫在外面有女人，我安慰着你，那时咱俩又拥抱在一起。"

"咱们姐妹的情谊比男人可靠，与男人过着过着就散了，可咱们姐妹的情谊是一辈子的。"

"我现在的想法又转变了，我希望你和姐夫和和睦睦地过下去，都说十年修得同船渡，百年修得共枕眠，你与姐夫前世的百年机缘才修来今世的共枕眠，我不该撺掇你与王标在一起，以此来报复姐夫。"

"佩芸，今天你是咋的了，你同情你姐夫？"

"姐，我有感而发，你别见怪。"

"妹，你让我感到很意外，这好像不是从你嘴里说出来的。"

窗外的雨还在下个不停，云层压得很低，像是就压在窗户上，佩芳想起隔壁房间里的文辉，不由得心里一阵难受，脸也收敛了许多，变得阴沉沉的。

"姐，又在想文辉那些事了吧，咱把心放宽点，心若放宽，脸上处处都是晴天，你毕竟还有这么大的一个家，我不是还单着身吗？道成毕竟是有家室的人了。"

"你准备放弃道成了？"

"我考虑放弃是迟早的事，与其迟放弃，不如早放弃，昨夜一宿我都睡不着，方宁导演的舞台剧无不触动着我的心灵，我思来想去，是我与道成了断的时候了，这对我对道成都是有利的。"

"妹，我的情况，与你的情况完全是两码事，文辉并非出轨于谈悦玲一个女人，他是见一个爱一个，他还有证据在人家手里……我报复他一下未尝不可。"

……

电视台的黄金时间到了，电视机的屏幕上，正在实况转播嘉美国际娱乐城和星呈大酒店联合招聘大会演出的文艺节目。

姐妹俩的仪容频频在屏幕上展现，姐妹俩看到，屏幕上的自己是那么端庄美丽，仪态万千。

可是这表面风光的背后呢，背后同社会上的那些拆散别人家庭的女人有什么两样？姐妹俩不禁扪心自问。

婉珍推门走了进来："妈，姨妈，你们俩在看电视？"

佩芳："早睡也睡不着，十点睡觉习惯成自然了，要不你也一起看？"

佩芸："泽天睡了吗？"

婉珍："睡了，刚睡着。"

她们仨一起坐在沙发上看电视。方宁编导的《回来吧，爸爸》的舞台剧映入她们的眼帘……

婉珍看出了姐妹俩的尴尬，向她俩道一声："妈，姨妈，我昨天在剧院看够了，我去睡觉了。"

方宁用童声宣唱的《爸爸，回来吧》的歌声再次回响在姐妹俩的耳际。

佩芸看着听着，不禁心潮起伏：多么可怜的女孩，多么真挚的情愫，多么痛苦的一对母女啊。

佩芸继而自问：我这是在干什么，为什么我竟成了插足他人家庭婚姻的第三者，难道仅仅是我还没有找到合适的心上人，就应该夺人之夫，破坏他人的家庭吗？

她放在茶几上的大哥大响起了来电话的铃声，是道成打来的："董事长，今天晚上您在公司里休息吗？"

"肖副总，我已经回家了，你也快回家吧，你夫人正等着你呢。从今以后，咱俩晚上不要在一起了。"

打完了这个电话，她如释重负地松了一口气。

佩芸放下电话，转头一看，佩芳的眼眶已经潮湿："姐，你在想什么，你怎么流泪了？"

"我的心被女儿的扮演者田慧琴真切的表演打动了，这个女孩的内心是那么丰富，就像发生在自己家里一样，特别是当有同学骂她是野孩子的时候，我的心简直要碎了。"

"姐，我也跟你一样，田慧琴的表演发自内心，感情细腻，还有她演唱的《我的半爷爷》的歌曲，这是发自肺腑的心声啊。"

佩芸打开了电视机的回放功能，屏幕上再次显示出玉莲的容貌，《我的半爷爷》的歌声再次响起在姐妹俩的耳窝。

姐妹俩边看边听，再一次流下了泪水，这是同情的泪水。

"姐，田慧琴演唱的半爷爷会是谁呢，他们会是爷孙俩吗？爷爷姓半，孙女姓田，似乎不大可能，半姓倒是有的，莫非田慧琴是半爷爷抱来的？"

"有抱来的可能，也许半爷爷没有儿女，就从福利院抱了个女孩，当亲孙女一样抚养着。"

"田慧琴有一定的表演天赋，现场招聘表演就她一个人参演了两个节目，是个难得的人才。可是招聘结束她连招聘成功通知书都没拿人就走了，我按照她的名字找到了她的小学，校长说她已经离开了校园，不知去了什么地方。"

"姐，像她这么有艺术天赋的女孩，说不定早就被别的娱乐城相中了，可是这个城市再也没有比我们规模大的大酒店和娱乐城了，莫不是她去了外省？"

"有才艺到东到西都吃香，只怪我们没有福分得到她。刚才看你接电话了，谁打的呀？"

"是肖道成，我让他不要再等我相约了，让他回家陪凤英了，相约的事从今以后不会再有了，王标打电话给你了吗？"

"没有，妹，你为我做出了榜样，我来打电话给王标，你听我怎么对王标说的吧。"

佩芳打通了王标的电话："王副总，在干什么？"

"我在等你的电话呢，总经理，今晚还是在老地方过夜吗？"

"今晚没有老地方，今后再也不会有老地方，你快回家吧，我已在家看电视。"佩芳的语气坚定有力。

"姐，咱俩总算同过去的自己决裂，我现在感觉好轻松自在，不怕别人说闲话了。"

"我也同你一样，轻松自在了。"

海涛和婉莹在四楼阳台上往下看到三楼母亲的房间里还亮着灯，就一起来到了佩芳的房门前，门半开着，兄妹俩走进了屋内。婉莹："妈，姨妈，你俩难得在一起看电视，都看些什么节目呢？"

佩芳："看昨天招聘现场的表演，看着不过瘾，接连看了两遍。"

海涛："招聘大会我没在现场，刚才和婉莹也一起看了两遍呢，那个小女孩又是女声独唱，又是扮演女儿，是全场唯一演出两个节目的应聘人员。妈，上班通知书发出去了吧，等她上班时，我要邀请她，让她给我们拍金辉房产的广告。"

佩芳："小女孩已走得无影无踪，别想再找到她。"

海涛："太可惜了，这么好的艺术人才，怎么说走就走了呢，那个编导舞台剧的方宁该不会走得毫无踪迹吧？"

"方宁倒没有，我已通知他下个月上班。"

"方宁也是帅帅的小伙子，我就找他拍广告了。"

婉莹："妈，姨妈，方宁编导的舞台剧主题鲜明，构思新颖，切中时弊，是难得的好剧目，你俩昨天都投了弃权票，这是咋了呢？"

佩芸："婉莹，你怎么责问起长辈来了，我和佩芳有自己的评判准则，也有自己的做人原则。"

婉芸再没回口，悻悻地离开了房间，文辉见气氛不对，也随后离开了房间。

王标回到金辉家苑自己家的时候，雨已停止。他一回到家，悦玲就抱住了他："盛儿他爹，今晚你总算回家住了。"

盛儿看见王标回来了，也停下做的作业，欢快地来到王标身旁："爸爸，你今天回来得可真是时候，我有一道算术题要请你辅导呢。"

王标把盛儿抱了一下放到地上："盛儿走，看看你做的什么算术题。"

父子俩围在桌子上，一起看算术题。

悦玲把卫生间淋浴的水温调节好："王标，你要不要冲洗一下再睡？"

"要的要的，冲洗一下身上爽快，睡了舒服。"

王标帮盛儿温习好功课，上淋浴房冲洗起来，悦玲在一旁帮他擦背。

王标："还是家里的淋浴房冲洗踏实，宾馆里虽然也有淋浴房，但冲洗起来心里总觉得不安稳，总担心有人会闯进来。"

悦玲打趣道："还有谁会闯进来，要闯进来也只有一个人。"

"啥人啊？"

"你的顶头上司姚佩芳呗，怎么了，她今天不约你了？"

"谁知道呢，也许是昨天看了招聘大会的文艺节目受到了启发。"

"希望她能一辈子受到启发，一辈子都不会再约你了，你都半个月没回家了。"

安抚好了王盛睡觉，夫妻俩躺在被窝里缠绵在一起。

"悦玲，你还是几年前的模样，身材丰满迷人，佩芳的身材没你这么好。"

"王标，我看你的身板没有几年前结实了，天天回来陪着我，我会让你身板比几年前更结实硬朗。"

"是吗，悦玲，你怎么那么便当就当上了副总经理，我还真捉摸不透呢。"

"我有我的杀手锏。"

"什么杀手锏，太可怕了。"

"你这个当保安经理的还害怕杀手锏？我要守护好咱们的家，有人胆敢破坏，我再用杀手锏。"

"你和金文辉的那段往事，该不会再重新回来吧。"

"王标看你说的，咱俩彼此都有不是，咱们不想过去好吗？那时咱家太穷，我也是为了养家糊口，就像你现在讨好姚佩芳一样。我们都有不堪回首的过去，我们都不应该计较过去的过错，生活中有得有失，有苦有乐。生活是减法不是加法，减去烦恼和忧患，减去累赘和负担，保持一种零的状态，超越得失，超越苦乐，这样多轻松呢。"

"悦玲，你才当了几天副总都变得能说会道了，要是佩芳还让我陪她过夜你会原谅我吗？"

"王标，你问得太直接了，我一时还回答不上来，就像我问你要是金文辉还让我进他房间你会原谅我吗一样，你马上就能回答我吗？我认为佩芳昨天看了方宁编导的舞台剧心里会受到一定的震撼，她会悔悟，会逐渐疏远你。"

"悦玲，还是你最理解我，有你这么一句话，我心里踏实多了，其实每次我和佩芳的相约，我只是逢场作戏，我只是她的一个机器人，一个没有感情的机器人。"

金海花苑的另一个家屋，凤英打开电视机正在收看两家公司招聘大会的文艺演出。田慧琴演唱的《我的半爷爷》的歌曲再次回响在她的耳膜。

这位小姑娘是谁，半爷爷又是谁，小姑娘最后又饰演了《爸爸回来吧》的舞台剧，看她的脸相一点都不像我的女儿，她究竟是谁呢？

凤英左思右想，始终找不到明确的答案。

屋外有人在敲门，她从猫眼里看到，是她的道成回来了，她喜不自禁地打开门："道成，今晚是你连续第二天回家了，这在以前是不曾有过的。"

"凤英，佩芸一直要我陪她过夜，我也不好意思回绝，我的副总经理和咱的住房都是拜她所赐，你体谅一点我吧。"

凤英想起婆婆的话，就从心底里理解他了："道成，只要你心里有我，有这个家我就十分满意了，我不会在意的，我会整理好自己的心态。"

"咱女儿呢，有着落了吗？都失踪这么些日子了，你外出寻找了吗？"

"我已经上都市日报刊登了寻人广告，还没有消息，我也每天都在周围打听……咱女儿这么聪明可爱，但愿老天爷眷顾她。"

凤英从抽屉里拿出合拍的和女儿的三人照片，夫妻俩呆呆地注视着，不知道接下来说什么好。

沉默了一会，凤英问道成："道成，佩芸今晚又没有约你？"

"她跟昨晚一样，还是让我回家住了。"

"总算还有点人之常情，要是佩芸从今以后再也不相约你就好了。"

"但愿如此吧，我也搞不清像她这样有身份，又年轻又漂亮，身家上亿的女士为什么偏偏相中了我。她完全可以找一个比我更好的，更何况我是有家室的男人。"

"道成，佩芸还不是相中你的阳刚帅气，咱不求朝夕相聚，但求时常惦记，只要你牵挂我，我就心满意足了。"

"我身在曹营心在汉，时常牵挂着你和玉莲，还有咱妈，我考虑应该让咱妈早些出院，装病住在医院总不是长久之计。"

"出院之事，咱舅父正在计划中，妈住在医院里有舅父护佑着，咱大可放心。"

又过了一天的晚上十点，道成接到了佩芸的电话："肖副总，我知道你在等我的电话，你快回家吧，咱俩要走向新的生活，我们之间不正常的交往让它结束吧。"

同一天的晚上，王标打电话给姚佩芳："姚总，今晚还在老地方陪你休息吗？"

"王标，我已经跟你说过，今晚没有老地方，老地方已经成为过去的词儿了，我回我的家休息，你回你的家休息，再也不要提老地方，老地方已经成为历史。"

第 28 章　住家保姆

邵雨欣正式当上了村长的住家保姆。村长下班回来细细打量着雨欣，只见她清丽秀雅的脸上展露出春天般美丽的笑容，橘红色的夹克衫自然敞开，展现出红白相间的绒衣，湖蓝色的紧身长裤，衬托出修长的腿，既潇洒又富有美感。

雨欣像一片轻柔的云在村长眼前飘来飘去，最后飘到村长的面前："村长，刚刚我姐送晚餐来了，咱俩先吃晚餐吧。"

"雨欣，打明儿开始，咱自己做饭了，今天的晚餐，你姐免费犒劳的？"

"当然是免费了，姐夫说你中介费给得很爽，八百元一分不少。"

两人开始肩挨肩地吃晚饭，雨欣不时地把菜夹到村长的碗中，村长感觉很久没有人为他夹菜了，婉珍为他夹菜还是五年前的事。

"村长，听姐夫说你还要试用我一个月，像我这个样子，真要试用吗？"

"这是说给你姐夫听的，要不他会认为帮我办了一件大事，隔三岔五地会来沾我的光。"

"我姐夫不会是这样的人，他也有素质的，他从来不多看我一眼。"

"他多看你一眼干吗？"

"你说呢，你看不出来我比我姐漂亮很多吗？来双岭村的第一天，乡亲们都说我肤如凝脂，白里透红，温润如玉，晶莹剔透，我的颜值击垮了双岭村的所有少妇少女。"

"看你把自己吹的，我怎么不觉得呢？"

"村长，你把对我姐夫说的一套用在我身上了，我不会多要你一分钱的，说好了两千就两千。"雨欣把头靠在村长的肩上。村长有瞬间的迷惘，继而顺势抱住了她。

"村长你要休息了吗？我给你烧洗脚水。"雨欣甜甜地问村长。

"我家有新装的浴缸，浴缸上有莲蓬头，不需要烧水了。雨欣，你不要叫我村长了，叫我进发吧。"

"我看乡亲们都叫你村长，我就跟着叫了，那我叫你进发了啊。进发，你是要坐浴还是淋浴，要坐浴我给你放水。"

"我两天前出院刚洗过坐浴，冲一冲就可以了。"

"我去调节好水温。"

雨欣来到了卫生间的浴房，开了莲蓬头，用手试了试温度："进发，我水温调节好了，你来吧，你换洗的内衣裤呢，我帮你拿。"

"在衣柜的第一只抽屉里，我自己来拿吧。"

"进发，你去冲吧，我来帮你拿。"

雨欣比婉珍更温馨体贴，村长感到有一股暖流涌进他的心田，他脱去外衣内衣，在浴室冲洗起来。

隐约觉得有一双眼睛盯着自己，村长回头看到，一旁的大镜子里映照出一个少妇丰硕的身躯，雨欣已经脱去了外衣，只剩下胸罩和三角裤。

"进发，我来帮你搓搓背吧。"说话之间，雨欣已经来到他背后，用毛巾帮他搓起了背。

雨欣在夸他："进发，你的身材比我家那口子好看多了，我家那口子背有点驼，没你这么魁梧。"

"个子呢，脸相呢？"

"个子跟你差不多，背一驼，就显得难看了，脸相也只能说一般，还没我姐夫帅气，哪能和你相比。"

村长回转身，见雨欣正顾盼自雄地盯着自己，他果敢地冷静下来，对这样的风情少妇，他还得防一手。

"雨欣，我洗好了，请你回自己的卧室吧。"村长的态度很严肃。

雨欣不乐意地回转身，心里嘀咕：这个村长跟别的男人不一样，到手的肥肉也没兴趣尝一口，莫非住院后七情六欲丧失了？

"进发，我帮你把床铺铺好了，你不用穿外衣，直接上床即可。"

"知道了，你也回隔壁的卧室休息吧。"

村长钻进了被窝，雨欣对他扬一扬手："进发，晚安啦！"

村长翻来覆去睡不着，他开始拨金文辉的电话，这个点儿，金文辉会在自己的卧室里休息，说话不会被旁人听见，他早就知道文辉与佩芳分床睡已经有些年头了。

电话拨了三次才拨通："爸，我是进发。"

"贤婿，是你啊，回家两天了，精神状态怎样？"

"好着呢，在医院里的最后半个月，不吃药片，一日三餐有鱼虾，还有这样那样的补品，像过的疗养院日子，回到双岭村精神好着呢。"

"你现在一个人在家吗？"

"两个人，乡邻非要给我找个保姆，推辞不下，就用上了，还是个住家保姆。她没地方住，老家又离咱有几十里，我就让她住在家了。"

"这么说，她就在你身旁？"

"不在我身旁，我让她住在隔壁，就是你原先住的那间，这女子将近三十岁，身材苗条脸儿水灵，长的比凤英还美，堪称仙女下凡，思想属于跟潮流的那种很开放的，我洗澡还帮我擦背。"

"你碰她的身子了没有？"

"没有，对这样的女子咱得慢慢来，先观察几天再说。"

"贤婿，你做得对，等你和她相处了一段时间，确实可靠不错，没有一点心机，你可介绍与我相识。我对凤英已经逐渐死心了，咱也不怕她和玉兰把照片散布出去，我会反告她俩诬陷。"

"爸，时间一长，婆媳俩就会渐渐淡忘，放过咱，不再拿证据当个宝，让谈悦玲吃点苦头的事还要办吗？"

"不办了，这女子精明得很，别想让她吃半粒药，咱就看在她丈夫王标曾救过咱泽天的命份上吧。"

"爸，您的话我记住了，玉兰在医院情况不知如何，有传言说还是老样子。"

"玉兰就由着佟院长去处理吧，咱也不去管她了，是好是坏都是她的命，有朝一日她出院了，咱还得带着礼物去祝福她。"

"对了，爸，我住院期间收了两百万礼金，在我的银行卡上长利息呢。"

"贤婿，我与佩芳夫妻关系不好你是知道的，你那个保姆今后我要花钱的地方多的是，到时候就靠咱的两百万了。"

村长刚打完电话，墙壁上就响起了"咚咚咚"的敲墙声，是雨欣在提示自己，村长不理会，倒头便睡。

一觉醒来，村长一看表，已是下半夜两点，一觉睡了五个小时，他伸展了一下四肢，有一种惬意的感觉。

他很想再入睡，却再也睡不着：隔壁房间的雨欣，竟会主动敲墙壁，积极想投入我的怀抱，真是一位开放的女子。如果我敲墙唤她来到我的床上，我该不会三分钟就搞得落花流水吧？

村长得装备一下自己，让自己变得更加雄壮，他起身服了一粒壮阳药，躺在床上，用右手的中指敲墙壁。

"咚咚咚"，他不轻不重地敲了三下，等他准备敲第二次三下的时候，他侧身看到，雨欣披着一条长长的毛巾，已经来到他的房门口。

"进发，你终于唤我了，我一直没睡，一直在等你唤我。"

雨欣带着沁人心肺的体香，钻进了村长的被窝，村长把温暖的手伸向她纤细的腰肢，又揽过她雪白的肩膀，慢慢地将她抱进了怀里。

村长没有深入地接下去做下面的动作，还在犹豫不决。雨欣抬起头来，俯在村长肩上，她的头发遮住了半张脸，只有一双眼睛露出来，闪烁着渴望被爱的晶莹的光。

"进发，你在想什么，想你的婉珍了吗？"雨欣的呼吸越来越急促，她从姐姐的口里打听到她的夫人叫婉珍。

"没有，没有想夫人，我只是感觉到，咱俩的进展速度太快了。"

"咱俩还没有融为一体呢，哪来的速度呀。"雨欣抱住了他的脖子。

"我是说，咱俩交往的时间太短了，短得让人不可思议。"

"那我还是回隔壁房间吧，你这个男人又怕吃又怕噎，不像个男子汉。"雨欣钻出被窝，佯装要离开。

"雨欣，你真的愿意做我的女人？"村长把她拦住，拉进自己的被窝，"你还有最后一道防线。"

"进发，你把我当黄花大闺女了，你太看得起我了。我就喜欢你这样的男子汉。"雨欣趴在村长的胸脯上，村长把她翻转身，两人渐渐融为一体……

"进发，还真看不出来，你比我家那口子雄壮多了，我再也离不开你了。"

"雨欣，我也是，我也离不开你了。"

"离天亮还早，咱们再睡一会吧。"

"咱们聊着聊着，自然睡着最好了，再睡到自然醒，不被外面的声音吵醒，那更好了。"

"那咱们再聊一会吧，聊什么呢？"

"随便聊什么吧，雨欣，我有今天的辉煌，全靠着一位长辈扶持，你知道这位长辈是谁吗？"

"这我咋知道，我又不是你肚子里的蛔虫，你说给我听呀。"

"他是城里大名鼎鼎的金文辉。"

"那个金总吗，我看见报纸上时有报道他的先进事迹，他还深入抗洪抢险第一线，自己掏钱扶助困难老百姓，亲自驾车送病人上医院，做的好事数也数不清。"

"金总在城里在乡里口碑载道，人说人好，可他并不是十全十美，作为一个男人，他也有自己的喜好。"

"他喜好什么呀？"

"他和大多数男人一样，风流成性，他喜欢像你这样的女子，他和夫人关系不好，都分床好几年了。"

"听你的意思，你是要把我转让给金总，你舍得吗？"雨欣脸上掠过一抹红霞，眼神迷离地看着村长。

"金总就是我的岳父，他就像是我的再生父母，就拿我这次住院来说，没有他的悉心安排和照料，恐怕我现在还躺在病床上呢。"

"原来金总是你的岳父，进发，只要你舍得，我无所谓的，女人嘛，天生就是被人宠被人爱的，我听你的安排就是了。"

"雨欣，从内心说，我是舍不得你，谁叫金总是我的岳父呢。"村长从枕头底下掏出一千元钱，"你收着吧，这是你今晚慰劳我的辛苦费。"

"进发，你这样就不把我当自家人了，你把我当陪睡女郎了吗？"

"不是的，不是的，钱一定要收的，我在四里八乡小有名气，陪你上商店购衣物会招来闲言碎语，你自己去买点好的衣物，算是我的一份心意，你不收下，就不要当保姆了。"

"进发，那我就不推却了啊。"

寂静的夜晚，两人开始进入浅睡，呼吸声此起彼伏，屋里屋外，一切趋于安和平静，这样的安和平静，一直延续到了东边渐渐露出了晨曦。

今晚浅眠的雨欣，早早地就起了床，她把一千元钱收在手心里，来到门口，轻轻地开门关门，让仍睡着的村长延续他的睡眠。

雨欣来到自己的房间，把钱放在挎包里，把挎包放在衣柜里，她在卫生间洗妆了片刻，开始为村长做早餐。

她煎了几个荷包蛋和几个面饼，照顾好村长吃好了早餐，

村长上班前游移的目光在她周身扫视了两遍："雨欣，你这样打扮太招人眼球

了，你要把自己打扮得年纪大一点，你的衣着太贴身了，我卧室的衣柜里有婉珍穿的衣裤，你可挑选一身穿上，再围上围裙，要像个做保姆的样子。"

"进发，你这话我爱听，你是不愿让别的男人见识我的风光妩媚。可是村民们看见我穿了婉珍的衣裤，会以为我就是婉珍呢。"

"不会的，婉珍走路一瘸一拐的，你总不能学着一瘸一拐的吧。这样吧，我来找两身平时婉珍不怎么穿的衣裤，你穿上。乡亲们就更不会认为我把你当婉珍对待了。"

村长从衣柜的底层拿出两身衣服："你挑一身穿上吧，我去上班了，你尽量不要出门，冰箱里有现成的菜。"

又是一天的晚上，村长卧室的床上，雨欣依偎在他的胸前："进发，看你今天无精打采的样子，出什么事了。"

"明天我俩得一起上山神庙拜求神石，又不能让第三个人知道，神石把村西一户人家的小女孩玉莲拐走了，想起这事我就难过……"

"真有这样的奇事？"

"神石拐走了小女孩，自己躺在清水河底装死，后来我们又把它弄到山神庙了。"

"进发你越说越玄乎了。"

"这是真的，金总说了，找到小女孩是当务之急、头等大事，上次动员了全村的力量寻找，人力物力出了不少，无果而终。金总说这一次寻找不能像上次那样兴师动众，应该悄悄地有计划地进行，而寻找小女孩只有从神石身上打开缺口。"

"进发，如果咱俩明天白天上山，村民们看见了肯定会跟上来，要不咱俩明天下半夜上山，村民们正好睡，不会有人出来看见。"

"雨欣，你还真有分析能力，就按你说的办，咱做好明天下半夜上山的准备。"

翌日半夜时分，两人各自换上一身黑色的服装，带着手电筒，轻手轻脚地向山神庙行进。还没走到半山腰，光秃秃的山路上骤然刮起了一阵漫天的大风，差点把雨欣刮倒，村长赶紧把她扶住。

两人手挽手地来到山神庙，推开大门走了进去。

山神庙形状如故，椭圆形的石头仍矗立在四大菩萨的中间，谁也无法撼动它的地位。

两只野兔从石头背后窜了出来，跑向庙外，村长和雨欣吓了一跳，两人赶紧相依在一起。

两人把手电筒照向石头，只见石头上"自强自尊自律"的六个红色大字异常光亮，像是被人用红漆描过了似的。

村长准备向石头下跪："雨欣，咱俩一起向神石跪拜吧，跪求神石把玉莲还给双岭村。"

"我才不向石头跪拜呢，要跪也只向菩萨们跪。"

"你跪在神石面前，旁边的四个菩萨都跪到了，一举两得。"

雨欣倒也听话，跟着村长跪了下来。

村长两手作揖，喃喃自语："神奇的石头，快快发挥你的才智，施展你的良知，把肖玉莲还给双岭村，我徐村长将感恩不尽。"

忽然间石头微微晃动了一下，石身散发出一道道红光，不一会石身上方出现了"坦白从宽"四个发光字的标牌。紧接着标牌又变幻出"常存慈悲心，具足福德相"的发光字。村长和雨欣愣愣地跪在原地不敢移动，直到发光的标牌消失，两人才回过神来。惊愕不已，浑身冷汗直冒的村长扶着雨欣站立起轻呼："有人在利用石头捉弄咱，此地不宜久留，赶快离开。"说毕拉起雨欣的手，狼狈地向山下跑去。

两人连滚带跑，好不容易回到四合院。惊魂未定的村长一头瘫倒在沙发里，一时什么话也说不出来，空气似凝固了一般。

雨欣如梦初醒，用毛巾擦去村长额头上的冷汗："进发，你做了啥坏事，坦白从宽，常存慈悲心，具足福德相的发光字分明是针对你的。"

雨欣的一番话戳中了村长的要害，在雨欣的面前他不能显得过分狼狈。他"呼"地站起身，两手拍了拍衣襟："我有什么好坦白的，这是有人在恶作剧耍弄咱，主人与保姆吃住在一起又怎么了，不要太正常，说什么坦白从宽。雨欣，咱明儿白天再带上副村长江建新、治保委员赵春来一起上山神庙打探虚实，咱不说去跪求神石放回玉莲，咱以检查山林防火的名义去。"

"我是不想跟你去受罪了，你说我一个保姆，掺和你们村里发生的怪事中去，总有点不合乎人之常情吧，你和他俩一起去吧。"

"那你不去我也不想去了，咱半夜去山神庙的事不要外传。"

"我当然不会外传的，是我提出半夜去的，我怎么会外传呢，不过'常存慈悲心，具足福德相'这句话我是记住了，这是告诉我们做人的道理。"

"雨欣，和你相处没几天，没想到你这么聪明，比婉珍脑子好使。"

"进发，你把我夸大了，我不明白的是，肖玉莲对金总就那么重要吗，一个小丫头，竟能搅动堂堂一个大老板的心。"

"雨欣，金总向来关心体贴老百姓，双岭村等于是他的第二个故乡，他亲自送童玉兰到医院，童玉兰的孙女失踪了，他能不挂在心上吗？"

"我看金总是想往脸上贴金，往脸上涂脂抹粉。"雨欣没有深层次地分析金文辉寻找玉莲的用意，只是从表面现象来分析判断。

"不许你在背后污蔑金总。"

"金总对你有恩，对我又没有什么。"

"你还没有和他交往，交往了你就知道他是什么样的一个男人了。他出手很大方的，尤其是对你这样容貌出众的少妇。"

"他会给我买车、买房、买大哥大？"

"雨欣，咱得一步一步来，步步为营，只要你能讨他的欢心，别说买车、买房、买大哥大，给你个几百万都不是事情。"

"你说的啊，我倒要看看这位姓金的老板对我大方到如何程度。"雨欣忽而心里一动，"我第一步要当上双岭村的妇女主任，婉珍不是也当过妇女主任吗？"

"雨欣你这个要求太过分了，你保姆当了没几天，就想当妇女主任，你还没落户到双岭村，别想得太美。"

"我把户口迁过来不就得了，这有什么难的。"

"好了，好了，咱胃口先不要太大。我与金总约个时间，你和他先认识认识，熟悉熟悉。要是金总真的喜欢你，日后给你在市里安排个工作都不是问题。当下你的主要工作是做好我的保姆，讨我开心。在我手里提拔的女干部可多了，金总未来的儿媳，李亚敏就是我举荐上城的，现在是金辉房产的财务总监，实权派。还有谈悦铃，也是我推选进城的，现在是星呈大酒店的常务副总经理。她俩原本不过是双岭村的平民小百姓。"村长把自己吹得天花乱坠。

"进发，你能力还真不小，那我也要靠你举荐了。"

"当然。"

第29章　浪子回头

华灯初上的嘉美国际娱乐城。歌厅、舞厅、酒吧早已宾客盈门，劲歌热舞，笙箫鼎沸。大剧院因为今天是放映电影，要七点半开场，比歌舞厅、酒吧慢了一拍，看电影的来客正在陆陆续续地进场。

今晚放映的影片是美国和法国合拍的悬疑爱情片《女孩》。大剧院门前的广告牌上醒目地誊写着内容简介：剧情讲述了一个美丽的男画家和一个同样美丽的酒吧女歌手，在他们认识的第一个晚上就激情爆发，相互迷醉。女孩认为他们之间不可能会再见第二面了。但是他们很快进入了一种不断发展的关系，他们的热情不断燃烧，几乎到了难分难舍的地步。然而双方却因为对方过去的一段感情纠葛，最后迫使他们不得不分开。

金婉莹好久没看电影了，今晚的电影票是佩芸为她特留的。她的时间安排得很紧凑，提前五分钟来到了电影院门口。看到一对对的情侣手牵手进入大剧院，单身的她内心不免产生了一种孤独失意的感觉。

大剧院放映进口的美法合拍片并不常有，门口还有好多人在等退票。

一位身穿军绿色夹克衫的帅小伙注意到金婉莹一个人走到检票口，走上前来询问："美女，还有多余的票吗？你开价，我不还价。"

婉莹把手中仅有的一张票向小伙子扬了扬："不好意思，我只有一张票。"

小伙子走向另一个检票口，还在向进场的客人询问有没有多余的电影票。

婉莹坐在电影院正中的一张座位上，她注意到身边还有一张座位空着。

屏幕上开始播放五分钟的映前广告。

屏幕上的正片就将开始放映。婉莹又注意到一位工作人员打着手电筒将穿军绿色夹克衫的小伙子引向她身边的空位。

小伙子坐在座位上向婉莹打量了一下："美女，我认识你的。"

"我也认识你，刚刚问我有没有多余票的。"

"那你知道我的姓名吗？"

"姓名，姓名跟相识有关系吗？"

"当然有关系了，姓名是一个人的名分，一个人的称号，比如说，在这个城市只要一提到你金婉莹的名字，就知道你是一位著名的歌手。"

"你知道我的名字，咋知道的？"

小伙子再没有回答她，正片已经开始，他已经被电影的情节深深吸引，而婉莹已被小伙子英俊的外貌深深吸引。

这部女主角由克莱尔·坎扮演的电影《女孩》构思新颖，情节跌宕起伏，在整个播放过程中，全场鸦雀无声。

婉莹很想把自己比为女主角，把身旁的小伙子比为男主角，比来比去，似乎能比上，又什么都比不上。她希望这部电影能不受时间限制地放下去，男女主角在最后不得不分开的过程中重新靠拢，再次走到一起。婉莹的头部已经不由自主地向小伙子靠拢，几乎要靠在他的肩上，她齐腰长的头发有几缕明显飘到了他的肩上。

电影再好看，终究要散场。电影放映结束，电影院四周亮起了银白色的灯光。婉莹侧转身看身边的小伙子，只见他在散场的人流中左钻右窜，不一会儿就消失得无影无踪。

婉莹原来期盼的独身来、双双去的遐想已经一落千丈。她不由得对小伙子产生了好奇心："他是有妇之夫还是和自己一样单着身？如果是单身，刚刚在看电影的时候自己明显地向他跨出了第一步，做出了爱恋他的姿势，他怎么一点反应都没有？"

她能跟上他的步伐找到他吗？婉莹也从散场的人流中左钻右窜，她在期望小伙子能回头把她顾盼，但她没有盼到这个机会。

她离开了影院，来到停车场，海涛说好了来接她的。她没有晚上开车的习惯，打的来看电影的。

"婉莹，上车吧。"海涛开着轿车来到她面前。

婉莹正要上车，眼前闪过穿军绿色夹克衫的小伙子，军绿色在霓虹灯的映照下分外亮丽。只见小伙子拉着一辆黄包车，正在招揽生意："女士们，先生们，坐我的车吧，人力拉的别有一番趣味呢。"

"哥，你驾车回吧，我坐那个黄包车了。"婉莹把右手指向穿军绿色夹克衫的小伙子。

没等海涛回答，她径自走向黄包车："我坐你的车。"

"好嘞，请问金女士到哪？"

"我到城区的碧落天宇别墅区。"

"碧落天宇，五公里路程，十元钱。"

她坐上车，这才明白，原来小伙子散场时急急忙忙，是为了做散场人的生意。

她坐在黄包车上，看小伙子拉黄包车的姿势。上桥的时候，他会站起身，奋力地往上骑；下桥的时候，他会把车头翘起来，人跟着车头腾空，借助下坡的力量小歇一下。

"停车，停车，我要上厕所方便一下，"婉莹指着路旁的公共厕所，"你把车停在厕所旁的空地方。"

她上厕所是假，和他聊一会，打问他的名号是真。

她走进公共厕所，在镜子前照了一下自己，把头发重新理了一下，让一半头发垂在胸前，一半头发挂在背后，这样更显得风采迷人。

她走出厕所，坐上黄包车："咱先不急着走，你还没回答我在电影院的问题呢，你咋知道我姓名的？"

"去年在两家公司的招聘大会上，主持人介绍的呗。"

"你也是坐在台下的观众？"

"是啊，你们的招聘文书上写着招聘文艺人才，现场表演文艺节目，择优录取，观众也有投票权，又不收费。换了在平时，一张门票恐怕要几十元、上百元，免费的文艺演出，我自然参加了。"

"原来是这样，那你叫什么名字呢？"

"丁洪伟，一横下面加竖钩的丁，洪水的洪，伟大的伟。"

"你的名字喊起来倒挺响亮的，很有气派。听你的口音不像城里人，老家在哪里？"

"老家在双岭村，乡亲们都习惯叫我阿三。"

"这么巧啊，我姐夫徐进发也是双岭村的，他是村长。"

"你说什么，你姐夫就是双岭村的村长徐进发？"丁洪伟的眉头皱了一下，脸色一下子阴沉起来。

"他当村长好些年了，"婉莹注意到他的脸色较之刚才明显两样，"你与徐村长有过节？"

"没有，没有过节，村长这个人很厉害的，吕乡长也要敬他三分。咱们走吧，我的时间不够支配。"

"你还有别的事吗？"

"我送你到碧落天宇后，还可以赶回嘉美拉歌舞厅，可以做一趟生意。今天总共才做了三桩生意，连你的四桩，才赚了五十元钱。"

"你不用再去嘉美了，我付你一百元。"婉莹从挎包里掏出一张百元的钱钞塞在他手里。

"金明星，我不能多收你的，我只收十元，"他非要找给她九十元，"请明星收好。"

婉莹收下了九十元，"请你不要叫我明星，叫我婉莹即可"。

"我叫你婉莹，那你叫我洪伟吗？"

"我当然叫你洪伟了，不会叫你阿三的。洪伟，在电影院你感觉到了吗？"

"感觉到什么了？"

"我的爱意，我对你的爱慕。"

"没有呀，我以为你在模仿电影中的男女主人翁，还以为你疲倦了，不由自主地把头靠近了我，我没在意，我一个拉黄包车的车夫，哪能奢望一位大明星爱上我呢？"

"又要叫我明星了，叫我婉莹，洪伟，这是真的，我爱上了拉黄包车的你，就凭你不要一百元只收十元的车费，说明你心地善良，正直朴实，你就是我理想中的小伙子。"

"婉莹，你先不要急着向我表白，你会后悔的。在双岭村，谁都知道我好吃懒做，不务正业，流里流气……"

"别再说过去了，我只认可现在的你，过去谁没有一点缺点错误，我们都要忘掉混沌曲折的过去，走向清澈平坦的今天。"

洪伟心里一阵激动，但他还是想把婉莹的爱情之火扑灭："婉莹，我的过去不堪回首，我曾经……"

"曾经什么了，说下去呀？"

"我曾经偷摘乡邻成熟的苹果、橘子。"洪伟最终没有把想占有李亚敏、占有婉珍的丑事说出来。

"摘苹果、橘子又算得了什么，假如我路过成熟的果林，我也会忍不住摘两个水果品尝呢。洪伟，缘分千里难求，情爱今天拥有，不管你过去犯过什么天大的错误，这个坎儿已经成为过去了，你已经跨过了这个坎儿，跟你拉黄包车一样，没有什么过不去的坎儿。一味地想着自己的过去，让这个阴影把控自己，这会成为自己追求幸福生活的障碍。"

"婉莹，我在双岭村村民的眼里真的不是个好东西，上车吧，让我先把你送回家。"

"你说自己不是个好东西，自暴自弃，你不能这样。洪伟，你上黄包车，我拉你一阵好吗？让我体会一下你的辛劳。"

"你拉不动的，我不上车，你能把空车拉动就不错了。"

婉莹试着拉起了空车，多么轻松，回头一看，才知道原来是洪伟在后面帮着推。

"洪伟，你真体贴我。"她放下黄包车的把手，一头扑到他的怀里。

两人静静地拥抱在一起，彼此都舍不得第一个松开手。

"婉莹，再请你上车吧，让我完成送你回家的使命。"洪伟松开了怀抱她的双手，把她拉上车。

黄包车速度均匀地在马路上行驶。洪伟绕过好几个坎坷，专拣平坦的路面拉，他怕震痛了她。

拉到碧落天宇别墅区，洪伟小心翼翼地把她扶下车："婉莹，洪伟就此别过，今夜睡个好觉啊。"

婉莹抓过他的手掌，在他的手心里写下了联系的电话："洪伟，记得打我这个电话哦。"

洪伟没有再回话，拉着黄包车一溜烟地小跑，很快就消失在门卫的岗亭边。他还是不敢奢望获得婉莹的爱情。

海涛比婉莹还晚回家了几分钟。

"哥，你怎么才到家？"

"哥不放心你一个人坐黄包车，驾车跟踪你的，你说你一个人坐在黄包车上，要是车夫起坏心劫财劫色怎么办？你敌得过他吗？他把你拉到某个僻静的角落把你玷污了，我可要悔恨一辈子。"

"哥，坏人毕竟是少数，拉我的车夫他是一个好人。"

"你和他交往了才一次，你就能判定他是好人，我注意到你俩卿卿我我地聊了好长时间，最后还拥抱在一起，你爱上他了？"

"也许是吧。"

"不是也许，我看你是真的，你俩的对话我听了个七不离八，妹，你千挑万选，最后爱上了一个拉黄包车的，太不可思议了吧。要是给咱爸妈知道了，还不把他俩给气坏了。”

“嘘，轻点，别让爸妈听见了。”婉莹把海涛拉进自己的房间，她要把这个话题转移，“亚敏呢，又住星呈大酒店了，她也太清高了，非要领取结婚证，举行婚礼后，才跟你同睡一起。”

“我就喜欢她这个性格，还没领结婚证，还没举行婚礼就同恋人睡在一起的女子，这样轻浮的女子还值得我爱吗？”

“哥，你的思想还是停留在传统的、保守的那种，就拿有的大学生来说吧，要多开放有多开放，今天和这个异性开房间，明天和那个异性开房间。”

“那也只是极个别的，社会风气在不断好转，像你所说的事例会越来越少，妹，你可不能学极个别的开放的大学生。”

“哥，你怎么能把我同个别的大学生相提并论呢，我肯定不会的，咱们睡觉吧。”

海涛为婉莹关上房门，留下一句话：“妹，和黄包车夫的爱情哥奉劝你马上终止，再发展下去，到时你后悔都来不及，希望你三思而后行。”

这个夜晚婉莹是睡不着了，失了眠的夜，没有纯粹的安静，只有翻来覆去床上的“吱吱”声和时粗时细的呼吸声。

“咚咚咚”极轻的敲门声，只有失眠的人才听得见。婉莹打开门，是婉珍。

姐妹俩一起坐在床头。

“妹，海涛刚刚告诉我了，你爱上了双岭村的混混阿三。”

“姐，他有姓名的，混混阿三是幸灾乐祸的人给他起的外号。”

“我知道他叫丁洪伟，他劣迹斑斑，我差点被他……”

“差点被他怎么了，姐，你快说呀。”

“差点被他睡了去，姐不怕被你笑话。”

“这怎么可能，一点都不可能，我不相信他会看中了你。”

“妹，我知道我没有你长得漂亮，腿又这个样子。他看中的是你未来的嫂子李亚敏，他误把我当成李亚敏了，这事说来话长……”

婉珍把几年前在村委办公室发生的事描述了一遍。婉莹极有耐心地听婉珍从头说到尾。

“姐，洪伟真是你所描述的这样一个人吗？”

“做姐姐的难道还会骗你不成，不信你还可以向亚敏打听。妹，也许你没留意，有多少帅小伙羡慕你年轻漂亮，又有多少帅小伙敬佩你才貌双全，当然也有嫉妒你的女孩子，你如果和一个拉黄包车的处对象，那些嫉妒你的女孩还不暗地里拍手称快，一朵鲜花插在牛粪上。"

"姐，别说了，你越说我心里越烦，你回屋睡吧，让我一个人再仔细想一想如何定夺。"

翌日上午，金家正在召开一场家庭会议。

金文辉："婉莹，我与你妈把你视为掌上明珠，为你介绍的男朋友不下一个班，你咋的就爱上了一个黄包车夫，你姐差点被他……"

"亚敏，这是真的吗？"婉莹还不相信。

"是有这么回事，真人面前不说假话，洪伟是冲着我来的，我把红色的风衣披在姐身上，他就以为是我了。"

婉莹虽然已经相信，但还是在为洪伟辩护："这只是洪伟过去的事，并不代表他的现在，现在他走正道了。"

姚佩芳："再走正道也只是一个拉黄包车的，这么卑微的车夫，你也会看中，婉莹听妈的，尽早和他了断。"

"妈，爸，请你们定义我找对象的标准，有钱有势还是有才有艺，妈，你也有年轻时找对象的经历，你找到好男人了吗？爸，你说呢，你是一个好男人吗？"

女儿敢于揭父亲的老底，金文辉气坏了，他一拍桌子："放肆，婉莹你还真有模有样了，做爸的还不是为你好，如果你还执意要同姓丁的交往，我就没你这个女儿，你滚出金家。"

"滚就滚，爸你说的啊。"婉莹冲出了开会的客厅，来到自己的卧室，关紧房门，开始整理衣物。

金家任何人都拦不住她，她拉着行李箱孤零零地走在大街上，陪伴她的只有她的影子和行李箱，她禁不住流下了泪水。

"婉莹，你怎么了，大白天的哭什么？"姚佩芸开着轿车在她身边停下。

"姨妈，我被爸赶出家门了。"

"咋的啦，昨天一家人还好好的，怎么说赶就赶了？"

"我爱上了一个黄包车夫，这个黄包车夫曾经做了对不起婉珍的事……"

"婉莹，这就是你的不对了，先上车吧，到我公司里先住上几天，等你爸消消火气再说。"

佩芸把行李箱放上后备厢，两人坐上轿车，轿车向嘉美国际娱乐城开去。

婉莹是铁了心地爱上丁洪伟了，一连几天没有他的电话，她不思茶食。她去过包括嘉美的几家电影院，电影院散场她再也看不到那个穿军绿色夹克衫的身影。

　　丁洪伟转移到了什么地方，哪里又是他新开辟的做生意的场所？这天晚上，她包了辆的士四下里寻找他的踪迹。

　　蓦地，丁洪伟拉着黄包车出现在她的视野里。

　　"跟上那个拉黄包车的。"她指令的士司机。

　　的士车缓缓地跟在黄包车后面。

　　丁洪伟拉着车来到金辉花苑一期的一幢大楼前。婉莹看到，从黄包车上下来的是童玉兰和时凤英。

　　原来丁洪伟做起了医院病人的生意。婉莹付过车费，等到她俩进入大楼后，拦下了黄包车。

　　"好你个丁洪伟，跟我玩躲猫猫了，你让我找得好辛苦。"

　　"婉莹，是你，快上车吧，我送你回家。"

　　"我已经没有家了……你知道我一直在想你吗？给你留了电话号码，你也不打个电话给我。"

　　"婉莹，你先上车，咱们找个僻静处，你再听我解释。"

　　洪伟把她扶上车，拉到马路上转了几个弯，最后停在几棵伞状形的青青的松树旁的草地上。两人坐在草地上，深情款款地互相对视着。

　　"婉莹，咱俩分手后的第二天晚上，你爸就在嘉美国际娱乐城找到了我，给我两万元的钱款，勒令我在这个城市消失，否则的话，他会让公安把我抓起来，控告我在几年前对你姐的不轨行为。我是不会离开这座城市的，我把钱款还给了他。"

　　"洪伟，别听我爸的，这辈子我跟定你了，我爸表面衣冠楚楚，背地里不知做了多少亏心事。"

　　"你也恨你爸？"

　　"为了爱你，他已经让我滚出家门，我当然恨他了。"

　　"你现在住在哪？"

　　"住在我姨妈的嘉美国际娱乐城，那里有两百多个房间，我住的是八楼815房间，你把号码记住了。"

　　"我记住了。婉莹，我刚才在拉两位妇女的路上，她俩在聊一位小女孩玉莲的离奇失踪，去年你的两家公司的联合招聘大会散场后，我拉过一位小女孩和一位少妇，她俩就是方宁导演的舞台剧的女主角妈妈和女儿。我看这位小女孩和刚才拉的少妇的面容好相像，会否她们是母女俩？"

"你把她们拉去了什么地方？"

"城西一间破旧的老房子。我从窗口看到里面堆满了废品。"

"你当时怎么没对她俩讲？"

"我只是模糊地听了几句，况且又不知道小女孩和两位妇女究竟是什么关系。"

"如果这位小女孩确实是玉莲的话，小女孩应该就是少妇的女儿，少妇和那妇女是婆媳关系。洪伟，咱们一起去城西那间堆废品的老房子吧，好多人都在找这位小女孩，咱们如果能找到她，就了了大家的心事。"

丁洪伟把婉莹扶上黄包车，一路小跑奋力地拉着，他的呼吸越来越急促也不休息喘口气。半个时辰后，两人来到城西那间破旧的老房子门前。

老房子的门口贴着招租公告，不用说，房子内已经人去房空。

两人扫兴地在老房子周围转了一圈，似有依依不舍之感。

"洪伟，咱们回家吧，先回到我的815房间。"

丁洪伟拉着婉莹又是一路小跑。

"洪伟，你晚上住在什么地方？"

"城中一幢公房的地下室，那里房租便宜，一个月仅两百元。"

"那就先到你的住处吧，让我体验一下你的生活环境。"

……

地下室光线黯淡，洪伟开亮了吊灯。婉莹看到，这间差不多十个平方的地下室，里面简陋地摆了一张床，一张桌子和一口衣柜，再没有第四件物品。桌子就在床的旁边，省去了椅子。

"洪伟，你把这间房退了，我给你找一间好的。"

"我在这里住惯了，不麻烦你了。"

两人肩并肩地坐在床沿上，床铺上方的吊灯把他俩的影子投射到对面的墙壁上。

婉莹指着两人的影子，把头靠在他的肩膀上："洪伟，这是最真实的我俩的影子，你我都不要移动，让我俩永远依偎在一起。"

"婉莹，我一动不动地看着你的影子，你一动不动地看着我的影子，我把我的过去全部埋葬在影子里，我渴望今天是我们走向新生活的开始。"

"洪伟，这间简陋的小屋象征着你已经告别过去的自己，标示着你走向堂堂正正做人的开始，让咱俩共同颠覆世俗的传统观念，就这样一直坐着，好吗？我不移动，我一移动只怕再也找不到你，我多日来寻找你的辛劳就白白地花费了。"

"婉莹，我也不移动。这是我的家，也是你的家，虽然比起你家相差十万八千里，但这个家有你我留下的温馨，你我留下的体温，还有你我留下的体香。希望一直陪我在这大都市里的不只是我的家，不只是我的影子，还有你和你的影子。"

婉莹把身体靠向他的胸膛，指着影子，"洪伟，咱俩的影子注视着咱俩的幸福呢，"她一只手握住他的手，另一只手抚摸着他的心口，"让我们用手握住咱俩的缘分，用心守护爱的人，守护爱情的甜蜜，生生世世再也不要分开了。"

第30章 梦翔宾馆

依山傍水，风景秀丽的梦翔宾馆。

这家坐落在城市东北面的宾馆，里面来休闲住宿的贵宾全是富商大贾，各地豪门，更少不了权倾一时的各方高官，富二、三代。与其说这是一个宾馆，倒不如说是一个休闲会所。这家宾馆虽然没有星呈大酒店那样气势磅礴，各项设施却都是顶级配套，吃住娱乐一应俱全。总高五层，占地一万平方米的宾馆，显得精巧雅致。特别是服务小姐无微不至的照料，更令那些大款们一有空闲时光就来此光临休闲，安享快活。

宾馆大堂的一角，专门设立了一间自助银行。

下午两点光景，一辆下半身为黄色，上半身为蓝色的双色的士停驻在宾馆门口。车上下来一位身穿雪白底色、绿色方格夹克衫，眼戴墨镜的男士。门童似乎已经对这位男士的穿戴十分熟悉，连忙上去接近："贾先生您好。"

贾先生正是金文辉，他用的是"贾德安"的化名，金文辉上梦翔宾馆习惯了乘的士，生怕驾驶自己的轿车会被记者跟踪拍摄，败坏了他的名声。

金文辉的眉心拧了一下，对着门童轻斥一声："下次叫先生即可，把'贾'去掉。"

金文辉唯恐被其他宾客听到他姓"贾"，时间一长，被他人认出他是金文辉。

他从前厅收银员手中拿过他预订的房间的感应片，乘上电梯，来到515房间，打开房门，关上房门，把感应片插在门旁取电的开关里。他抬腕一看手表，时针正指向下午两点。

昨天晚上村长跟他通过电话，电话中说那个叫邵雨欣的保姆的确苗条水灵，长相诱人，远在谈悦铃、时凤英之上，整体气质走在大街上可谓凤毛麟角，并且她已被村长全面掌控。他就迫不及待地要村长与邵雨欣说定今天下午两点在梦翔宾馆相约了。

等待是最幸福的时光，他等了五分钟又五分钟……

这里的客房服务员一半是二十岁左右的女孩，一半是三十岁左右的少妇。服务员分为接待员和保洁员两种。这些接待员长相艳丽，身材诱人。因为宾馆有中央空调的设施，一年四季保持着二十五度的常温，所以接待员全是穿的紫红色短袖和银色迷你裙，保洁员的衣着就明显两样了，她们穿的是一身咖啡色的工作服。客房部分工明确，接待员只负责送茶送水送点心；保洁员则负责清扫房间，换洗被子等杂务。

一位接待员在敲515客房的房门："先生，给您送开水了。"

这位接待员是间接地受到姚佩芳的指令，让她打探金文辉上梦翔宾馆来又和哪个女人密切交往。

金文辉打开房门，接待员把两只热水瓶放在茶几的下方，乘他不注意，又把一支录音笔放在笔筒里。

接待员的一双杏仁眼满眼都是温情与戏，她眼波流转，顾盼生辉："这位先生，您在等心上人吗？"

金文辉对这样的接待员是有所防备的，和她黏上了等于给自己埋了一颗定时炸弹。谈悦铃的事例给了他深刻的教训。

"这位小姐，你送水的任务已经完成，你可以出去了。"

"先生，您怎么跟那些大款们不一样，他们一进房间就联系心上人，您在房间里已经待了一刻钟，真有耐心啊。"

"我是来开一个商务会议的，哪有什么心上人要等。"

"没听说宾馆里今天有商务会议呀，会堂也没有布置。你是开两个人的会议吗，在客房开商务会议，我还是第一次听说。"

金文辉注意到这位女孩年轻美丽，最多不会超过二十岁的样子，不免有些心动："你叫什么名字，我之前怎么没看到你？"

"我是新来的接待员领班，名叫杨依，杨柳依依的杨依。"

"你来了几天了？"

"今天我是第一天上班，还没开张呢。"杨依为了完成打探的委托，决定在房间里待到金文辉相约的女人到来。

"什么叫还没开张？"金文辉明知故问。

"你说呢？"杨依拉了一下自己的迷你裙。

金文辉的戒备心理有所放松，刚踏上社会的女孩，不会像谈悦铃那样唯利是图，他握住了她的一只手掌："杨依，我今天确实不是来参加商务会议，我是和一位重要的客人相会。这样吧，你给个联系电话给我，今后我和你相约，咱们不一定在这家宾馆。"

杨依从床头箱的笔筒里抽出笔，在茶几上拿过信笺，写上联系电话："先生，那我就等你相约了，咱们相处久了，我不会像别的女孩起坏心眼的，讹你买房买车买别墅，甚至还要求你和夫人离婚，这一点请你一定放心。"杨依在尽量拖延时间。

门口传来越来越近的脚步声，杨依断定应该是金文辉相约的那位来了，就与金文辉道："我上卫生间方便一下。"

杨依原本想与来客打个照面，看清她的容貌，后来又想这样会给自己带来不利，就躲进了卫生间，准备等来客进入房间来到阳台或里间的卧室后再离去。

她把卫生间的百叶门调整好角度，她可以清晰地看见来者的模样，而来者却看不见她。

雨欣正在敲门，金文辉打开房门："雨欣，你终于来了，我等了你有半个小时呢。"

金文辉把雨欣引到阳台上："我在阳台上一直注视着楼下宾馆的门口，村长说你的打扮是目前最时尚的那种，及腰的长发，紫红色的风衣，我看见的士上走下来一位穿紫红色风衣的女士就认定是你了。"

"我要上卫生间方便一下，一路上打车也不好意思在中途下车。"

卫生间的杨依还没有脱身，雨欣和杨依撞在了一起。

雨欣轻启薄唇："你是谁，你穿着接待员的服装怎么在卫生间里，卫生间里清清爽爽又没有什么可打扫的，况且又不是你打扫的，有保洁员呢。"

原来雨欣在上房间前已经对客房部服务员的分工有所了解。

"我……我是……"杨依支吾着没有说下去，她打探的目的已经达到。

金文辉为杨依辩解："雨欣，她是来送开水的。"

"送开水就赖在房间里不走了，你是来勾引男人的吧，我可以把房间让给你。"

杨依："这位女士，你别见外，我不是你所说的那样，我这就走。"

等杨依离开后，雨欣，一脸不快："金总，你今天究竟约了几个美女，村长吩咐我早早地就出发到宾馆来找你，一路上翻山越岭，又乘公交又打的，来到宾馆看到你竟是这样见一个姑娘爱一个的男人。"

"雨欣，她不过是一个接待员，这样身份低微的小姐我会看得中吗？再说这些接待员都存有坏心，我若碰她的身体，她就会给我带来无穷无尽的麻烦，我从未想到要和她交往。"

"但愿你说的是出自内心的，我上楼之前到过前厅的服务台，我看到515房间登记的名字是贾德安，你究竟是贾德安还是金文辉。"

"我是金文辉，贾德安只是我的化名，目的是不暴露我的行踪，预防不测。"

"你们这些大老板也有防备的时候，我可从来不设防，金总，你玩的女人有多少？"

"雨欣，说话不要带刺，我金文辉不像你说的那样，我是由于和夫人不和睦才偶尔在外面快活一下，除了你以外，我从没和其他女子交往。"金文辉为了改变气氛，夸奖起雨欣，"你温文尔雅，你没有对接待员发大火，这不是一般女人能做到的。真像有句话说的，每个女人都不简单。"

"金总，你嘴巴倒是蛮甜的，接待员的在场超出了我的预见，但我还是极力控制着自己。那你看我的长相怎么样，比起你的夫人来。"

"我夫人哪能和你相比，你和她是两个世界的人。你长得人面桃花，身材苗条，你若走在大街上，会是凤毛麟角。"

"你在接待员面前也会说她是凤毛麟角吧？"

"哪能呢，我不可能夸奖她。"

"你的眼睛在告诉我，这不是真话。你今天差点让我走空，要不我仍回双岭村，你去约那个接待员。"

"雨欣，你错看我金文辉了，我金文辉宁可把夫人约来，也不会去约那个接待员。你以为我就那么在乎年轻貌美的女子吗？"金文辉从口袋里掏出一张银行卡递给她，"你先去一楼的自助银行打一打这张卡，上面有我给你的一万元钱，密码是你的出生年月。认定卡上确实有一万元，你可以白得一万元，马上离开宾馆，也可以上楼来咱们继续交往。是来是去由你决定。"

"你会让我白得一万元让我走？"

"这是真的，如有半句假话，天打雷劈。"

"你表面上看蛮有绅士风度的呢，我料定你有预备的接待员了，才放我走的吧，我要到自助银行去把这张卡打一打，你等着我。"

"我哪会有预备的接待员，你快去吧。"

雨欣很快就来到自助银行，把银行卡插入自助银行的插口，输进自己的生日密码，按了余额查询，上面果然显示有一万元余额，还有几元钱的零头，她想这几元钱的零头是利息。

雨欣重新回到515房间："金总，你果然像村长所说的那样，对女人出手很大方的，这一万元我收下了，就让我应不时之需吧。金总，我看得出来，你看我的眼神里有一种特殊的感情，但是如果我今后碰到困难了，你会不理我吗？"

"我是这样的人吗？咱们从今天开始就像是一家人了。"

"你同几个女孩是一家人？"

"就你一个，"金总抬腕看了下表，"雨欣，咱们都聊了有半个小时了，接下来咱们进入正式的吧。"

"什么正式的呀？"

"就是夫妻生活的那样。"

"我还没做好准备呢，一路上风尘仆仆，身上都有汗味了，我先去淋浴房冲洗一下。"

雨欣走进了淋浴房，脱去外衣内衣，把水温调节到最佳，前后左右地冲洗起来，她没有关淋浴房的门，她在试探金文辉会否跟进来。

金文辉没有跟进来，这使雨欣对他产生了一份敬意。

雨欣冲洗完毕，光着身体披了条浴巾来到他躺着的被窝，站立了有半分钟。

"雨欣，你在想什么，还有顾虑吗？"金文辉掀开被子的一角。

"我看到你的脸上有一种令人生畏的霸气，我有点紧张。"

"雨欣，霸气只是我的表面现象，我的内心是很温柔的。"

"你对每个女人都充满温柔吗？"

"我只对我喜欢的你温柔。"

"看你对我怎么个温柔法。"雨欣钻进了他的被窝，仰面朝天地躺在他身边，"金总，施展你的温柔吧。"

房间里的温度裸露着身子也不会感到冷。金文辉把被子拨到一边，从上到下地吻遍她的周身。

金文辉再次亲吻她的双唇，她箍住他的脖子："金总，你的温柔让我大开眼界，村长没有像你这样吻过我的。"

……

"金总，你还满意吗，比起你的情人们？"

"我就你一个情人呀，上哪去比。"

"你这个情场老手，我怎会相信你只有我一个情人。"

"嗯，雨欣你经验老到，我看来是瞒不住你了，你与我交往的女人们有点两样，看到你的模样，会让我有怦然心动的感觉。"

"要是咱俩天天在一起呢？"

"天天在一起更会怦然心动，我就抱着你不让你离开了。"

雨欣翻转身，从一旁把被子盖在两人的身上："还是盖上被子吧，我怕房间里装了监控。"

金文辉穿好内衣裤在房间里四下打量了一番："雨欣，这是绝对不可能的，如果哪一个房间里安装了监控，传扬出去这家宾馆就没人光顾了，放心吧。"

"这我就放心了，金总，前几天我同村长在半夜去山神庙拜求神石了，让神石把拐走的一位叫玉莲的小女孩放回来，村长说这个小女孩对你很重要，一个小毛丫头，你也对她感兴趣？"

"雨欣，看你说的，她是双岭村一户人家的孩儿，我去过双岭村几次，关心一下呗。"

太阳慢慢地在从西边下沉，两人的兴致还在上升，金文辉又把雨欣搂在怀里。

"金总，你还想进攻我，我可不能由着你，除非你答应我一个条件。"

"我才不想第二次进攻呢，你还有啥条件？"

"恳请你给我个妇女主任当当。"

"雨欣，你还有这样的野心，我已给你一万元的辛苦费，这只是第一次，至于第二次、第三次，我给你的辛苦费只会多不会少，你咋的还要当妇女主任了，妇女主任不是我说了算的，是召开村民大会选出来的。"

"我希望你能满足我的要求。"

"妇女主任年收入不过两万元，有那个必要吗？"

"那好吧。"

"我不方便送你，宾馆人多眼杂，对你对我都不利。"

金文辉从阳台的窗口目睹着雨欣走到宾馆门口，要了辆出租车离开了。

金文辉看看时间还早，就拨通了楼层服务员的连线电话，请服务员送开水。

杨依推开金文辉虚掩着的房门："先生，我看着那位女士乘电梯下楼的，我就知道你会叫我。"

金文辉把房门关好："杨依，因为你是第一天到这家宾馆上班，还没有开张，我觉得很好奇，把你叫来聊聊天，你老家是哪的？"

"我老家是天河镇的。"

"离这里远吗？"

"远着呢，有七八十里路。"

"你多大了，有兄弟姐妹吗？"

"我虚岁一十八，有一个姐姐，比我大七岁，没有兄弟。"

"姐姐在哪上班，成家了吗？"

"姐姐在镇上的红梅中心小学当教导主任，成家了。贾先生，前一阵我姐姐她讲给我听一件奇怪的事情，一个七岁的小女孩，直接上三年级，学期结束后又从三年级直接跳到六年级，还担任班长和少先队大队长。乡亲们传得沸沸扬扬，都说神童来到了人间。"

"小女孩叫啥名字呢？"

"听我姐说叫全瑜。"

"全瑜跟谁住在一起？"

"跟一位叫半爷的半老头住在一起。"

金海涛的脑海里映现出田慧琴在招聘大会上演唱的《我的半爷爷》的歌曲，这位半爷何许人也，与全瑜究竟什么关系，他一时摸不着头脑。

"杨依，你打个电话向你姐了解一下，全瑜是否还在天河镇红梅中心小学读书。"

"不用打，在我来宾馆之前半爷和小女孩已经搬走了，贾先生，全瑜是你的亲戚吗？"

"我推测会不会是我女儿老家的一个乡邻的女儿，已经失踪了好些年了，杨依，你第一天上班就当上了领班，你与宾馆老总高翔是亲戚吗？"

"我和老总素不相识，现在的世道，女人靠脸面长相吃饭，老总还不是看中我长得漂亮，能给宾馆带来生意。"

"杨依，你现在月工资多少？"

"基本工资加效益工资两千五，到了年终可能会有个两千左右的年终奖吧。"

"杨依，到我小姨子管理的嘉美国际娱乐城上班吧，我包你月工资不低于三千。到娱乐城熟悉两个月，我让小姨子提拔你做歌舞厅经理，月工资可达八千。"

"贾先生，我能行吗？"

"你准行，你不是说女人靠脸蛋吃饭吗，凭你的长相，你随便往哪里一站，哪里就出现一道亮丽的风景。"

"我来这上班第一天，老总会同意我离开吗？"

"我来给老总打个电话，"金文辉略略思考了一下，"我夫人管理的星呈大酒店和我小姨子管理的娱乐城加上梦翔宾馆来个强强联手，优势互补，互利共赢，高总感谢我还来不及呢。"

　　"贾先生，还真看不出您夫人和小姨子都有自己的大公司，看来您的身份也不简单。"

　　"杨依，在你面前我也不隐瞒自己的身份了，贾德安只是我的化名，我的真名叫金文辉，是一个集团的老总，我之所以要隐瞒自己的身份，是因为担心来这里休闲会把我传得满城风雨，给我造成负面影响。你如果到了嘉美，我来梦翔的事也要帮我藏着掖着点，不要对外张扬。"

　　杨依其实早就知道他是金文辉："金总，我上班之前老总就关照我，来这里消费的宾客都要为他们保密的。"

　　西边的红霞洒尽了最后一道光辉，这家宾馆的老总高翔亲自驾车送金文辉和杨依来到嘉美国际娱乐城。

　　三天以后，三家公司正式签订了强强联手、互利共赢的合同，继而形成了更为强势的经营局面。三家公司的前厅，"卓越创新，拼搏共赢"的金字横匾熠熠生辉。

　　当杨依有机会和姚佩芳单独会面，并把录音笔交给她的时候，佩芳不由得一阵心酸，这个金文辉，竟然和女婿又共享一女，丧尽了天良。

第31章　爱心舞台

　　佟同自从离开招聘大会回到家后长时间闷闷不乐。那么一个表演纯真、极具文艺天赋的女孩，自己怎么就让她白白地跑了，她究竟去了什么地方，还会在老地方吗，她为什么戴着假脸，她的家庭是贫困交迫、濒临绝境，还是她寄人篱下、无依无靠？

　　佟同请玉莲同台表演《爸爸回来吧》的舞台剧，纯属一次偶然。那天他看见她一个人背着箩筐正在捡破烂，边捡破烂边唱着歌：

　　　　我帮半爷捡破烂呀么捡破烂
　　　　捡了一筐又一筐呀心里喜洋洋
　　　　半爷呀半爷有了你我不再孤独无助
　　　　半爷呀半爷有了你我照样上小学堂
　　　　……

　　佟同走到她的身旁："小姑娘，你唱得真好。"

　　玉莲警惕地望着他："你跟我套近乎是有目的的吧，请你走开，不要影响我捡破烂。"

　　"小姑娘，我哪能有什么目的，你小小的年纪就捡破烂，你爸妈呢？"

　　"我没有爸妈，我只有半爷，捡破烂是我们的营生。"

　　"半爷是谁，是你的亲人吗？"

　　"你打听半爷干吗，你快走吧，不要影响我。"

　　"小姑娘，看你箩筐快满了，我来帮你背吧。"

　　"你一身干净的衣裳，箩筐脏兮兮的，你不怕弄脏？"

"怕弄脏我就不是爱心人士了，"佟同掀开外衣，露出挂在胸前的爱心志愿卡，"我是爱心志愿者，我想帮助你，"佟同从她肩上取下箩筐，背在自己的身上，"小姑娘，咱俩一起捡吧。"

玉莲注视着这位热情的大哥哥，警觉慢慢地在消除："你是爱心志愿者吗？我还以为你是坏人呢。"

两人开始一起捡破烂，佟同学着她唱起了歌：

我帮半爷捡破烂呀么捡破烂

捡了一筐又一筐呀心里喜洋洋

……

玉莲充满好奇地望着他："大哥哥，你唱得真好听。"

他们路过一家慈善机构，玉莲毫不犹豫地从口袋里掏出五元钱，走进慈善机构的大门投进了募捐箱。佟同被她的爱心之举深深感动，他把五十元钱交给玉莲，让她再投进募捐箱。

不一会，王维红来到他俩的身边。他们聊了一会，接下来，佟同邀请她俩参加舞台剧《爸爸回来吧》的表演。他们瞒着半爷在王维红家排练了三遍。

"佟同，你在想什么，吃午饭了。"佟加宣已经把盛好的两碗饭端在餐桌上，餐桌上有几盘炒好的菜。

"爸，您说扮演田慧琴的小姑娘究竟去了什么地方，我在她捡破烂的几条街找了好些天了，再也找不到她的踪影。"

"同同，爸也为这事愁着呢，田慧琴拒领招聘成功通知书，想来有她的难处。"

"爸，今天星期天，您难得休息，咱父子俩一起再去寻找田慧琴好吗？"

"咱把饭吃好了再说，要找再上哪去找呢？"

"扮演妈妈的王阿姨家我接连去了两次，两次都大门紧闭，像是出远门了。"

"也许你去得不是时候，咱还是先去王阿姨家吧。"

……

正是午后一点，父子俩驱车来到了王维红家。这一次王维红刚好在家，她只知道佟同是方宁："方导演，你咋找到我家来了？"

"王阿姨，打扰您了，我是来找田慧琴的，您知道她去了什么地方吗？"

"田慧琴在那天招聘大会结束后的下午就随半爷搬走了，他俩也没向我告别，看样子走得很急促，不知道爷孙俩去了哪里。"

"哦。"佟同应了一声，见王维红打量着佟加宣，连忙介绍，"这是我爸，陪我一起来寻找田慧琴的。"

"我认出来了，你就是一票定去留的杨博士。"

佟加宣向王维红俯身施礼："王阿姨，博士不敢当，你还是叫我佟先生吧……"

父子俩在王维红面前亮明了身份。

佟加宣："王阿姨，你若有田慧琴的消息，麻烦给我打个电话，我把手机的号码给你。"

王维红掏出手机，让佟加宣打上自己的手机号码。

父子俩向王维红道别，然后驱车找遍了这个城市的多条马路，多个小区，始终无法打听到田慧琴的下落。

晚上七点，父子俩已经回到家，吃好了晚餐。白白忙活了一天，父子俩还是心有不甘，佟加宣拨通了电视台和记者的电话，让他们帮着一起寻找。

"同同，据我分析田慧琴很可能就是你姑妈的孙女肖玉莲，也就是你的表妹。这个小女孩，也许不知道奶奶住在医院里。徐村长为什么要陷害你姑妈，金文辉和徐村长究竟有何不可告人的目的，咱得细细追查。你已经是嘉美国际娱乐城文艺节目的导演，又是星呈大酒店的驻唱歌手，你可利用你特殊的身份多多接近姚佩芳和姚佩芸两位老总。有必要的话还可潜入金家甚至双岭村，我想会收到意想不到的效果。"

"爸，我会按照您的吩咐去做的，咱一定要把事情弄个水落石出。"

在一个风高月黑的夜晚，佟同第一次潜入金文辉的家，他贴着墙壁，两手抓住金文辉卧室的窗台，倾听到了金文辉打电话给村长的全过程。他马不停蹄地又在第二天晚上潜入双岭村……倾听到了村长和雨欣准备明天下半夜上山神庙求神拜佛的话语……他速速到镇上做了一个采用高科技的正反面会闪现发光字的"坦白从宽""常存慈悲心，具足福德相"的标牌，赶在村长和雨欣之前来到了山神庙，埋伏在石头背后……他在石头背后露出半张脸，注视着村长跪求石头的模样，差点忍不住笑出了声，这个村长在石头面前还真恭敬虔诚。

佟同过后把潜入金家，潜入村长家和潜入山神庙的事宜向佟加宣做了汇报。

"同同，你的几次潜入收获还真不小，从村长住院到出院一系列的表现来看，他做的坏事很可能不仅仅是陷害你姑妈的事，我敢断定他背有血债在身，只是鉴于金文辉是个成功人士，我们现在告他等于是白费精力，令咱告慰的是金文辉不会再向你姑妈发难，咱们可以找个好日子让你姑妈出院了。"

"爸，我早就盼着姑妈出院了，您在医院也可少一分负担，把更多的精力花在别的病员身上。令我不解的是，金文辉居然对一位未成年的小女孩感兴趣。"

"当今社会有些人好色成性，甚至倚仗权势把黑手伸向小学，看来金文辉就是这样的人。中国是法治社会，他肯定会被绳之以法。"

"我也相信他会被惩罚。"

"同同，最近两家公司有些什么活动，生意如何？"

"两家公司的生意很一般，常规的吃住娱乐，生意保持着百分之五十的上座率，嘉美的大剧院时开时停，最近两家公司同一家山庄里的梦翔宾馆签订了强强联合、互利共赢的合同，不久将举行文艺汇演。这次演出不同于去年的招聘大会，观众都要买票入场的，只不过票价比一般性的演出要便宜，从一百元到三百元不等。"

"同同，你作为文艺演出的导演，你本人有什么节目吗？"

"我已编好半小时的剧本，剧本名字为《捡破烂的女孩》，分为四幕。剧本以田慧琴为原型，在最后一幕进行了创新，我们已经进行了多次排练。"

"你给我买三张票，我要与你姑妈和表姐一起去观赏，上次招聘会你导演的舞台剧对佩芳、佩芸的触动很大。我注意到王标和肖道成除了干部轮流值班，每晚都回家同家人在一起休息了。希望你这次的演出在主题上有一定的创新，当前我国贫富差别悬殊，贫困地区的孩儿到了上学的年龄还上不了学，有的上学一来回要跋涉几十里山路，太艰难了。"

"爸，你跟我想到一块去了，我导演的舞台剧正是按照这方面写的。"

……

童玉兰今天出院了，天还没亮，她就起了床。她来到阳台上，只见暗蓝的天空中星星点点，她把一只象征自由的纸飞机掷向天空，这只纸飞机忽上忽下，忽左忽右地飞了半分钟，最后飞到这幢大楼的东北方向去了，玉兰一直目睹着这只纸飞机的动向，直到在她眼帘消失为止。

玉兰还没有离开阳台，她看到了一次最雄伟、最瑰丽的日出景象——忽然间从墨蓝色云雾里矗起一道细长的抛物线，这线闪着金光、红得透亮、如同沸腾的溶液直往上方抛去，像一支火箭直冲向天空。玉兰蓦地领悟：原来这就是光明的白昼由夜空中迸射出来的一刹那。再看东边，几条蓝色云霞的缝隙里闪现出几个红红亮亮的小片片，小片片越来越大，最后连接融合在一起飞跃而出，晶亮闪耀的火一般鲜红的太阳出来了。不经意间，整个阳台被它照亮了，映红了。玉兰的脸上，周身充满了红光，出院的日子，这是多么美好、多么充满希望的一天啊。

因为羞于启口，她一直没有把受过村长污辱的事对任何人讲，包括她的弟弟、她的儿子和媳妇。从今以后，她将走向自由，再也不用在佟加宣保护的羽翼下生活了。她离开阳台，来到卫生间的梳妆台，对着镜子认真地梳理头发，化上淡妆，抹了口红，她看到镜子里的自己哪里像一个年近五十的老太，分明只是一位三十有余的少妇。

玉兰出院后的第一件大事，她要找到孙女玉莲；第二件大事，她要回到老家双岭村，来到崖边老树旁，寄托对丈夫的哀思，怀念丈夫生前和她的点点滴滴，她要怀抱着老树痛哭一场，把泪水洒遍老树周围的土壤。一想到她和丈夫甜蜜恩爱的日日夜夜，她的脸上又泛出了红光，这是不同于旭日照耀的另一种红光，这种红光一直保持到了凤英来接她出院。

佟加宣、医院的顾问王维光和护士长还有数十位医生护士都来为玉兰送行。护士长向她献上了一束康乃馨。她的眼中流出了一串又一串的泪水，这个令她伤心的医院，从此她将一去不复返，她向欢送的人们频频招手，跨上凤英开来的小轿车，与此同时，一位护士把她的行李放进轿车的后备厢。

凤英驾驶着轿车，开向在城里的新家——金辉花苑一期的505房间。

玉兰还是第一次来到城里的新家，刚到家没多久，座机的电话铃声就没中断过，全是祝贺她康复出院的电话。第一位是金文辉，第二位是徐进发，接下来的是姚佩芳、姚佩芸、谈悦铃、金婉珍、金婉莹等。玉兰接都来不及。

由嘉美国际娱乐城、星呈大酒店、梦翔宾馆联合举办的文艺汇演在嘉美大剧院如期举行，因为票价便宜，售票处的窗口三天前就已经挂上了门票已售罄的标牌。

晚上七点正式开演的大剧院门口，六点半就已经人声鼎沸，人们有的在观看节目报表，有的在等退票，有的在等亲人。

金婉莹和丁洪伟早早地就从后门进入了舞台的化妆间，他们将表演第一个节目。两人的爱情已经获得了金家的认可，因为两家公司离不开金婉莹，众多的宾客都是冲着金婉莹来消费的。

今天文艺演出的主持人是金海涛和李亚敏。七点整，随着舞台帷幕的徐徐拉开，两位主持人姿态优美地步入舞台。李亚敏因为是第一次主持如此盛大的文艺晚会，由于紧张不小心打了个趔趄，她从容地站稳，神态自若地面对观众："对不起，我差点被大家的热情击倒，见笑了。"

观众们给她报以热烈的掌声。

金海涛用洪亮的男中音："尊敬的各位领导，各位来宾。"

李亚敏用清朗的女中音："尊敬的女士们，先生们。"

两人手拉手异口同声："大家晚上好！"

金海涛："金色的秋风，迎来了我们三家公司强强联手，实现共赢的经营局面。"

李亚敏："璀璨的星月，见证了我们三家公司共同协作、蓬勃发展的美好蓝图。"

两人又手拉手异口同声："我们的前程绚丽似锦，我们的生活充满阳光。"

金海涛："下面我宣布，文艺演出正式开始。"

李亚敏："第一个节目，由金婉莹、丁洪伟演唱歌曲《相约地下室》。"

伴随着乐池中乐手们的音乐声响起，舞台上空，大剧院四周回响起动人的歌：

    没有阳光没有星月只有映照的灯光

    没有沙发没有椅子只能坐在床沿边

    灯光把我俩的身影投射在墙壁上

    两个影子时长时短从来不分离

    两个影子时左时右永远在一起

    你的目光中有我的身影

    我的目光中有你的形象

    影子是我俩相爱的真实写照

    影子是我俩相爱的不朽杰作

    没有虚伪没有夸张只有真切的情感

    影子离不开灯光

    灯光离不开影子

    影子是我俩相爱的真实写照

    影子是我俩相爱的不朽杰作

    哦　你我合为一体的身影

    让你我分分秒秒都不要移动

    让你我时时刻刻都不要分离

    哦　你我合为一体的身影

让你我日日夜夜都不要移动

让你我年年岁岁都不要分离

……

唱到最后，两人深情地拥抱在一起。

舞台下响起了一片又一片的掌声，金婉莹和丁洪伟向观众一鞠躬，再鞠躬。

接下来的演出，有器乐合奏、男声独唱、女声独唱、魔术表演、杂技表演……

金文辉手拿话筒："下面一个节目——"

李亚敏也手拿话筒："最后一个节目——"

最后两人如出一口："最后一个节目，也是我们今天文艺演出的压轴戏，舞台剧《捡破烂的女孩》。"

舞台上的帷幕在慢慢地合拢，舞台两侧的显示屏上显示出：

第一幕：灼人的烈日

导演：方宁

领衔主演：王盛

特别出演：肖泽天

联合演出：谈悦铃　高翔　杨依　方宁　王维红

随着帷幕的渐渐拉开，人们看到，舞台背景的荧屏上是烈日高照的大街小巷，喇叭声声的车来车往。

舞台上，谈悦铃和杨依，高翔和方宁分别从舞台两侧的候演区成小碎步走向舞台中央，他们身穿彩色的衬衣，下身是一律的雪花牛仔裤。他们手举五颜六色的遮阳伞，在舞台中央翩翩起舞。他们时而把伞撑开，时而把伞收拢，时而向左旋转，时而向右旋转，然而又各自掏出汗巾擦去脸上的汗水。

一位穿着红色高跟鞋，打扮得珠光宝气，高挽着黄色头发的由王维红扮演的阔太太从左边的候演区走向舞台，她纤嫩的左手戴着一枚硕大的翡翠戒指，右手系着一条水晶手链，脖子上戴着一条金色的项链，红色的钻石耳钉在舞台跟踪的圆光下闪闪发光。

阔太太边走边用手帕扬了几下，口中嘀嘀咕咕："这么热的天，太难熬了。"

阔太太用手帕擦了擦脸上的汗水，召唤一声："小的们，你们在哪儿？"

"董事长，我们在这呢。"

之前退回到舞台候演区的四位演员同声应和，他们快速移到阔太太身边，争先恐后给阔太太打着伞，他们围拥着老总从舞台中央走到舞台西侧，再从西侧走到右侧，最后他们退回到背景荧屏前，手拿折扇轮流给董事长扇风。

舞台上的帷幕在慢慢地合拢，舞台两侧的显示屏上显示出：

第二幕：放学路上

随着帷幕的渐渐拉开，人们看到，由王盛饰演的扎着丸子头的肖玉莲和理着西瓜太郎式头发的徐泽天手拉手走出校园，他们一路上蹦蹦跳跳，有说有笑。

肖玉莲的左臂佩戴着标志少先队中队长的两道红杠。

肖玉莲看到马路边有几个废塑料瓶，弯下身把它们捡起来，放在随身带的塑料袋里。

徐泽天也看到马路边有几个废塑料瓶，也弯下身把它捡起来放在玉莲提着的塑料袋里。

泽天："玉莲，这几个塑料瓶可以卖两毛钱，买两支铅笔了。"

玉莲："明天星期天，我要捡三十个，三百个，卖到废品回收站，我要把钱攒多了交书本费。"

玉莲看到马路边两个闪闪发光的东西，捡起来一看是两个一元的硬币，她把两个硬币攥在手心里。

泽天："玉莲，天上掉馅饼啦，天上掉硬币啦，咱们去买糖果吃。"

玉莲："老师经常教导我们，捡到东西要上交，我要交给警察叔叔。"

泽天："那我们就不买糖果，你把它存下来交书本费。"

玉莲："不，这不是我的劳动果实，存下来我会不安心的。"

这时马路边走过来两位由高翔和方宁扮演的巡逻的警察，玉莲马上走上前去："警察叔叔，我捡到两元钱，我交给你们。"

高翔收下钱："小女孩，你叫什么名字，是哪所小学的，我要向学校汇报让老师表扬你。"

玉莲："这是我应该做的，做好事不留姓名，我不告诉你。"

舞台上的灯光在渐渐暗淡，舞台两侧的显示屏上显示出：

第三幕：捡破烂的女孩

随着舞台灯光的徐徐亮起，人来人往的马路边，身穿一身蓝布衫的玉莲背着箩筐，手持垃圾夹子，正在把两个废塑料瓶子夹起放在身后的箩筐里。箩筐里已经有半箩筐。

丁洪伟拉着黄包车走了过来，黄包车上坐着阔太太，阔太太喝着橙汁饮料，看到正在捡废品的玉莲，随手把还有小半瓶橙汁的塑料瓶扔向玉莲，玉莲躲闪不及，汁液溅到她的身上和脸上。

玉莲气不打一处来，冲到黄包车跟前，指着阔太太："下来，下来给我擦干净，给我赔不是。"

阔太太："哎哟哟，一个捡破烂的小瘪三，竟敢如此对我说话，还敢拦我的车，快滚开。"

玉莲："看你道貌岸然的样子，讲出来的话这么臭，你早晨没刷牙吗？你不给我擦干净，不给我道歉，我就不让你走。"

阔太太从挎包里掏出一张五十元的绿票子扔给玉莲："小家伙，这五十元钱足够你买身新衣服，足够你洗个澡了，拿去吧。"

"谁要你的臭钱，我捡破烂不假，但是你不能污辱我的人格。"玉莲把绿票子仍扔给她，"快下车把我的红领巾擦干净。"

双方仍在纠缠，阔太太指令车夫："把她推开，快拉我走。"

车夫不忍心推开玉莲："小朋友，我代董事长向你道歉。"说罢深深地向玉莲鞠了一躬，然后掏出手帕，擦去玉莲脸上、身上和红领巾上的橙汁。

玉莲指着阔太太，"原来你是身居高位的董事长，你的品行这么恶劣，真不该当董事长，看在车夫的份上，我今天放过你了"。

……

舞台两侧的显示屏上显示出：

第四幕：爱心募捐车

当帷幕再次徐徐拉开的时候，观众们看到，玉莲身背满满一箩筐的废塑料瓶，正在卖给舞台左边的废品回收站，由谈悦铃扮演的回收站站长把五元钱付给玉莲："小姑娘，这是给你的报酬，快收好吧，当心掉了。"

玉莲把五元钱放在贴身的口袋里："谢谢阿姨，下个星期天，我还会来卖废品的。"

玉莲蹦蹦跳跳地走在回家的路上，正在这时，她看到舞台的右侧来了一辆"扶助贫困爱心募捐车"，她摸了摸口袋中的五元钱，迟疑了片刻，不假思索地掏了出来，放在唇边吻了一下，把五元钱投进了"爱心募捐箱"。

由杨依朗诵的旁白音在电影院四周响起："我们的红领巾小玉莲，把一天的辛劳换来的五元钱，募捐给了贫困地区，钱虽少，但我们足以看到一位红领巾的博大胸怀。此时此刻，此情此景，我们生活在大都市的人们，难道不应该被红领巾的爱心之举感动吗，难道不应该献出自己的一份爱心吗？"

舞台下的人们掌声雷动，人们陆陆续续地走上舞台，把十元、五十元、一百元的钱票投进爱心募捐箱。

佟加宣把五张一百元投进爱心募捐箱。

王标、肖道成分别把两百元投进爱心募捐箱。

金婉莹、李亚敏、谈悦铃、王维红先后把两百元投进爱心募捐箱。

金文辉把一百张百元大钞投进了爱心募捐箱。

金海涛把五十张百元大钞投进了爱心募捐箱。

杨依手举话筒用激动的嗓音向大家报告："我们的募捐活动迎来了两笔最大的捐款，他们是父子俩的金文辉一万元，金海涛五千元。"

高翔打通了爱心募捐中心的电话……

这时姚佩芳和姚佩芸走到舞台中央，姚佩芳："小玉莲的善举感动了我们，教育了我们，我们将从这次演出活动的总收入中拿出五万元募捐给我国的贫困地区。"

姚佩芸把五万元的支票双手捧给杨依。

爱心募捐中心的两位领导来到了现场，杨依双手捧起沉甸甸的爱心募捐箱，交给两位领导。

金海涛、李亚敏携手走向舞台，手举话筒，金海涛："亲爱的观众们，今天的文艺演出最后演绎成了一场爱心募捐的活动，我代表三家公司向大家的爱心付出表示衷心的感谢。"

李亚敏："祝愿大家心想事成，万事顺意，文艺演出到此结束。"

舞台下掌声响起来。

参加演出的三十多位演员从舞台两侧走向舞台中央，王盛排在演员们的中间，向大家谢幕。

落幕后掌声又起，观众们一起高喊："红领巾，小玉莲，红领巾，小玉莲。"

帷幕又渐渐地开启，扮演玉莲的王盛再次向大家鞠躬谢幕。

童玉兰和时凤英走上舞台，把王盛紧紧地搂在怀里。

王盛："婆婆，阿姨，玉莲出远门了，我就是你们的玉莲，你俩就是我的奶奶，我的妈妈。"

台上台下掌声四起，经久不息。

第 *32* 章　卖花少年

晚上的时间很充足，宜安和宜全在半爷家做好了功课还不愿离去。再过半个月半爷又要搬家了，校长把全瑜保送到省城的一家重点中学，半爷又将搬到省城去住了。

宜安拉着玉莲的手，眉宇间充满了依依不舍的情谊："全瑜，再过半个月你就要搬家了，不知道我们啥时候才能见面，你每天都帮我和宜全温习功课，使我和宜全的学习成绩在班里保持中上游。"

宜全也拉着玉莲的手，脸上也是十分依恋："没有你帮我们辅导功课，说不定我和哥的成绩又要落下去，落到班级里倒数一二三。"

玉莲："我从第一天来到这里，就看到你俩特别贪玩，我走了以后，希望你们不要过于贪玩，要把空余的时间多放在学习上，努力学习是提高学习成绩的唯一方法。今天的作业做好了，不要以为万事大吉，而是要把明天学习的科目先预习一遍。只有这样，老师在讲课时，你们才能听得进，才能迎刃而解。"

宜安："全瑜，要是你不在，我和宜全还真安不下心来，我俩怕是离不开你了。"

宜全："哥说的是，全瑜你身上总有一股气息在吸引着我们，鼓励着我们。"

宜安："我去跟爸说说，我们把这里的房子卖了，也搬到省城去，虽然不能跟全瑜一个中学，但可以离全瑜近一点。"

宜全："哥你这个主意好是好，可是咱爹是不会同意的，爹惦记着咱妈，把房子卖了，有朝一日妈找回来，会找不见家的。"

玉莲："两位好同学，只要你们把我的话记在心里，学习成绩一定会越来越好。"

半爷见他们聊个没完，从里屋走出来说："宜安宜全该回家了，明儿再来吧。"

半爷的话俩兄弟不敢不听，他俩整理好书包，向全瑜送别。

半爷关紧了房门，脸上显得十分严肃："玉莲，你跟半爷学飞刀有一定长进，但要真正练到出神入化，还得下苦功。趁现在放假，我要把飞刀的本领全教给你。你长高了长大了，飞刀是你自身防护的依仗，把飞刀练得炉火纯青，社会上的地痞流氓就不敢轻易欺侮你。"

半爷从衣柜抽屉的底层拿出一把手掌长的尖刀，玉莲看到，如镜子般的刀身冷气森森，映出一张惊白了的脸，刃口上高高的烧刃中间凝结着一点寒光，仿佛不停地流动，更增加了锋利的凉意。

半爷把里屋的房门打开，再把一只圆木盆挂在里屋的墙上，让盆口对着玉莲，他又从衣柜里拿出七把同样的飞刀，把玉莲领到大门口，爷孙俩面对着十米开外的木盆。

半爷手握飞刀向玉莲做着解释："玉莲，这八把尖刀刀身上最宽处为一寸二分，刃口极为锋利，刀尖尤为锐利，平时我们把尖刀藏于贴身的时候，一定要十分注意不要误伤了自己。"

半爷把三把飞刀插在前腰，把四把飞刀插在后腰："玉莲，我先来给你表演直飞法。"

半爷手持尖刀，尖刀在顺时针三百六十度旋转，随着甩臂和抖腕的两个合为一体的动作，奋力地掷出第一刀。只听见"嗖"的一声，第一把尖刀准确无误地钉在圆盆左上方……第二把尖刀正中圆盆的右上方，接下来的第三刀、第四刀分别命中圆盆的左下方和右下方。

玉莲看得傻了眼。半爷："接下来，我要给你演示旋飞法，就是根据目标的长度，尖刀旋飞半圈或几圈后击中目标，目标的长短全靠手腕的抖动和臂力的发挥，手腕抖动的频率越高，臂力发挥的力道越大。"

半爷吩咐玉莲把通向目标的里屋的房门关上一半，只留下两把刀身长的距离。

玉莲照办后不解："半爷，你让我把门关得只剩两把刀长的空隙，可圆盒有五个刀把长的距离呢，你会变戏法？"

半爷："这不是变戏法，我们要在他人看不到的状态下，施展飞刀，就要靠这种隐秘的旋转刀法，你再看我演练。"

半爷手持尖刀，迅速屈腕抖臂，周身来了个三百六十度的旋转，只见一团光华向右旋转绽放而出，飞刀像一道电光，更像一支离弦的箭穿过门缝最后不偏不倚地插中了盒底的左上方，半爷紧接着又把第二、第三、第四把尖刀准确无误地飞在了盒底的右上方、左下方和右下方。

八把尖刀如果用直线连接，正好呈一个"回"字。

玉莲看得好久才回过神来："半爷，您有如此精湛的飞刀绝技，早该去杀了那些黑道恶霸，还社会一个太太平平。"

"玉莲，有些事情并不是你想象的那么说办就能办的，触犯刑法的事咱不能去做，半爷要告诫你，咱的飞刀是用来防身的，切不可无缘无故伤人。"

半爷说着又从床沿下摸出一本飞刀秘籍："玉莲，这本书上阐述的与我展示的不一定相同，你要把书本上的知识和实践紧密结合，勤学苦练，一丝不苟，精益求精。"

玉莲把里屋的房门全部打开，孜孜不倦地练习起来……半爷在一旁观看着，不时地手把手地纠正她的动作。他们一直练到下半夜。

玉莲只睡了三个小时就醒了。她起身后听到半爷的房间里半爷还在轻微地打鼾，心想半爷太累了，就没有惊动他，一个人吃好了早餐，背上箩筐打开门，她看到宜安和宜全已经等在门口。

宜安："全瑜，我们等你好久了，以为你不外出捡破烂了。"

宜全："全瑜你昨夜忙什么了，好像没睡醒的样子？"

玉莲连忙道："昨夜你俩走后我跟半爷一起整理了衣柜，要带走的东西很多。"

宜安："我们兄弟俩把买房子的事跟爸说了，爸不同意，我们兄弟俩看来是不能进省城读书了，不过我们在放寒假、放暑假会到省城来看望你。"

玉莲："难得你俩一片盛情，到了省城，我会打电话给你们的。"

宜全："今天我们不要捡破烂了，我们去卖花吧，前两天我看到电影院门口有一位卖花姑娘，生意挺好的，供不应求呢。"

玉莲："卖花也行，不过到花店里拿花再卖给人家太贵了，我们去采野花吧。"

三个小伙伴来到了不远处的山坡上，山坡上五颜六色的野花还真不少，有百合花、绣球花、珍珠梅、翠菊、合欢花等。他们把采来的野花用柳条扎成一束又一束，玉莲数了一下，一共有五十多束。他们把花束放在宜安和宜全轮流背着的箩筐里。

他们首先来到了电影院门口，离电影开场还有半小时，不时有年轻的夫妇和情侣来到电影院等检票。

"买花喽，买花喽，刚采的新鲜的花哟。"

"花香四季，花儿联结你我的情谊。"

"花儿朵朵，情深意长。"

三个小伙伴手捧鲜花，向即将进入电影院的人们兜售，不时有男女青年停下脚步向他们买花。

电影院放映的时间将到了，进场的观众已不多，他们又转移到热闹繁华的百货大厦门口。

他们又向出入百货大厦的人们兜售鲜花：

"先生，买一束鲜花吧，才刚采的，两元钱一束。"

"美女，买一束鲜花吧，鲜花配美女，最时尚的搭配。"

百货大厦进进出出的人们大多数不予理睬，但还是有数十位客人买下了他们的鲜花。

玉莲数了数花束，还有十几束没有卖出。于是他们又一边捡废品，一边卖鲜花。

临近吃午饭的时候，半爷拉着板车上街了，看见了又卖鲜花又捡破烂的孩儿们，便上一家小吃店买了四个大包子。他们坐在马路边一人一个吃了起来。

半爷："孩儿们，吃完包子，你们就不要捡破烂了。以前全瑜和我一起捡破烂，我总觉得对不起她，捡破烂是我半爷的事，今后我也不会再让全瑜跟着我捡破烂了。"

玉莲："半爷看您说的，咱俩一起捡破烂，不是配合得挺好吗？你拉我推，板车上空的时候，我还可以坐在板车上欣赏一路的风光呢！"

半爷看见了玉莲手掌上的伤疤："全瑜，你手掌上怎么了，摘野花划伤的？"

玉莲："半爷没事，划了两道小口子，明儿就好了。"

半爷从口袋里掏出一块白手帕帮玉莲包扎好："孩儿们，要是采野花，你们要带好剪刀，手拉破了会影响做作业，字要写不好的。"

半爷上杂品店买了三把剪刀，交给三个小伙伴："孩儿们，上山坡采野花务必注意安全，当心摔跤，摔坏了就不划算了。"

半爷拉着板车消失在大街上。

三个小伙伴又来到了山坡上采野花，因为他们看到电影院门口的招牌上标示着到晚上还有三场电影，其中最后一场放映的时间是七点半。

孩儿们用剪刀采野花利索多了，不一会儿，就装满了一箩筐的鲜花。

宜安担心不够卖，回到自家拿了一个箩筐又来到山坡上，很快又采满了一箩筐。

他们来到山脚下，还是用柳条把鲜花捆扎成一束束，玉莲数了数，两箩筐鲜花加起来总共将近一百束。

他们又来到即将开场的电影院门口。

"买花吧，叔叔阿姨，伯伯婶婶们，买一束鲜花吧。"

人们看见楚楚可怜的玉莲，加上她那清丽的嗓音，纷纷上前买她的鲜花。

电影院开场了，电影院门口已没有人买鲜花，他们又向人多的百货大厦门口转移。

到了百货大厦门口，买花的叔叔阿姨还是专挑玉莲手中的花买。他们看玉莲人长得可爱美丽，手中的鲜花一定更美。

宜安："玉莲，买花的叔叔阿姨看你是女孩子，都认准了买你的花，明儿我也装扮成一个漂漂亮亮的女孩子，卖的花肯定不会比你少。"

宜全："哥，你说得对，我俩明天都装扮成女孩子，头发都装扮成同全瑜一样的丸子头，三个女孩子不管往哪里一站，都会是一道亮丽的风景，会吸引更多的客人。"

他们一忽儿在百货大厦门口，一忽儿在电影院门口，哪里人多就往哪里去，重复着卖花的劳动。

离晚上八点百货大厦打烊还有两个小时，在大厦做内部搬运工的包正阳下班看见了三个卖花的孩儿："你们不在家好好温习功课，怎么到大街上卖起花来了？"

宜安："我们功课早就温习完了，趁放暑假，帮全瑜一起卖点儿鲜花，攒点买书本、买铅笔的费用。"

"快跟我一起回家吧，我做晚饭给你们吃，全瑜也一起到我家吃晚饭，百货大厦门口没什么人了，不要干耗着。"

玉莲："包大叔，我们还要上电影院门口卖花，最后一场电影开映前，人一定很多的。"

宜全："爸，我们指望在电影院门口卖更多的花呢。"

包正阳拗不过三个孩子，嘱咐道："宜安，宜全，照顾好全瑜，爸回去做好晚饭等你们回家。"

小伙伴们又来到了电影院门口。

因为是最后一场电影，人们的目光都被电影院门口扑朔迷离的影片广告吸引过去了，买花的人不是很多……

　　新的一天又开始了，电影院门口站立着三位梳着丸子头，身穿艳丽服装的卖花小姑娘，他们的身前是满满三箩筐姹紫嫣红的鲜花。

　　玉莲手捧一束鲜花，唱起了歌词经过自己创作改编的朝鲜电影《卖花姑娘》的歌曲：

　　　　买花来哟　买花来哟　朵朵红花多鲜艳
　　　　花儿多鲜　花儿多艳　美丽的鲜花红艳艳
　　　　卖了花儿买本书哟　掌握知识来成长
　　　　买花来哟　买花来哟　朵朵鲜花红艳艳
　　　　从小河边采来了　粉红色的百合花
　　　　从山坡上采来了　紫苑色的丁香花
　　　　买花来哟　买花来哟　快快来买这束花
　　　　让这鲜花和那春光　洒满求知的胸怀
　　　　买花来哟　买花来哟　快快来买这束花
　　　　让这鲜花和那春光　给生活增添色彩
　　　　让这鲜花和那春光　为生活美丽绽放
　　　　……

　　玉莲在歌声中完全融入了个人的情感，从被半爷抱到王维红家，从王维红家又搬到包正阳家，历历在目的心酸往事令她唱着唱着不禁泪流满面，她想念爸爸妈妈，想念爷爷奶奶。

　　歌声回荡在电影院门口，过往的和前来看电影的人们纷纷驻足观望，人们被玉莲的歌声和泪水深深打动，买鲜花的人越来越多，有的不买鲜花就把钱塞到她的怀里。

　　……

　　又到了新的一天，电影院门口，还是扎着丸子头的三位小伙伴在卖花。

　　这天的天气特别炎热，人们大多待在家里不愿外出，电影院的生意有点萧条，买花的人也寥寥无几，百货大厦门前也是如此，三位小伙伴从中午一直卖到电影院最后一场散场，鲜花还剩不少。

小伙伴们面带沮丧地走在回家的路上。正在这时，一位骑着电动小三轮的大叔在他们面前停下："孩儿们，你们的鲜花我全买下了，一共多少钱？"

小伙伴们一阵惊喜，玉莲数了数箩筐里的花束，总共有一百零五束："大叔，一百零五束鲜花，我们把零头去了，原价两元钱一束，现在一元五一束，总共一百五十元。"

大叔："你们也不容易，就按原价卖给我吧，五束鲜花的零头也不要去掉，我给你们两百一十元钱。"

玉莲："难得您一片好心，我们在这里谢谢您了。"

玉莲收过钱，宜安和宜全把箩筐里的花束轻手轻脚地搬到小三轮上。

小伙伴们忙活了整整一天，满满地收获了两百四十元钱，喜在心里，乐在眉梢。玉莲把一百六十元分给两兄弟，两兄弟执意不肯收，最后推让不下，两兄弟收了一百元。

三个小伙伴这一天又照常卖花，生意还是冷清，到了晚上收摊时，还剩一百多束鲜花。他们刚要回家，又是那位骑小三轮的大叔把鲜花全部买下了。两兄弟把两天来碰到好心大叔的事向爸爸做了汇报，包正阳琢磨着此事大有蹊跷，到了小伙伴们再卖花的这天晚上，那位骑小三轮车的大叔又出现了，当他又全部买下剩余的鲜花返身离去时，包正阳跟踪了他。只见大叔骑着小三轮来到了一家名号为"好运"的小旅馆，把车上的花束分几次抱到小旅馆的一间客房里。包正阳看得真切，客房里的女主人正是他的夫人文玫。

待大叔离去后，包正阳迫不及待地来到夫人面前："文玫，你怎么会住在这里？"

文玫已经泪流满面："正阳，我知道人生是不容后悔的，可是现在的我真的很后悔，后悔当初不该不听你的忠告。"

原来，包正阳的媳妇文玫曾经跟人私奔了，后被人甩了，现在日子过得很辛苦。

"文玫，原来孩儿们这几天卖不出去的鲜花都是你买的？"

"我注意到孩儿们一天下来挺辛苦，就想为他们做一点好事，就买下了。"

"文玫，跟我回家吧，你离开家整整五年了。"

"我没脸见乡邻，没脸见孩儿们，更怕你会嫌弃我。"

"我怎么会嫌弃你呢，乡邻的闲言碎语咱不管它，我在孩儿面前只说你出远门打工了，要好些年才回家。现在咱家条件好了，我在百货大厦当搬运工，一个人顶两个人的活，领导看我表现好，又有两个儿子，就给我分配了一套安居房，咱有两套房子了，五十多平方米的老房子加上八十多平方米的安居房，以后两个儿子的婚房不用愁了。"

在正阳的一再劝说下，文玟开始做回家的准备工作，她同前两天一样把买来的鲜花送给住宿的客人们，有的送两束，有的送三束，让每间客房都充满鲜花的芬芳。

夫妻俩走在回家的路上，晚上的空气里带着点雾气，湿冷冷地粘在夫妻俩的衣服上，但两人的心里是暖洋洋的。

包正阳带着文玟回到了家，他没对俩儿子说是妈妈买走了他们的鲜花，只说是妈妈出远门打工回家了，赚了好几万元钱。

文玟含着泪水把两兄弟揽在身旁，一家人融合在喜气洋洋的氛围里。

一周后的早晨，包氏夫妇叫了一辆中巴，和宜安、宜全一起送半爷和玉莲到火车站。在火车站的候车室，宜安和宜全潜然泪下地拉着玉莲的手，包正阳拉着半爷的手，相互祝福，依依惜别。

玉莲掏出手帕擦去两兄弟眼角的泪水："两位哥哥，请回吧，让我们把离别的泪水化为记忆的长河增添新的浪花，让我们把离别的祝福为再一次团聚拉开新的帷幕。"

玉莲越是安慰他俩，他俩抽泣得越是厉害。

宜安："全瑜妹妹，我期望着我们再在一起卖花的那一天。"

宜全："全瑜妹妹，我们一起卖花的那一天一定会到来。"

半爷和玉莲已经检票走进火车站，包氏夫妇和兄弟俩还在向他们频频招手。包正阳深深地知道，这几年来玉莲给宜安、宜全学习上的帮助实在是太多太多。

包氏夫妇带着两兄弟回到了家。包正阳充满神秘地对两兄弟说："全瑜的真实姓名其实不是田慧琴，而是玉莲，有一次我上半爷家，在半爷家门口听到半爷在呼唤'玉莲'。"

两兄弟好奇地互相对视了一下，包宜安："半爷为什么称全瑜为玉莲呢？"

包宜全："全瑜为什么用这么多化名啊？"

包正阳："不管全瑜有过几个名字，在学习上她始终是你们的楷模。"

……

第33章　雨中树影

都说女人滥情大多是生活所逼，男人滥情大多是见色起意。而流逝的时光是磨灭滥情的最后一道屏障，它让经历过的人们反思、后悔和不堪回首。

因为王盛饰演的舞台剧《捡破烂的女孩》小玉莲的形象逼真，感情细腻，肖道成一家和王标一家又住同一小区，王标的保安经理还要靠道成扶持，所以肖王两家正渐渐化干戈为玉帛，走向和好。当然两家的走向和好是从老家后门外的防护墙同时被石头砸中开始的。

那一天王标趁道成在公司值班，大清早来到道成家，在婆媳俩面前长跪不起，并左右开弓，连扇自己的耳光："我不是人，我沾染了村长好色成性的流氓习气，一直妄图占有凤英，我来给你俩赔不是。"说罢他额头着地深深忏悔。

王标感到婆媳俩没有反应，抬头一看，婆媳俩已别转身子，他跪拜的是两个屁股。他又爬到她俩面前，重复着刚才的跪拜和说话。

"起来吧，为这事我还冤枉了凤英，以为你俩私通。"

"大娘，您原谅我了？"

"看在昨晚你儿子扮演玉莲的份上我原谅你，你还要过了凤英这一关。"

王标又单独跪向凤英："凤英，我曾经色迷心窍，做了对不起你的事，我现在回想起来真恨不得马上去死。"

"王标，你知道我被婆婆冤枉的日子有多难过吗？事情都过去好些年了，你还知道来认错，说明你真的有悔过之心，看在你曾经跳下清水河救我一命的份上，我同婆婆一样也原谅你，你起身吧。"

王标再次对婆媳俩磕了三个响头，尔后站起身不无愧疚地说："大娘，凤英，我来你家下跪求饶的事不要对悦铃说起，我是瞒着她来的，她至今都不知道我曾经想占有凤英的事。"

玉兰："你回家吧，我和凤英就当你没单独来过我家。悦铃这么能干的女子，我才不相信她对你过去曾妄图占有凤英的事不知道呢。"

正说之间，门口有人在敲门，平时来肖家的只有佟加宣和谈悦铃两人，这下会是谁呢？

王标躲进了卫生间，他担心敲门的是悦铃。

凤英打开门，来人还正是悦铃。悦铃一进门就四处打量："凤英，我家王标来你家了吧？"

王标知道躲不过，从卫生间走了出来："悦铃，我在呢。"

"你果然在凤英家，你躲在卫生间干吗？"

"我不正在小便吗？"

"咱家没有卫生间，非要到凤英家来小便，你有病啊，这是咋的？我看你在凤英家比在自己家还自由自在。"

玉兰："悦铃，王标是来问王盛那天在舞台上扮演捡破烂的玉莲，演得好不好，刚才我还夸赞王盛呢。"

凤英："是的，悦铃姐，刚才我夸赞王标养了个好儿子，他特别高兴，一高兴就内急。他在家，你表扬他，他也内急的吧？"

悦铃："这倒不假，有两次我表扬他，他就高兴得忍不住上卫生间了。我认为他这个心理毛病是姚佩芳造成的。"悦铃收回面向凤英的目光，转向王标："王标你说是吧，姚佩芳一表扬你，你就要上卫生间了。"

王标："哪能呢，姚佩芳才不会表扬我呢。"

悦铃："过去姚佩芳肯定经常表扬你，现在你俩桥归桥，路归路，表扬自然少了。"

玉兰："咱不说姚佩芳，你俩还没吃早餐吧，我来做早餐。"

玉兰来到了厨房间，悦铃也跟了进来，并把厨房间的门关上。

玉兰开始擀面粉煎饼，悦铃在一旁打下手，她凑在玉兰的耳边说："我早就知道王标在老家曾妄图对凤英不轨的事，这个王标，真不是个东西。"

"王标现在变好了，咱不说过去的事了，我现在只想早日找到玉莲，一家人团聚，过安稳的日子。"

"大娘，我会利用我的人脉想方设法帮你一起寻找玉莲。咱们好长时间没回老家了，我考虑最近回老家一趟，看看父老乡亲们，看看承包给乡邻的果林打理得怎么样。"

"我也有此意，据可靠消息，扮演董事长的王维红就是医官王维光的姐姐，咱们可约她一起到双岭村休闲玩乐，也许会有意想不到的收获。"

"大娘，你说得是，也许我们能从王维红口中套出点什么秘密呢。"

"悦铃，你脑筋灵活，这次回双岭村的活动就由你安排，我们跟着你就是了。"

其实玉兰已经从佟同的口中打听到田慧琴同半爷已经搬家转移的事，他们分析田慧琴就是玉莲的可能性很大。

双岭村下起了暴雨，村北面的山顶上，悬崖边的一排松树在疾风暴雨的摧残下前后左右摇摆不定，大有被连根拔起的迹象，可它们还是顽强地挣扎着，大树之间根连根，它们威武不屈地坚持挺立在悬崖旁，依然挺拔，顶天立地，如同巨人一般毫不畏惧。松树枝条沙沙的响声，仿佛正在对着暴风雨怒吼。

狂风暴雨经过短暂的歇息，酝酿起了更大的风暴。风暴如同一头发怒的雄狮，抱着松树使劲地摇晃，暴雨如同千万支利箭，疯狂地摧残着树枝、树叶，雷声隆隆在助威，闪电交加似利剑，更加恶狠狠地向崖顶扑了过来。崖边松树群的树根牢牢地抓住大地，咬紧牙关，它们以老树为楷模，挺直胸膛，击退老天爷一次又一次的进攻。

"轰隆"一声巨响，双岭村家屋后门五百米的混凝土防护墙轰然倒塌，把每家每户的后门堵了个严严实实。

刚吃完午饭在厨房洗涤的雨欣吓得跑出了厨房，一头扑倒在村长怀里："进发，后门出什么事了，怕是地震了。"

村长拉着雨欣的手从客堂间来到了后门的窗口，向窗外望去，方知道是防护墙倒塌了。他故作镇静地安慰雨欣："没事，是防护墙塌了，塌了反而好，把咱的后门防得严严实实，咱晚上睡觉再也不用担心有窃贼来撬后门了。"

"吓死我了，我老家从没见过这样威猛的暴风雨，我想辞职不干了，你另外再寻个保姆吧。"

"雨欣，这样的大风大雨双岭村近年来难得遇上一次，你看风雨不是小了许多吗？再过个把时辰，保证让你看到雨后的彩虹呢。做我的保姆不会让你吃亏的，你辞职了，到哪去找收入这样高的保姆，从下月起，我月薪给你加到五千；从下月开始，或许还有让你更惊喜的事呢。"

"下个月有惊喜的事，啥事啊？"

"你等我打完电话再说。"

村长原先的大哥大也换成了手机，他让雨欣先回避一下，继而拨通了金文辉的电话："爸爸，近来您一切都好吗？进发祝您身体安康，万事顺利。"

"进发，好久没听到你的声音了，听你的声音中气很足，你身体是越来越硬朗了吧？"

"爸爸，咱俩都一样，您说话的声音听起来中气更足。爸，您看我当了十几年的村长，还有没有升职的机会？"

"进发，你还是安心做好你的村长吧。"

"爸，好吧。双岭村下起了狂风暴雨，刚才咱村的混凝土防护墙被冲塌了……"

"村民们伤着了没有，防洪堤坝还坚固吗？"

"没听说村民们有受伤的，防洪堤坝坚固着呢，洪水都乖乖地流向清水河了。"

"这就好，有关防护墙垮塌的事，你得马上组织村民们重新建造，说明原先的防护墙厚度还是不够，要建造成外形像金字塔的防护墙，你写张申请重建防护墙的报告，让上面下拨资金。"

"爸，这我懂的。雨欣刚才提出要辞职，为了稳住她，我答应给她一个惊喜，您看给她什么惊喜呢？"

"你让她先把户口迁到你们村，就说经村民们推选，她不日将担任妇女小组长，月薪五百元，就这么定了，这个你会做吧。"

"我来跟雨欣说，这就是给她的惊喜，可是妇女小组长哪来的五百元月薪？"

"你就不能自掏腰包给她，区区五百元算得了什么。"

村长把雨欣唤到身旁。雨欣："电话打好了吧，给我的惊喜呢？"

"雨欣，我先提拔你当妇女小组长，这个妇女小组长是村民们推选的，月薪五百元，好歹也是个小干部，平时没有什么工作的，只要跟着我开开会就是。"

"进发，这么说来我在双岭村也算是个小干部了，我可以暂时不辞职。"

"雨欣，你记住，作为小组长平时村里有什么活你要带头冲在前面。"

……

村长穿上雨衣雨裤，戴上雨帽，三步并作两步地来到村东的办公室。

村头的喇叭里传来村长声如洪钟的指令："村民们，双岭村遭遇了十年不遇的狂风暴雨，把我们的防护墙冲垮了。共产党员、共青团员们走出你们的家屋，跟我一起清除倒塌的防护墙，我们要在双岭村重新建造起铜墙铁壁的防护墙。"

双岭村连村长一共有五个党员，共青团员也有十几位，他们听到村长的呼唤，全都穿上雨衣雨裤，顶着风雨来到办公室。还有十几位身强力壮的年轻人也随后来到。

村长带领三十多位村民来到了村西最后一个人家童玉兰的屋后。他指令村民们把残渣堆放在玉兰家屋的西面。

村长带头用铁锹铲挖垮塌的残渣，把残渣倒进村民挑着的箩筐里。

村长干得浑身直冒热气，脸上分不清是汗水还是雨水。

又有一批村民加入了清除的队伍。雨欣也加入了清除的行列。

风还在刮，雨还在下，更多的村民融入了清除的队伍。

临近傍晚，风雨渐渐停歇，村民们还没有停止劳动，村长指令连夜把残渣清除干净。

村东到村西五百米的家屋后门，每隔数十米有年老的村民手提油灯在照明，因为要防止漏电危及生命，村长不准任何家庭私拉电线给予照明。

经过八个小时的连续奋战，五百米长的残渣全都被清除干净，在玉兰家屋的西面堆成了两座小山。

村长第二天一早就给金文辉打起了电话："爸，我连夜冒着大雨亲自带领乡亲们清除防护墙的残渣，现已全部清除完毕。"

"进发，你做得好，明天我联系记者去你们那采访报道一下，把你的实干苦干精神宣传宣传。"

……

谈悦铃打量着半爷最初住的出租房，还没收回目光，房东就对她说："谈女士，就是这间出租房，半爷和田慧琴在这里整整生活了两年，两人靠捡破烂为生。"

房东又对她说："自从半爷搬走后，这间破旧的老屋再没人住过，和相邻的几间老屋一样，就等着拆除造新房了。"

谈悦铃："房东大伯，你对王维红一定很熟悉吧？"

"熟悉，熟悉，她同半爷，同田慧琴关系可好了，她的儿子同田慧琴经常在一起温习功课。"

谈悦铃："等会麻烦你领我到她家看看。"

……

谈悦铃拿起照相机对准屋内开始拍照，墙角还有几个没整理掉的塑料瓶和几张废纸板，橱柜里还有几件破衣裳，厨房里是还没有来得及洗刷的碗筷，可以想象半爷和田慧琴离开时走得很急，好像晚走一步，就会被人拦住了似的。她把这几个镜头都拍了下来，以作备用。

房东把谈悦铃领到了王维红的家。

王维红对谈悦铃的到来感到十分惊奇："谈总，都说你现在是个大忙人，咋会有空上我家来，八成是为了田慧琴的事吧？"

"王姐您说得没错，那天招聘大会结束后，据说你是和田慧琴一起离开的？"

"我与慧琴一起离开不假，还是坐老家在双岭村的混混阿三拉的黄包车离开的。可是当天傍晚半爷和慧琴就搬家了，也没来给我打个招呼。"

"哦，看来半爷是有备而去，王姐，你也知道双岭村有个混混阿三？"

"我是不久前才知道的，既然半爷已经离去了，我就跟你实说了吧，我与双岭村的医官是姐弟俩，我俩已经离散二十年了，二十年没见过面。半爷曾交代我为他在这里生活的事保密，不要对王维光说起。我听说我的兄弟经常装神弄鬼糊弄百姓，骗人钱财，为此我一直不想认他，怕毁坏了王家的名声，让我这个在百货商店当会计的姐姐很不光彩。"

"王姐，王维光现在变好了，还兼任着城里一家大医院的顾问，拿月薪的。"

"真的呀，但愿他能从骨子里彻底变好，咱仍把他当兄弟。"

"王姐，你丈夫和儿子呢？"

"儿子在上小学，丈夫早在五年前就因车祸去世了。"

"那您现在和儿子两个人一起生活，没有再找伴侣？"

"我是想找个伴侣，家里没个大男人，门口是非多，我要等儿子长大成人后再找，现在我担心找了后爸他会对儿子不好。"

"王姐，明后天我准备和几个小姐妹一起回老家双岭村，你有兴趣去吗？顺便和兄弟相认。"

"听你说王维光现在变好了，我就有和他相认的念头，我同你们一起去。谈总，我顺便跟你说了吧，我与王维光并不是一个爹娘生的，他是三岁时被人遗弃在我家门口，我看见后告诉了我的爹娘，然后把他捡回家的。王家就我一个独生女儿，我爹娘把他视若亲生儿子，改名王维光。我爹娘从套在他手腕上的布条看到了他的出生年月日，他其实只比我小三天。我爹娘全心全意培育他，供他读书，没想到十岁那年，贪玩的他被人贩子拐走，后来不知咋地就落户到了双岭村。"

"原来这样啊，这么说来，王维光的这条命是你给的。"

"也不能说是我给的吧，主要靠爹娘。"

狂风暴雨过后，接下来是连绵不断的阴雨天，王维红阴雨天也要去双岭村，她把儿子托付给邻居家照料两天，单位里调休两天。因她的住处离双岭村更远，她昨天夜里就住在了谈悦铃家。今天一早，她和谈悦铃、童玉兰、时凤英等四人开始向双岭村行进。

一路上，肖家婆媳俩不时地向她打听田慧琴的去向，她的回答让婆媳俩很失望。

她们四人坐了两个小时的公交车，翻过双岭山，来到清水河北面，上了自助的摆渡船。

天空中有一瞬间的放晴，一缕阳光努力穿透云层，把油漆一新的摆渡船照射得分外亮丽，河面上波光潋滟。四位女士轮流拉着摆渡船的绳索，享受游览清水河的乐趣。玉兰告诉王维红，这种自助渡船两岸带有轴承的滚轮是孙女玉莲设计的，好些年过去了，由于保养得好，仍用得很爽。玉兰说着说着眼眶又红了。

王维红听说后连连夸赞小玉莲："玉兰阿姨，小玉莲真了不起，她虽然离我们而去，但不管到哪里，老天爷都会眷顾她，护着她，您就放心吧。"

王维红的一番话，说得婆媳俩安心了不少。

村长在办公室远远地看见渡船上坐了几个穿戴花花绿绿的女士，但距离太远，他看不清是谁，他在村头喇叭里放起了《远方的客人请你留下来》的歌曲：

> 路旁的花朵正在盛开
> 树上的果实等人去采
> 远方的客人请你留下来
> 老圭山在万山丛中欢迎你来
> ……

凤英："双岭村的乡亲们把我们当作远方的客人了，真有意思。"

悦铃："我们渡船上的王维红就是远方的客人呀。"

维红："我听到这歌声就感到特别亲切，双岭村的乡亲们真好客。"

四人上了岸，办公室是来到双岭村家屋的必经之路，村长眼看着四位女士越走越近，终于认出来客人是谁了，他走上前去："谈悦铃，今天你们几位女士回老家光顾老屋？"他又看着王维红："这位女士，您是第一次来双岭村探亲访友？"

悦铃打趣道："村长，这位女士的来历可不简单，说来叫你肃然起敬。"

村长蹙眉凝视王维红许久，像是心底的秘密被她窥透似的，他平和地道："悦铃，快把女士介绍一下，我对远方来的客人向来是尊敬有加的。"

"她是神医王维光的姐姐王维红，王维光算卦的学问就是跟姐姐学的，这次我们邀请王维红到双岭村抓流氓来了。"悦铃还在进一步打趣。

村长吃不透悦铃的话是真是假，他的额头上在冒冷汗珠子，他故作镇静地道："双岭村流氓还真有，那个混混阿三做了混蛋的事跑到城里去了，不过现在他学乖了，被我小姨子看中了。"

王维红："混混阿三学乖就好，谁没有不光彩的过去，村长，我们一路上说起你的大名，我还真钦佩你，前几天双岭村老天爷发威下暴风雨，你带领村民们清除倒塌的防护墙的残渣残土，冲在头里，满头满脸汗水泥水，你看你额头上的汗水到现在还没干呢。"

王维红在来的路上已经听姐妹们说起村长以前好色成性的丑事。

村长用手掌抹了一下额头："我面对你这远方来的客人太激动了，一激动额头上就冒汗，你又是神医的姐姐，我更加激动，额头上的汗水冒得更多。"

王维红："是吗？我这次远道而来，一是和兄弟相认，二是听说山上有棵老树会下蛋，我要到山上去勘察一下，这棵老树究竟长啥样子，下了多少蛋，还望村长多多照应。"

村长："应该的，应该的，别说照应了，我家房间多，就是你晚上住在我家也无妨。"

谈悦铃："你家不是有住家保姆吗？"

村长："保姆上老家照应两天了，刚好不在家。"

村东的第五户人家，王维光正在给上门来看病的一位村民把脉看病，打发走病人后，谈悦铃已经领着王维红来到家门口："王维光，你看谁来了？"

王维光默默地注视着王维红那张似曾相识的脸："这位女士，你是从城里远道而来的，找我看病的贵客？"

王维红将了将挂在肩上的秀发："王医官，你看我像生病的样子吗？我是你的姐姐。"

四目对视，二十年前姐弟俩在一起玩儿的情景蓦地在王维光脑海里再现，这是毋庸置疑的事实，他一下子跪倒在王维红的面前："姐姐，我的救命恩人，姐姐，您终于来到我身边了。"

王维光把王维红引进里屋，两人相对而坐，二十年不见，有聊不完的话语……

谈悦铃、玉兰和凤英回到各自的家，她们看到落满尘埃的家具和床榻，不由得心中发出阵阵感叹。

到了吃午饭的时候，村长过来招呼她们，不要再动柴火烧饭了，他已安排邻居家在四合院设宴两桌，专门招待城里来的客人，包括中餐和晚餐。

这一夜，她们四人睡在了村长的家，村长说多年不用的被褥会发霉，盖了会生病，而村长家的被褥每逢有太阳雨欣都放在院子里晒的。

第二天还是连绵不断的小雨，为了下午赶回城，小雨也要上山。她们在村长和王维光的带领下，早早地就来到了山顶上。

雨中的清晨也很美，山顶崖边的一排松树在小雨的浸润下，松叶翠绿，晶莹透亮，如翡翠一般。中间的一棵老松树脚下，十颗小蛋丸呈半圆弧整齐地围绕在老树身旁，像钢铁卫士一般守护着老树，丝毫不愿远离半步。

村长面向老树双手作揖，然后双膝跪地，连磕三个响头，其余五人对老树行注目礼。

谈悦铃："村长，看样子你对老树特别崇拜，下雨天你还磕头，你额头上都沾上泥巴了。"

村长："我崇拜老树是因为它保佑着双岭村一村人的安全，我每年都要跪拜老树好几次。我担任村长十多年来，尽管双岭村多次遭受暴风雨的袭击，前几天还把防护墙冲垮了，但村民们没有一个受伤，都太太平平的。"

王维红："今天一睹老树的风采，果然气质非凡，特别是老树会下蛋，让我大开眼界，阅历更为丰富，这次双岭村之行，真是值得啊。"

除了童玉兰在老树旁徘徊外，其余五人离开了松树群在山顶上转悠。

一行人开始往山下走，大家看到，山路两旁遭受暴风雨袭击的果林，满目疮痍，大部分东倒西歪，到处是残枝败叶，原本靠果树林微薄收入生存的村民，又得勒紧腰带过苦日子了。

她们的午饭还是在村长家吃的，午饭后，她们向村长、向村民们依依不舍地告别，来到清水河畔，坐上摆渡船。

王维光也坐上了摆渡船，亲自送她们过清水河。

村头的喇叭里，《远方的客人请你留下来》的歌曲，回荡在清水河畔，回荡在她们的心头。

干部们一致肯定了徐进发的苦干实干精神，但令村长感到遗憾的是，在市委常务会议上由于防洪堤坝毫发无损，最终下拨资金没能通过。

……

第34章 同依之恋

佟同从来没有这么近距离地和一个女孩相互凝视，他伸出手就可以碰到她肤如凝脂的香肩、柔嫩的手掌、纤细的腰肢。如果说，那天她在舞台剧《捡破烂的女孩》中最后的旁白音，那银铃般的声音在他耳膜中挥之不去，那么今天当杨依站立在他面前的时候，他被她的容貌深深地震撼了。美艳动人的杨依身高估摸着一米七，肌肤白皙如玉，一双妩媚的丹凤眼格外诱人，蓬松的及肩短发让她看起来更显温柔。她鹅蛋形的脸庞白里透红，身材丰满却半点不显得肥胖，胸前曲线玲珑有致傲人，纤细腰肢下是一双诱人的长腿，整个模样给人以一种风情万种的感觉。

这是在星呈大酒店通向歌厅的过道里，上午十点钟的光景，两人相遇了。

两人对视着有片刻的停顿，似乎都想说什么，又不知道说什么是好。虽然他俩在排演舞台剧《捡破烂的女孩》中时有接触，但那时他俩太认真了，谁也没有向对方表白什么。

还是佟同打开了沉默的僵局："杨女士，你衬衣领口上绣的两个拼音字母很好看，像两只鸟儿比翼齐飞的样子。"

"是吗，佟导演，这是我姓名的拼音字母的第一个大写，这件衬衣是我之前工作的梦翔宾馆的老总高翔为我定做的。"

在他们说话的当儿，时有员工从他俩身旁经过。佟同为了避开他人耳目："杨女士，我邀请你到我办公室坐一会好吗？这里人来人往说话不方便。"

"可以呀，我也不过是到歌厅检查一下昨晚打烊后今天整理的情况，我有的是时间。"

杨依不久前已经升任为歌厅的经理。

两人一前一后来到了办公室，佟同为她沏了一杯茶，两人并肩坐在沙发上。

"杨女士，不，我应该尊称你为杨经理了。"

"不用的，叫我杨经理，我听着很别扭，叫我杨女士我听着不入耳，叫我杨依才觉得亲切。"

那我叫你杨依了哦，你叫我佟导演我也听着不入耳，叫我佟同更贴切。杨依，你说你领口上的拼音字母是老总高翔特意为你定制的吗？"

"不是的，梦翔宾馆的每一位员工，领口上都有大写的拼音字母，都是高翔为他们定制的，不管是男员工还是女员工。"

佟同松了一口气："高总真有气派，真会团结员工。我听说梦翔宾馆有五十多位员工，高总要和五十多位员工比翼齐飞，宾馆生意一定兴隆。"

"生意也有季节性的，以往春秋两季是旅游休闲的好时光，生意自然很好。到了大冷天、大热天，人们都不怎么出门了，生意就清淡了。不过现在和星呈、嘉美强强联手后，据高总说，冬夏两季生意也上去了。"

"杨依，我斗胆问一句，据说你在梦翔才上了两天班就调到星呈来了，而且三个月后就当上了歌厅经理，你在星呈有背景？"

"我哪有什么背景，靠自己的能力呗。"杨依的语气有点勉强。

佟同仿佛已经洞察到杨依心中的秘密，他要问个明白："你在梦翔第一天上班就当上了领班，到星呈三个月就当上了歌厅经理，没有门路，没有背景是根本不可能的。"

"你非要问个究竟吗？那我告诉你，我在梦翔第一天上班就当领班是高翔看中我长得漂亮，我到星呈是金总调我过来的，那天金总在梦翔宾馆等一位女士，等的时间长了。我陪他聊了一会。"

"你进金总的房间了，你和他纯粹地聊天吗，你知道金总是怎样的人吗？"佟同浑身的醋意在上升。

"我知道金总是玩弄女性的高手，凡是他看中的女子都逃不开他的手掌心。"

"你逃过他的手掌心了吗，你和他发展到哪一步了？"

"我们没有发展到那一步，那天没有，今后永远也不会有那一步。"

佟同浑身上下一阵轻松，他和她越挨越近，最后禁不住捧起她的双手："杨依，告诉我，这是为什么？"

杨依没有收回双手，任凭佟同紧握："因为有一个男人在我心间永驻，无法抹去。"

"那个男人是谁，是高翔吗？"

"是又怎样，不是又怎样？"杨依很想看到他再次醋意大发的样子。

"如果是高翔，我就没心思工作，把我的导演辞了。"

"那你就辞职吧，你辞职，我也辞职。"

佟同蓦地领悟到杨依话语中的含意，他用双手抱紧她的腰肢，她用双手搂住他的脖子，然后两人一阵又一阵地亲吻。

"佟同，因为你导演的《捡破烂的女孩》打动了成千上万观众的心，包括在电视机前看现场直播的人们，从那时开始，你的形象就已经永驻在我心间，只奈我是属于羞于向你启口，向你表白的腼腆的人，我一直在寻找机会等你表白，这一天我终于等到了。"

"杨依，我也是，那天演出，你的表演非常真切，特别是你最后的旁白音，至今还萦绕在我的耳际。"佟同用男中音朗诵，"我们的红领巾玉莲，把一天的辛劳换来的五元钱捐给了贫困地区，钱虽少，但我们足以看到一位红领巾的博大胸怀……"

"佟同，你的朗诵声情并茂，一字不差，你都能背出来了，我那天可是对着文字朗诵的。"

"这段话是我亲自写作的，我当然能背出来了，不过经历了这么长时间我还能背出来，八成是你在我身边的缘故。"

两人又是一阵拥抱，一阵亲吻。

"佟同，咱俩已经聊了有半个小时了，我先回歌厅了。等会上餐厅吃午饭的时候，咱俩不要挨得太近，形同陌路的最好。"

"杨依，我明白了，咱俩的交往在酒店要秘密进行，是吗？"

"是呀，酒店明文规定，上班时间是不准谈恋爱的，我的办公室就在歌厅的隔壁，你尽量少来，除非是谈工作的事。当然，正常的工作交往，为酒店增进效益的交往越多越好。到了下班后，咱俩就可以自由支配时间了，由秘密转为公开，不过最好还是别被酒店的员工遇见。"

"杨依，谈恋爱要躲着酒店员工，这样多不自在，下了班咱就无所谓了。"

"那我听你的，只要你无所谓，我也无所谓。"

"杨依，我一直想问你，你老家离这里那么远，不像我开车半小时就到家，你晚上住在什么地方呢？"

"我与李亚敏住在一起。"

"李亚敏，金总未来的儿媳妇？"

"正是，我俩一起住在这个酒店最高层的一个房间。"

"可以把房间号码告诉我吗？"

"可以呀，是1616房间，告诉你了，不等于你可以自由拜访啊，我去歌厅了，你不要陪送。"

歌厅除了有五百平方米的大厅外，另有十个各十平方米的包厢，大厅四周分布着十五个全封闭的卡座，说是卡座还不如说是小客房，每个卡座都设有一张三人沙发，情侣们只要把沙发下部拉开来，再把双层的坐垫平铺上去，一张完善的双人床就形成了。

杨依来到前厅，只见可容纳五百人的大厅已整理得井然有序，她再挨着检查各个包厢和卡座，里面也整理得一尘不染，只等客人们来休闲消遣了。客人们就喜欢这样清洁整齐的环境。

卡座的沙发上安放着刚洗涤过的床单和毛毯，这也是根据客人们的要求摆放的。

歌厅入口处明码标示着价目表，大厅每客20元，包厢四小时收费200元，卡座两小时收费100元，上述标价不包括饮料、果盘。

如果有公司要举行活动全包歌厅四小时，总价就是两万元，饮料果品再另算。

以往歌厅的客人们唱着唱着，兴致来了常常会翩翩起舞，与对面的舞厅遥相呼应，这时，歌厅与舞厅的过道处，就会拉起两道屏风，把歌厅和舞厅连接在一起，这样的创意是杨依当上歌厅经理后设计的。

杨依在歌厅检查完毕，一切都是那么令人满意，她看了下表，已是午时十一点半，她来到了员工餐厅，从上衣口袋里掏出就餐的月卡，排队取餐。她回眸看到，佟同排在另一列队伍的中间，正在向她看来。

她和他的目光对视了数秒钟，她便别转了头。佟同清纯的目光充满了青春而清澈的气息，在匆匆对视中，给予她浓浓的初恋的感觉，就好像是在饥饿中获得能量一样，瞬间让人感到爱情的美好。早在佟同导演的《捡破烂的女孩》中，她就被他的帅气深深地震撼了。佟同长得眉清目秀，二十出头的模样，身躯凛凛，相貌堂堂，光洁白皙的脸庞，透着棱角分明的冷峻，乌黑深邃的眼眸，泛着迷人的光泽，那浓密的眉、高挺的鼻，说他像神话中的白马王子，一点也不夸张。他继承了父母的优良基因，虽然母亲是英国人，但从他身上看不到混血儿的气息，要仔细观察，才能看到他那双乌黑的眼睛中，似乎还透露出一抹淡淡的蓝。

"杨经理，该轮到你取饭了。"排在她身后的一位员工提醒她。

杨依回过神来，这才知道已排到取餐口了，她让食堂人员划过卡，取过装着饭菜的餐盒，来到一张靠边的餐桌旁。她看到佟同也已取过饭盒，坐在相邻的桌子旁。

两人开始吃午饭，边吃边不时地对视一下。

两人吃完了午饭，到洗刷处清洗各自的餐盒，酒店有规定，餐盒用完后必须洗干净送还到传餐口。

两人并肩离开食堂。佟同："杨依，我准备组织我在英国学习的皇家戏剧学院和我同一届的毕业生到星呈大酒店来参观访问，并要他们带来一些文艺节目，你看可以吗？"

"可以呀，但还要看你的组织人数，如果不超过十人，不用请示外事机构的。"

"我不会超过五人，这几位是我的老同学，他们在学院里都是学习尖子，能歌善舞会表演，导演的戏剧堪称一流，两年下来相信又有一定长进。"

"那好呀，说不定还会给酒店增进不少效益呢。"

"那就这样说定了，到时我还会邀请擅长表演的你加入我们的行列。咱先不要向姚总说起这个事，夸夸其谈到时一场空，姚总会认为咱忽悠她，等事情有了眉目再向她汇报，给她一个惊喜。"

"是应该这样，上个月听舞厅经理说有一个两百人的旅游团要来星呈吃住娱乐三天，结果这事后来黄了，弄得姚总脸色很不好看，像是被忽悠的样子。"

"杨依，下午我要观摩一下歌厅的经营状况，心里有个底，姚总已找我谈过话，让我同时兼管娱乐场所这一块。"

"你又晋升了？姚总这么器重你。"

"姚总是充分利用我的长处，为的是给酒店增进效益。"

歌厅的营业时间是下午一点半至五点半，晚上七点到十二点，到了一点，客人开始陆陆续续地进场，因为是淡季，到了两点，总共才来了五十多位客人。

佟同头戴黑色礼帽，眼戴墨镜，扮成来客的模样，坐在大厅四周的散座上。

有新来的服务员向他收门票，佟同把一张二十元的门票交给服务员。

因为在两个月前佟同已打听到随着时间的推移和心态的改变，金文辉已不再发难于童玉兰，所以佟加宣对外已亮明和童玉兰是姐弟俩，他和方宁即佟同是父子俩的身份。

歌厅门口又来了一位客人，他很随便地穿了一件夹克衫，一条蓝色的牛仔裤，头戴着一顶白色的礼帽，眼戴一副黑色宽边的茶色墨镜，使人看不清他的本来面目。

客人向服务员扬了扬两小时一百元的卡座票，径自向卡座票上标示的15号走过去。

客人走进卡座，关上门，把卡座内的沙发摆弄成一张三人床，把双人枕头放在床头，铺好被单。

看来这位神秘的来客下午要和情侣在这里美美地享受一番了。

来客脱去夹克衫，露出雪白的衬衫，从夹克衫的衣袋里拿出了手机，拨通了杨依办公室的座机："杨女士吗，你知道我是谁？"

杨依正坐在办公室，生意清淡，几个领班照应绰绰有余。她听出是金文辉的声音："原来是你呀，我该称你金总呢，还是称你贾大款？"

"都一样，都一样，你还是叫我文辉吧，我听着心里更舒服，你知道我在哪里吗？"

"在梦翔宾馆，和那位叫雨欣的美女在一起？"

"不对，你猜我在哪里？"

"你换宾馆了，打一枪换个地方？"杨依的语气很诙谐。

"你再猜，大胆地猜。"

"我可猜不着，我智商很低，我也没这个闲情。"

"那我告诉你吧，我就在你歌厅的15号卡座，离你不过十来米。"

"哦，原来这样，我听着电话声音挺响，原来我俩离得真很近。这一次你是和雨欣在一起，还是又有了新的相好？"

"我没和雨欣在一起，也没有新的相好，我专门等着你来呢。"

"我可不敢来，我如果来了，你又有新的相好撞进来，上次我在梦翔宾馆还可以躲在卫生间，这里的卡座可没有我躲的地方。"

"杨依，我保证今天的卡座是特意为你开的，咱们在梦翔宾馆的交往才刚刚开始，就被雨欣打断了，今天是把那中断了的交往再联结起来。"

"金总，那天雨欣离去后，你又把我叫进你的房间，咱们聊了很多，咱们的交往并没有中断过呀。"

"杨依，跟你讲了半天，你还是没理解我约你的目的，我喜欢上你了，我是来给你送银行卡的，银行卡上有五万元现金，这是我给你的咱俩第一次相好的见面礼。"

"金总，这我可承受不起呀，你和一位女子第一次相好就要花费五万元，如果再和第二位女子第一次相好又花五万元，你会坐吃山空的。"

"杨依，我上次和雨欣第一次见面，才给了一万元，我之所以给你五万元，是因为你是一位百里挑一的还未嫁人的大美女，也许你还是一位黄花大闺女。我有了你，再也不会爱上别的美女了，你快来吧，要不然，你的歌厅经理恐怕会做不长的。"

杨依沉思良久，照着镜子把头发弄得凌乱不堪，鼓足勇气来到了15号卡座。

金文辉把杨依迎进卡座，拉上门，让她坐在床沿："杨依，你头发凌乱的样子特别可爱，比那些经过认真化妆的头发不知要好看多少。"

杨依也不理会他，一副很生气的样子。金文辉从挎包里拿出一件紫色的风衣："杨依，这是我特地为你定制的风衣，我特地叫厂家在衣领上绣了你我两个姓的第一个拼音字母，即JY，让你一穿上就想起要和我比翼双飞。"

"金总，你这件风衣送给你的夫人更合适，金杨的第一个大写拼音字母，不就是金姚的第一个大写拼音字母吗？"

"杨依，我与姚佩芳只是名义上的夫妻，只差没办离婚手续了。"

"金总，恕我直言，你应该和姚佩芳重归于好，你一直在外拈花惹草，姚佩芳向来就是一位贤妻良母，你和她重归于好，众望所归。"

"杨依，我的宝贝，姚佩芳都年近半百的人了，我还会喜欢她吗？"金文辉把银行卡递给杨依，"这张银行卡归你了，这只是见面礼，今后我还会逐步地向卡上打钱，打上个五年、十年。我不奢望你能嫁给我，我只希望咱俩经常能相会，经常能相互拥有。如果你有了男朋友，我会知趣地让位，我不会强求你。"

"那如果我现在就找男朋友呢？"

"我的最低要求是你跟我好上五年，五年以后你再找男朋友。那天在梦翔宾馆，你是那么主动敲我的房门，如果雨欣不来，你一定会主动投入我的怀抱，今天你怎么了，就让我拥有你一次好吗？"

"一次都不行，今后永远不会再有。收起你的银行卡吧。实话告诉你吧，我那天主动敲你的房门，是间接地受到了你夫人的委托，让我打探你和哪个女人约会。我看到你夫人把全副精力都扑在工作上，我如果做了对不起她的事，我将无法面对她，是她亲自提拔我担任歌厅经理的工作。"

杨依不能把已经有心上人佟同的事实抖落给金文辉，怕他会发难于佟同。

"杨依，我是不会勉强你的，那么你帮我找到田慧琴吧，我总觉得田慧琴是老家在双岭村的肖玉莲的化身，她长大了会和你一样，美若天仙，给男人们人见人爱的感觉。"

"金总，找人我是个外行，谈悦铃、佟同等都去找过了，都是空手而归，没有收获，听说田慧琴那天走得很神秘，老天爷睁着眼都不知道去了哪儿。"

"是这样吗，杨依，今天我们的交往希望只是个新的开始，我喜欢你，但不要成为你的负担，有什么需要我的地方随时可以打我的电话。"金文辉把标有自己联系方式的名片递给杨依，再把银行卡塞给杨依，杨依硬是不肯收。

双方仍在纠结推让，正在这时，整个星呈大酒店的喇叭里响起了邀请金文辉到舞厅里捧场的广播声："今天，城建集团的金总来到了我们星程大酒店。诚邀您到舞厅参加我们为您特意安排的酒会。"

杨依："金总您听到了吗？快上舞厅吧，您先走出卡座，我等会再走，卡座外面大厅的客人多了好多，不要让他们看到我俩成双成对地走出卡座，招来不少闲话。"

金文辉定了定神，这个珍贵的台阶给他布置得太及时了，他拍了拍杨依的肩膀："杨依，我会等你的电话。"

金文辉穿上夹克衫，整理了一下衣裤，脱去礼帽和茶色眼镜，同时将送给杨依的风衣和银行卡一起放在挎包里，单独走出了卡座。

歌厅里马上有几位服务小姐认出了他，簇拥着他来到对面的舞厅。

舞厅十平方米的小讲台上，佟同临时当起了主持人："大家有请金总到讲台上来。"

两位美女一左一右地拥护着金文辉走上讲台，台下响起了热烈的掌声。

金文辉不愧是经历过大世面的，他的转变、适应能力特别强："星呈大酒店的女士们，先生们，贵宾们，星呈大酒店虽然是我夫人姚佩芳在掌管，但我今天还是第一次到这里，今天我来的主要目的，是考察一下酒店的硬件设施，哪里还需要改进的地方，员工的服务质量哪里还需要进一步提高。硬件设施和服务态度是我们酒店赖以生存和发展的必要条件，这两点搞得好，就是给宾客最好的交代。"

"我注意到我们的客房在供应热水方面不是很到位，水温时冷时热，有时冷水要放很长一段时间，才有热水，这就给我们的宾客带来一定的麻烦，我们一定要加以改进，让宾客随时都能享用到适合洗澡的热水。"

"我还注意到我们的餐饮部，上菜的速度时快时慢，有时冷盘吃光了还没上炒菜，有时一窝蜂地连上好几个炒菜，这方面也要加以改进。"

金文辉胡编乱造随口拈来："还有我们的歌厅，不管来客多还是来客少，我们的服务员都要各就各位，按部就班。总之我们要让每一位来宾来到星呈就像来到自己的家一样，星呈就是宾客们的家外之家。"

"各位女士们，先生们，来宾们，我要讲的就是这些，下面我邀请大家一起踏着音乐节拍跳起来……"

舞厅放起了交谊舞的乐曲声，一位又一位的美女邀请金文辉跳舞，金文辉唯独邀请杨依一起共舞。

五百多位舞伴们在翩翩起舞，他们把金文辉和杨依围在中间，一对对舞伴从他俩身旁擦肩而过。

最后一支圆舞曲的前奏响起来，金文辉来到刚刚坐在卡座上的姚佩芳面前，彬彬有礼地邀请她一起跳舞。

姚佩芳有一股热泪涌上眼眶，她已记不清在哪一年丈夫邀请她一起跳舞了。

原来邀请金文辉到舞厅，和大家一起跳舞的一幕全是佟同安排的，金文辉再乔装打扮都逃不过他的眼睛。他目睹金文辉进了15号卡座，继而又把杨依唤了进去，为了给杨依解围，他精心策划并安排了这场舞会。

佟同感觉到和杨依的爱情迟早得公开，迟公开不如早公开，他要让金文辉对杨依死心，他也邀请杨依加入跳舞的行列。

金文辉和姚佩芳、佟同和杨依两对舞伴在舞池中央若即若离，时隐时现。人们赞扬他们的舞技精湛，纷纷退回到四周的散座，舞台中央成为两对伴侣的共舞。

第35章 月下抒怀

客厅墙壁上悬挂的时钟一声声地在敲，沉厚的钟声敲到第十下戛然而止，唯一留下的是萦绕在天花板中央的最后一道回声，好像在为卧室中翻来覆去还未成眠的女主人童玉兰感慨叹息。

曾经刻骨铭心的往事虽已云淡风轻，但每每回想起来总像发生在昨天一样清晰而不模糊。这个静谧的夜晚，玉兰做好了失眠的思想准备，她索性坐起身穿上衣服，来到了阳台，斜躺在靠背藤椅上。

她仰望着攀上星空的一轮皓月，禁不住感慨万千，对丈夫的思念像潮水一样涌上心头——

那年她戴着盖头帕，蒙着双眼，第一次来到他家当童养媳，她公公对她说："你的小丈夫上山砍柴去了，你等他回来，让他来看你第一眼。"

小丈夫回家了，掀起她的红色盖头帕，解下了蒙住双眼的红丝巾，好奇地问："你叫什么名字？"

"我叫童玉兰。"她低着头回答，不敢看他的脸。

"童玉兰，很好听的名字，你的名字跟你的模样很相符，我叫肖广连。"

玉兰读过几年小学："是小月肖的姓吗？"

"是的，我的名字叫广连，从今以后，咱俩生活的道路就相连在一起了。"

"我知道了，你走到哪我跟到哪。"

"你怎么不抬头看我，你怕难为情？"

玉兰抬起头，便看见了一位英俊少年的脸庞。她不敢想象自己的小丈夫竟长得如此帅气。两天前，她在老家，娘亲对她说："玉兰，娘非常舍不得你，但娘也没有办法，你爹死得早，你弟弟又失踪了，我把你卖给肖家做童养媳了，我要用卖你的钱去寻找你的弟弟。你到了肖家，不管小丈夫长啥模样，是傻子，像驴子，你都是他的人了。"

玉兰还在盯着小丈夫看，反倒把小丈夫看红了脸。

"广连，我娘说你哪怕是傻子，像驴子，我都是你的人了，没想到你长得这么帅气，出乎我的意料。"

"玉兰，假如我真的是傻子，像驴子，你还会做我的小媳妇吗？"

"你哪怕长得像癞蛤蟆我也跟定你了，更何况你是多么优秀的一位小伙子。"

那一天，她和肖广连在同一张桌子上吃晚饭。

夜晚，她和婆婆睡在一张床上。

婆婆对她说："玉兰，肖家花两万元买下了你做我的儿媳妇，这两万元都是平时省吃俭用积省下来的，家屋的后山上有三分地的果林，由于经常闹洪水，一年收不了几个钱，还不如公公和广连上山砍柴卖给富裕人家赚的钱多。"

"婆婆，打明儿我也和广连一起上山砍柴，多攒些钱贴补家用。"

"婆婆舍不得你上山，你长得如花似玉，咱穷山沟总有几个游手好闲的坏人，仗着祖宗流传的家业，玩世不恭，专门糟蹋良家妇女，你就在家里待着，哪儿也不要去，我们会宠着你，照顾你的。"

婆婆的话让她好生感动。她天生就是闲不住的人，她洗衣做饭做家务，把全部心思放在照顾这个家上。婆婆看在眼里喜在心里："玉兰，广连能娶到你这样的媳妇，一世不冤枉了。"

广连比她大两岁，待她就像个大哥哥，她在他面前永远只是个小妹妹。清晨广连一起和爹上山砍柴，千叮咛，万嘱咐："我的兰，你安心在家待着，洗衣做饭让我娘做，不要做得累了生病了，我上山也不放心，今儿我给你打两只野兔子让你补补身子。"

晚上，广连真的打回家两只野兔，玉兰问他："广连，野兔机灵得很，你用什么工具打的啊？"

广连扬了扬手中的尖刀，做了个飞刀的动作，"就靠这把刀，既可以防野狼，又可以打野兔、野鸡，是我的小宝贝"。

玉兰拿起尖刀看了看，擦去刀尖上的血迹："你还有飞刀的本事，真看你不出，飞刀是你的小宝贝，我是你的什么呢？"

"你是我的大宝贝，是我们肖家的大宝贝。"

靠着两只野兔子，一家人改善了两天的生活。山上的野味也不是好打的，但广连总能隔三岔五地把野兔、野鸡、野鸭打回家。

广连是老实本分、有教养的小伙子，他遵循着婚前不碰玉兰的风俗，就连碰到玉兰的手都会脸红到耳根。当然，那时他俩才十岁出头。

五年以后，两人都长大了，长高了，玉兰出落得更加美艳动人，广连也生长得愈发青春帅气。那一年，他俩正式举办了婚礼，老村长亲自当主婚人……

新婚燕尔的第一天，她躺在他的怀里，倾听着他的甜言蜜语："玉兰，咱俩一起走过了五年，咱俩还要一起走五十年，一百年，生生死死咱俩都要在一起。"

她重复着他的甜言蜜语："广连，咱俩一起走过了五年，咱俩还要一起走五十年，一百年，生生死死咱俩都要在一起。"

玉兰回想起和广连第一次同睡一张床的晚上，脸上不禁流下了幸福的泪水。可是广连，你说过要和我在一起走五十年、一百年的，如今你在哪里，你还活在世上吗？玉莲不在了，你还在吗？我一个孤老婆子，怎能不对你深深地怀念！

你跟我说过，你最快乐的事，就是和我在一起，照顾我、陪伴我，就算我蛮不讲理，你也会满心欢喜，谁让我是你的爱人，是你最知心的爱人呢！

玉兰抬头仰望着月亮，月亮周边几块云层正在淹没月光，不多会，星月齐辉的天空变得灰暗一片，玉兰的心情也更加灰暗了。她打开了阳台上的照明灯，不想让灰暗的天空把自己的心情变得更加糟糕。

结婚半年后，富裕人家都用上了煤气罐，砍柴卖柴已失去了原有的市场。与此同时，玉兰怀上了孩儿，为了养家糊口，广连开始进城捡废品，租了一间简易房，起早摸黑捡废品，最初是背着一个箩筐，后来买了一辆两个轮子的板车。广连的足迹遍布在这个城市的东西南北。他半个月才回家一次，把捡破烂卖来的钱一半交给爹娘，一半交给玉兰。道成出生了，广连在家陪伴了玉兰两天，第三天又赶到城里捡破烂。

又过了五年后，广连的父母同一天去世，都是营养不良造成眩晕倒地身亡。广连东拼西凑弄了五百元钱买了两口薄皮棺材，将两位正当壮年之际的长辈埋在了清水河南岸的双岭山山脚下，广连一只手搀着玉兰，一只手搀着道成，向坟墓深深跪拜："爹娘啊，都是孩儿没照顾好你们，让您俩吃不饱穿不暖，请爹娘原谅不孝的孩儿，请爹娘保佑好您俩的孙儿，让孙儿长大成人，过上富裕安康的日子。"

"玉兰，我还得进城捡破烂，捡破烂好说歹说还能攒几个钱，供咱成儿长大读书用。你守住咱的家，白天黑夜关紧门窗，家里吃的用的我每逢月初月中会从城里带回来，我每隔半个月回家看望你和孩儿。"

想到和丈夫分别的情景，玉兰的脸上又挂满了泪水，她用手帕擦去泪水，感觉阳台上一下子明亮了许多。她抬眸望向天空，只见月儿已摆脱乌云的阻拦，在静空中越发皎洁。她禁不住喃喃自语："广连，广连，你说好每隔半个月要回家看望我和道成的，你说话可要算数的啊，纵然你被村长扔下悬崖，可是凭你的身手，你也不至于生命就此结束啊！"

在这个凄凉的月夜，玉兰的心儿不禁又跌入了记忆的深渊……

那是一个多么可怕的深渊，她跌入了村长的魔爪，村长用她唯一的儿子道成来恫吓她，她的力量是多么的脆弱和渺小，为了道成，她只能任凭村长对她的摆布和蹂躏，她变得沉默寡言，特别是村长威胁她："你若告我，村民们只会说你乘广连不在家，耐不住寂寞，勾引男子。"这句话让她一筹莫展，既不敢向当时已让位的老村长讲，也不敢向半个月回家一次的广连讲，她想，也许这就是命吧，命运对她不公，她无能为力。

客厅里的时钟一声一声地又连续敲了十二下，玉兰又抬眸看到，天穹的远方，有渐渐闪现的稀疏的星光，刚刚还是众星捧月的天空，大块的乌云纠缠在月亮四周不愿离去。渐渐地，圆月被挤压成一弯镰月。玉兰的脑海中出现一阵幻觉，那老树身下呈弧形环绕老树的石丸已化作了一弯镰月，正目不转睛地注视着她。

都市之夜还在努力展示它最后的魅力，不远处嘉美国际娱乐城传来的阵阵快节奏的声响，根本不像歌舞厅奏响的音乐，而像是迷乱的脉搏。远方那四射的霓虹灯的彩光，诱导着乐此不疲的喜欢过夜生活的青年人。玉兰心想，如果自己年轻三十岁，还是孤身一人，或许也会置身于歌厅、舞厅、酒吧间，沉沉浮浮地度过一个个夜晚。

石丸化作的镰月还在独放着奇光异彩，还在竭尽全力地注视着玉兰。玉兰揉了揉双眼，定睛地注视着镰月，顷刻间，镰月被云块挤压得支离破碎，化成了十个小石丸跌落到玉兰待着的阳台上。玉兰捧起小石丸，放到唇边亲吻，再亲吻，石丸的异香扑鼻，透露的暗香撩人心醉又让人心痛，玉兰哭了，轻轻地哭出了声。

斜躺在靠背藤椅上的玉兰从梦中醒来，注视着抬起的双手，手掌空空，哪里有什么石丸啊，残留在掌心的只有湿湿的黏糊糊的泪水。

这当儿，玉兰又思念起孙女玉莲，玉莲啊玉莲，你去了什么地方，但愿老天爷能时时刻刻保佑着你啊！

这当儿，玉兰注意到斜对面的那栋大楼九层的后阳台也亮起了灯，一个小男孩正在向她招手。

小男孩是王盛，王盛一觉醒来，想起了玉莲就睡不着了，他爬起了身，独住一室的他担心会惊扰爸妈的休息，便轻手轻脚地来到了后阳台，看远方的他曾经扮演《捡破烂的女孩》主角的嘉美国际娱乐城的轮廓，同时他也看到了五楼阳台上的玉兰。

聪明的王盛很会揣测玉兰的心理活动，他想玉兰八成是想玉莲睡不着，来到了阳台上。他折了一只又一只纸飞机，纸飞机的两翼画上爷爷和奶奶搀着小玉莲的全身画像。

王盛拿起纸飞机一只又一只地朝玉兰飞去，居高临下飞着的纸飞机，终于有一只飞进了玉兰待着的阳台上。

玉兰拿起纸飞机，便看到了栩栩如生的肖广连和她一人一只手把玉莲搀在中间的画像。

多么懂事的孩儿，玉兰先向王盛挥手，然后双手合掌放在向右歪斜的右脸旁，做睡觉的姿势。王盛也模仿着她做睡觉的姿势。

玉兰关灭了阳台上的灯，她看到王盛也关灭了后阳台的灯。

玉兰确信王盛已回屋睡觉，便也来到了卧室。她想起今夜道成在娱乐城值夜班，凤英也陪同道成在一起，夫妻如此恩爱，让她暂时打消了对丈夫和孙女的牵挂。

道成作为娱乐城的高管，每隔半个月就要到娱乐城值夜班，凤英陪同已成惯例。

有时候失眠了到阳台上走一走散散心，反而能增加睡眠的欲望，玉兰很快进入了甜睡。

又是一个月明星稀的夜晚，玉兰又来到了阳台。

阳台东西两边的墙上贴满了王盛用水彩笔画的肖广连和玉兰一起手拉着玉莲的手的图像，来到阳台，玉兰又如同置身梦幻般的世界。阳台前高高的随风摇曳的广玉兰树，隐约可听见飒飒的"呼呼"声，小区不远处人造假山的池塘边，"呱呱"的青蛙的叫唤声，"泼刺"的鱼儿的跳跃声，组成了一首极其优美的交响乐曲，陪伴着已经进入睡眠和还在挑灯夜战的文化人。

远挂在天边的月亮是多么神秘，它包容着世间万物，把人们的喜怒哀乐全收拢在月光里。哦，月光啊月光，今晚你收回了玉兰的怒吼和哀伤了吗，你还能让玉兰回到卧室美美地睡上一觉吗？

金辉花苑在月老的洗礼下显得分外靓丽，分外宁静。玉兰眺望着不远处在月光和彩灯点缀下的嘉美国际娱乐城，她躁动的心再也无法平复，与其在家静守玉莲的信息，还不如置身娱乐城喧嚣的人海中，娱乐城四面八方的来客多，也许从他们口中能打听到玉莲的消息，也许他们能填补心中的空白。

她来到梳妆台，把自己化妆得像少妇一般，并且穿上了一身粉色的连衣裙，她明白像自己半老徐娘的女人到娱乐城只有打扮得年轻再年轻，才会有人搭理她。

她拦了辆出租车，很快来到了娱乐城，她上了电梯，来到了最热闹的舞厅。

她来到了售票的窗口，售票员告诉她今晚的舞厅有老总包下了，舞客免费入场。

舞厅里即将进行一场假面舞会，一位服务生双手捧着一只放着紫红色面具的托盘来到玉兰面前，示意让玉兰戴上。

玉兰有生以来还是第一次上舞厅，她看到舞厅四周的散座上都是戴着面具的舞客，她戴上面具，亦坐在散座上。

舞厅中响起了柔情的慢三交谊舞曲，穿着笔挺西装的男士们纷纷走到穿着长裙或短裙的摩登女士们面前，落落大方地邀请她们跳舞。

数分钟后，散座上只剩下屈指可数的几位男士和女士。

一位举止高雅的男士来到玉兰面前，彬彬有礼地邀请玉兰共同起舞。

玉兰："先生，我从来没跳过舞，我只是一个看客，我看他们跳舞。"

"尊敬的女士，到舞厅来当看客的还真不多呢，你只要跟着我的舞步走就是了，一支舞曲跳下来，包你有不少长进。"

男士的嗓音似曾熟悉，身影似曾相识，玉兰很想摘下他的面具看看他到底是谁，但在这样优美高雅的舞厅，她是不可能做出有违常理的举动的。

男士的盛情难却，在他的指导下，玉兰右手五指并拢，轻放在他的左手上，左手轻扶他的右肩，他的右手轻扶她的左肩胛骨下方，他俩开始起跳。他跳舞的姿势很优美，她顺着他的舞步小心翼翼地跟着他跳。

半支舞曲跳下来，玉兰已消除了生疏感，她越跳越熟练。

一支舞曲结束了，他俩面对面坐在散座上。

"你的接受能力很强，不像第一次学跳舞。"

"全靠你引导得好，我不过是跟着你走步。"

"老家是哪的？"

"双岭村，离这里大约有三十公里的路程。"

"双岭村吗，听说过，那是一个穷山沟，每年都有洪涝灾害。"

"你老家在哪里？"

"我都记不清老家在哪里了，我得过失忆症。"

"你听说过双岭村是一个穷山村，你还听说过双岭村有一位叫肖广连的村民吗？"

"肖广连，听说过，你是他的亲戚？"

"何止是亲戚，他是我的丈夫。"

"我听说肖广连在山上打野味，跌入悬崖摔死了，这还是十五年前的事。"

"我总觉得这是空穴来风，胡编乱造，咱不能相信，肖广连应该还活在世上，明天是我丈夫的生日，我要为他过生日。"

"这位女士，我的看法与你不一样，既然他还活在世上，他为什么不来找你呢，或许他厌弃你，又另找新欢了，看你容貌姣好，你也应该重新嫁人。"

"先生，看你说的，我一生只爱我丈夫一个人，从一而终是我做人的基本准则，我与丈夫新婚第一天就说好，要生生死死陪伴在一起。如果他真的已离开人世，我只求一死，同丈夫在一起。"

"这可不好，你还有儿孙小辈，你应该努力地活下去才是，这正是你丈夫希望看到的。"

"难得你一片好心，给予我生活的勇气，可我的孙女玉莲也弄丢了，我今晚第一次来舞厅，不为别的，就是来打听丈夫和孙女的下落，先生，我把我家的地址和电话号码给你，烦请你有他们的消息打电话和我联系。"

玉兰从衣袋里掏出纸和笔，正要写上，被男士拦住了："不用写在纸上，你说一遍我就记住了。"

玉兰把家庭住址和座机的电话号码说给他听，接连说了两遍，还在说第三遍。

"不要再说了，我已经刻在脑海里了。"先生指了指自己的脑袋。

"先生，你可以把面具摘下来，让我看看你的脸相吗？我和你挺聊得来。"

"这可不行，你的要求很不合乎常情，"男士指了指四周的舞伴们，"你看他们没有一个摘下面具的，摘下面具是对舞伴的不尊重。"

"先生，你的身材，还有你说话的声音，跟我的丈夫十分相似。"

"身材相像，声音相似的男士多了去了，要不我再去找一位来，让你看着、听着和你的丈夫身材更相像，声音更相似。"

"不要，一定不要，我就喜欢跟你在一起聊，你刚才说我丈夫为了打野味跌入悬崖摔死了，我一点都不相信。"

"我也是道听途说，都说肖广连是捕猎高手，飞刀高手，怎么会白白丢了性命呢，看来是别有用心的人对他的诬陷。"

"可是我丈夫的确是跌入悬崖失踪的，他是被人推下悬崖的。"

"被人推下悬崖的，那人很有来头吗，你没告他？"

"那人心狠手辣，我告他，他会把我唯一的儿子做掉，我一个弱女子，根本不是他的对手。但我还是用一块大石头损了他一下，解解我的心头之恨……"

"损得好，我为你高兴。"

"先生，咱俩互报个姓名好吗？"

"没必要吧，咱们就这样带有神秘感地交流着，不是一样很好吗？"

又一支舞曲开始，一条条女舞客的彩色裙子发出的光芒从他俩眼前飘过，有红色的、紫色的、绿色的、蓝色的……

玉兰的目光在舞伴们的身上探索，她期盼还有一位身材酷似丈夫的舞客出现。当她的目光再停留在对面座位上的舞客时，这位神秘的舞伴已经悄然地失去了踪影。

又有一位男士彬彬有礼地邀请玉兰跳舞，玉兰有礼貌地予以推谢，她已经没有心思待在舞厅了。她来到舞厅出口，把面具交给服务生，打车回到了家，木然地坐在阳台上的藤椅上。

"哦，我有生以来第一次邀请我跳舞的男士，你为何那么匆匆地离开了我，你去了哪里？"

和玉兰一起跳舞的正是肖广连，他苦于自己的脸面与原来的样子已面目全非，和玉兰相认会把玉兰吓坏，他丝毫不想把无比丑陋的自己暴露给玉兰。

孙女玉莲上寄宿制的高中了，他现在有充足的时间出没在这个城市，出没在玉兰的周围。

阳台上的月光好像一下子淡了好多，玉兰惊奇地发现，明月已变成了一条弯弯的小船，弯得神秘而迷人，小船上分明站立着和她一起跳舞的男士，他划动着双桨，在宁静的夜湖中悄悄地向她划来，为她送来一份情思，一份怀念。玉兰沉浸在这融融的月色中，沉浸在美好而奇妙的遐思中，多么温馨而甜美的令人抒怀的月色。

第36章 远方来客

坐落在群山环抱中的国际机场，像镶嵌在都市郊外的一颗璀璨的明珠，映射着夕阳的余晖。机场的航站大楼金碧辉煌，银灰色的跑道延伸到绿茸茸的草地上。一望无际的停车坪，停满了世界各地的豪华大飞机。机场出口处的两旁，摆放着几百盆芬芳扑鼻、形态各异的鲜花，让宾客们一下飞机就仿佛置身花仙子的乐园。

佟同来迎接来自英国的客人了，为了方便交流，他特地邀请了两位精通汉语，普通话流利的客人。他还相约了已驾驶出租车的丁洪伟来迎接客人，便于他和客人在乘车的过程中无所顾忌地聊天。多年不见，他们要聊的话题太多了。

丁洪伟由于在《捡破烂的女孩》中的出色表演，姚佩芸特地送了他一辆轿车，他不到一个月就拿到了驾驶执照，并且拿到了出租车的牌照。

两位金发碧眼的英国女郎拉着行李箱一前一后地来到机场的出口处，佟同看到正是他要迎接的客人，连忙走上前去挥手欢迎："爱丽娜，艾妮莎，终于把你俩给盼来了。"

爱丽娜："佟同，让你等久了吧！"

佟同："没有久等，我们看好时间的，伦敦到中国的班机还真准时，我们才等了十分钟，就把你俩给迎来了。"

艾妮莎："佟同，你在我们上飞机前说好还有一位朋友一起来迎接的，他在哪啊？"

佟同指了指十米开外的一排出租车："他在那里等着我们呢，我的好朋友丁洪伟。"

爱丽娜："丁洪伟吗，早先时候你在电话里不是说他拉黄包车的吗？"

"丁洪伟已经不拉黄包车了，升级了呗。"

艾妮莎："我们坐惯了大汽车、小轿车，可就是没坐过黄包车，我们很想坐黄包车呢。"

"真的吗？丁洪伟的黄包车在地下室旁的车库里存放着，他每个星期都要擦拭一遍，像要随时准备重操旧业，要不我先叫他把车开到地下室，让你俩坐他的黄包车到我家去？"

两位女郎异口同声："这样最好了，我俩马上可以坐黄包车了哦。"

丁洪伟驾驶着出租车，佟同和两位女士坐在后排，佟同吩咐丁洪伟把车开到他原先住的地下室，准备拉黄包车。

爱丽娜："佟同，分别多年成家了吗？"

"还没呢。"

艾妮莎："我和爱丽娜都还没成家，你邀请我俩到中国来，莫非是想在我俩中间挑选一位，然后成家？"

"我可没这个意思啊，两位大导演，我怎能攀得上你俩呢。"

爱丽娜："我俩可不是什么大导演，倒是你，又是副总经理又是导演，还是驻唱歌星。"

佟同不久前已被姚佩芳任命为星呈的副总经理。

"我的这些官衔倒是不假，两位老总要利用我呗，没有利用价值，这些官衔说没就没了，私人企业就是这个样子。"

艾妮莎："佟同，你别转弯抹角的，你看中我俩哪一位？"

"我有女朋友了，在一个公司上班，我俩已私订终身。"

爱丽娜："佟同，你让我们扫兴了，你的这位开车的朋友，他有定终身的人儿了吗？"

"他也有了，是我们金总的女儿。"

艾妮莎："看来我的中国之行要空手而归了，我爸妈都指望我带一个中国女婿回伦敦呢。"

爱丽娜："艾妮莎，我爸妈和你爸妈的想法不一样，他俩希望我嫁到中国来，他俩往后可以经常到中国来玩儿。"

艾妮莎："佟同，你和那一位既然私订终身，就早点结婚吧，不用拖了呀。"

"我爸都单身好些年了，我考虑要帮爸找到合适的伴侣，到那时我再结婚。"

爱丽娜："你真是个大孝子。"

"我帮爸看中了一位，可总是张不开口，不知我爸究竟喜欢哪一种类型的。"

艾妮莎："你爸找对象的事，我和爱丽娜可以凑合着帮上一把。"

"两位女士，我爸找对象的事是小事，我邀请你俩到中国来，是要办大事的。最近我所在的两家公司效益不怎么样，除了日常开销和员工的工资外，每月盈余屈指可数，你俩要编导两个优秀的文艺节目上大剧院表演，提振观众们的消费热情，把公司的效益带上去。"

爱丽娜："你爸找对象的事和公司的事都是大事，我和艾妮莎一路上就商量好，要不虚中国之行，一定要把最好的文艺表演献给中国观众，我们挑选了几个剧本带在身上呢。"

"那到时候就看你俩的表演了。"

爱丽娜："不单单是我俩的表演，还需要你们的配合，比如说，演唱《我的半爷爷》的小女孩。"

"你说的是田慧琴吗？她已经失踪好些年了，我们找了多次，一直都没有音信。"

艾妮莎："我们在伦敦电视节目中收看到了她表演的节目，她表演逼真，感情细腻而丰富，我们的文艺演出要是没有她的参与太可惜了。"

佟同："那个男扮女装的表演《捡破烂的女孩》舞台剧的主角王盛，还有金总的外孙徐泽天，我可以把他俩请来，成为舞台的一分子。"

聊天的时间过得特别快，不知不觉就来到了地下室。丁洪伟把黄包车擦拭得纤尘不染，打足了气，他把出租车的钥匙交给佟同："你开车先回吧。"

"两位女士第一次坐黄包车，你可要把车拉稳了。"

"我专走慢车道，肯定拉得稳稳妥妥的，比拉婉莹还要稳，要不你慢慢开着车在一旁监护好？"

"那倒没有这个必要，我相信你。"

洪伟请两位女士坐上车，一路小跑，两位女士还是第一次坐黄包车，真是别有风味，空气新鲜没有汽油味。一路上她俩阅尽了这座城市的风光风貌，在异国他乡大开眼界。

佟同先行回到了家，家中已经由姑妈准备好了丰盛的晚餐，招待远道而来的客人。

丁洪伟的黄包车到了，他把两位女士领进佟家的客厅。两位女士看到两张圆桌上这么丰盛的菜肴，不由得啧啧称赞。

玉兰从厨房间来到客堂，同两位女士握手拥抱。

佟加宣下班回到了家，亦同两位女士握手拥抱，姐弟俩遵守着西方国家的礼仪。

佟加宣事先邀请的金文辉一家，王家姐弟俩，徐进发，邵雨欣等人物先后来到……

王维光已辞去医院顾问和双岭村医生的职务，被姚佩芸聘用为娱乐城的专职医生，乡镇卫生所已向双岭村派去了新的医生。

金文辉和两位英国女士先后拥抱，两位女士感觉到金总的拥抱好紧好紧，不像其他人象征性地拥抱一下，似乎是占她俩的便宜，让她俩产生了厌恶。

两张圆桌的座位上，入座的客人都是佟同安排的，他把王维红和姚佩芸安排在佟加宣的两边，把王维光安排在姚佩芸的身旁，把爱丽娜和艾妮莎安排在高翔的两边，其他人员则是按照夫妻的身份和男女恋爱的关系安排入座。

雨欣坐在金文辉和村长的中间，金文辉另一边坐着的是姚佩芳。

两张圆桌十七位大人加上三个孩儿刚好坐满，三个孩儿是吴庆荣、徐泽天和王盛。

童玉兰给大家分别倒上白酒和饮料。

佟加宣向大家做简短的祝酒词："在座的女士们，先生们，今天我借欢迎远道而来的两位英国客人之际，把大家请来欢聚一堂，别无他意，我的主要目的是，不管过去的我们之间曾经发生了什么，彼此心照不宣也好，怨恨也好，委屈也好，羞辱也好，让它们都成为历史，从今以后让我们和睦相处，一起迈向幸福的明天。来，大家一起举杯，举杯一笑泯恩仇。"

大家全都举杯，共同喝下幸福的美酒和饮品。

金文辉："佟院长说的话就是我要说的话，我们一起举杯泯灭的是怨恨和委屈，可不能把恩惠也泯灭了，哪怕是滴水之恩也要铭记在心，日后有机会当涌泉相报。佟院长，听说你以前叫童先明，你与童玉兰已经姐弟相认了，何不把名字仍改为童先明。"

"我还是不改的好，佟加宣这个名字用了三十多年了，改来改去多麻烦。"

金文辉："离开了集团，我就是一个平民百姓，特别是在佟院长家里，我把自己比作一个二等公民，这不，我的座位都是比我小一辈的佟同安排的，只有把自己比作二等公民，才能不趾高气扬，处处谦虚谨慎。"

艾妮莎："金总，公民都是平等的，哪来的一等二等之分，当老板的非要把自己比作二等公民才会不趾高气扬吗？客人的座位当然是由主人安排的，哪怕主人比你小两个辈分，你也得听他的。"

王维光面向村长："依我看坐监牢的才算二等公民，被剥夺了生活自由，村长你说是吧？"

村长的前额有冷汗冒出，他内心策马奔腾，表面强装淡定："王医官说得正是，我们这里都没有坐监牢的，都是遵纪守法的平等公民。"

村长自然不知道，十多年前，王维光曾跟踪村长到崖顶，目睹村长把肖广连扔下悬崖的这一幕。

邵雨欣也不甘寂寞，假装自卑地道："要说二等公民，我们这里只有我一个人，我这个服侍人的保姆才是名副其实的二等公民。"

杨依马上纠正她的故作自卑："雨欣这就是你的不对了，我们嘉美、星呈和梦翔都是服务性行业，都是服侍人的，照你这么说，三家公司的上千个员工都是二等公民了。"

金文辉："我们这里都是遵纪守法的公民，不存在等级之分，还是艾妮莎有见解，我们生活在同一片天空，同一个国度，没有等级贵贱之分，人人都是平等的。"

佟同："大家不要再辩论一等二等了，大家吃菜吧，再不吃菜要凉了。"

大家开始吃菜享用。

佟加宣："两位远道来的女士，你们用筷子习惯吗？"

艾妮莎："习惯习惯，佟同邀请我到中国来做客，我在老家特地练了几天用筷子吃饭呢。"

爱丽娜："我也是，我来中国之前几天的一日三餐都特地用筷子，"她把一块牛肉夹到了高翔的碗中，"大家看到了吧，多么熟练。"

李亚敏："看到了，我们都看到了，你就像是常用筷子吃饭的中国姑娘。"李亚敏也把一块牛肉夹到海涛的碗中："爱丽娜，我仿效你呢，把牛肉夹到心上人的碗中，高翔和海涛一定吃在嘴里，喜在心里。"

亚敏的这句话说得爱丽娜一阵脸红，连忙为自己辩解："亚敏，可别瞎说呀，要是高总成家了，我岂不是将步入小三的角色。"

亚敏："小三和原配也是可以相互转化的，再说高总正好还没成家，正在物色对象呢，你俩要是相互中意，最好不过了。"

婉莹："接下来就看高总的了，高总如果回夹一块牛肉给爱丽娜，说明两人互相中意，一见钟情。"

高翔迟疑了一下，果断地把一块牛肉夹入爱丽娜的碗中。

两桌宴席上的人们全都鼓起了掌声，掌声落下时，泽天一个人还在鼓掌，边鼓掌边呼喊："哦，哦，高总和洋姐搞对象啦。"

王维红的儿子庆荣也鼓起掌来："我看到佟叔叔为我妈夹菜啦，我看到啦。"

王盛也在鼓掌："我看到佩芸阿姨为维光叔叔夹菜啦，维光叔叔也给佩芸阿姨夹菜啦。"

三个小伙伴的掌声带动大人们再次鼓起掌来，掌声好久才停下来。

婉珍打趣道："看这两桌宴席上除了三个读书人，只有艾妮莎和童玉兰是单身的了，大家要加把劲呢，生活圈子里有单身的男士帮忙介绍一下。"

玉兰连忙一个劲地摇手："别听婉珍的，我都五十岁的老太婆了，不想找什么对象，大家还是帮艾妮莎找吧，不过我有个不情之请，不知当讲不当讲？"

村长马上应和："玉兰，这里数你最大，而且你是佟院长的姐姐，主人的姐姐，你有什么事尽管讲。"

大家一齐呼和："玉兰阿姨，你快讲吧，我们全都听你的。"

"那我就有话直说了，今天是我丈夫肖广连的生日，不管他在世还是离世，我都要为他过生日。如果他仍在世，我提议大家一起举杯同饮，祝福他健康长寿；如果他已离世，我提议大家一起举杯，把酒洒在地上，以表示对他的祭祀和怀念，请大家接纳我的欢乐和悲伤。"

大家全都赞成，纷纷把各自的酒杯斟满，然后举杯一饮而尽。

大家又把各自的酒杯斟满，庄重地把酒杯齐胸端起，然后把杯口朝下，洒向地面。

完成了这两个仪式后，村长的额头上又有冷汗冒起，泽天感觉好奇怪："爸，今天天气又不炎热，怎么光你一个人额头出汗，而且出了两次？"

村长连忙解释："泽天，今天和这么多客人在一起，我太激动了，况且烈酒烧身，自然就出汗了。"

王维光："今天咱男士喝的是低度的柔绵型的五粮液，而且都是用的小酒盅，我注意到你最多喝了二两，咋的就烧身了，这个中缘由，恐怕……"

村长理由十足："不瞒大家说，我眼睛的余光两次瞟见窗口有一个黑影闪过，这才两次额上惊出了冷汗，为了不影响大家欢乐相聚的气氛，我没敢声响。"

金文辉："我额上也冒汗呢，村长瞟见窗口有黑影闪过，我也有这个感觉。也许是乡邻看见佟院长家里来了两位英国美女，翻过栅栏观赏来了；也许是盗贼趁佟院长家里闹猛，翻过栅栏到院子里来偷东西了。佟院长，一楼虽说停车方便，安全隐患可不少，要不叫海涛给你换个楼上的，你楼上的六楼还没人居住。"

佟加宣："我院子里就停着我的一辆轿车和丁洪伟的黄包车，盗贼总不能把轿车和黄包车翻过围墙吧，还是乡邻来看美女的因素居多。金总你说的六楼我要定了，不过不是调换，是我要买下来，给佟同和杨依做婚房用。"

爱丽娜："金总，你老帮着村长说话，你俩的关系还真非同一般，超出了翁婿关系呢。我还注意到你和村长老是夹着菜往雨欣碗里送，两位夫人姚佩芳和金婉珍就坐在你俩身旁，这有点不对头吧。"

谈悦铃："我也觉得不合适。"

金文辉："我们都是佟家的客人，而雨欣又是客人的客人，我和村长当然要对她格外殷勤了，难道我们做错了吗？"

时凤英："对客人的客人，对保姆好是应该的，就像是自家人嘛。"

爱丽娜："我看比自家人还要好。"

一阵手机的铃声打破了即将僵化的气氛，是艾妮莎来电话了，她一看来电是哥哥的："大家慢用，我到院子里去接个电话。"

佟同为艾妮莎打开了院子里的照明灯。

不一会儿，艾妮莎回到了餐桌上，兴高采烈地对大家说："报告大家一个好消息，我哥哥艾维斯明天上午到达中国，中国的女孩子贤惠善良，他是到中国来寻找另一半的，大家要帮我哥多多留意啊。"

村长满口应和："艾妮莎，一定的，一定的，这事包在我身上。"

金文辉也在一旁应和："艾维斯找对象的事我帮定了。"

艾妮莎可不领情，十分反感："村长，这事不用你操心，我说的大家不包括你和金总。"

村长："怎么了，难道我的好心换来驴肝肺？"

金文辉："我的交际范围广，电视台的女主播、报社里的女记者我都认识，咋地也把我排除在外了？"

王维光见气氛又不对了，连忙打圆场："艾妮莎下面的一半话没说下去，应该是金总和村长公务繁忙，帮哥哥找对象会分心，不打扰两位了，艾妮莎，你说是吧。"

艾妮莎："王医官，你说得并不准确，我不是这个意思，究竟是啥意思，金总和村长必然心知肚明。"

姚佩芳："为艾妮莎哥哥找另一半的事，交给我们女士们最合适。"

艾妮莎："姚总说到我的心坎里了，这世界上总有极个别的见一个姑娘爱一个姑娘的男士，介绍着介绍着，那位姑娘么，就先介绍给自己了。"

金文辉："我和村长可不是这样的人，你不能把我们同他们相提并论。"

艾妮莎："我是脱口而出，酒精起的作用，请金总和村长不要放在心上。"

李亚敏："艾妮莎，你哥的事包在我身上了，我介绍的姑娘包你哥一见就心动。"

金海涛："亚敏，你先不要夸下海口，这事要两厢情愿的呢。"

佟加宣："大家边吃边聊，接下来我们商量一下两位女士明后几天的活动事宜。"

爱丽娜："明天我和艾妮莎听从你们的安排，后天开始，我俩就要为登舞台表演做准备工作了，希望被我俩邀请到的先生和女士们要做好充分的思想准备。等会我把剧本再修改一下，人手一份，担任的角色由我和艾妮莎来决定，要按照剧本上的台词熟练地背出来，不过主要还是靠登台后的即时发挥和临场应变能力。"

家宴进入了尾声，玉兰和谈悦铃等几位女士开始收拾清洗碗筷，男士们凑合着一起帮忙，人多力量大，不一会就清洗完毕。

艾妮莎面向金文辉："今天我和爱丽娜见识了佟院长家屋的布局，听说金总您家住的是别墅，有八个卧室，我和爱丽娜今晚很想住在您家，观赏一下您家别墅的造型，您欢迎吗？"

金文辉摸不透艾妮莎动的是什么脑筋，误以为她开始转为对自己有好感了，他征求夫人的意见："佩芳，你做决定吧。"

姚佩芳："当然欢迎了，希望两位英国姑娘住在我家就像住在自己家里一样，睡得甜甜的，香香的。"

金文辉把两位女士的行李箱放在轿车的后备厢，坐进驾驶座，身旁坐着姚佩芳，后排坐着爱丽娜、艾妮莎和邵雨欣；金海涛坐进另一辆轿车的驾驶座，身旁坐着李亚敏，后排坐着村长夫妇和泽天。两辆轿车同时按响向佟家告别的汽笛，一前一后地向金家行进。

两位女士一进金家别墅，就被别墅豪华的气派惊呆了。爱丽娜："哇，这么高级的别墅，三开间五个楼层，还有游泳池。"

艾妮莎："金总，这套别墅没有三千万是买不到的吧？"

金文辉："不多不少刚好三千万，两位美女，你们希望住四楼还是五楼？"

爱丽娜："我俩希望住五楼，我们要修改剧本，到下半夜才睡觉呢。"

姚佩芳："五楼有三个卧室，你俩可随意挑选一个，每个卧室都配有淋浴房和坐浴房，你们可先洗洗一路的风尘，在坐浴房泡上个把小时，这样睡觉可香了。"

这一夜，李亚敏和邵雨欣住在了五楼和两位英国姑娘相邻的卧室里，村长夫妇和泽天住在了四楼。金文辉和姚佩芳则住在了三楼，和之前一样，每逢家里来客人，他俩都睡同一卧室。

五楼两个相邻的卧室里，爱丽娜和艾妮莎正在挑灯夜战修改剧本，李亚敏、邵雨欣则已经进入梦乡。

金文辉翻来覆去睡不着，想起五楼的两位英国美女，想起艾妮莎主动要来别墅过夜，这位少女会像雨欣一样思想前卫开放吗？他看了一眼身旁已经进入酣睡的夫人，悄悄地起了床，从衣柜的抽屉里拿出一张五万元的银行卡，再到厨房间拿上一只热水瓶和果盘，无声无息地来到了五楼。

五楼静得出奇，他看见艾妮莎住的卧室还亮着灯，便轻轻地敲起了门。门马上开了，是艾妮莎。

"金总，你还没休息？"艾妮莎指了指里间的卧室，"爱丽娜已经在说梦话了。"

五楼三个卧室的外部都设有小客厅，艾妮莎把卧室的门关好，生怕说话声把爱丽娜弄醒。

"我来给你送瓶开水和果品，为你挑灯夜战补充点能量。"

"我刚好要上淋浴房冲洗一下，冲洗好后也准备休息了，金总，你对我俩的关心还真是体贴入微呢。"

"应该的，应该的，主人关心客人嘛。"

"金总，谢谢你了。"艾妮莎把热水瓶和果盘放在茶几上，"要不，你先回吧。"

"我还有礼物要送给你呢，"金文辉从口袋里掏出一张银行卡，"这五万元的银行卡，是我送给你的见面礼。"

"金总，这张银行卡，要是爱丽娜开的门，你会送给她的吧？"

"哪里哪里，爱丽娜不是已经有高翔了吗？我是专门送给你的，不是你主动提出来要住我家的吗？"

"金总，你太幼稚了，老是想着男女亲热的事，你会白白送我五万吗？"

"艾妮莎，那当然了，我期盼我俩有一个良好的开端，我想认你做我的干女儿。"

"就单单地收我做干女儿吗？金总，你收了几个干女儿，她们都跟你上床了吧？"

"艾妮莎，这种话不能随便说的，这辈子我就收你一个做干女儿，纯粹的干女儿，至于说今后咱俩能否进一步发展，我全听你的。"

"金总，你有儿有女，为什么还要认干女儿呢，你把你夫人叫来，要是她同意，我就做你的干女儿，这五万元的银行卡，请你收回去，你快离开吧，我要休息了。"

"艾妮莎，干吗要得到我夫人同意呢？请你再考虑一下好吗，你有了我这位干爸，保证你的人生充满了精彩，今后不管你在哪里，碰到什么困难随时随地可以来找我，我就是你的靠山，是你取之不尽用之不竭的财富。"

"你看错人了，快离开吧，你的话让我越听越肉麻。"艾妮莎把他推出房门，关上房门，上了插销，心中一阵悲凉。这个金总，有这么高的地位，这么好的夫人，这么完美的家庭，富贵思淫欲，这个词语用在他身上恰如其分。

爱丽娜推开了房门："艾妮莎，我隐隐约约听到你和一个男人在说话，这个男人是谁呀？"

"还能有谁，金总呗，他想用五万元来买我的青春，真是十足的色鬼。"

"你收了没有？"

"当然没有收，收下了麻烦就大了。"

"换了我先收下再说，我可以把银行卡还给金夫人，让金夫人好好地教训他，我还可以把银行卡交给金海涛，交给金婉莹，就这样将他一军，让他收收好色的心。"

金文辉讨了个没趣，回到了卧室，姚佩芳已经睡醒转来："文辉，你上哪去了？"

"我去给五楼的两位客人送开水和果点了，她俩修改剧本够辛苦的。"

"犯得着你这样上心吗，你犯老毛病了吧？"

"佩芳，看你说的，主人关心客人，这不应该的吗？"

住在四楼的村长也翻来覆去睡不着，他在宴席上所说的两次瞟见窗口有黑影闪过，是真有其事，这个黑影会是谁呢，他不敢妄下定论。

原来肖广连在离开舞厅后并没走远，他出没在玉兰的周围，他要打探玉兰是否真的为他过生日。他潜入佟加宣的院子里，当他目睹玉兰正在为他过生日时，他心中冉冉升起一股暖流，心安理得地离开了佟家。

第37章 分手礼物

梦翔宾馆的515房间。

金文辉已经记不清是第几次来到这个房间了。今天是星期天，上午十点他就打车来到了这里U。到来之前他在市区的一家美容院全面地把脸部护理了一番，装扮得就像年轻了二十岁。

他和邵雨欣约定的时间是下午一点，他之所以上午十点就来到，是因为他还在企盼能碰到一位容貌像杨侬这样甜美的接待员。

他用的仍是贾德安的名字。

有接待员在敲他的房门："贾先生，要送开水吗？"

金文辉打开房门，只见这位接待员二十多岁的年龄，打扮得浓妆艳抹，已看不清本来的面容，尤其一身妖冶职业小西装包裹着她肥胖的身材，让他看了十分厌恶。

"把水瓶放在茶几上吧。"金文辉冷冷地说。

"贾先生，你在等女朋友？"

"是啊，怎么了？"

"贾先生，我们老总吩咐过，不能让贵宾一个人在房间里待的时间很长，要经常敲门询问一下有什么需要有什么吩咐。早先时候，报纸上报道，某地的一家旅馆有一位客人死在客房里，经法医鉴定是酒精中毒死亡，为此那家旅馆遭到了社会舆论的谴责，客人既然住到了旅馆，旅馆就要对他的生命财产负责，最后导致那家旅馆赔偿死者家属五十万，还被勒令停业整顿三十天。"

"你看我像喝过酒的人吗？宾客死在旅馆里的事例，偶然的偶然，全国几年才发生一例。"

"贾先生，话可不能这么说，我无非是想多关心你一下。另外，我看你一个人多孤独，你就不想和我聊一会，不想和我有所交往吗？"

"我和你聊天交往，聊什么，怎样交往？"

"我们可以聊天南地北，聊山海经，至于怎样交往，我们可以相互关心体贴，相互拥有。我们生存在这个城市里，每一位从身边擦肩而过的人都只是匆匆过客，在宾馆里可就不一样了，当你面对一位异性朋友的时候，你可以想入非非，当然前提是你相中了她，或者喜欢她身上的某一点。人生风景无数，谁能回头再度，珍惜当下每步，笑看春光满路，收下我的全部，健康平安常有。"

"你这个女孩说话蛮有文采的，那你说说，你喜欢我身上的哪一点？"

"我喜欢你的身材伟岸，喜欢你的成熟稳重。"

"你有什么让我喜欢的吗？"

"我身材丰满，主要的是我年纪轻。我注意到你那次到宾馆来，我们的领班杨依进了你房间两次，你那么在乎她，我的丰满身材难道不在乎？"

"如果我在乎你，你能白白地让我在乎吗，假如我是一个穷光蛋呢？"

"贾先生，你很让我失望，来这里休闲的宾客都是大款、富豪。我之所以主动敲你的房门，是因为我的丈夫得了很严重的脑病，他大脑里生了一个肿瘤，急需住院开刀，医院先要预交五万元的手续费，我东挪西借才凑了四万元，还差一万元。我知道我的长相远不如杨依，可是我有什么办法呢，将就着能服侍一个客人就服侍一个客人，总比闲着空着好吧。"

"原来是这样，你怎么不早说丈夫生了脑瘤，"金文辉从口袋里掏出一张银行卡，"这卡上正好有一万元钱，你跟我到一楼的自助银行去一趟，我把原来的密码注销后你重新设定一下。"

接待员满脸欣喜地注视着金文辉："贾先生，你真是一个好人，我叫丰妮，我丰妮会尽犬马之劳为你服务。"

客房里本来就开着中央空调，温暖舒适。丰妮脱去外套和内衣，裸露着全身让金文辉来爱她。

"丰妮，快穿好衣服，我给你一万元不是来换你身体的，穿好了跟我一起下楼去。"

丰妮满脸感激地看着金文辉，连忙穿好衣服，跟着金文辉来到了一楼的自助银行……

丰妮收好银行卡："贾先生，往后不管你啥时候来，我会把宾馆里最漂亮的女孩介绍给你，包括你的朋友来宾馆。"

"今后再说，赶快把你丈夫送医院吧。"

金文辉回到了515房间，抬腕一看手表，已临近十一点，离雨欣到来还有两个小时。他躺在沙发上，遐想着又有一位接待员来敲房门。他回味着丰妮所说的会把宾馆里最漂亮的女孩介绍给他的话语，庆慰送给丰妮一万元非常值得。

又有人敲他的房门，他迫不及待地打开，来者是穿着一身工作服的服务员。

"先生，要换床单吗？"

金文辉打量到这位女性服务员三十左右的年龄，大约一米六五的个子，脸上没有任何化妆，却有原汁原味的美丽，心里不由得为之一动。

"这位美女，我还不需要换被单，要不你在这里坐一会歇息一下，就当你是为我换床单了。"

"先生，我注意到丰妮到你房间差不多有半个小时，你还带她到自助银行，就寻思着要为你换床单了。"

"哦，其实，我和丰妮只是简单地聊聊家常，至于我俩一起去自助银行，是丰妮的丈夫生了脑瘤急需上医院手术治疗，我给了她一万元，让她凑足动手术的费用。"

"原来是这样，那我误会您了，不好意思啊。"

"没事，没事，美女，看来宾馆的收入不会高，你月薪有多少？"

"你称呼我为美女，我来到宾馆三个月以来还是第一次听到这样的称呼，先生您抬爱我了。至于我的月薪，保底工资一千元，其余按计件算，打扫一个房间五元，如果一天打扫十个房间，就有五十元的进账。"

"那如果换床单呢？"

"换一次床单两元。"

"今天我叫你做接待员的工作，你干吗？"

"宾馆有明确的分工，我们服务员只做打扫房间的事。"

"美女，我只是临时叫你做接待员。"

"我们服务员进房间打扫都是开着房门的，接待员进房间都是关着房门的。我若把房门关上，我的性质就改变了，有那么多接待员的眼睛在盯着，她们会争风吃醋，汇报到老总那里，我会被炒鱿鱼的。"

"你知道我是谁吗？你们老总高翔都得听我的。"

"您不就是贾先生吗？我之所以称您先生，是我们老总吩咐我们称呼客人要把姓字去掉。"

"称呼宾客把姓字去掉也是我吩咐高总的，你的总体人品真不亚于接待员，那些接待员虽然大多数二十多岁，比你年轻，但不能打动我的心。你虽然三十左右，但不化妆，有独到的美，你已经把我的心给打动了。我可以给你丰厚的报酬。"

"先生，谢谢您的抬爱，我还是做好我的服务员吧，基本工资加计件工资，每月差不多也有三千。我先去了，有什么吩咐可随时打服务台的电话。对了，你送给丰妮一万元说明你富有同情心，希望你不要在其他接待员面前说起送钱的事，接待员之间的相互妒忌，明争暗斗时有发生。"

金文辉看着她离去的背影，心里有一阵失落感。不喜欢的小姐不请自到主动上门，喜欢的小姐却断然离去。

宾馆有规定，为了时刻保持客房的整洁环境，每天可打扫三次房间。他把床上弄得凌乱不堪，还故意把糖果的残渣丢在地上。

他打起了服务台的电话："服务台吗，515打扫房间。"

刚刚来过的服务员又来到了，看到房间里这个样子："先生，您是存心给我生意做？"

"你的离去使我的心情很糟糕，很躁乱，我在床上翻来覆去吃了好几块糖果才把心情平复。"

服务员三下两下就把床单换上整洁的，两分钟就把地上清扫得干干净净。完了，她拿过随身带来的文件夹："先生，请您在上面签个字吧，打扫完房间要客人签字才生效。"

金文辉在文件夹上签上"贾德安"三个字，服务员又要离去，这下被他拉住了手："美女，你让我看不够，敢问你姓甚名甚，给我个联系方式好吗？"

服务员挣脱他的手："我没有手机，没有电话，我就在这里上班，我的联系方式就是梦翔宾馆，至于我的姓名，我叫范怡茹，但请您记住，范怡茹不是水性杨花、贪得无厌的女人。"

"范怡茹，我记住你的名字了。我会吩咐高总提升你做领班，工资每月可三千五，这样你就不需要每天打扫房间了，要服务员忙不过来的时候才凑合一下，你可以轻松得多。"

"先生，不麻烦您了，我还是做服务员心里踏实，按劳取酬，这才是我想要的。再说一个楼层只有一个领班，我做领班了，原来的领班怎么办，她会把我恨死的，所以，您千万不要在高总面前提起让我做领班的事。"

"怡茹，你的人品杠杠的，杠得可爱，看来今天我是离不开你了。"

"先生，您说话真甜，您对每一位中意的女孩都是这样说的吧？"

"哪能呢，我是真心喜欢你，"金文辉从口袋中掏出两千元钱放到怡茹手中，"怡茹，这是我给你的一点小费，请你务必收下。"

"先生，这是我进宾馆工作以来第一次有客人给我小费，小费是专门送给接待员的，我还真不能收。"

怡茹把钱还给他："先生，我去了，马上进入客人退房的高峰，我还想多打扫几个房间呢。"

怡茹又离去了。多次诱惑未果，金文辉满脸的丧气。他要了一份宾馆自制的餐饭，草草地吃好了午餐，一看时间已是中午十二点，心想雨欣已经在打车的路上，离宾馆不远了。

又有人在敲房门，他打开一看还是怡茹。他满脸开心："怡茹，你终于还是来了。"他把她拉进屋，把房门关上，一下子把她拥入怀里。

怡茹果断地从他怀里挣脱，推开了他："先生，您搞错了，我是来给您送信的。"

怡茹从口袋里掏出一封信交于他："一位年龄三十有余的少妇，亲自打车把信送到门卫，门卫把信交给了我，让我转送给您。这位少妇亲自送信不邮寄，怕是担心邮寄会耽误时间吧。"

金文辉接过包装得厚厚的信件，只见封面上工整地书写着："梦翔宾馆515房间，贾德安亲收。"

"门卫讲，送信的女士说这封信务必在下午一点前送到您手里。先生，领班安排我打扫三个房间，要在半小时之内完成，宾客等着入住呢。"怡茹说完打开房门，头也不回地离去了。

金文辉惴惴不安地拆开了信封，抽出了信纸，心神不定地阅读起来——

尊敬的金总：

　　在我的心目中，您就是一位深受人爱戴、敬仰的企业家。当徐进发第一次把我介绍给你，我俩在515房间相融在一起，我便觉得，我是一个幸福的女人。我明明知道，你是一个有家室的男人，你不可能给我一个完美的未来，可是不知道为什么，我竟会迷上了你，你送给我手机，送给我买衣物的钱，我把你当成了依靠，也当成了依赖。说真的，原本只知道你想玩弄我，可是你在玩弄我的过程中让我得到了您的温馨，以致我陷入你爱的旋涡而无法自拔，我不知道自己为什么会变成这样，也许你真的太懂女人的心了吧。

跟你在一起的日子里，你把我当成了最疼爱的人，我需要什么，你从不吝啬，让我感觉到你对我是多么的重要，你就是我生命中的一道永远也离不开的阳光。我的生活习惯了你的存在，我会在任何时候牵挂着你，做梦都想和你在一起。我尽力地控制着我对你的爱欲，对你的爱已经装满了我的整个世界。

我知道，最初的相遇我是被你的糖衣炮弹击中的，渐渐地迷失了自己，而且再也无法自拔。我会爱上一个有家室的男人。我根本没有想到会放手，也没有力量放手。

说真的，做村长的保姆，同村长的交往，我完全是在应付，只想草草了事，可是和你相会，却是真心地付出，毫无保留地付出，你感觉到了吗，体会到了吗，我想你一定会感觉到、体会到。

你可能不会想到，在无数个夜深人静的日子里，我根本就无法入眠，因为我满脑子全是你伟岸的身影，我无数次告诫自己，不要去想你，忘了你吧，可是我越是不让自己去想你，脑海里却满满的都是你。我觉得很无奈，又觉得好幸福。

在拥有你之后，曾经又有多少个男士在我的世界里走过，我都会不加理睐，任凭他们去单相思。因为我已经拥有你，你就是我生活中的奇迹，你的到来让我窒息，无力反抗。我清楚你我之间原本就是一个梦，一个没有未来的无言的结局，我也知道你不可能为了我放弃你幸福美满的家庭。但是我已经迷失了方向，倘若我的生命中缺少了你，我根本就活不下去，所以不管爱得有多荒谬，我都不在乎。我心甘情愿做你的女人，甚至于还想过要为你生儿育女，留下我们相爱的结晶。

我的人生道路上，我真心爱上的是我的丈夫。真的难以想象，我居然会真心爱上又一个你，而且爱得那么刻骨铭心，爱得那么无法释怀，这真是一个奇迹。

可是就在昨晚，昨晚在佟院长家里举办的宴席上和宴席后，我突然醒悟和后悔了，我怎么成了破坏他人家庭的第三者，那么鬼迷心窍地喜欢上你，我觉得我好傻，傻到简直失去了心智。您的夫人姚佩芳是多么知书达理，多么贤惠善良的一位女士，您一次又一次地把菜夹到我碗里，她明明看到了却装着若无其事的样子，多么大度、多么气派的一位女士。我敢说天底下再也找不到这样的女士，这样的女士才配你拥有，可是你为什么不珍惜、不爱护呢？您的夫人是上帝赋予你的最珍贵的礼物，如果您再不珍惜爱护，我相信上帝会惩罚您。

您可能会认为，世界上哪来的什么上帝，完全是人类编造出来的，但您作为共产党人总会有信仰吧，您信仰共产主义一定会实现，您在入党宣誓时要忠诚党的事业，可是您对夫人忠诚吗，她为您生儿育女，让金家的血脉代代相传，您对得起她吗，对得起您的一双儿女吗？

我要对您说，您要真心地去爱佩芳，把所有对女人的爱转移到她身上，这样您就拥有了真正的幸福。

这是我写给您的分手赠言，不要打电话给我，我的手机号码已换掉。我将回到我的丈夫身边，用对丈夫更加深切的爱来弥补我曾经对他的背叛。

徐村长那边，我也将用书信的方式和他告别，同时我将辞去保姆的工作。如果这个世界可以重来，我真心希望我从未遇到过您和村长。

也许在数个月后，在火车站的街面上，您会看到我新办的中介公司，我把店名起好了，叫"欣欣中介。"

最后，请您收下我送给您的最珍贵的分手礼物，永远地收下，一生一世地收下，永远不要分离。

邵雨欣 即日

金文辉心潮澎湃地看完了这封信，内心说不出是喜还是忧，只感到五味俱全。他揣测着雨欣分手的礼物，这分手的礼物究竟是什么呢？他的眼眶有点潮湿，他被信中流露出来的雨欣的真实情感深深打动了。

时针指向下午一点，房门有"咚咚咚"的敲门声，他忙不迭地打开门。

门口站着的是素雅淡妆、美目流盼的姚佩芳，她穿的是新婚时的那套礼装，时隔三十余年，这套礼装穿在她身上依然魅力无限。

这就是邵雨欣送给我的分手礼物，最珍贵的永远值得珍藏的礼物！

金文辉很会见机行事，有超强的应变能力："佩芳，我终于把你等来了，你还是把我当成你的文辉，我好感动。"

"文辉，我的文辉，我上午接连接到海涛和婉莹的电话，他俩告诉我你在风光无限的梦翔宾馆的515房间等我，让我在一点之前赶来和你共度美好时光，他俩讲你不好意思打，委托儿子女儿打，文辉，咱俩都几十年的老夫老妻了，别不好意思啊！"

金文辉瞬间明白了，是雨欣委托儿子和女儿打的电话，是雨欣安排了他和夫人的相约。他原本潮湿的眼眶盈出了两滴泪水，为雨欣也为佩芳。

"文辉，你流泪了？"佩芳拿过茶几上的纸巾为他擦去泪水，又用这张纸巾擦去自己脸上的泪水。巨大的幸福神秘地降临在他俩中间，他把佩芳紧紧地抱在怀里："佩芳，我再也不会冷漠你了，我要重新来爱你。"

"文辉，你吃过午餐了吗？"

"我以为你不会来了，就独自吃了简餐，你呢？"

"我还没吃呢，咱到宾馆开办的饭店吧，你再陪我一起吃。"

在饭店里，他们点了好几个菜。文辉不时地把菜夹到佩芳的嘴边，佩芳也不时地把菜夹到文辉嘴边，他俩貌似恩爱如初，甜蜜无比。

"佩芳，你知道吗？我现在拥有的一切都是姚家给的，你爸爸给了我地位，你给了我家庭，让我们拥有了三个儿女。"

"文辉，咱俩还分你我吗？咱俩是一家人，你拥有的就是我拥有的，再说我们拥有的一切还有咱爸金兆和的奠基。"

"佩芳，我曾经做了那么多对不起你的事，你会计较吗？"

"我哪会计较啊，我也有过错，咱俩都存在不足的地方。让我们推翻过去，就像是一堵歪着有裂缝的墙壁，咱俩同心协力一起推翻它，咱们重新再砌一堵钢筋铁骨的墙壁，呵护着，守卫着咱俩的爱情，护佑着咱们的后半生。"

"佩芳，我会永远记住你这番话的，昨晚咱俩在佟院长家相聚，今天咱俩在梦翔宾馆相聚，在佟院长家的相聚意义重大而深远，他请了那么多的客人，最终一举多得，好事连连，佟院长真是睿智过人。"

"文辉，我感觉唯一欠缺的是玉兰还没找到孙女，要是玉莲找到了，玉兰再找到伴侣，那就完美了，我心里也就没有缺憾了。"

听佩芳提起玉莲，金文辉不免心神又一动，他的心是多么容易改变，玉莲的可爱模样又在他脑海里挥之不去了，善于逢场作戏的他一时无语应对。

"文辉，你在想什么，怎么不说话了？"

"我在想玉莲不知去了什么地方，哪一天才能回到亲人们的身边。"

佩芳最懂丈夫的心，在这样的场合她是不能道破他的内心世界的，良好的开端理当努力维持："文辉，咱不去管玉莲的事了，儿孙自有儿孙福，咱多吃点菜。"说完她又把一块牛肉夹到丈夫嘴边。

停车场有汽车的鸣笛声，他俩一起向停车场望去，只见两辆轿车上分别走出来的是海涛和亚敏、洪伟和婉莹；还有高翔、爱丽娜和艾妮莎，艾妮莎的身旁挨着一位蓝眼睛男士，他们的身后是佟加宣和王维红。

他们一起向饭店走来，艾妮莎向金文辉夫妇俩做着介绍："这是我的哥哥艾维斯，我们上机场迎接后直接上这里的饭店来了。"

金文辉同艾维斯热烈握手。

这是迟到的午餐，他们转移到一张大圆桌上，满满地点了一桌菜。

他们边吃边聊。佟加宣："我们接到一位不愿透露姓名的神秘女士的电话，让我们到梦翔宾馆来见证金总和姚总经理爱情复苏的甜蜜时刻，我们生怕时间来不及，就相约在这家宾馆吃午饭了。"

大家一齐起立，向金文辉和姚佩芳报以热烈的掌声。

艾妮莎："我们还要把掌声献给佟院长和王维红，王维光和姚佩芸，高翔和爱丽娜三对新的爱人。"

掌声更加响亮，连绵不断。

李亚敏："今天下午的活动安排得很紧凑，午餐后我和海涛要带领艾维斯兄妹俩到金辉房产去观摩，我要当一回红娘……在座的其他客人可按自己的喜好随意自由活动。"

金婉莹："昨晚在佟院长家的相聚让我明白了一个道理，在爱情的道路上，对看中的对象要果断大胆追求，不能害羞和退缩，你害羞和退缩，看中的对象就会给他人追去了。"

佟加宣："谁说不是呢，我昨晚邀请王维红到我家做客，我是预先做好追她的打算的。"

佟加宣的话说得王维红低下了头，手也不知道放在哪儿了。

姚佩芳："咱们选个良辰吉日把新人们的喜事给办了。"

金文辉："咱们索性把气派搞大点，在市里招募两百对新人在嘉美举办集体婚礼，我明天就让报纸电视台做宣传，把声势搞大，市面撑足。"

大家全都赞成。

这顿午餐来得迟，收得快。两点不到，他们分别进行各自的活动。

金文辉和姚佩芳仍然回到515房间，延长他们的甜蜜时刻。

徐进发是在离开佟加宣回到双岭村后的第三天收到邵雨欣的来信的，雨欣不愿同他一起回双岭村，他就感觉到不太对劲。他从信封中抽出信纸，细细品读着：

尊敬的徐村长：

你是双岭村的领头人，你的一举一动关乎着村民们的利益。我曾经读过报纸上宣扬你带领村民们防汛抗洪的文章，你身体力行，不畏险难冲在第一线；你在日常工作中为村民排忧解难等等，这一点毋庸置疑。正因为如此我崇拜你，敬仰你，后来通过姐夫的介绍成为你的保姆。我承认，最初的一段日子，为了养家糊口，我迎合你的需要，甚至左右逢源于你与金总之间。现在回想起来，我是多么的荒唐无知，我将受到人类道德的谴责。

那一夜你带我去祭拜山神庙，其实我是反感的。为了逢迎你我去了，之后发生的那些怪事，你不觉得都是人为的吗？为什么石头后面会出现"坦白从宽"，接着又出现了"常存慈悲心，具足福德相"的发光字，我相信，这完全是针对你的。你在双岭村做过什么坏事，得罪过哪些村民，你自己心里最清楚。希望你该坦白的要彻底坦白，该交代的要早日交代，以求得法律的从宽处理。

那天晚上佟院长邀请咱们到他家吃晚宴，佟院长让在座的人们消除遭受的怨恨和耻辱，举杯泯恩仇。在座的客人中有权有势的当属你和金文辉，你俩有过什么勾当，做过哪些见不得阳光的事，你俩应该心中有数。接下来我要赞扬一位女性，你的夫人金婉珍，她相夫教子为人和善，对你从来不设防。我坐在你和金文辉中间，你不时地把菜送到我碗里，婉珍在乎了吗，她明明知道我做你的住家保姆就是照顾好你，逢迎好你，她在乎了吗？婉珍是天底下最善解人意、最豁达大度的妇女，值得你一辈子拥有和珍惜。

别了，村长，我的保姆身份到此结束，在佟院长的家庭宴会上就此结束。如果你还想要找一位住家保姆，不消几天后，你会在火车站的一条街上看到我开办的"欣欣中介"的公司，你若委托我我一定会帮你寻找。当然，我开办中介公司还有另一个目的，那就是向来自四面八方的全国各地的找工作的人们打听肖玉莲的消息，为童玉兰，为时凤英尽一份绵薄之力。

　　最后我祝愿我曾经崇拜过的村长成为村民们口碑载道的好村长。

邵雨欣　即日

村长从头到尾一口气把信读完，像泄了气的皮球一样瘫坐在沙发上。

第38章 特别招聘

　　由爱妮娜编剧、艾妮莎导演的舞台剧《莲花朵朵》即将进入排练阶段。为了降低成本节约开支，原先在佟家相聚的部分人物已被艾妮莎邀请担任其中的演员。爱丽娜已把剧本分发给他们，让他们按照自己担任的角色进行熟悉。只是最后两位采花大盗的角色和五位红领巾的小演员还没敲定，艾妮莎和杨依正准备在嘉美国际娱乐城的舞厅现场招聘。

　　离正式招聘还有半个时辰，她俩商议由谁来担任采花大盗一号二号，最后一致认定金文辉和徐进发最合适。

　　艾妮莎打通了金文辉的电话："金总吗，你在忙吗？"

　　"艾妮莎，是我，我不忙，你想我了，愿意做我的干女儿了？"

　　"金总，是呀，我认你做干爹了，这下你开心了吧？"

　　"开心，当然开心了，那天在我家我就对你说过，我是你的靠山，是你取之不尽的财富。"

　　"金总，我是做你舞台上的干女儿，你是我舞台上的干爹。"

　　"舞台上的干爹和干女儿，是这样啊，舞台上的表演来源于生活，取之于生活，甚至高于生活，比现实生活更精彩，这有啥区别呢，一码事。"

　　"金总，这是两码事，我导演的舞台剧《莲花朵朵》，以寻找肖玉莲为背景和素材，我担任的角色是采花大盗的干女儿，我的干爹是采花大盗，我想邀请你担任采花大盗甲的角色。"

　　"什么，你让我扮演采花大盗，这不坏了我的名声吗？"

　　"金总，这毕竟只是上舞台演出，是虚拟的角色，你可以用化名。你扮演采花大盗有一定的功底，就像你那天在你家给我送银行卡送果盘那样，你是多么真诚。你只要稍做演练即可，如果我邀请别人来扮演采花大盗，完全是生疏的，要花相当的时间来排练，我们没这个时间，再说这样的演员我们很难找到……"

"我不想担任这个角色，传扬出去会给我的生活和家庭带来麻烦，人们会捕风捉影，弄得满城风雨，那就不好了。"

"金总，我刚才不是说可以用化名的吗？观众又不知道你是谁。再说了，电影和电视剧中有很多反面角色，他们给家庭带来麻烦了吗？他们依靠扮演反面角色赚了不少钱，生活那是更上一层楼。我们要招聘两位采花大盗，与此同时，还要招聘五名担任莲花仙子的小女孩，你的外孙泽天，王标的儿子王盛和王维红的儿子吴庆荣，都是担任莲花仙子的小演员，如果你有朋友的女儿想担任莲花演员的，可以推荐一下。"

"担任莲花小演员的我可以帮忙物色一下，艾妮莎，有采花大盗必有护花使者，你让我当护花使者吧。"

"担任护花使者的人物可多了，有佟加宣、王维光、高翔、金海涛、丁洪伟等，你是挤不上了。"

"那把我和他们的其中一位调换一下不就好了吗？"

"金总，他们都没有采花这方面的经验，这次演出《莲花朵朵》时间紧，任务重，你就不要再推卸了，毕竟我扮演你的干女儿呢，请你支持我。"

"艾妮莎，那咱们演着演着能否真的成为舞台下的干爹干女儿，就是生活中的那种关系？"

"这就要看你舞台上的表演了，如果表演逼真到位，得到观众的认可，我决定不管在舞台上还是舞台下都当你的干女儿。"

"真的吗，那我采花大盗这个角色当定了，你现在就叫我一声'干爹'好吗？"

"嗯，干爹，我要……我要抱抱。"

金文辉听着骨头都发酥了："艾妮莎，你真够仗义，我的小宝贝，我马上到你招聘现场来拿剧本，顺便来观摩一下你怎样招聘五位小美女，我还可以帮你出谋献策呢。"

艾妮莎和金文辉打电话的同时，杨依正在给徐进发打电话："徐村长，在哪呀，我是杨依。"

"杨小姐吗？我在城里呢，村里的事情我都安排好了，乘泽天放暑假，我准备在城里多待几天。"

"我和艾妮莎正在招聘演员，给你个角色怎么样？"

"什么角色，我能行吗？你们演什么节目。"

"舞台剧《莲花朵朵》，让你扮演采花大盗乙的角色。"

"采花大盗，采什么花？"

"采莲花，就是小姑娘扮演的莲花。"

"小姑娘扮演的莲花我可采不来，也不敢采，要是大姑或者少妇扮演的莲花我会毫不犹豫地去采，这是我的拿手好戏。"

"徐村长，要是老太婆扮演的即将枯萎的莲花，你会去采吗？我们是让你扮演采摘即将枯萎的莲花的采花大盗。"

"杨经理，你太会打趣了，我当然不会去采了，你会去采吗？"

"徐村长，如果让我扮演采花大盗，只要是剧情需要让我采枯萎的莲花，我一定会去采。你太不够仗义了，你还不如金总能屈能伸，艾妮莎让金总扮演采花大盗满口应承。"

"金总也要扮演采花大盗，这不是不打自招吗？我可不相信。"

"金总马上要到招聘现场来，你来吗？你来了可亲自问他，我们在嘉美的舞厅。"

金文辉和徐进发先后来到了招聘现场。

艾妮莎："欢迎两位官人光临招聘现场，我们之所以要演出《莲花朵朵》的舞台剧，是为了关爱青少年的苗壮成长，斩断伸向校园的魔爪，让青少年长大后成为建设祖国的栋梁。"

杨依："爱丽娜和艾妮莎最初的打算首先要演出帮助单身的男士和女士相亲的文艺节目，那天在佟院长的家宴上，爱丽娜以自己的方式表达了对高翔的爱恋，佟院长仿效了，姚董事长仿效了，而且非常成功，真可谓一石三鸟。所以现在改为演出《莲花朵朵》的舞台剧了。现在最难找的就是扮演采花大盗的两位演员，因为一般情况下，一个家庭的女主人是不会让自己的丈夫扮演采花大盗的。好在金总已经同意扮演了，我们已经有了一位。"

金文辉："这不就是演个反派角色吗？而且我准备用贾德安的名字，上了舞台我是采花大盗，下了舞台我还是金总。"

村长："爸，这么说您同意扮演采花大盗了？"

"我当然同意了，为了演出的需要，就是让我扮演地痞流氓我都在所不辞，贤婿，你准备扮演什么角色？"

"杨经理也邀请我扮演采花大盗，可我采的是老太婆扮演的即将枯萎的莲花。"

杨依："村长，她哪是老太婆，跟你闹着玩的，她是我们的特邀演员，你的夫人金婉珍。"

村长愣住了，同意也不是，反对也不是。

金文辉："贤婿怎么了，还在犹豫不决，我的女儿你不采，难道去采别人？"

村长马上回过神来："我演，一定要演，拿出真本事来演。"

艾妮莎："采花大盗的两个人就是金总和徐村长了，"她把剧本交给他俩，"从今晚开始，你俩要把台词背个滚瓜烂熟，到时不要卡壳了。"

金文辉："我是不会卡壳的，不用台词照样演得得心应手，演这样的角色举手之劳。"

村长："爸，我比您差一截，这台词我一定要背熟的。"

舞厅四周的散座上，陆陆续续地坐下来几十位来观摩的客人，艾妮莎看见哥哥和周萍也来到了舞厅，就邀请他俩一起上招聘的主席台。

艾维斯昨天在李亚敏的安排下去参观了金辉房产的办公大楼，与周萍一见钟情。

招聘又将开始，按照规定，来现场应聘的女孩将朗诵一首唐代的诗歌。

一位妈妈牵着女儿的手来应聘了，小姑娘朗诵的诗是李白的《静夜思》。小姑娘的朗诵有声有色，表情丰富。艾妮莎问一旁的金文辉："金总，这个小姑娘怎么样？"

金文辉："小姑娘口齿清晰，长得漂亮，扮演莲花就是她了。"

艾妮莎把剧本交给小姑娘："小姑娘，你扮演的是莲花仙子，回去按照剧本的要求好好练习，正式排练再通知你。"

小姑娘向他们敬了个少先队队礼，蹦蹦跳跳地牵着妈妈的手离去了。

又有一位女士牵着小姑娘的手来应聘，她们来自一所实验小学的文艺表演队。小姑娘朗诵的诗歌是杜甫的《春夜喜雨》：

好雨知时节，当春乃发生。
随风潜入夜，润物细无声。
野径云俱黑，江船火独明。
晓看红湿处，花重锦官城。

小姑娘的朗诵同第一位一样，艾妮莎和杨依交口称赞。杨依问村长："这个小姑娘怎么样，可以入选吗？"

村长不屑一顾地说："你还是问金总吧，我采的是即将枯萎的莲花。"

金文辉："这小姑娘我喜欢，理当入选。"

杨依把剧本交给小姑娘……

第三位来应聘的小姑娘朗诵的诗歌是白居易的《暮江吟》：

一道残阳铺水中，半江瑟瑟半江红。

可怜九月初三夜，露似真珠月似弓。

小姑娘的朗诵声情并茂，马上获得了艾妮莎和杨依的认同，金文辉更是赞不绝口，这位小姑娘有玉莲的风韵，举手投足之间，说话的声音都酷似玉莲，他问小姑娘道："小姑娘，你来自哪里，叫什么名字？"

"我来自福利院，我的名字叫向依莲。"

"你同谁一起来的？"

"我同福利院院长一起来的。"小姑娘指了指坐在散座上的一位阿姨。

金文辉从艾丽莎手里接过剧本交给向依莲："小向，回去按照莲花仙子的台词认真练习，不懂的地方向你们院长请教，上了舞台可不能忘词哦。"

接下来前来应聘的两位小姑娘朗诵的是孟浩然的《春晓》和柳宗元的《江雪》，他们朗诵的表情和音质也不在前三位之下，但长相一般般。

艾妮莎征求金文辉的意见："金总，这两位小姑娘虽然长相普通，但富有表演能力，你看要否留下？"

金文辉连连摇手："不行不行，莲花小姑娘要人见人爱，不能录用。"

杨依："莲花小姑娘要戴莲花帽穿连衣裙的，脸面长相不是很重要，她俩身材还是挺好看的，要不录用吧。"

金文辉："既要看身材，又要看脸面，全面发展这不更好吗？"他指了指散座，"那边还坐着两位没面试的小姑娘呢，咱们先不打发她俩离开，可作备用。"

艾妮莎和杨依遵从了他的意见，让两位小姑娘回到散座上听候处理。

最后两位应聘小姑娘的朗诵表演不尽如人意，但长相可爱。艾丽莎和杨依坚持要留用听候处理的两位，而金文辉坚持要留用这两位。

金文辉："艾丽莎，凭你的导演能力，完全可以把她们的表演水平发挥到最佳，你应该相信自己。"

艾妮莎："是你说了算还是我说了算，我不是说过吗，这次演出时间紧，任务重。"

金文辉："你让长相一般的女孩当莲花姑娘，我这个采花大盗演了真没劲，会影响我发挥的，我是不想演了。"

徐进发："你不演我也不演了。"

周萍看出了他俩在故弄玄虚："两位不要卖关子了，我们艾导演可以重新找人。"

金文辉："我可不是在卖关子，进发，你演你的，我演不演与你无关。"

艾妮莎决定做出让步，短时间内要找到采花大盗甲的演员确实不容易："大家听好了，最后两位应聘的小姑娘应聘成功。"

……

金文辉得意地露出了笑脸："就是嘛，这样我演出才带劲。"

艾维斯同金文辉亲切握手："金总，您亲自来到招聘现场为我妹妹出谋献策，真是平易近人，您选中的小姑娘真的十分美丽，您的眼光真不错，慧眼识珠。"

周萍："我们金总看美女那是一看一个准，从来没有看走眼的。"

金文辉："小周，你如果年轻十岁，莲花小姑娘当数你最美。"

艾妮莎："周萍，我哥能找到你这样才貌双全的美女，这次中国之行太值得了。"

杨依："为了预防万一，假如莲花小姑娘有哪位或者生病或者家中有急事不能登台了，我建议周萍作为替补的莲花小演员，就是你的个子有一米七，你能下蹲着身子扮演吗？"

艾妮莎："杨依的建议提醒了我，我提议让周萍来担任莲花天使的领舞，这样就不用下蹲了。"

艾妮莎的提议获得了大家交口赞成。

艾妮莎宣布招聘结束，众人陆陆续续地散去，招聘台上只剩下艾妮莎和金文辉两个人。

艾妮莎收拾好文件，见金文辉还不离去，就问道："金总，到了午餐时间了，你咋还不回家吃午餐？"

"艾妮莎，咱俩现在是父女关系了，午餐不应该在一起吃吗？"

"那今天我请你，咱俩可一起到一楼的员工食堂。"

"你觉得我会跟你去员工食堂吗？还是我请你吧，咱到外面的大酒店。"

"金总，上大酒店又要消耗我几个小时，这几天我真的很忙。"

"这不培养父女之间的感情吗？感情深，在舞台上一定会表演得更真切；感情浅，在舞台上表演就会格格不入，显得很尴尬。咱俩共进午餐完了后，还可以更亲密地接触，加深情感。"

艾妮莎对他真是没辙，为了让他扮演采花大盗甲的角色，不再节外生枝，她决定顺从他。

"金总，咱上哪家酒店呢？"

"城北的锦明大酒店，开车大约二十分钟。"

"你先上轿车等我，我去洗手间方便一下。"

艾妮莎来到了洗手间，打通了艾维斯的电话，请他支招。

艾妮莎坐上了金文辉的轿车，她让他把车开得很慢，她说要欣赏一路上的市容市貌。经过百货大楼，她又嚷嚷着要逛百货大楼买金首饰，买化妆品。金文辉全都满足她，为她买这样买那样。

他俩过了中午十二点才来到锦明大酒店，在锦明大酒店的餐厅里，金文辉让艾妮莎点菜，艾妮莎只点了一荤一素一汤。金文辉又点了三个荤菜，一瓶葡萄酒。

金文辉不时地给艾妮莎敬酒，一瓶酒很快见底。

艾妮莎佯装醉酒，任由他架着进入客房部的815房间。在此之前，艾妮莎特地把自己的挎包遗留在餐厅。

金文辉是艾妮莎在嘉美上洗手间的当儿预订这个房间的。

金文辉得意扬扬地把艾妮莎扶到床铺上让她躺下，艾妮莎佯装醉得不轻："干爹，我要抱抱，我要抱抱。"

房门口响起一阵急促的敲门声，金文辉忙不迭地打开门，门口站立着一位服务员，告诉他："贾先生，您在一楼餐厅用餐时，遗留了一个价值不菲的挎包，请您去认领。"

金文辉一看自己的挎包，好端端地安放在茶几上，不耐烦地道："我没有遗留挎包。"

"贾先生，我们捡到的是一只女式的挎包，是您的女朋友遗忘的。"

"请你给我送上来。"

"我们酒店有规定，认领贵重物品要有认领者签名的，签了名才可以领走，您还是自己去餐厅领取吧。"

金文辉急急匆匆地到一楼领取了挎包，再回到八楼，看准了815房间的牌号推门而进，关好房门。

床铺上躺着的是周萍，金文辉傻了眼。

原来艾维斯和周萍早就来到了锦明大酒店，他们买通了八楼的领班，趁刚刚金文辉去一楼领取拎包的当儿将813和815房间的标号临时进行了调换。

"金总，你怎么走到我的房间了？"

"周萍，床上躺着的明明是艾丽莎，怎么变成了你？"

"这我哪知道，你走错房间了吧。"

金文辉打开房门一看，这才看清自己进的是813房间，他想肯定是自己急于进房间看花了眼，把813看成了815了。

趁金文辉进"813"房间的片刻，两个房间的标号又被调换过来，名副其实了。

周萍妩媚可爱的模样又让金文辉转向猎取周萍："周萍，其实我与艾妮莎只是逢场作戏，你知道我喜欢你好些年了，你就成就我这一次吧。"他一步步挨近周萍，眼睛里放射出邪恶的光。

"去你的，你还是回你的815房间吧。"

周萍把金文辉推到815房间，只见艾维斯正在训斥艾妮莎："妹，为了利用金文辉扮演采花大盗，你竟以身相许，坍了我的台。"

艾妮莎哭哭啼啼："哥，小妹不胜酒量，多喝了两口，身不由己了。"

"幸亏我打车一路跟踪你，要不然你就被金文辉毁了。"

金文辉站在门口进也不是，退也不是。艾维斯回头看到他，大骂起来："金总，你简直就是个衣冠禽兽，我妹要是被你糟蹋了，我可饶不了你。"

金文辉开始为自己狡辩："艾维斯，请你说话注意分寸，艾妮莎有点头晕，我让她上客房休息一下。"

艾妮莎马上转变了态度："哥，干吗对金总发火，我与金总是父女关系，金总也是一片好心，我喝多了，让我上客房休息，这不很正常吗！"

艾维斯也转为心平气和："是吗，那我误会了，金总，刚才我说话多有冒犯，请别见外，请别放在心上。"

金文辉："没事，没事，我金文辉，怎能把你几句话放在心上。"

艾维斯："金总，咱既然开了房间，也不要白白浪费，要不今晚让周萍陪同我妹睡815房间，咱俩睡813房间？"

金文辉向来有随机应变的本领："可以可以，锦明的客房我还是头一趟来，设施还真不亚于星呈和嘉美，我正想享受一下。"

……

第39章 莲花朵朵

五幕舞台剧《莲花朵朵》经过紧张的排练和最后的彩排，将在嘉美国际娱乐城的大剧场如期演出。娱乐城的大厅和大剧场门口的荧屏上，十位莲花小天使可爱灵秀，夺人眼目，领舞的周萍更是风采迷人，像仙女来到了人间。银幕轮番播映着内容简介：

> 少年儿童是祖国的未来和希望，是社会主义现代化建设的接班人。党和国家历来关心和重视少年儿童的健康和成长，少年儿童的健康成长关乎着万千家庭的幸福安宁，保护好未成年人是全社会的共同责任。近年来，猥亵和性侵少儿的恶性事件时有发生。斩断伸向少年儿童的黑手，对侵害未成年人的行为严惩不贷，震慑不法之徒，廓清社会风气，用法律的利器为孩子们撑起一片风清气正阳光灿烂的蓝天，是我们每一个中华儿女义不容辞的责任。舞台剧《莲花朵朵》正是依据这样的中心思想，以寻找肖玉莲为主题，向我们昭示了保护未成年人茁壮成长的迫切性和重要性。
>
> 主演：向依莲
>
> 联合演出：贾德安、徐进发、佟加宣、金婉珍、金婉莹、周萍、杨依、丁洪伟、王维光、徐泽天、王盛、吴庆荣……

大剧场售票处上方的显示屏上，显示着门票的售价从一百元至三百元不等。

人们争相排队购买，两千张门票从出售当天就全部售空。

时至晚上七点，《莲花朵朵》正式开演，大剧场座无虚席。

观众席上端坐着化妆成父子俩的肖道成和肖玉莲。

都市电视台正在进行现场直播。

随着舞台下观众席上的照明灯熄灭，舞台上的帷幕渐渐拉开，舞台后方的背景荧幕上，映现出都市日报的头版头条寻找肖玉莲的启事，省市电视台的主播寻找肖玉莲的文字。

舞台两侧的显示屏上显示出：第一幕 玉莲你在哪里

舞台中央，周萍和十位莲花天使都身穿红色莲花裙，头戴红色莲花帽蹲伏在地，他们的脖子上都系着红领巾。随着舞台前沿乐池中乐手们的音乐声，她们挥动双臂缓缓起立，周萍站在呈一字儿排开的莲花仙子前沿率先起舞。随着乐曲的节奏变化，舞台两侧的候演区分别走出由佟加宣、王维光、高翔、丁洪伟扮演的路人甲、乙、丙、丁。莲花仙子们手举画有肖玉莲画像的标牌移动到他们的身旁。

向依莲扮演的莲花仙子来到路人甲身边："叔叔，向您打听个人，您看见过照片上的这位小女孩吗？"

路人甲向她摇摇手，表示没看见。

其他莲花仙子先后来到路人乙、路人丙、路人丁的身旁，向他们打听肖玉莲的下落，他们都说没看见，不知道不认识。

李亚敏朗诵的"肖玉莲，你在哪里，我们想你，我们爱你，我们呼唤你回家"的旁白音回响在大剧院上空，萦绕在观众们的耳际，令人伤感，催人泪下。

观众席上的半爷和玉莲被舞台上的真情表露深深感动。

玉莲："半爷，这么多人在关心我，寻找我，我真的好感动。"

半爷用食指比住她的嘴巴，示意她不要说话，以免被旁人听见。

舞台中央，周萍和九位莲花仙子或仰天呼唤，或垂首叹息，最后他们呈圆圈移步退回到候演区，只留下向依莲在独舞。

独舞的向依莲，优美的舞姿飘逸而清雅，飘逸得犹如尽情挥洒的雪花，清雅得就像随风摇曳的柳枝，她细碎的舞步时而如流水般急促，时而如流云般轻柔，时而又如雨点般轻快。每一个定点，都引来台下观众阵阵热烈的掌声。她时而抬腕低眉，时而轻舒双手，娇美处如粉色莲瓣，举止处有幽兰之姿。她把自己比作了肖玉莲，边舞边呼唤："爸爸妈妈爷爷奶奶，肖玉莲爱你们，肖玉莲爱你们。"

此时，九位莲花仙子从舞台两侧的候演区横移碎步来到舞台中央，他们把向依莲围在中间，手拉手形成一个圆圈，一起呼唤："肖玉莲，你终于回来了，我们爱你，我们都是你的好朋友，你再也不要离开我们了。"他们的呼唤声一直延续到舞台上方的灯光渐渐暗淡。

舞台两侧的显示屏上显示出：第二幕 莲花颂歌

舞台上方的灯光又徐徐亮起，第二幕开启。舞台后方的背景荧屏上呈现出旭日东升的蓝天下，池塘里朵朵莲花张开了笑脸，用它的美丽芬芳拥抱着阳光。舞台两侧的候演区同时旋转出身穿七色莲花裙的十位莲花仙子。莲花瓣瓣，冉冉盛开，一层一层往外展开的花瓣，娇艳欲滴，婀娜多姿。转眼间他们停止了旋转，用双手抚摸着莲花裙、莲花帽，尔后他们又连连张开双手，把阵阵芳香散发给观众。

亭亭玉立的莲花仙子背对观众，身体慢慢向后形成了弓形，最后双手落地，他们用双脚和双手支撑着身躯。这时舞台左边候演区的鼓风机把一阵阵轻风吹向莲花仙子，舞台上呈现出五颜六色的波涛汹涌。

舞台后方的背景荧屏上转眼间显示出一轮明月，月光下仿佛碧玉一般的莲叶挺立在水中亲密无间地连成一片，一朵朵莲花紧紧依偎着碧绿滚圆的莲叶，在轻柔的月光沐浴下，更加清秀雅洁，妩媚可爱。

舞台中央的莲花仙子排成两列面向观众，他们或仰面观望闪闪的星空，或低眉摆弄自己的倩影，最后他们一齐鼓掌欢迎歌星金婉莹来到舞台。

金婉莹身穿紫色的莲花裙，头戴紫色的莲花帽，从候演区来到舞台中央，展示她那美丽动人的歌喉，在乐队的伴奏下把《莲花颂歌》唱响：

> 日出时你在水中张开笑脸
>
> 在阳光下展现你的高雅
>
> 风儿把你的花瓣摇曳
>
> 花艳五彩缤纷　花香四面八方
>
> 日落时你在水中依然傲放
>
> 在月光下显示你的圣洁
>
> 风儿把你的花瓣摇曳
>
> 花艳光彩夺目　花香令人忘返
>
> 哦　莲花　清澈亮丽的莲花
>
> 那么多人为你赞美　那么多人为你留恋
>
> 迷恋你莲花　你净水出芙蓉　玉洁冰清
>
> 喜欢你莲花　你自然去雕饰　高贵明丽
>
> 请让我轻轻地把你抚摸
>
> 请让我轻轻地把你亲吻
>
> ……

舞台上的帷幕在慢慢闭合，《莲花颂》的歌声还在回荡，舞台下的掌声震耳欲聋，舞台两侧的显示屏显示出第三幕《淫雨淫风》。

观众席上，肖广连和肖玉莲沉浸在感动之中。

从第一幕开始就把摄像机对准舞台的电视台记者把镜头对准了观众，此时观众席上及四周的灯光齐刷刷地亮起，观众们翘首等待第三幕的开始。

帷幕渐渐拉开，舞台后面的背景荧幕上，展现的是校园风光，宽敞明亮的教室，蓝莹莹的大操场。少年儿童姿势端正地坐在教室里，听老师讲课。舞台的场景是春意盎然的校园，左侧是校园的出口，出口处站立着维护秩序的两个保安。

放学的铃声响了，莲花仙子们走在最前面，他们排成两列手拉手地走出校园，来到舞台中央。

忽然间，背景荧屏上风云突变，乌云翻滚，雷电骤闪，不一会就哗哗哗下起了大雨。莲花仙子们随着音乐的节奏赶紧蛰伏在地，他们从书包中掏出小雨伞，然后全体起立，撑着雨伞前后左右轻移碎步。他们面向观众把雨伞旋转，展现出不惧风雨的勇敢形象。他们把莲花裙抚平紧贴身体，生怕被雨淋皱淋坏。淫雨淫风连绵不断，忽然一阵狂风吹来，他们全都后退了几步，最后双膝跪地，但他们马上挺立起继续前行。又是一阵狂风吹来，此刻，由徐泽天、王盛、吴庆荣等五位小伙伴扮演的身穿绿色风衣的蜘蛛侠冒着风雨用他们编织的稠密的蜘蛛网在莲花仙子们的头顶上方拉起了一道白色的帐篷，雨珠从屏障的四周滑落，莲花仙子在屏障下再现英姿，舞姿轻盈时如春燕展翅，舞姿欢快时如鼓点跳动。五位蜘蛛侠手顶帐篷把莲花仙子罩在中间，舞台上方五颜六色的灯光照射着他们，形成了一幅极为壮观的图像——婉约遮风似彩屏，豪放挡雨像屋檐。

或许是淫风淫雨不愿再伤害可爱美丽的小天使们，风雨渐渐停歇。舞台西边一道彩虹绚烂夺目，莲花仙子们舞动莲花裙，朝着美丽的彩虹奔去。与此同时，舞台上的帷幕慢慢地在合拢，舞台两侧的显示屏上继而显示出第四幕《护花使者》。

观众们的目光全都聚集在舞台中央。随着帷幕的渐渐开启，人们看到，舞台上的背景屏幕是一轮红日喷薄欲出，朝霞漫天别样红，山河壮丽，都市繁华出现。舞台中央的场景是，曙光初照的马路边，由金婉珍扮演的环卫工人身穿橙色马甲工衣，正在擦洗防护栏。

音乐声响起，由周萍扮演的班主任带领十位莲花仙子走向防护栏。她们都穿着学校的校服，上身特地穿上了橙色的马甲工衣。

周萍的莲花裙和莲花帽换成了白色的，莲花仙子们的莲花裙和莲花帽换成了绿色的，唯有向依莲还是红色的。

周萍面向金婉珍："阿姨，为了从小培养少年儿童热爱劳动的好习惯，今天我们一起帮你擦洗防护栏。"

金婉珍："太感谢你们了，少年儿童是祖国的花朵，祖国的未来，你们要注意安全，当心来回的车辆。"

莲花仙子们同声应答："阿姨放心吧，我们会注意安全的，我们还有橙色的马甲警戒工衣保护着呢。"

莲花仙子们在班主任的带领下分开距离挥动布巾开始擦拭防护栏，防护栏越擦越干净，越升越高的红日把防护栏照耀得闪闪发光。

马路的慢车道上，由丁洪伟扮演的黄包车夫拉着黄包车从候演区走了过来，黄包车上坐着由金文辉扮演的干爹即采花大盗甲和由艾妮莎扮演的干女儿。这辆黄包车是特制的双排型，前后可坐四个人。

金文辉曾再三交代艾妮莎他在舞台上的化名是贾德安。

贾德安一眼就看见了向依莲，连忙招呼丁洪伟："停车，快停车。"

艾妮莎的右手挽着贾德安的胳膊："干爹，停什么车呀，几个擦防护栏的小女孩，莫非你喜欢上了？"

贾德安："干女儿，你把手松一松，我要去帮女孩们擦汗水。"

艾妮莎："你犯得着吗，我就是不松手。"

贾德安从口袋里掏出一叠百元大钞："莎莎听话啊，干爹不会亏待你的，你先坐后排去吧。"

艾妮莎接过钱钞放在挎包里："这还差不多。"她坐到了后排。

丁洪伟停下了车，贾德安从车上走下来到向依莲的身旁："小妹妹，看你都出汗了，叔叔帮你擦一下。"

贾德安从口袋里掏出纸巾，左手拉住了依莲雪白的手臂，右手伸向她粉红色的脸。

"不用你擦，"依莲挣脱他的手掌，"你坐你的黄包车吧。"

"小妹妹，我的心肝宝贝，你叫向依莲吧，叔叔是心疼你，看你这么瘦，叔叔要请你上宾馆美美地吃一顿。"

贾德安拦腰抱起依莲，坐上黄包车，命令车夫："快把车拉向锦明大酒店。"

依莲在贾德安的腿上挣扎，丁洪伟站着没动。艾妮莎："干爹，你对一位未成年的小姑娘心怀鬼胎，你太过分了。"

贾德安又从口袋里掏出一叠百元大钞传到身后："莎莎，别坏了干爹的好事，你要配合好我才是，干爹不在世上了所有的家产都是你的。"

　　贾德安再次命令车夫拉车，车夫拉动了车。这时，周萍和九位莲花仙子齐刷刷地拉住了黄包车，周萍责问贾德安："你是哪里来的豪门，光天化日之下竟敢如此放肆。"

　　贾德安："一个小小的班主任，竟敢拦我的车，我看你一年也赚不了几个钱，要不做我的干女儿，我给你买房买车，如果你认我这个干爹，就请坐到后排去。"

　　周萍："做你的美梦吧，你究竟有几个干女儿？"

　　艾妮莎："干爹，你想把我甩了另寻新欢是吧，我才不会让班主任上车呢。"

　　乐池中鼓声点点，由佟加宣、高翔、金海涛扮演的110巡逻特警从候演区开着警车来到黄包车身旁，他们问明情况，不等贾德安狡辩，把他摁进了警车。

　　舞台下掌声又起，人们为巡逻特警维护一方安稳的举措而欢呼："公安民警好样的，公安民警好样的。"

　　周萍和莲花仙子又加入劳动的行列，他们在金婉珍的带领下又来到了另一条防护栏边擦拭。

　　擦拭完毕，周萍和九位莲花仙子向金婉珍挥手告别。

　　金婉珍和向依莲手拿垃圾夹子，把马路边的垃圾一个个地夹起，放在随手提着的畚箕里。

　　今天化了淡妆的金婉珍虽说已过了三十的年龄，但身材苗条，满脸都是温柔，满身尽是香气，原先走路一瘸一拐的她经过长期锻炼，走路已同正常人相差无几。

　　舞台右侧的候演区，昂首阔步走出徐进发扮演的采花大盗乙，他肩上挎着一个包，右手持一把折扇，边走边扇着自己的面部。

　　他一眼就看到了正在捡垃圾的金婉珍和向依莲。

　　他先凝望着金婉珍的脸面，只见她凝脂般的雪肤之下，隐隐透出一层胭脂之色，双睫微垂，一股少妇羞态，确是娇艳无比。

　　他不敢连续凝望，怕动了淫心收回了目光。

　　他禁不住又向她凝视，更见她美貌动人，俏丽如三春之桃，清素如九秋之菊，眉梢眼角皆是春意，一双水汪汪的眼睛像要滴出水来，似笑非笑。眼珠灵动，另有一股动人气韵。

　　掠情成瘾的他再也按捺不住自己的心态，他悄悄然地走向她，一副正人君子的模样，把折扇扇向她的脸面："环卫女士，你辛苦了。"

金婉珍避过他的折扇:"先生,我没辛苦,国家给我一份报酬,我就应该有一份付出。"

他盯着她肤白如鲜藕的双手,恨不得上去摸一把,他在寻找时机,见四下无人,他掏出纸巾:"美丽的环卫姑娘,你手上弄脏了,我帮你擦去。"

他握住她的左手,用纸巾擦去她左手的龌龊:"这下干净了,干净的手真好看。"

金婉珍十分感动:"先生,我当环卫工这些年来,你是第一位帮我擦手掌的男士,你的心地真善良。"

徐进发:"我在马路上从来没有看见过像你这么美丽的环卫工人,你美得让我不愿离你而去,我看马路上没什么脏东西了,日照当头,要不你跟我上宾馆休息一会?"

"上宾馆休息吗,怎样个休息呀?"

"就躺在床上休息呀,还用我教吗?不光是休息,我还有报酬给你,一万元的报酬,抵你做三个月的环卫工。"

金婉珍假装喜气洋洋:"先生,真有这么好的美事?"

"难道你不相信吗?"他打开挎包,露出几叠一万元的百元大钞。

金婉珍没有反应,他以为她乐意了,拦下了一辆出租车。抓住她的手掌就往出租车的后排推。

"先生,慢点,我女儿上厕所回来会找不见我的。"

"你还有个女儿,多大了?"

"今年十二岁。"

"太好了,咱等她一起去吧。"

向依莲从候演区来到了金婉珍的身边:"妈妈,这辆出租车做啥的呀?"

徐进发:"环卫女士,你女儿长得比你还标致,你是我连接你女儿的嫁衣。"

金婉珍:"什么是嫁衣啊?"

"还用我解释吗,你们母女俩可以轮流伺候我。"

"流氓,臭流氓。"金婉珍骂人的声音很低,她担心会招来过往的行人看热闹。

"你骂人的声音真好听,让我更加喜欢你了,你是佯装不肯从了我,实际上内心也喜欢我吧。美丽的环卫姑娘,你知道吗,我的住家保姆刚刚辞职离我而去,我闷闷不乐了好几天,今天遇见了你,我的心情又舒畅了。特别是你还有个十二岁的女儿,她已经发育成一个大姑娘了。"

金婉珍忸忸怩怩地任凭他把她推进了车,把女儿也推进了车,三人一起坐在出租车的后排，徐进发坐在中间。

徐进发有点得意忘形，一路上抚摸金婉珍的大腿和手臂，让坐在一旁的向依莲看了好不自在。

徐进发又把目标转向向依莲，正要抚摸她，被金婉珍扇了一个耳光："畜生，你看看这是什么地方？"

舞台上的灯光有片刻的暗淡，是装台工人把舞台装成了派出所的场景。

原来徐进发一路上光顾着快活，竟不知道扮演司机的丁洪伟把他送进了派出所。

金婉珍跨出出租车，指着徐进发大骂："臭流氓，不安心在家守着自己的婆娘，到处寻花问柳，竟然还把黑手伸向我女儿，送你到派出所关几天，清醒清醒头脑。"

徐进发如梦初醒，这才知道上了这位环卫美女的当："你……你捉弄我？"

扮演警官的佟加宣和高翔给徐进发戴上了手铐，关进了拘留室。

由李亚敏朗诵的旁白音回响在大剧院上空："保护少年儿童，保护未成年人的健康成长，是全社会的共同责任，让我们敲响警钟，用法律的利器为孩子们撑起一片风清气正的蓝天。"

……

舞台两侧的显示屏上显示出：第五幕 红色接班人

又见舞台的帷幕渐渐开启，舞台后方的背景荧屏上，是蓝莹莹的天空，轻风洋溢的校园，校园的操场上，鲜艳的五星红旗迎风飘扬。

十位莲花仙子系着鲜艳的红领巾，抬头挺胸，齐步来到舞台中央，庄严地唱响了少先队队歌：

> 我们是共产主义接班人
> 继承革命先辈的光荣传统
> 爱祖国 爱人民
> 鲜艳的红领巾飘扬在前胸
> ……

歌声完毕，莲花仙子手擎"我们是祖国的花朵"的塑制标牌，向观众们高高举起。

他们转身，手擎"我们是祖国的希望"的标牌，向观众们高高举起。

他们再次转身，手擎"我们是祖国的栋梁"的标牌，向观众们高高举起。

由佟加宣朗诵的旁白音在大家耳边，在千家万户收看现场直播的人们的耳边响起："全社会都要关心少年儿童的健康和成长，少年儿童的健康成长事关家庭幸福和民族未来，保护好未成年人就是保护祖国的未来。让我们同心协力，中华儿女心连心，和谐社会同携手，祝福祖国的明天天更蓝，山更绿，水更清，经济更繁荣，国家更昌盛，人民更幸福。"

莲花仙子再次唱起了少先队队歌，舞台的帷幕随着少先队队歌的结束而慢慢合上。帷幕中间显示出"剧终"的字样。

舞台下掌声雷动，帷幕又徐徐地开启，全体演员有秩序地两个一组，三个一组，十个一组地从舞台后方走到前沿，向观众谢幕。

童玉兰、肖道成、时凤英把向依莲揽在胸前，久久不愿分开。

舞台上的帷幕又渐渐合拢，舞台下的掌声又滚滚而来，欢呼声一浪高过一浪。

舞台上的帷幕又徐徐地开启，全体演员按照个子的大小排成三列再次向观众谢幕，他们一齐鼓掌向观众们致谢。

舞台下的观众们意犹未尽，高喊："再来一个，再来一个……"

爱丽娜对这次演出做了充分的准备，她手举无线话筒走向舞台中央："为了感谢大家对这次演出的厚爱，我们再增加一个节目，由周萍表演歌舞《我的遐思》歌曲演唱者金婉莹，现在让我们把舞台交给周萍和金婉莹。"

舞台上的其他演员分别进入候演区，当起了观众。

身穿红色连衣裙的周萍挥舞着红色的绸带横步来到舞台中央，展现她清新自然感人肺腑的舞姿。她把彩带挥舞成一个又一个圆圈，她时而仰天叹息，时而捶胸顿足，时而阔步向前，时而碎步后退。舞台左侧的金婉莹手举话筒，美妙的歌声回荡在剧场中央，清脆入耳——

> 追随过你的身影　伴和过你的微笑
> 我迎面向你走来　你却不曾把我拥抱
> 不曾　不曾　从来不曾
> 我给你真心的面容　你却给我离去的背影
> 忽略我的目光　无视我的存在
> 为什么　为什么　到底为什么
> 你曾经丰满了我的遐想　充盈了我的憧憬

可是我不敢深入地期盼　不敢长久地等待

为什么　为什么　究竟为什么

月光洒在原野上　原野顿时变成了银色的海洋

月光洒在柳树上　柳树仿佛披上了银色的绸带

我的目光游移在你的身上　你却无知无觉丝毫没有反响

我的热情倾注在你的周围　你却断然回避丝毫没有回应

我曾无数次地向你绽放我的美丽　你却视而不见丝毫没有对答

这是为什么　这是为什么

你为什么不让我的心田充满美好的希望

伤痛悄悄地已随时间冲淡

忧愁默默地已随岁月风干

我知道你是为什么　我知道你是不得已

如今　我们都有了心上的人儿

让我们相互祝愿　相互祈福

如今　我们都有了心上的人儿

让我们相互祈福　相互祝愿

……

　　两位少女的情影随着帷幕的慢慢合拢在观众的视线中消失。观众席上的大多数人们都不知道歌舞的真正含义，恐怕只有金文辉和金海涛才能领略其中的奥秘。原来金文辉近些年来经常出入金辉房产的办公大楼，他对看中的女子——周萍穷追不舍，哪怕儿子与周萍已经有了恋情。金海涛发现了父亲追求周萍的苗头，为了维系父子关系，无奈之下不得不放弃周萍另寻他人。

　　大家把热烈的掌声献给周萍和金婉莹。两位少女含着热泪向大家谢幕。

　　全体演员再次来到舞台中央，向大家谢幕。

　　舞台下的人们没有一个散去，姚佩芳神采奕奕地走向舞台向大家宣布："大家晚上好，为了关爱少年儿童的健康成长，我和姚佩芸、高翔商量决定，我们将从这次演出的收入中拿出五万元，再从今年上半年的收入中拿出四十五万元，总共五十万元捐献给中国少年儿童基金会……"

　　台上台下再次掌声雷动，经久不息。

　　……

第40章 友人心语

美酒佳肴迎挚友，名楼雅座待高朋，这是梦翔宾馆新近更换的悬挂在位于宾馆南面百米处的横幅。宾馆的515房间内，金文辉手托腮帮，沉浸在奢侈的回想与遐思中。

昨晚演出刚结束，他就坐在停车场的轿车里等待艾丽莎上车，想到舞台上的干女儿马上要成为现实生活中的干女儿了，心里不由得一阵激动。他向剧场的出口处望去，只见艾妮莎、高翔和爱丽娜正并肩从出口处走出，他想高翔有自己的轿车，爱丽娜十有八九是上高翔的车。他之前与艾丽莎约定，散场后他在停车场等她，艾妮莎满口应承。

正如他预想的那样，爱丽娜上了高翔的轿车，高翔把车开走了，艾妮莎却还在踌躇。

他来到艾妮莎身旁："艾妮莎，你还在犹豫，上车吧。"

"我在等我哥哥，他跟我说好散场后一起去周萍家的。"

"你不是答应我散场后跟我走的吗，怎么又变卦了，散场的人这么多，也许你哥早就已经和周萍离开了。"

金文辉走出驾驶座，打开副驾驶座的车门，硬是要艾妮莎上了车。

"金总，我们去周萍家好吗？"

"去周萍家，我们会影响她和你哥的交往，我们去梦翔宾馆吧。"

"金总，梦翔宾馆开车要一个小时，今晚我太累了，我想回您的家，和李亚敏住在一起。"

"艾妮莎，希望你许下的诺言要算数，你让我扮演采花大盗，说得多好，叫得多亲热，还要我把你抱抱。"

"金总，我是看中您的演技，看您在舞台上表演得多自然贴切，恰到好处。

演出结束了，观众们还在呼唤'贾德安'的名字，在此我得感谢您对我的工作和支持，《莲花朵朵》如果缺少了您，我还真不知道到哪去寻找像您这样的演员呢。"

"艾妮莎，我是看在你认我做干爹的份上才出演角色的，你真的要违背你的诺言？"

艾妮莎不想过分伤他的心："金总，我是说今晚我太累了，咱明天好吗？明天您说个时间地点。"

金文辉做出了让步，强扭的瓜不甜，他不喜欢品尝："好吧，那就明天吧，明天中午十二点在市区第一百货商店的大门口，我等着你，咱开车一同前往梦翔宾馆。"

"金总，一同前往就免了吧，我一个黄头发的外国女孩特别招眼，加上您的身份也不简单，我上您的车一同前往梦翔宾馆，说不定还会有记者拍照跟踪，我还是单独自己去吧。"

"那我下午一点在宾馆的515房间等你，希望你不要让我失望。"

金文辉侧过身子抓住艾妮莎的手掌亲吻了一下，驾车向自家的别墅开去。

金文辉同以往一样，凡是和美女相约总要提前几个小时，虽说约定时间是下午一点，但他上午九点就来到了梦翔宾馆。他还在奢望有一位像杨依一样美丽的接待员会主动上门和他聊天，甚至和他有进一步的亲密接触。

时间已过去了半个小时，没有一个接待员来敲房门，他显得有些无聊和焦虑。

他来到了阳台上，注视着不远处的风光，让心灵贴近自然，让心田归于平静。他眺望着碧蓝的天空、幽静的峡谷、成荫的树木、烂漫的山花、清澈的小溪，不免感慨万千："和自己喜欢的美女在这美得让人迷醉的大自然中相会相爱，这不正是自己所追求的人生境界吗？"

他又眺望到山坡上各种奇花异树不约而同地泛黄泛红，黄得纯粹，红得似火，把他渴望的心也燃烧起来。没有接待员的敲门，他开始后悔不应该把同艾妮莎的相约时间定在下午一点，而是应该同时相约在上午九点。

有人在敲房门了，他连忙从阳台上来到门口，打开门一看，还是那位浓妆艳抹的丰妮。

"贾先生，我是特地来感谢您的，您送给我的一万元钱，救了我丈夫的命，我丈夫经过开颅手术治疗，病情大有好转，昨天已经出院，在家调养一阵后就可以正常上班工作了。"

"丰妮，不用谢我的，只要你丈夫身体好，就是送你十万元也是应该的。可是你曾经对我说过，要把宾馆里最漂亮的接待员介绍给我，这事咋样了？"

"贾先生，你别急嘛，我是事先来告诉你的，我给你介绍的那位女孩，她感冒发烧了，正躺在床上休息，我总不能把一个病秧子介绍给你吧。"

"你说她是病秧子，她经常生病吗？"

"差不多吧，不久前拉肚子，这两天感冒发烧，高总正打算把她辞退呢。"

"她住在哪里，你带我去看望她。"

"她被隔离在三楼最靠里的一个房间，贾先生，你还真不能去看望她，我担心她会传染给你。"

"丰妮，我有自备口罩的，不会被传染，你也戴上口罩，咱俩都不会被传染。"

在金文辉的一再要求下，丰妮和他一起戴着口罩来到了生病女孩的房间。只见女孩背对着他俩，脸朝着窗户，不时发出痛苦的呻吟声。

金文辉走到她面前，她用被单遮住脸面。

他问丰妮："她服药了吗？"

"服了两天了，还是不见好转。"

"像她这个状况应该赶紧送医院打点滴，不能再拖了。"

"上医院打点滴要花很多钱的，她来上班没几天，身上怕没这么多钱。"

他从衣袋里掏出两千元钱："丰妮，这钱你收好，你把女孩送到离宾馆最近的医院去治疗吧。"

他退回到门口，丰妮给女孩戴上口罩，扶着她走出了房间，按照他的吩咐去做了。

他回到了515房间，一看手表已临近十一点，便按电话要了一份简餐，细嚼慢咽地消磨时光。

他想起了范怡茹，多日不见不知还在不在宾馆，便打起了五楼服务台的电话："服务台吗，打扫房间。"

"您是515房间的贾先生吧，我们马上就来。"

"范怡茹在吗，要是在的话，你叫她来吧，她打扫房间特别认真。"

"贾先生，她正在另一个房间打扫呢，您还得再等五分钟。"

五分钟后，范怡茹来到了，一身工作服的她脸上还是不施粉黛，显示出她天生的美。

"贾先生，多日不见别来无恙？"

"小范，你关心我了，你还是那么美丽，让我一见到你就有一种心动的感觉。"

"贾先生，你又来挑逗我了，刚才丰妮进你房间了，你应该对她心动才是，我都三十几的妇女了，丰妮三十还不到。"

"小范，喜欢一个人不是看年龄的，主要看相貌和气质，你就是四十岁我也会对你心动。"

范怡茹边说边整理着房间："那天我看见您夫人进你的房间了，她的相貌、她的气质最应该让你心动，何况她还是一位大公司的总经理，你有了她为什么还不知足呢。"

"你教训我？你真的不喜欢钱财吗？假如你喜欢，我马上可以给你两万元。"

"我喜欢靠自己劳动所得的钱财，靠出卖肉体获得的钱财，我看见了都会恶心。"

"小范，像你这样的女子世界上真是少见，你和我相好，你又不会缺少什么，你怎么就不领我的情呢？"

"贾先生，这世界上并不像你所说的女人为了钱就可以出卖自己，我们服务员中像我这样的女子多的是，要不我再请一位服务员到你的房间来，长相和身材都比我好看，比我还年轻，三十还不到。"

听说有比范怡茹更年轻漂亮的女子，金文辉更加淫心荡漾："那你就快把她请来吧。"

范怡茹很快就把这位女士请来了，金文辉注意到，这位女子果然相貌不凡，无论从哪方面都超过了范怡茹。

他把她迎到里屋，关上房门："这位姑娘，你叫什么名字？"

"我叫林琳，双木林，林字左边加一个王字，组成了我的名字。"

"名字真有气派，你是林中之王，森林之王。"

"我才不是森林之王呢，森林之王是老虎，我像老虎吗，老虎是要吃人的，我会把你吃了吗？"

"林琳，我倒希望你把我吃了呢。"

"贾先生，您这话什么意思，让我琢磨不透。"

"我的意思是，你可以把我俘虏。"

"我一个小女子，怎么能把你一个大男人俘虏。"

"林琳，那我把你俘虏，你愿意吗？"

"怎么个俘虏法，把我的双手捆起来，绑在椅子上，让姐妹们来看我的笑话？"

金文辉连连摇了摇手："不是的，不是的，你是假装不明白，你说一个男人把一个姑娘俘虏，还能做什么事，"他从口袋里掏出一张银行卡，"这银行卡上有一万元钱，你愿意做我的俘虏，任凭我摆布，这张银行卡就是你的了。"

"贾先生，我昨晚在电视里看《莲花朵朵》的现场直播了，你扮演的是采花大盗甲的角色，真没想到你在现实生活中也是这样的一个人，你让我不可思议。"

"林琳，咱不说舞台上的事，我是真心喜欢你，你我相识是咱俩的缘分，这缘分来之不易。只要你从了我，你就有享不尽的荣华富贵，梦翔总经理的位置我也可以给你做。我甚至可以把你承包，承包到白头偕老。"

"哎呀，吓死我了，真没看出贾先生是这么厉害的人物，您真的有能耐让我当上梦翔宾馆的总经理？"

"那当然了，你当总经理，高翔当董事长。"

"金总您这么抬举我，我还真感到力不从心呢。五楼的服务员和接待员都看见我进了你的房间，我当了总经理，还不知会招来多少流言蜚语呢，至于你要把我承包还真不是时候，等下辈子吧。"

"林琳，咱不管那么多，"金文辉把银行卡塞到她手里，"你只要被我承包半个小时，哪怕十分钟都行。"他堵在了门口。

"金总，您听我说，您让我当总经理，三岁小孩都知道是一个谎言，我已经在你房间里待了半个小时了，你快让我走吧，要不我报警了。"林琳把银行卡退还给他，冲着堵在门口的他大喊。

金文辉面对这样的女子还真是没有办法，他让出了开门的把手："林琳，等你想通了随时可以打我的电话，"他从挎包里掏出一张贾德安的名片，"这上面有我的联系方式，你去吧。"

林琳收下名片边开门边对他说："不瞒您说，我老公是这里的保安队长，你就是借我十个胆我都不敢做你的俘虏。"

林琳离去了。数分钟后范怡茹又来到了房间内："贾先生怎么样，并不是所有女子都是见钱眼开的。"

"小范，可是女子利用自己的美貌多赚钱也很正常啊。有了钱，你走路腰杆子都特别挺特别硬，没有钱，你将一事无成，人人都瞧不起你。"

"贾先生，你这话乍一听还真有道理，可是细细分析，假如每个漂亮女子都靠自己的美貌去赚钱，抛弃自己的家人，到外面招蜂引蝶，这社会还不乱了套。我听说你的真实身份了，你的所作所为同外界宣传的形象太不相符了。昨晚我加班到九点钟，今天上班听员工们讲他们大多数都看了《莲花朵朵》的现场直播，那个扮演采花大盗的贾先生演得出神入化，他们说你就是采花大盗的扮演者，你怎能把舞台上的一套带到现实生活中来，舞台和现实生活是两条平行的路线，当然也有可能交叉在一起，但受客观条件的制约和束缚，就像两个家庭一样，过着各自的生活，如果设想让两个家庭的女主人翁对换，那就有悖于人类的伦理道德了。"

"小范，你说话滔滔不绝，看来真是来教训我的，我也有个人的喜好，谁没有七情六欲，我出大价钱买自己喜欢的，这算得了什么？"

"我不能自取其辱，让人戳脊梁骨的事咱从来不干。贾先生，我要告诉你，你知道丰妮在来到你房间之前，得到了谁的指令吗？"

"谁的指令？"

"是你的夫人姚佩芳，她打探到你今天早早地就来到了宾馆，就马上和高总，和丰妮取得了联系，她直接给丰妮的银行卡上打去了两万元钱，关照让她的丈夫不要急着上班，应在家休养个一年半载，痊愈了才能考虑上班的事。贾先生，您怎么老是忽略您夫人的存在呢！"

金文辉的双眉拧在了一起，心想姚佩芳还真是厉害，今天明明是上班的日子，可自己的一举一动还是都掌控在她的手里。还有做事一根筋，死板固执一点都不开窍的范怡茹，竟然也站在夫人一边成了夫人的说客。他不能再无谓地浪费时间了："范怡茹，我相信你说的都是真的，我从来不强人所难，你去忙你的吧，我还是那句话，碰到有困难的时候，随时可以来找我。"

金文辉把自己的名片送到她手中："这上面有我的联系方式，请你一定收下。"

范怡茹收下名片离去了。金文辉抬腕一看手表，时针已指向中午十二点，他只能耐心等待艾妮莎的到来了。

他又来到阳台上，注视着停车场。刚好有一辆出租车开到停车场，他看到出租车里走出来的是丰妮。他在脑海里打了个问号，丰妮怎么这么快就回来了，上医院一个来回起码得两个小时。

丰妮下了出租车直接来到515房间，把一封信和两千元钱送给金文辉："贾先生，这是那位感冒发烧的女孩让我转交给你的，你一定要耐心把它全部读完。"

金文辉惊愕不已："丰妮，这到底是怎么回事？"

"贾先生，信上全都写着，您拆开来看就知道了。"

丰妮把房门关上，头也不回地离开了金文辉。

金文辉坐在沙发里，忙不迭地拆开了信封，抽出信纸，一字一句地读了起来——

尊敬的金总：

首先让我衷心地感谢您在《莲花朵朵》中的精彩表演，您扮演的采花大盗表情丰富，感情真挚。观众们为您狂呼，为您精湛的演技拍手交赞。《莲花朵朵》应亿万大众的要求，还将在全国各大城市巡回演出，希望您一如既往地扮演好自己的角色，在舞台上绽放光彩。

金总，说真的，我很想做你舞台下的干女儿，可是我认可的干爹应该是一位作风正派、淳朴正直的男士，他会指引我前进的方向，赋予我生活的力量，在我遇到困难和挫折的时候，鼓励我，慰勉我，让我增强自信，提高勇气，重拾对追求美好生活的向往。

未来的世界属于中国。在中国的这一段日子里，我的所见所闻告诉我，中国是一个非常美丽富饶、富有魅力的国家，但也存在着许多不是。不知从何时起，有些富豪做干爹认干女儿成为一种时尚，进酒吧泡妹子成为一种奢侈；贫富差距悬殊，社会公德缺失，拜金主义泛滥，假冒伪劣、坑蒙拐骗层出不穷，犯罪猖獗，大案要案急剧上升。该清醒了金总，多做一些对党和人民有利的事，履行好自己的职责，这正是我作为一个外国友人所希望和期盼的。还有，这件事我不得不说，在昨晚的演出中，周萍最后加演的歌舞《我的遐思》，您细细品味，您一定知道周萍的苦衷，周萍亲口对我讲，您明明知道她一心追求的是海涛，可是你每次到金辉办公大楼总要到周萍的办公室去看望周萍，不时地对她说些挑逗的话语。当李亚敏来到金辉房产后，李亚敏与海涛的恋爱关系已经明朗化，为此周萍识趣地停止了追求海涛的行为，这时你对周萍变本加厉，周萍差点成为您的俘虏。另外，在李亚敏没去金辉房产之前，海涛之所以没有答应周萍的追求，正是发现了您对周萍的喜欢而导致他犹豫不决，骑虎难下。

金总，我今天上午早早地来到了梦翔宾馆，我分明看见您九点钟就去了515房间，什么原因您自己清楚。本来我打算在九点半进入您的房间对您进行劝诫的，后来想想实在不妥，于是我与丰妮串联好，扮成了感冒发烧的女孩。您让丰妮陪同来看望我，还给丰妮两千元钱送我上医院治疗，不久前您还送给丰妮一万元让她治丈夫的脑病，说明您并未泯灭良心，并没从本质上变坏。相信您会走出好色的阴暗泥潭，迈上充满阳光的康庄大道，您仍会是人人尊敬的企业家。

当您收到这封信的时候，我和艾维斯还有周萍已经在飞往伦敦的班机上了。周萍和我哥在伦敦待两天后就要回中国，因为她要赶上《莲花朵朵》在全国会演的日子。

因诸事繁多，无法分身来和你面谈，只能以此书信来表示我的意愿。

顺带说一下，你给我看病的两千元钱，我委托丰妮还给你了，在此我表示衷心感谢。

忘了告诉您了，我在《莲花朵朵》扮演您的干女儿角色，已由爱丽娜顶替。希望您和她密切配合，在全国的巡演中更上一层楼。祝愿您走上崭新的路，进入新的生活。

当您读完这封信的时候，时针将指向下午一点，您会收到我送给您的礼物，一份弥足珍贵的礼物。

艾妮莎 即日

金文辉读完了这封信，说不出是失望还是绝望，满心的压抑在房间里回荡。谈悦铃、邵雨欣，一个个地都离他而去，新的追求又时时得不到。他的目光又停留在艾妮莎信中的最后一行字"您会收到我送给您的礼物，一份弥足珍贵的礼物"，他想艾妮莎学邵雨欣的样子，这份弥足珍贵的礼物不就是自己的夫人姚佩芳吗？

时针正式指向下午一点，有人在敲门了，他打开门看见的却是他的女儿金婉莹。

"爸爸，"金婉莹扑向他的怀里，"让您久等了吧，这么山明水秀、风光旖旎的风景区，您还是第一次请我来游玩。"

金文辉激动得抱住了女儿："婉莹，爸爸因公事繁忙，从小到大就没有抽出时间陪你好好地游山玩水，今天就让我带你玩遍这里的山山水水，赏遍这里的花花草草。"

婉莹离开了爸爸的怀抱，从挎包里拿出一封厚厚的信件："爸爸，我还有礼物要送给您，这是艾妮莎让我亲手转交给您的，里面是她从小到大的照片，她扮演您的干女儿，在你们排练的第一天，她就让爸爸妈妈寄来了这些照片。"

金文辉从信封里抽出了一摞照片，他看到了艾妮莎出生的一百日照片、五周岁的照片、十周岁的照片、十五周岁的照片、二十周岁的照片，一张比一张美丽，一张比一张成熟。他还看到了艾妮莎写的一张纸条："金总，还有五个月我将跨入二十五周岁了，以前我的照片都是我爸爸给我拍摄的，我二十五周岁的照片，希望由您来拍摄。"

金文辉的眼眶再次湿润了，婉莹用纸巾擦去他的泪水，拉起他的手，走出了宾馆，他们来到了山坡上，感受着大自然的多彩芬芳，沉沦在一道道的美景之中。

他俩远远地看到，高翔和爱丽娜正手挽着手向他俩走来。

爱丽娜："金总，过几天我导演的《莲花朵朵》将在全国巡回演出，艾妮莎把扮演您干女儿的角色交给我了，您不会厌弃我吧！"

金文辉："哪能呢，哪能呢，我求之不得还来不及呢，我在舞台上有两个干女儿，在现实生活中有两个亲女儿，四个女儿都是我的心肝宝贝，我会像捧珍珠一样把你们捧在手中，不会让你们沾上一点世俗的尘埃。"

爱丽娜："您在《莲花朵朵》扮演的角色尺寸把握得恰到好处，惟妙惟肖，让我十分敬佩。"

金文辉："全靠艾妮莎配合得好，你会像艾妮莎一样配合我吗？"

爱丽娜："相信我吧，我毫无疑问会默契地配合你。"

高翔："金总，爱丽娜虽然是个导演，嘴上说得多，但她做演员的演技同艾妮莎完全可以相媲美，某些方面还可以超越艾妮莎，我也巴不得来扮演采花大盗呢。"

金文辉："高总，我很想把这个角色让给你，但必须得到爱丽娜的同意，爱丽娜，你说呢？"

爱丽娜："高翔你就算了吧，舞台上的功夫是舞台下日积月累的，你没有根基，你平时挽我的手脸都红到耳根，上了舞台出洋相就没辙了，你演不好金总扮演的角色，你就当好你梦翔宾馆的总经理吧。"

金婉莹："高总，你看到我爸和爱丽娜在舞台上亲密无间的那一幕，可不要吃醋哟。"

高翔："我哪会吃醋啊，这不就是演个戏吗？"

第 41 章 欣欣中介

秋高气爽，时光流金。位于火车站东面的一条大街上，邵雨欣开办的"欣欣中介"正式开业了。单开间进深十米的店面，虽然规模小了点，但店面旁却摆放着几十个单位和个人敬送的花篮。以单位名义敬送的有星呈大酒店、嘉美国际娱乐城、梦翔宾馆、金辉房产、双岭村村委；以个人名义敬送的有佟加宣、贾德安、徐进发、丁洪伟、时凤英、王维红、爱丽娜等。每个花篮的竖幅上，都写着一条祝福语：

吉祥开业　大富启源
一点公心平似水　十分生意稳如山
门迎晓日财源广　户纳春风喜庆多
一门瑞气　万里和风
顾客如川川流不息　生财有道道畅无穷

尤其引人注目的是一块摆放在店面门口的寻人招牌，上面绘画着肖玉莲的照片，照片下面是两行工整的仿宋体字：肖玉莲，1999年1月5日出生，四岁时夜晚在老家双岭村失踪，望知情者速与欣欣中介联系，定将重谢。

过路的行人纷纷驻足观望，议论纷纷：

"多么可爱的一个小女孩，怎么就失踪了呢。"

"孩子的爸妈怎么看护的，毕竟是自己的宝贝女儿啊。"

"都失踪了好些年头了，上哪去找呀。"

还有的路人看见这么多敬送的花篮，又是另一番说辞：

"这家中介公司门面虽小，送花篮的倒不少。"

"市里有名的几家单位都送了花篮，小小店面门路真广。"

"佟院长、徐村长都送了花篮呢，真不可小看。"

"艾丽娜不是《莲花朵朵》的导演吗？连外国友人都送了花篮，欣欣中介肯定生意兴隆。"

求职人员连绵不断，他们走进店面寻找着贴在墙上的自己中意的工作：

嘉美国际娱乐城诚招餐厅服务员二十名，客房服务员二十名，性别不限，年龄三十至四十，月薪两千元，交五险。

星呈大酒店诚招前厅主管两名，要求从业两年以上，主办会计两名，要求会计学院毕业，从业两年以上。门童两名，要求男性，身高一米七以上。以上人员工资均可面议，交五险。

梦翔宾馆诚招客房服务员十名，保安员五名，月薪两千五百元，交五险，包吃住。

金辉房产诚招建筑工人五十名，要求有从业资格证书，月薪三千元，交五险，包吃住。

有十余名求职人员向邵雨欣和她的丈夫邓建生拿过招聘登记表填写，当场成交。

开张首日，邓建生事先向单位请了一天假，协助夫人。

开张首日，邵雨欣中介费优惠至五折，每人只收一百元。她每次成交总要询问他们在家乡是否看到肖玉莲，向他们打听肖玉莲的踪迹。

午后闲暇之余，邓建生点着数十张百元红票，脸上堆满笑容："雨欣，想不到你外出当保姆两个月，认识了这么多公司的老总，你还真有能耐。"

"那当然了，这几家大公司给我们带来了不少的生意。"

"你是怎么认识这些老总的？"

"有一次在佟院长举办的家庭宴会上，这几家公司的老总都被邀请去参加了，我也被邀请去了，就这样和他们相识了。"

"哦，这些老总都挺肯帮忙的，火车站近段中介公司有十几家，这些老总把生意给我们做，多亏你认识他们，要不然我们生意没这么好。"

佟加宣打电话来了："邵雨欣吗，我是佟加宣，我医院里要新招十名护工，月薪一千五，交五险，包吃住，要求性别为女，年龄在四十至五十。"

"佟院长，你讲慢点，我要用笔记下来。"

佟加宣用较慢的语气又重复了一遍，邵雨欣一字不漏地记了下来。

"建生，你看生意又来了，我两个月的保姆可不是白当的。"

邓建生把邵雨欣的记录用毛笔写成大字贴在墙上："雨欣，你的人脉还真广，咱们做中介，主要靠人脉。"

又有几位阿姨来到了欣欣中介，她们选择了佟加宣所在的医院做护工去了。

邓建生在文本上做好了记录，来到了门口注视着敬送的花篮，面向屋内的邵雨欣："雨欣，你过来。"

雨欣来到他身边："建生，怎么了？"

"这十几只个人敬送的花篮，有的是我的朋友送的，有的是你的朋友送的，大部分我熟悉，就是贾德安和徐进发不熟悉，你能说说他俩的来历吗？另外，佟院长怎么会邀请你去他家啊？"

"我在双岭村一户单身的老奶奶家做保姆，徐进发是村长，他经常去看望老奶奶，自然就和他认识了，贾德安是徐进发的丈人，徐进发把丈人也拉入了送花篮的行列，多一个花篮造气场嘛。至于我去参加佟院长的家宴，是徐进发曾经在佟院长的医院里住过，他俩因此而成为好朋友，佟院长请徐进发赴家宴，徐进发把我和老奶奶一并带去了。"

"这位徐村长真够热心的，可我怎么觉得热心有点过头了呢，你和他有过交往？"

"你别往那方面想，那天佟院长举办家宴，贾德安也到场的，徐村长和丈人一起送花篮，这有什么可奇怪的，他俩的花篮还是委托佟院长送来的，你就会胡思乱想。"

"雨欣，你说得对，我不该胡思乱想。"

第二天上午，前往欣欣中介求职的人们还是络绎不绝，建生上班去了，雨欣一个人忙得不亦乐乎，上午又成交了数十位。

午后，一位三十多岁的中年男士来到门口，驻足凝视着寻找肖玉莲的招牌，雨欣见状赶紧上前询问："先生，您认识这位女孩吗？"

"我认识，认识，她和一位叫半爷的老头租住过我的房子呢，不过她用的是田慧琴的名字，有一天，我意外地听到半爷叫她'玉莲'。"

"这么说，田慧琴就是肖玉莲，那他俩现在不住着你的房子吗？"

"肖玉莲小学毕业了，半爷就带着她一起离开了，是我们送他俩上的火车。"

"你知道他俩去哪了吗？"

"据说是省城的一家重点中学，究竟是哪家我就不清楚了。"

雨欣把自己的名片和纸条递给这位男士："先生，咱们互相留个联系方式吧，我碰到的来找工作的人中，只有你和肖玉莲认识，日后咱俩可经常联系。"

这位男士在纸条上写下了"包正阳"和联系电话。雨欣见他还不想离去："包先生，莫不是你也要找工作？"

"老板娘，正是呢，我原来工作的百货公司生意不怎么样，原来我做搬运工，现在都由理货员担了，我下岗了，昨天我看见电视里播放的火车站欣欣中介开业中介费五折，今天我就步行赶来了，走了两个多小时呢。"

"包先生，我们是第一天开张中介费五折，今天就不打折了，不过我中介费一分都不收你的，招聘的工作，都贴在墙上，你中意哪个可随便选择。"

包正阳对雨欣的优待十分感谢，他看中了梦翔宾馆保安的工作："老板娘，我想到梦翔宾馆做保安，你看行吗？"

"可以啊，就是你得做好三班倒的准备。"雨欣马上给高翔打电话，"高总，等会有一位男士到你处来报到做保安，请你方做好接洽工作。"

雨欣非但不收中介费，还硬塞给包正阳五十元的乘车费："梦翔宾馆到火车站有几十里路，你可先乘公交车，再乘出租车，到了梦翔宾馆记得向客人打听肖玉莲的下落哦。"

包正阳向雨欣鞠躬致意："老板娘，你真是一个好人，不收中介费还给我路费，我一定会时时处处打听肖玉莲的下落，一有消息马上打电话你。"

雨欣望着包正阳离去的背影，直感到寻找肖玉莲又多了一层希望。

晚上六点，雨欣准备打烊。一辆别克轿车停在店门口，车上走出来一位头戴礼帽、眼戴墨镜的男士，径自走进欣欣中介的大门。

雨欣没认出来者是谁："这位男士，你开着轿车来我这里，怕不是来找工作的吧。"

男士脱下礼帽，摘下墨镜："邵雨欣，别来无恙，不认识我了？"

中介所已关灯，雨欣定睛一看，才看清是徐进发，气不打一处来："徐进发，你来干吗？"

村长把门关上，开亮了灯："雨欣，你仅凭一封书信就离我而去，太不讲情面了吧。"

"那你要我怎样，你说呢？"

"我是希望你长期当我保姆的，至少当个两年吧，我给你这么高的薪俸，难道你不知足？"

"这跟薪俸高低没有关系，那天在佟院长家里我看见了你的夫人婉珍，我就做出了要离开你的决定，身处在那样的氛围，我感觉自己是多余的，我夹在你和金总中间，往返于你俩之间，我为自己感到羞耻。"

"邵雨欣，看不出你讲起话来头头是道。你可知道，没有了你我的日子多么难过，世上最温暖的是你的怀抱，你知我冷暖懂我悲欢，而我则把你当成我的宝贝，你就这么狠心吗？"

"别说这些肉麻的话，我不爱听。你知道我这里来的人都是找工作的，你要保姆我可以重新帮你找一个，比我年轻、比我漂亮的多的是。"

"我可不相信，做保姆的都是四五十岁的半老太，哪会有比你年轻比你漂亮的，你可有她们的照片，拿来让我挑选。"

"照片可没有，我有她们的登记表，你可以从登记表中挑选。"雨欣从一叠登记表中找出了几张求职保姆的，"你拿去选择吧。"

村长还真有耐心地看了起来，他找到一张叫钱美洁的登记表，上面写着三十岁的年龄，一米六五的个子。他对雨欣说："这位女士年龄三十岁，比你年轻，个子和你差不多，明儿你把她叫来，让我看看她的长相，长相如果不输你，我就要她了。"

"你再往下看，看完整张表格。"

村长接着看了下去，他看到了这位求职保姆的女士写有"左腿有点瘸，不会影响工作"的字样，马上铁青着脸："雨欣，你明知我的夫人右腿有点瘸，你把左腿有点瘸的瘸子介绍给我做保姆，这下可好了，村里人看见我身边的人不是右腿瘸就是左腿瘸，如果婉珍回去和她走在一起，这下好看了，一个往左一瘸一拐，一个往右一瘸一拐，完整了，配齐了，村里人尤其是长舌妇们会笑死，你这不在损我吗？"

"徐进发，我可没损你，这不你自己在挑选吗，我不叫你往下看登记表，你不知道她左腿瘸，这才是损你呢。"

"我不往下看登记表也不碍事的，我说过让你明儿把她叫来，腿瘸不瘸的一看就知道了。"

"要我是瘸子，明日来中介所后我就坐在椅子上不走动，你哪能看出来。"

"我把她拉起来走动几步不就看出来了，瘸子再漂亮我也不会要的，你不是说求职的漂亮女性很多的是吗？再拿几张登记表让我挑选。"

"登记表就这几张，没有了，要不你过几天来，肯定又会有新的。"

"我可没这么多闲工夫，今晚我请你吃宵夜。"

"上哪去吃夜宵？"

"我带你去就是了。"

雨欣确信自己有掌控村长的能力，她要捉弄他一番："那好吧，我跟你去，我到里间去打扮一下，陪你吃夜宵，总得打扮得出挑一点。"

"雨欣，知我懂我的还是你，更何况咱俩一起生活两个月呢，你去吧，我在车上等你。"

雨欣把自己美美地打扮了一番，再穿上一件绿色的风衣，走出了里间，关好店门，坐上了副驾驶。

村长开着别克，在大街上转了几个弯，来到了一家生意正红火的夜排档，把车停好，两人下了车。

雨欣："这家夜排档档次太低了，咱俩何不上高档的酒店，找一间雅座，咱俩可任意谈情说爱。"

"雨欣你说的真是，看来你又离不开我了。"

两人又坐上别克，村长开着来到一家大酒店，上了餐厅的二楼，选中了一个名为"如意"的包厢坐了下来。

服务生拿着菜单让他俩点菜。村长道："雨欣你点吧，今天你是客人，你只管点你喜欢吃的。"

雨欣点了满满一桌菜，还要了一瓶"今世缘"的白酒。

"你点了这么多菜，咱俩吃得下吗？"

"吃不下咱打包，带回房间慢慢吃。"

村长打开酒瓶，把两只酒盅斟满。

雨欣为了体现对村长的亲热，改称徐进发为进发了："进发，我少点了一份如意莲子汤，你快去叫服务员补上。"

雨欣乘村长走出房门的当儿，悄悄把一包安眠药粉倒在自己的酒盅里，并把酒盅摇匀。

村长陪着服务生把如意莲子汤端到桌子上，他留了个心眼："雨欣，我出去的两分钟，你该不会在酒盅里做了手脚吧？"

"进发看你说啥呢，今晚我是存心存意陪你吃夜宵的，吃过夜宵，咱还要上楼上的客房亲热一番呢，我家那口子经常乘我不在家和别的女人鬼混，今天我要报复他一下。"雨欣假装说要报复丈夫。

"你家男人也会找别的女人玩儿？"

"男人都一样，我算是看透了。"

村长把自己的酒盅和雨欣的酒盅进行了调换："既然你这么说，这两盅酒都是纯纯的今世缘了，我和你调换，你不会有想法吧。"

"进发，两杯酒随便你喝哪一杯，我奉陪就是了，来，为了庆贺你当选乡党委委员，咱俩碰个杯。"

两人碰杯后一饮而尽。原来雨欣身边备有美解眠，就是喝了安眠药也没事，她料定村长会跟她调换酒盅。

村长："咱多吃菜，少喝酒，喝过这盅酒咱就不加了。"他连连夹起菜往雨欣的碗里送。

雨欣也连连地夹起菜往村长的碗里送："村长，那天佟院长家里我一次都没有为你夹菜，我是怕婉珍看见了会妒忌。"

"雨欣，你们女人最懂女人的心，婉珍那天晚宴结束后一回到家就揪着我的耳朵，责问我为啥专门夹菜送到你碗里，我说雨欣是客人，在双岭村的单身老奶奶家里做保姆，吃不好，如果营养不良身体垮了当不了保姆，咱还得为老奶奶请保姆，中介费是村委出的，村委没那么多额外的开支，婉珍信以为真，这才放过了我。"

"进发，你怎么知道我对外声称是给孤单老奶奶做保姆？"

"这不是你姐夫告诉我的吗？姐夫为你设计好的，一是防你丈夫，二是防我的夫人，在你做保姆的两个月时间里，我隔三岔五送钱给你姐夫的。"

"你经常送钱给我姐夫，你怎么没跟我说起？"

"这点小事我就不值得对你说了，我是为你能在我家做长久点。"

雨欣明白了，村长是想让自己长期做保姆，而姐夫则是为了从村长身上多弄钱。

两人还是不时地往对方碗里夹菜，就像是一对相敬如宾的夫妻。吃完后，雨欣让服务生把剩下的菜全部打包，村长则到一楼的前厅开房间了。

两人一起来到客房部的三楼，进了房间，关上房门上了插销。村长正欲搂抱雨欣，被雨欣拦住了："村长别急嘛，以往你完事后就呼呼大睡，让我感觉真没劲。"

"雨欣，我已经两个月没碰你的身子了，我想你想得都快疯了。"

雨欣心想这安眠药会不会过时了，便尽量拖延时间："进发，我们应该有个前奏。"

"什么前奏啊，又不是上舞台表演，来吧，亲爱的。"村长又欲把她推到床沿。

"进发别急，"雨欣推开了他，"你先忍着点，你说这房间里会不会装了监控，前些天我听说国内有一家旅馆的老板在客人的房间装了监控，专门偷看客人的隐私，如果这家宾馆也有类似的情况，把咱俩的事传扬出去就糟糕了。"

"雨欣你从哪里听来的，如果房间内真有监控，也不会把咱俩传扬出去，传扬出去之时就是这家酒店的关门之日。客人听说房间里装有监控，谁还来入住，你想得太多了。"

"那我就放心了，进发，我一天忙下来，汗出了不少，身上不干净，你不厌弃我吗？"

"那你快上淋浴房冲洗一下，我在床上等你。"雨欣来到淋浴房，关上房门，浑身上下冲洗了个够。等她开门来到床边，只见村长已呼呼大睡，她连喊带推都不醒。她把一包催情药粉倒在杯子里，用温开水泡匀，灌入了村长的口中。

她唤来了两个保安，把村长架到别克的车子上。

她问保安哪个会开车，两个保安都说会开车。她把车钥匙交给其中的一位保安，交代了金家别墅的地址和应该说的话，让他俩送村长回家。她还给保安五十元的打车费："送到金家别墅后，把车钥匙交给金家，你俩可打车回酒店。"

望着别克远去的背影，她坐上了一辆到自家门口的公交车。

金家别墅，两名保安把一半清醒、一半迷糊的村长架上三楼。

婉珍见村长这个样子，不由问道："进发，你晚上到哪去吃晚饭了，也不带上我一同前往。"

村长搪塞道："高翔和爱丽娜约我了，商谈有关巡回演出的事，没讲带上你。"

婉珍问保安："是这么回事吗？"

一位保安："是的，村长多喝了两口，高翔和爱丽娜让我俩把他送回家。"

另一位保安把车钥匙还给村长："你好好休息吧，我俩该回了。"

婉珍把村长扶到床上，村长的春药发作了，把婉珍拉到床上，一副疼爱的模样，婉珍已好久没体会到丈夫的恩爱了，她感动得眼泪已失守，这是夫妻俩演绎《莲花朵朵》真情的延续。两人爱得那么汹涌澎湃，好久好久才停歇。

翌日上午，村长已完全清醒。他发现在自己的卧室，便拨通了雨欣的电话："雨欣，昨晚怎么回事？"

""村长，我上淋浴房冲洗后，回到你身边，一看你已呼呼大睡，叫你推你都不醒，你真让我扫兴，原本想和你好一整夜呢。无奈之下我只能叫保安送你回家了。"

"我怎么睡那么沉啊，莫非是你在我酒里下了药？"

"你别乱猜……你查查少钱了没有？"

村长把衣袋和挎包翻了一遍："没少钱啊，我又没和别的女人约会，哪会少钱。不说昨晚的事了，年轻貌美的求职保姆的女士有吗？我要上中介所来挑选。"

"你不必到中介所来，我已帮你安排好，这几位女士是梦翔宾馆的工作人员，我今天一早就与宾馆客房部的经理通了电话，告诉他说徐村长要找住家保姆，月薪五六千，让他在工作人员中物色一下。过了半个小时后，他就回电话我，告诉我五六位工作人员听说这么高的工资都巴不得要做你的保姆。后来我与他说好让你直接去宾馆的515房间，这些想当保姆的女士会轮流上房间让你挑选。"

"雨欣，你果然非常热心，不负我望。有你这位贴心知己，我徐进发今生今世值得了。"

别克车被婉珍开出去办事了。村长打车来到了梦翔宾馆，来到515房间静等求职女士的到来。

第一位来应聘的是丰妮，她"咚咚咚"地敲起了房门。

村长喜出望外地打开门，看到门口站着的丰妮，脸上马上晴转多云，冷冷对着她："你来应聘保姆？"

"是呀，徐先生，你中意吗？"

村长不说中意，也不说不中意："你几岁了，叫什么名字？"

"我二十五岁，叫丰妮。"

"你一顿可以吃几个小笼馒头？"

"三十个，整整三十个。"丰妮知道村长在糊弄她，故意多说了二十个。

"难怪你这么胖，我一顿最多吃十个，你应该少吃点，减减肥。"

"减什么肥呀，有大款就喜欢我这种丰满型的。"

"假如你再年轻十岁，我一定喜欢。"

"你到底要不要我做保姆，不要我就走了。"

"丰妮，我不能白白地让你来一趟，"村长从挎包里掏出五百元钱递给她，"收下吧丰妮，你帮我看着点，假如你看见来应聘的是长相丑的个子矮的浓妆艳抹的一律给我拦下，年轻漂亮的个子高的，素颜素面的方可让她进我的房间。"

"先生，你的心地真善良，没相中我还给我报酬，我记住你的要求了，只让年轻貌美的高个子进你的房间。"

丰妮走出房间离去了。有丰妮在把关，村长稳笃笃地斜躺在沙发上。

又有"咚咚咚"的敲门声，村长打开门一看，果然是他中意的类型。来者把一张招工登记表递给村长，村长看到，登记表的第一栏目写着姓名范怡茹，年龄三十一……

原来范怡茹已经知道了徐进发同金文辉的关系，并同金文辉一样好色，她要来打探个究竟。

"你叫范怡茹，做我的住家保姆？"

"是呀，先生。"

"你在这里月收入有多少？"

"工资加计件工资，差不多两千五。"

"我给你六千一个月，你满意吗？"

"满意满意，比我在梦翔两个月的工资还高呢。"

"小范，虽然你比第一位来应聘的丰妮大了几岁，但我喜欢你这样的类型，不过你先做我的后备保姆。"

"既然喜欢我，为什么不直接带我走？"

"小范，你们经理没跟你讲明，我要从几位应聘者中间挑选一位？"

"说是说的，好吧，你继续挑选吧，那我走了。"

"且慢，"村长又从挎包里掏出五百元钱递给她，"也请你帮我看着点，比你年轻漂亮的，个子高的才可以让她进我的房间。"

"这五百元我不能收，你不是让丰妮帮你看着点吗？有丰妮一个人完全足够了，我还有我的工作。我们客房部今天来了一个新的服务员，比我年轻漂亮，就是左腿有点瘸，要不我叫她来一趟？"

村长马上想到在欣欣中介的求职保姆的登记表上看到的左腿有点瘸的女士，会不会就是她，他来了兴趣：

"小范，你可把她请来我看看。"

这位女士很快起来到了515房间。村长看到人长得果然漂亮，但是左腿有点瘸："你叫什么名字？"

"我叫钱美洁。"

"你在欣欣中介登过记？"

"先生，没错，我由于左腿瘸求职保姆一直没成功，老板娘就把我介绍到这里来做服务员了。先生，你要我做保姆吗？"

"今后再看情况吧，你还是做你的客房服务员吧。"

村长还是从挎包里掏出五百元钱递给她："美洁，收下吧，我不能白白地让你来一趟，假如你左腿不瘸，我一定收你做保姆了，主要是我的妻子右腿有点瘸，这一左一右的我怕村里人看见了会笑话。"村长边说边把手伸进了美洁的领口，在胸前抚摸了一把。

村长等美洁离去后，看了看表已是下午两点，他是一点钟来到的，他考虑如果再没有女子来应聘，他只能聘用范怡茹了。

他的手机响了，他一看是雨欣的。

"村长，挑选到中意的保姆了吧？"

"还没呢，你那边有好的吗？"

"没有好的，今天登记了两位，都是四五十岁的大妈了，你不会中意的。我是来告诉你一个好消息，马上有一位叫林琳的女士来应聘，你一定会中意的，不要错过机会。"

"要是不中意，还是你做我的保姆吧。"

"咱下辈子再做你的保姆吧，你等着林琳吧。"

村长打了好几个服务台的电话，催着要林琳来应聘。

半个小时过去了，没有人来敲门。村长接连又打了好几个服务台的电话。

千等万等，千呼万唤，林琳终于来到515房间，村长一看傻了眼："你是林琳？"

林琳把招聘登记表给村长看："你不相信我，这表格上不是清清楚楚写着吗？"

村长看到登记表上写的是52岁："林琳你多大了？"

村长倒拿着登记表，误把25岁当成52岁了。

"你来当我的住家保姆，你们经理没跟你说明，你根本不符合我的要求。"

"等我上洗手间方便一下，你再看我符不符合你的要求。"

林琳上了洗手间卸去了化妆成老太婆的装束，露出妩媚的身姿来到村长面前，在村长面前转了一圈："先生，看我符合你的要求吗？"

原来林琳就爱跟村长打趣，她要糊弄他一番，她已经从范怡茹口中得知徐进发同金文辉一样好色。

村长马上转忧为喜："林琳，你真会拿我开玩笑，我的住家保姆就是你了。"村长再把登记表端正着看了一遍，这才看清是25岁。

"那咱要签合同吗？"

"要的要的，咱应该有个依据，我要跟你签五年，月薪八千，满意吗？"

"满意，先生，你给我的月薪是住家保姆中最高的，我真的十分感激你。"

"住家保姆的工作职责你了解吗？"

"我了解得十分详细，帮你烧一日三餐，帮你洗脚洗内衣，陪你睡觉，等于做你的老婆。"

"林琳，你真是一位思想开放、观念前卫的女士，我可以在这里先体验一下你做保姆的样子吗？"

"可以呀，你先脱衣服上床，我上洗手间方便一下马上就来。"

村长脱去衣裤，只剩一条短裤上了床，盖上被子等林琳的到来。

林琳方便好后穿着内衣内裤来到了村长的身旁："先生，我喜欢舞台上你扮演的采花大盗，更喜欢现实生活中你采花的样子。"

林琳边说边掀开村长的被子躺了下去。

房门突然被撞开，是林琳的丈夫保安队长华卫东带着两名保安队员闯了进来。一位保安队员拿着摄影机对着床上拍摄。

华卫东："你这个流氓，竟敢勾引我堂堂保安队长的老婆。"

村长："别误会，别误会，我们是两厢情愿的，林琳你说是吧？"

"谁跟你两厢情愿了，我是试探你的，没想到你果然是一个采花大盗。"

华卫东："徐先生，咱是上派出所处理，还是私了？"

"队长，我不知道林琳是你的夫人，咱私了，私了，你说吧，咋私了我全听你的。"

"罚款五万元，作为寻找肖玉莲的活动基金。徐先生，肖玉莲是你双岭村的子民，失踪这么些年了你显得不以为意，你还有点人味吗？"

"队长，你说得是，我不是人，"村长当即从挎包里拿出五万元现钞，"队长，你收好吧。"

华卫东又改变了注意："徐先生，这五万元由你自己到电视台发布肖玉莲的寻人启事，哪家电视台收视率高就登哪家的。"

"我一定照办，一定照办。"

第42章 售楼小姐

暮秋的朝阳被窗前的一排广玉兰树碧绿的叶子分割成一片一片，暖融融地洒在了地上，也透过窗棂洒在了林琳待着的阳台上.

一片树叶晃晃悠悠地穿过半开的窗户，静悄悄地落在林琳正在使用的洗脸盆里，宛如大海中一叶扁舟在漂浮，林琳留恋地把它捡起来，用毛巾把它擦干，放在一旁的椅子上让它沐浴着阳光。

"林琳，你怎么在阳台洗脸了？还有一片小小的树叶也值得你这么珍惜。"范怡茹从房间里走了过来。

"怡茹，今天是咱俩在梦翔宾馆的最后一天了，阳台上有朝阳，在朝阳的照耀下洗脸另有一番趣味呢。再说这片广玉兰的树叶吧，我想把它带到金辉房产做个纪念。咱们窗户前的一排广玉兰树，陪伴着我们度过了两个春夏秋冬。夏天那雪白的广玉兰花，我多次目睹它们由花蕾一点一点地舒展开来，最后开放成硕大的形似荷花的'荷花玉兰'。广玉兰树那茂密的枝叶，夏天为我们遮挡烈日，冬日为我们抵御寒风，难道不值得我留恋吗？"

"林琳，你真是一个性情中人，咱们快整理衣物吧，高总说好九点钟来接我们上金辉房产报到的，咱们宁可整理好了等高总，也不能让高总等咱俩。"

范怡茹和林琳因长相甜美，被金辉房产挑选上当售楼小姐了。他俩虽然没有大学文凭，但形象气质佳，口齿清晰，表达能力强，沟通意识佳，富有亲和力，同时具有吃苦耐劳富有上进心的团队协作精神。

被同时挑选到金辉房产当售楼小姐的还有另外两位客房部服务员。

和范怡茹、林琳同住一室的丰妮拿来了三份早餐："两位姐姐，你俩真的要走了，我心里空落落的。真想和你们一起奔赴新的岗位，只怪爹娘没给我一张好看的脸好看的身材。宾馆已取消接待员的工作，统一改做服务员了，我真想跟你们学上两手，适应做服务员的工作。"

范怡茹："丰妮，你的长相有独到之处，也要看到好的一面。就拿影视演员来说，漂亮苗条的女演员比比皆是，但有时影视剧本中需要肥胖型的女演员，要寻找就没那么容易了。至于服务员的工作，主要是换床单铺床，咱吃好早餐后，给你示范一遍。"

因为她们三人睡的床单和被子是自家带来的，三人用完早餐后来到隔壁空着的客房，范怡茹和林琳按照铺床标准的操作流程演示了一遍。

"你俩的功夫真棒，我看了手表，全套过程你俩都在三分钟之内。"

林琳："铺床主要靠练习，明天你正式当客房服务员了，今天你可在空闲的客房着重练习。相信你会是一位合格的服务员。"

"我身体胖，做起来不像你俩这么灵活。"

范怡茹："你力气大，被子随手轻轻抬来。"

"我真舍不得你俩离开。你俩一走，会有新的服务员和我合伙住，不知和她们能否合得来，要是都和你俩一样好说话就好了。"

正说之间，有服务员来招呼，高总已经在停车场等她们了。范怡茹和林琳拉起了行李箱，丰妮陪在身后，到了停车场，三人都依依不舍。范怡茹坐在副驾驶，林琳坐在她的身后，两人同时降下玻璃窗，挥手向丰妮，向前来送行的数十位员工告别。

高翔发动引擎，载着她们向金辉房产行进。

……

金辉房产的售楼大厅。副总经理、财务总监兼销售部经理李亚敏给她们分发了职业裙装和工作职责的文本，接着向她们讲话：

"你们是新来的房产销售员，当前的房地产市场竞争十分激烈，我们金辉房产有的是好房子，但是好房子不一定卖得出去。我之所以把你们挑选来卖房子，是看中你们的才华和气质。你们具备在梦翔宾馆同宾客打交道的经验，希望你们运用自己的优势和特长，为金辉房产多卖房，一分耕耘，一分收获。你们的基本工资是每月八百元，提成是千分之五。工资虽低，但提成不少。一个月卖掉一百万的房子，就可以拿五千元的提成。以此类推，也就是说你一个月卖掉一千万的房子，就可以拿五万元的提成。当然，作为你们来讲，良好的人际关系是销售工作的基础，是一种助推剂和润滑剂。到梦翔宾馆消费的都是富豪大款，想来你们会有他们的联系电话，如果引导他们来买金辉的房产，这就要靠你们的能说会道和聪慧睿智了。相信你们个个都能成为金辉房产的销售骨干，年薪都能达到五十万以上。"

讲话结束后李亚敏让她们穿上职业裙装，亲自为她们佩戴工号牌，同时告诉她们，晚上住在星呈大酒店，离家远的和不想回家的都可以免费住宿。

范怡茹的工号牌是1115，林琳的工号牌是1116。她们在食堂吃过午餐，下午一点正式走马上任。

销售大厅中央的长五米宽三米的框架内，摆放着金辉花苑二期整体概貌的模型，里面有清澈的池塘，青青的草地，更令人瞩目的是小区中央的一块"热带雨林"栩栩如生，让大家身在小区就能体验到热带雨林的风光。

买房的人陆陆续续进入大厅，范怡茹和林琳把他们领到模型旁边，热情地向他们介绍楼盘的优势和特点。

半天下来，参观者不少，但正式签订合同的只有两户，这两户还是和原来的售楼小姐苗艳签订的。来后他俩才知道，其中买房的一位先生是她们一起寻找的肖玉莲的舅姥爷佟院长，她俩想如果佟院长知道了她俩寻找肖玉莲的一片热心，他一定会考虑在她俩手下买房的。她俩不免有一点遗憾。

半个月下来，她俩接待了二十多位客户，领着他们到金辉家苑二期看遍了四室二厅、三室一厅和两室一厅的户型，但还是没有客户正式签订购房合同。与她俩同时来到的两位售楼小姐也一笔都没有成交，这两位售楼小姐同时写了辞职报告，要求回梦翔宾馆继续做服务员的工作，高翔接纳了她俩。

范怡茹和林琳无奈之下开始给经常去梦翔宾馆入住的大款们打电话，可这些大款们都是口头应和敷衍，没有一个来买房的。

"看来卖房的工作也不是好做的，我也想辞职了。"林琳对范怡茹说，她也想打退堂鼓。

"林琳，咱俩再做一阵吧，也许会有新的购房者会和咱俩签订购房合同，刚刚辞职了两位，咱俩再辞职在经理面前张不开口。"范怡茹安慰林琳。

上午的时间总是过得很快，到了下午两点的时候，来了一位神秘的看房者，他把自己包装得严严实实，长长的头发用绿绳扎起，披在后背，眼戴宽边墨镜，长长的胡须，上身穿一件黄色方格的风衣，有一副艺术家的派头。

范怡茹上前迎接："先生您好，来买房吗？您可先观望一下我们金辉花苑二期的模型。"

这位先生微笑着点了点头，范怡茹把他引向模型："这是金辉的二期小区，闹中取静，东面八百米处就是百货大楼，购物方便；西面一千米处是一所小学，我们是学区房，每平方米售价只售一万元。各种户型应有尽有，都是按顶级配套全新装修，任你挑选。"

"我想到现场挑选，看模型总不如到现场看得清楚，我要看三楼的四室两厅的，这可是我的结婚新房。"

"先生，您到现场可以坐我们的观房车，我带您去。"

"不用坐你们的车，我自己有车，你说专门为了我一个人派一辆车，多不好意思，你坐上我的车给我指引方向就行了。"

这位先生让范怡茹坐上他的车，在范怡茹的指引下，开向金辉花苑二期。

范怡茹领着他来到一幢住房的三楼，打开四室两厅的住房："先生，这套新房装修多么精致，顺风顺水顺吉祥，新人新房新气象。"

这位先生在房间里东看看，西摸摸："这真是我要购买的新房，装修得真好，售楼小姐，你喜欢这套住房吗？"

"这里的每一套住房我都喜欢。"

"你喜欢我就把它买下来送给你，你看好吗？"

"先生，您别开玩笑了，我哪会住你买的新房。"

这位先生拿下了假发，捋了下胡须，摘下了墨镜："范小姐，你看看我是谁？"

"你是贾德安，金文辉，你怎么找到金辉房产来了？"

"我儿子的金辉房产我随时随地都可以来，怎么了，不欢迎？"

"你是来羞辱我的，不是来买房的，请你赶快离开。"

"只要你顺从了我，我就是来买房，而且这套房是买给你居住的，我马上可以签订购房合同。"

"'贾先生，不，金总，你还是买给你的干女儿艾妮莎吧，怎么你的色心还未收起？"

"范小姐，此一时彼一时嘛，见风使舵才是一个好船长，我会把你载向幸福的彼岸，幸福的港湾，这套住房就是我俩幸福的港湾。"

范怡茹在思考着对策，她决定让他先买下这套房："你再考虑一下，这一套住房一次性付款要一百五十万呢。"

"只要你从了我，做我的干女儿，做我的秘密夫人，别说一百五十万，三百万我也舍得买。"

"金总，你当真，那购房合同写谁的名字，写你的我的都不合适，写你的，你儿子和媳妇会怀疑你买这套房子送女人，写我的不现实，我才刚当售楼小姐，哪来这么多钱。"

"写你妈的名字，外人不会知道。"

"金总你脑筋真活络，那咱签合同吧。"

"范小姐，签了合同，你不从我那岂不是白签了。"

"我从了你，你不签合同，那岂不我白白地从了你。"

"范小姐，你真会跟我较劲，好吧，我签合同。"

范怡茹从挎包里取出文件夹，拿出购房合同："金总，那你签吧，我妈的名字是任晓尧。"

金文辉拿过合同，签上"任晓尧"的名字，拿出一张银行卡："你刷卡吧，这上面刚好有一百五十万。"

范怡茹从挎包里拿出手持刷卡机，刷好了卡，抽出了发票："金总，发票要否给你？"

"你保管吧，我无所谓的。从今以后，这套住房跟你妈的名字一样，任咱俩逍遥了。"说完他一把抱住她往床上送。

"金总，你看这床上一层厚厚的尘埃，咱得买新床单新被子更换，"她从他怀里挣脱，把新房的钥匙交给他，"你不放心就把我锁在房间里，上百货大楼买一床新的被褥来。"

金文辉看范怡茹表情真切："我看到了你真心的面容，我去买了就来，按你说的暂时把你锁在房间里了。"

金文辉锁好房门，开车驶向百货大楼。

范怡茹赶紧给百货大楼的总经理顾丽君打电话，让她一定陪同金总一起来看新房。金辉房产和百货大楼经常有业务来往，双方业务员都留有对方总经理的电话，范怡茹已经见过顾丽君几面。她料定金文辉不会拒绝一位容貌姣好的年龄不到四十的总经理一起前来看新房。

在百货大楼买被褥的柜台，顾丽君亲自接待金文辉："金总，你买被褥吗？我来帮你挑选。"

"我刚买了一套新房，准备更换一套被褥。"

"我也要买一套新房呢，我要去你的新房观摩一下，你不会嫌弃我吧？"

"哪能呢，总经理，我若嫌弃你，我就不是男子汉了。"

"金总，我送你一套被褥吧，你叫你儿子帮我新房的价格优惠点。"

"好说好说，等你看中了一定帮你优惠。"

顾丽君挑选了一套上好的被褥："金总，这套你喜欢吗？喜欢我就叫营业员打包了。"

"很好很好，总经理帮我挑选的我一定喜欢。"

"你先上车等着吧，我等会叫个小伙子一起搬上轿车。"顾丽君让金文辉留有背着她打电话给范怡茹的时间。

金文辉先自上了轿车，他赶紧给范怡茹打电话……让她躲在大衣柜里回避一下。

被褥送来了，两人一起坐上车来到了新房。金文辉打开了房门。

范怡茹躲在大衣橱里，一动不动地倾听着她俩的对话。

"金总，您购买的这套新房真不错，你说你家有一套大别墅，为啥要买新房呢？"

金文辉愣了一下，压低嗓音，随机应变道："顾总，不瞒你说，我这套新房是备用的，之前我到百货大楼早就见过你的容貌，早就对你有所心动。"

"金总，听你这么说这套备用的新房，是为我准备的，你真是一个采花大盗，采到我身上来了。"顾丽君也故意压低了嗓音。尽管两人说话的声音很低，但还是给范怡茹听见了。

金文辉十分担心两人的对话被范怡茹听见，他把顾丽君引到阳台上："顾总，我采花只采你，别人不作兴采的。"

"金总，我能让你采上，这是我的福分。你的阳台采光真不错，新房真好。"顾丽君佯装一副随和的样子，她在企望范怡茹赶快能脱身。

"这是咱俩共同的阳台，共同的新房。"

"是吗，金总，有了你这间新房，我不打算买房了，买了没人居住多浪费。"

范怡茹看准了这个时机，悄悄地溜出了新房，打车回到了销售大厅。

"范姐，刚刚那位先生去看新房成交了吗？"林琳一看到她就询问。

"成交了，好惊险。"

"成交新房有什么惊险的？"

范怡茹把成交的前后经过描述了一遍。

"范姐，果然十分惊险，原来购房者是金总，金总怎么念念不忘你？"

"金总就是这样的一个人，多亏顾总解救了我。"

"你说顾总和金总在房间里会发展到哪一步？"

"这咱就不知道了，我估计金总还会来骚扰我。"

果然，范怡茹的手机响了，正是金文辉打来的，"怡茹，不好意思，百货大楼的顾总非要同我一起来看新房，她还送给咱一套被褥，我只能由着她，你没事吧？"

"金总，我听到你俩的交谈了，看来你喜欢上她了，她也喜欢你，幸亏我溜得快，没让她看见。"Y

"我哪能喜欢上她呢，她的长相虽然和你差不多一样美，但年龄比你大，男人嘛，当然喜欢年纪轻的。"

"你和她没有发展到上床那一步吗，你不是说早就对她有所心动吗？"

"我是哄她的，让她开心一下，毕竟她送给咱一套被褥。你来看，被褥还未打开，你马上来新房好吗？"

"顾总呢，在洗手间？"

"早就被我打发走了，你快来吧。"

"我哪还敢来，我怕顾总会杀个回马枪把咱俩的事撞破，过两天再约吧。"

范怡茹挂断了电话。"林琳，顾总办事经验丰富，金总说看不中她把她打发走了，我分析是顾总自己找借口离开的。"

"应该是的吧，早就听说顾总作风正派，清正廉洁，她才不会做金文辉的阶下囚呢。"

这天下午，销售大厅又来了一位神秘的客户，他的装扮同金文辉一模一样，一样的长发，一样的穿戴，让人看不出他的本来面目。

"范姐，金总又找上门来了，还是你去迎接吧。"

"林琳，今天你去接待，我已经成交一套住房了，今天你也想法和他成交一套，打破零的纪录。"

"我看他走路的派头不像金总，有点像乡巴佬。"

"不管他是谁，总之你去接待。"

这位神秘客户的做法同金文辉如出一辙……

林琳坐上他的轿车来到金辉花苑二期的一幢五楼的三室一厅，让他观赏挑选。

"先生，请问尊姓大名。"

"我的姓名对你来说那么重要吗？"

"您不是要签购房合同吗，合同上要签下你的大名，这套位于五楼的三室一厅的住房，朝向正南，前后双阳台，价钱又便宜，你不买，马上就给人家买去了。"

"小姐，你一天能卖几套房，这么好卖？"

"我就知道你买不起房，派头倒像个大老板，人家大老板签订合同可爽了，不像你这么拖拖拉拉。"林琳用起了激将法。

"你说我买不起房，"这位男士从挎包里拿出一张银行卡在林琳面前扬了扬，"我是带好两百万来的。"

"这么说你看中这套房子诚心要购买了？"

"我确实看中了这套房子，同时我还看中了你。"

这位男士拿掉假发，捋掉胡须，摘下太阳镜，林琳一看是徐进发："徐村长，你在梦翔宾馆没吸取教训，你怎么像我的影子我到哪你跟到哪，有你这样当村长的吗？"

村长在不经意间早已把在梦翔宾馆的遭遇丢在脑后，华卫东要他把五万元在电视台刊登寻找肖玉莲的启事他也没有照办。

"林琳，自从那天在梦翔宾馆看见了你，我做梦都在想你，只苦于找不到机会，今天我买房是真的，我是特地来促成你生意的。"

"那好吧，签合同吧。"林琳把购房合同书递给他。

村长很快签好了合同，林琳在手持刷卡机刷好卡把发票交给他："请收好发票。"

村长收过发票："林琳，怎么样，爽快吧。"

"村长，刚才我说话多有不当之处，请见谅。"

"林琳，不必客气的，我促成了你的生意，你不感谢我？"

"怎么感谢你？"

"那个……我不说你也懂的，叫什么潜规则来着。"

"钱规则，花钱还有规则，我可真不懂。"

"就是那个……你陪我几个晚上的规则。"

"那现在是白天呀，到了晚上咱再约。"林琳要用缓兵之计，让自己逃离他的魔爪，她特意搂住他的胳膊撒娇，"村长，白天是我的工作时间，咱晚上有的是时间呀，晚上七点我打电话你，你提前在新房里等我。"

"林琳你真爽快，这套新房就是咱俩的爱巢，我送给你也无妨。"

到了晚上，村长早早地就来到了新房，等到七点没有等到林琳的电话，他连打她的电话都无人接听，方知上当了，合同签了又收不回来，气得把茶几上的茶杯都摔碎在地上。

......

苗艳把一个装有辞职报告的信封交给李亚敏："李总，这是范怡茹和林琳委托我转交给您的辞职报告，她俩正等着您的批复。"

苗艳巴不得她俩辞职。

李亚敏打开信封抽出信纸看到——

辞职申请书

尊敬的金辉房产各位领导：

自从我俩担任金辉房产的销售人员以来，一向都很享受这份工作。首先感谢各位领导对我俩的信任，感谢各位同事给予的友善帮忙和关心。在过去的一个月里，我俩为了多卖房，可谓尽心尽力，找遍了所有的人际关系，谁知购房者寥寥无几，到今天为止，我俩每人只卖出了一套房，按理说还可以。可是买这两套房的客户，一位是金辉房产的掌门人金海涛的父亲，另一位是金海涛的姐夫，而他俩买房的目的竟然是为了得到我俩，在生活上分别和他俩保持不正当的关系。为此，我俩为卖出的这两套住房而感到羞耻，我俩决定把这两套住房的合同书交还给金辉房产，由掌门人处理。至于销售的提成，我俩一分都不收。我俩只想拿回一个月的基本工资。

对于房产销售，我俩力不从心，决定辞去房产销售员的工作，希望领导对我俩的辞职申请予以研究并尽快批准为盼。

范怡茹 林琳即日

李亚敏刚看完辞职申请，范怡茹和林琳已经各自拿着一份金文辉和徐进发的购房合同来到办公室，两人同时把合同交给李亚敏。

"你俩先回销售大厅，我和总经理会根据实际情况做出决定，在没有批准之前，希望你俩仍要做好本职工作。"李亚敏交代她们。

李亚敏拿着这两份烫手的购房合同，一时没了主张，不知如何是好。她冷静了一下打通了金海涛的电话："海涛你在哪？"

"我在金辉花苑三期的建筑工地上，就是咱之前中标的地块，看你说话的语气冰冰的，出了什么事？"

"你中午回公司食堂吃饭吧，不要再和工人们一起吃外卖的快餐了，我有要事和你商量。"

"啥要事这么紧张，先说来我听。"

"你爸和你姐夫干的好事，你回公司就知道了。"

李亚敏挂断了电话，她还是第一次在电话里用这么冷冰冰的语气。

金海涛和李亚敏在食堂吃完了午餐，来到办公室，李亚敏把两份合同交给他："你的父亲和姐夫为了范怡茹和林琳做他俩的秘密夫人，不惜挥霍家产……如何处理你拿主意吧。"

金海涛沉思良久："亚敏，这两份合同还是让范怡茹和林琳亲自处理为好，让她俩把钱款退还给咱爸和姐夫，并当着他俩的面亲自撕毁合同。咱俩在爸和姐夫面前只当不知道他俩购房的事，在妈和姐面前也瞒着。"

"海涛，你这个主意真不错，也算是给足了咱爸和姐夫的面子。范怡茹和林琳的辞职报告呢，是批准还是反对？"

"不能批准，"海涛的态度很明朗，"从她俩把合同退给咱俩这件事来看，可见她俩的人品有多么高尚，房产销售就需要这样的人才。"

李亚敏唤来了范怡茹和林琳，明确告诉她俩辞职申请没有批准。金海涛接着安排她俩下一步的行动，让她俩分别找金文辉和徐进发退回房款，撕毁合同，并恳求她俩注意保密，不要让姚佩芳和金婉珍知道。

范怡茹和林琳如实地实施了退款给?金文辉和徐进发的计划……翁婿俩对两位售楼小姐的做法叹为观止。

新的一天又开始了。在售楼大厅的柜台上，范怡茹和林琳收到了一封来信，信封中间写着她俩的名字，信封的右下角没有邮票，下面没有地址，没有署名，看得出来，这封信是写信人亲自放在柜台上的。

两人拆开信封，抽出信纸，只见上面写道——

范怡茹，林琳，两位女士上午好：

我是一位观察你俩很久，由衷地对你俩非常敬佩的人。你俩的高尚品行改变了我对传统世俗观念的认知。以前我总认为，女人为了多获得金钱，可以出卖自己，现在我认识到，她们在社会上所占的比例只是极个别。

你俩在梦翔宾馆当服务员，在金辉房产当销售员，都不为金钱所动，这正是你俩高尚品行的充分体现。你俩丝毫不受物欲横流的冲击，在自己的岗位上闪闪发光，虽然你俩的收入只是一般中的一般，但你俩的行为充分体现了中华妇女的传统美德，在此我再次表示对你俩崇高的敬意。

请你俩记住，不管在什么时候，无论在什么地方，我始终是你俩的坚强后盾，直到我生命消逝的那一天。最后和你俩说一声，珍惜自己的美好时光，在金辉房产努力工作，为我们伟大的祖国更加繁荣昌盛贡献自己的力量。喽

……

她俩读完信后相视无语，彼此都热泪盈眶，这封信坚定了她俩在金辉房产继续做下去的信念，可是这封信会是谁写的呢？

金海涛把这封信送到了电视台，都市新闻联播在第一时间报道了信中的全部内容。

佟同领着他新交的朋友来买房了，杨依领着她新交的小姐妹来买房了，范怡茹和林琳分别和他俩签下了购房合同。

谈悦铃和时凤英也分别领着新交的闺蜜来买房了，范怡茹、林琳友好地把她们推荐给其他的售楼小姐……

丁洪伟开出租车认识的客人最多，他先后带领好几位客人来找范怡茹和林琳，购买了好几套房产。

接下来的日子，每天都有富豪来到售楼大厅，他们只找工号牌为1115和1116的范怡茹和林琳买房，在签订合同的过程中，他们声称是一位叫半爷的先生介绍过来的。

"我们来买房确有需求，但我们实在是敬重半爷，他心肠好，乐于助人，更重要的是他练就了一手好飞刀，他惩恶扬善扶正义，锄强帮弱为百姓。"一位购房的大款如是说。

范怡茹和林琳马上联想到那封没有署名的信是半爷写的。她俩问买房的男士们半爷在哪里，他们笑着回答说哪里有不平事哪里就会有半爷。

原来半爷经常会在报纸和电视节目中看到寻找肖玉莲的启事，启事中的联系方式有金海涛的，有范怡茹和林琳的，他认为现在把肖玉莲交出来还为时太早，为了给予回报，他在暗地里帮金辉房产和范怡茹与林琳的忙。

半爷现在有的是时间，肖玉莲在省城的一所寄宿制中学读书，他不用天天守护着她，只是在双休日去学校看望。他平时除了捡破烂，还表演飞刀绝技，被省城多

次邀请参加飞刀比赛，多次荣获大奖，他还经常被多个街道社区邀请表演，赚钱又多了一个途径。

半爷经常路见不平拔刀相助，那些敢于调戏良家妇女的富豪大款，都受过他的教训，见了他都敬畏有加。深更半夜，他会出现在幽暗的胡同、僻静的角落，当起了良家妇女的保护神。来买房的大款们有的是被他教育过的，有的是被他的威严震慑过的。?c

"记住，下次再敢耍大牌胡作非为，我的飞刀可不长眼，当心掉了你的耳朵和手指。""记住，要我放过你可以，你去金辉房产买一套住房，用房产证来相抵。"这是半爷经常训斥他们的两句话。这些富豪大款家庭和睦，有儿有女，相比百来万的购房款，还是家庭和睦要紧和自己的命要紧，他们都会来金辉房产买房。

半爷还经常协助公安部门破案，被公安部门聘请为编外保安，维护一方的和谐稳定。

都市的街面已经灯影婆娑，范怡茹和林琳走在下班的路上，心底涌起一阵阵的呼唤："半爷，我们敬重的半爷，你在哪里，你究竟在哪里，你默默无闻地帮助我俩，可是我俩连你的面容都没见过。你那坦荡赤诚的胸怀和无私助人的品格，是我们终生效仿的榜样。"

第43章　集体婚礼

这是一场由市总工会牵头的共有两百对新人参加的富有特色的集体婚礼。早在一周前，电视台和各大报社就进行了宣传报道。这场集体婚礼的活动经费采取政府主导与市场运作相结合的方法，给予新人们一定的优惠。经统计，共有八百位宾客参加婚宴。

三天前，佟同和爱丽娜一起对婚礼的整个过程进行了策划和安排。举办婚礼的仪式定在嘉美国际娱乐城的大剧院，具体时间为：

上午十点，两百对新人穿着婚服由舞台东侧的候演区进入舞台中央，面向观众举行仪式，由西侧的候演区离场。

上午十一点，新人们和参加婚宴的来宾共八百人分乘二十辆大客车到星呈大酒店的宴会大厅吃喜酒。

下午两点，参加婚宴的人们再分乘大客车回到大剧院，观看文艺演出，文艺演出除了由佟同和爱丽娜导演的一小时的文艺节目外，其余时间全部由贵宾们即兴表演，不拘内容和形式。

整个婚礼体现了简约而不失隆重，优雅中带着高贵的风格。

婚礼的主持人由谈悦铃担任。

上午九点三十分，随着总工会主席一声指令，四百个一红一绿系在一起的象征两百对新人的气球在嘉美国际娱乐城的广场上徐徐升起，向高空翱翔。与此同时，由金婉莹演唱的歌声回荡在娱乐城的上空：

> 让我俩手拉手荡漾在天涯
> 让我俩肩并肩相依在海角
> 你是否还在回忆我们过去相爱的季节

你是否正在憧憬我们未来美好的岁月

我们曾经在一起瞭望朝阳从东方升起

我们曾经在一起仰望星月在天空闪耀

脚踏着祖国的大地

游玩着祖国的山河

山坡上有翠鸟的鸣啼

小路旁有百花的香味

带给我俩幸福与甜蜜

带给我俩温馨与快乐

哦　我俩日盼夜望的这一天终于来到了

让我们手拉手走进婚礼的殿堂

……

萦绕着热情洋溢的歌声，两百对新人相互依偎着进入大剧院，走在最前面的依次顺序是：

佟加宣和王维红

王维光和姚佩芸

高翔和爱丽娜

艾维斯和周萍

金海涛和李亚敏

金婉莹和丁洪伟

佟同和杨依

……

他们来到舞台东侧的候演区整装待发。

婚礼主持人谈悦铃走上舞台，展示她那甜美的嗓音：

尊敬的各位来宾，各位朋友，大家上午好。

阳光明媚，歌声飞扬，欢声笑语，天降吉祥，在这美好的日子里，我们迎来了两百对新人的集体婚礼。漫漫的人生是一个悠长的旅程，它如同一辆疾驰而过的列车，载着我们去一个叫作幸福的终点站。新人们，你们从陌生到熟悉，从熟悉到喜欢，从喜欢到真爱，从真爱到一生相伴。让我们一起珍爱这美好的时光，在人生的长河中乘风破浪，扬帆远航。

谈悦铃把话筒转交给身旁的总工会主席，总工会主席用洪亮的嗓音："我宣布，集体婚礼现在正式开始。"

舞台的帷幕在徐徐开启，舞台下的贵宾们目不转睛地盯着舞台中央——新人们从东侧的候演区走向舞台：

佟加宣和王维红在舞台中央热烈拥抱，相互亲吻，向观众们挥手致意，然后走向舞台西侧的候演区。

王维光和姚佩芸在舞台中央热烈拥抱，相互亲吻，向观众们挥手致意，然后走向舞台西侧的候演区。

……

舞台下响起了热烈的掌声。

两百对新人在舞台上的恩爱秀在人们的欢呼声中结束。新人们和贵宾们走向停靠在大剧院门口的大客车，乘车向星呈大酒店行进……

星呈大酒店的宴会大厅，八十桌的新人和贵宾频频举杯共同庆祝这美好的时刻。

金文辉和徐进发一起手捧酒杯，向同一桌酒席上的佟加宣、王维红、王维光、姚佩芸、高翔、爱丽娜、艾维斯、周萍等新婚伴侣敬酒。

酒宴进行了两个小时，新人们和贵宾们陆陆续续地又坐上大客车，返程向嘉美的大剧院开去。

可容纳两千名观众的大剧院座无虚席，有一千多观众是专门来看下午两点钟的文艺演出的，姚家姐妹俩把他们的门票全免了。

范怡茹、林琳、徐泽天、王盛、包宜安、包宜全，把演出的文本——文艺节目的简介分发给观众们。

谈悦铃再次登上舞台中央，手举话筒："各位新人、贵宾们、朋友们，大家下午好！文艺演出马上开始，在开始之前，我向大家分发一张寻找肖玉莲的启事，肖玉莲早在三周岁的时候就在老家双岭村失踪了，这张寻人启事上的两张照片，一张是三周岁的照片，另一张是请画师描摹的长大为十五岁的照片。肖玉莲至今为止已经失踪十多年了，恳请大家帮忙一起寻找，如有消息，随时和我们娱乐城打电话，谢谢大家。"

谈悦铃和范怡茹、林琳把几大包寻人启事分发给坐在前排的新人们，让他们分别传送给后排的观众，依次传送到最后一排。

……

谈悦铃又一次登上舞台："下面，文艺演出正式开始，第一个节目，由高翔，爱丽娜情歌对唱《知心爱人》。"

伴随着乐池中的音乐声，高翔和爱丽娜深情对唱：

爱丽娜：

> 让我的爱伴着你直到永远
> 你有没有感觉到我为你担心
> 在相对的视线里才发现什么是暖
> 你是否也在等待着一个知心爱人

高翔：

> 把你的情记在心里直到永远
> 漫漫长路有着不变的心
> 在风起的时候让你感到什么是暖
> 一生之中难得有一个知心爱人
> ……

爱丽娜的歌声清丽儒雅，高翔的歌声高亢圆润。观众们把热烈的掌声送给他俩。

已经在星呈大酒店客房部当服务员的时凤英性格变得开朗了，她跨上舞台，从谈悦铃手里接过节目单和话筒："谈姐，让我也来当一回主持人。"时凤英的嗓音是如此甜美："第二个节目，女声独唱《献给母亲的歌》，演唱者，向依莲。"

谈悦铃借此机会把时凤英介绍给大家："贵宾们，朋友们，这位就是肖玉莲的妈妈，请大家给予关切的掌声。"

舞台下的掌声持续了半分钟，以表示关切和支持。

时凤英："谢谢大家的关爱，《献给母亲的歌》的词作者是佟同，谱曲者是爱丽娜，向依莲的父母被一次车祸夺去了生命，她用真挚的感情表达了对祖国的热爱。"

向依莲的歌声朗朗上口，感人肺腑：

我是一个孤儿　一个失去爹娘的孤儿
当我失去爹娘的那一刻
我仿佛掉进了深深的漩涡
又好像坠入了无底的深渊
我的脸上淌着一滴又一滴的泪水
有谁知道孤儿的泪水是什么滋味
我哭泣　我叹息　我孤苦伶仃
我害怕　我祈求　夜夜不想睡
哦　祖国　我最亲爱的母亲
只有您知道孤儿的泪水是什么滋味
您用温暖的怀抱接纳了我
我在您的怀抱中来到了福利院
我在福利院一步一步地健康成长
哦　祖国　我最亲爱的母亲
您是一艘巨轮　承载着我们驶向大海去追寻生命的源泉
您是巍巍群山　孕育着万物哺育我们健康快乐地成长
您是缕缕春风　吹生着花草　盈盈步履间带来勃勃的生机
您是绵绵秋雨　滋润着庄稼　细腻温柔中覆盖灿灿的原野
我不再孤单　我不再失望
我在您的怀抱中茁壮成长
哦　祖国　我最亲爱的母亲
就让我快快长大　让我报答您
哦　祖国　我最亲爱的母亲
就让我快快长大　让我报答您。
……

向依莲满怀深情地唱着这首歌，歌声响处，人们的情绪激昂，歌声落时，人们的掌声热烈。

带领向依莲一起来到大剧院的福利院院长走上舞台把向依莲揽在身旁，面向观众："向依莲享受着祖国大家庭的温暖怀抱，现在她有一个愿望，她盼望融入一个小家庭，经我们福利院全体领导开会批准，愿意收纳向依莲的符合以下条件的可以上台签订收养协议书：

1. 无子女或子女失踪五年以上寻找无果的

2. 有抚养教育被收养孤儿的能力

3. 未有在医学上认为不应收养孤儿的疾病

……"

福利院院长的话音刚落，时凤英就第一个跨上舞台："我具备收养孤儿的能力和条件，我会把向依莲当成亲生女儿一样对待。"

……

时凤英和向依莲紧紧拥抱。

时凤英和向依莲回到观众席上，继续观看文艺演出。

谈悦铃再次走到舞台中央，手持话筒：

"我们的向依莲从祖国的大家庭来到了时凤英的小家庭，希望有更多的小家庭到福利院收养孩儿们，让孩儿们融入祖国的广阔天地中。"

谈悦铃："我们的舞台到了贵宾们即兴表演的时刻，下面我把舞台交给大家，请大家有秩序地上舞台表演。"

五位中学生徐泽天、王盛、吴庆荣、包宜安、包宜全演唱了男声小合唱《回来吧，玉莲》，让全场观众热泪盈眶。

接着，范怡茹和林琳携手登上舞台，表演了双人合唱《献给半爷的歌》。唱到动情之处，坐在台下的童玉兰禁不住热泪盈眶。

……

范怡茹和林琳的歌声刚落，舞台上出现了肖道成的身影，他手持话筒面向观众："朋友们，大家好，下面请欣赏我的飞刀表演。"

装台的工作人员在舞台左侧装上一块五米见方的不锈钢挡板，在挡板中间挂上一块直径约为半米的刀靶盘，在位于舞台帷幕的地方移上一块厚度三厘米的透明的有机玻璃安全防护板。

肖道成今天穿着一套紧身的白色运动服，左腰间插着五把尖刀，十分英武威风。他距离刀靶盘十米开外，左手从腰间抽出五把尖刀，右手拿过一把对准靶心，只听得"嗍"的一声厉响，飞刀快如闪电射向刀靶盘，正中靶心。

肖道成右手又从左手中取过一把尖刀对准靶心，又听得"嗍"的一声厉响，这把飞刀直接射中了第一把飞刀的尾部，"当"的一声掉在地上。

舞台下爆发出一片欢呼声，两把飞刀刺中同一个靶心，其精确度令人惊叹。

肖道成面向观众双手作揖："感谢大家的欢呼鼓励，我手中还有三把飞刀，舞台下如有耍飞刀的民间高手，请上台继续表演。"

无人应答。装台的工作人员正准备撤离安全防护板，只听得台下有少年呼唤一声："且慢"，呼唤声如惊雷。随着喊声落地，一位脸上戴着薄膜假面的长发少年和一位同样戴着薄膜假面的长发老者同时跳上舞台。老者从肖道成手中取过三把飞刀，一把交给少年。老者左手右手各持一把，只见老者左右开弓，"嗍嗍"两声厉响，两把飞刀同时刺向靶心。

老者走向靶盘拔下两把飞刀交给少年，少年把飞刀插在腰间，走向靶盘，伸长右手摸着靶心，同时用左手比着自己的身高，然后返回到老者身边，老者让位于少年。少年从口袋中掏出一块黑布，蒙上自己的双眼，面向靶心，右手拈紧三把飞刀的把手，身体连续旋转三圈，将飞刀耍向靶盘，三把飞刀在舞台中央盘旋飞舞，最后刀尖同时刺向靶心。

观众席上发出阵阵惊叹声。

肖道成走向老者和少年："真是高手来自民间，道成甘拜下风，请问两位尊姓大名？"

老者不言不语，少年说了一声："他是哑巴。"说罢两人跳下舞台，消失在观众席中。

肖道成紧随其后跳下舞台，一心想把两位高手拦住，可是原本就比较暗淡的观众席中根本已经看不到两人的身影。

这两位飞刀高手一位是肖道成的父亲，一位是他的女儿。正是放暑假的时节，爷孙俩有机会出没在这个城市，出没在肖家的周围。

观众席上熙熙攘攘，有的用目光搜寻两位飞刀高手的踪迹，有的要肖道成模仿两位飞刀高手的表演再来一遍。

肖道成："两位飞刀高手的表演已经到了炉火纯青的地步，我自叹不如，我就不在此献丑了。"

金文辉走上舞台，拿过谈悦铃手中的话筒："朋友们，今天我们的集体婚礼取得了圆满成功，我宣布，嘉美国际娱乐城首届集体婚礼圆满礼成，谢谢大家。"

参加文艺表演的全体演员从候演区走向舞台中央，他们一遍又一遍地向大家鼓掌谢幕。

第44章 崖底人家

这是相距集体婚礼十五年之前的一个傍晚，双岭村北面的双岭山，双岭山北面的悬崖底下。

一户坐落在悬崖底下的采药人家，房屋的北面，刀削般的悬崖拔地而起，上顶云天，下扎大地。悬崖的危峰道道兀立，令人望而却步。远眺时，陡峭险峻的山崖顶上好像是被天神用巨斧劈削过似的，近观时，崖顶云雾缭绕，犹如一把利箭直插云霄，气势壮观，令人感慨万千，心潮澎湃。

"本中，看来天要下雨了，咱把药材收了吧。"这位名叫杜桂蓉的老妇人看了看西天边急骤翻滚的乌云，呼喊正在躺椅上打盹儿的丈夫纪本中。

头发大半已花白的本中赶紧爬起身，夫妻两走向正在崖边晾干的摊放着药材的竹匾，准备往屋里抬。

竹匾中一摊鲜血引起了本中的警觉："不好，有人从崖顶上摔下来了。"

夫妻俩一起抬头朝崖上望去，只见离崖底大约十五米的一棵突出的老榆树粗壮虬结的树枝上横躺着一个壮年汉子。两人迅速把竹匾抬进屋子，本中对桂蓉说："不管是死是活，咱得把他弄下来，桂蓉，我爬上去救人，你快把墙边堆放的稻草全部铺在老榆树下，以防我摔落。"

本中施展他那几十年来攀登悬崖采摘中草药的功夫一步一步地向壮年汉子攀去。忽然雷声滚滚，漫天的乌云终于酿成了一场暴雨，本中的手和脚开始打滑，爬两步退两步，急得桂蓉连声向他呼喊："本中，危险，快下来。"

本中头也不回："桂蓉，稻草铺好了没有，铺厚点，越厚越安全，救人要救。"

"铺好了，我把家里的两条棉被也铺在稻草上了，你快下来吧，等雨停了再上去救人。"

"这就好，你先回屋去，不要淋湿了自己。"

"你快下来吧，我怎能自顾自回屋。"

"时间就是生命，一刻也不能等。"

本中仍在奋力向上攀爬，鲜血从他的十指上冒了下来，他全然不顾，一寸一寸地向上挪动，离老榆树越来越近。

本中终于爬上老榆树，他首先摸一摸壮年汉子的脉搏，脉搏还在顽强地跳动，但是当他看到壮年汉子的一张脸时，不由得大吃一惊，浑身一阵哆嗦：这哪还是一张脸啊，左脸的颧骨已被岩石撞去了一半，颧骨下的半张脸也被岩石啃去了一大块，血肉模糊的脸面上，碎裂的牙根都露了出来。

只要活着就好，本中把壮年汉子一点一点向自己胸前移动，最后抱住他，从老榆树枝丫的空隙中滚了下去，不偏不倚，两人刚好落在下面有稻草铺着的棉被上。

虽然铺了厚厚的稻草加棉被，但剧烈的震动还是让本中动弹不得，他面对守在身边的桂蓉："一定要把他救活。"说罢自己也昏迷过去了。

雨"哗哗"地还在下。桂蓉把丈夫翻动到地上，把壮年汉子翻动到棉被中间，拼尽全力拖着躺在棉被上的壮年汉子往屋里拉，把他拉到了屋里。又返身来到稻草边，把丈夫翻动到棉被中间，再次拼尽全力拖着躺在棉被上的丈夫往屋里拉，更为艰难地把丈夫拉到屋里。这时体力透支的她一屁股坐在地上，"呼哧呼哧"地喘着粗气。等到她积蓄起力量，便开始摇动两人的肩膀："醒醒，快醒醒。"

两人毫无反应。桂蓉转为呼唤丈夫："本中，你快醒醒，不要吓唬我。"

本中终于醒转过来，看见泪流满面的妻子："桂蓉不哭不哭，我的命很硬，哪能轻易就离开你呢，快帮他换上干衣服，他还活着。"

"我不敢看他的脸，我先帮你换。"

这是发生在十五年前双岭村北面山顶上，崖边老树旁肖广连被徐进发扔下悬崖的第三天，老天垂青于纯朴善良的肖广连，让他遇到了纪本中这个救命恩人，保他大难不死。

桂蓉从衣柜里拿出丈夫的两身衣裤，先让丈夫换上，两人再一起帮肖广连换上。

本中把壮年拉到了灶膛口，让他躺在用棉被铺着的灶口边，为他擦洗左脸的伤口，为他敷中草药。桂蓉则在锅里放上一碗大米煮起了米粥。

广连冷冰冰的身子在暖烘烘的灶膛口渐渐转暖，半个时辰后他苏醒了，望着正在喂他米汤的桂蓉，说话断断续续："大娘，我……我这是……在什么地方，我……我怎么了？"

"你掉下了悬崖，挂在一棵老榆树上，是本中把你救了下来。"

本中也来到了壮年身边："你命真大，要不是那棵老榆树，你早就摔得粉身碎骨了。"

广连想坐起身子，被本中按住了："别动，你身体太虚弱，需要好好调理。"

夫妇俩把广连扶到床上，让他平躺着。广连用手一摸左脸："我的脸怎么了，有镜子吗？让我照照。"

本中："你先不急着看脸，我已经帮你清洗好伤口，并且敷了多种药粉调制的偏方，现在用纱布包着，时下你的主要任务是在我家里养伤。"

广连躺在床上，双手作揖："大爷大娘，你俩就是我的再生父母，等我养好伤我会像亲生儿子一样孝敬你们报答你们。"

本中把他的手平放在床上："不用言谢，也不用报答，你叫什么名字，你是怎么掉下悬崖的？"

"我叫肖广连，我是被人打昏后扔下悬崖的，那人是我们的村长……他曾玷污了我的妻子。"

"村长，他的心肠咋那么歹毒，天杀的。"

……

这块足有一百米见方的崖底原先有十来户人家，这里远离城市的喧嚣和尘俗，民风淳朴，百姓友善和睦。近几年来，这十来户人家先后拆迁，被安置到了其他乡村。仅剩老纪夫妇俩还守在这里，守在这个祖祖辈辈赖以生存的家。与其说是不愿离开这里，倒不如说是老纪有攀岩的绝技，有一手采药的好功夫。他采摘的雷公藤、野山参、冬虫夏草、野生当归、乌拉草等都是名贵的中药材，卖得一手好价钱。更让老纪不忍离开的是，他老屋卧室的床底下深埋着五箱黄金，当年日寇在投降撤离中国时掠夺的装在木船上五箱黄金，身为船老大的父亲在木船经过清水河段的时候，趁鬼子不注意把木船弄翻了，五个鬼子当场丧命。父亲又在当日的深更半夜把五箱共两百多斤重的黄金一箱一箱地捞了上来，绕道几十里用独轮车运到了老屋，深埋在床身底下。父亲在临死前把这个秘密告诉儿子："本中，这是国家的财产，一分都不能动。当今社会物欲横流，金钱万能，万万不能把黄金流入坏人手中，宁可深藏，不可轻易拿出。"

……

本中每天用虎田藤、生黄芪、白芍、天花粉、丹参等中草药磨成粉末调和后制成的配方敷在广连的左脸上。大约过了四个月以后，广连的左脸上长出了一层新肉，不久又结成了一块厚厚的疤痕。但是左脸部仍凹得厉害，足以放半个拳头。夫妇俩看惯了不要紧，要是外人看见了会吓得半死。

"桂蓉，我得上城里几天，找到美容的医院为广连制作佩戴在脸上的薄膜假面，你守着这个家，不要让广连外出。"这天上午老纪交代着老伴。

两天后的傍晚，老纪拿着假面回家转，走近家门看到一个蒙面男人扛着大包跳窗而逃的背影，蒙面男人逃离窗外时还把一把尖刀掷在了老纪的肩膀上，从皮上穿过。老纪走近家门一看，家里凌乱不堪，广连倒在地上胸口流血不止，桂蓉躺在床上奄奄一息。广连告诉他："大伯，刚刚来了一个蒙面强盗，他手里拿着长刀，抢走了已经装成包的中草药，我和大娘赤手空拳敌不过他，我的胸口和大娘的肚子上都被他刺伤了。"

大伯赶紧为广连包扎伤口，包扎完后来到老伴的身旁，诊看她肚子上的伤口，为她敷上藏在灶膛边的中草药粉。他处理好两人的伤口后，才包扎自己肩上的伤口。

半个月后，广连胸前的伤口逐渐痊愈，大伯肩上的伤口也结了疤，桂蓉肚子上的伤口却逐渐恶化。这一天，桂蓉拉住老伴的手，交代后事："本中，我怕是熬不过今天了，广连迟早会离开咱，你去找到咱的亲生儿子吧，他四岁时走失至今已四十多年了，不知他是否还安好。"

广连："大妈，我不会离开您的，您的儿子叫什么名字，我帮大伯一起去寻找。"

"他……叫……纪……文辉。"

桂蓉用尽最后的一丝力气喊出了儿子的名字，默默地闭上了双眼。

"亲娘，妈妈。"广连抚尸恸哭。

大伯和广连在崖底旁挖起了一个长长的坑，两人把桂蓉的遗体抬入坑中，本中手拿脸盆，一把一把地把防腐的磨成粉末的中草药撒在她的身上。

广连在长坑旁长跪不起。本中把他托起身："广连，别伤心了，桂蓉临死前没能看见亲生儿子一眼，但有我和你这个儿子陪着，也算是没有遗憾了。"

两人一锹一锹地把泥土盖上桂蓉的身子，不一会儿，崖底旁出现一个新的坟墓。两人从不远处采来野花和青草，种植在坟头。

坟旁冒起了一缕缕白烟，那是大伯为桂蓉祭祀的纸花；坟旁又冒起了一缕缕青烟，那是大伯为桂蓉点燃的蜡烛。

广连再次在坟旁深深跪拜。大伯又把他拉起身："广连，人总有一死，桂蓉能活到八十岁值了，不要再难过了，跟我回屋去吧。咱俩要记住这个日子，去年的最后一天，桂蓉被歹徒砍伤，今年元月的最后一天，桂蓉离开了我们。"

"大伯，您知道吗，我现在回想当时的情景，强盗要砍的是我，是大娘用身子为我挡了一刀，让我躲过一劫，要不我如果中了两刀，恐怕早已不在人世，那强盗的身材很可能就是把我打昏后扔下悬崖的徐村长。"

"那大娘的死更值得了，她用八十岁的老身换来你四十多岁的壮年，太值得了，你能肯定来刺杀你的强盗是徐村长吗？"

"没错，我想一定会是他，他亡我之心不死。"

本中把广连拉进屋，从挎中拿出为他定制的假面帮他佩戴在脸上，真合适。左脸的凹处是用半只苹果大小的合成软膜填补的，看上去也没有缺陷。

"广连，这假面是我早就为你准备的，你可以走了，可以去找徐村长报仇了。"

"大伯，我要陪着你，我不忍心让你一个人待在这里，这个地方太凶险，要不我带你先离开这里，另求安身之处？"

"广连，不了，我一个老朽之躯，生死无所谓。我要守着这间屋子，这间房子对我来说太重要了，"本中注视着广连的双眸，似有依依不舍之情，"广连，真的你要离开我，我又舍不得了，你去找徐村长报仇还真不是他的对手，你前方的路太崎岖，你会被他玩弄于股掌之间，你须得积蓄力量，听说双岭村有一位飞刀高手，那人常年在城里捡破烂，你可寻到他拜他为师，苦学飞刀本领。"

"大伯，您说的那位飞刀高手就是我，我多年不耍现在生疏了。"

大伯的双目泛出一道希望的光彩："原来飞刀高手就在我的身旁，你得赶快重新操练，有本事的人才会受人敬重，歹人强盗也会让着你。"

在大伯的再三鼓励下，广连重新练起了飞刀，他刻苦钻研，不断变换着飞刀的出手。他越练越精，大伯直看得眼花缭乱，看不出他手中的刀是怎么飞出去的，也无法想象它的速度和力量。

太阳升起的时候，大伯上山采药，广连在悬崖边练飞刀；太阳下山的时候，大伯采药归来，广连还是在悬崖边练飞刀。

大伯交代广连："孩子，你的飞刀已到了出神入化、来无影去无踪的地步，你不到万不得已时不能轻易动用飞刀，咱要有法治观念，做个爱国守法、明礼诚信的人，飞刀只可用来扬善惩恶、除暴安良。"

"大伯，我会记住您的话的，我会用飞刀来惩恶扬善，维护一方平安。"

这天是大娘桂蓉去世两周年的祭日，广连上山打了两只野兔归来，看到大伯正趴在大娘的坟头上昏迷不醒。坟头边点着一对香烛和六根香枝，大伯没有力气大操大办为老伴过祭日，只是象征性地操办了一下。

原来是大伯伤心不已加上劳累过度，昏迷了过去。

"大伯大伯，你怎么了，快醒醒。"广连不停地呼唤。

大伯微微地睁开了双眼："广连，我怕是天数已到，再也不能看你练飞刀了。"

"大伯，大伯，你不会的，不会的，我扶你进屋上床上躺一会儿。"

"不用了，孩子，是你陪我走完了生命的最后一程，有你送我，我心安理得了。我唯一放不下心的是我的亲生儿子，我找了他几十年一直杳无音信，如果他在世的话会成家立业，希望你能找到他并保护好他和他的家人。"

"大伯大伯，我会帮你找到儿子的，你放心，找到后我会保护好他和他的家人。"

大伯抬起双手用力握住广连的双手，竭尽全力地嘱咐："孩子，有你这么一句话，我可以安然地去了。我还有一件特别重要的事要委托你，在我和桂蓉的大床底下深埋着五箱黄金，这是国家的财富，它不属于我也不属于你，更不属于我儿子，等你找到合适的时机，把它交给党和政府，记住，千万不要落到贪官和强盗手里。"

大伯用尽最后的力气还在交代："好孩子，我死了以后把我和桂蓉埋在一起，然后马上把房子烧成灰烬。要不然，那些贪官和强盗看见我的屋子会有联想，联想起我和大娘为什么长年累月固守着这间房子，这屋里应该会有不为人知的奥秘。还有在我房间里的大橱抽屉里，有一张我与桂蓉同儿子的全家照，你把它收藏好，以备不时之需。我儿子是四岁时和我一起进城送药材时走失的。"

大伯说完安详地闭上了双眼，离开了人世。

天空响起了两个闷雷，仿佛在为老人的离去而悲伤。

大伯的突然离去，给了广连很大的打击。他把大伯抱进屋里，戴着重孝在他的遗体旁整整守候了两天两夜，他盼望着大伯还能起死回生，陪他一起练飞刀。第三天，他把大娘的坟墓挖开，把大伯的遗体安放在大娘身旁。他看到，虽然两年过去了，但大娘的遗体有防腐粉保护着，就像跟刚去世的老伯一样没有异味，只有防腐粉的清香。

他返身进屋找到了防腐粉，再均匀地撒在两位老者的遗体上。

一座更大的坟墓在崖底旁耸立，坟前祭祀的纸花在飞舞，点燃的蜡烛在燃烧。

他再次返身进屋，整理好衣物，接着在大橱的抽屉里找到了大伯的全家福照片，他把衣物和照片一起放在一只很大的挎包里，用尽力气把挎包扔向悬崖边。

他把屋旁的稻草铺满了整个屋顶。

他环视着这间他养过伤、练过刀、赖以生存了两年多的老屋，从老屋外间的角落里找到了一桶用塑料桶装着的五十斤的汽油，他想这是大伯事先准备好的。

他把汽油倒遍了老屋的每个角落，打开打火机，把打火机掷向屋顶。

熊熊大火瞬间燃起，火焰冲起三丈高。这间木结构的老屋整整燃烧了两个小时，最后化成一片灰烬。

广连背起挎包，面对老屋的灰烬双手作揖，低头鞠躬，然后又来到坟前，连磕三个响头喃喃轻语："安息吧，我的再生父母，安息吧，我的大伯大娘，我会经常来看往您的。"

广连一步一回头，目睹着坟墓，目睹着老屋化成的一片灰烬，依依不舍地向都市行进。他决定暂且隐姓埋名，继续靠捡破烂为生，边生存边寻找大伯大娘的亲生儿子……

半个月后，他用独轮车推来了一块墓碑，上面凿刻着墓中人的姓名和立碑人即自己的落款。

他在城里重新租了一间棚户区的旧房子，这间旧房子是王维红的，后来他搬家了，又租了包正阳的房子。

他时而化装成商人，时而化装成乞丐，上双岭村打探情况。

他打探到孙女已经三周岁了，看到孙女可爱的模样，内心充满了喜悦。他还打探到金文辉就是救命恩人纪本中和杜桂蓉的亲生儿子，徐进发就是他俩的孙女婿，打探到金文辉和徐进发同样好色成瘾，打探到玉兰用石头砸村长没成，打探到金文辉对玉莲怀有不轨之心……

他在庙宇中的石头上写上"自强自信自爱自立自尊自律"等大字。

他打探到姚家姐妹俩已经分别同王标和肖道成生活在一起，便寻思着如何拆散他们。

当他又打探到凤英和悦铃还在犹犹豫豫不想离开双岭村进城时，便亲自召集了外村的几个壮小伙，给他们一定的报酬并交代他们要严加保密，在深更半夜把山神庙的石廊和"神石"抬到悦铃家和自家后门的防护墙边，将两家的防护墙砸成几条裂缝，让凤英和悦铃惊恐不已而决定进城去找丈夫一起过日子，让两家夫妻不再两地分居。他明白如果不利用山神庙中的"神石"来惊吓凤英和悦铃，两位妇女是不可能带着娃儿离开双岭村而进城的，同时他要给姚家姐妹俩制造麻烦，让她俩中止霸占别人丈夫的恶劣行为。

他忽然又想到即使儿媳妇带玉莲进了城，儿媳妇和玉莲的命运还是掌握在金文辉手里。那天夜晚，他悄悄地打开了自家的大门，用迷魂药迷住了母女俩，把玉莲抱走。他要保护好孙女，让孙女免受金文辉和徐进发的凌辱，他要亲自把玉莲抚养成人，成为国家的栋梁。

等他一有空，他又会出入在梦翔宾馆，出入在金辉房产，出入在金文辉的别墅周围，他要掌握金文辉和徐进发的动态。

他牢牢记着救命恩人纪大伯的教导，爱国守法，明礼诚信，扬善惩恶，除暴安良。

他带着玉莲在城市的各个角落奔走，让玉莲阅遍坏人的险恶、世道的邪俗。

他和玉兰跳假面舞，潜入佟院长家的窗口看他们聚餐，看玉兰为他过生日。

他给范怡茹和林琳写信，鼓励他们忠于职守，帮她俩卖房。

他教玉莲练飞刀，把玉莲培养得足够强大，足够拥有保护自己的本事。

他在不断积蓄力量，窥探时机，按他的本事，他可以不费吹灰之力把村长杀了，但他深明法律，他不能犯罪。更让他于心不忍的是纪本中叫他保护好自己的家人，他怎能反其道而行之，这不显得太冷血了吗?

他不敢和玉兰相认，是担心自己变形的脸面会把玉兰吓坏，甚至会吓到精神失常而不能恢复。

时下，他拿起纪本中的全家福照片，看了又看中间的孩儿，照片中的孩儿是多么的可爱，五十年了，这个文辉，这个金总，眉宇间有他父亲的神气，脸面上有他母亲的美丽，可是他的良心究竟遗传了谁的基因，他的心田究竟被谁播种上了邪恶的种子，至今仍在生根发芽，可怕地生长着。

肖广连已有多年没去看望救命恩人了，趁着玉莲高三放暑假，他决定带玉莲一起去看望……

高高的坟头在风雨的冲刷下已经矮了不少，唯有上面的花草仍郁郁葱葱，顽强地生长在上面；被烧毁的老屋的灰烬也早已被风雨冲刷得荡然无存，上面长出了茂盛的花草，花草有灵感，它要保护好下面的宝藏。

"玉莲，这座坟下埋着的是我的两位救命恩人，他们是一对相亲相爱了一辈子的夫妻。"

"半爷，你说他俩是你的救命恩人，你咋被他们救的啊？"

半爷指着悬崖处那棵仍顽强生长的老榆树"我在双岭村用飞刀打猎，不小心摔下了悬崖，挂在这棵老榆树上两天两夜，是大伯往崖上爬，大娘在崖下铺稻草加棉被……就这样把我救活了。一个月后有蒙面歹徒来抢药材，我与歹徒展开生死搏斗，大娘还为我挡了一刀……"

半爷隐瞒了自己被村长推下悬崖过后村长又来刺杀他的深仇大恨。

"半爷，您心肠好，遇到的人也好。"

爷孙俩用手掌捧来泥土，把坟墓再堆高一层。

坟前还是那飞舞的祭祀的纸花，还是那燃烧的祭祀的红烛。

"玉莲，等你长大了，也许半爷就不在了，你要经常帮我来看望两位老人家。"

"半爷，不要胡说，你身板这么硬朗，等我长大成年，您不过六十岁左右，哪会不在了。"

"玉莲，为了我脸上的伤疤不会腐烂恶化，我长期服用雷公藤多苷片，这药片好是好，但也有不少的副作用，对人体的五脏六腑都会有一定的损伤，如果引起并发症，说不定哪天我就走了呢。"

"半爷，您不会走的，您身体利索着，我还要指望您陪我游遍大半个中国，增加人生阅历呢。"

两人开始往省城的租住房出发。到了租住房，半爷又把纪本中的全家福照片拿给玉莲看："玉莲，你看照片上的人是谁。"

玉莲指着纪本中的照片："这位大伯像几年前在电视里现场直播的《莲花朵朵》的扮演者贾德安。"

"你的眼力还真不错，他是贾德安的亲爹，中间的孩儿才是贾德安，现在长成了同爹一样的年龄，像极了他爹。"

"哇，孩儿时的贾先生真可爱。"

"你知道贾德安是谁吗？他就是报纸上刊登的送你奶奶住精神病院的金总。"

"半爷，金总这么关心百姓，他一定是位心地善良、正派正直的好人。"

"玉莲，人不可貌相，金总这个人特别好色，我正是为了防备他把你当成大姑娘玷污，才把你带在身边保护着你。"

"半爷，那时我还小，不理解你这句话的含义，现在我懂了。可是我不明白奶奶咋的就进了精神病医院呢？"

"那也是金总害的，奶奶手握他玩弄少妇的证据，他想置奶奶于死地，多亏奶奶天生聪明，她把药片都扔厕所里了。"

"半爷，照片上的大伯大娘多么亲切善良，可怎么生了个这么不争气的儿子，他的心肠真歹毒。"

"不知金总遗传了什么基因，奢侈的生活导致他富贵思淫，心狠手辣，步步深陷不能自拔。"

"半爷，那次在嘉美举行集体婚礼，你我在观众席上看文艺表演，后来你带我上舞台表演，那位耍飞刀的叔叔是谁呀？"

"事到如今，我就跟你直说吧，他就是你的亲爹肖道成。"

"那您为什么不让我和他相认，我朝思暮想的爹娘，我的奶奶，和他相认了，我们就可以生活在一起了呀。"，

"玉莲，现在还不是相认的时候，过早的相认只会害了你，等到时机成熟，也就是等到你有了保护自己的能力，你不提出来我也会让你们相认的。"

"半爷，我懂了，我一定听您的。"

"玉莲，我有一种预感，那天举办集体婚礼，我注意到你娘领养的向依莲与你长得十分相像，我预感到金总正将黑手伸向向依莲，咱们得上你娘家周围打探一下。"

爷孙俩装扮成壮年和少年，半爷包了辆出租车，亲自开车，数小时后，来到了金辉花苑小区门口，此时已是晚上六点。

刚好凤英和向依莲走了出来，凤英向半爷的出租车挥一挥手。

母女俩坐上了出租车的后排，凤英让半爷开到星呈大酒店。

出租车在星呈大酒店的门廊处停了下来，门童把母女俩迎进大堂。

半爷把出租车停在停车场，两人从侧门走进了大堂。

玉莲向门童打听到母女俩去了三楼的绿玫瑰包厢，内心寻思，这间包厢我小时候来过的。

三楼的几个酒宴包厢人来人往，半爷从绿玫瑰包厢虚掩着的门缝看到里面只有金文辉、时凤英和向依莲三个人，美酒菜肴倒摆了满满的一桌。

三人吃酒宴的时间并不长，半个小时后，只见金文辉一手扶着时凤英的胳膊，另一只手挽着向依莲的手走向电梯口。半爷明白金文辉把凤英灌醉了，给向依莲也服了安眠药。

半爷和玉莲也来到电梯口，他们五人同乘一部电梯。

金文辉等三人在五楼下了电梯，半爷和玉莲到了六楼把电梯停下，又返回到五楼。

半爷看见金文辉等三人向525房间走进去。

半爷不知从哪里搞到的肖道成的电话，他打通了电话，叫肖道成去撞破525房间金文辉的航脏事。他已做好准备，如果肖道成不能马上赶到，他决定亲自撞破。

正准备下班的肖道成接到半爷的电话，听说是夫人和向依莲被金文辉带进了525房间，赶紧打电话给五楼的服务台，让领班先行去撞破，以防自己来不及。

已经调任五楼客房部领班的丰妮，连忙拿过备用的门卡和热水瓶，"咚咚咚"地敲响房门。

正欲将母女俩脱去衣裤的金文辉大吃一惊，知道事情已败露，善于随机应变的他赶紧整理好自己的衣服，笑嘻嘻地开了门："原来是丰大小姐，你啥时候调到星呈大酒店来了？"

"刚调来没几天，金总我来给你送开水了，咦，床上怎么躺着两个女人？"

"我请她俩吃晚饭，多喝了两口，她俩有点迷糊了，我送她俩来客房休息一会。"

肖道成也赶到525房间："金总，你请时凤英和向依莲吃晚饭，怎么不请我一起吃？"

"肖经理，你这不上着班吗？酒店的规定，上班时间除了特殊情况，不准陪贵宾就餐的，你不知道吗？"

时凤英这时酒已醒了一大半，方知金文辉邀请她和向依莲共进晚餐是别有用心，愤愤道："金总，你可真有野心，对一个小女孩都上了心。"

……

半爷见已撞破了金文辉的美梦，悄悄地带着玉莲离开了。

第45章 半爷离世

时光荏苒，岁月轮回，十年以后。

在十年以前集体婚礼上结为伴侣的两百对新人，除了佟加宣和王维红没有生育外，其余新人都有了自己的孩儿。

十年期间，苗艳已担任星呈大酒店客房部经理，时凤英已担任客房部七楼的领班。

徐进发在金文辉的运作下，半年前被评为桃源乡的劳动模范。

范怡茹和林琳已分别担任金辉房产的销售部经理和副经理。

周萍已经定居美国，和丈夫艾维斯共同经营着一家演艺公司。

梦翔宾馆已经转型为养老院，新任院长为原来的总经理高翔。

嘉美国际娱乐城和星呈大酒店仍联手经营，两家公司每年都上交数目不小的税金，为国家创造财富。两家公司还兼做慈善事业，为中国少年儿童基金会捐款。

徐泽天正在北京航空学院学习，明年将正式毕业。

王盛就读的是北京大学法学院。

吴庆荣就读的学校是中国政法大学。

包宜安和包宜全正在大连海军舰艇学院学习，今年是入学的第三年。

向依莲去年考入了中央戏剧学院。

他们都是大学里的学习尖子。

在中央戏剧学院和清华大学法学院分别学习的早就在上高中时就化名为张蕾的肖玉莲拿到了双学历文凭，在毕业典礼上，两个学院的校长亲自为她颁发毕业证书。

儿时在一起玩耍、一起上舞台表演的小伙伴而今都出挑成英俊潇洒的小伙子、俊俏妩媚的大姑娘。他们在大学先后加入了中国共产党，成为中国共产党的优秀一员。他们都留有电话号码，手机上都加有微信。向依莲和张蕾在同一所戏剧学院学习，在学校组织的联谊晚会上，她认识了张蕾，两人首先互加了微信，再由向依莲串联起徐泽天、王盛、吴庆荣等同学，他们由张蕾牵头组成了一个名为"同盛未来"的微信群，张蕾即肖玉莲被推选为群主。

肖玉莲还没有向同学们暴露自己的身份，六位同学都只知道她姓名叫张蕾，谁都不知道她就是儿时的肖玉莲。

正是七月的盛夏季节，酷暑阻不断友情，炎热挡不住相聚。他们说好了回老家过暑假，并随时在徐泽天的姥姥家相聚。

肖玉莲、徐泽天、王盛、吴庆荣和向依莲正乘坐在由北京始发的同一辆列车上，他们是买的连坐票。包家两兄弟正乘坐在由大连始发的列车上，包正阳已在南岚买了商品房，他俩都有了大都市的新家，新家是金辉房产名下的小区。

临近傍晚，徐泽天等一行四人在南岚市下了车，他们向下一站下车的肖玉莲挥手告别。

再过一个小时就要回到离开了一年的半爷身边了，玉莲心头涌起一阵欣喜和酸楚，欣喜的是又可以和半爷在一起，聆听他的教诲，酸楚的是半爷在送她去北京上大学的六年前就身体不适，饭量越来越小。但愿半爷能像五年前带她去星呈大酒店撞破金文辉的丑事那样，身板还算比较硬朗。

玉莲每次乘坐列车偏爱坐紧临车窗的位置，同学们下车了，身旁又来了新上车的旅客，她和他们聊了几句，便眺望着窗外。未及留神，辽阔坦荡的田野平川，挺拔茂盛的树木花草，还有远方若隐若现的绵延群山，已在视野中一一飞奔登场，又转眼间奔驰而去。

窗外，一帧帧流动的风景看似雷同，却又处处闪动着活跃的美感，又好似一幅幅徐徐展开的水墨画卷，总有意想不到的惊喜呈现眼前，或枝头扑棱而起的轻盈飞鸟，或绿原形状各异的惊艳花朵。玉莲用欣赏窗外的美景来驱除心中的酸楚，提升心中的欣喜。

她和半爷的亲情虽不是浓烈的醇酒，也不是甜美的饮品，它只不过是一杯纯清平淡的白开水，无色无味，却是她生活中须臾不能离开的。半爷从她四岁起就把她带在身边，用捡来的破烂换成钱币哺育她成长，供她读小学中学，直至大学毕业，她的每一步前进的路上无不流淌着半爷的心血。

列车在这座城市的火车站缓缓地停了下来，玉莲从行李架上拿下行李箱，下了车走出站台，叫了辆出租车，百感交集地往出租住地奔去。

出租车在半爷租住地的一条胡同口停了下来，狭窄的胡同容不得它再往前开，玉莲付过车费下了车。她在奔跑，不停地奔跑，向半爷奔去，不停地奔去。

这间简陋的两开间的平房，房门已经打开，半爷早早地就坐在轮椅里等玉莲回家了。

玉莲奔到半爷的面前，扑向半爷，泪水禁不住挂满脸面："半爷，你怎么坐轮椅了？什么时候坐的？"玉莲泣不成声。

"莲儿没事，半爷双腿已不能走路，去年你放暑假回学校后我就坐轮椅了。"

"那您为什么不打电话告诉我，我可以送您上医院治疗，侍候您，照顾您。"

"莲儿，别说傻话，今年是你双学历的毕业年，我怎么会告诉你呢，影响了你学习，考试通不过，毕业证书拿不到，那太不划算了。"

"半爷，您哪儿还有不舒服，我送您上医院，我毕业了，可以天天照顾您。"

"我不用上医院，我已经习惯了坐轮椅的生活。"

"这一年来您是怎么过来的呢？"

"我一日三餐叫外卖，我的双手灵活着呢。"半爷挥了挥双手。

玉莲俯下身体，撩开了半爷的裤管，只见他的两只小腿和脚板已经肿成一片，她轻轻地抚摸着，揉搓着："半爷，我来烧水帮您洗脚，您的脚肿成这个样子，在温水里泡一泡会好一些。"

"莲儿，你坐火车坐了十几个小时，快歇着吧，半爷没事。"

玉莲用原有的煤气罐烧起了水，这里的几排老房子正待拆迁，没有安装管道煤气。

玉莲把洗脚盆端到半爷面前，用水壶倒进热水，试了试水温正合适……她用毛巾轻轻地擦拭着半爷的脚背、脚丫和小腿。

半爷眼睛微闭，声音极其微弱："莲儿，半爷不能陪你走下去了，从今以后你就要自己迈开人生的步伐了，不管你到什么地方，都要用张蕾的姓名，暂且先把肖玉莲的名字给忘了。"

"半爷，我知道了，我扶您上床休息吧。"玉莲说罢扶着他上了床，让他躺在床上。

玉莲叫外卖送来了两盒饭菜，半爷吃饭都很吃力，玉莲一口一口地喂着他。

半爷艰难地咽下几口饭菜，用手摇了摇，示意玉莲不要再喂了，他勉强地坐起身子，声音更加微弱："莲儿，是把我的真实身份告诉你的时候了，我……我就是你的亲生爷爷肖广连，那年我把你从双岭村老家抱走，完全是为了保护你，双岭村村长徐进发流氓成性，他长期霸占你奶奶，用你爸爸的性命来恫吓奶奶……被我发现后，他用木棍打昏了我，把我扔下了悬崖，我并不是不小心摔下悬崖的。"

玉莲捧起爷爷的双手，声泪俱下："爷爷，我的亲爷爷，您从来就是我的亲爷爷，我一直把您当亲爷爷对待，我一定要为您报仇，我要走司法程序。"

"玉莲，先不谈报仇之事，以你现在的能力去报仇，等于以卵击石，"半爷奋力抬起右手指着大橱，"玉莲，把大橱抽屉下的两张照片拿过来，我还有话要对你说。"

玉莲从衣橱中的抽屉里找到了两张照片，放到爷爷的手中。

半爷指着纪大伯的一张全家福："这张照片我已经跟你说过了，"他又拿起另一张全家福，"这是你一周岁的照片，是我一年前潜入你金辉花园的家找到的……你的身旁是你的爸爸妈妈，爸爸的身旁是我，妈妈的身旁是你奶奶。本来这张照片上没有我，在你一周岁时我还在纪老伯家养伤，是我用我的单身照请照相馆的师傅合成的。你把两张照片保管好，到了一定的时候，带着照片，和奶奶和爸妈相认。另外，纪大伯的全家福，你务必找个适当的时机把它交给金文辉，希望他看到照片后能到悬崖底下去看望亲生父母的坟墓，同时希望他能忏悔，能反思。"

半爷一口气交代了许多，他的呼吸越来越微弱，他双目微睁，他在积蓄最后的力量，把要说的话全说完。玉莲抚摸着他的脸："爷爷，您快休息一会吧，您说的话我全记住了。"

半爷又开口了："玉莲，你要为我报仇难上加难，咱没有确凿的证据，况且徐村长是我救命恩人的家小，我曾经在救命恩人的面前许愿我要保护好他们的子女，我不能违背我的诺言，你如果能让徐进发主动坦白交代，那最好不过了，咱从良心上对得起救命恩人。最后我要说的是，那年我带你去过的纪大伯夫妇的坟头边，那片生长着茂密花草的土地下，埋藏着纪大伯亲爹从日寇手里夺回的宝藏，你要把宝藏安全地交给党和祖国，让它用在双岭村的脱贫致富上。我走了一年以后的今日，把我的一半骨灰撒在双岭村后的山坡上，撒在清水河的芦苇丛，还有一半骨灰，我希望能把它安葬在同纪老伯相邻的坟墓。另外，在我的枕头底下有金辉房产销售部的两位女士的手机号码，她俩是可信赖的朋友，你可请她俩帮助你一起料理后事。恕半爷笨拙，有些话无法表达清楚。总之，你要在保护好自己的前提下再行为我报仇之事。我去世的消息暂且不要让家人知道，能保密尽量保密，不要张扬。等你为我报仇以后，即徐村长主动坦白自首以后，再告诉你家人也不迟。爷爷祝愿你前程锦绣，鹏程万里。"

半爷说到最后，艰难地从口袋里掏出一张银行卡："玉莲，爷爷一生的积蓄五万元钱，都在这张卡上，你把它收好。爷爷用二十年的时间，用我的余生换来你二十年的清白，真值得。五个月后，精确地说应该是五个月后的第十天，希望我的在天之灵能听到徐村长主动投案自首的消息，你万万不可超过这个期限，这是我给你立的军令状，我有许多事还来不及对你讲，希望你一定要克制自己先不回家。探寻金家徐村长的奥秘，拿到确凿的证据，才是最重要的，记住，五个月后的第十天。"

半爷说完最后一句话，已经停止了呼吸。

"爷爷，爷爷，我的亲爷爷。"玉莲还在呼唤，她实在不忍心爷爷就这样离开了，可是她已无力回天。原本想陪伴爷爷一个暑假，让她尽一份孝心，如今她该怎么办？

半爷的突然去世让玉莲无所适从，她趴在半爷身上失声痛哭，她无法接受半爷已去世的事实。她抚摸着半爷佩戴的假脸，然后用热毛巾小心翼翼地擦拭着，就像在擦拭一件珍贵的艺术品一样。她从前额擦到下颌，从下颌再擦到颈脖，从颈脖再擦到双耳。

她从半爷的枕头底下摸到了一张纸条，上面写有范怡茹和林琳的名字，名字下面是手机号码。

她首先打通了范怡茹的手机："范大姐，我是张蕾……半爷……半爷他……"

范怡茹正在办公室统计上半年的营业收入，她放下手里的活儿："你是张蕾，你说什么，半爷怎么了？"

"半爷刚刚去世，临死前让我找到你和林琳，让你俩一起帮助料理后事，半爷还特地关照他去世的消息尽量保密不要张扬……"

泪水瞬间从范怡茹的双眼奔涌而出，她伏在办公桌上无声地抽泣了好一会。

她从办公桌的抽屉里拿出她一直珍藏的半爷写给她和林琳的信，满怀深情地又读了一遍，她不相信这么一位心地善良、爱憎分明的大伯说没就没了。

她擦干泪水挎上背包，来到销售大厅，把林琳拉到一边："半爷已去世，你跟李总说一声，就说我家中老爸生病住院，急需回家探望，特此请假两天，记住别太伤心，要哭到咱办公室去哭，不要哭出声来，还有半爷去世的消息只能你知我知，不要给第三个人知道。"

林琳强忍住泪水奔向办公室。

范怡茹驾驶着自己的轿车，按照张蕾电话里所说的地址，风驰电掣般地开去。

两个小时后，范怡茹来到了半爷的遗体旁，再次无声地抽泣。多年以来她一直在念叨，在寻找着半爷，如今虽然来到了半爷的身旁，可是阴阳两隔，再难相见。

范怡茹和玉莲拥抱了一下，接着两人从衣柜里翻出一条雪白的被单盖在了半爷的身上，盖住了他的脸。

"范姐，咱们打电话给火葬场吧，半爷说他去世的消息尽量不要让外人知道，咱们叫殡仪车半夜来接遗体。"

"半爷去世前还有什么遗言吗？"

"他让我们在一年以后把一半骨灰撒在他的老家双岭村和清水河，还有一半骨灰埋在同纪老伯相邻的坟墓……"

"为什么要在一年以后呢？"

"我也不明白，半爷就是这么说的。"

"半爷是你的什么人？"

"我是三岁时被人贩子拐走的孤儿，是半爷把我从人贩子手中抢回来，半爷靠捡破烂哺育我培养我，一直到我大学毕业。"玉莲隐瞒了半爷是亲爷爷的关系。而半爷之所以说一年以后再行办理骨灰之事，是让玉莲有充足的时间行报仇之事。

尽管做了相当的保密工作，但殡仪车半夜来拉半爷遗体的时候，还是给人看见了。

半爷去世的消息不胫而走，负责殡葬一条龙服务的殡仪公司免费为半爷料理后事，他们敬仰半爷的为人。玉莲吩咐他们，殡葬礼仪打破常规，一切以"半"来举行。

半爷的灵堂就摆设在半爷的居室。社会各界人士送来的吊唁花篮摆满了居室外的弄堂。花篮的数量是半百即五十个。

前往灵堂吊唁的人们排着队在半爷的遗像前三鞠躬，他的中间有公安民警，有土豪大款，有平民百姓，有街道的干部，有社区的乡邻。原本范怡茹和玉莲尽量不张扬的做法此时已难以落实，她俩已无法掌控这样的场面。

仿佛处在半梦半醒状态下的玉莲对殡葬的礼仪半懂不懂，她只知道用"半"字来送别半爷是最崇高的风格。她头上戴着一半黑一半白的布帽，脚上穿着一半黑一半白的布鞋，身上穿着一件一半黑一半白的布大褂，送半爷的人们理解她的心情，都不说三道四。

出殡的队伍浩浩荡荡，足足有五百米长。玉莲手捧半爷的遗像走在最前列，一路撒纸花的范怡茹紧随其后，八位仪仗队的乐手奏起了凄婉的哀乐。他们围绕半爷的居室行走了一圈，然后走向大巴车。十辆送半爷的每辆可坐五十人的大巴车上每辆只安排二十五人乘坐。玉莲相信，半爷的朋友遍天下，何止二百五十人，这一半的空位是留给没来得及前来送行的朋友们的。

火葬场的小礼堂，玉莲亲自作悼词：

各位领导，各位来宾，各位亲朋好友

苍天呜咽，泰山犹泣，白云垂泪，天人同悲，今天我们怀着无比悲痛的心情，在这里沉痛悼念我的恩人，我们的半爷，半爷因多种疾病复发，于前天晚上与世长辞，享年六十岁。

我是半爷的养女，我的姓名叫张蕾，我三岁时就被人贩子拐走，是半爷把我从人贩子手中抢回来，哺育，培养我成长……我的每一步成长都离不开半爷的辛劳。

半爷的一生是光辉的一生，他仗义疏财，扬善惩恶，相信我们中的许多来宾，都领受过半爷的恩赐，聆听过半爷的教诲。半爷的一生是贫贱不能移、威武不能屈的一生。

我们的半爷德高望重，口碑载道，不是亲人胜似亲人，不是长辈胜似长辈。半爷的逝世，使我们失去了一位好同志，我们要化悲痛为力量，在各自的工作岗位上，以优异的成绩来告慰半爷的在天之灵。

半爷，半爷，您安息吧，您的精神永垂不朽。

半爷，半爷，您一路走好。

在半爷被推入火化炉的前一刻，玉莲再一次扑到半爷的遗体旁，失声痛哭。范怡茹把玉莲拉回到身旁，两人拥抱在一起，无声地抽泣。

……

范怡茹和玉莲一起回到了半爷原先的居住地。

"张蕾，下一步的路你打算怎么走？"

玉莲还未从悲痛中回过神来，她不知道该怎么回答。

"张蕾，逝者已登仙界，生者节哀顺变。半爷的疼爱和教诲会永远陪伴在你身边，你要为了关心你的亲朋好友更加积极而快乐地生活着，让半爷在天堂里为你高兴和自豪。"范怡茹用长辈的语气安慰玉莲。

玉莲擦干净泪水："范姐，我准备先把居住的租房退了，接下来的路怎么走，我还没考虑好。"

"你应该利用你双学历文凭的优势，找一个好的工作，我请了两天假，今天是第三天了，原谅我不能继续陪伴你。有需要帮忙的地方随时联系我。"

范怡茹来也匆匆，去也匆匆。

玉莲打开两天前关掉的手机，屏幕上马上出现了几十个未接来电的号码，都是同学打来的，最多的是徐泽天。她又打开微信，屏幕上马上显示出徐泽天发来的微信。

"张蕾，两天来我一直打你电话都没打通，你为什么要关机，发生什么事了？我为你担忧。我们等着你一起上我姥姥家聚会，这个日期由你来定，因为没有你参加的聚会将会显得很空洞，不完美。你的居住地在哪，我要来找你，得不到你的消息，我会疯掉的。"

接下来的微信是王盛、吴庆荣、包宜安、包宜全和向依莲的，言辞都大同小异。她打开了最后一条向依莲的来信：

"学姐，你为什么关机啊，想死你了。我在义母家待了两天了，义父、义母和奶奶对我都挺好，把我当成亲生女儿和孙女一样对待。徐泽天他们把聚会的地点定在金总家，我才不想见到金总呢。学姐，到我义母家聚会好吗？同学们都在等你的消息，等你定聚会的时间地点呢。看到信速回信，等你的消息。"

玉莲马上给向依莲回了信，她是这样写的：

> 依莲，我家人把租住的房子退给房东，与房东产生了纠葛。因为租约合同到年底，房东不肯退还五个月的租金，街道干部正在协调解决，因此耽误了时间。聚会的时间我定在后天十一点，地点还是金总家，金总家地方大，比你家宽敞得多，恕我不能满足在你家聚会的要求，请你把聚会的时间告诉其他同学。我手机快没电了，暂时没有地方充电。对了，聚会时我会化装成一位教授，一位三十多岁的姓名为刘之瑶的刘教授，请你告诉其他同学，一定不要说破。至于我为什么要化装成刘教授，是因为我的家人也同金总家有矛盾。

玉莲发完微信关掉了手机，在心情没有恢复平静之前，她没有心思理他们。

玉莲发给向依莲的微信有关房东的一段文字是编造的，其实房东早已把半年的租金退给了她，房东也仰仗半爷的为人，她明白玉莲是不会在半爷去世的地方住下去了。

玉莲还不放心，担心化装成刘教授去金家聚会会被同学们说破，就又打开手机，把向依莲的手机号设置成无痕拦截，给徐泽天发微信：

> 泽天同学，看见你的来信就马上回给你了，谢谢你对我的看重和担忧，我一切都好。聚会的日子定在后天上午十一点，十一点在你外公家，咱不见不散。聚会的时候我将装成中央戏剧学院的一位三十多岁的刘教授，你们一定得叫我刘教授，请一定记住，切切勿误。至于为什么，恕我暂时不能奉告。

玉莲再次关掉手机，她走出居室，走向房东的租住地，准备向房东道别。

时已天黑，街道已走向冷落，玉莲的心情却越发拥堵，酸甜苦辣再次涌上心头。真的要离开半爷为了离她就读的省城高中近一点而特地租住的房屋，她顿觉依依不舍。

"阿姨，真的没有想到，半爷在您的房屋去世了，我们还设了灵堂，我给您五千元钱用来弥补对您的亏欠吧。"玉莲把五千元钱递给房东。

房东推谢道："姑娘，哪里话啊，我哪能收你的钱，我这间破房子明年就要拆迁了，天色已晚，你上哪去，要不你到我的新家住一阵子吧。"

"阿姨，您不收我的钱，我十分感谢您，改日我再来探望您，我要连夜赶到南岚去，找一个地方安顿下来。"

房东了解玉莲的性格，没有再加以挽留，她帮玉莲拦了辆出租车，玉莲同房东深拥道别。

"请问你到什么地方？"正在顶班的出租车队长丁洪伟向已坐在副驾驶座的玉莲打问。

玉莲的思想很不集中，丁洪伟连问两遍她才应答："我到南岚市中心下车。"

丁洪伟不急着开车，他感觉乘车的女士有点面熟：

"姑娘你的面容跟一位女士很相像。"

"你说的这位女士是谁？"

"她叫时凤英，我看过她年轻时的照片。"

时凤英，这不就是自己的亲妈吗？半爷反复交代不急着同爸妈相认。玉莲赶紧岔开："驾驶员同志，面容相像的女士很多的，快开车吧。"

丁洪伟听玉莲的语气很强硬，再没说话。他全神贯注地开起了车，两个小时后，到达了南岚市中心。

"姑娘，市中心周围有好几个社区，你到哪个社区？"

"我不到社区，你把我送到附近的小旅馆就行。"

"你要住旅馆，那还不如住到星呈大酒店呢，我的丈母娘就是酒店的总经理，我可以把房费给你免了。"

"你让我白住酒店，你干吗对我这么好？"玉莲起了警惕心，满脸狐疑地盯着他。

"别这样看我，我会像女孩子一样脸红的。"

"你们这些个男人都一样，对漂亮的女士不怀好意献殷勤，撕下你的伪装吧。"玉莲从挎包里掏出两百元钱。

"车费不收了，我顺路把你带回家的，你下车吧。"丁洪伟按下副驾驶座车门的按键。

玉莲把两张百元钞扔给他，打开车门一阵快走。

丁洪伟开车跟在她身旁："姑娘，我可不是你想象的那样是个坏男人，我是出租车的队长丁洪伟，两年前我还加入了中国共产党，你如果住到小旅馆我还真不放心，还是上我的车住到星呈大酒店吧。"

玉莲摸了摸藏在贴身腰间的飞刀，有飞刀在我还怕什么："你把后座的门打开，让我坐后座。"

丁洪伟按开了后门的按键："请开门上车吧，姑娘你有警惕心是好的。"

玉莲坐上了车，丁洪伟又把两百元钱还给她："还请你收好，就算是我为你做一件好事吧。"

临近半夜，马路上很空。丁洪伟打把车开得很快，转眼间就来到了星呈大酒店的停车场。

丁洪伟停好车，领着她在酒店前厅服务台取过一张开房门的磁卡，再领着她来到五楼的525房间，用磁卡打开房门，把磁卡交给她："姑娘你请进吧，房门有插销，你把插销上好，我看你眼圈发黑，恐怕有两天没睡安稳觉了吧，希望你美美地睡上一大觉。请你放心，不会有人来打扰你的，我会关照保安和服务员重点照应好你这个房间。"

……

第46章 相约金家

夏日的夜晚，月光朦胧，像隔着一层薄雾，洒落一地冷清。玉莲躺在床上望着窗外苍白的月光，更加感到阵阵凄凉。月光不再如水，她的心情也愈发悲伤，最终化成泪水滴落在枕巾上，枕巾淋湿了，从一小片漫延到一大片。

两个夜晚没有好好睡觉了，这第三个夜晚一定得努力睡上一觉。可是半爷的遗言又在她的脑海里浮现，半爷给她五个月加十天的时间为他报仇，为什么是五个月加十天呢，这究竟意味着什么？人在极度疲乏、极度悲伤的时候是动不出脑筋的，她不再思索了。她翻来覆去地挑选了一个舒服的睡姿，很快地进入了梦乡。

这一觉整整睡了十个小时，玉莲醒了。她打开手机一看已是上午十点，便翻身下了床，来到梳洗间，洗了把脸，梳了下头。

客房有送餐的文本，上面标着价目。她打通了送餐的电话，要来了两荤两素加一汤。两天以来不思饭菜的她这一顿吃得又香又甜。她又打通了客房服务台的电话，询问这个房间丁洪伟为她订了多少天数。客房服务员告诉她，没有设定期限，如果需要的话，可以长期住下去。

她于是又躺在床上休息，醒了又睡，睡了又醒，一直到翌日上午七点。她得为上金文辉家相聚的刘教授做准备了。她来到了一家美容院，要美容师把她化装成20世纪70年代现代京剧样板戏《杜鹃山》的党代表柯湘式的头型，年龄为三十多岁，眼角和鬓角之间要有鱼尾纹。

美容师："你要去扮演《杜鹃山》里的柯湘吗？我们这家美容院还是头一次为样板戏演员化妆，你们应该有专业的化妆师的，我的水平不一定比得上化妆师，不过你的脸型有点像柯湘，我会尽我最大的努力把你化装成柯湘的。"

"美容老师，我不是去扮演柯湘，不必当真，你只要把我化装成三十多岁的妇女就可以了，说具体点，是三十多岁的教授。"

一个小时后，玉莲已经以一个少妇的面貌出现在大街上。她在商场买了一副平光的眼镜，戴上后在镜子前照了一下，很有教授的气派。

　　时间还早，她重新回到酒店自己的房间，为了不破坏教授的形象，她坐在沙发上，让头发挨不着沙发的靠背。

　　她又低头沉思，寻找爷爷遗言中最核心的思想，爷爷在遗言中两次提到给她五个月的时间，五个月后的那天是什么日子呢。学过法律专业的她马上有了初步的论断，爷爷应该是在十九年前的今天被徐进发扔下悬崖的，中华人民共和国刑法修正案第八十七条的第四点分分明明写着，法定最高刑为无期徒刑、死刑的，经过二十年不予追诉，如果二十年以后认为必须追诉的，须报请最高人民检察院核准。徐进发故意杀人致爷爷重伤，理应判死刑或无期徒刑，或二十年有期徒刑。按照徐进发的权势和靠山，法院只会拣轻的判，即二十年有期徒刑。而二十年过后，如果要追诉，徐进发背靠金文辉这座大山，追诉文本到了市法院这一天会被卡住。可是爷爷为什么着重强调五个月后的第十天呢，也许是爷爷要交代的事情太多？另外人之将死脑筋会糊涂而不能断定确切的日期？不过她马上否定了这样的想法，如此深仇大恨，爷爷怎么会糊涂呢，她最后确定徐进发的第二次作案时间为第一次作案时间之后的第一百六十天。

　　玉莲分析到这里，浑身一阵轻松。时针已指向十点，她开始向金文辉家出发。

　　"金总，家宴要搞这么大的气派，辛苦你了。"最先来到金家大客厅的佟加宣向金文辉打招呼。

　　金文辉指着两张大圆桌和上面的美味佳肴："佟院长，今天有好几位学子要来我家聚会，听说中央戏剧学院的刘教授也要来，这两张大圆桌是我昨天特地让家具城的老总送来的，今天来我家的客人我算了算有二十多位呢。"

　　"你请那么多客人啊，我认识他们吗？"

　　"十年前的集体婚礼上的七对新人，除了艾维斯和周萍远在伦敦外，其余的六对我都请了，到来的客人大多数你都认识，不认识我会向你介绍的。你夫人、佟同和杨依，还有你孙儿没跟你一起来？"

　　"今天星期天嘛，他们都要睡到九点才起床。"佟加宣抬眼看了看手表，"现在十点了，我估计他们在路上了。"

　　范怡茹和林琳也到了，金文辉向佟加宣做了介绍。

　　范怡茹和林琳一起来到海涛和亚敏卧室前的小客厅，看望他俩已经上小学的正在做功课的儿子。

徐泽天原本就住在这个家，早早就起床的他今天要当面向张蕾表达爱意。他从向依莲口中得知吴庆荣、包家两兄弟都对张蕾怀有好感。尽管他在和张蕾的私人微信上多次表达过了，但张蕾从未给他一个明确的答复，只是回答她上大学期间不能谈恋爱。今天张蕾将扮成刘教授，这给他的表达增加了难度，他在寻思用怎样的方式来表达。

金文辉邀请的亲朋好友基本已到齐，时针将指向十一点。

金家别墅庭院门外停下了一辆出租车，玉莲身穿紫色的连衣裙，斜挎着法国产的迪奥品牌的背包，跨出了车门，走进了庭院。

庭院里全是"刘教授好""刘教授欢迎您"的欢迎声，玉莲走在分列两旁的人群中间，向他们点头致礼："大家好，我来晚了吧？"

"没有，刚好十一点，刘教授您真守时。"金文辉边说边伸出右手想同玉莲握手，不料玉莲把右手伸向了另一只伸向她的童玉兰的右手，同玉兰亲切握手："奶奶您好。"

童玉兰："刘教授，您大驾光临，给大家增添了喜庆的气氛，您一路上辛苦了。"

"不辛苦，奶奶您客气了，"玉莲佯装不知道是金总家，问身旁的依莲，"依莲，我来到的是金总家吗？你怎么不早说，我好准备一份礼物。"

依莲："刚才第一个向你伸手的就是金总。"

金文辉再次把右手伸向玉莲："刘教授，送什么礼呀，今天到我家来相聚的客人，我都不准许他们送礼的。"

玉莲把右手象征性地同他的手碰了一下："金总，您真好，不受礼体现了您的处世之道。另外，您把学子们全都请到自家来相聚，可见您爱才若渴，我在这里谢过您了。"

姚佩芳走上前来拉住了玉莲的手："刘教授，您是我们金家迎来的第一位教授，快进客厅吧。"

因为玉莲离开大家的视线已经整整十五年以上，再加上美容师的特意化妆，人们全都没有认出她就是肖玉莲。姚佩芳把玉莲安排在时凤英的一桌，母女俩四目对视，母亲竟没有认出自己的女儿，坐在玉莲对面的丁洪伟则更别说了。

金海涛和李亚敏首先向玉莲做了自我介绍，然后逐一把来客介绍给玉莲。

金海涛把姚佩芸和王维光拉到玉莲的面前："刘教授，这是我的姨妈和姨夫，我姨夫老家在双岭村，号称神医，无事不通，无事不晓。"

玉莲和他俩握过手，说着客套话："姨妈姨夫，你们俩真年轻，看上去和我差不多。"

王维光："刘教授，我和夫人的年龄起码比你大一轮，请问刘教授芳龄多少，成家了吗？"

"我32岁，还没成家呢，王神医，你帮我介绍对象吗？"玉莲开玩笑。

姚佩芸："刘教授，介绍对象还得靠我，到我们嘉美国际娱乐城来玩儿的帅哥多着呢，我帮你多多留意，挑个十个八个让你筛选。"

徐泽天听见了可不开心了："姨姥姥，追求刘教授的帅哥排着队呢，用不到你介绍的，再说刘教授不过开个玩笑嘛。"

他们一起把肖玉莲迎向大客厅，让肖玉莲朝正南坐下。

金海涛和李亚敏开始给大家的酒杯斟满，男士们全都斟的是贵州茅台，女士们全都斟的是法国拉菲红葡萄酒。

除了两张大圆桌。金文辉还在一旁摆放了一张方桌，专供上小学的小朋友享用。他给小朋友们一人一小瓶百事可乐。

金文辉回到大圆桌："我们大圆桌的朋友们，请大家推选两个桌长，有桌长的家宴会更加显得喜气洋洋，和和美美。"

金文辉的一桌客人一致推选他为桌长，另一桌的客人一致推选刘教授为桌长，弄得玉莲挺害羞："朋友们听我说，我做桌长，这不喧宾夺主了吗？还是另选他人吧。"

肖道成和时凤英异口同声："刘教授您别推却了，我们这一桌的桌长就是你了。"

丁洪伟也开始发声："刘教授做桌长，我一百个赞成。我提议，由两桌的桌长首先带个头碰杯干杯，然后我们再共同举杯，大家说好吗？"

大家全都说好。

金文辉来到玉莲面前："刘教授，我女婿的建议我一定得执行，请吧。"

金文辉和玉莲举起酒杯，碰杯后一饮而尽。

两桌酒宴上的主人和客人全都举杯，相互碰杯，然后一饮而尽。

佟加宣也爱给家宴渲染气氛："我们两桌的朋友们，大家应该再推选一位总桌长，这位总桌长由谁担任呢？"

大家你看我，我看你，最后都把目光聚集到玉莲身上，王盛带头喊起："总桌长，刘教授。"大家一齐呼和："总桌长，刘教授。"

玉莲推脱不过，就欣然接受了。

席间，人们夹菜的夹菜，碰杯的碰杯，好一派热闹非凡的场面。热闹开心中也有不着调的一面，徐泽天注意到老爸的眼睛老是往刘教授身上飘，弄得刘教授好几次都别转了脸。他还注意到老爸在给刘教授敬酒时故意把香烟掉在地上，趁弯下身捡香烟时顺便摸了一下刘教授的小腿。鉴于这么多人在场，泽天没有揭穿老爸的鬼动作，他把火气窝在心里。

玉莲又发声了："我这个总桌长现在有请六位大学生推选两位同学每人朗诵一首或诗词或散文，内容可以自己设定，也可以自己编写，不拘格式。"

大家一齐把目光投向六位大学生。

六位大学生一致推选徐泽天和向依莲。

向依莲："刘教授，客厅里太闹腾，我要到后院打草稿，容我离开一刻钟。"

玉莲："甭说一刻钟，半小时都可以。"

徐泽天："刘教授，我要到前院打草稿，容我也离开一下。"

玉莲："泽天你去吧，你和依莲一个前院一个后院，应该是前后有缘吧！"

依莲："刘教授看你说的，我才不跟泽天有缘呢。"

金文辉："依莲，上后院当心蚊虫叮咬，脸上咬出红豆豆就难看了，我脚板上已经被蚊虫咬了两个大包包。"

依莲："我才不怕蚊虫咬呢，我怕的是你会咬我，金总，蚊虫怎么光咬你啊？"

一句话说得金文辉一脸尴尬，姚佩芳赶紧为丈夫打掩护："依莲这个丫头，尽说些不着边际的话。"

依莲打好草稿首先回到宴席："尊敬的各位领导，各位朋友，我朗诵的诗词是《我爱您，我的义母》。"

向依莲深情朗诵：

我爱我的义母

就像小小的向日葵

带着对太阳的爱

把爱的目光送往天空

我爱我的义母

就像自由的海鸥

带着对大海的爱

把终身献给海空

我爱我的义母

就像可爱的鱼儿

带着对河水的爱

把生命依存在水中

哦　我的义母　我最亲爱的义母

是您给了我一个完整的家　一个幸福的家

白天　您就像一个太阳把我温暖

夜晚　您就像一轮明月把我照亮

哦　我的义母　我最敬重的义母

是您把我哺育成一朵鲜花变得芳香

我把芳香散播在风里　和爱一起献给您

感谢您义母

您的美德是我取之不尽用之不竭的精神财富

您给予我梦想　给予我希望　给予我力量

我成长中的点点滴滴都离不开您的呵护

我生活中的丝丝缕缕都离不开您的关怀

我爱您　我的义母

我爱您　我的义母

……

　　向依莲朗诵完以后走到时凤英身旁，和义母深情相拥，她俩的泪水已经相融在一起分不清你我。

　　向依莲回到了座位上，时凤英对身旁的玉莲说："刘教授，我自己的女儿肖玉莲早在十五年前就失踪了，我把伊莲当成自己的亲生女儿一样对待，希望玉莲仍好好地活着，有朝一日能回到我的身边。"

　　玉莲强忍住自己的泪水："阿姨，您大爱无疆，玉莲一定会回到您身边的。"

　　此时徐泽天已经打好草稿，回到了客厅："尊敬的各位领导，各位长辈，同学们，今天我朗诵的诗词题目是《我的爱慕你知道》，我把它献给我心仪的女子。"

　　徐泽天说完深情朗诵：

百花盛开的夏天　令我心旷神怡

万里无云的天空　让我浮想联翩

这是一个完美的季节　这是一个多彩的季节

绿树成荫　芳草萋萋

花香飘逸　芬芳馥郁

青松绿竹　苍翠挺拔

树影婆娑　漫山葱蔚

可是我的心田为什么会枯萎

因为我爱慕的人儿无法向她表白

花落的声音风知道

思念的感觉心知道

变冷的温度冬知道

我的爱慕只你知道

你是红花　我是绿叶

你是月亮　我是星星

在我心里最爱的人儿就是你

你就在我周围　我却无法靠近你

爱如潮水一往无前　爱如潮水无法返回

爱的印迹如此坚定　爱的色彩如此浓烈

你像一片轻柔的云在我眼前飘来飘去

你像一朵鲜艳的花在我的周围悄然绽放

为什么我不能向你表白

为什么我不能向你流露

你说你说请你快快说

你说你说请你快快说

……

徐泽天起先是面对大家朗诵，最后他的目光一直停留在玉莲脸上。大家开始怀疑，这首诗词是朗诵给刘教授听的？宴桌的座位上有交头接耳的窃窃私语声：

"泽天今天怎么了，难道爱上了年龄比他大十岁的刘教授？"

"丘比特之箭射向了刘教授，不知刘教授会不会接受呢。""看刘教授满不在乎的样子，怕是没来电。"

玉莲见状赶快把大家的注意力岔开，他面向金文辉："金桌长，两位同学的朗诵结束了，向依莲表达了对义母的爱慕，徐泽天表达了对恋人的爱慕，下面应该由你一桌的客人表演节目了。"

金文辉心里正在犯嘀咕外孙行为奇怪，没听清玉莲在说什么，没有马上回答。坐在身旁的姚佩芳用肩膀顶了顶他："文辉，耳朵聋了吗，刘教授让你安排表演节目呢。"金文辉心里正在埋怨外孙不争气，竟喜欢上了一个年龄大十岁的教授，他没听清玉莲在说什么，没有马上回答。坐在身旁的姚佩芳用肩膀顶了顶他："文辉，耳朵聋了吗，刘教授让你安排表演节目呢。"

金文辉马上回过神来，面对玉莲："刘教授，我注意到你今天的打扮像极了现代京剧样板戏《杜鹃山》中的党代表柯湘，咱们来段《普天下受苦人》的对唱怎么样，我扮演雷刚，你扮演柯湘。"

玉莲自然是不会同他对唱的："金桌长，我可没唱过什么京剧，你不妨同金夫人一起演唱这不更好吗？"

姚佩芳也不肯同他对唱："刘教授，我只会听《杜鹃山》的唱词，要说亲自唱，还真唱不了呢，还是免了吧。"

玉莲："那成，金总，早就听说你女儿是唱歌明星，那你就让女儿唱一首大家都喜欢听的歌曲吧。"

金文辉早有准备，他昨天就让婉莹准备了一首《北京的教授请你留下来》的歌曲。

客厅里荡漾起金婉莹悦耳动听的歌声：

　　　　盛夏的微风吹进我家大客厅
　　　　风儿把教授的裙衣拂动
　　　　教授脸上散发着迷人的芳香
　　　　教授周身飘逸着青春的气息
　　　　她的芳香销蚀了世俗的尘埃
　　　　她的气息赶走了肆虐的蚊蝇
　　　　北京的刘教授请你留下来
　　　　每当我轻轻地和你碰杯
　　　　你明亮的双眸总会打动我

每当我轻轻地和你碰杯

你优雅的举止总会感染我

北京的刘教授请你留下来

你眼角的鱼尾纹体现了你为学生的辛勤付出

你三十还未嫁人说明了你对事业的执着热忱

在你的哺育下一代代接班人茁壮成长

在你的培养下一代代学子奔向神圣的岗位

北京的刘教授请你留下来

北京的刘教授请你留下来

……

    家宴进入尾声，金婉珍、李亚敏等女士开始收拾桌子。宾客们有的来到前院，有的来到后院，坐在浓荫下的长条凳上玩笑嬉戏。

    玉莲和同学们一起来到后院，面对清水碧碧的游泳池，她好想下去游泳。

    "张老师，我们一起游泳吧。"徐泽天还是说破了玉莲的身份，好在同学们身边没有其他人。玉莲瞪了他一眼："徐泽天，你今天怎么了，别的同学都不像你，又是对我念情书，又是说破我，还不赶紧弥补。"

    徐泽天马上面对其他来到后院的客人："贵宾们，我们请刘教授一起游泳好吗？"

    大家连声叫好。

    玉莲可不敢下泳池游泳，一下泳池，脸上的化妆被水冲掉，那就前功尽弃了："朋友们，我还不会游泳，再说我今天太累了，同学们游吧。"

    六位同学分别换上泳装，跨入了游泳池。

    李亚敏、爱丽娜、范怡茹、林琳、金文辉、徐进发、金婉珍也先后换上泳装，跨入了游泳池。

    从小就在清水河畔长大的徐进发游泳本事还真不小，他能潜入水底两分钟，把个金婉珍找得晕头转向。

    徐进发和金婉珍时而肩并肩地蛙泳，时而一前一后地自由泳，时而脚对脚地蝶泳,最后他俩仰面朝天地躺在水面上，任凭流动的水面把他俩漂来漂去。

    ……

第47章 母女同工

范怡茹一直在打玉莲的电话，一直没打通。这是金家聚会后的第三天。相聚的那天傍晚，玉莲对他们说当晚要去买到北京的高铁票，她同他们一一握手道别，尽管天开始下雨，但她拒绝任何人用轿车送她去火车站，在别墅区的大门前拦了辆出租车，独自一人冒着风雨而去。

丁洪伟也尝试着想找到玉莲。当他打开玉莲入住的525房间时，只见里面已打扫得干干净净，床头箱上用茶杯压着一张纸条和五百元钱，纸条上写着："感谢丁大哥的照应，五百元是我两天的住宿费，请转交给大堂收银处。"

徐泽天、王盛等五位同学也打不通玉莲的电话，他们打开了微信，张蕾已经从微信上消失，再也找不到她的消息，她已经销声匿迹。

原来玉莲离开金家后，来到了远离市区的一家名为"幸运"的小旅馆住下了，并与旅馆老总签订了长包三个月的合同。住在旅馆的第二天一早，她就到移动公司把原来的手机号注销了，重新换了个号码。

时下，她回到了旅馆，正在思考哪些是最可信赖的朋友，她要重新和他们取得联系，她不能孤军奋战。

她首先想到了范怡茹和林琳，爷爷为她推荐的这两个朋友可靠吗？应该相信爷爷的话不会错。她其次想到了丁洪伟，那也是真心想帮她的朋友。但她想到他是金文辉的女婿，也是徐进发的连襟，自家人只会帮自家人，她立即把他否定了。她接下来想到了亲爸亲妈和奶奶，爷爷交代过等报仇以后再和家人相认，肯定有他的道理。

她庆幸到金家的聚会十分值得，一是见到了自己的家人，二是初步打探到了金家的人际关系。她把刘教授扮演得惟妙惟肖，没有让大家起疑心。让她后怕的是差点被徐泽天说破，这个徐泽天，之前反复交代他不要说破，关键时刻还是差点捅娄子。

这家小旅馆虽然只有二十个房间，却有着三星级宾馆的设施。玉莲来到了洗手间照了下镜子，脸上柯湘的打扮经过几天的消磨已荡然无存，只是稍带洗弯曲的齐脖短发似乎还残留着柯湘的痕迹。她用热水洗了下头，用橡皮筋在头顶扎起高高的马尾发型，这种蓬松的丸子头发型，加上简单的齐刘海和两侧的发丝，使她又恢复了青春靓丽的少女面貌。

她又照了下镜子，这种发型不禁让她回忆起年少年时和包家两兄弟卖花的情景，三位扎丸子头的少年，招来了不少顾客，卖花的数量急剧上升。

她开始用新的手机号码拨打范怡茹的电话，最先的几次没有打通，范怡茹对陌生的电话不予理睬。

她不气馁接连打连续打，终于打通了："范姐，我是张蕾……"

"好一个张蕾，这些日子你人间蒸发了，还是其他原因，自从送走了半爷后，我每天都要打你几十个电话，原来你换了号码，你知道我有多想你吗。"

"范姐，我也想你，你有空吗？我想到你办公室来，有些事我要向你澄清说明。"

"你现在在哪？"

"我在市西北面的一家名为幸运的旅馆。"

"这家旅馆我知道，离我这里很远的，打车要百来元钱，现在是中午，我有空，还是我来吧。"

"范姐，你和林琳一起来好吗？半爷曾说过，你和林琳是最可信赖的朋友。"

"林琳在我面前一直念叨你呢，我这就带她一起来，你要等个把小时。"

一个小时后，她们仨已经在幸运旅馆会面。

"范姐，那天你去金家聚会了吗，你可曾见过一位姓刘的教授？"

"我和林琳都去了，是金辉房产的老总邀请我俩去的。刘教授是专程从北京回来和学子们相聚的。我们还推选她为总桌长，她三十岁的样子，这么年轻就当上了教授，能力真不小。她理了个柯湘式的头型，想必她特别崇拜柯湘。"

林琳："那天我坐在范姐身边，不时用眼角瞟刘教授，感觉她真有柯湘的范儿。"

"两位姐姐，刘教授就是我，我就是刘教授。"

范怡茹和林琳大惑不解。范怡茹："你那么沉着稳健，你的装扮能力超出了我的想象，你把自己埋得这么深，到底是为什么？"

林琳："是半爷让你这么做的吗？"

"两位姐姐，我得从头向你俩说起，我就是多年前报纸上电视台经常刊登的寻人启事中要寻找的肖玉莲，半爷就是我的亲爷爷。二十年前徐进发就霸占了我的奶奶，他用如果不从了他就把我爸杀了来恫吓奶奶，最后被爷爷在双岭山顶上撞上了。撞上后徐进发用木棍打昏了我爷爷，并把爷爷从崖顶上扔了下去，我爷爷大难不死，挂在崖间的一棵老榆树上，被金文辉的爹娘救了下来。半爷的脸面摔成了重度缺陷，治愈后一直戴着假面。我四岁时就被爷爷雪藏在身边，为的是不让我遭到金文辉和徐进发的凌辱，半爷让我为他报仇，我要找到徐进发故意杀害爷爷的确凿证据……"玉莲一口气说了很多。

范怡茹和林琳听得很紧张，回想起在梦翔宾馆和在金辉房产同金文辉和徐进发的交往，两人稍稍有了眉目，玉莲扮成刘教授是情有可原。

范怡茹："玉莲，这事听起来有些复杂，报仇的事还得慢慢探讨，决不能贸然行动。"

林琳："玉莲，那天聚会亲爸亲妈还有亲奶奶就在你身边，却不能相认，我真替你难过。"

"两位姐姐，爷爷临终前交代我了，你俩是最可信赖的朋友，报仇的事只能我们三个人知道，另外，我还得化名为张蕾。"

范怡茹："我们会为你保密的，你啥时候和父母相认，他们会和你站在一起为爷爷报仇的。"

"范姐，我巴不得马上就想和他们相认，可是日思夜想利少弊多。我爸妈都在金文辉夫人的手下工作，凡事都得听他们。金文辉俘获我之心不死，五年前他把我妈和向依莲骗到星呈大酒店的绿玫瑰包厢，在饮料里下了药……全亏被半爷撞破。现在我家和金家常有交往，我若和亲爹娘相认，会让金文辉有机可乘，总之男人对女人上了心，女人会防不胜防的。"

林琳："玉莲你说得对，我和范姐是过来人，对付金文辉和徐进发还得下一番工夫呢，你一个黄花闺女还真不是他俩的对手，保不准会生出什么事端来。一旦生出事端，凭金文辉的权势，咱只能哑巴吃黄连，有苦说不出。"

范怡茹："玉莲，那天聚会，徐泽天摆明了向你求爱，你是咋考虑的？"

"徐泽天是向张蕾求爱，他并不知道我是肖玉莲，再说他是金文辉的外孙，徐进发的儿子，他就是知道我是肖玉莲向我求爱，我也不会理他。如果他知道他爸是把我爷爷扔下悬崖的凶手，我料他是不会向我求爱的。"

林琳："玉莲，爷爷走了，今后的一切都要靠你自己面对了，下一步的路你打算怎么走？"

"我还是听听两位姐姐的意见吧，半爷说了，一边是救命恩人，一边是杀人凶手，半爷曾答应过救命恩人保护好他的家人们，我想让徐进发主动坦白自首，目前还是缺乏确凿的证据。"

范怡茹："咱现在要找到徐进发的确凿证据有一定困难，就算有了确凿证据，金文辉有势力，证据十有八九会被推翻。"

"范姐，我想到星呈大酒店的客房部当服务员，你把我介绍进去吧。星呈大酒店是社会的一个窗口，那里会发生很多的故事，很有可能会打探到一些新的情况。"

范怡茹："玉莲，你到星呈大酒店当服务员我赞成。你和那天去金家相聚的同学们还有联系吗？"

"没有联系了，我已同他们撇清关系，我已经退群，现在换了新的手机号码，他们都不知道。"

"撇得好，省得他们会弄出什么麻烦事来干扰咱。这些同学暂时没有利用价值，他们会是个累赘。玉莲，我直接把你介绍进星呈大酒店不妥当，我和林琳在任何场合都要装作和你互不相识，这样会更有利于在暗中帮助你。我介绍你去一个地方，你去火车站的欣欣中介找老板邵雨欣，让她介绍你去星呈大酒店，另外，你还得把张蕾的名字改了，要是不改，你还是会暴露的，改什么名字记得打电话哦。"

她们仨来到了火车站附近，林琳交代玉莲："你现在完全是清纯少女的模样，你还得装扮成三十多岁的妇女，要不邵雨欣不会介绍的。"

范怡茹把玉莲的丸子头松开，让她恢复成齐脖的发型，又在她眼角画了几道鱼尾纹。

"去吧，玉莲，不要对邵雨欣说是我介绍你去找她的，祝你好运，我和林琳得回金辉房产上班了。"

两位好友的热情相助提振了玉莲的信心，她在欣欣中介门口驻足观望了片刻，毅然走了进去。

"这位女士，你要找什么工作，墙壁上都写着。"

玉莲看看东墙又看看西墙，最后在写有"星呈大酒店长期招聘歌厅、舞厅、客房服务员"的条文前停了下来："老板，我想到星呈大酒店当客房服务员。"

"你做得来吗？可不要做了三天就跑掉了。"

"老板，我起码要做个一年两年甚至五年十年，我在农村吃惯了苦，又赚不到钱，到城里来就想找个安分的工作多赚钱。"

"带身份证了吗？"

玉莲一摸口袋："哎呀，忘了带了。"

"我们招工都要求求职者带身份证的，你得回去拿一下。"

"老板，我家远着呢，离这里有七八十里路，我身上又没带多少钱，请你网开一面吧。"玉莲苦苦哀求。

邵雨欣打量了一下玉莲的周身："你身高有一米七吧，长得还挺标致的，我就把你介绍过去吧，说不定你在那里有发展前途呢，你叫什么名字？"

"我叫苏梓淳，苏联老大哥的苏，木字旁加辛苦的辛，三点水加享受的享。"

"你的名字咋这么矛盾，又是辛苦又是享受。"

"老板，我爹娘就是给我起的这个名字，我也没有办法，不过细细分析还挺好的，先辛苦后享受呢。"

"苏女士，你倒蛮会说话的，"邵雨欣拿过一张招聘登记表，"填上吧，姓名，出生年月……"

玉莲填好登记表："梓淳在这里谢过老板了。"

"不用感谢的，"雨欣把登记表复印成两份，交给玉莲一份，"苏女士，你明天一早带着登记表去找客房部的领班时凤英报到，她会帮你安排的，她四十左右的年龄，个子稍微比你矮一点，酒店包吃包住，就是活累一点。你要在酒店好好干，让酒店老总知道我给他们介绍了一位好员工。"

时凤英，这不自己的亲妈吗？她也在客房部工作？母女俩都在仇人的长辈开办的大酒店工作，玉莲心里百感交集。总之，星呈大酒店她是去定了。

邵雨欣给姚佩芳打了个电话："姚总，我给你招聘了一位客房部的服务员，她长相姣美，名叫苏梓淳，客房部经理外出学习，我让苏女士明天一早直接找领班时凤英报到了。"

邵雨欣打完电话又问玉莲："苏女士，你在老家有没有看见一位叫肖玉莲的姑娘，她在世的话应该有二十岁了吧。"

"老板，我没有看见啊，您中介所的门前竖立着寻找肖玉莲的标牌，上面还有她孩儿时的照片，您真是一位仁爱慈善的老板。"

"你休夸我，寻找肖玉莲到现在还没着落，我好不甘心，你到了酒店上班后，不管碰到什么客人，都要打听肖玉莲的下落，一有消息马上打我的电话。"

"老板，我记住您的话了。"

邵雨欣把自己的名片递给玉莲，玉莲收好后把一百元的中介费交给她，邵雨欣："看你是农村人，到城里来找工作不容易，我就只收你五十了。"

……

玉莲回到了旅馆，时间还早，才下午两点，她感到肚子空洞洞的，便叫了份外卖，吃完后又苦思冥想，如何让徐进发主动坦白自首，又想不出个所以然来。

她回想起爷爷在去年放暑假时对她说过的一段话来："我要把你禁锢在阴气森森的太平间面对众多尸体，磨炼你的意志，把你投放在杳无人迹的沙漠，让你和懦弱拼杀，把你带行到荒芜冷清的岛礁，让你和野兽交战，这样，你就会变得足够强大，让金文辉一类人看见你就害怕，半爷就彻底放心了。"

想到这里，玉莲把房门上了插销，把窗户紧闭，心里默默自语："爷爷，我所住的房间就是太平间，就是沙漠，就是岛礁，我在磨炼意志，和懦弱拼杀，和野兽交战，我一定会变得足够强大，您就彻底放心吧。"

她给范怡茹打了个电话，告诉她入职星呈大酒店客房服务员已取得成功，用的是苏梓淳的化名，同时让范怡茹转告给林琳。

她再次捧起全家福的照片，端详着爷爷和蔼慈祥的面容，仿佛捧起了进展和希望。

星呈大酒店客房部的五楼办公室。

玉莲早早地就来到了这里，正在聆听时凤英的安排。

"苏梓淳，今天你是第一天到客房部上班，你先熟悉一下客房的打扫过程，刚刚七楼有几位客人退房了，服务员正在打扫，你先跟着他们熟悉。"

"时经理，我这就去。"玉莲明明知道亲娘只是领班，还是叫她时经理。

"不要叫我时经理，经理外出学习明天就要回来了，我不过是个领班，临时代一下经理，叫我凤英即可，这里的服务员都叫我凤英的。"

"叫你凤英那不显得不尊重吗？我还是叫你时领班吧。"

"你应该随大家，随大家一起叫我凤英，我听着有亲近感。"

"那我就叫你凤英了。"玉莲一阵心酸，差点流下泪来。

凤英从抽屉里取出一张开房门的磁卡和一枚工号牌："这是给你住的寝室和工号牌，我们这里的工作时间是八上八下两班倒，你可先去寝室把行李箱安放好，工作服在墙上挂着，你挑选一身合适的穿上，没有合身的找我来调换。"

"凤英，那我去了。"凤英取过磁卡和工号牌，按照磁卡上的1132编号，乘电梯来到了十一楼32号房间。

她安放好行李，找到了一身合适的工作服，佩戴上工号牌，只见工号牌上的编号是705，她想应该是在七楼上班吧。

她乘上了十一楼的电梯，正好在电梯里碰见了凤英。

"梓淳，我刚刚忘了交代了，你在七楼上班。"

"凤英，我已经知道了，我工号牌上不写着705吗？"

"梓淳，你悟性蛮高的，看不出你是一个农家少妇。"

母女俩一起来到了七楼，凤英领玉莲走进一间客人已退房的房间，这间房间正好没有服务员打扫。凤英给玉莲做起了示范，玉莲在一旁帮衬着。

母女俩打扫完这个房间，又去打扫另一个房间。

"梓淳，你生了几个娃儿？"

"一个，就生一个男娃，凤英你呢？"玉莲说了个谎。

"我也是一个，是个女娃，不过在十五年前就失踪了，后来又领养了一个。"

"凤英，十年前我就知道你收养了一个女娃，她叫向依莲是不，十年前，我在电视里看见的。"

"这么说来，你在十年前就知道了我的姓名了？"

"我听主持人说的，主持人谈悦铃主持集体婚礼，她一上台先做了自我介绍。"

"你的记性真好，在客房部好好当服务员，说不定两年后客房部经理就是你了。"

"凤英，我没有做经理的欲望，我只想做好我的服务员。"

玉莲的接受能力很强，第二天她就正式投入了工作，她有条有理，动作利索，打扫一个房间平均不到二十分钟，和老服务员相差无几。

苗经理外出学习回来了，凤英还是回到七楼当领班。这天临下班的时候她吩咐玉莲："梓淳，我明天要请假一天，白天七楼客房的打扫你多担着点，七楼连我一共五个服务员，我的工号牌是701，以往我不在的时候，我总是把701交给我信任的服务员让他代理领班，今天我交给你，明天你佩戴在胸前，三位服务员看见你的701工号牌都会听你安排的。"

"凤英，我上班才没几天，你还是把工号牌给其他老的服务员吧，我担心他们会不听我的。"

"梓淳你放心吧，打扫一个房间另加5元钱的计件工资，十个房间就是五十元，你不安排他们也会抢着干呢。"

"那好吧，凤英，明天你为什么要请假呀？"

"明天是我公公遇难十九周年的日子，我婆婆要在家里祭祀，每逢周年的祭祀我婆婆都要我陪伴着她。"

"凤英，明天你就放心在家吧，明天我会安排好七楼的工作的。"

待凤英离去后，玉莲打开手机看到明天是2017年7月24日，她把这个日子铭刻在心里，这是爷爷十九年前遇害的日子，加上五个月又十天即一百六十天，就是徐进发第二次作案刺杀杜大娘的时间。爷爷给她立的军令状应该是在2018年12月31日之前，这与刑法上规定的故意杀人致重伤二十年后可不予追究刑事责任的条文相吻合，我万万不可超过这个期限。

凤英过了24号就来上班了，玉莲把701的工号牌交还给她，自己仍佩戴上705的。

客房忙的时候，凤英仍帮助一起打扫房间，有时候母女俩合力打扫一个房间，不到十分钟就打扫完毕。

夏日的午后给人以烦闷不安，带给玉莲更多的是压抑和忧伤，她的心又飞到了爷爷那里，她又回忆起和爷爷一起捡破烂，一起练飞刀，一起长途跋涉到纪老伯和夫人的坟墓前祭祀的日子……

这是在她十一楼的卧室里，刚刚打扫完几个房间，现在有片刻的空闲，她倒了杯温开水慢慢喝下，开着中央空调的卧室，让她感觉到有一丝凉快。

她眺望窗外，远远地能看见金辉花苑自家的轮廓，有家不能回的她眼眶又湿润了。她庆幸打探到了爷爷遇害的正确日子，寻思着下一步的行动。

在自己的卧室不宜待得时间太长，她又回到了七楼。她看见总经理姚佩芳正领着一位女士参观客房的设施。

"姚总，你们宾馆的房间整洁利落，我注意到你们的入住率达到了百分之七十，后天我们追梦旅游团有两百位贵宾，能住得下吗？"

"平团长，甭说两百位，就是五百位也住得下，我们大酒店和嘉美国际娱乐城是联手经营的，今天来入住的贵宾，我可以介绍他们入住嘉美并免费用车辆送他们过去，保证能留出你们需要的房间。"

"那我就放心了，姚总，我们在别的城市旅游的时候，到了晚上宾馆的歌舞厅专门为我们进行免费的文艺表演，都是宾馆的公关人员自编自演的，你们这里有吗？"

"有，有，我的女儿就是歌星，到时可以给你们献上几首，另外，我们酒店有专业的文艺导演，还有许多工作人员都是文艺才子，到时都可以上台表演。我把气场搞隆重点，地点选在我妹妹掌管的嘉美，那里有现成的大剧院。"

"姚总，那太好了，后天我们上风景区游玩后，晚餐就在你们这里享用，您安排好二十桌的用餐，标准是每桌三千元，住房的标准按你们原来定的单人房间两百元，双人房，三人房，三百元，打折就不必了，这些个贵宾只要晚上有文艺演出，就不会计较房价贵的，如果正儿八经上剧院看演出，一张门票要百来元呢。另外，十年前电视里现场直播的歌舞剧《莲花朵朵》，我们游客中的大部分人员都收看了，场面感人，震撼心灵，他们还想亲自看到舞台上的表演呢，不知道能否满足我们的要求？"

"平团长，十年过去了，扮演《莲花朵朵》的孩儿们都出挑成大姑娘小伙子了，到哪去找这些小演员啊，怕是不能满足你们的要求了，不过我们后天的文艺表演同样会令你们感人肺腑，不会比《莲花朵朵》逊色。"

"姚总，那太感谢您了，我们明天晚上见。"

姚佩芳送走了平团长，又来到七楼，面对玉莲说："苏女士，我看你面容姣美，身材苗条，像个文艺工作者，你有文艺特长吗？比如说，家乡的山歌、儿时的儿歌等，刚才我与旅游团团长的对话你也听到了一些，后天晚上我们要在嘉美国际娱乐城免费为追梦旅游团表演文艺节目，希望你能上舞台表演。"

"姚总，我上小学时曾担任过班级里的文艺委员，今晚下班后，我在卧室里考虑一下表演什么好，我会上台表演我拿手的节目。"

"苏女士，我们期待明晚你有精彩的演出，我去关照你们的领班时凤英，这两天你就不要上班了，专门在卧室排练节目。"

玉莲开始在卧室里思考表演怎样的节目。

待他们离去后，玉莲又思量开了：同学们放暑假的时间才过去一半，他们明天十有八九会出现在嘉美的观众席上，自己会被他们认出来吗，后天上舞台该如何化妆？

六位学子自从张蕾离开金文辉举办的家宴后，从没间断过打她的电话和给她发微信，只是从那时起，他们再也打听不到她的消息了。这些才华横溢、志向高远的同学，就是忘不了对张蕾的挂念。

第48章 星耀嘉美

新的一天又来到了，昨天开动脑筋表演怎样的节目没有所以然，玉莲睡到午后才起来，起床后的她精神满满。她要了份午餐，吃完后来到橱柜边寻找上舞台穿的衣服，翻来翻去没有一件中意的，正在发愁，手机的铃声响了起来，是范怡茹的：

"玉莲吗，我今天刚刚得到的消息，明晚你要上舞台表演节目，有这么回事吗？"

"范姐，这是真的，我已经答应了姚总。"

"你会暴露自己的，望你再重新考虑。"

"范姐，我不想打退堂鼓，我在客房已摸清了爷爷被徐进发扔下悬崖的确切日期，接下来我要找到徐进发杀害爷爷的证据，我正在动足脑筋，怎样上舞台表演，表演什么节目，还望你和林琳助我一臂之力，帮我动动脑筋。"

"玉莲，你认定要干的事真是十头牛也拉不回，你一定要谨慎，明晚我和林琳会出现在观众席上，一旦碰到紧急情况，咱们一起共同面对。"

"范姐，你真是我的好姐姐，我正在找上舞台的穿着呢，带来的衣服竟没有一件中意的，我想上街买一身。"

"玉莲，你住在几号房间，节目搞定了吗？"

"1132房间，节目还没搞定。"

"我明天到你的住处来，给你带一件白色的连衣裙来，还有男士的工作服等等，穿着的事我包了。"

白色的连衣裙和自己在爷爷去世时穿的白色衣裤颜色上相符了，玉莲不明白范怡茹让她穿这样的服饰意味着什么。忽然间她就来了灵感，明晚的演出有素材了。

玉莲来到大街上，又找到了那家美容院，要美容师仍把她化装成柯湘式发型。

她来到了一家照相馆拍了张照片，而后又放大成遗像照。

她又来到一家殡仪公司，将遗像照的相框和黑纱一起搞定。

她回到了1132房间，把橱柜里翻动的衣服重新叠放整齐——放好。

一张垫在橱柜底部的发黄的报纸引起了她的注意，她拿过报纸，看到这是一张元旦的报纸，只见报纸的头版头条用醒目的标题写着这条新闻——

"蒙面大侠偷袭崖底人家　盗走珍贵药材逃之夭夭"

崖底人家这不就是救治爷爷的那户人家吗？玉莲耐心地阅读下面的正文：

> 昨日傍晚，一名不法药贩乘崖底人家主人纪本中上城送药材，委派一名歹徒化装成蒙面大侠偷袭入房，抢走大量珍贵药材，其间与纪本中家人发生激烈冲突，砍伤两名家人，被返回家中的纪本中撞见，蒙面歹徒跳窗逃走，在跳窗时把砍刀掷向纪本中。警方将在即日起，严查不法药贩和蒙面歹徒的去向，望有知情者请速通告警方，协助警方做好侦破工作……

这张发黄的报纸引起了玉莲极大的震惊，这么重要的事爷爷在去世前怎么没有重点交代，转而她又分析，爷爷要交代的事太多了，在生命垂危之际不可能面面俱到。

玉莲记起来了，她上高三放暑假的时候和爷爷一起去祭祀纪大伯夫妇，爷爷曾说起大妈曾为他挡刀的事。她不禁喃喃自语："这张报纸与爷爷交代的歹徒第二次作案的时间完全相吻合。"

这个杀人抢劫的歹徒会是谁，玉莲理清了自己的思路，她马上联想到徐进发。徐进发打听到爷爷被纪大伯救下的消息，趁纪大伯外出潜入纪家刺杀爷爷，中途发现纪大伯回家夺路而逃，悬崖底下发生的凶杀案消息应该是封闭的，不会外传，纪大伯家中暗藏黄金，也不可能去报案兴师动众。这会否是徐村长依仗金文辉的权势利用报纸嫁祸给商贩，若真是这样其险恶用心昭然若揭。

她要把这张报纸严密地珍藏，她在寻找合适的地方，不用寻找，这张报纸躺在橱柜底下十年了，至今安好无损，这橱柜底下就是最安全最合适的地方。为了以防万一，她用手机拍下了这张报纸的整个头版，确保万无一失。她仍把报纸珍藏在原来的地方。

她的推断进一步得到了明确，她把爷爷的"让徐进发主动坦白自首"的遗嘱牢牢地刻在了脑海里。

她开始排练节目，一遍又一遍地排练。

忽而她又有了一个大胆的设想……为了剧情和斗争的需要，她顾不得那么多了，她在不暴露自己的前提下请来了丁洪伟、佟同和杨依，向他们说明了姚佩芳安排她上舞台表演的来由，恳请他们的支持，邀请他们扮演其中的角色。

三位被邀请者听说是总经理的安排，况且他们扮演的角色很好使，他们也不打问演出的真正目的，全力以赴地投入到剧目的排练中。

玉莲既做导演又做演员，指导他们一起排练。

他们一直排练到凌晨，玉莲感到心满意足了，才让他们离去。

"佟同，你不愧是当导演的，杨依你也跟丈夫学了不少，丁洪伟你经常出入娱乐场所，耳濡目染也有表演天赋，我苏梓淳感谢你们的大力支持。"玉莲在送走他们时这样说道。

"玉莲，你一个人在房间里怎么没上插销？"范怡茹来到寝室见房门虚掩着便推了进去，"你这么不设防，我都替你捏把汗。"

"范姐，你的到来真及时，"玉莲拍了拍藏在腰间的尖刀，"有这在身边，我不用担心害怕，我来客房都上班有一段时间了，也没发生什么意外。"

"有尖刀在身边，也要随时保持警惕，这根弦不能松，我和林琳以前在梦翔宾馆上班，要是像你这个样子，早就被好色的男人收入囊中了，下次可不能这样。"

"范姐，我保证下不为例，我先给你看一张报纸，"玉莲从橱柜底下拿过那张报纸，指着头版头条的新闻，"这条新闻你能看得出其中的玄妙吗？"

范怡茹凝神看完了这条新闻，略略思索了一下："玉莲，都市日报用头版头条报道这条新闻，说明是真的发生了这样的抢劫案，不法商贩心狠手辣，什么坏事都做得出。"

玉莲没有把自己的推断明打明地告诉范怡茹，这个定论她得向任何人保密。

"范姐，这张报纸在橱柜底下整整躺了十九年呢，你不觉得很奇怪吗？"

"这有什么好奇怪的，用报纸垫箱底柜底是常有的事，报纸的油墨味可防虫子呢，我家的箱底柜底都用报纸垫着。"

"是的是的，咱还是把它垫在柜底下吧，"玉莲把报纸重新放好，"给我带来的白色连衣裙呢，我试穿一下合身吗？"

范怡茹从行李箱里拿出一大包衣服："你上舞台穿的衣服都有了，连衣裙保你合身。"

玉莲脱下工作服，穿上连衣裙转了两圈："真合身，就像为我定做的，可是我一看见白色的就想起爷爷，穿上了就不用说了，我上舞台会笑不起来，面带愁容。"

"我就是要你上舞台面带哀愁，你若面带微笑，就不要上舞台了，我算了算，今天是爷爷去世后的第三十五天，按照本地的风俗，是要做五七的。"

听范怡茹这么一说，玉莲心里有说不出的酸甜苦辣，她不懂这个风俗，不知如何是好，还得请示范怡茹："范姐，那咱俩现在就为爷爷做好吗？"

"做五七不是简单的事，讲究的话，要请乐队吹拉弹唱，要请道士念佛诵经，还要做纸扎的阁楼房屋、衣柜箱体等焚化给逝者，为逝者拜忏超度，起码得花费一天的时间，我们的环境不允许，只能象征性地做一下了。"

范怡茹从行李箱中拿出一张半爷的遗像："半爷的这张照片是我在半爷离世的晚上守夜的时候收集的，咱们就对着他跪拜行礼吧。"

范怡茹把半爷的遗像放在靠背椅上，两人在遗像前双膝跪地，三次跪拜磕头。这情真意切的跪拜磕头不是五七胜似五七。两人第三次跪拜磕头长跪不起，泪流满面。玉莲的脑海里再次浮现出爷爷不辞辛劳捡破烂为她攒学费的情景，是爷爷造就了她这个双文凭的大学生。范怡茹的脑海里也再次浮现出半爷为她介绍来的那些源源不断的客户，是半爷成就了她如今的销售部经理。

"范姐，我妈就在楼下，要是叫我妈一起来悼念爷爷就好了。"

"玉莲，别说这不切实际的话了，爷爷的仇未报，你要做好半年隐姓埋名的准备，爷爷十五年都忍下来了，你何必在乎这半年。"

"范姐，我已做好了充分的准备，明晚我要把对爷爷的思念在舞台上展现，忘却的是伤痛，不忘的是思念，虽然我与爷爷已天人永隔，但这份思念却永远不曾淡忘。"

"旅游团的观众和舞台下的观众观赏的是文艺表演，你可不能表现得太悲哀，要让文艺晚会充满欢乐的气氛，你要把握好分寸。"

"这个分寸我要看现场的实际情况来把握，你不必为我担心。昨天我空闲的时候去嘉美大剧院观赏了一下，好像没什么动静，不知两位老总准备得咋样了，我想去打探一下。"

两人一起来到了嘉美的大剧院，只见舞台中央重新摆设了一个直径十米的旋转盘，转盘中央则是一道五米长的面对观众的屏风。范怡茹让装台的工作人员操作了一下，又见转盘围着屏风转动起来，可快可慢。演员转动到屏风后可自由更换角色和服装，屏风后面装着按钮，时间和快慢都可由演员自己掌控。

"范姐，两位老总为明晚的演出做了充分的准备，这样的旋转舞台可省去帷幕闭合和开启的环节，增强舞台效果。"

"玉莲，这是一个两用的舞台，旋转与否可视演员的节目而定。装台的工作人员水平高超，把旋转舞台和四周的大舞台都装在同一水平线上，屏风移掉就是原来的大舞台。"

"屏风摆在转盘中央，这个旋转舞台另有新意，我明晚就用旋转舞台表演。"

"明晚就看你的了，我也许会上台为你助兴。希望你多日储蓄的力量化为明天晚上演出的道道光芒。"

……

为追梦旅游团举行的文艺晚会晚上七点半在嘉美国际娱乐城的大剧院如时举行。因为除了旅游团的游客外，其余观众都是免费的，晚上七点，大剧院门口的入场观众就络绎不绝，工作人员给他们发了门票，让他们坐在固定的位置。

晚上七点十分，五辆大客车满载着在星呈大酒店用完晚餐的追梦旅游团的两百位成员，在大剧院门口停下，游客们在工作人员的引领下有秩序地进场，坐在靠前中间的位置上。

金姚两家的亲朋好友和佟加宣、童玉兰、时凤英坐到了观众席。

肖道成和王标身穿保安制服，分别带领着一班保安人员维护着场内场外的安全保卫工作。

化装成中年妇女的范怡茹和林琳分别穿着一身黑色的连衣裙，也坐到了观众席上。

观众席的第一排和第二排是姚氏两位掌门人为自家亲朋好友特留的。

林琳肩上挎着背包，背包里蕴藏着微型摄像机，她认准了徐进发坐的位置，特地坐在他身边，趁剧场人声鼎沸，进场的人员众多，她把摄像头对准徐进发的上身。这只带有乒乓球大小透明玻璃的挎包是专门上百货商场采购的。

七点三十分，文艺晚会正式开始。身穿紫色连衣裙的姚佩芸首先登上舞台，向大家鞠躬致意："第一个节目《追梦人之歌》，演唱者，金婉莹，大提琴伴奏，佟同，词曲，向依莲。"

金婉莹身穿红色蕾丝连衣裙，从舞台东侧的候演区走向舞台中央，佟同身穿绿色长衫，手拿大提琴从舞台西侧的候演区走向舞台，在离金婉莹五六步远的椅子上坐下。伴随着佟同演奏的优美的大提琴乐曲，金婉莹展现着她那美丽的歌喉，具有穿透力的歌声回荡在大剧院的上空，余音袅袅，不绝如缕。

舞台下掀起了欢呼的浪潮，金婉莹和佟同向观众们鞠躬致意，同时退回到候演区。

姚佩芸正要宣布第一个节目，观众席上站立起一位个子高高的帅哥，是金海涛，他用高亢圆润的嗓音面对观众："金婉莹唱得好不好？"

观众们全部呼应："好，好。"

金海涛："要不要再来一个？"

观众们再次呼应："要，要。"

金海涛："大家掌声欢迎。"

观众席上随即响起了一阵热烈的掌声。

金婉莹和佟同再次走到舞台中央，金婉莹："感谢大家的鼓励，下面我再演唱一首《月光爱人》"——

金婉莹演唱完毕，观众们用热烈的掌声给予鼓励。

姚佩芸："第二个节目，独幕舞台剧，追爱人，编导，导演，佟同，主演，佟同、杨依、向依莲。"

随着姚佩芸播告的话音落音，舞台上的帷幕徐徐拉开，舞台上的场景是，令人眼神迷离的酒吧间，陌生的和熟悉的人们三三两两地坐着彼此倾诉着。金婉莹富有感染力的歌声《月光爱人》缓缓地在空气里弥漫。

临近半夜，客人们陆陆续续地散去。由丁洪伟扮演的酒吧间老板从柜台上的抽屉里取出五百元钱钞递给驻唱歌手金婉莹："金小姐，你今天的歌唱已经结束，这是给你的薪酬，你可以回家了。"

……

丁洪伟打开了音响，播放起著名歌星演唱的《会痛的石头》让音乐来问候坐在幽暗角落里的五位客人，他们由徐泽天、王盛等五位大学生扮演，他们脸上的表情是落寞，是深沉，是无奈。

他们之间的对话通过舞台的音响设备传送到观众们的耳畔：

"我们的刘教授，到底去了什么地方，她咋不告诉我们一声。"

"连手机号码都换了，看来刘教授是不想理我们了。"

"刘教授同我们关系这么好，她咋会不理我们呢？"

"刘教授会不会有难言的苦衷，有意回避我们。"

"但愿刘教授平安无恙。"

坐在观众席上的玉莲心头一阵感动，这是同学们的真情流露。

五位大学生从座位上站起，走到舞台中央，对着观众们大声呼唤："我们敬爱的刘教授，你在哪里，你去了什么地方，我们无时无刻都在想念你。"

玉莲心头微微一颤："这些男同学们倒是很讲信用，至今仍保密着她的身份，可是他们肯定跑题了，佟导演不会安排他们说这样的台词，上演这样的一幕。"

五位大学生呼唤完毕，依依不舍地退出了舞台。

丁洪伟把音响改换成《流星花园》主题曲《情非得已》。

舞台东边的候演区走出看上去已经喝得醉醺醺扮成夫人的杨依，在酒吧间另一边的幽暗角落坐下，对着丁洪伟大呼："老板，再来一瓶法国红酒。"

"这位女士，你已经喝醉了，我还是给你倒杯白开水吧。"

"谁说我喝醉了，不要白开水，我就要红酒。"

杨依说完一头磕在了吧桌上，她是装醉。之前她跟踪了丈夫，丈夫以加班为由经常在半夜带着一位年龄比她小很多的少女来酒吧，今天她要守株待兔。

果然不出所料，佟同扮演的丈夫挽着向依莲扮演的少女来到了酒吧。

"老板，来一瓶顶级的白葡萄酒。"丈夫向老板发话。

少女："老公，今天怎么喝白葡萄酒了，之前不是红的吗？"

"我是让你换换口味，老喝红的喝腻了，今天让你尝尝白的。"

"老公，你这话说得有点意思，你和那老妖精生活了十年，是该换换口味了，咱俩啥时候去民政局领结婚证？"

"你别性急，我和那位还没正式离婚。"

"老公，咱俩都在一起生活了有两年了，是事实上的夫妻了，咱俩明天必须去办结婚证，要不我不理你了。"

"我的心肝，我的宝贝，我今夜就去和我夫人说明，明天上午我和她去办离婚，下午和你办结婚。"

"这还差不多，你真是我的好老公。"

两人在酒吧里一阵拥抱，一阵亲吻。

坐在观众席的金文辉和徐进发看得入了迷，把舞台上的表演当成了真的一样，自己煞费苦心一直梦想得到的向依莲，竟和佟院长的儿子佟同拥抱亲吻在一起，这佟同真的是交上了桃花运。

丈夫轻轻地推开了少女，把两只酒杯斟满，两人开始喝交杯酒。冷不防妻子来到面前："好一个交杯酒。"她伸出两手左右开弓，把两只酒杯打翻在地："老公，这个小妖精凭什么把你迷住了，你竟敢和我离婚，别想得太美。"

"老妖精，你丈夫早就不把你当老婆了，你还是趁早退出我们的空间。"

"老妖精"，"小妖精"两个女人开始对骂。

老板走上前来："我的酒吧可不是骂人撒野的地方，请你们坐下好好商量。"

夫人："老板，请你评个理，我和我老公结婚十几年了，儿子已经上小学两年级，这个小妖精凭着年轻勾引我的丈夫，明打明地破坏我的家庭。"

"老妖精，你丈夫的心早就向着我，我早就顶替了你的位置，你还是找酒吧老板做你的老公吧。"

老板："姑娘你怎么信口雌黄随便乱说，把我牵扯到你们中间了，太不像话了，请你们三人赶快离开酒吧，要不我报警了。"

丈夫："老板请再容我们待一会，要是我们闹到大街上，巡逻的警车真的会把我们带走进警所的。"

老板："你们得心平气和地商量，别开口闭口老妖精小妖精的。"

丈夫对着夫人："我把房产证和住房都给你，儿子的抚养权也归你，我每个月给儿子三千元的抚养费，这下你总该满意了吧，咱俩明天去办离婚手续。"

夫人："你……你……好啊，为了这个小妖精居然连亲生儿子都不要了，你对得起生你养你的爹娘，对得起你的老祖宗吗？"

"老妖精，我说嘛，你老公早就不把你当夫人了，早就成为我的老公了，明天上午去办离婚吧，下午我可要和老公去领结婚证的。"

老板："你们还是开口闭口老妖精，小妖精，请你们赶快离开，我真的报警了。"老板拿手机拨起了110。

"老板，别，别，"丈夫赶紧把老板的手机捂住，"老板我们这就走，这就走。"

两个女人一左一右挽住男人的手臂，走出了酒吧。与此同时，舞台上的帷幕在快速地合拢，帷幕中央的前沿，是手拿话筒的姚佩芸："追梦旅游团的贵宾们，朋友们，独幕舞台剧《追爱人》到此结束，虽然最终没有结果，但留给我们一个值得深思的问题，这样的社会现象虽说只是极个别，但却有蔓延的趋势，我们不仅要享有物质生活带来的优越，同时更要注重精神素养的提升与认识……下面我宣布，我们的文艺节目到了自由演出的阶段，观众中间有文艺天赋的都可以上舞台表演，表演内容和形式可自己确定。为了使今天的文艺晚会富有特色，我们特地安装了旋转舞台，大家请看。"——

随着舞台帷幕的徐徐开启，人们看到，舞台中央的旋转舞台富丽堂皇，中间可移动的横立的屏风，时而银光闪闪，时而万紫千红。

已经化装成年轻帅哥的玉莲第一个跳上舞台，她用悲哀的嗓音面对观众："追梦旅游团的贵宾们，朋友们，大家晚上好，我是刘教授的学生苏梓淳，我首先表演的是系列文艺节目《思念》，我把《思念》献给半个月前不幸去世的刘教授。我首先表演的是哑剧。"

玉莲神情庄重，双手捧起刘教授的遗像，小心翼翼地把它竖立在屏风前，对遗像三鞠躬。

刘教授遗像的后面，夹放着范怡茹带来的经玉莲去照相馆放大后半爷的遗像，两张遗像一般大小。

舞台两侧的显示屏上显示出字幕：世界上有一种最真挚的情义那是师生情。

屏风上展现出山明水秀的田野，郁郁葱葱的麦苗，玉莲把双手伸向屏风，做拥抱状。

舞台两侧的显示屏上显示出字幕：老师就像那滴滴的雨露，学生就像那青青的麦苗，麦苗在雨露的滋润下苗壮成长。

屏风上展现出气势宏伟的建筑，长虹卧波的大桥，玉莲驻足观望，凝神静思。

舞台两侧的显示屏上显示出字幕：老师培育着祖国的栋梁，一代又一代，把祖国建设得更加繁荣富强，老师您就是祖国的栋梁。

玉莲双手再次捧起刘教授的遗像，把遗像紧紧贴在自己的脸上，然后把它紧贴在胸前。

舞台两侧的显示屏上显示出字幕：刘教授，您虽然离开了我们，但是您永远和我们在一起，您的谆谆教导永远激励着我们努力拼搏，奋发向上。与此同时，玉莲在心中喃喃自语：爷爷，您就是我的教授，我就算在舞台上为你做五七了，用这样的方式寄托我对您的哀思。我相信，舞台下的两千名观众都在跟我一起为您做五七，都在思念您。

旋转的舞台开始以每分钟一圈的速度顺时针旋转。玉莲面对观众启动双唇："哑剧《思念》到此结束，下面我要给大家表演的是刘教授当年的学生，如今已跨上建筑岗位的工程师的诗歌朗诵《思念》。"

旋转舞台旋转了一百八十度，玉莲转到屏风后按了按停留两分钟的按钮。候演区的工作人员看到，玉莲正在换上工程师的服装，裤子是灰褐色的，衬衫是白颜色的，脸上是黑黝黝的，完全是一位年近三十的男性工程师形象。

玉莲打扮完毕，按动了旋转一百八十度的按钮。

玉莲面对观众，深情朗诵，朗诵完毕，玉莲面向转换成蓝天白云的屏风，向刘教授的遗像再次深深鞠躬，然后面向观众："诗歌朗诵《思念》到此结束，下面我要给大家表演的是刘教授当年的学生，如今已成为演艺界明星的女声独唱《思念》。"

旋转舞台又开始旋转一百八十度，候演区的工作人员看到，玉莲正在换上一身白色的连衣裙……

呈现在大家面前的是一位少女歌星，正在舒展美丽的歌喉——

多么想再聆听您那语重心长的教诲

多么想再注视你那慈祥善良的面容

在我心中珍藏着您明眸旁的皱纹

那是您辛勤付出的见证

在我心中珍藏着您两鬓旁的白丝

那是您孜孜不倦的体现

而今　您虽然离我们而去

但您的思想　您的形象一直陪伴着我们

我们身上散发的智慧之光

永远闪耀着您亲手点燃的火花

我们身上洋溢的青春朝气

永远蕴含着你亲手播散的希望

敬爱的刘教授　您并没有走远

敬爱的刘教授　您就在我的身旁

您虽然没有光鲜亮丽的外表

您的英姿　您的风仪

永远与我们朝夕相伴

……

唱到这里，玉莲禁不住泪流满面，心中再次喃喃自语："爷爷您看到了听到了吗，我把《思念》献给您，献给十五年来一直为我辛劳付出的您。"

观众席上爆发出一阵阵的欢呼声，人们高呼着"苏梓淳，苏梓淳"的名字。人们感叹玉莲的精彩表演，无论是哑剧、朗诵，还是独唱，都出神入化地表达了对刘教授的真挚感情。有的观众从头到尾都在擦眼泪。

这时，以徐泽天为代表的六位同学跳上舞台，他们把玉莲围在中间：

"请问苏女士，刘教授什么时候去世的？"

"刘教授是遭遇了车祸，还是得了不治之症？"

"苏女士，你与刘教授走得最近，请你赶快回答我们的问题。"

玉莲沉着机智地回答道："同学们，这不过是一次文艺演出，一个编造的节目，恕我不能直接回答你们的问题。"

六位同学把玉莲越围越紧：

"没有确切的回答，我们不会放过你。"

"苏女士，你的节目融入了个人的情愫，到底为什么？"

徐泽天出现了拉扯玉莲的动作，范怡茹见此状况赶紧奔上舞台和姚佩芸一起为玉莲解围，肖道成和两位保安也跳上舞台，喝令六位同学离开舞台。

一场风波终于平息，姚佩芸把话筒凑到玉莲面前："请问苏女士，下面还有演出的节目吗？"

玉莲面对观众："我接下来表演的节目是舞台剧'追捕不法商贩'。"

舞台两侧的显示屏上显示出：

三幕舞台剧：追捕不法商贩

第一幕：采药人家

第二幕：歹徒偷袭

第三幕：追捕归案

领衔主演：苏梓淳

友情出演：佟同　杨依　丁洪伟

纪大伯扮演者：苏梓淳

纪大妈扮演者：杨依

儿子 警官扮演者：佟同

歹徒扮演者：丁洪伟

舞台上展现出第一幕的场景，傍晚时分，夕阳西下，深山老林的一户采药人家，家里的两只竹匾晾干着名贵的中草药。纪大妈和儿子正在把新采的中草药给洗刷干净。

纪大妈对儿子说："你爹进城给商贩送药第三天了，今晚应该回来了。"

"妈，我上路口去迎迎吧。"

儿子刚开门，一位蒙面的歹徒冲了进来，一把推开儿子，冲向两只竹匾，大把大把地抓起中草药就往随身带来的麻袋里装。

儿子和大妈上去拦截，歹徒从腰间拔出一把尖刀，一下子刺中了儿子的左肩胛，歹徒又把尖刀向儿子的心脏刺去，纪大妈冲上前去挡住了这一刀，尖刀刺在了大妈的肚子上，血流不止。

"哪里来的歹徒，竟敢行凶抢劫！"正好赶回家的纪大伯怒喝一声。

歹徒见状不妙，赶紧扛起麻袋跳窗而逃，纪大伯跃过窗户追了出去，歹徒把一把尖刀掷向了纪大伯。

舞台上的灯光渐渐暗淡，再亮起的时候，舞台上展现出第二幕的场景，山间的小路上，纪大伯正在对蒙面歹徒穷追不舍。

歹徒身强力壮，肩扛五六十斤重的大麻袋也行走如风。纪大伯见追赶不上，从腰间拔出尖刀掷了过去，尖刀不偏不倚正中歹徒手握麻袋口的右小臂上，麻袋从肩上滑落摔地。

歹徒左手捂住伤口，继续奔逃。

纪大伯留了一手，他没有把尖刀飞向歹徒的臂骨，而是从皮上划了过去。

歹徒还在奔逃，纪大伯又掷出了第二把飞刀，这次他瞄准了歹徒的左小腿。

纪大伯还是留了一手，飞刀又只是从歹徒左小腿的皮上划过，有鲜血渗出。

歹徒右臂左腿受伤，终于熬不住，向追到身旁的纪大伯求饶。

纪大伯收起两把飞刀，从自己的衣服上撕下两块布条，为歹徒包扎伤口："走，跟我上警所去。"

舞台上展现出第三幕的场景，庄严肃穆的警所，纪大柏押解着歹徒，将歹徒交给警官。

警官开始审问歹徒：

"你什么时候走上抢劫药材犯罪道路的？"

"警官，我还是第一次，纪大伯的药材能卖大价钱，我财迷心窍，请警官饶过我这一回吧。"

"你以前有犯罪的前科，必须老实交代。"

"没有，真的没有，你不能诬陷我。"

"我们有你犯罪的证据，关进拘留所再说。"

警官把歹徒押进警所里间的拘留所。

舞台上的帷幕在渐渐地合拢，标志着《追捕不法商贩》舞台剧的结束。

观众席上再次响起"苏梓淳""苏梓淳"的欢呼声。

舞台上的帷幕又慢慢地开启，玉莲等四位演员并排站在一起向观众谢幕。

林琳的微型摄像机摄下了徐进发观看演出的全过程，在最后的十分钟观看《追捕不法商贩》的时间段，开着中央空调，温度凉爽的大剧院内，被扎心的徐进发额头冷汗直冒，他不时地用纸巾擦冷汗，他无法断定这样的舞台剧究竟是针对谁的，总之他的精神已经走向崩溃。

　　林琳在散场之前离开了大剧院，玉莲交给她的任务已经圆满完成。

　　玉莲观看着手机上林琳发给她的徐进发在观看《追捕不法商贩》时不断擦冷汗的情景，她心中强烈的愤慨达到了无以复加的地步。

第49章 双重任职

又到夜深人静时。疲倦的月亮躲进了云层休息，只留下几颗星星像是在放哨。

这个夜晚注定不再平静。金家别墅一间隐蔽的书房内，翁婿俩正在商议谋划，安顿了多年的太平日子被玉莲最后十分钟主演的舞台剧《追捕不法商贩》打破了。

"进发，十九年前你闯的祸，看来已经败露了。"

"爸爸，我原本想把广连杀了转嫁给不法商贩，没想到那老家伙撞了进来，我跳窗而逃根本没留下什么踪迹。我们让都市日报报道这条新闻，从当时的情况来分析，应该是一着好棋。"

"亏你还说是一着好棋，这是一着死棋。"

"爸爸，这肖广连真是命大，明明被我打昏了扔下悬崖，不承想竟被崖底人家的老家伙救活，怪我那天化装成蒙面大侠潜入房屋后，第一刀没刺中要害，第二刀又被老婆子用肚皮挡住了，这时老家伙闯了进来，我再不跑就会性命难保，毕竟他们有三个人，再说老家伙的打斗功夫也是十分了得的。"

"你老是给我捅娄子，接下来咋办，咱得用点心思了。"

"爸，那个苏梓淳，把追捕不法商贩演得精妙绝伦，我看她不过三十岁的年纪，飞刀功夫却十分了得，肖道成都不如她，真是天外有天，山外有山，高手在民间。"

"现在不是谈论苏梓淳飞刀功夫的时候，飞刀再狠，有手枪厉害吗？我们要弄明白苏梓淳演这个节目的真正目的，她应该是看见十八年前的报纸后才知道你去刺杀肖广连的事情的，我们应该防患于未然。"

"我不这么认为，苏梓淳的节目与我刺杀肖广连的往事不一定有牵连，文艺节目与现实生活雷同得太多了。也许苏梓淳是为了炫耀自己的演技，让大家发现她是个人才，以此来走向明星之路。我料她目前的工作肯定只是一般中的一般，最多是个白领，掀不出什么浪花。"

徐进发说完从口袋里掏出一包大中华，抽出两支一支给金文辉，为他点燃后自己再点燃，狠狠地抽了一口。

"我们希望苏梓淳的节目与你无关，但应该从最坏处着想。另外，丁洪伟也加入了演出的行列，这里面应该有纠葛，真不知道姓苏的葫芦里卖的什么药。"

"爸，我认为丁洪伟的加入，恰恰说明了这纯粹是一个文艺节目，丁洪伟若知道了这个节目有针对性，他才不会扮演歹徒的角色。"

"咚，咚，咚"的敲门声很有节奏，金文辉听出是夫人来了，他让女婿赶紧打开电视，自己先去开门。

"文辉，进发，这么晚了，你俩怎么还不休息？"佩芳好奇地问。

"妈，这不我们正在看电视呢，老电影《冰山上的来客》，反特片，我们爱看。"

"佩芳，你来得真好，我问你，最后上舞台表演的苏梓淳你可认识？"

"当然认识，怎么了，你对她感兴趣？"

"我都一把年纪的老骨头了，能对她感兴趣吗，我想知道她在哪上班，从事什么工作？"

"她在星呈大酒店的客房部当服务员。"

进发对文辉眨了眨眼："爸，怎么样，给我说准了吧，连个白领都不是，她是在炫耀自己的本事，把自己的演技当成步入明星的敲门砖。"

"人家可没这个想法，演出结束后，我找她聊了一会，明确告诉她让她当歌厅的副经理，她连连摇手，对我说还是当客房服务员安顿。"姚佩芳的言辞中不无对肖玉莲充满了赞赏。

金文辉面向女婿："进发，你老是自作聪明。"然后面向夫人："佩芸，苏梓淳自由表演，我看像是早就安排好的，特别是追捕不法商贩，显示屏上介绍得十分道地，你了解其中的因由吗？"

"文辉，这我就不清楚了，我委托佩芸全权办理，佩芸又委托佟同全权办理。现在都是运用的高科技，显示屏上人物介绍的字幕，不消几分钟就能搞定的。"

正说之间，婉珍推门进来："进发，你快去看看你的宝贝儿子吧，回家后接连摔碎两个茶杯，我问他咋回事，他不理不睬，像痴呆了一样。"

"泽天，你这是怎么了，这么晚了还不休息？"进发马上来到泽天坐着的沙发旁，扶着他的肩膀关切地问。

"刘教授都去世了，这日子还有什么过头。"

"这不过是一个文艺节目，你与刘教授什么关系，就算她去世了，犯得着你这样吗？"

"我爱刘教授，王盛、吴庆荣、包宜安、包宜全他们都爱刘教授，在我的再三说动下，他们才退出了追求刘教授的领域。"

"你就该让他们追，一个大你十岁的妇女，嘴巴旁还有一粒很难看的黑痣，做你的大姐还差不多。有民间俗话说女大三抱金砖的，没听说女大十的。刘教授要是在的话，做我的情人还差不多。"村长在儿子面前说话从来没有分寸。

不料这一次口无遮拦的言语彻底激怒了泽天，他不买账了，操起一只茶杯砸向村长的前额，村长没躲过，前额上裂了个口，马上有鲜血渗出。

"不好了，儿子打老子了。"婉珍大喊，这喊声在深更半夜特别响亮。金文辉和夫人、金海涛和夫人、丁洪伟和夫人都来到了徐泽天的卧室。

父子俩正已经扭在一起，海涛和洪伟奋力把他俩拉开。海涛："外甥，你今天怎么了，怎么和你爸动起手来？"

"舅舅你不知道，刘教授在咱家聚会那天，她本来是不会离开的，她会在咱家再玩两天，我已与舅妈说好，让舅妈晚上和她睡在一起。那天那么晚了，还下着雨，刘教授非要一个人独自离开，这都是我爸做的好事，结果刘教授不久就去世了。"

村长的前额已由婉珍包扎好。他余怒未消："泽天，你当着大家的面说清楚，我对刘教授做啥好事了？"

"你自己心中有数，说出来我真替你害臊。"

婉珍其实也目睹那天聚会丈夫对刘教授的不雅之举："进发，泽天这一砸是砸清你的头脑，谁不知道你做的那些风流事。那天在咱家聚会你摸刘教授的小腿你以为我没看见，我是看在你是泽天爸的份上，要不我早就和你离婚了。"

"婉珍，那天我才点的大中华香烟掉在地上，我舍不得浪费，弯下身去捡，手不小心碰到了刘教授的小腿，就这么简单的事，你也会当真？"

金文辉："大家不要再争了，都是一家人，传扬出去有多难听，不管刘教授是死是活，都与咱家没有任何关系，进发明天还要回双岭村，他毕竟还是双岭村的村长，他还是桃源乡的劳动模范，你们都得对他敬重点，都散了吧。"

等大家散去后，金文辉面向泽天："我的孙儿，我知道你对刘教授怀有好感，可她毕竟三十多岁了。另外刘教授又不是你一个大学的，你是怎么和她牵上线的？"

"我们大学生有一个微信群，刘教授是我们的群主，我们是在微信群里相识的，姥爷，你不用为我操心的，我休息了，你也快去休息吧。"

"姥爷是该去休息了，临走之前我还要关照你，不要再想着刘教授了，那向依莲不也很好啊，年纪轻，长相又娇美，你就应该把对刘教授的爱转移到向依莲身上来。"

"追向依莲的男生多了，王盛和吴庆荣都在追她。另外，我不想和向依莲牵扯在一起，向依莲对你印象不好。"

"向依莲对我印象不好，她对你说什么了吗？"

"这倒没有。"

金文辉回到了自己的卧室，村长也后一脚来到。

"爸，我还想知道，肖广连被我刺了一刀后，不知道后来情况如何，十九年过去了，他还会健在吗？"

"我现在也没个准，原来和我亲如兄弟的几个部下，看我六十几的人了，退休是早晚的事，都不怎么和我亲近了。"

"但愿肖广连已经离世，那天刺杀没置他于死地，我准备实行第二次第三次刺杀的，可每次去那户人家，他都在练飞刀，而且越练越精，我一直找不到机会靠近他下手。有一天半夜我又去了，从窗口窥测到他飞刀不离身，无论白天夜间都保持着高度警惕性。最后一次去窥探，崖底那户人家已化成灰烬，崖底旁出现了一个新的坟墓，墓碑上刻着'纪本中、杜桂蓉之墓'。"

"下面没有子女的名字吗？"

"有的，是'儿子肖广连'，看来两个老家伙没有子女，救下了广连后收他为干儿子，是肖广连为他们竖的墓碑。"

这块墓碑是肖广连在纪大伯去世后半个月新添的。

"进发，由此看来，现在肖广连是生是死还很难说，我倒希望他仍活在世上，这样你就没有命案了。刑法上有这样的条例，就算你故意杀人，但受害人并没有死亡，过了二十年，可免于被告人的刑事处罚。再说肖广连并没有告你。"

"爸，就是肖广连告了我，凭你的关系，我也会平安无事的。"

"你应该往最坏处想，万一再生出什么事端来，我可不一定保得了你。"金文辉阴沉着脸。

"爸，你别弄那么严肃，事情都过去十九年了，十九年来风平浪静，我现在遵纪守法，还会生事端吗？"

"进发，婉珍说了，那天的家宴你还在引诱刘教授，你明明知道泽天的诗词朗诵是念给刘教授听的。儿子爱上的女人，你却要去勾引他。刘教授如果是个轻浮的女人，会被你勾引上。刘教授的那晚离开，与你大有关联，难怪泽天会拿茶杯砸破你的额头。你明天一早先去商场买个鸭舌帽戴上了，把前额遮住。要不回到双岭村乡亲们会在背后对你指指点点，双休日进城怎么前额被打破了。"

翁婿两人的谈论一直持续到子夜，婉珍到下半夜才等得丈夫回卧室。

"进发，泽天说了，再有半个月大学开学了，给你三天的时间，让你打听到刘教授的下落，不管刘教授是死是活，泽天要的是确切的消息。"

"这泽天把我跟刘教授扯在一起了，谁跟谁啊。"

"还不是你招引出来的麻烦，要不刘教授会冒雨当晚离开吗？你好色成性了几十年，现在都快五十岁的人了还色心不死，泽天可说过要是你打听不到刘教授的下落，他就不认你这个当爹的了。"

"我明天回双岭村了，上哪去找。"

"你给副村长江建新打个电话吧，就说请两天假，过了明后天再回双岭村。"

"请假是小事，可是我上哪去找刘教授。"

"你可以去星呈大酒店找那个苏梓淳，咱妈说了，苏梓淳在酒店的客房部上班。"

"婉珍，你帮我去找苏梓淳打听吧。"

"泽天要的是你去打听，只有你打听到了刘教授的消息，泽天才会原谅你。"

"这个泽天，我算是白疼他了。"

姚佩芸文艺晚会结束同贵宾们道别后想找到苏梓淳，苏梓淳已经回到了星呈大酒店。第二天一早，她打通了姚佩芳的电话。

"姐，听说苏梓淳回到你酒店了，她在酒店里担任什么职务？"

"佩芸，她在客房部做服务员。"

"太大材小用了，苏梓淳才华横溢智慧超群，她在文艺晚会上扮演三个不同的人物演出《思念》，精妙入神，惟妙惟肖，实在是个人才。"

"佩芸，演出结束后我找她谈过话，让她当歌厅的副经理，她一口推谢，非要回客房部当服务员。"

"姐，按她的才能，当歌厅副经理还是埋没了人才，我准备直接提拔她担任嘉美国际娱乐城的总经理。"

"总经理不是你兼任的吗，你让给她做？"

"我当董事长，把总经理让给她担任，按她的名声，她会给我们两家公司带来大量的客户，使我们的事业蒸蒸日上，这不是很好吗？"

"佩芸，你知道她的来历吗？"

"我当然知道，不就是邵雨欣介绍给你的吗？"

"邵雨欣介绍给我不假，可是她的招聘登记表上老家的地址都没写，也不知道她过去是干什么的。我让苗经理去了解一下，苗经理也了解不到，跟我说老家的地址没那么重要，也不必深究她的过往，只要人踏实肯干就好，我想也是的。"

"姐，苗经理的话我也爱听，当今社会各行各业求才若渴，我们两家公司正需要苏梓淳这样的人才。怎么样，让她到我公司来上班，把她让给我吧。"

"佩芸，行，反正咱们两家公司是联合经营的，苏梓淳在我公司在你公司都一样。"

"我马上来酒店接她，你让她准备行李，半小时后跟我出发。"

星呈大酒店的客房部七楼，时凤英和玉莲正在打扫同一个房间。

"苏梓淳，你昨天的表演太逼真了，你对刘教授的思念那么真切，还有你主演的《追捕不法商贩》的舞台剧，飞刀的绝技出神入化，你这套功夫是跟谁学的呀？"

"凤英，我在老家小时候经常跟着爸妈用镰刀割稻子割麦子割芦苇，用砍刀砍柴火，一年四季常跟镰刀砍刀打交道。另外，我们老家常有不三不四的男人打我的主意，我就想着要有一样防身的本事，我就到铁匠铺打了几把短柄的尖刀，练着练着就熟练了。"

"我的公公和丈夫那个年代也经常上山砍柴，用飞刀捕捉野兔野鸭，我看他俩的技术还不如你，我老家是双岭村的，你的老家在哪，离双岭村近吗？"

"离双岭村远着呢，我老家的地名怪怪的，读起来很别扭很难听。"

"那就不说它了，梓淳，我看你不像个庄稼人，倒有点像影视明星的风范。"

"凤英，我们老家逢年过节都会举办文艺晚会，我会经常上舞台表演两个节目，演着演着就熟能生巧了。"

两个人正说着，客房部经理苗艳来到了她俩打扫的房间："苏梓淳，跟我去办公室吧，老总在等你。"

玉莲跟着苗艳来到了办公室，姚佩芳："苏梓淳，你快去收拾一下你的行李吧，你被调到嘉美国际娱乐城了。"

"姚总，我在客房部上班挺好的，为啥要调我走呀？"

苗艳："苏梓淳你高升了，连升五级都不止。"

"姚总，您跟嘉美的老总商量商量吧，我还是在您手下好。"

"没得商量，你的调动是我和嘉美老总共同做出的决定。"

玉莲嘴上虽这么说，内心却求之不得，她已经有了下一步的计划。

姚佩芸亲自开着轿车把玉莲接迎到嘉美国际娱乐城。

姚佩芸把玉莲安排在八楼的一个有小客厅，有阳台的客房："苏梓淳，这就是你的卧室，里面有我的名片和保安经理肖道成的名片，你可随时联系我们。"

待玉莲放好行李，姚佩芸又对她说："马上要召开中层干部会议，请你跟我一起去会议室。"

五楼的长桌会议室，数十位经理和副总经理已经端坐在长桌的两旁，长桌东边的两张主位还空着。姚佩芸把玉莲领进会议室，让她坐在靠里的一张主位，自己坐在靠外的一张主位。

姚佩芸神情庄重："请大家起立，首先我给大家介绍一下，这是我们公司新聘任的苏梓淳女士。下面我宣布，从今天起，嘉美国际娱乐城的总经理由苏梓淳担任。"姚佩芸说完从公文包里拿出聘书交给玉莲。

经理们一起鼓掌。姚佩芸："我不在娱乐城的日子里，有苏梓淳行使董事长的一切权力，苏梓淳初来乍到，希望大家给予尊重和支持。昨天在为追梦旅游团举行的文艺晚会上，苏梓淳的表演想必大家都看到了，赞美的词我不多说了，我们娱乐城和星呈大酒店就需要这样的人才。苏梓淳是我们公司最耀眼最闪亮的一颗星星，相信在她的照耀和带领下，我们的娱乐城一定会经营得更加出色，每天高朋满座，宾客如云。"

玉莲向大家鞠了一躬，"各位领导同志们，首先我非常感谢董事长对我的信任和重用，非常感谢各位领导的支持和帮助，我将不辱使命，担当作为，竭尽全力做好娱乐城的各项工作，把我们娱乐城的各项经营指标达到高增长的水平"。

经理们再次报以热烈的掌声。

姚佩芸："今天的会议到此结束，散会。"

待经理们离去后，姚佩芸把一套总经理的制服交给她，拉着玉莲的手："苏总，你今天可到各个部门、各个娱乐场所熟悉一下，便于你今后开展各项工作。"她又把《总经理工作职责表》的文本交给玉莲："你有空可以看一下，文本仅作参考。你每个月的薪酬是两万元，其余的收入拿提成，只要你介绍来的客户，还有以你的名义来消费的客户，你都可以拿百分之五的提成，这个提成我会放在年终奖的红包里兑现。"

"董事长，您给我的月薪已经够高了，我就不拿提成了。"

玉莲根本不在乎月薪拿多少，虽然月薪相当于在星呈大酒店当服务员的十倍了。冥冥之中她忽然有种感觉，只有与董事长靠得最近，才能打探到徐进发故意杀人的证据……

"苏总，拿提成这是公司的规定，公司除了我，每个干部和员工介绍来的客户都是按百分之五拿提成的。员工们的提成是每月结清，经理及以上干部的提成是年终结清。到了年底我们还有年终奖。有些员工和经理没什么门路，也没有介绍过来客户，但工作兢兢业业，我们用年终奖加以鼓励。我记得有一位叫肖道成的经理，门路广工作又认真，年终拿了五万元提成，我还奖励他五万元，总共拿到了十万元的红包。"

姚佩芸把信任的目光投向玉莲，离玉莲而去。

玉莲穿上总经理的制服，首先来到了大剧院这个令她出彩的发源地，接着来到了歌厅、舞厅、酒吧、客房部、餐饮部。所到之处她听到的全是"总经理好"的敬重语，看到的全是对她满怀敬意的鞠躬礼。

玉莲对他们一一点头致意，并告诫他们："下次看到我不必行礼，我和你们一样都是打工仔。"

翌日的晚上八点，王维光和姚佩芸一起下班，姚佩芸坐上王维光开的轿车来到家门口的马路上，姚佩芸准备上对面的百货大楼逛一圈，这是每逢星期五下班后的惯例。她刚下车就被一蒙面歹徒用刀卡住脖子，押进了另一辆轿车。

惊恐万状的王维光对着马路上大声呼救："不好了，我夫人被劫持了。"

王维光驾车向歹徒的车猛追，马路上的车辆行人纷纷避让。

正在百货商场购物出来的范怡茹和肖玉莲适逢其会。玉莲随即从腰间拔出两把尖刀向歹徒开着的轿车的前后轮胎飞去，歹徒的轿车两只轮胎瘪了，向右趴倒在地。

歹徒左手卡住姚佩芸的脖子，右手用匕首对着姚佩芸的心脏，狂呼："快给我换辆车，要不我马上结果了她。"

有赶来的警察正对着歹徒喊话："这位兄弟，有话好说，我们可以满足你的任何条件。"

只见玉莲又从腰间拔出两把尖刀，瞄准了歹徒的两只手臂飞了过去，两把尖刀飞中了歹徒的两只小手臂，歹徒松开了佩芸，坐在地上痛苦不已，两名警察乘机把歹徒擒拿。

玉莲取过四把尖刀，走到佩芸面前："董事长，您受惊了，没事吧？"

佩芸紧紧握住玉莲的双手："苏总，电视里有警匪片警察围攻歹徒解救人质的镜头，竟没想到我今天也成了人质，今天的我全靠你及时解救，要不然结局还真难以想象，我的性命很可能不保，从今以后，你当我的私人保镖好吗？"

"姚董，我从来没当过保镖，我只能做着试试。"

"那就这么定了，你的保镖月薪是三万，加上总经理的月薪一共是五万元。"

"姚董，保镖的月薪我还是不拿吧，我拿总经理的月薪已经很满足了。"

"我花几百万都很难找到像你这样的保镖，该你得的你不用推辞。"

玉莲从这天起又被姚佩芸聘用为私人保镖，白天她是娱乐城的总经理，姚佩芸到哪她跟到哪，晚上她就住在姚佩芸的隔壁房间，姚佩芳还把家屋的全套钥匙都给了她一份。

玉莲如愿以偿地与姚佩芸走得更近了。第一次到金家，金海涛把王维光介绍给她，夸赞王维光无事不通，无事不晓，她想十九年前王维光应该对徐进发的故意杀人的事件有所知晓。

第50章 梓淳包厢

星呈大酒店客房部办公室。徐进发在上午十点钟来到了这里，昨天和岳父聊得晚了，他睡到九点才起床。到来之前他到商场买了个鸭舌帽，把前额遮得严严的，顺便还买了个宽边太阳镜。

"徐村长，这么热的天，你怎么戴个鸭舌帽，还戴了个宽边太阳镜，我快认不出你了。你还是第一次到我办公室来，说吧，找我什么事？"苗艳让他在办公桌对面坐下。

"苗经理，这不想你嘛，"村长摘下太阳镜，"十年前你在金辉房产当售楼小姐，我就对你怀有好感，现在你高升当经理了，早就想来看望你，我真的很想你。"

"十年前，你看中的是林琳，林琳不想理睬你，你后来才找的我，而且你尽说挑逗我的话，并没从我手里买过房。"

"苗经理，可是我并没亏待过你呀，我当时给你两千元小费，是你自己不收的。"

"徐村长，售楼大厅有监控的，你不买房我收你小费，这不影响我的声誉吗？如果没有其他的事，请你离开吧。"

"苗经理，我是来找苏梓淳，你把她叫来好吗？"

"徐村长，你不是想我吗？怎么又想苏梓淳了，你想的女人真多。"

"苗艳，我不是想她，我真的找她有事。"

苗艳："徐村长，苏梓淳调到嘉美去了。"

"调到嘉美，啥时候的事，我怎么不知道？"

苗艳："你是嘉美的什么官，调个把人也要让你知道？徐村长，你额头上有血流下来了。"

原来徐进发买的鸭舌帽偏紧了点，他不敢买松的，生怕回到双岭村被大风一吹帽子掉下来，被乡亲们看见受伤的前额。

村长摘下鸭舌帽，用纸巾擦去额上的血迹，连忙解释："昨晚和岳丈一起吃夜宵，老酒喝大了，额头撞在台角上，用纱布包扎了一下。"

凤英："村长你的鸭舌帽太小了，戴上去血又会渗出来，还不如不戴。"

苗艳："我还是给你戴个大一点的员工的工作帽吧，把纱布遮上，要不走在大街上行人都会盯着你的额头看。"

村长是个要面子的人："我戴了工作帽，人家还是会盯着我看，以为我是个宾馆的员工。"

苗艳："徐村长，你怎么来的？"

"金总家门口有公交车，直达星呈，我乘公交车来的。"

"要不我用轿车送你去吧，坐在轿车里就没人注意你了。"

"那最好不过了，苗艳谢你了。"

"我是看在你是姚佩芸外甥女婿的面上才送你，在你走向轿车的这一段路程，你还得戴上工作帽，要不保安会把你拦下，追问你是怎么受伤的。"

村长戴上工作帽，在苗艳的陪同下乘电梯来到一楼的大堂，大堂保安见是苗经理的客人，没有询问因由。

苗艳开着轿车把村长送到了嘉美的前厅。

村长在嘉美费了一番周折才找到苏梓淳。

在总经理的办公室里，玉莲佯装不知道村长的身份："你是星呈大酒店的员工，找我什么事？"

村长仍戴着工作帽，又不方便摘下来，摘下来就要露出额头上的伤疤，他回答道："就算我是星呈大酒店的员工吧，苏梓淳你怎么坐在总经理的办公室，你不也是星呈大酒店的员工吗？咱俩平起平坐。"

村长并不知道她已经担任嘉美的总经理。

玉莲不能浪费村长单独找上门的机会，她在想法如何从他身上捕捉到有价值的信息。

"你说得没错，咱俩是平起平坐的小员工，我是来打扫总经理办公室的，打扫完了顺便享受一下总经理的座位，你是新招聘到星呈大酒店的吧，通过什么渠道，谁介绍你去的？"

"欣欣中介的老板邵雨欣，你呢？"村长来了和苏梓淳聊天的兴致。

"我也是邵雨欣介绍去的，邵雨欣可热心了。火车站中介公司那么多，你怎么选中了欣欣中介？"

"我与邵雨欣的关系可非同一般，她曾经做过我的住家保姆，找欣欣中介，可省去中介费呢。"

"你请得起保姆，说明你是有钱人家，怎么会去做一个小小员工呢？"

"苏梓淳，跟你实说了吧，你看我是做员工的人吗？我是金总的女婿，双岭村的村长徐进发，今天来找你，是请你告诉我刘教授的下落，你不是昨天在舞台上思念刘教授吗，你一定知道她的消息。"

"原来是村长大人，失敬，失敬，"玉莲赶紧为他沏上茶水，"村长请喝茶，你打听刘教授的下落，我可不知道。"

"不可能，你与刘教授走得那么近，你不可能不知道，"村长摘下了员工帽，指着额头上的伤疤，"我与儿子闹翻了，额头上被他用茶杯砸了个口子，他让我一定要打听到刘教授的下落，否则的话他不认我这个当爹的了。"

"刘教授对你儿子就那么重要吗？"

"他爱上了刘教授，爱得死去活来，他把刘教授的离去归结到我头上。那天在我岳父家吃晚宴，我与刘教授碰杯，香烟不小心掉在地上，大中华的香烟才点燃还没吸，我不想浪费，弯下身去捡香烟的时候，手指碰到了刘教授的小腿。我儿子看在眼里，说我去勾引刘教授，这才引起刘教授当晚就离开，并从此音信全无。苏梓淳，你之所以演出思念的节目，你一定对刘教授的下落十分明了的。"

"徐村长，这不过是一次文艺演出，你与你儿子一样也当真的，你当村长的，可别跟儿子一般见识。"

"苏总经理，姚董事长邀请我们一起共进午餐。"是佟同在门口呼唤玉莲。

村长面对苏梓淳大惑不解："苏梓淳，你怎么摇身一变当上了总经理？"

玉莲："碰巧当上的，不必奇怪。"

佟同："徐村长，一小时前姚董事长亲自任命的。你额头上的伤是怎么回事？"

村长赶紧戴上员工帽："在家喝老酒，喝大了碰巧撞在台角上，没事。佟大导演，我的午餐，你看能否同姚董事长一起享用，我是她的外甥女婿。"

"我们姚董说请几个人就是几个人，她今天请的是佟加宣夫妇，金海涛夫妇，高翔夫妇，范怡茹，苏梓淳，还有我与杨依。"

"佟大导演，我毕竟是姚董的外甥女婿。"

"我们姚董说了，在娱乐城只有上下级之分，不存在亲戚关系。我建议你上员工餐厅，员工餐厅要划就餐卡的，没有就餐卡可自己掏钱买午餐。"

村长傻了眼，堂堂金总的女婿，竟落到这般田地，到姨妈开的公司来吃顿饭还得自己掏腰包。苏梓淳不过是一个外人，却被姨妈如此重用，她真的是靠自己的本事，靠自己的演技跨上了致富之路。看来刘教授是死是活的消息在苏梓淳这里是很难打听到的，他回去得跟泽天心平气和、开诚布公地谈一谈，同时还要请婉珍配合做好泽天的思想工作，让婉珍帮泽天介绍一个比刘教授好上几倍的女孩子。

村长不甘心被佟同奚落，他尾随着佟同和玉莲，目睹他俩进入了一个包厢，他在包厢的不远处徘徊了数分钟，硬着头皮径自闯了进去。

包厢的宴桌上，姚佩芸请的客人都已到齐。

"姨妈您好，是我。"村长向姚佩芸打招呼。

"你来干什么，你怎么戴了个员工帽，把帽子摘下来。"姚佩芸看见村长不请自到大为光火。

村长摘下了帽子，把受伤的贴着纱布的前额对着大家。

"怎么搞成这样，谁搞的？"

"姨妈，昨晚我和岳丈吃夜宵，老酒喝大了，不小心撞在台角上。"

"还不说老实话，你看到这包厢的名字了吗？"

"姨妈不用看，我以前和岳丈来过的，叫有明包厢。"

"你再到门外去看一遍。"

村长走到门口抬头一看，"有明"已经改为"梓淳"。

"姨妈，包厢名字改为'梓淳'了。"

"看见就好，我们这个包厢请的客人都是坦荡正直的贵人，都是给公司做出贡献的客人，他们每个月都给公司带来几十万的纯利润。苏梓淳明天将带来一个五百人的大型旅游团，吃住三天，并且包了三场晚上的大剧院，每场五万元，定金已经预付了十万，我初步算了算，吃住娱三天的总收入超过了一百万，纯利润超过了五十万。你给公司带来些什么？"

村长支支吾吾："姨妈，我……我……"

"徐进发，刘教授那么好的一个人，说没就没了，你负什么责任，你做的怂事别以为我不知道。"

玉莲进包厢的时候没抬头看包厢的名字，看见村长的尴尬相，就为他说上话了："董事长，徐村长今后会给公司带来客源的，他可以组织乡村旅游团到城里来游玩，在咱们的娱乐城吃住娱乐，我看这个包厢改名为'进发'也很好的，努力进取，奋发图强。"

"苏总经理，徐进发枉有一个好名字。"姚佩芸越说越来气，她用手指着村长的额头："你只会成天动向美女进发的念头，你到金辉房产售楼处勾引林琳，还有你……我都了解得一清二楚，看在你是我姐女婿的份上，看在你是泽天爹的份上，我和姐十多年来平均每年都要给你三十万的钱钞，这些钱都是全体员工用心血和汗水换来的。"

村长耷拉着脑袋不敢言语。

"出去，快出去，别待在我眼前，你让我恶心，别破坏了我们的兴致。"姚佩芸正式赶村长动身。

村长还是赖着不走。金海涛来到他面前："姐夫，姨妈是真被你气坏了，快走吧，你再不走，说不定姨妈还会叫保安来架你出去。"

姚佩芸果然打起了电话："肖道成吗，叫两个保安到梓淳包厢来，有人要扰乱我们就餐。"

两分钟后，肖道成带领两个保安来到村长面前："徐村长，请吧。"

村长还是站着没动，两个保安一人架住他的一个胳膊，架着他就往楼下走，一直把他架到前厅外的停车场。

"徐村长，你今天来得不是时候，姚董对你发那么大的火，你为什么不识相点主动离开。要是换了往日，我会请你吃饭并且喝上两口，今天我如果再请你吃饭，姚董知道了肯定会对我大发雷霆，也许还会辞退我，你还是到外面的饭店用餐吧。"

肖道成的这一番话反而把村长激怒了："肖道成，你算个什么东西，你也敢来教训我，起开，我要另开一个包厢一个人吃一桌酒菜，我要五千元一桌的，给公司带来效益你不反对吧？"

村长边说边往前厅冲，硬生生被肖道成拦住了："徐村长，这可由不得你了，你就是要五万元一桌的酒菜，我也不会让你进包厢。"

两人开始拉扯起来，肖道成抽出挂在腰间的电警棍，对着村长扬了扬："徐村长，我认得你，我的电警棍可不认得你，要不要尝两下？"

"肖道成，算你狠。"村长退到了一旁，他开始打电话搬救兵，大有横下一条心和姨妈对着干的架势，"婉珍，马上到嘉美来，我碰到麻烦事了。"

"进发，你说话上气不接下气，遇到啥麻烦事了，叫你找苏梓淳打听刘教授的下落，打听到了吗，泽天绝食了。"

"你赶快过来，泽天一顿两顿不吃不碍事。"

"进发，在姨妈的公司还能有什么麻烦事，我要看护好泽天，我是肯定不会来嘉美的，泽天要是有个三长两短，我负不起这个责任，还是你赶快回家吧。"

村长犹豫了片刻，摘下工作帽往地下一扔，叫了辆出租车往金家赶去。

村长和婉珍站在泽天的卧室门口。婉珍："泽天你爸回来了，刘教授有下落了。"婉珍只能先哄骗泽天一下，把泽天稳住。

泽天打开房门："老头，刘教授在哪，带我现在就去找她。"

"刘教授在佟加宣的医院住着，怕是精神不正常，在医院进行治疗。我要进去探望，门卫不让进，非得刘教授的直系亲属才可进去探望。"

泽天的双眼紧盯着村长的双眼，他看出来了："老头，你的眼神告诉我，你在撒谎骗我，你可能连苏梓淳的面都没见到，更别说打听到刘教授的消息了。"

泽天把父母推出门外，把门上了保险，任凭父母再敲再喊都不加理睬了。

梓淳包厢，姚佩芸特地把门关上反锁，免得有人再来打扰。

"我这个外甥女婿，从小浪荡惯了，真不知道他这个村长是怎么当下来的。见笑了，大家开始举杯，动筷子。"姚佩芸火气说消就消，大家开始边吃边聊。

佟加宣："俗话说，江山易改，本性难移，徐村长上半世人生也就这个样了，随着年龄的增长，但愿他能认识到自己的过错，走好下半世的路。"

姚佩芸："我准备与佩芳商量，从今以后不给他贴补了，钱多了，反而害了他。"

佟加宣："我建议逐步减少，看他的表现，只要他把钱用在正道上，用在双岭村的脱贫攻坚上，必要的补贴还是要的。"

"佟院长，你别指望他能把钱用在正道上。贴补给他，我还不如多多捐献给慈善机构。我和星呈捐献给中国少年儿童基金会的基金，每年在市里都排名前三位，我们可不能落下去。"

金海涛："中国少年儿童基金会的募捐单上，也有我的名字了，上个月我们金辉房产募捐了三十万。"

高翔："我以护理院的名义给中国少年儿童基金会募捐，被婉拒了，因由是让我们把这些钱用在改善护理院的硬件设施上，让老人们更好地享受晚年生活。"

包厢门口传来一阵急促的敲门声。姚佩芸："我们菜都上齐了，会是谁呢？"

王维红："该不会是村长钻了保安的空子又杀了个回马枪吧？"

　　姚佩芸："佟同你去开门，带上一杯饮料，假若是村长泼到他的脑袋上赶他动身。"

　　佟同左手拿着饮料，右手打开了门："泽天，是你，你怎么找到了这里？"

　　"我来找苏梓淳。"泽天看见苏梓淳在场，心里踏实了许多，他不急着打听刘教授的下落。

　　姚佩芸对泽天相比对村长那是一个天一个地："来吧，泽天坐在我的身边，饭吃了吗？"

　　"姨外婆，还没呢。"

　　"那就和我们一起吃吧。"

　　佟同吩咐服务员再拿来一份餐具，摆放在泽天面前。

　　姚佩芸："泽天，你要不要先来杯红酒，还是饮料？"

　　"姨外婆，我直接吃饭吧。"

　　佟同为泽天盛上满满一碗饭，泽天来了胃口，一副狼吞虎咽的样子。

　　爱丽娜："泽天你几顿没吃了？"

　　"阿姨，我就早饭没吃。"

　　泽天填饱了肚子，来了精神，开始向玉莲打听刘教授的消息："苏女士，看您在舞台上的表演，您与刘教授走得很近，您知道他的下落吗？"

　　玉莲还是沉稳地回答："徐泽天，我不是已经跟你们说过了吗，这不过是一次文艺演出，你不必当真。"

　　"苏女士，文艺源于生活又高于生活，您表演得如此生动逼真，您就像是刘教授的影子，您对她的一举一动不说了如指掌，也应该七不离八。您把刘教授隐藏得这么深，我得不到刘教授的消息，您知道我心里有多难受吗，我知道我爹在金家的聚会上对刘教授做了不光彩的举动，可是刘教授应该大人有大量，不应该计较，更不应该一走了之。我爹骗我说刘教授住进了佟院长的医院，我怎会相信，"泽天又面对佟加宣，"佟院长您说是吧？"

　　佟加宣："泽天，刘教授的确没住在我工作的医院，但也有可能住在别的医院，还有可能她离开了这个城市，到外地去谋生了。你必须做好最坏的打算，刘教授已经不在人世。你大学还没毕业，你要把全部精力放在学业上，从热恋钟情刘教授、思念刘教授的阴影中走出来。苏女士现在已经被聘任为嘉美国际娱乐城的总经理，有很多工作需要她去处理，希望你有事无事不要随意来找苏女士，不要影响苏女士的正常工作。"

　　姚佩芸："泽天，记住佟院长的话，不要因找不到刘教授，打听不到刘教授的消息而一蹶不振，当今要努力完成你的学业，你不是要当飞行员吗？争取早日驾驶着雄鹰守卫在祖国的蓝天上。"

第51章 无名墓碑

夏天的太阳像一个大火炉，把大地烤得发烫，就连空气也是热烘烘的，人一动就浑身冒汗。蜻蜓都只敢贴着树荫处飞，好像怕阳光灼伤了自己的翅膀，小鸟不知躲藏到哪里去了，只有知了还在枝头发出破碎的哀叫，像是在哀叹烈日的残酷无情。

嘉美国际娱乐城的总经理办公室，玉莲把空调打到最低，刚刚协同采购部经理外出采购酒店用品归来，她迫切需要与凉快为伍。

她坐在办公桌前的沙发上，就看到了茶几上摆放着一封没有署名的信，她拆开信封，抽出信纸，定下心阅读：

老爸 老妈：

当你俩看到这封信的时候，我已经在开往北京的列车上了。我昨天去找苏梓淳了，在梓淳包厢，姨外婆请我美美地吃了一顿午餐。我向苏梓淳打听刘教授的下落，她对我不冷不热，也没说出个所以然。

佟院长把我批评了一番……佟院长批评得对，我一味地沉湎于刘教授，确实很不应该，我应该从追求刘教授的阴影中走出来，把时间和精力多放在学业上，而远离苏梓淳是走出阴影的最佳选择。与其在家中想念刘教授，还不如早点回到校园里。和留守校园的同学们过集体生活，或一起谈论国家大事，憧憬远大理想；或探讨学术上的问题，精益求精；或访遍北京的各色景点，名胜古迹。以此来度过还有半个月的暑假，比待在家里强得多。

刘教授，我曾经那么努力地追过她，在微信里，在家宴上，纵然我追不到她，我已经无怨无悔，因为我已经努力了。

是我把刘教授从心灵中彻底抹去的时候了，我不会再为她梦萦魂牵，本来就是我的一场单相思。

老爸老妈，我的直觉告诉我，苏梓淳的身上有刘教授的影子，她俩年龄相仿，身材相似，她俩互为身子，又互为影子。我爱刘教授，更爱苏梓淳。

唉，身子也好，影子也罢，反正与我无关了。

人生的道路上总要经历成功和挫折、痛苦和危难，就像一年四季中的花开花落，但愿刘教授这朵凋谢的鲜花到了明年春天还会再开起来，绽放得更加鲜艳夺目。

不要到学校里来看望我，请你们放心，我会善待自己，安享每一天的快乐生活。我将抽出一定的时间把下一期的科目提前学习，确保学习和军训的成绩在年级里名列前茅。

老爸老妈，苏梓淳现在已被聘任为嘉美国际娱乐城的总经理，她每天要忙的事情很多，请你们不要去打扰她的日常工作，偶尔碰巧遇到她，也不要在她面前谈起我对刘教授的一片痴心。偏爱刘教授已经成为我的往事，今后的日子里，我决定不再去想她。我现在感悟到，最近的一段时间里，我是多么天真幼稚，我甚至还想过，没有了刘教授我活着还有什么意义，我为自己感到害臊，我至于吗。

我还要重复上面的言语，我已经努力过，虽然无结果，但我无悔无憾。今后的日子里，我不会再为刘教授浪费时间。

老爸，恕孩儿一时冲动，砸伤了您的额头，孩儿在这里给您道个歉，可是你怎么能说刘教授做您的情人还差不多呢，有我最爱的妈妈陪伴着您，您怎么一点都不知足呢！

老爸老妈，本来我是准备打电话给您的，这么长的言语我怕你们会听不进，或者听了下句忘了上句，因此我用书信的方式告知你们，以此来表达我的心情。

对了，方便的话，帮我打听一下苏梓淳的手机号码。

最后祝您相亲相爱，身体安康，万事如意。

泽天　即日

玉莲颇有耐心地看完了这封信，她向工作人员打听这封信的来历，工作人员告诉她，今天一早就有一位戴鸭舌帽的先生来到前厅，委托前厅的接待员把这封信转交给苏梓淳。

玉莲马上想到戴鸭舌帽的先生是徐进发，这个徐进发，居然把儿子写给他的信转交给我了，不知其用意何在？

玉莲又把目光停留在"老爸老妈，我的直觉告诉我，苏梓淳的身上有刘教授的影子，她俩年龄相仿，身材相似，她俩互为身子，又互为影子。我爱刘教授，更爱苏梓淳"这一段文字上。

不好，徐泽天是否已经认出了我？玉莲来到卫生间的梳妆镜前打量着化妆后的自己，又注视着手机上储存的刘教授的照片，刘教授是标准的柯湘式的发型，而现在的脸型稍稍比刘教授年轻几岁，及腰的长发波浪把她的脸型拉长了，两张脸型毫无相同之处，柯湘的眉毛眉尾微微上扬，具有大无畏的不屈不挠的革命精神，而苏梓淳的眉毛弯弯的，像柳叶，像弓儿似的婀娜地弯曲着，怎么可能被徐泽天认出来呢？

玉莲庆幸徐泽天在父母面前没有说破自己是张蕾，为自己保密着。她又打开手机中收藏的徐泽天的照片，只见他光洁白皙的脸庞，透着棱角分明的英俊，乌黑深邃的眼眸，泛着分外迷人的光泽；那浓黑的眉毛、高挺的鼻梁、绝美的唇型，无一不在张扬着高贵与优雅，他的脸上保留了徐进发和金婉珍的优点。

玉莲低下头，用双唇吻住了徐泽天的照片，脸上不禁泛起羞涩的红潮。

泽天泽天，你要是王盛、吴庆荣该多好，你要是包宜安、包宜全该多好，你为什么偏偏是徐进发的儿子呢！

玉莲感受到徐泽天对她的爱慕是纯洁而真诚的，泽天爱张蕾，爱刘教授，更爱苏梓淳，能说他像父亲见一个女子爱一个吗？不，泽天从来爱的是一个人，儿时的玉莲，大学里的张蕾，现在的刘教授和苏梓淳。要说他花心，他只为玉莲而花心。

玉莲感受到很有必要给泽天写一封回信，她是这样写的：

徐泽天：

　　你写给老爸老妈的书信，你老爸转交给我了。你能从追求刘教授的阴影中走出来，不再被个人的感情困扰，提前回到校园，我为你高兴。生活是一场漫长的旅行，不要浪费时间去等待那些不愿与你携手同行的人，更何况刘教授是死是活还不能确定。

　　我想象着你在校园里还会思念刘教授，你还会很失望，失望有时候也是一种幸福，因为有所期待，所以才会失望，因为有爱，才会有所期待，所以纵使失望，也是一种幸福，虽然这种幸福有点痛。

你遭遇了爱情中的失败痛苦，告诉自己，这不过是爱情长河中的一段暂且的归零，不过是从头再来，即使陷入爱情的低谷，只要离开原地，任何一个方向都是上升。

那天晚上刘教授离开了你，离得那么突然。如果我们往好处想，刘教授一定还有更重要的事情需要去完成，如果她在世的话，她一定还在奋斗，在拼搏，这一点毋庸置疑。

再过两年你就要在北京航空学院毕业了，当你驾驶着雄鹰翱翔在祖国的蓝天，为保卫祖国奉献自己的青春和热血，那时的你该是多么光荣和自豪，我为你赞赏，为你喝彩，为你骄傲。

泽天，这是我第一次给你写信，也是最后一次，所以请你不要回信。不要问为什么，也不要想为什么。我是希望你把全部精力放在学习和军训上。不要为了一封无关紧要的回信而影响你良好的心态。

泽天，你在给爸爸妈妈的书信中曾说到你爱刘教授，更爱苏梓淳，你怎么能见一个爱一个呢，你不觉得你和你爸一样花心吗？

最后请你把刘教授和我彻底忘断。

苏梓淳

玉莲把书信的最后几段文字再润饰了一遍，感觉在情理之中。她既担心徐泽天会把对刘教授的爱慕转移到她身上来而让爸妈经常来娱乐城找她，又担心自己会陷入对徐泽天的爱恋无法自拔，影响自己为爷爷报仇的行动。

她在"彻底忘断"的后面加了三个大大的感叹号。

她在信封上写上徐泽天的地址，把书信装入信封，贴上邮票，亲自下楼来到娱乐城大门外的邮筒旁，把书信投递进去。

林琳的电话总是来得是时候，她对玉莲的空闲时间十分了解——下午两点到三点。

"玉莲，你在干吗？"

"我刚寄出了写给徐泽天的信，徐进发把儿子写给他的信转交给我了……"

"是应该写信给他，他能从追慕刘教授的阴影中走出来，说明他已经释怀了。玉莲，那天你在舞台上的表演十分了得，现在你非但是娱乐城的总经理，还是姚佩芸的私人保镖，你可知道劫持姚佩芸的歹徒来历吗？"

"林姐，歹徒后来被警察抓走了，你打听他的来历做啥？"

"告诉你吧，歹徒是我老公扮演的，警察是我老公手下的保安扮演的。"

"林姐，你怎么导演这么一出戏，多危险啊，姚佩芸受了一次大惊吓，我也被你吓坏了，你事先为什么不告诉我？"

"告诉你了，你就不敢对我老公下飞刀了，你会顾虑伤及我老公的性命。"

"林姐，我被姚佩芸聘任为私人保镖，全是拜你所赐，我真的很感谢你。"

"你更应该感谢范怡茹，是她和我共同导演的这出戏。你之前不是打电话给范姐，要想法和姚佩芸走得更近吗？我们认准了姚佩芸下班的时间，认准了她每逢星期五下班后要和王维光一起逛商场的习惯，是范怡茹邀请你一起逛商场的吧？"

"我说怎么范姐上星期五下午一直邀请我晚上七点逛商场，原来是早有策划，你老公伤势如何，我只是对准了他手臂的皮肉下飞刀，不会伤到骨头吧？"

"没事没事，正如你所说，只擦破了点皮，上了点红药水就行了，这下你成了姚佩芸的私人保镖，和她走得更近了吧！"

"更近更近，近到不能再近了，姚佩芸把家里的全套钥匙都给了我，我已经在她的卧室里放了录音笔，目前还没有从录音笔上听到有价值的信息。"

"玉莲，你就耐心等待吧，有事只管找我和范姐帮忙。"

林琳为了使自己和姚佩芸走得更近，敢拿老公的性命做赌注，自己还有什么可犹豫的？玉莲终于决定把收回地下宝藏的大事交给两位最贴心的知己："林姐，要帮忙的事还真有，而且这桩事情必须得你和范姐一起完成，到时还得请上你的保安队长老公。"

"什么大的事啊，又要叫我的老公当蒙面歹徒？"

"这回不是当蒙面歹徒，双岭村北面悬崖底下的一座坟墓，埋葬着金海涛的亲生父母纪本中和杜桂蓉，墓碑上凿刻着夫妇俩的名字和立碑人肖广连的落款。你们要重新换一块墓碑，墓碑上没有任何人的名字。也就是无名墓碑。另外，坟墓前百来米的废墟上，我放了十来块鹅蛋大小的石头做记号，下面埋着五箱黄金，是纪本中的老爸从日寇手里夺回来的。半爷说了，这是国家的财富，要无偿地交还给祖国。你们收取黄金后要严加保管，不得有失，并保守机密，这两件大事必须在一周内完成，事关重大，必须由你的保安队长老公来唱主角。"

"玉莲，你要办的事还真不少，我和范姐一定按照你的要求全力以赴地完成。还有我想问你，你每天的化妆做得怎样，一定不可忽略，不要让任何人认出你就是肖玉莲，尽管你离开大家的视线十五年以上了。"

"我化妆得很到位，比实际年龄要大五六岁，请你只管放心。"

金文辉的卧室，正当太阳高挂时。

"爸爸，苏梓淳都当总经理了，是姚佩芸一手提拔任命的。那天我去找苏梓淳打听刘教授的下落，他们正在包厢吃饭，我被佩芸骂了一顿，连饭都没吃上……"

"苏梓淳这个女人真不寻常，我们对她还得多加提防才是。"

"爸您说得是，泽天提前到北京去了，临走时给我和婉珍留下一封信，我们看完后把信转交给苏梓淳了，看看她有什么反应。结果泽天打电话来说他收到了苏梓淳的回信，信中不过说些鼓励的话，没多大有价值的内容。泽天说这是苏梓淳给他的第一封信，也是最后一封信，他还让我打听苏梓淳的手机号，我打听到了又有什么用呢。"

"进发，你千万别去打听，让泽天死了追慕刘教授的心，泽天好不容易从追慕刘教授的阴影中走出来，苏梓淳的回信等于复燃了泽天追慕刘教授的爱意。"

"爸，泽天在给我们的信中说到他爱刘教授，更爱苏梓淳，这个孩儿，怎么遗传了咱见一个女人爱一个的基因。"

"进发，亏你说得出口，什么遗传不遗传的，爱美丽的异性人皆有之，用得着遗传吗？"

"对，对，不用遗传。我昨晚在双岭村得到传言，救活肖广连的崖底人家已烧毁的老屋身底下，埋藏着好几箱黄金，是纪本中的老爹从日本人手里截获的，本来我昨晚就想打电话告诉您，又怕隔墙有耳被别人偷听到，所以今天一早就赶到您身边了。"

"真有此事，追风捕影的传说，咱不能相信。"

"爸，流言虽不可轻信，但毕竟空穴来风，总是事出有因的。好几箱黄金，够咱们子孙好几代享尽荣华富贵了。您想想，崖底下原先总共十来户人家都拆迁了，为什么单单纪本中和杜桂蓉守着那间老屋不肯拆迁，这一定有他们的道理。"

金文辉听女婿这么一说，眉头一扬："进发，咱马上到现场去观察一下，上我的轿车。"

翁婿俩坐上轿车，开到市区一家日用品商店买了两把铁锹。翁婿俩轮流开车，一路疾驰向崖底人家的旧址开去，一个小时后来到了崖底。

崖底人家已焚烧成废墟的旧址上盖了一层芦苇秆。翁婿俩抱有侥幸心理，但愿如果黄金确实埋在老屋身底下的话，应该还在。

村长第一个来到芦苇秆边缘，不料一脚踩了个空，整个身体一下子跌入半丈深，直径两米多的洞底。

金文辉惊出了一身冷汗："进发，你摔伤了没有，快爬上来。"

"我没事，洞穴底下的土松松的，"村长顺着洞穴平缓向上的坡度费力地爬了上来，"爸，咱们晚来了一步，黄金被人抢先一步挖走了。"

"你昨晚得到消息就应该把守在这里，看护好这批黄金。"

"我也准备看护的，可是我一个人的力量毕竟有限，我估计这批盗贼有五六个人，我哪是他们的对手，不被他们砸扁才怪。"

"算了，这批黄金看来不该我们得到，咱们去看看两个老家伙的坟墓吧，也许从坟墓里会有新的收获。"

翁婿俩来到了离老屋旧址百来米的坟墓边，金文辉首先从墓碑上看出了问题："进发，你那天跟我说墓碑上刻着纪本中和杜桂蓉两个人的名字，现今怎么成了无名的墓碑，你肯定看走了眼，杜桂蓉根本没死，你第二刀只是刺中了她的肚子，又不是她的心脏。"

村长定睛地看了又看："咦，上次我到墓地来，明明墓碑上是两个人的名字，莫不真的是我看花眼了？"

"这坟墓里会否有花头，老家伙会否把黄金分两个地方埋藏，咱们把坟墓挖开来，看个究竟。"

翁婿俩一看四下无人，挥起铁锹就开挖起坟墓，谁知刚挖了几下，村长便看见不远处十几个村民向他们走来，两人赶紧把挖开的泥土重新填上坟头。

"你们是哪里来的畜生，竟敢挖掘我们敬重的老伯老婶的坟墓，还开着轿车来。"为首的村民厉声怒喝。

村民们把两人团团围住，金文辉连忙堆着笑脸解释："大家别误会，我俩曾服用过纪老伯强身健体的药材，今天特地来给老伯老婶的坟墓添培泥土，以表示敬意。"

为首的村民认出他们俩："原来是金总和徐村长，难得你们一片孝心，上我们村里去吧，我请你们喝两盅。"

金文辉心想和村民们应该和睦相处，打成一片，满口应承："好，等我俩给坟墓培植好新土，再一块上你们村去。"

翁婿俩违心地把离坟墓几米开外的泥土铲挖，添培在坟墓上，村民们帮着一起添培，坟墓比原来高了不少。

金文辉让为首的村民坐在副驾驶座，让另外三位村民坐在后排，村长和其他村民跟在轿车后边，以步行的速度向两公里远的村庄开去。

这些村民的住房都是从崖底拆迁的新建的二层楼，金文辉对这里的情况略有了解，轿车开到了住房处，他对村民们说："今天还是我来请大家欢聚一堂吧，你们村长呢，把他一起叫来。"

为首的村民："我们村长是个大忙人，今天是周六，这当儿还真找不到他，不是在城里就是在镇里。"

金文辉从挎包里掏出一叠百元钱钞交给为首的村民："这一万元我请你们，你到集市上打理点酒菜，在你家里摆上几桌。"

为首的村民："我替大家谢过金总了。"

半小时后，丰盛的酒菜摆上桌面。金文辉和村民们边吃边聊。金文辉："你们可曾听说纪老伯老屋的身底下埋藏着几箱黄金？"

村民们议论纷纷：

"听是听说过，是纪老伯的爹爹从日寇手里截获的。"

"这么多的黄金，恐怕早就给纪老伯转移了。"

"纪老伯十九年前从悬崖边救下一位壮汉，那壮汉飞刀功夫十分了得，也许黄金早已归入壮汉囊中。"

金文辉："这么说来，真有此事，咱们应该去纪老伯老屋打探一下。"

为首的村民："纪老伯的老屋被天火烧掉十几年了，打探不出什么结果的。"

村长："咱们去打探一下也无妨，我开车带上几个村民，几分钟就到了。"

为首的村民："我算一个。"

村长伙同四个村民，开车来到了老屋身底下。

村长掀开芦苇秆遮盖的洞穴，四个村民全都看呆了，都大呼晚来了一步。

村长他们回到了宴桌旁，为首的村民把看到的状况向金文辉做了描述。

金文辉："这么说来，纪老伯老屋身底下的黄金十有八九是被纪老伯救下的壮汉转移了。请村民们到东到西都要打听壮汉的下落，找到黄金捐献给政府，政府会嘉奖大家，大家都有嘉奖的份子钱。另外，我想请问大家，纪老伯的墓碑上怎么一个人的名字也没有？"

为首的村民："我们也正纳闷，两天前我们就看见了，也许是壮汉竖墓碑竖得急，来不及让石匠开凿名字，只是用黑漆写了一下，时间一长，被风雨冲刷掉了。"

......

翁婿俩当晚就回到了城里的家。

"爸,这些村民们穷惯了,看见咱俩假装说请咱俩吃喝,实际上是让咱请他们,咱还白白地损失了一万元。"

"一万元算个屁,你只会计算小的,找到黄金才是当务之急。这批黄金应该是最近才被挖掘盗走的,你分析一下,这批黄金落到谁手里了?"

村长右手搔了搔头皮:"爸,我这乡巴佬脑子还真分析不出来,咱叫王维光来分析吧,也许他能分析出点名堂来,你请他来咱家,我暂且回避。"

正在娱乐城上班的王维光接到金文辉的电话还真是来得快。

"姐夫,据我的分析,这批黄金落到苏梓淳手里的可能性占百分之五十。"

"维光,苏梓淳不过一个外乡人,她怎么会了解黄金的底细?"

"这可说不准,现在是信息时代和互联网时代,我总感到苏梓淳有一定的来历。"

"苏梓淳不是姚佩芸的私人保镖吗,既然你说她有来历,为什么还那么信任她?"

"这都是佩芸的一己之见,不过也没办法,蒙面歹徒劫持姚佩芸,人命关天的大事,全靠苏梓淳化险为夷。"

"维光,那还有百分之五十会是谁,该不会是你夫人吧?"

"文辉,你说啥呢,照你这么说佩芸和梓淳串通一气挖走了黄金,不作兴的。佩芸天天和我在一起,每逢外出都是我开车送她。另外的百分之五十,我分析刘教授占了百分之二十五,她那么一个文化人根本不会树敌,有谁会去害她,要说生病去世嘛,也不可能,我看她身体健壮着,三十多岁的年纪,保养得好,就像二十多岁。"

"那还有百分之二十五呢?"

王维光压低了嗓音:"还有百分之二十五,那就是你女婿进发了。"

"进发下午刚跟我去过现场,他还摔进了坑里,没摔伤已是不幸中的大幸。"

"大哥,"王维光换了种称呼,"你听我说很有可能进发扮演苦肉计玩弄贼喊捉贼的把戏。不是我在说你女婿坏话,我在双岭村跟他打交道这么多年,见得多了,他什么坏事都做得出来,你也要对他提防着点,不要与他走得太近。总之我认为,苏梓淳的嫌疑最大,刘教授与徐进发渐而次之。"

......

"维光，这么晚了，你外出干啥去了，也不给我说起一声。"

"你姐夫把我叫去了，你关紧了门，正在洗澡，我忘了跟你说了。有梓淳在咱家，我就放心地去了。"

"文辉把你叫去啥事情，白天不叫晚上叫。"

"文辉不知从哪里得来的消息，说双岭村北面崖底埋着一批黄金，他和进发一起去挖掘……黄金已不翼而飞。他让我分析是谁盗走了这批黄金，我分析苏梓淳的可能性最大，他却怀疑是你和苏梓淳串通一气盗走的，真是口无遮拦。"

"文辉无中生有，那天进发去梓淳包厢，我把他赶走，他是心有不甘，替女婿出恶气报复我。"

"我也帮你驳回了面子，我就说是进发演苦肉计贼喊捉贼……什么坏事都做得出来。"

"进发还做过什么坏事？"

"十九年前我目睹他在山顶上与玉兰私会，被肖广连撞破后用木棍将肖广连打昏后扔下悬崖。"

"真的啊，那可是杀人的要案啊，玉兰不告发吗？"

"进发威胁玉兰，若告发会结果了肖道成的性命，还威胁玉兰是她勾引童男子，真卑鄙无耻，简直就是一条恶狼。"

"维光，进发故意杀人的事只能天知地知你知我知，他毕竟是我的外甥女婿，你把嘴巴封牢点，泄露出去进发要坐大牢的。"

"佩芸，这你放心，咱俩结婚这么多年，我的性格你还不了解吗？"

姚佩芸怎会知道，她亲自聘请的总经理，她的私人保镖竟成了卧底，苏梓淳在卧室里放置的录音笔，把他俩的对话录了个一清二楚。

第52章 星光演艺

　　早秋的清晨，随着一缕缕秋风穿过半开的窗户吹进玉莲的卧室，淡蓝色的天空挥发的微微白光紧随其后映照在她的脸上，把她照醒了。

　　玉莲起得很早，她要花一定的时间化妆。董事长和王维光就睡在隔壁，她轻手轻脚地走到梳妆台，打量着自己的素颜，不禁为自己的容貌深深地打动，用俏丽若三春之桃，清素若九秋之菊怎会显得夸张；用秀色掩今古，荷花羞玉颜毫不显得过分。可是这娇美的容颜自己却要用厚厚的脂粉来淹没，真是心有不甘。玉莲又想到再化妆三个月，熬过这三个月她就可以重现少女的容貌了，便狠狠地再次在脸上涂上厚厚的脂粉，描上皱纹，再在唇边粘上一个绿豆大小的黑痣。

　　隔壁房间传来开门的声音，玉莲知道是王维光起来弄早餐了。录音笔早就在几天前被她收回，里面的录音她连续听了好几遍，这个王维光竟然知情不报隐瞒了十九年，该当何罪？

　　如今证据在手，这只是万全之策的第一步。

　　"小苏，吃早餐了。"王维光在自己家里从来都唤玉莲为"小苏"。

　　他们三人共进早餐。玉莲胃口向来很好，她的一份包括牛奶、蛋糕、牛排的早餐她总能吃光。

　　上班路上，照例是王维光开车，董事长坐在副驾驶座，她坐在后排。

　　到了办公室，坐在办公椅上，这是她最安适的时光。董事长对她说过，做保镖是最主要的工作，总经理的工作可以按自己的意愿随意安排，无所谓做与不做，各部门都有经理在负责，她只需听汇报，监督执行即可。

　　徐进发两次故意杀人证据确凿，现在拿到了把柄，离爷爷立下的军令状仅剩三个月，这三个月她要想方设法如何让徐进发投案自首，再待在嘉美已无多大意义，她不想再撑下去，她在思考用何种借口离开嘉美。

然而当她一想到要离开这个令她出彩，令她人气大增，令她迈入人人敬慕的金领岗位发源地的时候，她竟有一种依依不舍的感觉。在嘉美的两个月时间里，她恪尽职守勤奋工作，依靠自己的人际关系，给公司带来了大量的客户，纯利润超过了一百万。她关心下属和每一个员工，在公司树立了良好的口碑，大家都把她当成自己的亲姐妹对待。

　　她十分清楚，她优越的人际关系都是拜爷爷所赐，没有爷爷，她何来的大学双学位文凭；没有爷爷，她能走到今天的辉煌吗？

　　时下，她先后来到了大剧院、歌舞厅、酒吧，留恋地注视着她工作过的地方。在她所到之处，大家全都给她投来敬重的目光。她最后来到了客房部十一楼自己的卧室，打开衣柜，那张十九年前的发黄的报纸仍在衣柜底下静静地躺着，她把它收起叠成巴掌大小放在口袋里，她要把它带走，让它派上用场。

　　她回到办公室，刚把报纸收藏好，姚佩芸就来到她面前了："苏总，刚才新成立的星光演艺公司董事长爱丽娜来过了，她送来了邀请你为星光演艺公司顾问的邀请函。"

　　姚佩芸从随身带的公文包里取出邀请函递到她面前："你看着办吧，答应不答应由你自己决定。"

　　姚佩芸说完就离开了，玉莲把邀请函摊平放在办公桌上，只见上面这样写着：

邀请函

嘉美国际娱乐城总经理苏梓淳女士

　　您好！

　　我们是新成立的星光演艺公司，公司的宗旨是弘扬中华新文化，传播中华正能量。主要从事影视剧的拍摄、舞台剧的制作和表演等项目，您是一位具备专业知识，具有杰出表演才能的优秀艺术人才，特聘请您为星光演艺公司艺术顾问，给予指导建议而合作交流。

　　如果您确认，我们将签署正式的合作协议，协议内容详见附件——顾问协议，并向您颁发艺术顾问证书。

星光演艺公司董事长　爱丽娜

　　玉莲打开了顾问协议书，协议书上明文规定每周一个工作日到星光演艺公司办公，每月不少于四个工作日，并根据公司的要求临时增加工作日。

姚佩芸不一会又来到了玉莲面前："怎么样，决定好了吗？无论你同意还是放弃，我都会接受。"

演艺事业是玉莲从小就向往的理想，她很想接受爱丽娜的邀请："董事长，我准备受聘，反正一个月才四个工作日，我帮您想好了，我不在公司的日子里，您可以聘用肖道成做您的保镖。"

"苏总，我知道你会受聘的，下午我要到儿子的寄宿制小学开家长会，我准备和肖道成一起去，娱乐城的各项工作你照应一下。"

"董事长，您只管放心地去开家长会吧，我会照应好的。"

玉莲同爱丽娜鲜有打交道，还是在金文辉家相聚的时候，同爱丽娜说过几句话。待姚佩芸离去后，她在公司的通讯录上找到了爱丽娜的电话并拨通：

"爱丽娜董事长，我是苏梓淳，我决定受聘你邀请我担任顾问的工作。"

"好啊，太好了，苏梓淳，我很想让你把顾问辞掉，聘请你为星光演艺公司的总经理，只是担心姚佩芸不放你走，其实我和姚佩芸关系挺好的，我女儿和她的儿子在同一个寄宿学校上学，我俩在学校经常见面。"

"姚董下午要去学校开家长会呢，你也去吗？"

"我让高翔去了，公司新开张，要做的事情很多，最好你下午就来我公司报到。"

"爱丽娜，姚董让我下午照应娱乐城的工作，我还是明天去报到吧，如果你正式聘任我为星光公司的总经理，我马上可以写辞职报告。"

"那还用说，你写吧，不管姚佩芸意下如何，我要定你了，我会着重同她协商你到我公司工作的事宜。"

总算有离开娱乐城的借口了，待爱丽娜挂断电话后，玉莲写好了辞职报告。压在办公室的抽屉里，准备在适当的时候递交给姚佩芸。

玉莲刚写好辞职报告，爱丽娜就打来了电话："苏总，忘了告诉你和姚董了，新成立的星光演艺公司的地址就在星呈大酒店客房部的七楼，我租用了三个房间，姚佩芳已经把三个房间连通，在两个房间的南部再开了两扇门。"

星呈和嘉美是联手经营的两家公司，我到星呈去等于还是在嘉美，我在星光的一举一动还是在两位老总的眼皮底下，玉莲不禁有些失望，这张辞职书等于白写了。

她找出了金文辉的全家福照片，这是她本来想在离开嘉美之前借姚佩芸之手转交给金文辉的，后来揣摩还不到时候。金文辉就是知道了自己的身世又能怎样，他会对自己的女婿恨之入骨，会劝说女婿去投案自首吗？不一定。况且他承认不承认这张照片还很难说，毕竟这是五十多年前的老照片了。

她得找到五十年前金兆和收养金文辉的证据，可是上哪去找？金兆和五十年前是个声名显赫的企业家，他收养与纪大伯走散的纪文辉，报纸上肯定会报道他的善举，这五十年前的报纸还会在吗？她想起了星呈大酒店自己的卧室压在衣柜底下十八年前的报纸，金兆和会把这张报纸收藏后压在柜底吗？最后她断定这张引以为荣的报纸，是值得金兆和收藏的，他一定会保管好的。

玉莲的眼前闪现出在金家相聚时李亚敏领着她参观金家的场景，李亚敏拉着她的手来到了顶楼的一个房间："刘教授，这是我家祖传的一套明代的红木家具，我的公公一直收藏至今，这也是受我老公公的关照，现在这套红木家具经学者考证价值已达到两千万。公公说了，不到万不得已，这套红木家具是不会轻易出手的。"

价值不菲的红木家具，引以为荣的老报纸，这两者之间应该有必然的联系。玉莲动起了如何上金家找到这张报纸的念头。她马上想到了林琳，她要让林琳的丈夫华卫东到金家去装神弄鬼弄点吓人的事情，让金文辉胆战心惊，从而请她去当临时护卫。

"林姐，我又有事情要麻烦你了。"玉莲打通了林琳的电话。

"玉莲，快说吧，你的事就是我的事。"

"我想请你丈夫夜里到金文辉的卧室去搞点动静，让他心惊胆战不得安生，几天弄下来，金文辉自然会想到我，让我到他家去做护卫。"

"你在姚家当保镖当腻了，又想到金家去了？"

"我在姚家的目的已经达到，我要到金家去寻找一张五十年前的旧报纸……"

"五十年前的报纸，报社应该有收藏的，非要到金家去寻找吗？"

"我不想到报社去兴师动众，寻找五十多年前的报纸不会那么容易，必须通过领导，金文辉常跟媒体打交道，他要是知道了会产生一定的麻烦。上报社是在金家找不到后再考虑的事。"

"玉莲，你想得真全面，你放心吧，我来安排。"

"你真是我的好姐姐，对了，纪大伯老屋深埋的黄金全靠你和范姐的密切配合才得以安全转移，那批黄金珍藏得好吗，千万不能出意外。"

"请你一百个放心，现在珍藏在我新家的储藏室。卫东特地安装了监控。我新家是最近买的商品房，离我上班的金辉房产步行只要几分钟，就等你什么时候取出来献给国家了。"

……

　　林琳和范怡茹商量了恫吓金文辉的可行办法，他们研制了一个四周都能发光的圆形的手电筒，用白色塑料薄膜包扎成人头的模样，在上面画上红眼睛、塌鼻子和黑獠牙，人头下面同录好怪音的录音机绑在一起，形成了一个颈脖，外面再用白色轻纱披上，形成一个活生生的厉鬼。

　　厉鬼的头颅加颈脖不超过五十公分，便于放在背包里携带。

　　正是夜半三更时，华卫东乘门卫打瞌睡，背着背包翻过围墙潜入金家别墅的前院内，找到一根泽天在小时候经常捉知了玩耍的长塑料杆，这根塑料杆是他白天打探好的，如此一来省去了带长杆进金家的麻烦。他打开背包，把长杆绑定厉鬼的颈脖，打开录音机和手电筒，手举长杆在金文辉所住三楼的卧室窗户前晃来晃去。

　　厉鬼发出鬼泣神嚎的怪声："呜哈叽呀"，"唏里哗啦"，紧接着又发出人不人鬼不鬼的诡异奇音；"金文辉，你这个恶子，竟敢伙同恶婿挖你老爸的坟墓，如此大逆不道，成何体统，天地不容，快拿五百万现钞来消罪孽。"

　　原来范怡茹、林琳等人取走黄金后，特委派华卫东躲在暗处观察和断后，目睹了金文辉和徐进发挖坟墓的一幕。

　　厉鬼发出的怪声虽不大却声声刺耳，直惊得金文辉胆战心惊，六神无主。坟墓怎么成了老爸的坟墓了？他躺在床上大气都不敢出，浑身直冒冷汗。他开亮了灯，厉鬼还在窗口晃来晃去，诡异奇音还在继续。

　　金文辉打开房门来到隔壁夫人的卧室："佩芳，我房间里闹鬼了。"

　　佩芳："你在做梦吧，哪来的鬼？"

　　佩芳随文辉一起来到闹鬼的卧室，厉鬼仍在窗口晃来晃去，发出的怪音依然在回响。佩芳拿起手电筒朝厉鬼射去，厉鬼消失得无影无踪。

　　"鬼怕手电筒，晚上你把手电筒放在枕边就不碍事了。我听到鬼发出的声音了，你去挖老爸的坟墓了？"

　　"佩芳，别乱说，我怎么会去挖老爸的坟墓呢，你脑子里出现幻觉了。"文辉故作镇静地回答。

　　第二个晚上，文辉睡在了佩芳的房间，夫妻俩同睡一张大床。

　　又到夜深人静时，厉鬼又在佩芳房间的窗口出现，还是那鬼泣神号的怪声："金文辉，你这个恶子，竟敢伙同恶婿挖你老爸的坟墓，如此大逆不道，成何体统，天地不容，快拿五百万现钞来消罪孽。"

　　佩芳开亮了灯，把手电筒射向厉鬼，厉鬼又消失得无影无踪。两天下来，直搅得金文辉惶惶不可终日，好像地球末日就要来临。他埋头曲颈，魂不附体，仿佛厉鬼已经抓住了他的一只脚似的。

"文辉，咱叫你连襟来陪你睡个几天吧，你到哪鬼跟到哪，我可不想跟着你活受罪，鬼怎么不找我专找你？"

文辉自然不会叫王维光来陪他睡："佩芳，佩芸会放维光走吗？自从出了被绑架的事，佩芸特地请苏梓淳当保镖，但家里怎能没有一个男人。现在佩芸家里风平浪静好些日子了，另外我还注意到肖道成和苏梓淳轮流给佩芸当起了保镖，咱不妨把苏梓淳请来咱家守护几天，佩芸应该不会阻拦，毕竟你俩是亲姐妹。厉鬼再在窗口出现，让苏梓淳用飞刀一刀结果了他的性命。"

"我只能试着跟佩芸说说，也不能打包票。"

······

玉莲如愿以偿地当起了金文辉的保镖，晚上她就睡在金文辉的隔壁房间。从此她可自由出入金家，文辉与她讲定，鬼妖连续一周不出现，她就可以离开。

夜是漆黑的，玉莲的心是明亮的。她潜着脚步悄无声息地来到了顶楼存放红木家具的房间。

她一件件地寻找，从橱柜的夹层到抽屉的底部，从长台的两端到木椅的反面，她几乎把所有的家具都翻遍了，最后在床头柜的底层垫着的报纸下找到了那张五十多年前的报纸。

金兆和果然珍藏着这张报纸，她如获珍宝，轻手轻脚地回到自己的卧室，把报纸珍藏在只有自己知道的地方。

她开始考虑怎样尽快地离开金家。

一周下来，厉鬼再也没有出现，这使金文辉对玉莲十分钦佩，这天金家一家人共进晚餐。金文辉先是对玉莲大加夸赞："苏总，兴许是鬼妖知悉你的飞刀绝技，怕伤其性命，再也不敢来胡作非为了，"然后他取出星光演艺公司的邀请函，"爱丽娜也邀请我担任星光演艺公司的顾问了，咱俩成了一条道上的伙伴，要不从今以后你就干脆住在我家吧，演艺方面的事宜咱俩可经常探讨磋商。"

"金总，这可使不得，佩芸一直催着我回去，我想明天就离开您，您可以叫肖道成来保护您。"

"肖道成的飞刀功夫哪能与你相比，我现在料定扮成鬼妖的肯定是个穷光蛋，竟敢威胁我拿出五百万，幸亏我家的所有窗户都装设了安全防护栏，让他无法进入。"

"金总，我与您想到一块去了，穷人嘛，十有八九都有仇富心理。"玉莲附和着。

"苏总，前几天双岭村北面的悬崖底下一批黄金被盗，我请号称半个神仙的王维光分析是何人所为，他说你有百分之五十的可能，简直是胡说八道，我才不信呢。你能查清这批黄金的去向吗？"

"金总，我上哪去查，我白天在娱乐城上班，晚上不是住在姚家就是住在你家，简直没有半点空闲时间，我认为所谓黄金是子虚乌有，切不可当真的。"

金海涛："苏总的看法与我一致，天上怎么会掉下来一批黄金呢。"

李亚敏："爸您别挖空心思动黄金的念头了，您的年薪，够吃够用够玩乐。"

"亚敏，爸是为咱的子孙后代着想，为你的儿子多攒些钱。"

"爸，您孙子不用您操心，我和海涛经营的金辉房产，一年收入五百万还是有的。"

玉莲没有心思跟他们闲聊，她很快吃好了晚餐："你们慢用，我先回房了。"

玉莲回到了自己的卧室，整理好自己的行囊，打定主意，明天离开金家。

她打开窗户，天空中飘着丝丝小雨，窗户外边的路灯全亮起来了。她注视着轻盈的雨丝，偶尔有一两片枯黄的落叶在窗前飘过，心里不免一阵凄凉，我就是那一片枯黄的落叶吗？不，我得时刻振作精神，为实现爷爷的遗愿坚持不懈努力战斗。

第二天是一个阳光灿烂的日子，临上班前尽管金文辉再三挽留晚上下班仍回这个家，但玉莲一口推辞。

玉莲搭载了金海涛和李亚敏的车，早在大学的时候，她就学会了开车拿到了C1驾驶证，但她对外宣称自己从没学习过开车。

夫妻俩一直把玉莲送到娱乐城大厅的门廊。门童告诉玉莲，姚董要和她一起去星呈大酒店，星光演艺公司今天正式召开开业典礼。

她首先来到了姚董的办公室，姚董用手示意让她先坐下。

姚董正在打电话给"花之尚"旗舰店的老板，让老板先行送上祝贺星光演艺公司隆重开业的花篮。

姚董打完电话后对她说："苏总，爱丽娜前两天已打电话给我，你已正式受邀担任星光演艺公司的顾问，我没有异议，反正一般情况下每月只有四个工作日。爱丽娜还想进一步邀请你为星光演艺公司的总经理，这我就不同意了。今天星光召开开业典礼，爱丽娜热忱相邀我俩一起前往参加，爱丽娜打你的电话你手机还没开机，她让我把她的邀请向你转达。"

玉莲为了隐藏自己，一般上午十点才开手机。

星呈大酒店的舞厅，临时搭起了一个主席台，星光演艺公司开业典礼隆重举行，爱丽娜手持话筒："请姚佩芳女士、姚佩芸女士、苏梓淳女士、金文辉先生坐上主席台。"

四位被邀请的贵宾分别坐在爱丽娜的两旁，玉莲想避过与金文辉相邻的座位，却不巧坐在了他的身旁。

爱丽娜面对主席台下的两百位贵宾，做简短的开业致辞：

各位来宾，女士们，先生们，大家好。秋高气爽，风和日丽，今天是一个喜庆的日子，在社会各界的大力支持下，星光演艺公司正式开业了，我代表公司向大家表示诚挚的感谢。

……

玉莲没有心思聆听爱丽娜的开业致辞，她在寻思爱丽娜是怎样的一位女士，她会成为自己依靠的对象吗？她是只注重致力于提高公司的经济效益，还是像范怡茹、林琳一样会成为自己心往一处想、劲往一处使的姐妹？她是金文辉之流的人，还是姚佩芸一伙的人，但愿爱丽娜不属于金文辉，也不属于姚佩芸，她有独立的自身的人格。

开业典礼结束后，玉莲看到爱丽娜和姚佩芸相对而坐，爱丽娜还在为玉莲争取：

"姚董事长，我还是希望聘请苏梓淳长期担任星光的总经理，希望您能重新考虑。"

"爱丽娜，我已经跟你表态了，恕我不能答应你的要求，苏梓淳每个月在你公司可以工作四天，这四天可以为你公司做大量的工作。"

"既然您这样说了，那我总不能强人所难，这样吧，万事开头难，这每周四天的工作时间，从明天开始，您允许苏梓淳连续在我公司工作四天，一个月的工作时间就算完成了，这总可以吧？"

"这好说，不过你还得征求苏梓淳的意见。"

爱丽娜把苏梓淳招呼到自己身边："苏总，我和姚董商量过了，从明天开始，你连续在我公司上班四天，这一个月的上班天数就算结束了，你意下如何？"

"我乐意。"玉莲回答得很爽快。

待其他人离开后，爱丽娜对玉莲说："苏总，时凤英把我晚上住的地方和你安排在原先十一楼你住的同一个房间了，你不会嫌弃我吧。"

"爱丽娜，哪能呢，我跟任何女士住在一起，都会成为最要好的朋友。"

玉莲上了趟卫生间，见四下无人，打电话给了范怡茹，告诉她将在星光演艺公司上四天班，让她打听爱丽娜的社会背景和人际关系以及整体素质，她必须对爱丽娜有一个全面的了解。

一切还是个未知数，和爱丽娜同住一个寝室，她将循序渐进地打探爱丽娜的品格和素质。

傍晚时分，范怡茹发微信来了："玉莲，我从丰妮口中得知，爱丽娜在养老院的十年时间里，积极辅佐高翔工作，自编自导了很多文艺节目为老人免费演出，受到老人们的一致好评。她性格直爽，为人处世厚道讲信誉，交际广泛，朋友遍地。她是八年前加入中国国籍的。她最要好的闺蜜是艾妮莎，两人都是英国皇家戏剧学院毕业的。这是我打听到的有关她的一些表面情况。你要记住，人的思想和道德会随着时代的潮流而改变。你现在又兼任星光演艺公司的艺术顾问，我为你骄傲，你晚上和爱丽娜住同一寝室，我又为你担忧。晚上睡觉前你不是每天要卸妆吗，你说你卸妆后，素颜睡得安稳踏实，你不卸妆你能睡得着吗？一切由你自己定夺。我和林琳正在上业余的表演艺术培训班，佟同是我们的老师，培训班上，我还看到了金海涛姐妹俩，还有他俩的爱人李亚敏和丁洪伟。我们都是为了提高自己的表演才艺，日后为旅游团的到来进行文艺演出，这也是为了提高两家公司的经济效益吧。

"不多说了，请你一定要照顾好自己，一个人要想做成一件大事，必须具有多方面的素质，要勇往直前意志坚强，要有胆有识，有勇有谋。但所有这些都必须依托于一个前提条件——要有健康的体魄，健康无价。人生最宝贵的财富是健康，健康出了问题，一切都无从谈起，一切都是零。"

范怡茹的来信给了玉莲极大的启发和鼓励。爷爷，我最敬重爱戴的爷爷，您给我介绍的范怡茹和林琳，正如您所说，她俩是最可信赖的朋友，爷爷，我最爱戴的爷爷，您的品格在两位姐姐身上连绵不断地延续，您的灵魂不死，您依然在指导我走好脚下的每一步路。

第53章　雕刻时光

秋晚渐渐地栖息在这个城市的大街小巷，也停留在玉莲和爱丽娜的卧室。

这是两张相邻的床铺。玉莲已经躺上了床，她今天不准备卸妆了，坚持了几个月化妆成妇女的形象，可不能在爱丽娜面前露馅。

爱丽娜正在淋浴房冲洗身子。冲洗完毕，披上浴巾，走到玉莲身旁，好奇地问："梓淳，劳累了一天，你怎么不冲洗一下再睡觉？"

"我昨天刚冲洗过，今天没流大汗，就不冲洗了。"

"可是你脸上的粉脂那么厚，你不觉得难受吗？"

"我已经习以为常了，省得明天再化妆呢。"

爱丽娜的两道翘翘的眉毛皱了一下："梓淳，按年龄我可以做你的大姐，大姐要说你几句了，你啥时候养成了懒惰的习惯，这就是你的日常生活吗？"

"爱丽娜，我前几天晚上在金家当保姆，没睡好，今天太累了，我要早点睡觉。"

"那好吧，希望我待会能看到你熟睡的模样。"

秋晚停留的时间很短，秋夜的黑暗不一会就笼罩住这间屋子。五分钟，十分钟，半个小时过去了，玉莲翻来覆去地还是不能入眠。爱丽娜看在眼里疼在心里："梓淳，你睡不着吗？咱俩聊一会吧，聊着聊着就会睡着了。"

爱丽娜提出聊一会正合玉莲的心意。

"爱丽娜，你邀请金文辉做艺术顾问，想来金文辉一定会给星光带来荣光吧。"

"梓淳，我的英国姐妹艾妮莎那年去英国前当着金总面给我留下一句话，鉴于金总在舞台剧《莲花朵朵》的精彩表演，让我可以同金文辉搭档表演《莲花朵朵》，我当时一口应承，不过后来一直没机会合作。其实我邀请金文辉为艺术顾问，只是一纸空文，只是让他感受到我向来是看重他的。"

"哦，原来是这样，我还以为你另有所图呢。"虽然范怡茹在信中表达了对爱妮娜的好感，但玉莲还要进一步打探。

"你说我另有所图，我图金文辉什么呀，梓淳你就直说了吧。"

"你可以背靠这棵大树，按他的门路，他日后可以为星光减税免税。"

"梓淳，真没想到你会这么想，你不能用自己的目光看我。"

"爱丽娜，真不好意思。看来咱俩都不是势利钻营的小人。"

"这话还差不多，梓淳，你真该美美地睡一觉了，把失去的睡眠补回来，冲洗一下，浑身利落轻松，保你马上睡着，你再不听话，我可要生气了。"

"爱丽娜，我很想看看你生气的样子呢，你生气的模样一定很好看。"

"我生气的时候会板着脸，会把你吓坏，你就快去冲洗吧。"

玉莲渐渐感受到爱丽娜是一位可信赖可依靠的好姐妹："爱丽娜，我想问你个事，你能为我的隐私保密吗？"

"你的隐私不用对我讲，这是你的权利，你的个人生活安宁权，个人生活情报保密权，个人通信隐秘权，我不能打探。"

"可是我不对你讲，我还真无法入睡呢。"

"那你就讲吧，只能讲一点点，"爱丽娜用右手的大拇指点着小拇指的第一节，"最多不能超过三分之一。"

"爱丽娜，我要么不讲，要讲就是我的全部，我的身世，我的秘密。"

爱丽娜怔怔地看着玉莲，似乎被她一本正经的神态震动了："我的梓淳，咱俩是同一寝室的好姐妹，你的隐私就是我的隐私，咱俩是同室闺蜜，你就讲吧，我会为你终身保密的。"

"爱丽娜，我不需要你为我终身保密，我只要你为我保密三个月，因为三个月以后，我就可以公开我的身份了。"

"这么神秘啊，你快说吧，急死我了。"

"我是肖玉莲，肖道成和时凤英的女儿肖玉莲，人人都在寻找的肖玉莲。田慧琴、全瑜、张蕾、刘教授，包括现在的苏梓淳，都是我用的化名……"玉莲滔滔不绝地一口气把自己从儿时到现在的生活历程全部告诉给了爱丽娜。

爱丽娜的脸上只有震惊，除了震惊还是震惊，她许久才回过神来："你是肖玉莲，这么说你才二十二岁，快去淋浴房冲洗干净，我要看到最真实的你。"

玉莲在淋浴房褪去衣裤，爽爽冲洗起来，她上冲下洗，洗净了脸上的污浊，清洁了周身的浮尘。

玉莲披上浴巾，来到坐起身子的爱丽娜面前，爱丽娜一把拉住她的手："真是一个曼妙可爱的少女，这些日子来，你化妆成三十多岁妇女的面貌出现在大家面前，你的意志超出了我的想象，这不是一般少女能做到的，你到底为了啥啊？"

"我为了实现爷爷的遗愿……"

玉莲又把爷爷的遭遇、爷爷的遗愿简要地说了一遍，然后把信任的目光投向爱丽娜。

爱丽娜的眼眶已经潮湿：

"你爷爷让你设局让徐进发主动坦白交代，让你把黄金分毫不少地交给党和政府，种种事例，无不证明他是百姓中的楷模。玉莲，你把天大的秘密告诉我，是对我极大的信任，我一定要为你做点什么，你需要我帮忙的，只管对我讲。"

"爱丽娜，我还没对星光公司做出贡献，反倒是你来帮我，你真是我的好闺蜜。我就直说了，我现在迫切需要有个自己的生活空间搞创作，我在你这里工作的时间不过四天，四天一过，我又将回到嘉美，晚上不是住在金家就是住在姚家，我仍在他们的眼皮子底下。"

"你准备创作什么样的题材，你的真实身份除了我还有哪些人知道？"

"让徐进发主动走向坦白交代的题材，徐进发顽固不化，又背靠金文辉这座大山，我只能另辟蹊径。它可以是舞台剧，也可以是电影文学剧本。你是第三位知道我真实身份的姐姐，还有两位姐姐是金辉房产销售部的经理范怡茹和主管林琳，连我的亲爹亲妈都不知道。"

"玉莲，你哪来这么超强的忍耐力，亲爹亲妈都在星呈大酒店，更何况你与亲妈曾经同在七楼工作了一个月。"

"我跟爷爷学的，爷爷能忍耐将近二十年，我不过才几个月。"

爱丽娜上外屋倒了两杯水，把一杯水端给玉莲，玉莲没有用手接。爱丽娜看到，玉莲已经静静地睡着了，可爱的样子令人着迷。

入秋的夜晚透着丝丝凉意，爱丽娜在玉莲身上加了一条线毯。她注视着她熟睡的样子，不禁心潮澎湃。这位才刚二十出头的少女，太不容易了。明天等待她的又将是怎样的一天，她自己的生活空间，搞创作的生活空间又在哪里？爱丽娜想到了丈夫掌管的护理院，如果让玉莲去护理院，去做什么好呢，去养老吗，哪有年纪轻轻就去养老的，如果让玉莲找个生病的理由，那应该去医院治疗啊，这个借口不能自圆其说，马上就会被姚佩芸看破了。

爱丽娜还在苦苦思索，忽而她眼前闪现出希望之光，王维光的姐姐王维红，王维红之前不止一次地在她面前说过玉莲曾帮助她儿子吴庆荣一起温习功课，庆荣学习上的突飞猛进玉莲功不可没吗？王维红是佟加宣的夫人，佟加宣是玉莲的舅姥爷，是一位正直善良、坦荡淳厚的院长，他对外孙女，对失而复得的外孙女应该是呵护有加，关怀备至。

想到这里，爱丽娜如释重负地松了口气，她也静静地睡着了。

两人睡到第二天七点才睡醒，玉莲一觉睡了九个小时，精力充沛，浑身充满力量。

两人走向梳妆间。

"玉莲，以前都是你自己化妆，今天我来帮你化妆吧。"

玉莲也不推辞，任由爱丽娜帮她化妆。爱丽娜在她的前额，眼梢描上淡淡的皱纹后停了下来，她有一阵子心酸，不知怎样开口。"

"爱丽娜，你怎么停下来了，还有我的头发呢，把我齐肩的头发用吹风机贴着颈脖吹，不让它翻卷，这就是我常用的少妇发型，最后再在我的右唇边沾上一颗黑痣。"

"玉莲，今天我要给你换一种发型，我要把乌黑的头发像乱草一样堆在头上。"

"爱丽娜，这是为什么，我原来的发型不好看吗？"

"玉莲，你先别着急，容我来给王维红打个电话。"

"你给吴庆荣妈妈打电话吗？"

"是的，玉莲，你只有这样，才能有自己的生活空间，才能安下心来创作。"

爱丽娜马上拨通了王维红电话："王总监吗，我是爱丽娜。"王维红现在是百货商场的财务总监。

"爱丽娜，咱俩好久没见面了，昨天星光演艺公司开张，我也没时间来祝贺，我和佟加宣敬送的花篮收到了吧？"

"收到了，收到了，看见花篮就像看到你王总监本人一样，多谢了，今天我有要事同你商量。"

"爱丽娜，你还是叫我维红吧，就像我叫你爱丽娜一样，这样咱俩显得多亲热，你说吧，什么事？"

"王总监，不，维红，你稍等，我先挂了，过一刻钟再打给你。"

爱丽娜征求玉莲的意见："玉莲，你到你舅姥爷的医院去吧，那是你搞创作的好地方，舅姥爷是自家人，他一定会时时处处维护着你。"

"这么说来，我的身世又要给舅姥爷和舅姥姥知道了，这成吗？"

"一定成，王维红一直希望找到你，报答你对吴庆荣的辅导之恩，她和丈夫一定会为你保密的。"

"这么说来，你要把我化装成一个精神病人？"

"是的，我反复思考，这是最后一条路了，只有这样，你才不会受他人掌控，你才有自己的生活空间，但愿我的良苦用心能换来你良好的创作环境。"

"你化妆吧，妆化得越像越好。"

爱丽娜用吹风机把玉莲的头发吹成根根竖起，再大半向左歪斜，小半向右歪斜，看看不满意，又用手掌前后左右地揉来揉去，乱七八糟的不成样子。最后她在玉莲的右唇边再沾上一颗黑痣。

玉莲照着镜子里自己的脸，感到它再也不是平淡无奇的了，虽然头发好似一团乱麻，但它的容貌流露出希望，虽然脸面几乎皱纹条条，但它的颜色焕发出生气。玉莲的双眼仿佛看到了丰收的麦浪，而且从金光闪闪中借得了光辉。她曾听说过奶奶被金文辉送进了精神病医院，徐进发被佟院长送进了精神病医院，现在为了实现爷爷的遗愿，自己也要当一回精神病人，在这期间她决不允许有丝毫的懈怠。

爱丽娜也把自己的头发弄成乱七八糟，披头散发，还在自己的脸上用指甲划了好几道红印。

爱丽娜再次打通了王维红的电话："维红，你可知道苏梓淳、刘教授、张蕾是谁吗，她就是肖玉莲，半爷的孙女肖玉莲……你马上跟佟加宣商量，玉莲必须得装疯住进精神病院，有关玉莲装疯住院的事除了你和丈夫知道外，切不可对任何人讲。"

王维红听着听着脸上充满了惊讶，最后她满口应承："可怜的玉莲，我终于找到她了，我一定守口如瓶，为完成爷爷的凤愿，尽到自己的一分力量。"

爱丽娜打开房门，对外大声呼喊："不好了，苏梓淳精神失常了，快来人哪！"

时凤英第一个来到了现场，紧接着苗艳、姚佩芳、肖道成也先后来到了现场，他们看到的场景是，苏梓淳和爱丽娜正扭打在一起。

时凤英和苗艳好不容易才把她俩拉开。时凤英："你俩这是怎么了，怎么打起架来了？"

爱丽娜："苏梓淳一晚上都没睡觉，只是对着我'嘻，嘻，嘻'地傻笑，我问她为什么不睡觉，她说我的脸像个外国的洋娃娃，她一会儿摸我的脸，一会儿摸我的颈脖，一会儿还摸我的屁股，搅得我也一晚上没睡好觉。刚刚我推开她的手，她就和我扭打在一起了，肯定是神经错乱了。"

姚佩芳："赶快给佟院长打电话，一定要趁早治疗。梓淳白天天天上班，晚上还要在佩云家当保镖，后来又在我家当护卫，八成是少睡觉引起的，先让她服一粒安眠药。"

玉莲仍在大吵大闹，苗艳和时凤英把玉莲按在床上，肖道成找来了安眠药，时凤英掰开她嘴让她服下，玉莲马上吐了出来："你们给我吃的是毒药，想毒死我，我要报警，报警。"

时凤英面对姚佩芳："苏梓淳在我七楼当服务员干得好好的，为什么把她调来调去，这不是折磨她吗？"

姚佩芳："是佩芸把她调走的，佩芸也是一片好心，不埋没人才，直接提拔她当总经理，没想到反而害了她。"

佟加宣亲自驾驶着医院的接送车和两名医生来到了现场，面对大家："听说苏梓淳工作不分昼夜，谁让她这样做的，白天工作晚上休息，这是我们的生活规律，违反了这个规律，什么疾病都会发生，快把苏梓淳扶上我的车。"

苗艳和时凤英一起架着玉莲，两名医生在后面扶着她，众人一起走向电梯口。玉莲还在挣扎："我不去医院，你们都想害死我。"

两名医生把玉莲按进车，姚佩芳也想乘上车，被佟加宣拦住了："姚总，医院里有规定，亲朋好友在病人住院期间不得陪同，如要探望先要预约，每天不能超过两人，每次只能一人探望，探望时间不得超过半个小时。"

汽车开到医院门口，两位医生把玉莲扶向病房大楼。

佟加宣把玉莲安排在玉兰原先住过的设施顶尖的病房，吩咐两位医生："苏梓淳是一位杰出的艺术家，我要亲自对她诊断治疗，你们去忙吧，如有什么事，我会第一时间通知你俩。"

佟加宣把房门关好，上了插销。玉莲在这间病房东瞧瞧，西瞅瞅，似乎在寻找奶奶住过的痕迹。

佟加宣走向玉莲身旁，"我可怜的外孙女……你真的受苦了。"

玉莲投向他的怀抱："舅姥爷，我爷爷他……"

"爷爷怎么了，他还活着？"

"爷爷在两个月前去世了。"

"这么说，二十年前徐进发把他打昏后扔下悬崖，他没死？"

"爷爷被纪大伯救活了，纪大伯收了爷爷做义子，纪大伯是金文辉的亲爹……"

玉莲把五十年前的报纸给佟加宣看，只见报纸上头版头条用醒目的大红标题写着：

著名企业家金兆和收养流浪街头儿童

下面的黑色文字是：

我市著名企业家金兆和在工商联合会开会结束后开车回家的路上，偶遇一位三岁的儿童在马路旁被恶狗追咬，左小腿上鲜血淋淋，金兆和立即下车赶走恶狗，并把儿童抱上车送医院治疗。治疗期间金兆和问儿童家庭住址和姓名，儿童受了惊吓说不了话，也许是还没有记忆能力。金兆和屡次打听无结果，遂收养儿童为义子并取名金文辉。

佟加宣还看到，文字旁边还有一张金兆和抱着儿童让医生治疗伤口的照片。玉莲又从挎包里掏出纪大伯的全家福照片和十八年前的报纸给佟加宣。

佟加宣看完两张报纸后沉思良久，继而心情沉重地对玉莲说："这么说来，徐进发把爷爷扔下悬崖数月后发现爷爷没死，化装成蒙面歹徒想刺杀爷爷，第一刀没刺中要害，第二刀又被杜大妈挺身挡住，是徐进发妄图嫁祸于不法商贩。"

"舅姥爷，正是，金文辉还不知道自己的身世，被金兆和收养后，金兆和一直把他当亲生儿子对待，并没把金文辉的身世对他讲，直到临终去世都没有开口。"

"玉莲，看来金文辉并不知道恶婿亲自刺杀了他的亲娘。"

"是的，大妈一个月后不治身亡，大伯在祭祀老伴去世两周年时悲伤过度也不幸离世……"

经过玉莲的一系列叙说，知情解意的佟加宣拎着大包交代玉莲：

"玉莲，我先外出一趟置办点东西，你把门锁好梳妆打扮一下，是你恢复少女身的时候了，记住，任何人来敲门都不要开，一日三餐我会送给你，这里就是你的家。"

"舅姥爷，你上哪去，爱丽娜打电话给舅姥姥让你俩不要把我的事告诉我亲爹亲妈亲奶奶的。"

"我已经铭记在心。我去给你买写作的纸和笔，还要给你去买一顶假发套，你住院的消息很快就会传遍四面八方，如果金姚两家还有其他亲朋好友来探望你，我能不让他们进你房间吗，到时你戴上假发套，再把假发弄乱一点，然后再装一下，他们就看不出来你是装疯的了。"

"舅姥爷，您为我考虑得真周到。"

佟加宣离开后，玉莲分别给范怡茹和林琳发了微信，告诉她俩现在已住到佟加宣的医院里……

玉莲来到了淋浴房，她冲洗好，刚穿好衣服，手机上就响起了微信的提示音，她打开微信，是舅姥爷的："玉莲我回来了。"

玉莲打开房门，佟加宣把一大摞稿纸放在桌子上，又把一顶假发套戴在她头上："你试一下，合适吗？"

玉莲把假发套拨正了一下："正合适，就像是定做的。"

"我叫上王维红一起去买的，她的头型跟你很相像，她试了好几款，最后选中了这款。有人来探望你，你可以用头发遮住脸，同时尽量不要把脸对着他们。当然，如果爱丽娜、范怡茹和林琳来探望你就另当别论了。"

"舅姥爷，我刚刚给她们发了微信，关照她们尽量不要来医院的。"

在这间病房里，在这样的生活空间里，肖玉莲人生轨迹的改变就此展开。她在构思运用怎样的方式，是舞台剧、电影文学剧本，还是小品、相声，她写了又改，改了又涂，一时竟没个准儿。

苏梓淳住院的消息一传十，十传百，传遍了半个南岚市，还传到了外省追梦旅游团平团长的耳朵里，平团长通过姚佩芳打听到了佟加宣的电话，亲自在电话中问候苏梓淳的病况。

与此同时佟加宣接到了很多要来探望苏梓淳的电话，有金文辉夫妇俩的，王维光夫妇俩的，包正阳夫妇俩的……佟加宣给他们定好时间，允许他们在每天下午的三点到四点来探望，每次不能超过一个人。

最先来探望的是金文辉。佟加宣让玉莲下午两点五十分做好准备工作。

快三点了，玉莲已经戴上假发套，并用头发遮住了大半个脸面。

佟加宣把金文辉领进玉莲的病房。

"苏女士，你还好吧，"金文辉佯装关切地问候，"这是我和夫人姚佩芳给你买的驼奶粉，你要好好地进补一下。"

金文辉把两箱驼奶粉放在躺在病床上的玉莲身旁的床头箱上，在对面的椅子上坐下。

玉莲："你是谁，你来给我送毒奶粉，想害死我？"

"苏女士，我是金文辉，这是驼奶粉，不是毒奶粉，每天冲两小包喝了，对你身体大有好处。"

"你是金文辉？不是，你在说谎，我在电视里看到过你，你是扮演采花大盗的贾德安，你采花可厉害了。"

佟加宣在一旁特意疏导玉莲的思路："苏女士，贾德安就是金文辉，他给你送来了进补的驼奶粉。"

"我不要吃毒奶粉，你俩串通一气来害我。"

"苏女士，你把眼睛睁大了仔细看床头箱的奶粉，是骆驼的驼，不是毒品的毒。"金文辉很有耐心地向玉莲解释，他向佟加宣摇了摇头，"看来苏女士病得不轻。"

金文辉来探望自有他的目的，他以为苏梓淳在精神失常的时候会吐露真情："苏女士，有传言说你在双岭村北面的屋底下挖走了一批黄金，你要把它藏好，不要让外人知道。"

玉莲猛地坐起身，指着金文辉反驳："谁在诬陷我挖黄金了，我只听说是徐进发盗走的，你没听说他演苦肉计，还贼喊捉贼？"

苏梓淳的说法同王维光如出一辙，这让金文辉纳闷了好一会，自己的女婿，难道背着自己盗走了黄金，成了两条船上的人，这事还得追踪溯源，细细推敲。

佟加宣："金文辉，你从哪里听来的流言蜚语，怎么能对病人说这样的话，这会加重苏女士的病情，你探望的时间已到，请你离开吧。"

金文辉还想说什么，佟加宣打开病房门，硬是让金文辉离开了病房。

"舅姥爷，我的表演还可以吗，金文辉应该不会看出我是装作的吧？"

"玉莲，应该是没露出破绽，就是你坐起身的速度太快了，我好担心你会露出整个脸容，让金文辉看出你还是个少女。"

玉莲把粘住发丝脸面的双面胶撕了下来："舅姥爷，我挎包里有常备的双面胶，不碍事。明天还会有人来探望吗？"

"想来探望你的先生和女士还真不少，我算了算有三十多位，我让他们排着队呢，明天我准备让你妈来探望，并交代她不要带礼品，你看好吗？"

"好是好，可是我跟亲妈在一起，我担心控制不了自己会当面喊她一声'妈妈'，舅姥爷，现在还不是暴露我身份的时候，明天你一定要陪在我身旁，及时使眼色或做动作提醒我。"

时凤英在下午三点如时来到了病房，玉莲仍把假发披在前额遮住了大半个脸面，她坐在阳台的靠背椅上，面朝着蓝天。

佟加宣把时凤英领到阳台:"苏女士,星呈大酒店客房部的领班时凤英来看望你了。"

玉莲头也不回:"谁是时凤英啊,我又不认识她,让她离开,我在看蓝天白云,看天上的飞鸟呢。"

时凤英一阵心酸,她上前拉住玉莲的手:"梓淳,咱俩曾经一起在星呈大酒店打扫客房,一起吃午饭,就像是情同手足的亲姐妹,怎么你就不认识我了呢?"

玉莲甩开她的手:"不要碰我,谁跟你一起打扫客房,一起吃午饭了?我看你就是个叫花子,是来讨饭吃的。佟院长快去拿午饭来,多拿一份给叫花子。"

佟加宣:"苏女士,午饭早就吃过了,现在是下午三点多了,再过两个小时咱们一起吃晚饭。"

"我现在就要吃晚饭,佟院长,你去拿三份来,给叫花子一份。"

时凤英背转了身用手帕擦眼泪,面对身旁的佟加宣说:"舅舅,真没想到好端端的苏梓淳,竟变成了这个样子,你一定要用最好的药物给她治疗,让她早日康复,我好想回到和她一起打扫房间的日子。"

"凤英,我已经给她服用了最好的进口药,咱耐心等待吧,也许过了一个月药物在苏女士身上会产生效果,苏女士会奇迹般地康复。"

"舅舅,我很想多陪苏女士一会,你就破个例,让我陪到五点吧,我很想和她一起吃晚餐,一起吃晚餐也许会唤起她对客房部的回忆,对她的病情康复有帮助。"

"凤英,还是不了,我看苏女士对你抱有敌视的态度,我们医院的规定是不能让病人抱有敌视的探望者久留的,你还是回去吧。"

佟加宣把凤英送出门外,凤英又用手帕擦了擦泪水:"舅舅,苏女士病得还挺重的,我看她就像个孩子,应该有人来疼她。"

"凤英,苏女士在客房部当服务员,你没仔细打听她的来历?"

"我倒是问过她,她说她老家的名字可难听了,她没讲明白,我也没进一步打听,我们苗经理说,只要人踏实肯干,用不着深究苏女士的来历。舅舅,苏女士对探望她的人都反感,都敌视吗?"

"昨天金文辉来探望了,苏女士对他的态度跟你相差无几。"

"那以后尽量不要让别人再来探望了,像她这种样子就需要静养,不受外界的干扰。"

"凤英,我会看着办的,我不送你了,你慢走。"

佟加宣回到了病房，眼眶也有些潮湿，面对摘掉假发套的玉莲："玉莲，你娘来到病房看见你这个样子，泪水就没干过，她要是知道你是她的亲生女儿，为了实现爷爷的遗愿而装成这个样子，指不定会难过成什么样子呢。"

"舅姥爷，其实我心里比娘更难受。"

……

肖玉莲终于拟定了剧本的情节，开始努力创作。她给自己制订了科学的作息时间表。那个阳光灿烂的阳台，既是她锻炼身体的地方，也是她写书稿的地方。她把房间里的小桌子搬到了阳台上，借助阳光的温暖充实自己大脑的思维，她把收录机放在写作的小桌子上，依仗音乐的旋律来激发自己创作的灵感。一天又一天，半个月下来，她的初稿已经完成，她再用一个星期时间进行修改润饰，尽可能让剧本完美无瑕。

她把剧本交给佟加宣润饰，佟加宣刚看完第一章，就赞不绝口："玉莲，好文采，舅姥爷要是能从书稿中找出毛病来，那我也能当编剧当导演了，你知道你写作的二十多天时间里，有多少人想来探望你吗？"

"舅姥爷，哪些人，说来我听听，让我记住他们的名字。"

"有金文辉、姚佩芬夫妇，王维光、姚佩芸夫妇，金海涛、李亚敏夫妇，徐进发、金婉珍夫妇，还有丁洪伟、金婉莹夫妇，王标、谈悦铃夫妇等等，都给我回绝了，我对他们说目前你的病情不适宜有人来探望。他们都派人送来了祝愿你早日康复的花篮，花篮排列在医院的大门口，足足有五六十个。"

"是这样啊，说明关心我的朋友还真多，金文辉不是来过了吗，他咋会还要来？"

"谁知道他安的什么心，玉莲，还有你的同学们，在外地上学不方便来探望，他们都给你寄来了信件，为了不影响你写作，我没有及时交给你，现在你书稿完成了，我可以把信件交给你了。"

佟加宣从挎包里掏出一叠信件，放到玉莲面前。玉莲看到，徐泽天、王盛、吴庆荣、包宣安、包宣全、向依莲都来信了。她不急着看，先把信件放在抽屉里。

"舅姥爷，徐进发不是要来探望我吗，我考虑您就让他来探望吧，我还要打探他近来的思想状况，说服他主动走向坦白自首的道路，你看呢？"

"玉莲，这样也行，不过依我看不会有什么效果，以我跟徐进发打交道多年来的体验，他是个不见棺材不落泪的老江湖，咱就算再争取一次吧。你让徐进发来探望，还装扮成生病的样子吗？"

"舅姥爷，你让徐进发晚上来，我房间里的日光灯换一个黄色的电灯泡，15瓦即可，灯光暗淡，他就看不清我的模样了。"

"玉莲，从今天开始，你就不要再装作了，我马上对外宣称，经过精心治疗，你已逐渐康复，出院指日可待。我今晚就让徐进发过来探望你。"

佟加宣吩咐医院的电工给玉莲的病房里换上15瓦的黄色电灯泡。

晚上六点钟光景，徐进发如时而到，他把两盒燕窝放在玉莲的面前："苏女士，刚刚听说你就将出院，你康复得好快，我真为你感到高兴，这两盒燕窝送给你补补身子。"

"徐村长，你太客气了，这么珍贵的礼品我可不敢承受，你还是送给你夫人补身子吧。"

"苏女士，哪有多珍贵啊，两盒燕窝不过才八百元，只能表表心意，难不成还让我拿回去吗？对女同志来说、这是绝补的佳品。"

佟加宣："难得徐村长一片好心，苏女士你就收下吧。"

"徐村长，既然佟院长都这么说了，我就收下了，我欠你的一份情，今后我一定回报你。"

"苏女士，我不要求你回报，你只要在背后不说我坏话就行了。"

"我啥时候说过你坏话啊，我对你向来是敬重有加的。"

"你对我敬重吗？那天我岳父来探望你，你对他说双岭村北面屋底下的黄金是我盗走的，我演苦肉计贼喊捉贼，你的说法同王维光如出一辙。岳父过后找到了我，责问我到底盗走了黄金没有，我如果盗走了黄金早就藏匿不对外声张了，还会叫岳父一起去找吗？"

"徐村长，你岳父来探望我那时我毛病正重着，重病的我说的话你可别当真，等我出院后我向你岳父澄清就是了。"

"我与岳父已经有隔阂了，再澄清也没有用了。"

"有点隔阂怕什么，你毕竟是他女婿，等我出院后我到星呈大酒店摆上一桌，请你俩喝茅台酒，两杯酒下肚，保证你俩的隔阂烟消云散。"

"苏女士，我喜欢你到嘉美的梓淳包厢摆上一桌，那天我空着肚子被姚佩芸赶走，到现在仍心有不甘。"

"徐村长，我可以听你的去嘉美的梓淳包厢摆上一桌，可是只怕我一生病住了院，姚佩芸把梓淳包厢改成进发包厢了。"

"没有改名，还是梓淳包厢，姚佩芸不会用我的名字作为包厢名的，看她的样子对我恨之入骨。你说那天在岳父家相聚，我向刘教授敬酒，香烟不小心落在地上，我弯下身去捡手碰到了刘教授的小腿，这情有可原嘛……另外，刘教授也太较真了，较真的人不会有好下场。"

"徐村长，你咋知道刘教授较真了，她当时又没有什么反应。"

"她不是当晚独自一人冒着风雨离开了吗，结果呢，到现在下落不明，从人间蒸发了，之后你在舞台上不是演思念刘教授的节目吗，这不会是假的吧？"

"真也好，假也罢，你说刘教授不会有好下场，我不赞同你的意见。"

"苏女士，听你的语气你帮着刘教授说话呢，你俩的关系看来真的非同一般。"

"我不是在舞台上说过吗，我曾经是刘教授的学生。"

徐进发和玉莲坐的距离原本就不远，只有三四米，虽然黄色的灯光很暗淡，但他还是注意到玉莲少女的脸容了："苏女士，我看到你大病初愈，变得越来越年轻了，你病了一月，年轻了十年，我也住过这家医院，就住在你隔壁的房间，也住了一个月，出院后，村庄里的乡亲们都说我老了不少，我咋没有你这个福分呢，苏女士，我还注意到你右唇边的一颗黑痣没了，是佟院长帮你去掉的吧？"

"徐村长，你住院期间肯定还思想着村里这样那样的事，当然要显老了。住就要像个住院的样子，去掉一切杂念，保你一个月住下来，也会年轻不少。至于我唇边的黑痣，是佟院长请来了点痣高手帮我祛除的。我注意到你今天的情绪很低迷，思想上有包袱，你可要振作起来。双岭村你是第一把手，你一举一动都在大家的目光里，包括你以前做的任何事情，都在大家的记忆里，甩下包袱，轻装上阵那该多好啊。"

"苏女士，你话中有话，叫我琢磨不透呢。"

"徐村长，我住院期间听到了不少有关你过去的传言，你是一个大能人，还会听不出我的弦外之音吗？我的意见是，你带领村民们脱贫致富，就得同过去的自己决裂，有问题有过错有犯罪应该向政府说清楚，该坦白的坦白，该交代的交代，取得政府的原谅，轻装上阵做新时期乡村致富的领路人。"

"苏女士，我能有什么问题过错，我行得正，立得直，不就是有些鸡毛蒜皮的风流韵事吗？哪一个男人没有点风流韵事呢！"

"徐村长，我点到为止，你不要揣着明白装糊涂，我苏梓淳能上舞台表演《追捕不法商贩》的舞台剧，就能把你过去的历史翻个一清二楚，我再给你时日，接下来的路怎么走已经给你指明了，你自己看着办。"

"我堂堂一个大村长，一个劳动模范，用得着你一个神经病教我走路吗，姓苏的，你别自以为是，照你这个样子出院后还会毛病复发，你就应该长期住在医院里。"

"徐村长你骂我，巴望我长期住在医院里，滚，快滚开，我不想看见你。"

"徐村长，你怎么能惹苏女士激动呢，你探望的时间已到，苏女士大病初愈，该休息了。"佟加宣下起了逐客令。

……

第54章　千里情书

对于死心塌地、无可救药的徐进发，玉莲已不抱任何幻想，她只能另辟蹊径，不按常规出牌，用上演舞台剧的手段来迷惑他，让他走向坦白自首之路。

她对舞台剧的情节又进行了改动，确保万无一失。

她润饰了再润饰，感觉十分满意了，心里就像一块石头落了地。

现在她终于有耐心看同学们的书信了，她首先打开了徐泽天的来信——

敬爱的苏老师，请允许我这样称呼您：

您给我的来信早就收到，您在信中叫我不要回信，可我忍不住还是要回给您，写好了信，我又不知寄向哪里，我担心我外公外婆还有我爸妈会偷拆我的书信，给您制造麻烦。现在您有了确切的地址——佟加宣的医院，我就不再担心信件会被爸妈偷拆了，就直接寄到了您所在的医院。

苏老师，您在医院里过得好吗，希望您按时服药，注重休息，争取早日康复。

苏老师，我恨姨外婆，她不分白天黑夜地让您干事，白天您忙碌了一天总经理的工作，晚上还要到她家当保镖，您是劳累过度才生病的。我也恨外公，他从来只顾自己，不顾别人。他那么一个大男人，晚上还要您一个弱女子守护他，真是颠倒了。我更恨我爸，就是他对刘教授的居心不良才导致刘教授的出走，至今下落不明。

苏老师，我已经从追求刘教授的阴影中彻彻底底地走了出来，这本来就是我的一场单相思，我现在感到好轻松好自在。学校里有许多追我的女孩子，我都婉言地拒绝了她们，因为——

因为遇见了您，苏老师，请允许我对您说一句真心话，从看到您的第一眼起，我悄悄地、悄悄地把对张蕾的爱，也就是把对刘教授的爱转移到了您身上。我对您的爱是那么真诚，那么热烈。就像喜欢我儿时的小伙伴肖玉莲一样，很可惜的是肖玉莲不知去了何方，至今我一直没有她的消息。

雨后的彩虹，美丽瞬间，可想您的长路，漫漫无边；空中的云朵，随风飘散，可心海的小舟，有爱为帆；无星的夜晚，有灯陪伴，可没您的日子，唯有想念。

苏老师，您若心寒，我是春天；您若心苦，我是甘露；您若心伤，我是欢颜。我愿做您的马前卒、守护神，为您奔走效力，为您保驾护航。

苏老师，我对您的牵挂和思念同在，情义和祝福同在，无论您和我分别多久，我对您的爱慕永远不会改变。因为只有您才能圆我生命里所有的缺憾。

苏老师，我在学校一切都很好，期盼您早日康复出院。我们学校今年军训任务重，决定不放寒假，反正我明年就将毕业了，让我们明年暑假再相聚。

最后，再一次祝愿您早日康复。

爱您的徐泽天

玉莲读完了泽天的来信仍把它插入信封。这个徐泽天竟把对刘教授的爱彻彻底底转移到我身上，真是个多情的帅哥。不，不是的，我怎么又说他是多情的帅哥呢？他从头到尾，从孩提时代到现在从来都是爱的我。他婉言拒绝了那么多追他的女孩，只钟情于我，他对我的爱是神圣而专一的。

玉莲接下来打开了王盛的来信——

苏教授您好：

我之所以称您为教授，是因为您在舞台上的表演深深打动了我，您用三个不同的形象来思念刘教授，可见您对刘教授的思念是那般真切而浓烈。真看不出您作为客房部的服务员，竟有如此扎实的演技功底，您集颜值气质才艺于一身，不鸣则已，一鸣惊人。您的颜值气质与刘教授不相上下，您的才艺却为刘教授所不及，我称您为教授并不言之为过，称您为表演艺术家才恰如其分。

苏教授，不知从何时开始，您成了我们同学中茶余饭后的谈资，我们为能一睹您的芳容，一睹您的演出而深感荣幸。您说您是刘之瑶的学生，可我总感到您最起码是同刘之瑶平起平坐的教授，您怎么可能是刘之瑶的学生呢？当然，学生才艺超出老师的比比皆是，可您相比于刘之瑶岂止是超出，简直有天壤之别，依我看来，您才是刘之瑶的老师，刘之瑶才是您的学生。

苏教授，又不知从何时开始，我感受到您身上有刘教授的影子。跟您实说了吧，刘教授就是我们同学微信群的群主张蕾。那是张蕾在去金家，也就是我的同学徐泽天的外公家相聚时临时改口让我们称她为刘教授的，究其目的，至今仍是个谜。苏教授，您的举手投足间同刘教授太相像了，您和她是双胞胎吗？还是亲姐妹，我不能断定也不能否定。

苏教授，暑假期间您在舞台上演出，我作为观众把您的容貌用手机拍下来储存了。我每逢有空闲时间总会打开手机看您的照片，看着看着，我的眼前会出现一种幻觉，让我回味无穷的幻觉。我仿佛回到了儿时和小伙伴一起玩耍的场景，那是多么天真烂漫的岁月哟，我和我的小伙伴肖玉莲一起玩骑木马，玩跷跷板，玩荡秋千，我好希望您就是我孩提时代的小玉莲。小玉莲如今长大了，长得和您一般大了，可能比您小个几岁吧，我看着您的照片，有好多次把您当成了玉莲，怎么会这样啊，您说奇怪不奇怪。

苏教授，我是最近才听说您是因劳累过度而生病住院的，我心里一直为您难过，难过得好几天吃不好饭睡不好觉，就像我儿时失去了小伙伴玉莲一样。多么希望您早日康复，早日再回到舞台让我观赏您的表演；多么希望您为我们言传身教，展示您的飞刀绝技。我期盼着这一天终究会到来，一定会到来。

苏教授，容我叫您一声姐姐好吗？再请容我斗胆说一句，我爱您苏姐姐。纵然您一生一世出不了医院，我会尽我的全力照顾您，守护您。不，姐姐，我文笔笨拙，怎么能假设您一生一世出不了医院呢，我只是借此表达我对您的真心诚意，真心地爱慕您，不离不弃您。

那天在金家的聚会上，我儿时的伙伴，我的同学徐泽天用一首诗词朗诵表达了对张蕾即刘教授的爱慕，当时我充满了嫉妒，现在我觉得自己好傻，就让徐泽天去爱个彻底吧，我期盼张蕾能安然无恙，健健康康地和徐泽天走到一起。

最后，千言万语汇成一句话，祝愿您早日康复出院，早日让我们一起漫步在祖国的山山水水。

永远爱慕您的王盛

这个王盛，怎么也像徐泽天一样成了个情种，舞台上我的表演竟让他联想起孩童时代的日子，这是冥冥之中的造化制造的幻象，还是悄无声息中有天意在安排，玉莲并无心思去探究，她把信插在信封，又打开吴庆荣的信——

苏梓淳，我该怎样称呼您，称您为苏老师、苏教授，还是艺术家，思来想去，还是称您梓淳最贴切，您可以叫我庆荣，这样拉近了咱俩的距离，说话也可随意一些。

说起我的名字，您会想起那天在舞台上和同学们一起围攻您追问您，穿着一身牛仔服的那个同学吗，那就是我吴庆荣。我追问您刘教授的下落，步步紧逼，就差没有像另一位叫徐泽天的同学拉扯您的衣裳了。现在回想起来那时的我太执着愚拙了，我怎么能一味地心心念念想着刘教授而不顾及您的感受呢！

梓淳，我昨天做了一个奇怪的梦，我在秋天雨后斑驳陆离的阳光下漫无目的地飞翔，我的前面是一片又一片五颜六色的云彩。忽然间有一片云彩化作了刘教授，惊喜连连的我连忙张开双手想把她拥抱，怎奈刘教授离我越来越远，最后消逝得无影无踪。一声汽笛把我扰醒，醒来后的我一阵忧伤。我不解的是，您怎么说生病就生病了，不久前舞台上的您那样生机勃勃，活力四射，难道这不是您的体格吗？我相信富有青春朝气的您不会轻易生病住院。

梓淳，每逢想起了您，我就会回忆起我的小伙伴玉莲陪我一起辅导功课的场景，我为小玉莲作为我的小伙伴而自豪。在小玉莲的指导下，我的学习成绩突飞猛进，从年级倒数第三名一跃上升到正数前三名。可是后来玉莲走了，和她的爷爷一起走了，走得那样匆匆忙忙，杳无音信，走得让我没机会道一声感谢和再见。

梓淳，无论玉莲走到天涯海角还是天南地北，我都衷心地祝福她安康快乐，幸福美满。

梓淳，我曾努力地想把刘教授的身影从我的心灵中抹去，可无论怎样也抹不了，我怨恨自己，为了一个下落不明、无影无踪的刘教授，为了一个张蕾虚拟的刘教授，虚无缥缈的刘教授，我至于吗？我太小儿科了。

梓淳，我的学校里确实有一位姓刘的女教授，她年龄跟你差不多。因为我的同学徐泽天那么深深地爱着张蕾化名的刘教授，徐泽天家境富裕，我自知敌不过他，我想把对你的爱转移到她身上，我试着接近她，在学校里举办的一场生日派对舞会上，我邀请她一起跳舞，谁知被她白了一眼："吴庆荣我认识你，今天的生日派对舞会，都是年龄相仿的朋友，我比你大五六岁，我不喜欢姐弟恋，你去找比你小两岁的吧。"

我碰了一鼻子灰，从此看见刘教授形同陌路。

梓淳，与其说追我们校园里的刘教授，还不如追您。我可以追您吗，我是多么地爱您，多么地想吻您，我把您比作儿时的玉莲，我埋怨儿时的我不懂爱情，我俩一起温习功课，头挨头肩并肩，连呼吸声都彼此听得见，可我为什么不抓住玉莲的手亲吻一下呢？梓淳，做我的玉莲好吗？

就算我是个见习法官吧，我期盼着我一定要为您做点什么。我是学法律侦破的，咱俩可以说是同行。我的直觉告诉我，那天舞台上您的表演中隐藏着某个不为人知的秘密，包含着某个撕心裂肺的痛楚。您能把这个秘密这个痛楚告诉我吗，让我和您一起分担，艰难险阻咱俩一起闯，狂风骤雨我俩一起扛。我的直觉还告诉我，身处医院的您，一定负有某种使命在身。您能把"追捕不法商贩"表演得信手拈来，栩栩如生，这么超强的大脑您不可能得精神分裂症。当然，这只是我的直觉，我的主观臆断。如果我的分析不够正确，请您不要见外。因为我毕竟还在学习期间，就是毕业了，也得不断在实践中学习和提高，法律侦破上的知识和实践是永无止境的。

梓淳，我们的生活少许是回忆，大多是继续。把所有的不快还给昨天，把所有的希望留给明天，把所有的努力放在今天，相信今天的您我都在努力，明天的您我一定将会更加美好。

不多说了，我知道我的这封书信口气很大，自以为是，充满自信，而自信的风格，还是我儿时的小伙伴玉莲教我的，您不会反感吧！

深深爱着您的吴庆荣

怎么又来了个情种，这三个男生，怎么都钟情于我，他们都喜欢儿时的小伙伴玉莲，对玉莲念念不忘。包宣安、包宣全的来信会写些什么呢？玉莲再把吴庆荣的书信插回信封，拆开了两兄弟的来信。

这是一封兄弟俩合写的格式像诗词一样的书信——

娱乐城的舞台上　舞台上有一个苏梓淳　苏梓淳

苏梓淳的表演　表演千姿百态　稀奇古怪

她是仙女吗　不是仙女　胜似仙女

她的美丽　她的颖慧　可以和我儿时的小伙伴玉莲相媲美

她是谁　她是谁　为什么眉宇间有淡淡的忧伤

她是谁　她是谁　为什么前额上有浅浅的皱纹

我看到　我看到她的眼眶中隐含着一串串眼泪

我感觉　我感觉她的心地间酝酿着一声声哀叹

我迷惑　我不解　我渺茫　我震眩

她是谁　难道仅仅是为了思念张蕾化名的刘教授

她是谁　难道她同不法商贩存在不共戴天之仇

她是刘教授情同手足的姐妹吗

她是刘教授深情厚谊的闺蜜吗

她为何要上演追捕不法商贩

谁能告诉我个中缘由　前因后果

梓淳　梓淳　可否把您的忧伤哀愁告诉我

让我们一起面对　让我们共同分担

梓淳　梓淳　我也有忧伤　我也有哀愁

我把忧伤告诉您　我把哀愁对您说

我儿时的伙伴玉莲离去得湮没无声　了无踪迹

回不去的岁月　回不去的儿时

多么希望时光倒流　水从下游流向上游

梓淳　梓淳　请您把忧伤哀愁告诉我

身为海军战士　让我把您的哀愁收拾进木箱

将木箱沉入海底　被巨浪冲毁

梓淳　梓淳　我儿时的伙伴玉莲不像您

她生活拮据困乏　　她和爷爷一起捡破烂维持生计

她刚毅　她坚强　她从来都是乐观豁达积极向上

梓淳　梓淳　我已把您的名字写在心里

我不敢说我想您　更不敢说我爱您

因为想您爱您的人太多　我无法挤进他们的行列

梓淳　出院吧　我想象中的您不应该是一个病人

您恰恰是给病人治病的医生

纵然这个病人病得不轻　即使病入膏肓无可救药

您一定能让他起死回生　走上阳关道

最后我还是要勇敢地对您说一声　我们爱您

包宜安　包宜全

　　这是怎么啦，五个男生都渴慕我，都拿我与儿时的玉莲相比，这几封信一封比一封含义深刻，一封比一封道理透彻，难道他们有法眼，洞察了我的真实身份，窥探到我的奥秘，玉莲的脑子高速运转了一下，马上断定这绝无可能。除非舅姥爷、舅姥姥、范怡茹、林琳和爱丽娜把我的秘密泄露。可他们作为我最知心的亲朋好友，没有我的允许肯定不会这样做的。

　　玉莲把兄弟俩的来信又插回信封，打开了最后一封向依莲的来信，这是唯一一封女生的来信，向依莲会在信中说些什么呢？玉莲抽出了信纸，这同样是一封格式像诗词一般的来信——

灯火阑珊的夜晚　您在舞台上表演思念

片片思念情义深远　化作纸花落满一地

您是谁　您是谁　您思念的又是谁

仅仅是为了思念张蕾化名的刘教授

不不不　否否否

我知道刘教授从来没走远

我断定刘教授就在我身旁

梓淳　梓淳

您的思念风格多样

如果您是哑巴　我愿永远做您的翻译

把您的心里话原原本本地告诉大家

如果您是歌手　我愿永远做您的学生

登上舞台跟随您身旁为您伴和声

如果您是工程师　我愿永远做您的追随者

更愿意和您携手相伴年年岁岁到白头

可是您只是苏梓淳　苏梓淳

看到您的容颜　我就想起了我的姐姐玉莲

多少个黎明　多少个夜晚

我和妈妈捧着姐姐儿时的照片

端详着姐姐儿时的容颜

妈妈的泪水止不住地往下流

我的心田无奈地在沦陷

幽幽婉婉流逝的岁月

流不走我对姐姐的思念

梓淳　梓淳　多么渴望您能成为我的姐姐

晚秋的落叶一片一片满地铺

眼中的泪水一滴一滴往外涌

我和妈妈在心底把玉莲把张蕾呼唤

回来吧　回来哟　我们的玉莲

回来吧　回来哟　我们的玉莲

我相信您从来没走远

我相信您就在我身旁

向依莲

　　男生女生他们都提到了我本来的名字，他们都在想念我，都盼望我好好的。玉莲的思绪在蔓延，最后她的思绪在方寸间定格：我要扩大自己的队伍，寻求同学们的支持，把自己的身世、自己的机密向同学们来一个彻底的坦白。她相信这些同学会像舅姥爷、舅姥姥、范怡茹、林琳、爱丽娜等好友一样成为自己最忠诚的亲密朋友，不会把自己的机密对外泄露。

　　她首先在手机上自己的微信中写道：

同学们，别来无恙，我是一个不称职的群主。曾几何时，我还在向往等你们明年一起毕业后，我们各自在工作岗位为祖国的繁荣昌盛贡献青春，双休日我们相约在一起，谈山海经，聊天地情，可是这美好的向往在我和你们在列车上分别后的几个小时完全改变了。

　　在离开你们的日子里，我并没有淡化对你们的思念，我和你们相距甚远，但我并没有扯断与你们的距离，正如你们在来信中所说的，我一直在你们的身边。

　　你们在来信中都说要为我分担痛楚和忧愁，我现在感到是把我的痛楚和忧愁告诉你们的时候了。

　　你们知道我是谁吗？我是田慧琴，我是全瑜，我是张蕾，我是刘之瑶，我是苏梓淳，归根到一个名字我是肖玉莲，男生们儿时的小伙伴，向依莲的姐姐肖玉莲。

　　当我把对你们的思念收藏起来的时候，当我远离你们玩失踪的时候，你们一定想知道这是为什么。每个人都有自己的使命，我的使命分外艰难繁重，我负重前行，独自承载，请你们一定理解我离开你们的理由，这实在是一个无奈之举。

　　我在医院里得到了休整，而今我所有的伤痛正在走向痊愈，我期盼所有的真心能换来真意，所有的愿望终将会实现。我的真心会换来你们的真意吗？

　　让我在这里首先对徐泽天说，徐泽天你知道吗，你的爹爹就是杀害我爷爷的凶手。爷爷去世的时候不过才六十岁，六十岁在当今年代来说，是一个不算大的年龄，可是爷爷去了，在你爹爹的伤害下无可奈何地离开了这个世界。你爹爹甚至还是杀害他岳父亲爹亲妈的凶手，也就是你太外公、太外婆的凶手。

　　有一段时间，我把你视为仇敌，你是仇人的儿子，我与你不共戴天。后来我经过反复的思想斗争，我感觉自己错了，你并不知道你爸犯的罪孽，我怎能把你视为仇敌，这与你并不相干啊。

　　忘了对你和同学们说了，我正在撰写促成你爸投案自首的舞台剧，日前已竣稿完工，只等排练了。

　　你们知道我的真实身份后，千万不要对任何人泄露。如果由于你们的泄露而导致我在舞台上的失败，那就对不起了，从此我们恩断义绝。

同学们，我啰啰嗦嗦讲了许多，言辞不当的地方请多原谅。我之前之所以把我的身份和机密瞒着你们，是因为担心你们非但帮不上忙，反而添乱。我希望你们的抉择不会影响你们美好的前途，我不想成为旁人的笑柄，不自量力的笑柄。

恳求你们不要回信，因为我没有更多的时间来回复你们。我还要寻求更多的支持者，来实现爷爷的遗愿。

玉莲找到了储存的同盛未来的微信群，重校扫描，确认后加入了同学群，把这封信发了出去。

第55章　丽人同盟

金秋的清晨，阳光温馨怡静，微风和煦轻柔，蓝天白云飘逸，田野遍地金黄。玉莲起得很早，她来到阳台眺望着不远处的山脉，群山连绵起伏，好似奔腾的绿色涌浪，群山云雾缭绕，又像披上了一层虚无缥缈的轻纱。玉莲知道那山脉脚下坐落的殡仪馆中安放着爷爷的骨灰盒，心里不免一阵伤感。

向同学们发出的回信时已多日，不知同学们有何反响，我的希望会像云雾说消就消，会像轻纱说散就散吗？我真的不自量力吗？不，这些同学还真听话，是我叫他们不要回信的啊。

我要扩大自己的队伍，上哪去找自己的同伙？玉莲又一次想到了范怡茹和林琳。她有点后悔，把自己的身份亮明给同学们，为什么事先没对两位姐姐讲，征求她俩的意见？

"范姐，我是玉莲。"她打通了范怡茹的电话。

"我知道你是玉莲，你的手机号我已经背熟了，演出的剧本创作得怎样了？"

"已经完成，只等找演员排练了。"

"哦，我和林琳盼望能成为你剧本中的角色，为实现半爷的遗愿贡献一份力量。"

"这是必需的，范姐，我有一样要紧的事情告诉你，我已经把我的身份向同学们亮明了。"

"那天在金家聚会的六位同学吗？"

"是的，五位男同学，一位女同学。"

"你不怕他们叛变反目吗？"

"范姐，你不能把他们看扁了，我把身份暴露是为了寻求同学们的支持。"

"是吗，你连向依莲都告知了，她三天两头和家中通电话的，你太草率了，我为你捏把汗。"

"向依莲给我的来信中根本不相信我是苏梓淳，他们都不怎么相信。"

"玉莲，我懂你的意思了，我和林琳也要为你寻求更多的支持者，你即将出院了，调整好心态，出院后会有好多事情等着你去做。"

"范姐，佟院长已决定我明天出院。"

"太好了，出院后我们又可以在一起了，"范怡茹想了想，"玉莲，今晚我打算在金辉房产附近的一家咖啡馆举行个聚会，邀请一些女士成为咱们的支持者。"

"金辉房产附近的咖啡馆，那不是在金海涛和李亚敏的眼皮子下吗？"

"是的，非但要让他俩看见，还要邀请李亚敏一起到咖啡馆，我邀请的人很多，还有金婉莹、苗艳、谈悦铃、邵雨欣等，我要让她们加入我们的队伍。"

"范姐，你比我还要草率，你有把握吗？"

"放心吧，我有办法对付和说服她们。按我的资历我是请不动她们的，我只能假借过生日的名义请她们。"

"是这样啊，既然你以过生日的名义请她们到场，我认为安排在护理院的老人活动室更妥当。如果在金辉房产附近的咖啡馆，说不定金文辉也会溜达来，给他撞见就麻烦了。老人活动的时间是下午两点至五点，晚上活动室反正空着。"

"玉莲，还是你想得周全，就定在护理院吧。"

"我又有新的打算了……我让爱丽娜协助去办。"

"这是个好主意，玉莲你天赋异禀。我来安排她们到来的时间，我要给她们划分时间段，不可同时到之。"

护理院顶楼的老人活动室，经过爱丽娜的精心布置，其风格像极了咖啡馆。时近下午六点，夕阳的余晖如同咖啡馆中颇具情调的暗黄灯光一样晕染在墙壁上，让人分不清是阳光还是灯光，淡淡的优雅的轻音乐弥漫在四周，与空气中散发的浓浓的咖啡香味相互交融，营造出一种温馨舒缓的氛围，激荡着人们最纯粹的向往。

这个活动室分为一大间和两小间。

范怡茹和玉莲五点半就来到了这里。根据安排，范怡茹在大间迎候到来的女士，玉莲则先不露面，在小间暂时回避。

时针指向六点，范怡茹迎来了第一位女士苗艳。"怡茹你好，总算你没有忘记我这个原来的同行，请我来参加你的生日晚会。我按照你电话里关照的没有送礼，今后我过生日我请你，咱们两免了。"

"苗艳，我在电话里关照所有来相聚的女士都不准送礼的，送礼会造成互相攀比，越送越大，我不喜欢。其实今天不是我的生日。"

"此话怎讲？"苗艳好不诧异。

"苗艳，今天我是来为我的一个闺蜜，寻求支持者的，希望你能成为第一个支持者。"

"此话又怎讲？"苗艳好不诧异。

"说出来你不要紧张，最近和你打得火热的徐进发，你知道他的过去吗？二十年前，他曾经是一个杀人犯，他有三条命案在身，他把肖道成的爹爹打昏后扔下悬崖，妄图毁灭罪证，他还刺杀了夫人金婉珍的奶奶和爷爷，导致奶奶一个月后不治身亡，金婉珍的爷爷悲伤过度，两年后，也离开了人世。两位老人离世的时候不过才六十多岁。"

"太可怕了，真的太可怕了，我竟然与一个杀人犯隔三岔五地黏在一起。"苗艳痛苦地低下了头，晶莹的泪水从她眼眶涌出。

"苗艳，"怡茹拍了拍她的肩，"你的痛苦与我的闺蜜相比，不过是小巫见大巫。"

苗艳抬起头，接过怡茹递给她的纸巾，擦干净泪水："你寻求我支持她的那位闺蜜，她到底是谁啊？"

"她是之前我们一直在寻找的肖广连的亲孙女肖玉莲，肖广连在今年夏天去世了，玉莲要实现爷爷的遗愿，让徐进发走上坦白自首的道路。"

苗艳一阵惊喜："肖玉莲找到了，她在哪？"

"她就在旁边的里间，你先不着急见她，你同徐进发打得火热，她会恨你。"

"我这就打电话给徐进发，奉劝他投案自首。"

"徐进发顽固不化。你打电话吧，再看看他是什么态度。你把手机按在声音外放的位置，让我一起听着。"

今天是周六，徐进发到岳父家过周六周日已成惯例。时下他正与金文辉把酒小酌，之前因黄金去向产生的隔阂并无大碍，金文辉最终还是相信女婿并没盗走黄金。

"徐进发，你在哪？"苗艳的语气很严厉。

"艳艳今天你怎么了，像在审问我，我还想约你今晚共度良宵呢。"

"去你的，从今天起我再也不会轻易和你相约了，除非你向政府老实坦白交代所犯的罪孽。"

"苗艳你言重了，我能有什么罪孽，不就是男女之间的一些桃色艳事吗？"

"徐进发，事到如今我才知道你是一个杀人犯，你把自己埋得好深，你好阴险。"

"苗艳，你是受了何人蛊惑挑唆，竟敢诬陷我是杀人犯，这种话能随便说吗？"徐进发的语气也趋向严厉了。

"徐进发，你别再狡辩，赶快向公安投案自首，这是你的唯一出路。"

"哎哟哟，你以为你是谁，不就是比我年轻几岁吗？你的容貌相比你以前的同事范怡茹、林琳差了一大截。你要是她俩的其中一位，或许我还会听你的。像你这样的女子我手里一抓一大把，我不稀罕你，你要一刀两断随你的便。"

徐进发的这番回答气得苗艳啪地关掉了手机："怡茹，你听到了吧，徐进发正如你所说，顽固不化，最后还竟敢贬落我，我索性一不做二不休，再打金文辉的电话，把徐进发刺杀他亲妈的事告诉他，离间他俩的关系，促进金文辉劝说徐进发去自首。"

"你也只能打打试试，咱不可抱有希望。金文辉他只认可自己的老爸金兆和，一下子冒出来个采挖药材的穷老爸，恐怕不会接受。"

苗艳真的打起了金文辉的电话："金总，你知道我是谁吗？"

"我听出来了，你刚给我女婿打电话的时候，我就在女婿身旁，你是我夫人掌管的星呈大酒店客房部的苗经理。"

"金总，这么说来，徐进发把我打电话的内容告诉你了？"

"一字不漏，我都听见了。苗艳你怎么能听信他人的谗言，无端地诬陷我女婿是杀人犯呢。"

"金总，这不是谗言，有真凭实据，徐进发不但谋杀了童玉兰的丈夫肖道连，甚至还杀害了你的亲生母亲……"

"苗艳，闭上你的嘴巴，我不会相信你的道听途说。我的母亲在我小时候就生病去世了，你怎么能把我的身世同一个破药王牵连在一起，什么纪本中，我的父亲是堂堂的名声显赫的企业家金兆和。"

"金总，你一定要相信我，我要是有一句假话，天打五雷轰，不得好死，你一定要劝说女婿去自首。"

"你发誓有什么用，你说一百句假话也不会天打五雷轰。你太固执了，你从金辉房产落难后调任到星呈大酒店，一步一步到担任客房部经理，还不是全靠我和夫人的栽培。你不想干了吗，你再敢对我女婿诬陷，明天就不要在星呈上班了。"

苗艳一时哑然，无言应对。她挂断了电话，茫然不知所措。

范怡茹：“苗艳，翁婿两个一个鼻孔出气，咱不理他们了。”

正当苗艳还在懊丧的时候，她的手机响了，她一看是金文辉的：“金总，你想通了？”

“什么想通了，我来通知你，明天你上星呈大酒店财务部把这个月的工资结了，你被辞退了。”

“金总，我在客房部做得好好的，凭什么理由把我辞退？”

“辞退是不需要理由的，要说理由，你诬陷我女婿就是理由。”

“你跟你女婿一个样。”苗艳再次挂断了电话。

范怡茹在不停地看着表，她邀请的第二位女士在六点半就要来到。她见苗艳电话已断，正合心意：“苗艳，你对金家翁婿俩的劝说已经尽心尽力，你用行动证明了自己是肖玉连的第一位支持者。即将到来的女士是邵雨欣，邵雨欣做过徐进发的住家保姆，她的情况想来你比我还了解。由你来接待她劝说她，希望她能在你的说教下，成为我们，成为肖玉连的第二个支持者，我暂且先上里间回避，不过我会聆听你俩的对话，如有不当之处我会出来纠正……”

苗艳默然地端起倒满饮料的茶杯，她看到晶莹的液体微光闪闪，粉红的脸上因此借得了被映射的希望的光辉，失望的心情却还在膨胀，一忽儿又被后怕占领。幸亏范怡茹的及时邀请，要不然再和徐进发交往，说不定哪一天他心情不好就被他白白地杀了。

邵雨欣十分守时，刚好六点半来到了这里。

“苗艳，你怎么一个人坐在酒吧，主角范怡茹呢？”性格豪爽的邵雨欣一来就问苗艳，她受歌声的感染，错把活动室当成了酒吧。

苗艳指了指里间：“范怡茹在那呢。”

雨欣就要往里间走去，被苗艳拉住了：“雨欣，咱不去打扰她。”

“这是怎么了，主角换成了你。”

“今天的主角是你邵雨欣，范怡茹的生日根本不是今天，她邀请咱到这里来是另有所求，为了寻求她一位好友的支持者，我失败了，把成功的希望寄托在你身上。”

“苗艳你就直说吧，别兜圈子了，你要我做什么？”

“我要你劝说杀人犯徐进发向公安投案自首……”

“徐进发他果真杀过人，我做他住家的保姆的那天一起去参拜神石，神石背后屡次出现‘坦白从宽’的发光字，我就感到不对劲……”

"这是真的，刚才我的劝说他根本听不进去，就看你的了，你把手机按在声音外放的位置上，让我听听他是什么态度。"

雨欣胸有成竹地打通了徐进发的电话："村长，近来你还好吗？"

"雨欣，好久没听见你的声音了，你想我了？"

"我会想你吗？我是来奉劝你投案自首……你果真有血案，杀过人。"

"雨欣，你开什么玩笑，我只会杀鸡杀鸭杀兔崽子，要说杀人嘛，我电视里看到过，杀日本鬼子杀国民党反动派。"

"村长，我就在苗艳身边，苗艳把你的杀人罪行都给我说了，你别再想瞒天过海，自作聪明。"

"苗艳，这不就是我的又一个情人吗？"

"进发，你这个杀人犯还有兴趣开这样的玩笑，我那时崇拜你敬慕你，是因为你在我心目中就像是一棵参天大树，可是如果你是一个身背血债的罪犯，我对你的敬奉就会反其道而行之，由敬奉转为鄙视。如果你投案自首，我还会像从前一样崇拜你，还愿意做你的住家保姆。"

"雨欣，难得你一片真心，可是我现在不需要你崇拜了，你也没资格来鄙视我。我就算是杀人犯又怎么了，二十年前头的事，法律上早已过时。你鄙视自己才是真的，你曾经是杀人犯的情人。"

"进发，你承认自己是杀人犯了，法律上的条文我也略懂一些，二十年前头的血案，原告要是告你，仍可追究你的刑事责任。"

"谁能告得倒我，有证据吗？"

"进发，别异想天开了，自首吧，自首后假使法院不追究你，我还愿意做你的住家保姆。"

"雨欣，异想天开的是你，你以为我还会像十年前那样在乎你吗？一个烂污货，我有新的石榴裙了，苏梓淳。尽管她也劝我去自首，但我相信我一定会追到她，谅她过不了我的金钱这一关。"

"进发，你真的像一只癞蛤蟆，苏梓淳这只天鹅你休想得到。即使我告不倒你也要让你身败名裂。每天到欣欣中介的求职者少则几十，多则几百，我把你的罪行来一个宣传一个，看你还有何面目见人……"

雨欣还在往下说，一看电话已被对方挂断，她拍着手机："你心虚了，不敢听了？"

雨欣也开始懊丧，心情一落千丈。苗艳安慰道："徐进发挂断电话说明他真的心虚了，不敢听了，很有可能会转向自首，还是你有能耐，你的劝说最起码成功了一半。"

"苗艳，我们将组织起千军万马，攻入徐进发的老巢，让他不得安生，村长的位置坐不稳。最后他的话，你听到了吧，竟骂我是一个烂污货。"

"徐进发也骂我贬低我的，你不必放在心上。我们虽然不能组织起千军万马，但进攻徐进发的人马多得是。你是范怡茹给她闺蜜寻求的第二位支持者，接下来进场的是谈悦铃，由你来接待她，我到里间暂且回避。"

"范怡茹的这位闺蜜是谁，她在吗？"

"她是我们一直在寻找的肖玉莲，她在里间。"

"快让我去见她，我找了她这么些年，终于出现了。"

"你先别急，先接待完谈悦铃再相见也不迟。"

时针指向七点，活动室里荡漾起《你知道我在等你吗》的歌曲。

> 莫名我就喜欢你
> 深深地爱上你
> 没有理由没有原因
> 莫名我就喜欢你
> 深深地爱上你
> 从见到你的那一天起
> 你知道我在等你吗
> 你如果真的在乎我
> 又怎会让无尽的夜陪我度过
> ……

谈悦铃现在是个大忙人，比范怡茹给她划定的七点钟晚到了五分钟。

"雨欣，我迟到了吧，怎么就你一个人，怡茹呢？"

"悦铃，怡茹在里间，你是她邀请的第三位客人，前两位是苗艳和我。"

"苗艳也在里间吗？这地方我来过的，里间只有十来个平方。我来叫她俩出来，过生日地方要大，场面要开阔。"

悦铃边说边往里间走，雨欣拦住了她："随她们待在里间吧，怡茹吩咐我来接待你。"

"你接待我怕不合适吧，你喧宾夺主成了主角，又不是你过生日。"悦铃轻视地看了雨欣一眼。

"悦铃，今天根本没有人过生日，现在轮到你做主角。范怡茹是为了帮好友苏梓淳寻求支持者，你刚好是第三个，苗艳为一我为二。"

"苏梓淳，她不是要出院了吗，难道有人反对她出院，让我支持她？"

"错，错，佟院长让她出院肯定毛病好了，不会有人反对的。"

"没有人反对，我就要反对。苏梓淳不过才住了半个多月，她是工作不分白天黑夜疲劳过度才生病的，她如出院了，工作还是不分白天黑夜，再生病咋办，还是得住院。反反复复住院，这种病就没得治了。她应该住个一年半载，痊愈再出院。"

"苏梓淳出院还有更重要的任务，她本来就没生什么病。"

"这么说来，她生病是装的，啥更重要的任务，难道她又高升了？"

"错，你又错了，苏梓淳就是我们一直寻找的肖玉莲，她就在里间。她正为实现爷爷肖广连的遗愿而奋斗。"

"唉唉，可喜可贺，快让肖玉莲出来，我要见她。"

"悦铃，先不急着看见她，你以前做过徐进发的情人，她对你印象不好，见了你会有敌意，她要看你的表现。"

"情人又怎么了，她要看我怎样的表现？"

"徐进发是杀害她爷爷的凶手……"

"太可怕了，徐进发竟身背几条命案。范怡茹请我来，为什么别的歌曲不放，偏偏放这首《你知道我在等你吗》的歌，快把它关了，听来我就讨厌。"

"你那时不是挺喜欢这首歌的吗？先不关，我也没权力关。"

"那时归那时，那时的我穷得要死，徐进发出手很大方。现在的我早就同那时决裂，苏梓淳要我怎样来表现，怎样来支持她？"

"她要你劝说徐进发坦白自首，我对徐进发的劝说已成功了一半，你只要再成功一半，这事就成了。"

"成功一半什么意思？"

"你先劝了再说吧，是苗艳说我成功了一半。"

"我只能试试，没多大把握。"

谈悦铃边说边打通了徐进发的电话："徐村长，我是谈悦铃，你在哪？"

"原来是谈副总经理，只差把副字去掉了，我在哪不重要，找我有事？"

"我来劝说你上公安局交代自己二十年前犯下的罪行。"

"谈悦铃，不是我说你，你一个副总经理，按理说人格高人一等，有自己的分辨能力，你也会同苗艳、邵雨欣一样听信他人的谣言，这就是你的不对了。"

"村长，我善恶分明，爱恨有界，我只知道犯了罪不可隐匿，该坦白的坦白，该自首的自首，这也是你常年当村长对村民们说的一套，我言犹在耳。特别是你对混混阿三的罪孽恨之入骨，我不是不知道。"

"阿三现在变好了，他是我的连襟。"

"你就不能学学阿三变好吗，你坦白自首，接受改造，不就会变好了吗，二十年前的血案，法律上又不会拿你怎样，况且有金文辉帮你担着。"

"悦铃，你和苗艳、邵雨欣今晚轮番向我进攻，你是第三位劝说我自首的情人，也可以说是老情人了。我听出你的房间里在播放《你知道我在等你吗》的歌曲，你就权当是我放的，我再呼你你会到我身边来吗？"

"你再用这首歌呼我，我一定马上到你身边伺候你，前提是你向公安坦白自首。"

"你倒是对我还有旧情，可是我再也不会用这首歌呼你了，你如今一个老妖婆，除了王标谁还会稀罕你。"

"你骂我是老妖婆，徐进发你听着，我谈悦铃对你不是没有办法。我上双岭村组织一帮长舌妇，还有一帮七八十岁的老伯老婶，高举'彻查徐进发杀人血案，不杀徐进发不足以平民愤'的标牌，上市政府门口静坐绝食，列数你的罪孽，出尽你的丑态。"

"你把威胁我丈人的一套拿出来了，你靠着王八婆的一套得道升天，我可不吃你这一套，你小看我这个阅尽人间沧桑的老江湖了，你这一套只能吓唬七八岁的小孩。"

"老色鬼，杀人犯，我能叫金文辉跟着我的步子走，我就也能叫你跟着我的步子走，不信你走着瞧，三天后市政府门口会有成千上万的市民看热闹。"

谈悦铃还在往下说，不料电话已被挂断。

邵雨欣："徐进发已把电话挂断，说明他不敢听了，他应该会有转变的意向。"

谈悦铃余怒未消："徐进发竟骂我是老妖婆，气死我了。"

"悦铃别生气，我和苗艳都被他骂过了，骂苗艳是贱女人，骂我是烂污货，他骂你老妖婆还是轻的。不过他能把电话挂了，表面看来他听不进，不想听，但深入分析，他也有可能被你的说辞打动了。转变的概率很大，可以说你也成功了一半。接下来，我们听听范怡茹有什么看法。"

一直侧耳细听她俩对话和电话内容的范怡茹不用呼唤自动从里间走了出来，和她一起走出来的还有苗艳和肖玉莲。

……

肖玉莲："三位好姐姐，你们劝徐进发坦白自首的话我都听见了，你们用实际行动给予我全力的支持，小妹在此表示衷心感谢。我们还要接待两位至关重要的客人，一位是徐进发夫人的弟媳妇李亚敏，一位是他的小姨子金婉莹。接待人员由你们三位来担任，之前你们是一对一，现在我要你们三个对她们两个，争取以多胜少，你们在她们面前暂时不要说穿我肖玉莲的身份，我和范怡茹仍暂时到里间回避，必要的时候我们再出来。下面再请范怡茹把我还没说的补充。"

范怡茹："记住你们三位在金家姐妹俩面前，不能说穿肖玉莲的身份，肖玉莲仍是苏梓淳，我们还要实施新的行动……请三位紧密配合。"

范怡茹拿过三只高脚酒杯，为三位丽人斟上玛瑙色般的葡萄酒。

范怡茹和肖玉莲一起走向里间。

三位丽人手持酒杯，低眉慢饮，颇有耐心地等待金家姐妹俩的到来。

活动室里荡漾起一位歌星演唱的《爷爷》的歌曲——

> 摇下车窗在熟悉的路上
>
> 哼着你爱的那首歌
>
> 竹藤椅石砌墙怀念茶香
>
> 全家福的旧相框
>
> 你牵我走弯弯的小巷
>
> 风吹过落叶的地方
>
> 你说孩子勇敢地去闯
>
> 去看世界的模样
>
> 长大的世界充满了伪装
>
> 牛奶糖不再是犒赏
>
> 说故事捉迷藏爱的失望
>
> 犯错却没人原谅
>
> 你牵我走弯弯的小巷

风吹过落叶的地方

你说孩子勇敢地去闯

去看世界的模样

我又踏上弯弯的小巷

今天陪我的是月光

我终于懂时间的重量

你却不在我身旁

……

时针走向七点半，结伴而来的姐妹俩在活动室门口停住了脚步，哀伤的歌声使她俩不敢推门而入。

"嫂子，我们有无来错了地方，这歌声不像是过生日的喜庆歌啊。"

"婉莹，我也觉得不对劲，听来跟哀乐差不多，咱再往别处找找活动室吧。"

三位丽人听到了姐妹俩说话的声音，连忙出门迎接。苗艳："两位姐妹，不要找了，这间活动室就是邀请你们来的地方。"

"没错，没错，快进门吧。"邵雨欣、谈悦铃如出一口。

姐妹俩跨进活动室，李亚敏打量了一下四周，没看见范怡茹，也没看见生日蛋糕："范怡茹呢，上午明明跟我在一起，也没说起要过生日，到六点半才打我电话邀请我参加她的生日聚会。"

金婉莹："我也是六点半接到电话的，也许是范怡茹一心扑在工作上，下了班才想起今天是自己的生日。"

苗艳："邀请早了，范怡茹生怕你们会上百货商场转悠买大礼送去，其实今天根本不是她过生日。"

李亚敏："那叫我们来做啥？"

金婉莹："叫我们来陪同她听哀乐吗？"

邵雨欣："听哀乐还是轻的，让谈悦铃来对你俩说吧。"

谈悦铃取过两只高脚酒杯斟上葡萄酒端到姐妹俩面前："你俩先坐下听我慢慢说，经常和你们一起吃喝玩乐打麻将的你们的亲人徐进发是个杀人犯，他有几桩命案在身，他二十年前不但杀过肖广连，甚至还杀过你们的亲爷爷，亲奶奶……"

姐妹俩听后大吃一惊，但很快就镇静下来。李亚敏："谈悦铃你喝多了吧，这种事也能胡编乱说。"

金婉莹："嫂子说得是，悦铃你身为星呈的副总经理，金家并没有亏待你，怎能空口说白话。"

邵雨欣："姐妹俩听好了，你们不想让亲人成为罪犯的心情可以理解，但徐进发确有命案在身，范怡茹邀请你俩来做客，是想让你俩成为她一位好友的支持者。"

李亚敏："范怡茹的好友是谁，怎样个支持法。"

苗艳："是苏梓淳，想来你们看过她的表演，她现在是我同范怡茹的好友，也是我和雨欣、悦铃的好友。苏梓淳的最大愿望是徐进发能走上坦白自首的道路，希望你俩能支持她，对徐进法进行劝说。"

金婉莹："苗艳，我听到里间有人活动的声响，谁在里间，范怡茹吗，让她出来，我要听听她的意见，还有苏梓淳呢，今晚到场了吗？她与肖广连是啥个关系，是亲戚吗？"

谈悦铃："苏梓淳不过是在住院期间听说了徐进发的命案，她只是疾恶如仇，义不容辞，和肖广连并无亲戚关系。"

邵雨欣："苏梓淳今晚特地从医院赶来，刚才身体稍有不适，在里间休息，由范怡茹陪伴着，我们先不打扰她。我要着重对你们姐妹俩说的是，肖广连、纪本中和杜桂蓉，被徐进发刺杀，并没有当场死亡。五年前他们被转到了护理院，在护理院各级领导和高级护理师的关怀和照料下，虽然走向老年痴呆，但仍健康地生活着，我们不妨先到病房里看望三位老人，再行劝说徐进发坦白自首之事。"

三位丽人带着姐妹俩来到了二楼的一间双人房，姐妹俩看到，躺在床上的两位老人已进入甜睡，他俩的床头墙上分别挂着"纪本中"和"杜桂蓉"的小标牌。

三位丽人又带着姐妹俩来到了三楼的一间单人房，姐妹俩又看到，躺在床上的老人也已经进入甜睡，他的床头墙上挂着"肖广连"的小标牌。

五位丽人回到了活动室。

苗艳："姐妹俩看到了吧，其实徐进发虽然二十年前杀过人，但并没致人死亡，况且又没人告发，只要老实交代，政府一定会原谅他，不予追究刑事责任。"

金婉莹："苗艳说得是，我这就来打他的电话对他进行劝说。"

"姐夫，还和爸在喝酒吗？"婉莹打通了徐进发的电话。

"婉莹是你，你外出了，去哪了，我和爸边喝边聊着。"

因为婉莹的手机按在声音外放的位置上，心直口快的亚敏听见后马上拿过婉莹的手机："姐夫，别喝了，越喝越糊涂，赶快把你二十年前犯的血案去公安自首……"

电话那头的徐进发十分沉着，还有心思开玩笑："是亚敏吧，刚刚我之前的三位情人轮流劝我坦白自首，你是第四位劝我自首的女士，你也要做我的情人吗？我可从来没对你有过非分之想。"

婉莹听见徐进发的回话十分反感，她拿过亚敏手中的手机："姐夫，别口无遮拦，成天想着玩女人的那点事。你二十年前杀过人，但并没致人死亡。肖广连、纪本中、杜桂蓉三位老人仍健在，他们在护理院安然地生活着，刚刚我和亚敏去看望他们了，你向政府坦白自首，丢掉了一个大包袱，又不会少你一根毫毛，有啥不好。"

徐进发听说三位老人仍健在，迫不及待地问道："婉莹，你说道地一点，再说一遍。"

"我和亚敏刚才和你的三位老情人去看望三位老人了，他们仍健康地生活着……"

"刚才我的三位老情人怎么没告诉我这样的事啊？"

婉莹回答道："她们对你的劝说是循序渐进的，看你有多高的觉悟，看来你并无悔意，就让我们自家人把这样的事实告诉你，进一步劝说你。你若不相信，可亲自来看望三位老人，现在就可以来。"

"我现在不敢来，刚才劝说我的三位老情人都被我骂了个狗血喷头，她们会联手报复我。"

"那你接下来怎么打算？"

"我会跟咱爸商量着办，婉莹，你把手机交给苗艳她们，我要向她们赔个不是，安慰她们一下。"

婉莹把手机交给苗艳，苗艳对着手机道："徐进发，我们不要你赔不是，只要你走向公安局坦白自首，就是对我们最好的安慰。"

里间的房门忽而被打开，肖玉莲和范怡茹一起迈步走了出来。范怡茹："姐妹们，你们的对话，包括你们对徐进发的劝告我和苏女士都已听到了，下面请苏女士宣布一个重要的决定。"

肖玉莲："我的好姐妹们，你们用实际行动给予我一定的支持。特别是苗艳、邵雨欣、谈悦铃，为了能劝说徐进发自首，不惜以自己的身体为赌注，在此我苏梓淳没齿难忘，表示衷心的感谢。不管徐进发意下如何，我们已经尽到了最大努力，我们要做最坏的打算。我和范姐有这样一个设想，我们从今以后要团结一致，同心同德，砥砺前进，我们要成立一个小组织，一个微信群，它的名字叫"丽人同盟"，大家说好吗？

范怡茹带头鼓起了掌，姐妹们全都赞成，全都鼓起了掌。

门外有敲门声，是爱丽娜和林琳同时来到。爱丽娜："苏梓淳，丽人同盟应该有我和林琳，你不会反对吧？"

肖玉莲："什么话啊，我正求之不得呢，实际上我们仨早就是一家人了。"

林琳："梓淳，丽人同盟会的会长，丽人同盟微信群的群主就是你了，大家鼓掌认可。"

姐妹们又全都鼓起了掌。

肖玉莲："感谢大家对我的厚爱，我们这个丽人同盟存在的时间是不确定的，哪一天徐进发走向自首，哪一天我们就解散。我们这个丽人同盟又是保密的，姐妹们势必要铭记在心，不可对外暴露，若要发展会员必须得到我的批准。我们这个丽人同盟不管开展什么活动，都是在保密中进行的。下面我宣布，丽人同盟正式开局。"

范怡茹："接下来我们迫切需要完成的任务是，苏女士编导的，促成徐进发走向坦白自首的舞台剧急需招聘演员，希望被苏女士挑选上的演员，发挥自己的特长，扮演好自己的角色，努力于促使徐进发投案自首。"

……

第56章　秘密排练

都市日报的头版头条，醒目的大红标题分外夺人眼目：

> 著名表演艺术家苏梓淳昨日出院。
> 数千市民满怀深情厚谊夹道欢迎。

下面的文字是：

我市著名表演艺术家苏梓淳住院半月有余，经过医院精心治疗，今日痊愈出院，其容貌比住院前年轻十岁。记者采访为苏女士亲自治疗的佟加宣院长，问他是否有返老还童的秘方，佟院长笑着回答："我没有返老还童的秘方，主要是苏女士的心态好。"记者又采访苏女士，苏女士笑而不答。在记者的一再要求下，苏女士说："佟院长的回答就是我的回答。"

令人失望的是，苏女士被一辆神秘的别克轿车抢先接走，至今下落不明。这辆轿车疑似是某大型影视公司或演艺集团专程前往抢夺人才。亲自驾车前往迎接苏女士的嘉美国际娱乐城董事长姚佩芸乘兴而去，扫兴而归。

良禽择木而栖，良臣择主而侍，难道还有比嘉美国际娱乐城总经理更高的职位在等着苏梓淳去担任？

……

时近黄昏，时凤英的住房。凤英一字不漏地把这条消息连续看了两遍，愣愣地说不出话来。

"凤英，你怎么了，这张报纸碍你什么事了？"玉兰走到凤英面前关切地问。

"妈，我之前去医院探望的苏梓淳女士昨天出院了，出院后不知去了什么地方。"

凤英把报纸上的新闻指给玉兰看，玉兰边看边流泪："多么可爱的苏女士，大病初愈马上就投入工作，敬业精神实在可嘉。"

"妈，苏女士样样在行，她在客房打扫房间特别利索，一个能顶两个，但愿她到了新的工作岗位不要劳累过度，旧病复发。"

"凤英，听说苏女士在医院里住的病房是我以前住过的，你说佟加宣为啥不让我去探望呢，这里面恐怕有花头经。"

"妈，还能有什么花头经，舅舅让苏女士安心静养呗，苏女士确实有毛病，她骂我是叫花子。"

"她骂你叫花子？那天你上医院探望回家我就看到你面色很难看。苏女士在为追梦旅游团举行的文艺晚会上上台表演，被一伙同学围住，我看见范怡茹上台为苏女士解围，说明范怡茹与苏女士的关系非同一般，你可有她的电话，咱们向她了解一下苏女士被哪家单位接走了。"

"范怡茹为苏女士解围是人之常情，她坐在第一排，离舞台近，关系不一定密切。我没有范怡茹的电话，谈悦铃应该会有。"凤英边说边拨通了谈悦铃的手机，"悦铃姐，我是凤英，你有范怡茹的电话吗，我想找她。"

"凤英，我也想找范怡茹，电话一直打不通，我想应该是我的手机号码被她屏蔽了，要找范怡茹还得上金辉房产。"

……

这一天凤英早早地就下了班，打车来到了金辉房产的售楼大厅。来得正巧，范怡茹正在办公室把客户签订的购房合同放在抽屉里，也准备下班了。

"凤英，难得你到金辉房产来，该不会是来找我买房的吧？"

"我是来向你打听苏梓淳的去向的，凭你俩的关系，你应该知道她的去向，只要你把她的去向告诉我，我就是银行贷款也要在你手下买一套房。"

"凤英，你咋知道我与苏梓淳的关系。"

"我上午得到传言，苏梓淳到星星大酒店客房部当服务员，是你让她去找欣欣中介的邵雨欣的。"

"我让苏梓淳去找邵雨欣不假，可我也不知道她的下落，"范怡茹把前两天的都市日报摊在凤英面前，"我看见了苏女士下落不明的消息，我也正纳闷呢。"

见凤英没有反应，范怡茹拉住她的手："我顺路送你回家吧。"

"怡茹，你老家挺远的，你晚上住在哪？"

"嘉美国际娱乐城的客房部，姚佩芸给我和林琳安排了一个长包房。"

"我也想去嘉美，这个点儿我丈夫还在上班，我想去找他。"

"那好吧，见了道成，你可不要说是我送你去的啊。"

轿车快到嘉美的时候，怡茹让凤英提前下了车。

凤英是在王维光的医务室找到丈夫的。

"凤英，这么晚了，找我有事？"

"道成，你看过都市日报前几天的头版头条了吗？苏梓淳才刚出院就离奇地失踪了，你做保安的分析能力比我强，我来找你分析梓淳的下落。"

"哎哟，苏女士在客房部和你一起干了一个月，还真培养出感情来了，失踪就失踪呗，一个外人关你啥事。"

王维光在一旁附和道："肖经理说得对，一个外人不关我们的事。"

"王维光，你老婆亲自去接苏女士出院未接到，苏女士毕竟在这当过副总经理，我想你老婆心里也一定很难受，你就不站在老婆的立场上考虑考虑。"凤英向来对王维光直呼其名，没有尊重过。

"我老婆连打好几天苏女士的电话了，老是打不通，怕是给屏蔽了。"

"那你打打试试看，苏女士总不会把所有人的电话都屏蔽吧。"

王维光拨通了苏梓淳的电话，果然没被屏蔽，他把手机递给凤英："你亲自和她对话吧。"

手机里传来的却是一个男人的声音："你谁呀？"

"我是时凤英，苏梓淳的手机，怎么在你手里，你让她接电话。"

"神经病，哪来的苏梓淳，你打错了。"

对方把手机挂了，弄得凤英好尴尬，把气出向王维光："姓王的，你随便拨一个电话来蒙我，你不是人。"

"凤英，保安大经理的夫人，我怎会蒙你。"王维光把手机上的通讯录翻开给凤英看，凤英看到通讯录上苏梓淳的名字和电话相符。

王维光："凤英，我手机上的通讯录，总不会给自己弄虚作假吧？"

见凤英不作声，王维光又道："你丈夫今天值夜班，要不我送你回家吧。"

"王维光，叫你老婆安排个房间，我今晚睡在嘉美了。"

"凤英，道成有值班睡觉的房间，这不多此一举吗？"

"以前我是曾经和道成一起睡值班房，可是有两次上夜班的保安来敲门找道成，看见我在房间里，我就很不自在，所以我现在不住值班房了。"

"这倒说得通，这样吧，我不打扰姚佩芸了，夫人经营的公司，我来给你安排房间吧，这点权力还是有的。"

这一夜，凤英住在了嘉美，单独一个人住一个大房间，睡一张大床，还真有点不习惯，她躺在床上好长时间还没睡着，就来到了窗台，眺望马路上五光十色的夜景，来来往往的车辆，她忽然产生了一个念头，这来来往往的车辆中，会有苏梓淳吗？苏梓淳会有私家车吗，她应该上车辆管理所查询一下。

翌日上午她又打车来到了车辆管理所，车管所的管理人员告诉她，车主信息是公民个人隐私，不得对外公布和查询，直接拒绝了她。

该做的都做了，凤英从那以后，每逢遇到熟人总要打听苏梓淳的下落，始终没有结果。

护理院附近一块绿茵茵的草坪上，是排练节目的好地方。肖玉莲正带领着一班人排练舞台剧，他们中间有佟加宣夫妇俩、金海涛夫妇俩、丁洪伟夫妇俩、林琳夫妇俩、佟同夫妇俩，还有范怡茹以及远道而来的艾妮莎和周萍。

参加排练的演员们都知道了苏梓淳的本来身份。

风和日丽，初冬的阳光分外暖人。他们每人都手捧着剧本，按照自己扮演的角色背台词，做动作，他们时而各自为战，时而聚集合拢，时而凝神静思，时而跳动雀跃。

谈悦铃按照肖玉莲的吩咐从童星演艺经纪公司挑选了数十位小演员，驾驶着中巴车把小演员送到排练现场，让肖玉莲挑选。

邵雨欣按照肖玉莲的吩咐正在一家舞台道具制作公司洽谈道具制作之事。

苗艳仍和徐进发打得火热，她要把徐进发的思想和活动状态及时向肖玉莲汇报。为了掌握第一手资料，她已将个人的安危置之度外。

排练正在进行中，演员们把肖玉莲第一天对他们上课的内容铭记在脑海里：

要深入了解角色的身份、性格和处世态度。

要有快速进入角色的能力。

要想角色之所想，行角色之所行，爱角色之所爱，恨角色之所恨。

要进戏快，也要出戏快。

要有广博的知识和艺术修养。

他们正是这样排练的，对他们来说，手中的剧本等于是学生手中的课本。另外，他们在表演艺术培训班上学到的知识也在这里得到了广泛的运用。经过几天紧张的排练，他们对自己扮演的角色都有了一定的长进，甚至不用剧本也能动作到位，对答如流。

金文辉的家里。金文辉由于半夜闹鬼的原因，已和夫人同住一个卧室，同睡一张床。

夫妻俩最初背对着背睡觉，谁也不理睬谁。

姚佩芳打破了沉默的气氛，她翻转身，拍了拍文辉的肩膀："文辉，婉莹说进发有命案在身，你咋还这样心定啊？"

"佩芳，婉莹听来的捕风捉影的传说，你也跟她一般见识？"

"婉莹和亚敏去看过曾经被进发谋害的三位老人了，这不会有假。"

"我和进发前两天也看望他们了，三位老人的身份真假很难断定，二十年前，五十年前的模样，到现在谁还说得清，很有可能糊弄咱的。"

"你经常和进发一起喝酒聊天，进发难道就没有酒后吐真言吗？"

"吐真言又怎样，这已经无关紧要，不久前，中院院长告诉我，有一份起诉书，指控徐进发二十年前杀人的事，我看到署名是苏梓淳。这个苏梓淳肯定早先时候听到了什么，这又关她什么事呢，真是多管闲事，不自量力。"

"说明苏梓淳爱憎分明，爱为平民、百姓打抱不平。"

"我给进发通了个电话，把这事告诉了他，让他不必在意，安心在双岭村上班。"

原来肖玉莲早在嘉美上班时就写了起诉书，她要权衡金文辉的势力究竟还有多大，并不是要违背爷爷让徐进发主动坦白自首的遗言。当中院院长把她召去关照她"各人自扫门前雪，休管他人瓦上霜"时，她预见的起诉书等于一纸空文的论断得到了证实，她就决定用自己的方式来促成徐进发投案自首了。

"你分析一下苏梓淳出院后去了哪里，她会善罢甘休吗？"

"管她会不会，再写起诉书也是白写。咱不说她了，说说咱女儿女婿吧，这几天婉莹和洪伟神神秘秘地不知在干些什么，有时晚上整天不回家，肯定有事瞒着咱俩。"

"文辉，我也觉得不对劲，咱就不能让外孙上全寄宿制小学，应该上一般的中心小学，每天让女儿或女婿接送，每天陪着外孙睡觉，让外孙来看牢他俩。"

"现在说什么都晚了，今天他俩在房间吗，好像房间里又没人，你不妨去敲一下门看看他俩到底在不在。"

"我一个做爸的，去敲女儿的房门，不合适吧，佩芳还是你去合适。"

佩芳披上衣服，来到女儿的房门口，连敲几下没人应答，倒把相邻的海涛和亚敏的房门敲开了。亚敏打开了门："妈，你敲婉莹的房门做啥？"

"我试试她和洪伟在不在房间。"

海涛也来到房门口："妈，你管得太宽了，洪伟和婉莹有自己的一套生活方式，他俩该怎样过让他俩怎样过，你犯得着吗？"

"我也不想过问，是你爸。"

"我爸就是这样，女儿都三十老几的人了，和洪伟在外面过夜，换个环境秀恩爱，这不很好嘛。我也想和亚敏在外面过夜呢。"

夫妻俩支走了姚佩芳，不由得松了一口气。原来他俩也在排练节目，玉莲交给他俩的角色是分别扮演金文辉、徐进发和金婉珍。玉莲是这样对他俩讲的："金海涛，你与金文辉、徐进发经常在一起，你对他俩的性格脾气最了解，扮演他俩应该没有问题。""李亚敏，你在双岭村就与金婉珍打交道，嫁到金家后又经常和她一起做家务，你能说会唱，有表演天赋，金婉珍的扮演者非你莫属，就是时刻要记住，金婉珍的左腿受过伤，你在舞台上始终是一个瘸子。"最后玉莲语重心长地对他俩说："你俩经过了业余表演艺术班的培训，有一定功底，相信你俩一定能成功扮演好自己的角色，你俩和丁洪伟、金婉莹可轮流到排练现场，倘若你们四人同时离开家中，金海涛和姚佩芳就会猜想和怀疑了。"

时间已过晚上十点，金海涛和李亚敏还在默诵台词，演练动作，他们演练了一遍又一遍，互相找不足，互相给对方纠正，直到表演满意为止。

佟加宣和王维红、佟同和杨依在家中排练就用不着遮遮掩掩了。佟加宣本身就是扮演的佟院长，玉莲关照他，舞台上的佟院长和医院里的佟院长可不是一回事，舞台上有背景音乐，要根据音乐的节奏来说好每一句台词。王维红在节目中扮演童玉兰，玉莲关照她多上童玉兰家转转，以便更多地了解童玉兰的言谈举止。最后玉莲着重讲到了姐弟之间与夫妻之间感情上的相同点和差异点，要在舞台上真挚地表演出姐弟俩的情感，姐弟俩相认是舞台剧中的一个小高潮。佟同在舞台剧中共扮演五个角色，分别扮演肖广连、王维光、包正阳、纪本中和金文和，至于杨依，她扮演的是杜桂蓉和姚佩芸。佟同本身是著名的导演，玉莲用不着对他多说，只是把剧本交给他就是了。而杨依由丈夫佟同在辅导，玉莲用不着担心。

丁洪伟和华卫东在节目中扮演人民警察，他俩穿上警察的制服，还真有警察的范儿。

玉莲既是刘教授、苏梓淳的扮演者，同时还是飞刀大侠的扮演者。

护理院那片绿茵茵的草地上，舞台剧到了最后的带妆彩排阶段。为了防止别有用心的局外人泄密，玉莲特地组织了护理院五十位手脚方便的老人坐在椅子上看彩排。

这是一部时长一个半小时的七幕舞台剧，舞台剧的名字还没有最后决定，参加排练的人们都知道这部舞台剧意义非凡而深远，都不刻意打听剧名。

排练进行到第六幕，高翔领着金文辉从不远处朝排练场走来，林琳头尖眼快一看就看见了，马上把玉莲拉到身旁，声音极轻："金文辉来了。"

第六幕和第七幕是全剧的核心，可不能让金文辉看到。玉莲马上招手让大家停止排练，她面对老人们："今天的演出到此结束，请大家有序退场。"

金文辉来到玉莲面前："苏女士，报纸上都说你神秘失踪，原来你在这里表演文艺节目。"

"金总，报纸为吸引读者经常夸大其词，小题大做，我原本就是星光演艺公司的顾问，我出院后爱丽娜正式聘请我为总经理，你也是星光演艺公司的艺术顾问，今天的文艺演出你咋不到场？"

"我这个顾问是空头支票，时至今日，爱丽娜从未把我当顾问对待。"

爱丽娜走到金文辉身旁："金总，这不因你公事繁忙吗？我总不能为了公司的利益影响你的工作吧，不过，到了适应你特长的角色我一定会邀请你来指导扮演的。"

金文辉又看到了儿子、儿媳妇、女儿、女婿，他挥手让他们来到身边："你们怎么也在演节目？"

金海涛："我们为老人们演出节目，为金辉房产增进效益呢。"他把事先准备的"金辉房产，尊崇享受""家之极致，用心建筑"的标牌递给金文辉看，"这些老人们都要为子女买金辉的房产呢。"

金文辉似信非信："海涛，但愿你们的演出能收到一定的效果，房子能多卖几套，几十套。"

金文辉又注视着玉莲的脸容说："苏女士，报纸上报道你住院一个月年轻了十岁，今日得见尊容，果然名副其实，佟院长给你服用了哪些返老还童的秘方，你把秘方的名称告诉我，我也要让佩芳服用呢。"

"金总，是你送来的驼奶粉和徐村长送来的燕窝让我返老还童的，你可天天让佩芳服用驼奶粉和燕窝，保证一个月下来年轻十岁，几年下来和我一样年轻呢。"

林琳也来到金文辉身边："金总，你也要天天服用驼奶粉和燕窝，越来越年轻，扮演采花大盗这才带劲呢，但不能把舞台上的一套带到现实生活中来。"

"我可从来没把舞台上的一套带到现实生活中，林女士你怎么能这样责怪我呢？"

"我是给你敲敲警钟，要不你家怎么会闹鬼，怕是做了什么亏心事吧？"

"林女士，我哪会做什么亏心事。你提起我家中闹鬼，我还真好奇，苏女士到我家住了几天鬼再没闹过，鬼见财掠财，见色掠色，八成是追苏女士去了。"金文辉又把脸转向肖玉莲，"苏女士，追你的鬼肯定是个帅小伙吧？"

玉莲："金总，追我的帅小伙多着呢，不知道哪一位在你家闹过鬼的，你今天咋会想到护理院来？"

"我找我的一双儿女呢，找着找着就找到护理院来了，果不其然。"

金婉莹："我们为老人进行公益演出呢，敬老爱老是中华民族的传统美德，是一切善德之始，幸福之源，是创建和谐社会的重要组成部分。"

爱丽娜："现在已到晚餐的时间了，既然金总来到了这里，就和我们一起吃晚餐吧。"她交代高翔："你快去找酒店经理，准备两桌上好的酒菜。"

……

待金文辉离去后，草坪上拉起了两盏吊灯，把草坪照耀得如同白昼，玉莲又马不停蹄地组织大家排练，她以身示范，言传身教，精益求精的工作态度令大家丝毫不敢懈怠。

排练结束时，她告诫大家："从今天开始，我们要显弱，显弱到最后一天，也就是演出的那一天再逞强。"

空余的日子，玉莲又往返于北京的政法学院，寻求法律界人士的支持；往返于省公安厅，寻求公安部门的增援；最后她还化妆后赶到桃源乡，寻求吕乡长的支持。

这个晚上不再忙碌，心却没有打烊。玉莲把在排练节目之前屏蔽了的"同盛未来"的微信群再打开，马上就看到了同学们的回信，这些学子按捺了半个月，最后控制不住还是给她回信了。

玉莲首先打开了徐泽天的来信：

玉莲，我喜欢你的每一个名字，从肖玉莲、田慧琴、全瑜、张蕾到刘之瑶、苏梓淳，每一个名字都是你崎岖而坎坷的生活之路。当我知道我爸就是杀害你爷爷的凶手时，天崩地裂的心情溢于言表，我对爸的罪孽恨之入骨，我的心志已被愤怒漫延。我无数次打电话给爸劝他自首，他却不以为然，我不止一次对他说过再不自首，我要同他断绝父子关系，他仍毫不在乎。玉莲，请你原谅我没能说服爸。

那一天我把爸的犯罪事实向校长做了汇报，不承想反被校长教育了一番，说我受了不明真相的同学的蛊惑，心智不成熟。

玉莲，我从来都相信你，从小到大一直相信你，你的每一句话都是闪光的金子。我坚信，尽管我爸与外公沆瀣一气，还在异想天开，妄图逃脱法律的制裁，这是绝对不可能的。除非太阳从西边出，溪水往高处流。你的演出一定会取得圆满成功，我一定不会让你失望。

玉莲，你是我谁都无法替代的心上人，我期待着有一天，我跨上七彩斑斓的彩虹桥迎娶你，蓝天为我俩作证，大地为我俩检验，这一天会来到吗？我知道说这种话为时过早，可是我一定要说，不说不足以为快。

玉莲，请告诉准确的演出日子，到时不管大学里有多忙，我一定要坐在观众席上为你加油，为你声援，为你喝彩。

……

玉莲接着打开了王盛的来信：

玉莲，我一直在寻找一颗属于自己的星星，这颗星就是你。

我原以为你不会对一个囚犯的儿子动之以情，可是你把我晾在一边，依然对徐泽天一往情深。

小的时候，我俩一起走过春的明媚，熬过夏的酷热，迈进秋的浪漫，感受冬的暖阳，如今我们都长大了，我能感知到你遭受了多少委屈多少罪，我能体谅到你遭受了多少危险多少痛，泽天能感知，能体谅到吗？

时下已到了十月下旬的日子，雨不停落下来，花怎么都不开，我细心浇灌，全情投入对你的爱，你却说不爱就是不爱，你就冷酷地让我一个人品尝悲哀。你可知道，我也和你一样思念你的爷爷，徐泽天会思念你的爷爷吗？我把爱的乐章告慰着思念，而思念中又饱含着对你深深的爱，这就是我现在的心态，纵然你断然把我放弃，我还是要对你说。

玉莲，你宛如画中人停驻在我心间，可是你遥不可及，触不可摸。我知道我们的爱情充满了选择，我知道你在我和泽天之间的选择会充满矛盾，矛盾的心情会让你产生迷离的思绪。我却永不迷离，就让我坚定的选择为岁月留下一道深深的印痕吧，我爱着你，你是我爱情的首选。

不管你挑选了谁，我都会尊重你的选择。就让我为你祝福吧，同时也祝福徐泽天，祝福我。我期盼着在你演出的那一天能为你做点什么，不要忘记把演出的日子告诉我哦。

......

　　玉莲紧接着阅读了吴庆荣、包氏兄弟的来信，来信中的言辞都表达了对她的爱慕和钟情，全然不顾她表露的只爱徐泽天一个人的情感。她最后阅读了向依莲的来信，向依莲竟还在钟情她在"思念"中扮演的工程师。六位同学一个比一个痴情。不过他们在信中的最后都表示会为她保密，都表示会全力支持她的演出，并盼望这一天早早地到来。

第57章　双面丽人

时光飞逝，转眼即将进入隆冬季节，一层薄薄的白雪，像巨大的轻软的羊毛毯子，覆盖在嘉美国际娱乐城的屋顶上，闪着寒冷的银光。

风轻轻吹，雪还在下。肖玉莲跨出轿车，伸出右手接纳雪花，晶莹的小雪花落在她的手心里，她手握空拳，想把雪花保留到姚佩芸仍为她保留着的总经理办公室，谁知刚走到前厅门廊，张开右手一看，雪花早已融化成几滴水珠。她一阵伤感，今晚舞台剧的演出，成败在此一举的演出，会令自己失望吗？今夜的零点将是徐进发故意伤害罪二十年的期限。超过这个期限，刑法第六十七条明文规定可以不追究刑事责任，二十年以后认为必须追诉的，须报请最高人民检察院核准。按徐进发的背景，追诉的文本在本市中级人民法院就会被撤回。再说爷爷要的是让徐进发自己走向投案自首，爷爷对救命恩人纪本中承诺的诺言不能违背。

肖玉莲的脸上，美丽的本色瞬间被蒙上了一层苍白的颜色，不过她马上展开笑容，满怀信心地迎接新的一天的到来。

肖玉莲迈步走向前厅，听到的仍是"总经理好"的敬语，看到的仍是对她鞠躬的礼仪。玉莲对他们一一略微鞠躬，表示还礼。

她走进办公室，办公室的办公桌上、木沙发上、茶几上一尘不染，仿佛有人天天在保洁，她不知道，这个保洁的人就是姚佩芸。

她想象着同学们今晚一定会出现在观众席上，为了确保同学们对她的支持，她在群里发了一条微信："同学们上午好，今晚七点半，由我导演和编剧的舞台剧将正式和大家见面，期盼同学们给我支持，虽然我在剧本中没有给你们安排角色，但你们是我最信赖的观众。我特地为你们保留了五十张门票，如果你们的亲朋好友要来观看演出，请到售票处报上苏梓淳的名字领取。"

数分钟后，她接到了同学们的回信。

徐泽天在和她的私人微信中写道："玉莲，不管舞台上出现什么状况我都会支持你，我将马上联系高中时的同学，让他们作为观众为你助兴助威。千言万语难以表达我对你的爱慕，万语千言难以表达我对你的钟情。咱们今晚舞台上见。"

王盛在和她的私人微信中写道："玉莲，请你一定放心，我召集了数十位法律界的资深人士，他们作为观众将时刻准备着为你声援。"

吴庆荣在和她的私人微信中写道："玉莲，三天前我就委托我爸买了五十张今晚的门票，这五十张门票我把它们送给了我高中的一位同学，这位同学的父亲是新上任的省公安厅齐厅长，他会带领五十名公安干警出现在观众席上，密切注视事态的发展，全力做好打恶战的准备。"

玉莲逐一看完了同学们的回信，同学们的回信给她增添了无穷的信心和力量。她深切地感受到自己的队伍在不断壮大，这是一场荡涤灵魂的精神洗礼，这是一场没有硝烟的战争，她坚信一定会赢得胜利。

她把舞台的重点部分再润饰了一遍，然后开始写主持人的开场白。

她把开场白交给她和爱丽娜亲自钦定的主持人谈悦铃，谈悦铃之前参加了主持人的培训班。

此时此刻，吕乡长组织的桃源乡各个村庄的上千名村民正从四面八方向嘉美国际娱乐城会合。

晚上七点，十辆大客车满载着追梦旅游团的五百位游客，停驻在嘉美国际娱乐城的停车场。姚佩芳、姚佩芸带领数十位身穿艳丽旗袍的迎宾小姐，分列两旁迎候他们的到来。

大型的光柱灯把嘉美的广场照耀如同白昼。

两位老总聘请的"海市蜃楼"乐队奏起了迎宾曲。

五百个五颜六色的氢气球飞上蓝天。

一个拖着"祖国你好"竖幅的大型氢气球飞上蓝天，又有一个拖着"富强民主文明和谐，自由平等公正法治，爱国敬业诚信友善"竖幅的大型氢气球飞上蓝天。

人们仰望氢气球，发出了一片欢呼声。

在迎宾小姐的引领下，旅游团的全体成员来到了大剧院，秩序井然地坐在座位上。

大剧院已经座无虚席。"同盛未来"微信群的同学们和肖泽天高中时的同学分别坐在第一排和第二排。

肖道成和王标分别率领着保安队员，巡查在大剧院的内外场。

大剧院外场的主干道上，吕乡长召集的上千名村民已全部到位，将大剧院围了个水泄不通。他们将随时听从吕乡长的调动。

金文辉和徐进发神气活现地坐在第一排中间的相邻座位上，他俩的身旁分别端坐着徐泽天和王盛。

观众席上还坐着童玉兰和时凤英、王维光、王维红、江建新、赵春来等人。

"丽人同盟"的委员们全部坐在观众席上，今天是她们再次发挥作用的一天，也是解散的一天。

迎宾小姐把印制成小册子的节目单和舞台剧的简介分发给观众们。

观众席上又迎来了数十位部队的官兵。

电视台正在进行现场直播，嘉美国际娱乐城新建立的面对马路的大荧屏上，滚动着今晚文艺演出的节目单和舞台剧的内容简介。

晚上七点三十分，文艺演出正式开始。一身紫色西装的主持人谈悦铃魅力无限，风韵不减当年。

她站在舞台帷幕前沿，手举无线话筒面对大家，放开清丽的嗓音："鼎故辞旧，万象更新。满天的雪花，是飞舞的音符，以思念谱成乐章，用祝福奏出所盼，带给你欢欣快乐的新春。

"即将迈过的365个昼夜，仿佛是365个台阶，横亘在未及尘封的历史上。挫折，曾让我们心痛；喜悦，我们当然洋溢在胸中。首先，让我们为伟大的祖国祈祷，请欣赏第一个节目，女声小合唱《我爱你中国》。"

舞台上的帷幕分开了，由高翔、爱丽娜、艾维斯、周萍、艾妮莎等歌手踩着音乐的拍子，以庄重而有节奏的步伐从候演区走向舞台中央，灯光照射在他们周身五颜六色的丝绣和头饰上，激起一片金碧辉煌的彩霞。

百灵鸟从蓝天飞过，我爱你中国。
我爱你中国，我爱你中国。
我爱你春天蓬勃的秧苗，
我爱你秋日金黄的硕果。
我爱你青松气质，我爱
你红梅品格。
……

一曲唱毕，舞台上的帷幕在慢慢合拢，歌手们的歌声还在房梁间回旋。谈悦铃再次走到帷幕前沿开言道："五位歌手用嘹亮的歌声，传递了对中国的热爱，让我们永远跟党走，筑梦新时代。下面，为了感谢追梦旅游团对嘉美国际娱乐城和星呈大酒店的长期支持，根据追梦旅游团的要求，请欣赏第二个节目舞台剧《莲花朵朵》。"

由爱丽娜重新编导的舞台剧《莲花朵朵》经过推陈出新，以全新的面貌再次呈现在大家面前，与此同时，由佟同朗诵的旁白音萦绕在大家耳畔：

"关爱下一代成长，倾心呵护青少年，是我们每一个中华儿女义不容辞的责任，让我们向邪恶势力展开凌厉的攻势，斩断伸向青少年的黑手。

"情系祖国未来，保护青少年权益，全社会责无旁贷，让我们营造良好的社会环境，为青少年的成长保驾护航。"

……

观众席上的金文辉和徐进发，为这一次的《莲花朵朵》没有邀请他俩担任采花大盗甲、乙的角色而心存芥蒂。

谈悦铃再一次走到帷幕前沿："贵宾们，朋友们，下面我要向大家报告一个振奋人心的消息，十八年前在双岭村失踪的肖玉莲，她今天回来了。其实肖玉莲早就回到我们身边，她就是去年暑假在金文辉家相聚的刘之瑶教授，在星呈大酒店担任客房部服务员、在嘉美国际娱乐城担任总经理的苏梓淳女士，有请肖玉莲跟大家见面。"

早就等候在候演区的肖玉莲，从舞台左侧连续三个侧空翻，精神抖擞，干净利落，最后停驻在舞台中央，接过谈悦铃手中的话筒："追梦旅游团的贵宾们，我的亲朋好友们，兜兜转转十年载，我肖玉莲又和大家见面了，在此我对关心和寻找我的朋友们表示衷心的感谢。"

舞台下响起一片热烈的掌声。金文辉和徐进发的脸上显露出的是惊讶、好奇和惶恐；童玉兰和时凤英的脸上展示出的是惊讶、欣喜和渴望。

肖玉莲跳下舞台，快步来到时凤英和童玉兰面前，和妈妈和奶奶亲切拥抱。婆媳俩渴望多年的和孙女女儿团聚的愿望在此刻得以实现。

肖玉莲跳上舞台，脸上显得无比灿烂："亲爱的朋友们、贵宾们，纯朴的友情，始终不变；心中的诚意，时刻挂念。"说罢她向全体观众深深地鞠躬。

肖玉莲的脸上忽而显得无比严峻："我化名田慧琴，那时的我帮爷爷一起捡破烂；我化名全瑜，那时的我还在帮爷爷一起捡破烂；我化名张蕾，那时的我拿着爷爷用捡破烂换来的钱在读大学；我化名刘之瑶，化名苏梓淳，那是我为了给抢救爷爷的生命而抛洒热血的纪本中、杜桂蓉夫妇寻找唯一的亲生儿子。"

"不要问我为什么用这么多化名，这是别无选择的选择，这是对仗势凌人的回避，这是无奈之举，更是明智之举，这也是我和爷爷作为弱势群体的唯一选择。"

"贵宾们、朋友们，三十年河东，三十年河西，我肖玉莲今天不再软弱，不再宽容，我要逞强，我要逞威，首先请看我的飞刀表演。"

谈悦铃和邵雨欣从舞台候演区抬出安排着十把尖刀的刀架台，放在舞台西侧，工作人员在刀架台的后方移上一块长八米高五米厚度为五厘米的不锈钢挡板。

肖玉莲手持妖魔鬼怪、豺狼虎豹的十个苹果般大小的泥塑："有请十位观众配合我的表演。"

范怡茹、林琳、谈悦铃、邵雨欣、苗艳等五位少妇，徐泽天、王盛、吴庆荣、包宜安、包宜全等五位同学争先恐后地跨上舞台。

肖玉莲把十个泥塑分别放在他们的头上，让他们顶好。

肖玉莲从刀架台上取过十把尖刀插在腰间。

工作人员把刀架台移出舞台。

肖玉莲让十位好友成一字排在挡板前面，十位好友背朝挡板，面向东侧。

肖玉莲快步移到距离靶心十米处，右手紧握五把飞刀，只听见"嗖"的一声，五把飞刀呈伞状飞向妖魔鬼怪的头部，五位丽人头顶的泥塑全被刺倒在地；肖玉莲左手又紧握五把飞刀，又听见"嗖"的一声，五把飞刀又呈伞状飞向豺狼虎豹的头部，五位同学头顶的泥塑又全被刺倒在地。

观众席上爆发出一片雷鸣般的欢呼声。与此同时，由杨依朗诵的旁白音回响在大剧院上空："这是正义的力量，正义的力量是不可战胜的，邪不胜正，任何邪恶势力都将在正义面前被碰得头破血流；这是怒吼的飞刀，只要有人胆敢与黑恶势力为伍，那就看看他究竟有几个脑袋，只要有人胆敢与黑恶势力同行，定叫他闻风丧胆，尸首分离。"

观众席上有震叹，有惶恐，有沉醉，有反思，更多的是赞叹，吕乡长召集的上千名村民眺望着大屏蔽，发出一阵又一阵的惊叹声。他们只等吕乡长一声令下，就会把大剧院包围个水泄不通。

舞台上，五位丽人和五位同学把肖玉莲高高举起再举起。

两位工作人员把十把飞刀递给肖玉莲，飞刀寒光闪闪，飞刀杀气凛冽，飞刀威震四方，仿佛在向金文辉及其同伙昭示，谁敢乱说乱动，谁敢仗势凌人，谁敢向我挑衅，定叫他脑袋开花，有来无回。

金文辉等跨上舞台，对于肖玉莲的强盛气势公然无端挑衅："好一个肖玉莲，你发什么飙？"

省公安厅齐厅长协同五位警官，跳上舞台对金文辉严厉怒喝："金文辉，你要什么威风？快下台。"

金文辉认出了是齐厅长，心有不甘地回到了座位。

舞台上的帷幕在慢慢合拢。再次走到帷幕前沿的谈悦铃显得无比激动："贵宾们，朋友们，请欣赏第四个节目，也是我们今天文艺晚会的重头戏、压轴戏，在我们的节目单上没有具体标戏名，下面有请星光演艺公司的总裁，爱丽娜女士宣布戏名。

舞台上的帷幕被徐徐地拉开，爱丽娜身穿白色的旗袍，手持无线话筒，郑重开言："今晚的重头戏，压轴线是舞台剧，它的名字是《双面丽人》，《双面丽人》展示了著名表演艺术家肖玉莲从孩提时代起的人生经历和所见所闻，体现了肖玉莲爱憎分明、疾恶如仇、敬老爱幼的高尚品格。这部舞台剧采用了顺叙、倒叙、插叙和补叙相结合的方法，在编排上别具一格。下面，我把舞台交给《双面丽人》的演员们。"

舞台中央响起了佟加宣的旁白音："双面丽人不仅仅指肖玉莲，我们每一位上舞台表演的女性演员，都是双面丽人，她们舍小家为大家，得万家灯火升平，弃个人帮众人，求亿人笙歌盛世，她们是女中豪杰，她们是铿锵玫瑰。"

这场舞台剧的道具最终采用了高科技的3D全息投影，呈现出三维立体的虚拟图像，将会为观众带来世界级的舞台艺术新体验，舞台效果栩栩如生。

舞台两侧的显示屏上显示出：

七幕舞台剧《双面丽人》

第一幕：姐弟情深

童玉兰扮演者：王维红

佟加宣扮演者：佟加宣

童年童玉兰扮演者：童星演艺公司汤丽娟

童年童光明扮演者：童星演艺公司荣宽

童声演唱：荣达

舞台上显示出这样的场景：一片绿茵茵的草地，草地北面矗立着几棵高大挺拔的银杏树，树叶茂盛，花儿朵朵。

童玉兰和童光明蹦蹦跳跳地来到舞台中央，姐弟俩手持一把纸飞机，把纸飞机掷向天空，纸飞机飘飘荡荡，渐行渐远，承载着天真的童年，放飞着童年的梦想，姐弟俩追逐着纸飞机，情不自禁地唱起了歌：

> 你的纸飞机　飞过我的头上
> 我的纸飞机　飞过你的身旁
> 纸飞机　形形色色　重重叠叠
> 纸飞机　分分合合　聚聚散散
> 飞得无拘无束　飞得逍遥自在
> 就像我俩无拘无束　逍遥自在地游玩
> 你的纸飞机　飞过我的天涯
> 我的纸飞机　飞过你的海角
> 纸飞机林林总总　大大小小
> 纸飞机飘飘荡荡　纷纷扬扬
> 飞得无忧无虑　飞得随心所欲
> 就像我俩无忧无虑　随心所欲地游玩
> ……

"姐姐，我要让纸飞机飞得更高更远，像天上真的飞机一样，咱们上银杏树飞吧。"

"明明，我也正有此意，这美丽的银杏树，给我们提供了放飞理想的条件。"

姐弟俩配合默契地往银杏树上爬，弟弟在上面爬，姐姐在下面推，弟弟爬上去以后，又伸手把姐姐拉上去。

姐弟俩并排坐在树杈上，分别把手中的一只纸飞机掷向天空，两只纸飞机缠缠绵绵翩翩飞，飞得好高好远，时而分开，时而合拢，最后合二为一重叠在一起，向地面飞去。

弟弟情不自禁地拍起了手："我们的纸飞机粘在一起啦，粘在一起啦。"

忽然间弟弟的身体前仰后合失去了重心，姐姐连忙把弟弟抱住。姐弟俩抱在一起摔在了草地上，弟弟摞在姐姐的胸脯上，姐姐有瞬间的晕眩，闭上了双眼。

"姐姐，你怎么了，快醒醒，是我害了你。"弟弟趴在姐姐身旁呼唤。

姐姐睁开了双眼："明明，姐姐没事，姐姐吓你呢。"

"坏姐姐，坏姐姐。"

弟弟把姐姐扶起，姐弟俩捡起不远处的纸飞机。姐姐："明明，这两只纸飞机就像我俩抱在一起摔落在地上的模样。"

弟弟："谁说不是呢，姐姐你真好，为了我不受损伤，做我的垫子。"

大剧院荡漾起由佟同作词、肖玉莲谱曲、荣达演唱、姐弟俩和声的《姐弟情深》的歌曲：

姐弟手足情深　姐弟情深似海

姐弟就像亲情树　姐姐是枝　弟弟是干

枝和干时刻不分离

枝和干永远在一起。

姐姐是盛夏的绿荫

为弟弟遮挡烈日

姐姐是寒冬的太阳

为弟弟送去温暖

有一种关心不请自来

姐弟永远相互关怀

有一种亲情血浓于水

姐弟永远血肉相连。

……

舞台上响起了几个闷雷，瞬间变得漆黑一片，再亮起来的时候，舞台上的帷幕已经合上，帷幕上映现出闪闪发光的"五十年以后"的五个大字。

舞台两侧的显示屏上显示出由高翔朗诵的深沉浑厚的旁白词：

五十年风云变幻，五十年人间沧桑，五十年姐弟分离，五十年后在弟弟管理的医院里，姐弟俩再相聚。

世界本无恶　恶又从何起　一正一邪皆由人心来定。

人心本向善　何必罪恶寻　从善从恶都是人心所生。

肖玉莲把这个亲人的故事公之于众，意在让人们更好地分清善恶美丑，看清是非黑白，从而壮大惩恶扬善、匡扶正义、崇尚廉洁的队伍。

　　舞台上的帷幕在徐徐开启，舞台上的场景转换为，一座气势恢宏的市级人民医院内，一间顶级的位于顶楼的单人病房。

　　单人病房的阳台上，童玉兰正在折叠纸飞机，用童年的乐趣来冲淡时下的艰辛，用常人难以企及的坚忍默默承受着命运的煎熬。

　　童玉兰边折叠纸飞机边唱起了儿时的歌：

　　　　你的纸飞机　飞过我的头上
　　　　我的纸飞机　飞过你的身旁
　　　　纸飞机形形色色　重重叠叠
　　　　纸飞机分分合合　聚聚散散。
　　　　……

　　佟加宣手持装着药的小盒子从候演区来到童玉兰面前："童女士，该吃药了。"

　　童玉兰接过药盒并不服下，继续唱儿时的歌：

　　　　你的纸飞机　飞过我的天涯
　　　　我的纸飞机　飞过你的海角。
　　　　……

　　歌声把佟加宣唤回到孩提时代，他也情不自禁地唱了起来，姐弟俩的歌声融合在一起：

　　　　纸飞机林林总总　大大小小
　　　　纸飞机飘飘荡荡　纷纷扬扬。
　　　　……

　　姐弟俩四目对视，似乎已经认出了对方是谁。

　　姐弟俩还在求证对方的身份，分别把手中的一只纸飞机掷向天空，两只纸飞机时而合拢，时而分开，最后合二为一重叠在一起，忽高忽低地向远方飞去。

"你是我的明明弟弟？"

"你是我的兰兰姐姐？"

佟加宣在四岁时被人贩子拐走受到惊吓后一段失忆的心灵得到了复苏，姐弟俩拥抱在一起。

一忽而，弟弟迷惑地望着姐姐："姐姐，你……你没病，你是装病人？"

"弟弟，姐姐被人陷害了，我手握那人欺凌民女的证据，被他害得好惨。"

佟加宣一头跪倒在童玉兰面前："姐姐，我就是一个病人，我和陷害你的人沆瀣一气，我就是一个十足的病人，你快救救我，把我医治吧。"

童玉兰把佟加宣扶起身："佟院长，我的弟弟明明，你没有错，你按照医生的职责办事，你是一个好医生。"

"可是姐姐，我好多次把你捆绑在病床上，我让你吃那么多的药，我恨我自己，恨自己的浅薄无知，自以为是。"

"姐姐总有办法把你给我服的药吐出来。"

姐弟俩又拥抱在一起。

大剧院又荡漾起由佟同亲自演唱的歌曲：

> 姐弟手足情深　姐弟旧情深似海
> 姐弟就像亲情树　姐姐是枝　弟弟是干
> 枝和干时刻不分离　枝和干永远在一起
> 剪不断的手足情深　割不断的血肉相连。
> ……

舞台上的场景又转换到五十年前姐弟分离的场景。

佟同演唱的歌曲仍在大剧院荡漾：

> 纸飞机一只又一只　一叠又一叠
> 那是我为你折叠的纸飞机
> 载满我的记忆　载满我的哀愁
> 因为那一天　你离我而去
> 因为那一天　你离我而去

弟弟我想你　　弟弟我想你

姐姐我想你　　姐姐我想你

纸飞机一只又一只　　一叠又一叠

那是我为你折叠的纸飞机

载满我的离愁　　载满我的向往。

……

　　舞台下的金文辉愤恨至极，内心寻思："好一个肖玉莲，你竟把奶奶住院的缘由了解得一清二楚，这事过去了这么些年你还翻出来，《姐弟情深》分明是冲着我来的，要不是早就和家人说好了一起来参加文艺晚会，我是断然不会来的。"

　　肖玉莲掌握金文辉的心理活动，为了稳住他，她来到舞台中央："贵宾们、朋友们，我奶奶和舅姥爷的重逢，全亏了金总把我奶奶送进医院，要不然，奶奶和弟弟将永远天各一方，无法相聚。想来这一定是金总独具慧眼的精心安排，这也是上天的精心安排，在此我要向金总表示深深的感谢。"

　　听肖玉莲这么一说，金文辉松了一口气，马上由愤恨转为沾沾自喜，他跨上舞台和肖玉莲握手："肖女士不用客气。"

……

舞台两侧的显示屏上显示出：

第二幕：我和爷爷

肖广连扮演者：丁洪伟

时凤英扮演者：金婉莹

肖玉莲扮演者：尤丽娟

舞台上呈现出双岭村的村貌，村西头时凤英的住房。

村庄南面的小路上，时有来来往往的路人。披头散发、头发遮住了大半个脸面、只露出两只眼睛的肖广连从小路上走来。

时凤英带着粉红如蜜桃般的笑脸挽着玉莲的小手走在小路上："莲儿，咱们明天就要离开这个家了，咱要到城里去住很高很高的大楼房。"

　　"妈妈，真的呀，太好了，太好了，我住在高楼可以欣赏天上的飞机，远飞的海燕。"玉莲拍着双手欢呼雀跃。

　　"莲儿，咱今晚好好休息，明天要翻两座山。"

　　"妈妈，我好长时间没见到爷爷、奶奶和爸爸了，你不是说爸爸和奶奶在大城市吗？到了城里，我就可以天天同爷爷奶奶爸爸妈妈在一起了，我好幸福。"

母女俩同肖广连擦肩而过，她俩的对话被肖广连听得一清二楚。

夜半时分，母女俩头挨着头躺在床上，轻微的呼吸声表示着她俩正在甜睡。

肖广连走路像一阵风，悄无声息地来到自己的家门口，用一把薄薄的尖刀伸进大门的缝隙，挑开了门闩，开门进入屋子。

肖广连潜到母女俩睡着的卧室，再用尖刀挑开门锁的舌头，从口袋里掏出一个针筒，对准母女俩的脸部射出一道道白色的气体。

肖广连轻轻地推了推母女俩，母女俩没有反应，仍甜甜地睡得很香。

肖广连抱起玉莲，按原样把房门和大门关闭，神不知鬼不觉地消失在茫茫夜色中。

由高翔朗诵的旁白音再次在舞台两侧的显示屏上显示，同步地萦绕在大家耳际：

肖广连在被徐进发摔入崖底，被崖底人家夫妇俩纪本中和杜桂蓉救活并养好身体后，时刻关注着家人的安危，为了防止孙女到了大城市后被心生歹意的坏人凌辱，毅然决然地把孙女抱走，当起了孙女的保护神。

舞台上显现出高楼林立、大街小巷的城市风貌。

舞台东侧的候演区，肖广连戴着薄膜面套，衣衫补丁加补丁，推着三轮板车走了出来，板车上坐着小玉莲。肖广连的左脸已被崖石撞得不成样子，他怕会把路人吓坏，只能长年累月佩戴着面套。

三轮车穿梭在大街小巷。爷爷捡拾可以卖钱的废纸箱，玉莲帮爷爷一起装到板车上；爷爷捡拾可以卖钱的废塑料瓶，玉莲抬着袋子帮爷爷装。

板车上的废纸箱和废塑料瓶越堆越高，玉莲下了车在后面推。

爷孙俩一个拉一个推，来到了废品回收站。

爷爷把卖来的钱小心翼翼地放在贴身的口袋里。

玉莲为了逗爷爷开心，唱起了自己编的歌：

我和爷爷捡破烂

一车一车又一车

爷爷心里乐滋滋

我陪爷爷把歌唱

　　捡了破烂卖小钱

　　积少成多变大钱

　　我和爷爷捡破烂

　　一车一车又一车。

　　……

　　海市蜃楼的乐手们伴随着玉莲的歌声奏起了委婉的音乐。

　　观众席上爆发出一阵欢呼声。有感情丰富的阿姨在拿纸巾擦眼泪，童玉兰、时凤英在无声地抽泣。

　　忽然间，舞台上方乌云密布，天空下起了阵雨，玉莲手举雨伞，帮爷爷挡雨，爷爷把孙女揽在身旁，两人共撑一把伞，共拉一辆车。

　　同一时刻，由杨依朗诵的旁白音回荡在大剧院的上空："爷爷为了攒生活费和供孙女上学的学费，每天起早摸黑，风雨兼程，不辞劳苦地捡破烂，日复一日，年复一年，从未间断。"

　　舞台上展现出这样的场景：

　　踏着春天的脚步，爷爷拉着板车，行进在社区，行进在街道。

　　顶着夏天的烈日，爷爷拉着板车，穿梭在大街，穿梭在小巷。

　　伴着秋天的风雨，爷爷拉着板车，徐行在胡同，徐行在里弄。

　　冒着冬天的雪花，爷爷拉着板车，安步在角落，安步在墙隅。

　　佩戴着假脸的爷爷一年四季没有笑容，但他的心里充满了喜悦。他边捡废品边回收："卖废品喽，收废品喽……"

　　……

　　舞台两侧的显示屏上显示出：

　　第三幕：卖花少年

　　肖玉莲扮演者：尤丽娟

　　包宜安扮演者：荣宽

　　包宜全扮演者：荣达

　　肖广连扮演者：丁洪伟

　　吕乡长扮演者：金海涛

　　舞台上呈现出一座气势磅礴的名为"新奇"的电影院，电影院大门口的广场上车来车往，人流不息。

肖玉莲、包宜安和包宜全分别从舞台两侧的候演区来到电影院门口，他们手里都捧着好几束鲜花。

这是星期天的下午，一场电影就要开场。

"买花吧，先生买一束花吧。"

"刚采的新鲜的玫瑰花，小姐买一束花吧。"

"买花啦，买花啦，又香又鲜艳的郁金香。"

三位少年向进入电影院的先生和女士兜售鲜花，没过几分钟就卖掉了十几束。这是玉莲的主张，卖花有时候赚钱比捡破烂来得多。

电影院门口走来了拉着板车的肖广连，他把几十张复印的纪本中、杜桂蓉和儿子纪文辉三人在一起的全家福照片分发给卖花少年，让他们边卖花边把照片送给买花者，恳求买花者帮助一起寻找在五十年前走失的纪海涛。

舞台两侧的显示屏上显示出字幕：

五十多年前，穷药王纪本中带着三岁的儿子纪文辉到城里给商贩送药，儿子纪文辉不幸走失。

"先生，买花吧，又美又便宜的鲜花，一束三元钱，两束五元钱。"肖玉莲向一位走来的先生兜售。

这位先生看玉莲可怜，很爽气地从衣袋里掏五元钱，买了两束。

玉莲向先生鞠躬："谢谢，谢谢，先生我给您一张照片，请您帮我一起寻找，"玉莲指着照片中间坐在纪本中和杜桂蓉膝盖上的纪文辉的图像，"中间的这个小孩子，他与爸妈在五十年前走散了，现在在世的话应该有五十多岁了，他左小腿下方脚踝处有一个被狗咬伤的疤痕，他年迈的爸妈还在等着他回家。"

先生接过照片看了又看："小姑娘，难得你一片好心，我一定会帮你一起寻找。"

玉莲再一次对先生鞠躬："谢谢先生，真的好感谢您。"

大剧院内外荡漾起由佟同演唱的歌曲：

孩子　你在哪里

爸爸妈妈在想你

孩子　你在哪里

爸爸妈妈在想你

挥之不去对你的思念

盘旋在我的眼前

回荡在我的脑海

孩子你在哪里

你究竟在哪里。

孩子　你还好吗?

心灵的陪伴在一起。

孩子　你还好吗?

精神支柱就是你

挥之不去你儿时的哭啼

萦绕在我的耳边

沉淀在我的心底

孩子你还好吗?

你一切都好吗?

……

舞台上方,太阳因为悲伤而钻进了云层。

观众席上,王盛按照肖玉莲的事先安排,趁金文辉看得正入神,悄悄地把全家福放在了他的膝盖上。

金文辉低头抚摸左脚踝处的伤痕,照片落了了左脚处,他捡起照片陷入沉思:不,这不是我,我怎么可能是破药王的儿子,我是企业家金兆和的儿子。

他想把照片撕了,舞台上的一声惊雷让他停止了这个念头,最后他把照片放在了口袋里。

舞台上变幻出这样的场景:纪本中和杜桂蓉分别在高翔和爱丽娜的搀扶下,颤颤巍巍地来到舞台中央,端详着全家福照片中儿子的图像,老泪纵横。

老两口互相搀扶着来到舞台前沿,面对观众:"我可怜的孩儿,你在哪里,你还好吗?回来吧,你若安好就快回到我们的身边吧。"

金文辉看到这一幕心有所动,最终又无动于衷。

"卖花啦,卖花啦,又鲜艳又便宜的鲜花。"

三位卖花少年手捧在山坡上采来的几十束鲜花还在卖花,穿行在电影院门口,穿行在百货大厦门口。

舞台东边的候演区走来了吕乡长。

吕乡长在卖花少年的身旁走来走去。

"先生，买花吧。"三位少年一齐走向吕乡长。

吕乡长定了定神，从口袋里掏出两张百元的红票子塞到肖玉莲手里："你们的鲜花我全要了。"

吕乡长双手捧着几十束鲜花走下舞台，来到部队官兵们面前："我把鲜花献给新时代最可爱的人。"

官兵们一束一束地接过鲜花，对吕乡长敬军礼。

舞台下真正的吕乡长被这一幕感动得热泪盈眶，心里在感叹："肖玉莲，你对我如此敬重如此抬爱，我定将努力工作廉洁奉公，带领全乡人民早日脱贫致富，舞台上一旦有恶战发生，我马上让村民们全力保护你。"

舞台两侧的显示屏上显示出

第四幕：崖底人家

纪本中扮演者：佟同

杜桂蓉扮演者：杨依

肖广连扮演者：丁洪伟

金文辉扮演者：金海涛

徐进发扮演者：高翔

显示屏上继而显示出由周萍朗诵的旁白音：

"这是发生在二十年前的一个感人故事，这是用年迈生命抢救垂危生命的动人一幕。"

伴随着乐曲声有节奏地响起，舞台上变幻出这样的场景：悬崖底下的一户采药人家，人称药王的纪本中和夫人杜桂蓉端详着全家福照片中儿子的图案，泣不成声。

老两口手挽着手走到门外，仰望苍穹，双手作揖，向老天爷祈祷保佑儿子安康幸福。

纪本中走到了崖底旁晾晒着中药材的三只大竹匾旁，正准备翻动，忽然他看到其中一只竹匾里有殷红的鲜血。他抬头一看，只见悬崖旁离地十五米的老榆树上挂着一个人，连忙向夫人招呼："桂蓉快来，老榆树上有人挂着。"

桂蓉来到丈夫身边也抬头向上望去："本中没错，不知是死还是活。"

"不管是死是活，咱得把他弄下来，你快去把屋里屋外的稻草全部铺在老榆树下，我爬上去救人。"

老两口先把竹匾抬到屋里，然后本中施展他那几十年来攀登悬崖采摘中草药的绝技一步步地向老榆树攀去。

雷声滚滚，漫天乌云，一场大雨倾盆雨下。本中的手脚开始打滑，桂蓉喊他快下来，他全然不顾，还在奋力向上攀爬，鲜血从他的指缝间冒了出来……

本中抱着壮年汉子从老榆树上滚了下去，不偏不倚正好摔落在用稻草铺垫的棉被上……

本中为壮年汉子精心治疗脸上的伤口……从他口中得知他是双岭村的村民肖广连……

本中为肖广连定制了薄膜假面，让他佩戴在脸上："孩子，你可以去找把你扔下悬崖的徐进发报仇了。"

"义父，要报仇实属不易，我还是先帮您找到儿子吧。"

"孩子，要找到我儿子也实属不易，只可顺带寻找，你还是照顾好你自己，照顾好你的家人吧，你要好好做人，做一个有益于人民的人。"

舞台下的徐进发见此场景好几次想离开，被身旁的徐泽天按住了："爸爸你怎么了，四周全是穿便衣的公安，你离得开吗？你难道把自己对号入座了，如果你确实没做亏心事，尽肖玉莲去诬陷，我们还要上法院控告肖玉莲无中生有诬陷你。"

徐泽天和王盛之前已经更换了座位。

父子俩的举动没能逃过身处候演区的肖玉莲的目光，加上坐在金文辉身旁的王盛用手机把徐泽天的讲话录下后发送给了她，她感到她发给徐泽天的微信已经初见成效。

舞台上的场景变幻出热闹繁华的城市轮廓，肖广连手捧义父纪本中全家福的照片，挨家挨户地打听纪文辉的下落。

舞台下的金文辉见此场景又是一阵恼怒：肖玉莲啊，肖玉莲，你究竟演的一出什么戏，你干嘛要把我和穷药王扯在一起？

舞台上的场景又变幻到崖底人家的旧址，纪本中、杜桂蓉夫妇的老屋已焚烧成一片废墟。

华卫东带领着几个保安，和范怡茹、林琳一起正在挖掘废墟下的掩埋了六十多年的黄金。

华卫东和保安把五箱黄金抬入专程开来的中巴车的车厢内，范怡茹亲自驾驶向城里的某个地方疾驶。

舞台下的徐进发用肩膀碰了碰身旁的金文辉："爸爸你看到了吧，你说我演苦肉计贼喊捉贼，这下知道是冤枉我了吧。"

金文辉："我只是听王维光说的，这个连襟，狗嘴里吐不出象牙。"

翁婿俩这番对话刚好被坐在后面一排的王维光听见，他把头凑到文辉耳边："文辉，你叫我分析是谁盗走了黄金，我跟你说百分之五十是苏梓淳，没错吧，你怎么能骂我呢。"

舞台上又展现出这样的场景：

崖底人家的旧址旁，一座孤坟特别显眼。

金文辉和徐进发手拿铁锹，正在挖掘这座坟墓，才刚挖了两下，被附近赶来的村民制止，为首的村民："金文辉，你怎么连自己亲爹娘的坟墓都敢挖，你违反天理，丧尽天良，大逆不道，为了得到黄金什么事都做得出，尊老是中华民族的传统美德，你的良心被狗吃了。还有你徐进发竟敢挖你爷爷的祖坟，你这个千刀万剐的坏蛋，你到底做了多少伤天害理的坏事？"

舞台下的金文辉和徐进发四肢发抖，冷汗直冒……

舞台上崖底人家的旧址渐渐隐去，变幻出蓝天白云。

华卫东和一班保安，分别从舞台两侧的候演区抬出五箱黄金，肖玉莲、范怡茹、林琳紧随其后。

林琳身后迈步紧跟着头发已经花白的由丁洪伟扮演的肖广连先生。

肖玉莲手举话筒面对观众："这是伟大祖国的宝贵财富，纪本中夫妇俩、肖广连先生用鲜血和生命把这批黄金保护了半个多世纪，现在我宣布，我把这批黄金归还给祖国，让祖国运用在最需要的地方。"

市政府秘书长分别紧紧握住肖玉莲和肖广连的双手，无比激动地说："肖玉莲女士，肖广连先生，你们是人民的楷模，我会把这批黄金一分不少地上交给国家黄金储备中心，历史将会铭记这一伟大光荣的时刻。"

五箱黄金从舞台的后方抬到国家黄金储备中心专程来迎接的中巴车上，数十名荷枪实弹的武警官兵押送着向国家黄金储备中心开去。

……

舞台两侧的显示屏上显示出：

第五幕：双面丽人

金文辉扮演者：佟加宣

徐进发扮演者：高翔

其余演员：均采用实名制演出

舞台上的场景展现出：

星月明媚。徐进发老家的四合院，苗艳为了掌握徐进发的思想和活动状态，正和他打得火热。

两人坐在卧室的沙发上，苗艳把头靠在他的肩上："进发，你考虑得咋样了，你去自首，又不会少你一根毫毛。"

"苗艳，你又来了又来了，你是哪家的说客？"

"这么说你还是不想主动自首？"

"我去自首什么，自首生活不检点，自首有你这么一个情人？"

"你有我一个情人我倒十分欣慰了，你明的就有三个，暗的怕有一个班。"

"一个班又咋了？"

"那你等自动找上门来的吧，我今天不方便。"

"你前天不方便，昨天不方便，今天又不方便，你这个两面派，奉迎我是假，劝说我自首是真。"

……

舞台上的场景展现出：

星月皎洁。欣欣中介附近的一间公寓内，邵雨欣坐在沙发上，正在给金文辉打电话：

"金总，我在欣欣中介附近租了间公寓，你有空来吗？"

"雨欣吗？你想我了，我马上就到。"

风度不减当年的金文辉，马上来到了邵雨欣的身旁，把她搂在怀里连亲好几下。

雨欣故作娇羞地推开了他："金总别着急，你先答应我一桩事情。"

"啥事情，别说一桩，十桩我都答应。"

"你要劝说大女婿去自首。"

"自首什么，二十年前的命案吗？有人告发了，法院把原告的起诉书退还给了我，让我自行处理决定。"

"那你怎么处理的？"

"法院明打明地不予受理，起诉书早就被我撕毁了。"

"那你的亲生父母，你去护理院相认了吗？"

"我怎么会去和一个破药王相认，再说这其中很可能另有隐情……"

"金总，请你离开吧，我丈夫马上就会来到。"

"你糊弄我，当面一套，背后一套？"

"你答应我的事情一桩都没做，还说什么十桩。"

……

舞台上的场景展现出：

星月齐辉。都市中心一幢华丽的五星级宾馆，一间豪华的套房内。

金文辉、徐进发、谈悦铃三人正在品尝美酒。

金文辉："谈副总，你给我介绍的女秘书咋还没到？"

徐进发："谈悦铃，你给我介绍的女会计呢，应该在路上了吧？"

"两位，咱不会放你俩鸽子，你俩得先答应我的条件，金总你先到护理院认了自己的爹娘，徐村长你先上警方交代二十年前你犯的命案。"

金文辉："什么屁大的事，认不认爹娘犯得着你来劝说吗？"

徐进发："我傻，我上警方自首，警方会骂我是傻子，原告的起诉书早就被警方退回来了。"

谈悦铃："看来你俩门路真广，你俩就不能为泽天考虑考虑吗？爹爹是杀人犯，外公是不忠不孝的逆子。"

金文辉："姓谈的，少来这一套，快把两位美女请来。"

徐进发："请不来，看我跟岳父不把你生吞活剥才怪。"

谈悦铃心想可不能吃眼前亏："我说话算数，不会让你俩失望。"她向舞台下挥一挥手："两位官人一个要招女秘书，一个要找女会计，请我选定的两位美人上舞台来让官人挑选。"

有两位之前和谈悦铃说好的身穿玫瑰色旗袍的美女袅袅婷婷地走上了舞台，还没等她俩站定，舞台下发出了一片"唏嘘"的喝倒彩声，夹杂其间的是"不要，不要"的阻拦声。

两位美女友好地对两位官人鞠了一躬："你俩听到了吧，民心不可违，我俩还是回去做原来的老本行吧。"

……

舞台上的场景展现出：

星呈大酒店的总经理办公室，总经理姚佩芳和女儿金婉珍正坐在沙发上，促膝而谈。

"妈，最近两个月来在苏梓淳的大力帮助下，现在应该叫肖玉莲了，营业收入节节上升，看您仍心神不安，还是为了爸认祖归宗的事？"

"婉珍，认祖归宗固然重要，可你爸还有更重要的事。"

"啥重要的事，不就是风流韵事吗？你都忍了几十年了。"

"不是的，风流韵事在我眼里不算什么了，你知道吗？你爸每每逢年过节都收受礼金，我算了一下足足有三百万。两个月前我写了举报信，向检察院举报了，可检察院非但不予受理，还把举报信退还给了你爸，这事弄得我好尴尬。"

"爸和你说起这事了吗？"

"没有，举报信上我没有署名，也有可能你爸装作不知道。"

正说之间，金文辉推门而进："哟哟，母女俩在聊什么呢，这么专注。"

"爸，最近您收到检察院退还给您的举报信了？"

"这个嘛，有这么回事，我看了一下，也没有署名，匿名的举报信咱不能当真，我顺手扔进垃圾箱了。"

"文辉，举报信是我写的，咱俩应该坐下来再深层次地谈一谈。"

"佩芳，咱夫妻俩有话好说，怎么瞒着我干这等事，芝麻绿豆大的事儿，用得着上纲上线吗？"

"我是想让你做到问心无愧，可你还在大言不惭地为自己辩解，你不感到羞耻吗？"

"有什么可谈的，谈来谈去不就是那么回事，逢年过节礼尚往来，下属给我打点送礼，我给领导打点送礼，不要太正常，这能算污点吗？"

舞台下的金文辉和徐进发忍住恼怒看完了最后一幕。金文辉："进发，你上舞台去帮咱出了这口恶气，你就说要揪出幕后策划者。"

徐进发对金文辉言听计从，他跳上舞台，气势汹汹地面对姚佩芳和金婉珍："佟加宣和高翔在哪儿，谁叫你俩扮演我和金文辉的，谁给你们的权力，谁是幕后主使人，上台来跟我对质。"

姚佩芳："我给佟加宣的权力。"

金婉珍："我给高翔的权力。"

"你们俩，一个是我的岳母，一个是我的夫人，你们怎么胳膊肘朝外拐，幕后主使者是谁，敢站出来吗？"

舞台一边走来了爱妮娜，她威风凛凛地站定在徐进发面前："徐进发，我就是幕后策划者，谁让你上舞台来了，瞧你摆出这副嘴脸，想打架吗？"

舞台上又出现了神奇的一幕，六位学子跳上舞台，齐刷刷地站在徐进发面前，向依莲代表学子们表达了这样的心声："徐村长，你这不打自招吗？举头三尺有神明，不畏人知畏己知，万事劝人休瞒昧，这不过是一部舞台剧中的其中一幕，你当真了，金总就比你有涵养，城府深，任凭风吹浪打，我自岿然不动。"

"爸，别出洋相了，快回座位吧。"徐泽天挽起他的胳膊回到了座位。

……

舞台两侧的显示屏上显示出：

第六幕：千里寻子

纪本中扮演者：佟同

杜桂蓉扮演者：杨依

中年男士扮演者：丁洪伟

显示屏上同时显示出艾维斯的旁白音："从朝阳走到夕阳，远去了风华正茂，迎来了双鬓染霜，六十年前纪本中和杜桂蓉走失了唯一的亲生儿子，他俩的寻子行动从来没有间断过，一直延续到今天。父爱如山，深沉伟大；母爱如水，宽容温柔。为了寻找儿子，老夫妻俩历尽沧桑，辗转东西南北，一路颠沛流离。"

舞台上的场景变幻出一座大城市的风情风貌，别墅成群，车水马龙。

舞台上出现了纪本中夫妇俩的身影，夫妇俩跨入一家银行，他们把所有的积蓄存在银行里，身上只留几个小钱。

年复一年，日复一日，数年以后。纪本中已经坐在轮椅里，杜桂蓉在后面慢慢推着，纪本中手举标牌，标牌上贴着放大了的全家福照片，标牌下端写着寻找六十年前失散的四岁儿子纪文辉的字样。他俩或停驻在大商店门口，或停驻在电影院门口，寻找儿子的踪影，寄托迷茫的思念。

一位中年男士关切地上前询问："老伯老婶，你们俩就一个儿子吗？"

纪本中："我俩就一个儿子，我们要找到儿子为我俩送终呢。"

"我可以把标牌拍下来吗？"

纪本中："可以，可以，拍下来在你的朋友圈多多宣传，谢了啊先生。"

中年男士："一定，一定。"

……

老夫妇俩寻找儿子的足迹遍布在这个城市的每一个角落。白天他俩穿行在大街小巷，蹒跚在胡同里弄，晚上他俩睡桥洞，睡屋檐。

两人身上的小钱花光了，难以糊口，好心的人们送给他俩面包和馒头，饭店店主送给他俩剩饭和剩菜。

艾维斯的旁白音声声入耳："夫妇俩舍不得去银行取大钱，他俩要把大钱留给唯一的儿子。表面上看来，他俩已经荡尽所有的家产，花光所有的积蓄。"

在大城市寻找无果，杜桂蓉推着轮椅向市郊的村庄行进。

在村庄寻找无果，杜桂蓉又推着轮椅向城市行进。

就这样往返于城乡之间，穿行在马路两旁。

赤日炎炎，一位少先队员从家中拿来一把伞，为他俩遮挡太阳；寒冬腊月，又有一位少先队员从家中拿来热水袋，给他俩御寒取暖。

夜去晨来又一天，先前来拍照的中年男士又来到他俩身旁，把一张六十年前的旧报纸塞给他俩："老伯老婶，这张报纸刊载的金兆和先生收养的义子很可能就是你的儿子。"

夫妇俩看到，报纸上头版头条下面的照片正是自己的儿子纪文辉。

夫妇俩深深地向中年男士鞠躬。中年男士："现在我们迫切需要找到金兆和先生，可是到哪里去找呢？"

纪本中把报纸粘在标牌的另一面，高高举起向观众们挥动，同时高呼："我崇敬的金兆和先生，是您救护了我的儿子，您向儿子打听爸妈的下落，一问三不知，您把儿子改名为金文辉，理所当然。我亲爱的儿子金文辉，你在哪里，爹娘爱你，爹娘盼望你回到我们身边。孩子，你还好吗？新的一天又来到了，爹娘想你，爹娘老了，你若安好，就快来到我们身边吧，我们有一百万的遗产需要你来继承。"

显示屏上显示出由艾维斯朗诵的旁白音："生活要的是幸福；生命，要的是健康；做人，要的是骨气；做事要的是尽责；人生，要的是无悔。中国有句俗话，叫死要面子活受罪，看来还真有这样的人，金文辉，你还犹豫什么，此时不认父母，更待何时，放下你那可怜的自尊，你作为一个集团老总，拿什么来为下属做表率，中华民族孝敬父母的美德，难道在你身上丧失殆尽了？"

伴随着艾维斯气宇激昂的旁白音，舞台上出现了戏剧性的一幕，徐泽天、王盛、吴庆荣、包宜安、包宜全、向依莲等六位学子一起跳上舞台，对着金文辉大声疾呼："金总，为人师表做榜样，快上舞台认爹娘。"

姚佩芳、王维光、姚佩芸夫妇、金婉珍、金婉莹都来到了金文辉面前，范怡茹、林琳、谈悦铃、邵雨欣、苗艳也来到了金文辉身边，数十双眼睛注视着金文辉，几乎是同一时刻发出了一个声音："金文辉，百善孝为先，此时不认父母，更待何时，快上舞台。"

周萍的声音格外清脆悦耳："金总，快上舞台。"

金文辉多年未曾谋面的姐姐，如今已升任为省检察院副检察长的金钰琼也出现在舞台上："文辉弟，你我虽不经常来往，但我一直关注着你，亲爹亲娘就在眼前，赶快上舞台相认吧。"

在学生们的呼唤下、在亲人们的激励下、在继承遗产的诱惑下、在周萍激将法的推动下，金文辉终于迈开了坚实的步子走向舞台，跪倒在双亲的面前："爹，娘，不孝儿子金文辉，不孝儿子纪文辉来相认你们二老了。"

纪本中从轮椅上起来，和杜桂蓉一起扶起金文辉，夫妇俩喜极而泣，如出一口："孩子，爹娘早就盼望着这一天了，快跟我们一起回家吧。"

……

舞台下的掌声欢呼声一浪高过一浪，追梦旅游团的人们尤为被这一幕感动，他们的掌声和欢呼声更为热烈。

欢呼声和掌声一直延续到肖玉莲把金文辉送下舞台。

金文辉很快就后悔了，他恼怒地盯着肖玉莲心中轻呼："这不过是一场戏中的一幕，我怎么会被你牵着鼻子走，按理说和亲生父母相认是应该的，可竟然安排在大舞台，你这一招真狠。"

肖玉莲微笑着看了他一眼，好像在说："别不服气，更狠的还在后头，不安排在大舞台你会和父母相认吗？一切尽在我的运筹帷幄之中，今晚就该轮到你哭鼻子掉眼泪。"

……

舞台两侧的显示屏上显示出

第七幕：服法

肖广连扮演者：丁洪伟

童玉兰扮演者：金婉莹

王维光扮演得：华卫东

何照林扮演者：高翔

检察官扮演者：佟加宣

舞台两侧的显示屏上显示出艾妮莎朗诵的旁白音："这个发生在二十年前的往事，让人痛心又令人愤慨。是把这个事件公之于众的时候了，倚仗权势欺辱民女，称王称霸横行一方，终将受到法律的制裁。"

舞台上的场景变幻出双岭村的村风村貌，绿树成荫，鸡鸭成群；双岭村北面的悬崖顶上，松柏凝翠，云雾缭绕。

舞台东侧的候演区，走出身背篓筐的童玉兰，她看起来根本不像个农家妇女，漂亮不必说，装束既不土气，又不俗气，草绿色的的确良裤子，洗得发白的蓝运动布上衣，粉红的的确良衬衣的大翻领翻在外边，两道弯弯的眉毛像是用笔画出来的，泛起柔柔的涟漪，好像一直都带着笑意，使得一张美丽的脸庞更显异样生动。

舞台西侧的候演区走出善于打探别人隐私、制造花边新闻的王维光。一身牛仔服的王维光，一张坏坏的笑脸，两道浓密的眉毛叛逆地向上扬起，眉毛下一对大眼睛，乌黑的眼珠，像算盘珠儿似的滴溜溜乱转。

王维光躲在一块大岩石的后边，偷窥着童玉兰解开衬衣，用毛巾擦拭胸脯汗水的模样，馋得口水直往下淌。

王维光正欲往童玉兰身边靠近，不料看见徐进发从不远处掩了过来，他被惊得汗毛竖起，我的乖乖，好险哪。他赶紧仍躲在岩石后窥探接下来的动静，徐进发会对童玉兰耍什么花招。

头戴巴拿马凉帽，眼戴美国雷明太阳镜的徐进发从玉兰身后抱住她："宝贝，你总算上山来了，乖乖听我的，我不会亏待你的，每次都会给你两张绿票子。"

徐进发让玉兰放下篓筐，一下把她按倒在地，正欲行那卑劣之事，被尾随身后的肖广连撞了个正着。

"住手，徐村长，你为啥勾引我老婆，玉兰，你就值两张绿票子吗？"肖广连厉声怒喝，气得浑身发抖。

徐进发站起身双手拍了拍衣襟，定了定神："广连，你说这话不觉得颠倒吗？是你家玉兰勾引的我，玉兰勾引男人的手段，可是让许多女人都望尘莫及的。"

"村长，明明是你勾引的玉兰，你怎么倒打一耙，你给玉兰两张绿票子，你以为我不知道。"

肖广连把玉兰拦腰扛在肩膀上："跟我回家，你收了多少绿票子，给我戴了多少绿帽子？"

"广连，是村长威逼我上山的，我不从了他，他会做掉咱的宝贝儿子。"

肖广连身背玉兰，正在往山下赶，冷不防村长手持木棍砸向了他的头部，他瞬间昏迷倒在了地。

"让我先把你做掉。"徐进发拉起昏迷后的肖广连的两条腿就往悬崖边拖，吓得不知所措的玉兰跟在后面连喊"不要，不要"。就在快要拖到悬崖边的时候，肖广连苏醒了，他抱住了崖边的一棵古老的松树。

王维光从挎包里掏出照相机，对准三人不断地按快门。

徐进发再次用木棍将肖广连打昏，连拉带抱把肖广连摔入崖底。

徐进发转过身来，对着惊讶不已的童玉兰："不准报案，报案也没用，我岳父是市里的大老板，公检法都有关系。村民们要追查，就说是肖广连砍柴失足摔下了崖底。"

徐进发说罢又把童玉兰扑倒在地⋯⋯

舞台中央响起了肖玉莲在王维光和姚佩芸的卧室安放的录音笔录下的夫妇俩的对话声⋯⋯夫妇俩不由得一阵紧张。

舞台上变幻出林琳用手机拍摄的徐进发在观看《追捕不法商贩》的舞台剧中不断擦冷汗的场景。

舞台下的徐进发见气势不对劲，妄想逃离，他环视到大剧院的出口处都有站立着的保安把守，保安经理肖道成和王标亲自站岗。

舞台两侧的显示屏上再次显示出艾妮莎朗诵的旁白音："肖广连在被徐进发摔入山崖后，被崖底人家纪本中、杜桂蓉救回了性命。徐进发在数月后得知消息，化装成蒙面歹徒潜入崖底人家，妄图把肖广连灭口，杜桂蓉舍身保义子，自己身中一刀，蒙面歹徒欲再行凶，被赶回家的纪本中撞上，蒙面歹徒把尖刀掷向纪本中后跳窗而逃。善恶终有报，天道有轮回，不信抬头看，苍天饶过谁。"

"纪本中、杜桂蓉夫妇如今已是九十岁高龄，肖广连也是六十岁的老人，他们在党和政府的关怀下仍健康快乐地生活着。"

舞台的背景荧屏上展现出二十年前元旦的报纸，头版头条的大标题"蒙面大侠偷袭崖底人家，盗走珍贵药材逃之夭夭"的二十个大红字体格外引人注目。

舞台上的场景变幻为：威武肃穆的南岚市公安局大门前，犯有和徐进发类似罪行的罪犯何照林，如今剃着光头，脸上的胡子像把钢刷，他在大门前徘徊犹豫着。终于，他迈进了公安局，向公安警官投案自首⋯⋯

舞台上的场景又变幻出：庄严肃穆的法院大厅，法官正在宣判："鉴于何照林在二十年前的犯罪行凶并没有造成人员伤亡，且二十年后能主动坦白自首，根据中华人民共和国刑法第六十七条的规定，决定免于对何照林的刑事处罚。"

何照林深深地对检察官鞠躬："谢谢，万分感谢党和政府对我的宽大处理，我回单位后一定努力工作，用实际行动来报答党和政府对我的宽大处理。"

法官把一张二十年前的发黄的报纸递给何照林："你在二十年前犯罪的事实当时就被报纸曝光了，希望你引以为戒，不管你做什么坏事，都逃不过人民的眼睛，人民的眼睛是雪亮的。"

舞台上再次出现了神奇的一幕，是王盛从观众席上跳上了舞台，他面对徐进发："徐村长，你向来是双岭村村民们敬重的村长，你二十年前的犯罪事实，党和人民给你记着，你二十年来带领村民们苦干实干，双岭村虽然没有摘掉贫困的帽子，但你努力了，尽到了自己的责任。你看到了，何照林主动坦白交代在二十年前所犯的罪孽，检察院对他进行了宽大处理，你所犯罪孽与何照林基本相仿，再说肖广连大伯现在仍然健康地生活着，你一定会被宽大处理，无罪释放。"

徐泽天愣了一下，也跳上舞台，"爸爸，不要再执迷不悟，不要错过这个时机，快上台来投案自首吧，你不投案自首，虽然已过法定时效，但如果肖广连报案，检察院仍需依法审查标准追诉的必要性，肖广连是因为我的舅姥爷、舅姥姥是他的救命恩人才不报案的。"

舞台上出现了更为神奇的一幕，另外四位学子，还有徐泽天带来的二十位同学全都跳上舞台，奋力疾呼，"徐村长，上台来吧"，"徐村长，投案自首吧"。

舞台两侧的显示屏上忽而显示出由艾妮莎朗诵的剧本上没有的，没经过肖玉莲应允的旁白音，嘹亮清脆的旁白音格外悦耳："特快消息，特快消息，刚刚收到桃源乡政府的最新报道，鉴于模范村长徐进发同志近年来工作兢兢业业，以身作则，经报市政府批准，特升任为桃源乡副乡长，请徐进发同志明日上午九点到乡政府宣誓并履职，明日上午电视台将现场直播徐进发同志的宣誓仪式，请大家注意收看。"

声声入耳的旁白音令金文辉和徐进发异常兴奋，金文辉推了徐进发一下："进发，你明日就是副乡长了，多年来的愿望终得实现，假若你时下不上台投案自首，明日的宣誓仪式恐怕要被徐泽天和这些同学搞砸，错过了今日没有明日，错过了这一刻没有下一刻，你怎么犯傻啊，快上台，快上台。"

是丑恶的灵魂瞬间觉醒，还是名利的驱使迫不及待，徐进发终于抖抖擞擞地站起身，走上舞台，向检察官坦白交代二十年前的犯罪事实。

徐进发误以为自己所犯的罪孽已经超过了二十年，实际上离二十年还差两个小时，当下正是北京时间二十二点整。他最终的犯罪时间是刺杀纪本中、杜桂蓉夫妇。

检察官正要进行判决，肖玉莲对他摇了摇手。

肖玉莲来到金文辉和已经坐到第一排的王维光身旁，双眼闪烁着灵动的光芒："金总、王医官，请你们走上舞台把徐村长领回家吧。"

金文辉和王维光一起走上舞台，两人分别拉住徐进发的左右手，正要往台下走，说时迟，那时快，早已潜伏在一旁的十多位公安民警把三人扭住，分别给他们戴上手铐。

金文辉恼羞成怒，发出歇斯底里的狂叫："反了，反了，"他又面对观众席上的金钰琼："姐，我是冤枉的。"

无人理睬他的怒吼，这些武警官兵已经被双面丽人的舞台剧深深打动，做出正确的判断而反戈一击，更不要说从来都是一身正气的金钰琼了。他们对翁婿俩的所作所为深恶痛绝，全都站到了肖玉莲一边。

舞台中央，大剧院上空响起了艾妮莎的旁白音："王维光知情不报隐瞒二十年，将被追究刑事责任。"

舞台中央，大剧院上空又响起了肖玉莲的浩然正气的语音："艾妮莎擅自添加旁白音，谎造乡政府的文件，犯有造谣捏造罪，将被刑事拘留。"

两位公安民警给艾妮莎戴上手铐。

金文辉还在狡辩："肖玉莲，你们凭什么逮捕我，我相认父母的事情已经在上一幕了结了，你们是不是搞错了？"

检察官："金文辉，你对徐进发的血案知情不报，你利用关系为纳税人减税免税，从中收受贿赂三百万，是你的夫人姚佩芳大义灭亲检举揭发你的。"

……

此时此刻的肖玉莲，如释重负地松了口气，如同卸下了千斤重担，她喜极而泣地望着围绕在身旁的同学们和丽人同盟："感谢你们的鼎力支持，有了你们的共同发力，才有我大获全胜的今天，这一天我等待了好久好久。"

肖玉莲手举话筒又面对观众："贵宾们、武警官兵们、公安特警们，你们善恶分明、疾恶如仇，你们用实际行动证明了自己无愧于武警和公安特警的光荣称号，你们自始至终站在正义一边，正义的力量不可战胜。"

舞台下的掌声，欢呼声一浪更比一浪高，像雷鸣，似海啸。

由艾维斯和周萍共同朗诵的旁白音回荡在大剧院的上空，回荡在这个城市的千家万户："和平年代也有激荡的风云，这是一场正义与邪恶的较量，这是一场没有硝烟的战争，我们胜利了，我们成功了，让我们再接再厉，继续努力奋斗，把我们伟大祖国建设得更加繁荣富强，像巨人一样屹立在世界东方。"

肖玉莲再次手举话筒面对观众："我宣布，舞台剧《双面丽人》的演出到此结束，我们之前成立的'丽人同盟'同时解散。"

此时此刻，辞旧迎新的爆竹声声，烟花飞舞，瞬息万变的烟花在嘉美国际娱乐城上空绽放。烟花姹紫嫣红，五彩斑斓，整个城市沉浸在辞旧迎新的烟花爆竹声中。烟花时而像金菊怒放，牡丹盛开；时而像彩蝶翩跹，巨龙腾飞；时而像火树烂漫，虹彩狂舞。仿佛承载着胜利的喜悦，仿佛点燃了五彩的梦想，仿佛期盼着美丽的希望，仿佛寄托着美好的未来。

追梦旅游团团长跨上舞台紧紧握住肖玉莲的双手："肖女士，感谢你们为我们带来了一部精彩纷呈的舞台剧，一部情节曲折离奇的舞台剧，一部富有教育意义的舞台剧，期待我们的下一次再聚首。"

舞台下，"肖玉莲，肖玉莲"的欢呼声地动山摇，人们纷纷走上舞台用手机同肖玉莲合影，同丽人同盟的丽人们合影。

这一夜，肖玉莲和妈妈睡在了同一张床。

这一夜，肖玉莲躺在妈妈的怀抱里，睡得如此香甜，如此安稳。

第58章　青春璀璨

这是一个不平凡的日子。姚佩芸的心海泛起一阵阵波澜。她对肖玉莲说不出是愤恨还是感激。这位年龄才自己一半的女孩，城府竟那么深，竟然在我的卧室放了录音笔，难道自己被绑架是肖玉莲设的局，我必须深究缘由，弄个明白。

姚佩芸的眼前又浮现出自己被绑架的一幕，她最后确定整个事件的前因后果绝不是偶然的巧合，而是事先布置的。这位绑架我的蒙面歹徒会是谁呢，他的声音怎么那么熟悉——带有北方口音而且带有浓重的鼻音。

姚佩芸把所有相识的亲朋好友在脑海里过滤了一遍，终于把这个歹徒过滤出来了，他应该是林琳的丈夫华卫东。

华卫东在高翔手下任职保安领班，她打通了高翔的电话："高总，你还记得去年我被绑架的日子吗？"

"姚董，我记得，是去年八月下旬的第一个周六。"

"你帮我查一查，华卫东那天上班了没有。"

"您稍等，我去查一查考勤表。"

过了片刻，高翔来电话了："华卫东那天本该是中班，下午四点上到十二点，他调班了，上的是白班。"

"今天他上什么班？"

"今天上中班，昨晚他在剧目里扮演您的丈夫王维光，演得累了，还没起床。"

"我马上到护理院来，你让华卫东等着我，他若不肯等，说明他心里有鬼。"

……

"卫东，我让高总关照你等着我，你没躲开？"

"我又没做亏心事，为啥要躲开。"

"昨晚你在剧目中化装成我的丈夫，结果我丈夫被铐进去了，你不觉得没脸见我？"

"姚董，我不知道事情会发展成这样，真不好意思。"

"不说我丈夫的事了，去年八月份你化装成蒙面歹徒绑架我，可有这事。"

"姚董……"华卫东犹豫了片刻，"确有这事，我是听从了范怡茹和林琳的安排，才这样做的。"

"范怡茹和林琳又是听从谁，是肖玉莲吗？"

"不是的，肯定不是的，肖玉莲根本不知道范怡茹和林琳安排我绑架你的事，她从百货大楼购物出来刚好碰上了，她全力救护你，要是她知道绑架你的人是我化妆的，她不会轻易动用飞刀刺向我，万一有个闪失，那是性命攸关的事，她会顾及我的安危而犹豫不决。"

姚佩芸明白了，肖玉莲全力救护我，使出浑身解数，充分表现出她对我的忠心耿耿。即使她早就有潜入我家安放录音笔的念头，这与她全力救护我的壮举相比又算得了什么，我还能计较吗？她也是为了求得徐进发谋害她爷爷的证据，这能有过错吗？按理说，我犯的是和王维光同样的罪，知情不报，还关照王维光不可泄露徐进发故意杀害肖广连之事。肖玉莲完全有权起诉我，可是她没有。

姚佩芸的心海又泛起了一道道涟漪，她向高翔和华卫东简单道了声别，振作起精神，驾驶着轿车回到了嘉美国际娱乐城。

她马上召开中高层干部会议，当场宣布："今天开始，由总经理肖玉莲接替我的董事长职务，由副总经理谈悦铃接替肖玉莲的职务。"

肖玉莲："董事长，这是为什么？"

姚佩芸："我要马上到公安局坦白自首，我和王维光同罪，理应受到法律的制裁。"

停车场传来了三道汽车的短笛声，这是肖玉莲和佟加宣设定的暗号。肖玉莲把姚佩芸拉到窗台："董事长，您往下看，看看是谁回来了？"

姚佩芸朝下面望去，只见停车场的一端，一辆小轿车上，佟加宣、华卫东、王维光同时从车厢里走了出来。

片刻，三人一起来到了会议室。佟加宣："佩芸，今天一早肖玉莲就委托我把王维光保释，恰巧碰到华卫东去拘留所看望王维光，所以我们仨就一起回来了。"

肖玉莲："董事长，您为祖国慈善事业做出的贡献大家有目共睹，党和人民不会忘记。再说徐进发的作案时间到今天为止已经超过二十年，你去投案自首，我同样会把你保出来的。"

姚佩芸伸出双手和肖玉莲紧紧相握，然后又同王维光紧紧相拥。

姚佩芸："玉莲，有一件事我充满了迷惑，艾妮莎是真被抓了，还是做做样子的？"

谈悦铃抢先做了回答："董事长，艾妮莎无中生有捏造事实，的确被拘留十五天。可是今日清晨追梦旅游团的全体成员和上千名观众上派出所请愿联名保释，其中金婉珍、徐泽天和姚佩芳走在最前列。过后金婉珍说，要不是艾妮莎果断采用这一招，徐进发可能不会主动上台投案自首，主动投案自首可减少基刑的百分之四十。"

华卫东在一旁补充道："肖玉莲坦荡淳朴，心胸宽阔，日月可鉴。除了要驱使徐进发投案自首略施计谋外，其他方面就无懈可击，艾妮莎已于清晨无罪释放，汪局长亲自下的指令。"

会议室门口有一阵脚步声，是姚佩芳、金婉珍和艾妮莎一起来到。

佩芳："佩芸你们在开会吗，我们要否先回避？"

佩芸："姐你来得正好，本想开会的，现在无须开了。刚才正说起你们呢，昨晚咱俩的那口子都被铐了，真没想到王维光今晨就被肖玉莲保出来了，你那口子不知法院如何处理？"

肖玉莲："姚佩芳大义灭亲，精神可嘉，星呈大酒店近些年为国家做的慈善事业也不少，我一定会要求法院对金文辉从轻处理，还有徐进发，毕竟他最终是主动投案自首的，我也会要求法院从轻处理。"

姚佩芳、金婉珍分别和肖玉莲紧紧拥抱。

金婉珍又和艾妮莎拥抱在一起。

《双面丽人》的舞台剧红遍了网络，刷爆了朋友圈，成为人们茶余饭后的谈资。人们交口称赞，它来源于社会现实又高于现实，它极大地震撼了违法犯罪分子，让违法犯罪分子无处可躲，同时昭示，违法犯罪分子只有主动投案自首，才是唯一的出路。

全国各地，更有一些掌握判决生死权的法官们，深受《双面丽人》的震撼，开始对冤假错案重新进行梳理排查，纠错补漏。

肖玉莲的办公桌上，堆满了一封封来信，肖玉莲把来信统一收起来放进挎包里，准备下班回到家再耐心阅读。

一月的春夜是多么静谧，多么恬适，无数星星在闪烁，昭示着对大地的酷爱。

玉莲把信件一一拆开来，让妈妈一起看。

寄来的信件中有公安部门邀请她当侦察员的，有检察机关邀请她当人民监督员的，有法院邀请她当人民陪审员的，更有一封市委组织部的来信，在信中首先赞扬了她在《双面丽人》中严密的组织能力和洞察秋毫的目光，直接聘任她担任长宁区委宣传部副部长。

时凤英看完了一封封的来信，不禁嗔怪起女儿："玉莲，你现在成为社会的名人了，你让徐进发服法心思缜密，手段高明，别出心裁，对徐进发这种人绝不能心慈手软。可是你不能弄得名气这么大，《双面丽人》这个剧名有自我标榜的味道。"

"妈，最初舞台剧一直没有起名字，原来我准备起名为《正义的力量》，是爱丽娜在演出前一天非要用《双面丽人》这个剧名，爱丽娜是星光演艺集团的总经理，又是舞台剧的副导演，我们在排练节目的时候，全靠爱丽娜和高翔的大力支持，她要用《双面丽人》这个剧名我不能过分反对，会伤了和气，我只能由着她。再说舅姥爷在旁白音中说过，每一位上舞台表演的女性演员，她们都是双面丽人……妈，您虽然没有上舞台表演，您处事的态度和方式也可以称您为双面丽人。"

"是这样啊，我的女儿怎么能自我标榜呢，你去看看奶奶吧，你把二十年前奶奶被徐进发欺辱之事捅给大庭广众，奶奶总有点不自在。"

玉莲来到奶奶的房间，奶奶还在收看《双面丽人》的舞台剧。

"奶奶，你那天坐在观众席上还没看够吗？今天又在看电视里的转播了。"

奶奶佯装有点痴呆的样子："玉莲，你爷爷现在在哪里，舞台剧中明明交代纪本中、杜桂蓉和肖广连都安康地生活着，你怎么不让爷爷回到这个家里？"

玉莲一阵心酸："奶奶，爷爷活在大家的心里。"

"玉莲，你赶紧让爷爷回家，我不能没有他。"

"奶奶，爷爷一定会回来的，时间不早了，我服侍你睡觉吧，你明早醒来，爷爷就在你身边了。"

"那我赶快睡，赶快睡。"

玉莲打来了洗脚水，帮奶奶洗脚，照顾奶奶上了床。

阳光灿烂的上午，金家别墅。

金婉珍的卧室。金婉珍几天前还在庆幸艾妮莎略施小计，让进发进局子可少判刑。时下她在乡下长舌妇们的挑唆下，心态又变了，事情来得那么突然，而送两位亲人进局子的竟是儿子一直喜欢的肖玉莲。这个肖玉莲，处心积虑地安排上演了一出戏，自己出名了，竟全然不顾我的感受，连泽天也站在她的一边。不行，我须得说服泽天断绝同肖玉莲的来往。她大声对着儿子的卧室喊了起来："泽天，你到妈房间来一下。"

泽天中午和同学们有一个在嘉美国际娱乐城的聚会，正在穿着打扮："妈，什么事啊，我马上要出发参加聚会了。"

"你快过来，你外公和你爸都进局子了，你还有心思去参加聚会，你怎么无所谓，不准去。"

泽天来到了婉珍的身边："妈，聚会我是一定要去参加的，我是班长，又是召集人。什么事，快说吧。"

"从今天开始，不准你同肖玉莲来往，你必须和她一刀两断。"

"妈，肖玉莲犯了什么过错？"

"你外公和你爸都进局子了，都是肖玉莲搞的。"

"妈，你前些天还口口声声说爸是主动自首的，可减轻判刑好几年，你怎么能责怪肖玉莲呢，是姥爷跟爸犯罪在先，如果让犯罪分子逍遥法外，哪来的和谐社会。"

"你还帮着肖玉莲说话，此一时彼一时，我现在又可怜你爸和外公了，你不能和肖玉莲再有来往。"

"妈，玉莲已经不理我了，我想要跟她来往也办不到，我没时间了。"泽天说完大步流星地向屋外走去。

"回来，泽天你给我回来。"婉珍追出了门外还在大声叫喊。她的喊声唤来了姚佩芳。

"婉珍，你大呼小叫干什么，泽天高中同学聚会是早就说好了的事，碍你什么了？"

"妈，爸和进发这个样子，泽天心不在焉。"

"你让泽天来分担你的忧愁，他还是个学生。玉莲现在不理泽天，泽天心里也在难受，希望他能借聚会冲淡心中的难受。文辉和进发犯了罪，进监牢是迟早的事。"

"都是肖玉莲的起因，还有妈你，你简直是埋在爸身边的定时炸弹，受贿几百万怎么了，有的干部受贿几千万夫人也不会检举揭发。文辉和进发都进去了，晚上咱俩连个暖被窝的人都没了。"

"婉珍，你同杀人犯共枕眠。你不感到害怕吗？你晚上会睡得安稳吗？他和你貌合神离，哪天他好色的癖好复发，看你不顺眼，把你弄死了再讨个年轻姑娘也不是不可能。对徐进发这种人决不能心慈手软，只有送他进监牢接受改造，重新做人才是唯一出路。你的思想起伏太大，不久前还跟我一起上舞台表演《双面丽人》，现在咋的了？"

"我对肖玉莲不服气，我是被她说动后才上舞台的，肖玉莲临时起意，我还真被她说服，现在我后悔了，我恨她，我想扇她耳光。"

"赶快收起你的怨恨，肖玉莲为爷爷报仇人之常情。徐进发谋害肖广连二十年，肖道成、时凤英、童玉兰比谁都心里明白，他们恨你了吗，他们扇你耳光了吗？肖道成在嘉美当保安，时凤英在星呈当服务员，他们忍辱负重，为咱两家公司辛勤付出。咱们应该亲自登童玉兰家门，向他们道歉，以求他们的谅解，争取为文辉和进发减刑，这才是咱应该做的，咱们不上门道歉，于情于理说不过去。"

姚佩芳的一番话说得女儿心服口服，她悔恨自己真不该听长舌妇们的挑唆。

这是一个星期天的午后，上午刚刚下过一场雨，马路上有风吹雨打的痕迹。

姚佩芳开车带着女儿一起来到了童玉兰家，一进门就跪倒在童玉兰面前。

童玉兰："你俩这是干什么，肖广连都去世半年了，你俩能让他起死回生吗？站着跟我说话。"

母女俩跪着没动。姚佩芳："玉兰，我知道所有的理由和解释都是苍白无力的，我选择在下跪中等待您的宽恕和原谅，我要赔偿你。"

金婉珍："奶奶，徐进发把自己埋得很深，我在您孙女编导的《双面丽人》演出的前几天才得知他犯的命案。我昨天去拘留所把他痛骂了一顿，他对自己所犯的罪行痛心疾首，希望您能饶恕他。"

"你们母女俩一唱一和，要我饶恕徐进发，怎么个饶恕法，撤诉？让他回到社会上重新祸害妇女，你们想得太美了。我的脸面都给徐进发丢尽了，我现在整天把自己关在屋子里，连大街上都不敢出，至于赔偿，你们能赔我一个肖广连吗？起来，我不想看到你们。"

母女俩互相对视了一眼，童玉兰的话像急风又像暴雨，母女俩的脸上有风吹雨打的痕迹。

"滚出去。"童玉兰转为大声叫喊。

姚佩芳示意女儿先离开，女儿在场更会激起玉兰的愤怒，接下来无法谈下去。

时凤英外出购物回来，看见跪在地上的姚佩芳，赶紧把她扶起："总经理，您怎么跪着？"

"凤英，为我女婿故意杀人的命案，我来给你们道歉了，你婆婆不接受，说了许多气话。"

凤英把姚佩芳拉到自己的房间："总经理，我婆婆痴呆了，您别在意。"

"你婆婆说的话一点不像痴呆，脑筋清爽着呢。我今天到你家来，主要是想求得你们对徐进发的宽恕，我打算赔偿你们一笔财产。另外，我要提升你做客房部经理，如果你有其他要求，还可以提出来。"

"我做经理，苗艳怎么办？"

"我与高翔说好了，苗艳将调任护理院担任常务副总经理。"

"客房部经理的职务我可以考虑，至于宽恕徐进发和财产赔偿，我的家全是我女儿做主，女儿事必躬亲，你还得找我女儿商榷。"

……

嘉美国际娱乐城的总经理办公室，肖玉莲正在写辞职报告。

姚佩芸董事长：

　　首先感谢您让我担任总经理这个职务，感谢您对我能力的信任。自从我入职以来，我一直很享受这份工作。我竭尽所能，为公司的经济效益做出了自己应有的贡献。其间，虽然出现了这样那样的波折，我相信您一定会大人不记小人过，宰相肚里能撑船。在贵公司的这一段经历，对于我来说是一笔宝贵的财富，我为在贵公司的这段工作经历而感到自豪。

　　董事长，我之所以要辞去总经理这份工作，是因为我有了自己的信念和目标，那就是回到生我养我的地方，我的老家双岭村。我是经过深思熟虑的，双岭村是我生命的根基，我要带领乡亲们一起脱贫致富，为双岭村创造更美好的未来。希望您能理解和支持我。

　　望批准。

　　同时在这里恭祝您生意兴隆，家庭和睦。

会想念您的下属　肖玉莲

肖玉莲拿着辞职报告，正要去找姚佩芸，适逢姚佩芳来到。

两位总经理相对而言，彼此都有点尴尬。

"玉莲，刚刚我到你家去了……"

"总经理，何必呢，我不能接受您的赔偿，要不您把赔偿的资金捐献给双岭村的建设，为徐进发的从轻判处创造条件。"

姚佩芳看见了玉莲的辞职报告："玉莲，难得你对双岭村的一片热忱，我准备把我家的别墅卖了，从公司再拨一千万，凑满两千万捐献给双岭村。"

"总经理，您是一位好人，我会向法院提出我的意见，争取对徐进发从轻判处，同时为您丈夫争取宽大处理。"

两位总经理由最初的相互尴尬转为相互拥抱。

肖玉莲婉言谢绝市委组织部、公检法、街道党委等国家机关的聘任，甘愿到贫穷落后的双岭村担任驻村第一书记的壮举，再一次传遍了这个城市的千家万户。人们再次打开电视机，回看《双面丽人》的舞台剧，再次为她欢呼，为她喝彩。

邵雨欣打通了肖玉莲的电话："玉莲，我已经把欣欣中介交给我老公打理了，我要陪伴着你一起到双岭村……"

金婉珍也打通了肖玉莲的电话："玉莲，我也要回到双岭村去，我要帮村委一班人，帮双岭村的老弱病残们烧一日三餐……"

……

姚佩芸为肖玉莲举行盛大的告别宴会，嘉美国际娱乐城的餐厅，高朋满座，杯觥交错，人声鼎沸，热闹非凡。

杯中斟满祝福酒，心中更牵昔日情。人们纷纷来到肖玉莲身旁，向她表示祝愿，祝愿她回到双岭村后万事顺遂，所向披靡。

范怡茹和林琳一起举杯来到肖玉莲身旁范怡茹："玉莲，明天你就要离开我们回到双岭村了，凭着你的赤诚仁爱与多才多艺，你一定会带领乡亲们摘掉贫困的帽子，我会经常到双岭村来看望你。"

肖玉莲满怀深情地握着她俩的手："两位好姐姐，是你俩在我最困难的时候给予我帮助，你俩把我们共同浇灌的希望留下，想起你俩，我的岁月永远鲜艳永远芳菲，让我带上依依惜别的祝愿，祝愿福乐时刻与你们相伴，分离只会让友情更浓，重聚首将在那更灿烂的明天。"

徐泽天和王盛因为挤不进向玉莲祝福的行列，他俩用微信的方式给她祝福。

徐泽天在微信中写道：

　　玉莲，我知道我那天劝说徐进发投案自首落在了王盛之后，不能让你完全满意，我知道你过后一直不理我因为我是一个囚犯的儿子。我可以不高傲地活着，但绝不卑微。我在航空学院的校园里依然会发光发热。

聚散两依依，聚是力量的源泉，散是光亮的播种。你在没有我的地方奋斗，我在没有你的地方拼搏，我用心与你握别，愿双岭村给你带来无数希望的幸缘，把你引向理想的天地。

儿时和你在一起玩乐的情景仿佛就在昨天，认识你是快乐，离开你是痛苦。在离别的日子里，支持我的是对重逢之乐的深切期盼，这一天还会到来吗？

明天，我将不会出现在欢送你的行列中，我怕控制不住自己深情拥抱你，但我在心中会默默地为你祈祷祝愿。

心愿是风，快乐是帆，祝福是船，让心愿的风吹着快乐的帆驶向永远幸福的你，代我轻轻地问候一声，祝愿你在双岭村心想事成，梦想成真。

王盛在微信中写道：

玉莲，你明天就要走了，在这离别的时刻里，我的心就像秋天落叶的树木，叶片无奈地飘撒一地，只有寂寞挂在枝头。我曾经天真地以为，你离开了我就可以忘记你，后来我发现，离开只是一个新的惦念的开始。相聚时不知友情的可贵，分别了才知那是人生最需要的情谊。

人生路漫漫，你我相遇又分离，相聚总是短暂，分别却是久长，但愿彼此的心儿能紧紧相随，永不分离。

如果今天我们注定擦肩而过，那我衷心地祝福你永远幸福，然后收起我所有点点滴滴对你的爱恋，期待来生再与你相遇。

我知道，你曾经在徐泽天和我之间徘徊，是向依莲的出现，改变了你对我的态度。从此，我的世界仿佛被禁锢了一般，正如你所说你不会横刀夺爱。现在我想通了，依莲同样是值得我喜欢的女孩子。

眼看着你明天就要离别去双岭村了，心里却不仅没有了洒脱，而且多了愁绪，本以为可以释然，然而真的去面对的时候，心里却无比愧疚与不舍。明天，我和向依莲会伫立在送别你的人群中，注视着你离去时的妩媚的笑容。

最后，我要把我的祝福化成清风，吹落一地的花瓣，每一片花瓣都融入我诚挚的祝福，祝福你拥有绚丽多彩、快乐幸福的每一天。

……

翌日清晨，肖玉莲跨上专程来迎送她的专车，三步一回头，向欢送的人们告别。

……

几个小时后，车辆停在双岭村原村长徐进发家的四合院前的小广场，早已迎候在这里的江建新、赵春来带领上百位村民分立两侧欢迎肖玉莲的到来。

肖玉莲的生活历程展开了新的一页。中国黄金储备中心拨给了双岭村三千万资金，南岚市财政局拨给了双岭村两千万资金，加上姚佩芳捐助的两千万，肖玉莲专门成立了村委财务监督组，不乱花乱用一分钱，把七千万资金用在最需要的地方。

山坡上洒满了霞光，肖玉莲带领防洪专家一行数十人勘察地形，重新设计建造防洪坝。数月后，双岭村北面的山坡上，三条防洪大坝直贯而下，直达清水河，双岭村从此摆脱洪涝灾害。

村庄内响起了号角，肖玉莲带领村民拆旧房、建新房，双岭村除了徐进发的四合院被保留外，其余旧房都将拆除，每家每户都将建造进深十米两开间的二层楼新房。

吕乡长带领乡镇干部来到了双岭村，他们搬砖头，拌水泥，传灰桶，做起了建筑工人的下手。

肖玉莲带领村民们在双岭村的东西两头移栽起防护林，让双岭村从此远离沙尘的侵扰。

清水河上，肖玉莲聘请桥梁专家设计的"金莲大桥"正在自助渡口百米开外施工建起。

清水河南面的山麓，隧道工人正在不分昼夜地开挖隧道，这里将建造五百米的公路隧道，建成后将直通山脉南面的四通八达的公路。

清水河东边的浅滩，江建新和赵春来正带领村民们疏通浅滩，深挖河道，让清水河东西畅通，船来船往。

爱丽娜委托高翔送来了一百瓶饮料和一百条毛巾，肖玉莲时而来到金莲大桥的建筑工地，时而来到开挖隧道的施工现场，为工人们送上解渴的饮料，递上擦汗的毛巾。

双岭村的村民食堂已经在四合院重新建起，邵雨欣和金婉珍为老弱病残的村民和建筑人烧起了一日三餐。

肖玉莲聘请了果树栽培专家，让双岭村的山坡都种满了果树，她还聘请了养蚕专家，让双岭村的家家户户都养了蚕。她还买来了鱼苗和菱苗放养栽培在清水河中。

星月交辉的夜晚，四合院门前的小广场上，爱丽娜组织的文艺小分队正在为工人们、为村民们献上精美的文艺演出。

观众席上，肖玉莲的两边分别坐着范怡茹和林琳。

观众席上，肖玉莲的后面一排还端坐着特地来看望肖玉莲的南岚市人民检察院检察官王盛和南岚市长宁区公安分局刑侦支队副支队长吴庆荣。

……

爱丽娜背挎手风琴走上了小舞台，边拉边唱响了自编自演的《双面丽人》的歌曲——

> 爱没有沉没
> 逢场作戏也是真
> 爱没有虚情假意
> 全是真心实意
> 爱是用心创造和谐社会
> 你我共享之
>
> 那是远方的沧海桑田
> 那是充满希望的智慧
> 我为你欢呼我的风琴
> 你带给我们一应俱全
> 你的美德超过那璟瑜
> 夸你璟瑜并不是夸张
> 你就像那寒冬的花蕾
> 渴望明媚春天的复苏
> 你满腔热血来到枌梓
> 浓浓乡情似酒分外醇
>
> 爱不会沉没
> 世态炎凉也有真
> 爱没有虚情假意

全是真心实意
爱是用心创造和谐社会
你我共享之
……

人们有节奏地，边鼓掌边呼唤着"田慧琴、全瑜、张蕾、苏梓淳"的名字，心窝里激荡起一股又一股暖流。

肖玉莲怀抱大提琴走上小舞台，边拉边唱响自编自演的《青春璀璨》的歌曲，文艺晚会达到了新的高潮——

相约在双岭村的傍晚
遐思着双岭村的明天
蓝天白云　鸟语花香
硕果累累　丰收在望
脱贫中有你我披荆斩棘
攻坚中有你我不畏艰险
赶走所有的困惑
拨开重重的迷雾
青春有你更精彩

相约在清水河的渡口
遐思着清水河的未来
香飘四野　四季春风
鱼儿欢跳　菱角蠢蠢
奋斗中有你我青春飞扬
拼搏中有你我热泪飘洒
驱逐所有的绊石
扫除重重的障碍
青春有你更璀璨

你从来那样关心体贴我

给我的力量何止千千万
你和我从来就没有区分
追梦路上你我彼此同感
道一声珍重说一声感谢
你是天空中最明亮的星
时时刻刻闪耀灵动之光
你在双岭村的公益义演
展现你能歌善舞的演艺
……

肖玉莲演唱完毕走下小舞台同爱丽娜亲切握手热烈拥抱。

……

观众席上的金海涛和李亚敏在第二天把爱丽娜和肖玉莲的这两首蕴含藏尾姓名和藏尾句的歌曲登上了报纸，人们赞叹肖玉莲和爱丽娜的亲密关系，如同姐妹的深情厚谊源远流长。

尾　声

　　晚秋的双岭村，片片落叶渲染了秋色，瓣瓣落花沧桑了流年。经过改造装饰后的村庄，旧貌换新颜，颜值气质大大提升，路面宽阔了，河道清澈了，绿植增多了，设施提升了，环境美化了。

　　村头新建了一个入村的牌坊，牌坊上端"双岭村"的大红色村名赫然在目，富有立体感。牌坊两侧分别标志着"自强不息，奋斗不止"的八个红底金黄的大字；山神庙中矗立多年的椭圆形石头已搬运在牌坊的右侧，上面是经石匠凿刻后用金漆描摹的"自强、自律、自尊、自爱"八个金字。

　　这一天，村头喇叭里播放着凄婉悲凉的哀乐。根据肖广连的遗嘱，他的骨灰一半将被撒在山明水秀的双岭村，波光粼粼的清水河。

　　这一天，天空中没有风雨飘摇，只有满天的白云；路面上没有残枝败叶，只有一地的白花。

　　佟加宣一家、童玉兰一家、姚佩芳、姚佩芸、范怡茹、林琳、谈悦铃、邵雨欣、包正阳等诸多家庭的全体成员都特地从城里赶到双岭村，参加肖广连的骨灰播撒仪式。

　　从宽被判刑五年的徐进发，经过本人的要求和监狱的特批，在两名狱警的看守下，也来到了双岭村，同时来到的还有金文辉。金文辉由于姚佩芳积极帮其退回赃款，同时无偿援助两千万支援双岭村建设，还把家中仅剩的三千万资金全部募捐给中国少年儿童发展基金会，被判刑三年缓刑三年。

　　上午十时许，乐队奏起了悲戚的乐曲，身穿一身白衣的向依莲双手捧起肖广连的遗像，同样身穿一身白衣的肖玉莲双手捧起肖广连的骨灰盒，走在送行队伍的最前面。范怡茹和林琳搀扶着童玉兰紧随其后。双岭村的全体村民都加入了送行的行列，他们的胸前都佩戴着白花。送行的队伍足足超过了五百人。

队伍环绕着双岭村走了一圈，然后来到村东的小广场。

花垂首，燕低飞，几多哀思，几多牵挂，催得人们眼泪飞。向依莲、肖玉莲分别轻轻地把肖广连的遗像和骨灰盒放在灵台上。

吊唁的人们井然有序地在肖广连遗像前鞠躬致哀。

徐进发在肖广连的遗像前深深跪拜，以赎罪孽："肖大哥，我对不起您，对不起您的一家，我一定在监狱积极改造，争取早日回归社会。"金文辉也在肖广连的遗像前跪拜忏悔："肖伯，你这么些年来守护着玉莲，还拯救了我。我整天动占有玉莲的邪念，要是得手了，我最起码被判处十年有期徒刑。"

肖玉莲双手捧起骨灰盒，来到了双岭村北面的山麓，秋风轻轻，山麓肃静，肖道成、时凤英一把一把地把骨灰撒在肖广连曾经行走过的地方，范怡茹和林琳在一旁挥撒着黄色的纸花，纸花和骨灰迎风起舞，仿佛在歌唱肖广连不朽的一生。

肖玉莲双手捧着骨灰盒来到了清水河边的轮船上，轮船鸣笛致哀，肖道成、时凤英一把一把地把骨灰挥撒向河心，范怡茹和林琳挥撒着洁白的菊花、明黄的菊花、鲜红的太阳花、幽香的百合花，簇拥着骨灰滑入河水，在河面依依不舍地漂游、浮荡，渐渐地，被河水拥入深深的怀抱中。

山川载不动太多的悲哀，河水流不走太多的离愁。漫天的纸花在飞舞，人们的眼泪在飘落。大家敬仰肖广连的为人，赞美他捡破烂养育了优秀的好孙女肖玉莲。

村头喇叭的哀乐声，久久地回荡在双岭村的上空，满天白云丝毫没有消散，仿佛在同时哀悼逝去的亲人。

又是一个阴沉沉的天气，南岚市郊外的一座公墓群，纪本中和杜桂蓉的坟墓、肖广连的坟墓、金兆和同姚景昆的坟墓，三座坟墓紧紧相连。金文辉和徐进发满含忏悔的眼泪，在家人的陪同和狱警的看守下，分别在三座坟墓前深深跪拜。尔后，徐进发又跪拜在金文辉面前："爸，是我亲手杀害了纪爷爷和杜奶奶，我罪不可恕。"

金文辉："在监狱好好接受改造，争取早日出狱，早日回归社会。"

纪本中和杜桂蓉的骨灰是一个月前在殡仪馆取回后安葬在这里的。

嘉美国际娱乐城。已经升任为总经理的谈悦铃坐在肖玉莲的办公椅上，深感自己肩负的责任重大。回顾自己一步步走到今天，自己用过的那些手段是正当还是失当，她在反思悔过。金家别墅已拍卖作价后捐献给双岭村，谈悦铃认为自己的一套住房是讹诈得来的，金海涛和金婉莹都有了自己的住房，金文辉夫妇现在居无定所，经常住星呈大酒店，虽然海涛和婉莹都争着要父母住在他们家，但老夫妇俩应该有一套自己的住房。

她开车来到了金辉房产，找到了范怡茹，买下了一套三室两厅的新房，在房产证上写上金文辉和姚佩芳的名字。

她又开车来到了星呈大酒店，把房产证和新房钥匙交给金文辉夫妇俩……

星呈大酒店。已经升任为客房部经理的时凤英坐在苗艳的办公椅上，正在制定新的客房部营业管理制度和客房推销计划。她把制定好的两个文本放在文件夹里，准备报总经理审批。

她回顾自己的生活历程，检查自己近些年来的所作所为，竟有两桩事情实属不应该。第一桩是，婆婆在山神庙私拿的三千元供奉钱，第二桩是和婆婆一起从金文辉手中讹来的一百万。

她来到了新建的一楼大厅的自助银行，把三千元打在玉莲的银行卡上，交代女儿把这三千元为修缮庙宇的资金。

她趁中午的空闲时间，回到了家中，把几张银行卡上的资金拿到了附近的银行归纳在一张银行卡上，凑满一百万。

她来到了姚佩芳的办公室："总经理，这张银行卡上的一百万，原本就是您的，现在归还给您。"

"凤英，这事都过去这么多年了，你还放在心上，这一百万就算是我对你们家的赔偿吧，我知道徐进发对你们家的伤害是无法用金钱来弥补的，按肖广连的体质，他不可能这么早就去世，最起码还可以活个二三十年。"

"总经理，这是两码事，您还是收下吧。"

"凤英，你要我收下也可以，我以你的名义捐献给双岭村建造幼儿园，你看如何？"

"总经理，不，应该以您的名义。"

两人最后决定以共同的名义把这笔钱捐献给双岭村。

时光飞逝，一年以后。

双岭村矗立起一排排的两层楼新房，小广场扩建成了大广场，原本狭窄的小路，改造成了可开卡车的双车道，直通恢宏壮丽的金莲大桥，金莲大桥南端延伸的公路，直通新开辟的四通八达的隧道。

村东新建的幼儿园内，童声朗朗，幼儿们在老师的指导下，正在学拼音字母，念唐诗宋词。

幼儿园的不远处，一所新建的小学即将落成。

正是秋收的季节，大广场上停满了卡车，江建新和赵春来正在带领村民们把一筐筐的水果抬上卡车，装满一车，再装满一车。

肖玉莲正在带领村民们把包装好的蚕茧抬上卡车，装满一车，再装满一车。

村里处处开办起了农家乐，清水河上，如今新添了两艘木船的自助渡口，双岭村北面山坡上的果树林，云雾缭绕的山顶，山顶崖边的老树，成为游客们游玩的好地方。

青山托幸福，流水带吉祥，果木戴如意，蓝天寄安康。双岭村从此摘掉了贫困的帽子，再没有洪涝的肆虐，再没有沙尘的侵袭，有的是风和日丽，有的是欢声笑语。

徐泽天、王盛等六位同学全部以优异的成绩获得毕业证书，被分配在对口的岗位上。他们在双休日相约在双岭村。

穿着一身迷彩服的徐泽天显得很不合群，这与他的衣着很不协调，凝重的脸上似有难言之隐。他既没有向肖玉莲主动问好，看见肖玉莲还刻意回避。父亲的入狱，让他没有了尊严。更为让他感到难过的是，他虽然被分配在航空师，但具体工作是地勤服务员。他一直渴望成为一名光荣的战斗机飞行员，驾驶着雄鹰守卫在祖国的蓝天。他要穿着一身戎装在战鹰前向肖玉莲求婚，可是这一切都化为乌有，原本以为他成为一名光荣的航空战斗员后，肖玉莲会不计父亲的仇怨，把爱情延续，可是如今都已成为泡影。

他孤身一人来到了自助渡口，跨上渡船，漫无目的地把渡船在河中心拉来拉去。

渡船的两岸各矗立着一块标牌：清水河水路将畅通，渡口将不复存在。

"徐泽天，你怎么一个人在渡船上，看你满脸怨气，怨给谁看？"向依莲找了过来。

"依莲，你要上船来吗？我带你一起玩，渡船今后没有了，这种可随时摆渡到对岸的渡船是小时候的玉莲设计的。"看见长相可以和玉莲比一比的向依莲，泽天脸上有了笑容。

"泽天，玉莲设计得真好，渡船在对岸我们也可以拉过来，方便了两岸要摆渡的人们。可我不敢上船来，王盛看见我和你在一起，会起疑心吃醋的。"

"王盛这当儿陪庆荣和包家兄弟俩上崖顶去了，他们说是要去看崖边会下蛋的老树，看不见咱俩在一起的。"

依莲上了渡船，泽天拉动绳索，渡船向南面行驶。

"依莲，小时候我和玉莲经常上渡船玩儿，我们边拉渡船边唱儿歌，那一段日子真让我快乐，让我怀念。"

"我小时候是在儿童福利院度过的，不说小时候了，我们说现在好吗，我注意到你回双岭村整天闷闷不乐，什么事引起的？"

"依莲，跟你实说了吧，我分配的工作不尽如人意，我只是空军的地勤服务员，我恨我父亲，这都是他造成的。按我们航大校长对我的评价，毕业以后我会是一位出色的航空兵，可是我现在只能在梦中驾驶着战鹰在蓝天飞翔。"

"玉莲知道吗？"

"她不知道，我的家人都不知道。"

"泽天，你不应该消沉，你应该时刻准备着驾驶战机飞向蓝天。"

"大家会相信吗，玉莲会相信吗？我的心田一片凌乱，一片渺茫，劳改犯的儿子是不能上空军战斗机的。"

"你和玉莲最近有过联系吗？"

"打她的手机从没打通，发她的微信好几次才勉强回一个，我问她我们的爱情是否可以再延续，她的回信是我正忙着，现在没时间考虑爱情。我感受到我和她的爱情已经岌岌可危，只能在回忆里徘徊搜寻她曾经对我有过的妩媚。"

"咱上岸吧，我先帮你去打探一下玉莲的想法，她心里究竟还有没有你。"

向依莲在村委办公室找到了肖玉莲。

"依莲，你没和同学们一起上崖顶玩？"

"我和泽天一起玩渡船了，泽天跟我聊起了小时候你们俩一起玩渡船的情景，姐，你双休日怎么不在家休息？"

"我要把村委的文件整理归档好，准备移交给下一任村委主任丁洪伟。"

"你要离开双岭村，奔赴新的工作岗位？"

"市里来调令了，让我到长宁区宣传部工作。"

"这么说，你要跟双岭村再会了，你真是马不停蹄。"

"现在交通发达了，汽车才开个把小时，我会经常来双岭村的。依莲，你作为星光演艺公司的副总经理，和爱丽娜配合得挺不错吧？"

"爱丽娜什么事都放手让我干，我编剧导演的大型舞台情景剧《千秋同盛》已经进入最后的彩排阶段，不久将在全国巡回演出。"

"好啊，恭喜你啊，恭喜你的第一部作品问世。"

"姐，这部舞台剧主要歌颂各行各业在党中央的坚强领导下战天斗地的感人事迹，到时你观看后还请多多帮助指导，让我的作品更上一层楼。"

"一定一定。"

"姐，你知道吗，泽天一直在想你，可是他已感觉到你对他的爱情难以为继，不知你怎么打算。"

玉莲白嫩嫩的脸上鲜红一片，她想了想沉吟道："咱奶奶让我断绝同泽天的来往，让我在吴庆荣和金家兄弟俩三人中间再挑选一个，爸妈倒没发表意见，让我自己做主。"

"那你听奶奶的呢，还是自己有了主张？"

"奶奶的意见我作为参考，关键看泽天，如果他能登上战机守卫在祖国的万里海疆，我会挑选他。"

"姐，你能同泽天见个面吗？他现在的心情很糟糕。"

"还是不见吧，奶奶的眼睛会盯着，自从新房建好后，她就喜欢坐在二楼的前阳台或后阳台上，看日新月异的村容村貌。我与泽天到哪见面都会被她的目光逮着。你去跟泽天说一下，不是我不想和他见面，是我目前的境况不允许和他见面。奶奶本应该有一个幸福的晚年，爷爷陪伴着她。现在呢，她多孤独，我们都上班了，只有她一个人在家。你还要对泽天说，别让人生输给了心情，心情不是人生的全部，却能左右人生的全部。时刻保持良好的心态，爱情和事业才会时时如意，生活和工作才会处处祥和。毕竟追他的女孩多的是，让他把我忘了吧。"

……

南岚市长宁区委宣传部的办公室。新任宣传部副部长肖玉莲正在阅读当天都市日报的新闻，新闻的大标题是——

重罪犯偷袭狱警企图越狱危在旦夕

服刑人员徐进发拼死阻挡不幸遇难

下面的文字是：

"昨晚半夜时分，忽然春雷阵阵，狂风肆虐，随即暴雨倾盆。市西郊的一所监狱内，两名杀人抢劫的重犯乘机砸碎了门锁逃离囚室，打昏了岗亭的两名狱警，继而又狂砸监狱的大门，企图越狱后继续实施杀人抢劫后逃离他国。在这万分危难之际，服刑人员徐进发砸开牢锁冲到大门，与两名越狱重罪犯展开生死搏斗，为后续赶来的狱警争取到了宝贵的时间，两名越狱重罪犯最终被重新缉拿归案，等待他俩的将是更为严厉的加刑判决。不幸的是徐进发因流血过多，在送往医院的抢救过程中不幸离世。徐进发在临终前留下这句遗言：'希望吾儿能驾驶着战机巡逻在祖国的海疆，为保卫祖国的领空贡献自己的力量。'徐进发夫人金婉珍正奔赴医院料理后事……"

"监狱领导在第一时间把这个突发事件知会了徐泽天所在的某航空师领导，航空师党委针对徐进发的英勇壮举和遗言，凌晨召开特别会议，一致赞成徐泽天由空军地勤服务被特别批准驾驶战斗机。"

玉莲旋即打开了电视机，电视里的早新闻正在报道监狱大门口徐进发奋勇战囚犯的监控录像和监狱领导在救护车上用手机拍下的徐进发临终遗言的视频……

电视女主播的声音庄重而神圣："一年前肖玉莲巧施计谋驱使徐进发在舞台上投案自首服法，两年后徐进发用自己的行动诠释了接受改造重新做人服务人民的必要性。如果让这两名罪犯窜入社会，后果将不堪设想，不知又有多少家庭会遭殃。"

"违法犯罪人人切齿，社会和谐人心所向。"

……

玉莲相信这是真的，不禁为徐进发的英勇壮举潸然泪下。

玉莲的手机响起了微信的提示音，她打开看到，微信来自徐泽天：

"亲爱的玉莲，我被批准上战机了，我申请将我俩的爱情继续，希望得到你的批准，从此在我的心里刻下你的名字，永不消逝。我要在上战机前向你求婚！"

此时此刻玉莲心潮汹涌，她马上给他回信：

"泽天，我儿时的伙伴，人未见，心相连，我想你，我爱你。小时候我不懂爱情，但你的名字已经在我心里刻下了二十年。你在双休日回双岭村的两天为什么回避我？空军地勤以战机的机务保障工作为中心，是空军的重要组成部分，同样值得尊崇，你怎么能嫌弃呢，我马上到你的部队来，请等着我。"

东海前沿空军基地某航空军机场，数百名空军官兵和肖玉莲的亲朋好友分立在机场的广场上，见证徐泽天和肖玉莲的幸福时刻。

一架崭新的气势如虹的歼-20战机前，全副武装的上尉军官徐泽天手捧玫瑰花束，单膝跪地，面对身穿白色婚纱的肖玉莲，温柔地说：

"玉莲，我爱你，嫁给我吧！"

玉莲躬身接过玫瑰花束，深情款款地回答说：

"泽天，我也爱你，我愿意嫁给你！"

两人一阵拥抱，一阵亲吻。

徐泽天跨上战机，发动引擎。战机快速地滑向跑道，犹如一只掠过海面的雄鹰，壮志凌云地冲上蓝天，引领着已经翱翔在蓝天的四架歼-20战机，五架战机气宇轩昂地巡逻在祖国的领空。

肖玉莲抬头仰望战机，不时地向战机挥手致意。

战机下的蓝色的海洋，上尉军官包宜安和中尉军官包宜全率领的五艘战舰正劈波斩浪，巡逻在祖国的海疆。

战机、战舰遥相呼应，警笛声声。